Cartas *de C. S. Lewis*

Editado por
W.H. Lewis e Walter Hooper

Editado por e em memória a
W.H. Lewis

Edição ampliada e revisada por
Walter Hooper

Cartas *de C. S. Lewis*

C. S.
LEWIS

Edição *especial* |
THOMAS NELSON
BRASIL

Título original: *Letters of C.S. Lewis*

Copyright © C. S. Lewis Pte. Ltd. e W. H. Lewis, 1966
Edição original por Harcourt, 1966.

Todos os direitos reservados à HarperCollins Publishers.
Copyright de tradução © Vida Melhor Editora LTDA., 2021.

Os pontos de vista desta obra são de responsabilidade de seus autores e colaboradores diretos, não refletindo necessariamente a posição da Thomas Nelson Brasil, da HarperCollins Christian Publishing ou de sua equipe editorial.

Gerente editorial	*Samuel Coto*
Editores	*André Lodos Tangerino* e *Brunna Prado*
Tradução	*Gabriele Greggersen*
Preparação	*Leonardo Dantas do Carmo*
Revisão	*Brunna Prado* e *Daniela Vilarinho*
Diagramação	*Sonia Peticov*
Capa	*Rafael Brum*

Dados Internacionais de Catalogação na Publicação (CIP)
(BENITEZ CATALOGAÇÃO ASS. EDITORIAL, MS, BRASIL)

L652c
    Lewis, C. S.
        Cartas de C.S.Lewis / C.S. Lewis; tradução Gabriele Greggersen. — 1.ed. — Rio de Janeiro: Thomas Nelson Brasil, 2021.
        640 p.; 13,5 x 20,8 cm.

        ISBN 978-65-56891-89-7

    1. Cartas. 2. Epistolar. 3. Vida cristã. I. Greggersen, Gabriele. II. Título.

02-2021/22   CDD: 220.6

Índice para catálogo sistemático:
1. Vida cristã 220.6

Bibliotecária responsável: Aline Graziele Benitez CRB-1/3129

Thomas Nelson Brasil é uma marca licenciada à Vida Melhor Editora LTDA.

Todos os direitos reservados à Vida Melhor Editora LTDA.
Rua da Quitanda, 86, sala 218 — Centro
Rio de Janeiro — RJ — CEP 20091-005
Tel.: (21) 3175-1030
www.thomasnelson.com.br

Cartas de C.S. Lewis

Clive Staples Lewis (1898–1963) foi um dos gigantes intelectuais do século XX e provavelmente o escritor mais influente de seu tempo. Era professor e tutor de literatura inglesa na Universidade de Oxford até 1954, quando foi unanimemente eleito para a cadeira de Inglês Medieval e Renascentista na Universidade de Cambridge, posição que manteve até a aposentadoria. Lewis escreveu mais de 30 livros que lhe permitiram alcançar um vasto público, e suas obras continuam a atrair milhares de novos leitores a cada ano.

DEDICATÓRIA

A todos aqueles amigos d'além-mar que lhe ajudaram nos anos de penúria.

SUMÁRIO

Introdução	11
Memorial de C.S. Lewis	25
1916–1919	59
1920–1929	131
1930–1939	337
1940–1949	405
1950–1959	484
1960–1963	588
Índice	617

INTRODUÇÃO

Esta versão revista das *Cartas de C.S. Lewis* difere em muitos detalhes menores da primeira edição de 1966. E, paradoxalmente, ela está mais próxima de ser uma reconstituição do livro original de W.H. Lewis do que eu seria capaz de torná-la. As pequenas diferenças e a tentativa de reconstituição vieram à tona da seguinte maneira.

Por anos a fio, os detentores dos direitos e do legado de C.S. Lewis estiveram reunindo cartas para publicação com o título de *Collected Letters* [Cartas completas]. Já que ele se correspondeu com tantas pessoas, essas cartas poderiam chegar, quem sabe, até a meia dúzia de volumes. Um empreendimento desses não pode ser tratado com pressa, porque os detentores dos direitos e do legado querem ter certeza de que acharam o máximo possível de cartas, antes do início da publicação.

Nesse meio-tempo, tal é o interesse nas cartas de Lewis que a Collins Publishers decidiu homenagear o vigésimo quinto aniversário da sua morte com a reimpressão de uma seleção de suas cartas mais interessantes e diversas. Os detentores dos seus direitos e legado ficaram satisfeitos com esta forma de celebração de seu aniversário e, lembrando que eu havia auxiliado "Warnie" Lewis a escrever seu livro, eles me instruíram a corrigir quaisquer erros que este poderia conter. Nenhum de nós fazia ideia da surpresa que isso nos proporcionaria.

Mas, a estas alturas, vale lembrar-se de uma história relacionada ao livro. Pouco depois de ele ter sido publicado, boa parte daqueles que haviam emprestado suas cartas para Warnie Lewis passou a defender que deveria haver uma coletânea das cartas de Lewis na sua própria cidade e universidade — a Biblioteca Bodleiana em

Oxford. Mas não fui rápido o suficiente segundo a freira à qual Jack[1] Lewis se referiu em uma dessas cartas como sua "irmã mais velha na fé". Tratava-se da Irmã Penelope da Community of St. Mary the Virgin [Comunidade de Santa Maria, a Virgem], em Wantage. Quando o Dr. Clyde S. Kilby a consultou sobre a possibilidade de ela doar as suas cartas a uma coletânea que ele estava preparando para o Wheaton College[2], nos Estados Unidos, ela respondeu avisando-me que eu estava protelando a confecção de uma coletânea britânica das cartas e ensaios de C.S. Lewis. Ela me fez tomar uma atitude, doando as 56 cartas que ela tinha de Lewis para a Biblioteca Bodleiana. Isso foi em setembro de 1967, e o presente generoso da Irmã Penelope foi seguido de tantos outros que, em fevereiro de 1968, eu publiquei um anúncio da coletânea da Bodleiana de manuscritos de Lewis em *The Times Literary Supplement*. Outras notas sobre a coletânea apareceram desde então, e o presente da Irmã Penelope é, hoje, uma das relíquias literárias que podem ser lidas na magnífica "*Duke Humfrey Library*"[3] da Bodleiana, cuja descrição pode ser encontrada na carta de Lewis para o seu pai de 25 de fevereiro de 1928. A coleção do Wheaton College também floresceu, e, felizmente, um acordo foi firmado em 1968, que resultou na troca entre bibliotecas de cópias de cartas coletadas por cada uma delas.

Um dos resultados disso é que muitos dos autores que estão se dedicando a C.S. Lewis têm a possibilidade de conferir os originais ou cópias das cartas. E aqueles que folhearem este livro notarão que um grande número das cartas aqui publicadas foram escritas

---

[1] Lewis assumiu o nome de Jack quando, ainda pequeno, presenciou o atropelamento de seu cachorro Jacksie. Ele decidiu que, a partir daquele momento, não seria mais chamado de Clive Staples, nome que detestava, mas de Jack, nome que todos os seus amigos mais íntimos lhe davam. [N.T.]
[2] O Wheaton College é um dos maiores centros de estudos de C.S. Lewis, que se dedica também aos demais Inklings protestantes e a Dorothy L. Sayers. Ele foi fundado em 1860 e se localiza perto de Chicago, no Wheaton College, nos Estados Unidos. [N.T.]
[3] Coleção de publicações dentro da Biblioteca Bodleiana de Oxford.

para o pai e irmão de Lewis. A maioria delas vem de uma única fonte. O Sr. Albert Lewis, pai de Warnie e Jack, guardou praticamente todas as cartas que recebeu. Quando ele morreu, esses documentos da família foram trazidos para Oxford. Ao longo de anos, Warnie datilografou grande parte delas, incluindo outros documentos como o diário de seu irmão. As páginas foram reunidas em 11 volumes e foram intituladas *Lewis Papers: Memoirs of the Lewis Family 1850–1930* [Documentos dos Lewis: memória da família Lewis 1850–1930]. Os originais dessa obra datilografada se encontram no Wheaton College e há uma cópia na Bodleiana. Certa vez, quando eu os emprestei de Warnie, ele disse, em uma carta de 1º de abril de 1967, que esperava que eu tomasse o máximo cuidado com eles, "pois só existe uma cópia, cujos originais, que deram origem a todo esse material, foram queimados por Jack em 1936". Sem os originais, foi aos *Lewis Papers* que o próprio Warnie teve que se voltar para muitas das cartas contidas na presente obra.

Foi aos *Lewis Papers* que o amigo dos irmãos Lewis, George Sayer, teve que se voltar para escrever a sua notável e prazerosa biografia *Jack: C.S. Lewis and His Times* [Jack: C.S. Lewis e sua época] (1988). O autor investiu muita pesquisa cuidadosa naquele livro; quando eu li as provas, fui surpreendido pela descoberta de que a transcrição do trecho do diário de Jack estava bem diferente daquele que se encontrava nos *Lewis Papers*. Mais tarde, quando eu fui encarregado de corrigir quaisquer erros que poderia haver no presente livro, lembrei-me da descoberta do Sr. Sayer. Foi isso que me levou a suspeitar que o preparo deste livro para a Collins poderia exigir uma semana de trabalho. Se Warnie cometeu um erro ao transcrever um trecho, será que poderia haver outros?

Eu comecei este trabalho comparando as cartas publicadas com os originais e fiquei bastante surpreso em descobrir com que liberalidade Warnie empreendeu a tarefa de editá-las. Havia centenas de alterações menores nas primeiras dezenas de páginas — tantas que eu mandei um xerox das páginas corrigidas para Collins e os detentores dos direitos e legado. Ambos acharam que seria desonesto divulgar as cartas de Lewis com algo diferente do que ele realmente escreveu, e que essa "Edição de Aniversário" não deveria conter algo que deveria ser contraditório com as *Collected Letters*. A Collins decidiu que seria válido reestruturar todo o livro.

Eu já estava trabalhando nessas cartas há quatro meses, quando chegou o dia pouco auspicioso da sexta-feira, 13 de novembro de 1987. A constatação da quantidade de mudanças que tive que fazer me levou a imaginar Warnie à espreita atrás de mim, bastante chateado. Eu me senti tão incomodado com o que estava fazendo que escrevi para George Sayer, pedindo o seu conselho. O que mais me ajudou foi uma conversa que tive naquele fim de tarde com o Padre John Tolkien. Ele também havia conhecido Jack e Warnie muito bem, e, no jantar, eu expliquei o que estava me causando tanto desconforto: "Oh, não estou surpreso com os erros", disse ele, "Warnie era bastante *vitoriano*. Eles não pensavam como pensa um editor moderno." Noutra ocasião, quando ele viu que eu ainda sentia que estava traindo Warnie, ele disse: "Lembre-se de que a mesma coisa aconteceu com o diário da Rainha Vitória. É claro que ela pôs no papel o que ela bem entendia, mas depois de sua morte, a sua filha o mudou para o que ela pensava que sua mãe *deveria* ter dito! E assim foi praticado nos mais altos escalões!"

Embora seja necessário eu prestar contas do que fiz, é, segundo penso, não menos necessário destacar que Warnie não fez nada que uma pessoa em sã consciência chamaria de errado, na forma como executou a sua tarefa. Em praticamente todos os casos, ele acreditava que estava corrigindo e melhorando as cartas de seu irmão, fazendo por Jack o que Jack poderia ter feito por si mesmo, se ele tivesse sido o editor. A maioria das correções que eu fiz permanecem invisíveis a todos, exceto para aqueles que analisarem ambas as edições para encontrá-las.

Entretanto, há uma boa quantidade de exemplos em que as palavras foram mudadas pelo que creio que sejam implementações. Na carta de 20 de junho de 1918, Jack descreve como, voltando da Guerra, ele vai visitar o seu ex-tutor, Sr. Kirkpatrick: "Eu abri o

Introdução

portão do jardim de Kirk,[4] de forma quase furtiva, e passei pela casa, para a horta de legumes [...]. E ali, entre os repolhos, em sua camiseta e calças compridas, estava o velho, invariavelmente cavando e fumando o seu vil cachimbo." Não sei por que Warnie, um amante tão inveterado de palavras, pensou que poderia melhorar a imagem que Jack fazia do "*Great Knock*" [Grande Demolidor], dando-lhe um cachimbo "horrível" ao invés de "vil". O Sr. Kirkpatrick seria o primeiro a destacar a diferença entre os sentidos.

Quase sempre são as cartas familiares que são "melhoradas" assim. Eu ri alto quando cheguei ao fim da carta de Jack para Warnie no Natal de 1931. Os irmãos acabavam de se familiarizar com a literatura russa, e, depois de contar a Warnie que ele começara a ler *Os Irmãos Karamázov*, Jack prosseguiu, dizendo que ele não havia esquecido como Warnie começou um romance russo: "Alexey Poldorovna vivia num monte. Ele chorava muito!" Tenho certeza de que Warnie só estava tentando torná-lo mais interessante quando ele substituiu isso por outra história: "Olga Opitubitch vivia numa montanha. Ela tinha duas vacas e onze galinhas e uma verruga num dos dedos e chorava muito."

Quem tem a edição de 1966 não vai achar que eu tenha me livrado da pobre Olga. Ela nunca esteve no livro, tendo sido apagada junto com muitas outras coisas pelos editores. E isso me leva à segunda diferença entre este livro e a primeira edição. O Sr. Sayer, em carta do dia 18 de novembro de 1987, incitou-me a corrigir todos os erros que eu encontrasse. Ele também sugeriu que as cartas recebessem "algumas notas". Foi essa sugestão que me levou a fazer o possível para recobrar algumas das características do livro original.

Suspeito que, desde o momento em que Warnie concordou em escrever uma biografia do seu irmão para Jocelyn ("Jock") Gibb, da Geoffrey Bles Ltd., ambos tinham coisas diferentes em mente para o livro. Dois anos depois, quando o livro que Warnie intitulou *C.S. Lewis: A Biography* [C.S. Lewis: uma biografia] foi publicado

---

[4]Apelido carinhoso do professor Kirkpatrick. [N. T.]

como *Cartas de C.S. Lewis*, ele ficou furioso. A entrada do dia 16 de abril de 1966 do seu diário contém uma lista de suas queixas. Elas são reproduzidas nas seleções do mesmo, editadas pelo Dr. Clyde S. Kilby e pela Sra. Marjorie Lamp Mead e publicado como *Brothers and Friends: Diaries of Major Warren Hamilton Lewis* [Irmãos e amigos: diários do Major Warren Hamilton Lewis] (São Francisco, 1982). Em sua introdução ao livro, os editores dizem: "Embora a suprema tragédia de sua vida tenha sido certamente a perda prematura de Jack, Warren Lewis também lutou poderosamente contra a doença do alcoolismo. Ele batalharia contra essa cruz por mais de quarenta anos. Sendo um homem de integridade e de força, mesmo em sua fraqueza, ele sabia que seus ataques ocasionais, mas intensos, de depressão o deixavam pouco preparado para enfrentar as atrações do álcool."

A Sra. Mead sabia muito mais sobre como Warnie via os seus próprios problemas com o álcool do que eu. E possivelmente haja outros que saibam mais sobre a sua edição dessas cartas do que eu. Entretanto, já que as queixas de Warnie sobre este livro vieram a público, creio que eu deva fazer o possível para tornar as coisas mais claras do que são. Conheci Warnie por passar com ele a maior parte do tempo em que ele estava trabalhando no livro e sei o quão praticamente impossível era para seu editor discuti-lo com ele. Além do alcoolismo, sobre o qual o Dr. Kilby e a Sra. Mead escreveram, Warnie me parecia estar num constante medo de ir à falência. Quando Jack morreu, ele supôs que não poderia continuar vivendo em The Kilns[5], onde eles estavam morando desde 1930, e ele comprou um pequeno sobrado nas proximidades, no número 51 da Ringwood Road. Quando eu o conheci, em janeiro de 1964, ele já estava fazendo propaganda das cartas de seu irmão e as estava datilografando em sua máquina de escrever em The Kilns. Eu tinha

---

[5] Nome dado à casa em que Lewis, Warnie e, mais tarde, Joy moraram a maior parte da vida e que hoje é um centro de estudos em C.S. Lewis coordenado pela C.S. Lewis Foundation. [N. T.]

Introdução

a minha própria máquina de escrever e o estava ajudando. Depois de apenas três semanas, ele começou a beber e partiu para a Irlanda e para o hospital Our Lady of Lourdes, em Drogheda. Ele passou pelo hospital uma série de vezes, desde 1947, porque, embora ele bebesse durante o dia, as freiras da Medical Missionaries of Mary cuidavam dele com uma bondade infinita. Suscitadas pelas preocupações de Lady Dunbar of Hempriggs e minhas próprias com relação à biografia, escrevi perguntando se ele desejava ajuda para voltar para casa. Sua resposta de 8 de fevereiro de 1964 revela que, na época, ele ainda tinha algo bem diferente em mente do que Jock Gibb esperava: "Estou recomposto e espero voltar para casa com as próprias pernas, por volta do dia 18. Quando eu voltar, pretendo retomar a 'Vida e Cartas' do querido Jack. Não exatamente um V. & C. no sentido corriqueiro, pois é claro que não pretendo usar qualquer coisa que ele tenha contado por si mesmo em *Surpreendido pela alegria*. Será mais o que os escritores franceses do século XVII costumavam chamar de *Mémoires pour servir* etc.! Isto é, memórias a fim de ajudar na compreensão de um homem, ou uma época. Ouvi dizer que um bom exemplo desse tipo de coisa seja a obra póstuma de Voltaire, *Mémoires pour servir à l'histoire de M. de Voltaire*, editado por Louis Chaudon (1786).

Quando ele retornou a The Kilns, eu passava boa parte do dia, todos os dias, copiando cartas, enquanto Warnie escrevia os primeiros capítulos de "Vida e Cartas", combinando reminiscências sobre a infância de Jack com uma boa quantidade de cartas da família. Ao contrário do que fazia Jack, ele compôs todo os seus livros na máquina de escrever, incluindo este, no qual ele trabalhou numa velocidade alucinante. Embora eu guardasse os nomes e endereços daqueles cujas cartas eu copiava e retornava, eu lamento muitíssimo que Warnie não tenha preservado qualquer informação sobre a maioria das pessoas com as quais se correspondia. Eu continuo não sabendo quem eram algumas delas. Tudo correu bem até 19 de maio, quando ele passou a sua primeira noite no Ringwood Road, sendo que a maioria da mobília e livros ainda estavam em

The Kilns. Depois de um breve período, ele recaiu na bebida e voltou para Drogheda. Ele já estava lá há seis semanas quando fui até lá, na esperança de convencê-lo a vir para casa. Ele deixou claro que o seu único motivo para retornar a Oxford era de "terminar a biografia de Jack".

Quando ele voltou, no dia 27 de julho, eu me mudei para o número 51 da Ringwood Road com ele. Ele teve tal aversão pela casa que passava o dia em The Kilns e só as noites ali. Ele terminou o livro a contento na segunda semana de outubro e, deixando-me preparar uma cópia para o editor e ajudar a sua governanta a mudar tudo de The Kilns, ele escapou para a Irlanda, onde permaneceu até 29 de outubro. Este período foi o tempo em que Jock Gibb mais necessitava falar com ele sobre o livro. Entretanto, posso ver, a partir do meu diário, que Warnie e eu partimos para mais uma viagem à Irlanda no dia 14 de novembro. Foi durante esta visita a Drogheda que Warnie ditou uma carta a seu agente literário, dando ao seu editor "carta branca para fazer o que quisesse" com seu livro. Isso pode ter ocorrido devido ao fato de seus problemas com o álcool terem piorado em 1965, comparado com 1964. Em maio de 1965, eu tive que me mudar para Oxford depois de ser designado capelão da Wadham College, e isso significava que eu não poderia mais vê-lo todos os dias.

Menciono essas peregrinações para ilustrar o quão difícil foi para Warnie concluir o livro. Mas, mesmo que tivéssemos ficado em The Kilns, não estou convencido de que isso teria feito grande diferença. Warnie não estava interessado em escrever o que a maioria de nós consideraria uma biografia padrão ou algo do tipo. Como ele disse, o seu livro pretendia ser do tipo que os franceses chamavam de *Mémoires pour servir* etc. Na verdade, seria uma obra muito parecida com os *Lewis Papers*, em que as cartas e entradas de diário são entrecortadas aqui e ali com notas explicativas e lembranças do editor. Isso explica também por que ele incluiu entradas do diário do seu irmão nesse livro. Das aproximadamente 230 mil palavras de que se compõe a "biografia" original, cerca de 23.300

Introdução

palavras são narrativas, e a maioria dessas aparecem nos primeiros capítulos. Este foi um livro de que eu gostei muito em sua forma original, mas ele provavelmente encontraria a mesma dificuldade que havia encontrado há quase vinte e cinco anos de achar um editor interessado em publicá-lo hoje em dia.

Suspeito que uma sugestão feita por Jack em 1962 poderia ter tido alguma influência sobre o tipo de cartas que ele tenha escolhido para o seu livro. Warnie mantinha em sua mesa uma carta, escrita por seu irmão durante aquele verão, quando Jack estava no *Acland Nursing Home* e Warnie estava em Drogheda. Jack estava preocupado que sua morte poderia deixar o seu irmão sem um tostão, e, em sua carta, ele incita Warnie a tentar manter-se longe dos credores colecionando os seus *lettres spirituelles* e "compondo um livro" com base neles. De qualquer forma, as cartas pastorais já eram as que mais interessavam a Warnie.

Quando o livro foi publicado, Warnie ficou sabendo que Jock Gibb havia contratado Christopher Derrick, um escritor e antigo aluno de Jack, para transformar a "biografia" em um livro de cartas. Em sua entrada de diário do dia 16 de abril de 1966, ele diz que o "pior ultraje" do Sr. Derrick foi incluir as cartas filosóficas de Jack para Owen Barfield, acerca de "um discurso atrofiado sobre o nada absoluto ou tópico similar!". Foi Jock Gibb que optou por incluir cartas para o Sr. Barfield. Às vezes, entretanto, Warnie deixou de incluir cartas para outros amigos íntimos, porque ele nunca se deu a trabalho de perguntá-los. Por exemplo, quando sugeri que ele pedisse ao Dr. Tolkien que lhe desse as suas cartas de Jack, ele disse: "Oh, *ele* não deve ter nenhuma. Eles conversavam pessoalmente o tempo todo!" Eu mencionei isso ao Dr. Tolkien quando estive em sua casa certo dia: "É claro que tenho algumas cartas de Jack!", disse ele. "Mas Warnie terá que me pedi-las." Quando eu comentei isso com Warnie, ele disse: "Você deve tê-lo entendido mal. Tollers não poderia ter quaisquer cartas de Jack!" Como outras cartas nas quais Warnie não acreditava, aquelas do Dr. Tolkien vão aparecer nas *Collected Letters*.

Warnie e eu só ficamos sabendo que a "biografia" estava sendo transformada em uma coletânea quando recebi uma mensagem de Jock Gibb em 11 de janeiro de 1966. Ele me enviou uma lista de pessoas para as quais Jack havia escrito, perguntando se eu poderia convencer Warnie a fornecer o nome completo delas. Eu certamente podia me solidarizar com ele, já que ele não tinha como saber quem poderia ser o destinatário de uma carta que começasse, por exemplo, com "Querido Joan". Eu enviei a lista para Warnie, sugerindo que eu tentasse impedir Jock de alterar o seu livro. Warnie escreveu em 12 de janeiro, dizendo: "Aqui vai a informação que tive condições de coletar. [...] Foi um serviço muito cansativo para um velho doente, e se eu tivesse feito ideia, quando tinha a ilusão de estar escrevendo um registro direto de Jack, de no que estava me metendo, eu nunca o teria enfrentado. O fato é que estou me convencendo a consultar Barfield para ver se eu não posso desistir e queimar os manuscritos e me livrar do tormento que tudo isso está me causando. É claro que, a estas alturas do campeonato, não consigo lembrar de quem eram todos estes destinatários, mas eu fiz o que pude — e não vou fazer mais. Nunca mais quero ver ou ouvir falar deste livro, e o fato é que faz tempo que não estou mais me referindo a ele sequer como *meu*. Eu não escreveria aquela 'carta contundente' para Jock se eu fosse você; ela vai expô-lo a réplicas que não são da sua conta — e, de qualquer forma, não dou a mínima para quando a coisa aparecer. A estas alturas, isso agora assumiu o aspecto daqueles filmes que, a julgar pelo título, parecem ter mais ou menos 25 autores!"

Há duas diferenças principais entre a "Biografia" e as *Letters*. Jock Gibb temia publicar um livro tão volumoso, e o número de cartas foi cortado para aproximadamente a metade. A outra diferença é que apenas aproximadamente metade da excelente narrativa de Warnie foi reunida no "*memoir*". Isso eu lamento mais do que tudo, porque Warnie escrevia muito bem. Entretanto, tendo decidido quais cortes teriam que ser feitos, Jock Gibb contratou Christopher Derrick como editor.

Introdução

Desde então, conheci e aprendi a respeitar muito o Sr. Derrick, e ele me brindou gentilmente com este registro, datado de 16 de novembro de 1987, sobre a sua edição do livro: "Aqui vai a minha versão dos fatos. Ao longo dos anos realizei muitos trabalhos de lapidagem editorial para vários editores, desde pequenos corretivos, até *ghost writing* completo. Este foi apenas mais um trabalho entre muitos. Jock Gibb me pediu para fazê-lo, em linhas especificadas por ele mesmo: eu o executei dando o meu melhor e ele ficou satisfeito: não me sinto nem orgulhoso nem envergonhado do resultado, exceto pela satisfação geral de agradar um amigo e empregador *ad hoc*. [...] Conte esse aspecto da história exatamente como você acha que seja adequado, com ou sem menção do meu nome. Não suponho que você queira me fazer assumir o papel de vilão da história! Se é que há algum vilão, é sem dúvida a bebida, que tornou impossível a Warnie fazer um trabalho adequado ou até mesmo de supervisioná-lo. [...] Mais alguma culpa deve ser atribuída, suponho eu, àquele erro compreensível de julgamento da parte de Jock — seu medo de que o legado em destaque morreria com ele e sua consequente relutância de investir uma grande quantidade de dinheiro nisso. A presente vasta escalada dos estudos sobre CSL mostra o quão errado ele estava! Mas ele não estava cometendo um erro idiota, reconhecível como tal, à época."

Essa é, então, a história deste livro, até onde sou capaz de reconstruí-la. Se Warnie ainda estivesse vivo, creio que ele consideraria todas as minhas correções como pedantes, não realmente necessárias, mas também não erradas. Penso que ele ficaria mais contente com as minhas tentativas de reconstituição, tarefa essa que ele incidentalmente me ajudou a realizar, dando-me o manuscrito datilografado do seu livro. Houve uma certa quantidade de correspondentes femininas que estavam dispostas a emprestar as suas cartas a ele, sob a condição de que as suas identidades fossem mantidas em segredo. Ele fez isso, dando-lhes nomes ficcionais. Eu passei esses nomes inventados para o editor que decidiu, em vez disso, que as cartas para essas diferentes mulheres deveriam ser designadas como "Para uma Senhora". O problema disso foi que muitos supuseram que só havia uma senhora. Minha solução foi de reestabelecer os nomes fictícios, mas usando aspas, de modo que o leitor soubesse que "Sra. Arnold" e "Sra. Ashton" e outras, entre aspas, não são nomes reais.

A maior diferença entre a edição de 1966 e esta foi o "espessamento" que considerei necessário. Para o tipo de livro que Warnie estava escrevendo, era mais apropriado citar apenas pequenos excertos da maioria das cartas. Ele raramente citava uma carta completa. Como este livro se propõe a ser uma seleção das cartas de seu irmão e não uma biografia, estendi alguns dos excertos. Por exemplo, pareceu-me uma pena que Warnie tenha resgatado somente três sentenças da carta de 20 de julho de 1940 sobre a concepção do *Cartas de um diabo a seu aprendiz*, então citei tudo o que ele diz sobre esse livro. Em alguns pontos, onde ele oferece a maior parte de uma carta, eu ofereço toda ela. A presente edição também é mais substancial por conter algumas poucas cartas completas que Warnie poderia não ter conhecido. Uma delas é a carta para o Dr. Warfield Firor, de 15 de outubro de 1949, em que Jack discute a terceira idade. Há muitas outras cartas formidáveis ao Dr. Firor, que foram todas incluídas nas *Collected Letters*.

Os leitores vão descobrir que levei muito a sério a sugestão do Sr. Sayer de que as cartas recebessem "algumas notas". Minhas anotações, entretanto, não incluem nenhuma daquelas partes da narrativa de Warnie, que foram deixadas de fora do "*Memoir*". A tarefa de aproveitá-las teria sido tão impossível quanto montar novamente as peças de Humpty Dumpty.[6] Em vez disso, forneci notas de rodapé onde achei que eram necessárias, assim como notas curtas que providenciam informações biográficas, conforme a demanda, para tornar as cartas mais claras.

---

[6] Humpty Dumpty é um personagem de Lewis Carrol, que é um ovo, que vive se equilibrando sobre um muro para não cair. E quando cai, é bem difícil juntar as suas peças. [N. T.]

Introdução

Minha tarefa teria sido bem mais árdua, se não fosse por aqueles amigos cujos conselhos foram de grande ajuda. Sou particularmente grato a Owen Barfield, ao Padre John Tolkien, a George Sayer, a Christopher Derrick, ao Padre Paul King, a Ben Sykes e à Madame Eliane Tixier.

Resta-me dizer mais uma coisa. Depois de toda dor no coração de lembrar do desapontamento inicial de Warnie com relação ao que fizeram deste livro, certamente era apropriado que o último problema editorial a ser encarado fosse tão agradável quanto o próprio Jack Lewis. Ele detestava ter que datar as cartas e quando o fazia, as datas podiam variar em meses e até anos. A penúltima carta neste livro é datada de 25 de outubro de 1963. O querido e velho Jock Gibb desejava que o livro terminasse com uma carta especial, em que Jack expressa o seu lamento de que a terceira idade, como o outono, não dura. O problema, para ele, era que Warnie atribuiu a data de "30 de setembro". Para torná-la a última carta no livro, Jock mudou a data para "27 de outubro". Quando eu dei uma olhada na cópia do original, vi escrito, na própria caligrafia de Jack, "31 de setembro de 1963". Nada poderia me convencer a inserir um horroroso pequeno "[*sic*]" ao lado daquela data.

WALTER HOOPER
Sábado de Aleluia, 1988
Oxford

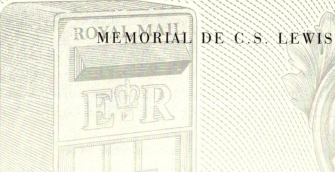

MEMORIAL DE C.S. LEWIS

Meu irmão nasceu num dos subúrbios do interior de Belfast em 29 de novembro de 1898, quando eu estava com quase três anos e meio de idade. Minha primeira vaga lembrança dele é como um agitador da minha paz doméstica que se esgoelava e um rival que pretendia obter a atenção da minha mãe: poucas memórias detalhadas e particulares me restam dos nossos primeiros anos juntos, embora, durante esses primeiros anos — até a nossa mudança para a nova casa na primavera de 1905 — tenhamos lançado as fundações de uma amizade íntima, que foi a maior alegria de minha vida e durou ininterrupta até a sua morte, cinquenta e oito anos depois.

Olhando para trás agora, para o padrão de sua vida e obra, sinto que uma circunstância particular, e até trivial, na nossa vida pregressa conjunta requer alguma ênfase. Eu me refiro ao clima úmido irlandês e à preocupação dos pais daquela época com a umidade e a exposição. Comparado aos padrões da infância na Inglaterra, passamos uma quantidade de tempo extraordinariamente grande presos em casa. Da janela do nosso quarto olhávamos fixamente para a chuva oblíqua e para os céus cinzentos e ali, para além de quase dois quilômetros de pradarias encharcadas, víamos os contornos altos das colinas de Castlereigh — o limite do nosso mundo, uma terra distante, estranha e inatingível. Mas nós sempre tínhamos disponíveis lápis, papel, gizes e estojo de tintas, e tal aprisionamento recorrente nos deu ocasião e estímulo para desenvolver o hábito de imaginação criativa. Aprendemos a desenhar: meu irmão fez os primeiros ensaios na escrita: juntos divisamos o país imaginário que denominamos "Boxen", que proliferou enormemente e se tornou nossa consolação e alegria por vários anos que viriam pela frente. E assim, em circunstâncias que poderiam ter sido meramente tediosas e deprimentes, os dons de meu irmão começaram a se desenvolver; e pode não ser ilusório ver, naquela infância de miração de montanhas inalcançáveis, alguns dos primeiros começos de uma visão e ponto de vista que percorreram a obra de sua maturidade.

O ponto alto do nosso ano eram as férias anuais na praia. As crianças de hoje, acostumadas que estão a serem levadas casualmente à costa na tarde de um domingo ensolarado qualquer, dificilmente poderão imaginar a empolgação, o frenesi e a glória da preparação implicados nessas férias; e o momento único da chegada. De muitas dessas férias, duas imagens permanecem em minha memória. A primeira é do desinteresse melancólico do meu pai. Às vezes, ele descia no fim de semana, mas nunca permanecia com sua esposa e filhos por todas as férias de verão. Sua desculpa eram negócios urgentes — ele era advogado — e deveria supor que onze meses de nossa companhia, todos os anos, era mais do que o suficiente. Mas pode ter tido um significado mais profundo que esse. Eu nunca encontrei um homem mais ligado à rotina tediosa ou menos capaz de experimentar a alegria de viver. Uma noite passada fora de casa era um suplício para ele: abominava as férias, não tendo a menor ideia de como se divertir. Ainda posso vê-lo em suas visitas ocasionais à praia, caminhando melancolicamente para lá e para cá na praia, mãos nos bolsos das calças, olhos no chão, dando bocejos dilacerantes de tempos em tempos e sacando o relógio.

Então, no curso de uma dessas férias, meu irmão tomou a decisão sorrateira de mudar de nome. Como não gostava de "Clive" e sentia que os seus vários apelidos estavam abaixo de sua dignidade, ele marchou até a minha mãe, pôs um dedo em seu próprio peito e anunciou "Ele é Jacksie". Ele se manteve fiel a isso no dia seguinte e no próximo, recusando-se a atender a qualquer outro nome: tinha de ser Jacksie, um nome contraído para Jacks e depois para Jack. Assim, para sua família e seus amigos íntimos, ele foi Jack por toda a vida: e Jack será pelo restante deste livro.

Olhando para trás, para os últimos anos de sua infância, ele certa vez observou para mim que por uma ocasião, e uma somente, ele chegou a invejar a criança moderna. Em 1904, a chuva nos prendia dentro de quatro paredes, seja em casa, seja no alojamento apertado na praia: a criança de hoje brinca na água do lado de fora, com galochas e capas de chuva oleadas. De resto, ele não queria ser uma criança moderna por nada, enfrentando o estresse e a ansiedade do mundo de hoje. Isso não era nenhuma nostalgia cega, nenhuma lamentação por algum privilégio de classe e segurança financeira perdida: o que ele admirava e o fazia suspirar era a simplicidade de prazeres perdidos do campo, o céu vazio, as montanhas intocadas pela civilização, as estradas brancas e silenciosas nas quais se podia ouvir o barulho da charrete a um quilômetro de distância.

Os prazeres — praticamente inatingíveis para a criança moderna — eram nossos, e mais especificamente após nossa mudança em 1905. Nossa nova casa, "Little Lea", ficava nos limites do subúrbio, por um lado, e dos campos agrários montanhosos, por outro. Ambos tínhamos bicicletas, e nesses anos dourados antes da escola, Jack desenvolveu uma devoção apaixonada pelo Condado de Down, que levou para a vida. E a nova casa era em si mesma um parque de diversões para crianças, por motivos de sua arquitetura atrozmente não econômica: no andar de cima, portas como que de armário que abriam para espaços enormes, escuros, vastos, embaixo do telhado, passagens pelas quais as crianças podiam engatinhar de um espaço para o outro, com um buraco retangular aqui e acolá, pavimentado com o teto do quarto de dormir, espaço esse a que o arquiteto procurou, em vão, dar uma utilidade. E o melhor de tudo, tínhamos um quarto só para nós no ático para passar o dia, em vez de termos o quarto de brinquedos para o dia e quarto de dormir para a noite combinados, como na casa anterior: nesta gloriosa privacidade, nunca oficialmente invadida por criadas arrumadeiras, "Boxen" e o resto da nossa vida secreta desabrochavam maravilhosamente. Aqueles foram anos dourados, mesmo depois de eles se tornarem para Jack meros interlúdios dos horrores da escola: nós nos lembramos deles com prazer até o fim.

Mas 1908 foi um ano de morte e os tempos felizes se acabaram. Ao longo daquele ano, o meu pai perdeu o próprio pai dele, depois a sua esposa, depois o seu irmão. Se eu fosse fazer algum registro da doença prolongada e morte de minha mãe, ele não passaria de uma paráfrase pobre do que Jack escreveu em *Surpreendido pela alegria*. Ela morreu no aniversário do meu pai, em 23 de agosto. Havia um calendário shakespeariano na porta do quarto em que ela morreu e, pelo resto da vida, meu pai preservou o folheto daquele dia com a citação: "Os homens têm que suportar a sua ida ao Além."

No período de Natal daquele ano, Jack me seguiu para a escola, referida em *Surpreendido pela alegria* como "Belsen". Como ele deixou claro, ele odiava aquele lugar, mas escapou de suas piores brutalidades: ele entretia o diretor, que fez dele uma espécie de mascote, até onde isso era possível para tal homem.

A carta de Jack e diários daquela época expressam um pouco da história deprimente, em sua totalidade, daquela escola e seu diretor. Em 1901, um menino foi tratado com tanta brutalidade que o seu pai deu entrada num processo na Suprema Corte: o caso foi resolvido fora dos tribunais, mas confirmou suspeitas locais e a escola se degenerou rapidamente. Em 1910, o diretor escreveu para meu pai que ele estava "desistindo do trabalho de escola", o que significou libertação para Jack. Na verdade, a escola entrou em colapso, a casa foi vendida e seu proprietário se retirou para a vida no campo. Ali, o seu comportamento com relação aos membros do coral e supervisores da igreja foi tal que ele foi detido e sua insanidade foi comprovada: ele morreu em 1912, pouco tempo depois. Com seu talento extraordinário para tomar decisões erradas, meu pai nos havia entregue, crianças indefesas, às mãos de um homem louco.

Na primavera de 1911, depois de uma passagem breve no Campbell College, Belfast, Jack veio comigo para Malvern — não para o College, é claro, mas para a escola preparatória, que ele chamou de "Chartres". Dois anos mais tarde, ele entrou para o College a fim de fazer o exame para uma bolsa: quando chegou o dia, ele ficou de cama, com febre alta, e eu estou propenso a considerar a conquista de uma bolsa nessas condições como o maior triunfo acadêmico de sua carreira. Assim, em setembro de 1913, ele iniciou seu primeiro semestre em Malvern.

Ali, como os leitores de *Surpreendido pela alegria* terão percebido, ele parecia um peixe fora d'água. Naquela época eu tinha deixado o College e estava estudando para Sandhurst com W.T. Kirkpatrick, o antigo diretor de meu pai: naquele outono visitei Malvern para participar de um jantar da casa, uma atribuição barulhenta e animada, da qual me recordo de apenas uma coisa — da tristeza e tédio de Jack, inalterados durante toda a noite, o que ficou flagrantemente perceptível a todos e não contribuía para aumentar sua popularidade na casa. Ele não era nenhum tipo de fracasso acadêmico — dentro de algumas semanas desde sua chegada, ainda aos 14 anos de idade, ele chamou a atenção de seu diretor com uma tradução brilhante de Horácio — mas Malvern não era lugar para ele e, em março de 1914, ele escreveu para casa, implorando a seu pai que o tirasse de lá.

Para minha máxima surpresa, meu pai reagiu a essa carta tomando uma decisão imediata e sensível: Jack deveria deixar Malvern no final do ano letivo e se tornar aluno de Kirkpatrick no vilarejo de Great Bookham em Surrey, estudando para uma bolsa em Oxford. Isso significava mais um semestre no College, um fardo que Jack carregou com bravura: então, no final de julho de 1914, ele deixou Malvern para sempre, com um profundo alívio.

Aqui eu assumo como meu dever fazer um comentário sobre a sua crítica à escola, conforme expressa em suas cartas da época, bem como em *Surpreendido pela alegria*. "Eu não entraria em guerra", como Bosell diz em algum lugar, "ofensivamente contra os mortos", e menos ainda contra meu irmão: entretanto acho muito difícil de acreditar no Malvern que ele apresenta. Em julho de 1913, conheci de perto todos os veteranos que ele descreve e eu os considerei sujeitos (com exceção de um) muito agradáveis.

Como foi que eles mudaram inteiramente de caráter durante as férias de verão daquele ano? Com relação às suas descrições sensacionalistas da imoralidade de Malvern, estou longe de negar que havia imoralidade: mas quando eu cheguei a Sandhurst e pude comparar o comportamento de meninos de toda escola pública do país, eu achei que havia pouca diferença entre eles nesse sentido. E é preciso lembrar que um menino, no seu primeiro ano em uma escola pública sabe muito pouco do que está acontecendo: ele vive do escândalo e dos rumores, e tende, por isso mesmo, a ver imoralidade em toda associação sentimental entre um menino mais velho e um mais novo. Tais associações — inevitáveis em um sistema que mantém um jovem de 18 anos de idade isolado de companhia feminina por dois terços do ano — certamente são bobas e indesejáveis: mas eles são muitas vezes fisicamente inocentes, um fato que Jack parece ter sido relutante em ver ou admitir.

Quando li *Surpreendido pela alegria* pela primeira vez, destaquei isso para ele e chamei sua atenção para sua declaração absurda de que "só havia um assunto de conversa" na casa. Eu poderia lembrar de muitos outros — relativos ao teatro, à moda, aos esportes e assim por diante. Lembro-me desse incidente com orgulho, porque naquela ocasião, e somente naquela, consegui convencer Jack a admitir que ele estava errado.

O fato é que ele jamais deveria ter sido enviado a qualquer escola pública que fosse. Já aos quatorze anos de idade sua inteligência era tal que ele teria se enturmado melhor entre graduandos do que entre meninos do ensino médio; e por seu temperamento ele estava destinado a ser desajustado, herege, um objeto de suspeita, dentro do sistema de escola pública de mente coletiva e massificante. Na verdade, ele foi feliz de ter deixado Malvern antes do poder desse sistema ter lhe causado qualquer dano duradouro.

Dos seus tempos debaixo da tutoria de Kirkpatrick em Great Bookham, ele deixou um registro completo e lírico em *Surpreendido pela alegria*. O estímulo de uma mente aguda e vigorosa, a beleza romântica que a paisagem de Surrey possuía então, a segurança ordenada da vida de Jack, sua liberdade de ler ampla e graciosamente — todos esses fatores combinaram-se para desenvolver seus dons particulares e determinar seu futuro. "Ele nasceu com um temperamento literário", escreveu Kirkpatrick a seu pai, "e nós temos que encarar esse fato com tudo o que ele implica". E mais tarde: "Fora de uma vida de estudo literário, a vida não tem sentido ou atração para ele [...] ele não se adapta a outra coisa. Você deve se conformar com isso". Há um tom aqui de advertência e limitação, mas para Jack esses dias foram paradisíacos sem qualificação, sendo que suas cartas da época estavam carregadas dos efeitos da descoberta literária.

De tempos em tempos eu voltava para casa, de licença da França, levando Jack comigo, sempre que eu podia, para visitar nosso pai; mas já havia dificuldades e relutâncias nesse sentido, sendo que a vida em "Little Lea" tinha certos aspectos incômodos e frustrantes. Eu menciono esse assunto com relutância: contudo, alguma consciência da tendência opressora do meu pai de dominar a vida e, especialmente, a conversa de seus familiares é necessária para compreender a mente e a vida de Jack. Essa tendência trouxe frutos curiosos nos primeiros dias. Desde aqueles dias da velha casa, que abandonamos em 1905, Jack tentava escrever: depois de sua morte, encontramos entre seus escritos quaisquer começos infantis, mas ambiciosos, de histórias, contos, poemas, sendo que quase todos lidavam com o nosso mundo de fantasia privada do Animal-Land [Terra dos Animais] ou Boxen. Então, em 1912, ele produziu um romance completo, um desempenho louvável para um menino que ainda não tinha completado 13 anos de idade; e o interessante a notar é que este romance, como a continuação que seguiu pouco tempo depois, girava inteiramente em torno da política.

Para qualquer um que se lembra do menosprezo de Jack por política e políticos na idade adulta isso parece extraordinário: mas essa primeira predileção e sua repugnância subsequente por todo esse assunto foi proveniente da mesma raiz. Na classe média-alta da sociedade de nossa infância em Belfast, a política e o dinheiro eram os principais, quase os únicos, temas da conversa de adultos: e já que todos os visitantes que vinham à nossa casa tinham exatamente as mesmas visões de meu pai, o que ouvíamos não era a discussão ou o confronto vivo de mentes, mas antes uma torrente unilateral infindável de resmungos e vitupérios. Qualquer pai normal teria mandado a nós, meninos, embora para brincar, mas não meu pai: tínhamos que ficar sentadinhos, em silêncio, e aguentar. O resultado imediato, no caso de Jack, foi de convencê-lo de que a conversa de adultos e a política eram a mesma coisa, e que tudo que ele escrevia tinha que receber uma estrutura política: o resultado de longo prazo disso foi enchê-lo de desgosto e desprezo só de ouvir falar em política, antes mesmo de ele ter alcançado a adolescência.

Agora, durante os seus dias felizes em Great Bookham, a mente de Jack estava se desenvolvendo e desabrochando em linhas as menos políticas possíveis. Suas cartas da época são cheias de paisagens e romance: elas registram a sua descoberta de George MacDonald — um ponto de virada na sua vida — e seu primeiro e característico prazer em ler Chaucer, Scott, Malory, as Brontës, William Morris, Coleridge, De Quincey, Spenser, Swinburne, Keats. Em seu amigo, Arthur Greeves, ele encontrou uma alma gêmea, com o qual ele podia compartilhar e celebrar essas descobertas: eles mantinham uma correspondência regular, saíam de férias juntos, e Jack desfrutou da hospitalidade do lar de Arthur em Belfast. Aqui novamente o temperamento do meu pai foi uma influência limitadora e atenuante. Jack estava desejoso de retribuir a hospitalidade de Arthur: se isso tivesse sido arranjado, meu pai certamente teria dado as boas-vindas ao amigo de seu filho com toda a cordialidade, mas nem por um momento teria lhe ocorrido que os dois meninos poderiam querer conversar a sós. Não: ele teria se juntado a eles, de forma inescapável, para uma boa conversa sobre livros, monopolizando noventa por cento da fala, louvando os seus próprios favoritos, sem dar a mínima atenção para os interesses deles. Dois jovens entediados e frustrados teriam sido submetidos a longas leituras dos ensaios de Macaulay, discursos de

Burke e coisas do gênero e meu pai teria se deitado satisfeito por ter proporcionado uma noite literária muito mais interessante do que eles teriam podido forjar por si mesmos.

Que a visita de Arthur teria esse caráter era algo bem autoevidente para Jack: ele aludiu delicadamente ao "obstáculo" do temperamento do seu pai e a visita nunca chegou a acontecer.

Em dezembro de 1916, Jack foi para Oxford para se candidatar a uma bolsa nos clássicos, foi ignorado pelo New College, e foi eleito para uma bolsa aberta pela Universidade. A lista completa de premiações, publicada no *The Times*, alguns dias mais tarde, incluía os nomes de Alfred C. Harwood e Arthur Owen Barfield: estes dois, eleitos para bolsas de Estudos Clássicos na Christ Church e Wadham, respectivamente, se encontrariam para o resto da vida de Jack entre os amigos pessoais mais íntimos dele.

As perspectivas oferecidas pela Oxford de tempos de guerra eram, é claro, limitadas e determinadas pela iminência do serviço militar para a maioria dos graduandos: havia poucos homens em residência e os acordos eram flexíveis. Jack recebeu a proposta de prestar o Responsions[1] em março e aparecer no trimestre subsequente à Páscoa, associando-se à OTC[2] de Oxford: isso, conforme foi sugerido, ofereceria a ele a melhor chance de promoção. E assim, depois de mais algumas aulas particulares em Bookham e de visitar sua casa, Jack se matriculou, assinou o seu nome no livro do College. Sua carreira universitária teve início em 28 de abril de 1917.

É notório que nas circunstâncias daquele tempo foi-lhe permitido entrar em residência, tendo fracassado em passar no exame do Resposions naquela Páscoa: uma das suas primeiras preocupações em Oxford foi de encontrar um professor particular e trabalhar mais duro nos elementos da matemática, de olho já numa nova

---

[1] Um dos três exames necessários para se conquistar um grau acadêmico na Universidade de Oxford. [N. T.]
[2] Abreviatura de Officers' Training Corps (Corporação de Treinamento de Oficiais), que, na verdade, é University Officers' Training Corps, que são unidades de treinamento para lideranças militares no meio acadêmico. [N. T.]

tentativa. Na verdade, ele nunca passou no exame, tendo sido dispensado dele mais tarde em virtude de seu serviço militar. Nisso ele teve sorte, pois não creio que em qualquer estágio de sua carreira ele teria conseguido passar em qualquer tipo de exame de matemática elementar: visão esta com a qual ele mesmo concordou, quando eu a coloquei para ele vários anos depois.

Antes de o trimestre ter chegado ao fim, seus papéis foram encaminhados, e Jack se viu como soldado, tendo acumulado nessas primeiras semanas em Oxford não apenas o exame fracassado para Responsions e seu treinamento de OTC, mas também um bom montante de leituras variadas, a maioria das quais (conforme registrado em seu diário) eram o caso de poesia e romance. Entrar para o exército significou para ele menos uma ruptura do que para outros, já que o batalhão de cadetes para o qual ele foi designado foi acantonado em Keble: ele foi capaz de manter contato com os seus amigos e até mesmo (por algum tempo) passar os fins de semana no seu próprio *college*.

Em relação à vida no exército em tempos de guerra, a sua atitude final — conforme expresso em *Surpreendido pela alegria* — foi notavelmente positiva: e nesses primeiros dias de treinamento inicial, suas cartas para casa expressavam mais entusiasmo do que angústia. Foi nesse período que começou a relação que teve um efeito enorme e determinante sobre o padrão de sua vida subsequente. Entre os cadetes em Keble ele encontrou alguns que foram uma companhia agradável: um deles foi E.F.C. ("Paddy") Moore, com o qual dividiu o quarto por um erro alfabético. Em agosto, ele ganhou alguns dias livres para passar em casa e teve o infortúnio de amargar a sua falta por alguns dias: o fim de semana seguinte ele passou com Moore e sua mãe. No dia 25 de setembro, Jack foi promovido para o terceiro batalhão da Infantaria Leve de Somerset e foi-lhe dado um mês de licença: ele escolheu a mesma companhia para a primeira parte de sua licença, só indo para casa em 12 de outubro. O diário do meu pai contém uma nota irônica dessa ordem de prioridades: essa situação só alcançou um desenvolvimento completo bem mais tarde, mas o seu caráter pode ter ficado visível já naquela época.

Não gostaria de me deter nas barreiras que existiam entre Jack e meu pai, nem de exagerar a sua importância com relação ao envolvimento subsequente de Jack com a Sra. Moore e seus casos. Tais barreiras não eram apenas de um tipo puramente pessoal: entre a Irlanda e a Inglaterra havia, naquele tempo, um tipo de cortina de ferro de incompreensão. Não havia alistamento na Irlanda, nenhum tipo de racionamento, nenhum tipo de escassez (até onde eu pude ver): a guerra era uma coisa muito remota, meramente um tópico de conversa, a menos que alguém tivesse parentes lutando na França. Eu nunca saí de licença sem ter a sensação inquietante de que eu poderia, de uma forma ou de outra, ter sido violentamente transportado de volta para 1913. Nessa atmosfera remota, Jack despachou um telegrama em 15 de novembro — que teria deixado claro a quem pudesse interessar, na Inglaterra, que ele estava às vésperas de embarcar para serviço além-mar. Meu pai simplesmente telegrafou de volta que ele não conseguiu entender o telegrama, e pediu por maiores explicações: ele não empreendeu nenhuma tentativa de ir ao encontro da reunião em Bristol — proposta de forma suficientemente clara por Jack — porque este poderia muito bem ter sido o seu último encontro, e Jack teve que viajar para a França e à guerra sem vê-lo de novo.

Isso deve ter sido recebido como uma rejeição, embora provavelmente ela tenha sido provocada por um mal-entendido genuíno, uma falha de "comunicação". Mas a mesma coisa aconteceu de novo, de forma muito mais séria, sete meses depois. Jack havia alcançado a fronteira no seu aniversário de 19 anos, em 29 de novembro de 1917: após um período inicial nas trincheiras e uma doença breve, ele estava entre aqueles que encararam, em março, o ataque final dos alemães na fronteira ocidental, e em abril ele foi ferido. Tive condições de visitá-lo uma vez no hospital, e ainda me lembro bem de meu alívio quando o encontrei sentado na cama e me saudando alegre: "Ei, não sabia que vocês da ASC[3] podem se afastar tanto assim da linha de frente!"

Suas feridas não eram graves, mas ele foi mandado para casa para se recuperar em Londres, tendo ouvido um pouco mais cedo que o filho da Sra. Moore estava desaparecido e se acreditava que estivesse morto; e do hospital *Endsleigh Gardens* ele escreveu para casa, alegremente, mas com a primeira expressão franca de saudades de casa, implorando ao seu pai que viesse visitá-lo.

Parecia impossível para qualquer pai resistir a um apelo desse tipo, que viesse nesse momento. Mas meu pai era um homem muito peculiar em certos sentidos: principalmente quando se tratava do seu ódio quase patológico de dar qualquer passo que envolvesse uma ruptura na rotina monótona de sua existência diária. Jack permaneceu sem visitas e se sentiu profundamente ferido por uma negligência que ele considerou inescusável. Sentindo-se rejeitado por seu pai, ele se voltou para a Sra. Moore como a uma mãe, procurando ali o afeto que lhe fora aparentemente negado em casa.

Não havia brecha entre Jack e seu pai: as coisas permaneceram, exteriormente, como estavam. Mas depois disso, "Little Lea" perdeu sua importância para Jack, e logo a expressão "ir para casa" em seu diário passou a se referir à sua jornada da casa de seu pai para Oxford.

Antes que ele estivesse pronto para qualquer novo serviço na França, a guerra havia terminado: e depois de ser transferido de um campo do exército para outro, ele foi desmobilizado antes do que nós esperávamos. Eu estava em casa, de licença, não esperando vê-lo, quando ele chegou de surpresa no dia 27 de dezembro de 1918, bem disposto e livre: apesar de todo o estresse e as tensões que acabei de mencionar, foi uma reunião alegre de todas as partes, uma restauração dos velhos tempos, a primeira ocasião, inclusive, em que tomei champanhe em casa.

---

[3]Provavelmente Ambulatory Surgical Center [Centro Cirúrgico Ambulatorial]. [N. T.]

Memorial de C.S. Lewis

Dentro de um mês, ele estava de volta em Oxford e havia embarcado em um padrão de vida que permaneceria, em muitos aspectos, inalterado para o resto de seus dias. Ele teve uma "carreira de sucesso", como tais coisas são reconhecidas; desde seu brilhantismo na graduação, por meio de um duplo primeiro lugar até uma bolsa e, finalmente, uma cadeira de professor, até sua vida de celebridade mundial como escritor de assuntos literários e religiosos, seu progresso parece ter sido inevitável, um desenvolvimento livre de esforços do destino previsto por Kirkpatrick.

Minha própria contribuição para a compreensão que o mundo tem do meu irmão deve ser limitada: não me proponho, neste memorial, a oferecer um relato completo de sua obra e muito menos uma avaliação dela. Só o que ofereço são minhas próprias memórias de Jack como homem, amigo e irmão: e se este memorial for útil para aqueles que esperam entender sua mente e sua obra, não deve haver nenhuma ocultação das dificuldades sob as quais ele trabalhava, os padrões de estresse e tensão que determinaram muitos aspectos de sua vida.

Havia, de fato, algo natural e livre de esforço em sua obra estritamente acadêmica: Jack era uma daquelas raras e afortunadas pessoas cuja ideia de recreação sobrepõe-se, e até coincide, com o seu trabalho obrigatório. Não era motivo para surpresa que ele tenha ganhado o primeiro lugar em Honour Mods (1920), em Greats (1922) e em Inglês (1923)[4] ou que ele tenha vencido o Prêmio Chancellor por um ensaio em inglês. Mas até mesmo para um estudioso de sua habilidade e nível de conquistas, não foi então nenhuma questão rápida ou fácil embarcar com sucesso na carreira acadêmica. Imediatamente após conquistar os Greats, ele se candidatou para uma bolsa por meio de exame no Magdalen: antes disso ele verificou a possibilidade de um leitorado no Reading: mais tarde, ele se candidatou para uma bolsa no Trinity e St. John's.

---

[4]Todos esses são exames específicos da Universidade de Oxford que conferem premiações e contam pontos na carreira acadêmica. [N. T.]

Para todos esses cargos, Jack viu outras pessoas sendo escolhidas; e havia tempos nesse período de incerteza em que ele se sentiu sem esperanças de alcançar qualquer sucesso acadêmico ou literário.

É preciso dar algum crédito, por ele ter perseverado, ao apoio moral e material dado tanto por seu próprio College como por seu pai. As autoridades na universidade tinham confiança nele e estenderam a sua bolsa original por um quarto ano, que ele passou muito agradavelmente no leitorado para a Escola Inglesa: seus primeiros leitorados deram-lhe um pontapé inicial promissor, e os assuntos acadêmicos de então tendiam em uma direção que faziam com que um primeiro lugar duplo desse padrão particular fosse uma qualificação realmente excepcional. E, no final, foi seu próprio College que foi o primeiro a oferecer-lhe um posto — um posto deveras muito reduzido, com certeza, mas era um bom começo: foi com considerável alívio que Jack aprimorou a sua leitura dos Greats e começou o seu trabalho de tutor em outubro de 1924.

Este era estritamente um posto temporário, cobrindo um único ano de ausência nos Estados Unidos de um dos professores. Na próxima primavera, foi anunciado que Magdalen havia proposto de fazer uma eleição para uma bolsa em inglês. A competição parecia ser acirrada e Lewis se inscreveu com indiferença, com poucas esperanças de sucesso. O College o elegeu, nominalmente, para cinco anos: na verdade, esta indicação preencheu o cerne do seu cotidiano de trabalho de junho de 1925 até que, em 1954, ele deixasse Oxford para assumir uma cadeira de professor em Cambridge.

E assim, depois de um luta longa e desencorajadora, Jack conseguiu alçar voo para a fortaleza aparentemente impregnável que ele certa vez descreveu como "a Oxford real". Praticamente, sua primeira medida foi escrever a seu pai para expressar sua profunda gratidão por seis anos de apoio generoso. Como já acenei, havia certo grau de estranhamento entre eles — embora nunca qualquer indisposição franca —, e certo montante de tristeza e estresse sempre acompanhavam as visitas de Jack a "Little Lea": entretanto meu pai manteve a sua promessa, feita em 1923, de mais três anos de apoio a Jack em Oxford, mesmo que ele soubesse que havia algum risco de fracasso e que então não seria coisa fácil para Jack se lançar em alguma carreira totalmente nova aos 28 e poucos anos de idade.

O estresse causado por esse estranhamento familiar limitado era apenas intermitente. Mas havia outra fonte de estresse e dificuldade na vida de Jack, que era contínua, duradoura e, em certo grau, autoimpingida. Eu já indiquei como, durante a guerra, Jack começou a mostrar uma preferência destacada pela companhia da Sra. Moore, em vez daquela de seu pai: mais tarde, esse relacionamento se desenvolveu de maneira mais forte. A Sra. Moore havia perdido seu filho; Jack havia, muitos anos antes, perdido sua mãe, e agora seu pai parecia ter falhado com ele emocionalmente. Ele podia ter sentido também algum senso de responsabilidade, um dever, quem sabe, de manter alguma promessa de tempos de guerra feita a Paddy Moore.[5] De uma forma ou de outra, Jack embarcou em um relacionamento com a Sra. Moore que era quase de mãe e filho; e assim que o seu primeiro ano como graduando terminou, em vez de mudar-se do *college* para o alojamento, ele se dispôs a morar com ela e sua filha Maureen. Uma vez tendo embarcado nesse relacionamento com a Sra. Moore, não era do feitio de Jack abandoná-la mais tarde, e eles continuaram vivendo juntos até a morte dela, em 1951; ao longo desse período Jack usualmente se referia à Sra. Moore como "minha mãe" — nem sempre com alguma indicação explícita de que o relacionamento fosse convencional ou de adoção.

A coisa mais intrigante para mim e para os amigos de Jack era a extrema inadequação da companhia da Sra. Moore para ele. Ela era uma mulher de mente muito limitada e de temperamento notadamente dominador e possessivo. Ela cortou a um mínimo suas visitas a seu pai, interferia constantemente em seu trabalho e impunha a ele um fardo pesado de tarefas domésticas menores. Em vinte anos,

---

[5]O acordo entre Paddy e Lewis era que, se um deles morresse, o outro cuidaria de sua mãe e seu pai, respectivamente. [N. T.]

eu nunca vi um livro nas mãos dela. Sua conversa era essencialmente sobre si mesma e era uma questão de dogmatismo mal informado: sua mente era de um tipo que ele não considerava tolerável em outras pessoas. É claro que o negócio todo teve que ser escondido de meu pai, o que ampliava o abismo entre ele e Jack: e já que uma mesada calculada para sustentar um bacharel vivendo num *college* não era o suficiente para um pai de família, Jack se viu numa pobreza miserável. No entanto, ele continuou nessa servidão restritiva e perturbadora por *muitos* de seus anos mais frutíferos, sofrendo as preocupações e despesas de mudanças repetidas até termos nos instalado, em 1930, nos Kilns, em Headington Quarry.

Insisto nesse negócio bastante infeliz com alguma consternação, mas essa foi uma das circunstâncias centrais e determinantes da vida de Jack. Ele aludiu a isso obscuramente em *Surpreendido pela alegria* e isso se encontra refletido com clareza dolorosa em vários trechos de seus livros: o estresse e a tristeza que isso muitas vezes lhe causavam não devem ser subestimados.

Por outro lado, seria amplamente enganoso sugerir que meu irmão tenha vivido uma vida de reclusão solitária e amargurada. O caso era bem o contrário. Como todos os seus amigos podem testemunhar, ele era um homem dotado de um dom extraordinário para passar o tempo em boa companhia, para boas risadas e o amor por amigos — um dom que se revelou plenamente em cada ocasião de férias, caminhadas, sendo que ele deixou transparecer muito bem o caráter alegre de sua resposta a elas em suas cartas. Ele tinha, de fato, um talento impressionante para a amizade, particularmente para a amizade de um tipo tumultuoso, masculino e argumentativo, mas nunca belicoso.

Nesse sentido, devo dizer algo dos Inklings, uma reunião famosa e heroica que já virou lenda literária. Não era nenhum clube ou uma comunidade literária propriamente dita, apesar de ter traços da natureza das duas coisas. Não havia regras, coordenadores, agendas, ou eleições formais — a não ser que se conte como regra que nós nos encontrássemos nas dependências de Jack, no Magdalen, todas as quintas-feiras à noite, depois do jantar. Os trabalhos não começavam nem terminavam a qualquer hora fixa, embora houvesse um acordo tácito de que 22h30 era o mais tarde que uma pessoa decente poderia chegar. De tempos em tempos nós acrescentávamos pessoas ao nosso número original, mas sem formalidades: alguém sugeriria que Jones fosse convidado a vir na quinta-feira, e poderia haver um acordo geral, ou então uma generalizada falta de entusiasmo e um "deixa disso". Geralmente havia um consenso, já que todos nós conhecíamos o tipo de pessoa que desejávamos ou não desejávamos que participasse.

O ritual de um Inkling era invariável. Quando algo em torno de meia dúzia estava presente, produzia-se o chá, e então, quando os cachimbos estavam bem acesos, Jack dizia: "Bem, alguém tem alguma coisa para ler para nós?" Então eram sacados os manuscritos, e nós nos assentávamos para julgá-lo — um julgamento real e não enviesado, a propósito, pois não éramos nenhuma sociedade de admiração mútua: o louvor a bons trabalhos era irrestrito, mas a censura por mau trabalho — ou até mesmo não tão bom — muitas vezes era brutalmente franca. Ler para os Inklings era uma provação formidável, e posso me lembrar ainda do medo com o qual eu ofereci o primeiro capítulo do meu primeiro livro — e meu prazer, de mesma intensidade, pela sua recepção.

Para dar uma ideia do conteúdo daquelas noites, vamos dar um salto para o ano de 1945, um ano de boas safras. Na maioria dos encontros daquele ano tivemos um capítulo do "novo Hobbit" de Tolkien, como nós o chamávamos — a grande obra que mais tarde seria publicada como *O Senhor dos Anéis*. Meu diário registra, em outubro daquele ano, "uma longa discussão sobre a ética do canibalismo"; em novembro, que "Roy Campbell leu para nós suas traduções de um par de poemas espanhóis", e "John Wain ganhou uma aposta extraordinária lendo um capítulo de *Irene Iddlesleigh* sem um sorriso sequer"; e do próximo encontro, que "David (Cecil) leu um capítulo do seu livro que estava saindo sobre Gray". Em fevereiro de 1949 falamos sobre universidades de tijolos vermelhos;

a partir daí a conversa enveredou por vários caminhos que eu esqueci, para "tortura, tertulianos, pessoas chatas, teoria do contrato e monarquia medieval e nomes de lugares estranhos".

Algumas vezes, embora não muitas, podia acontecer de que ninguém tivesse nada para ler para nós. Nessas ocasiões, a diversão era sem freios, com Jack no auge de sua forma e curtindo cada minuto — "não há coisa que me dê mais prazer de ouvir", disse ele certa vez, "do que homens dando boas gargalhadas". Nos Inklings a sua conversa era uma profusão de jogos de palavras inteligentes, sem sentido, fantasiosas, digladiações dialéticas e julgamentos pungentes como eu raras vezes ouvi iguais — mas também não era nenhum show armado meramente para a ocasião, pois muitas vezes era quase tão brilhante quanto quando estávamos juntos, só nós dois.

Ao longo dos anos de guerra e os anos até mais duros do pós-1945, a rotina algumas vezes variava ligeiramente e Jack nos servia a todos uma ceia fria em seus aposentos — algo viabilizado pela grande generosidade de seus diversos admiradores americanos, cujos tributos a ele incluíam muitos pacotes de comida. E havia ainda outra reunião ritual, subsidiária dos Inklings propriamente ditos: a mesma companhia costumava se encontrar por uma hora aproximadamente antes do almoço todas as terças-feiras no Eagle and Child [Águia e Criança] em St. Giles, que era mais conhecido como Bird and Baby [Pássaro e Bebê].[6] Essas reuniões devem ter alcançado certa notoriedade, pois num romance policial da época, um personagem diz "Deve ser terça-feira — aí vai o Lewis indo para o Bird".

Em seu prefácio aos *Essays Presented to Charles Williams* [Ensaios apresentados a Charles Williams] Jack oferece um registro vivo e comovente do que esse círculo significou para ele, com uma referência particular a uma das mais ricas e mais frutíferas amizades de sua vida. Para mim, dizer algo mais sobre Charles Williams nesse contexto seria uma impertinência desnecessária.

---

[6]Nome dado pelos Inklings ao *pub* em que eles se encontravam ocasionalmente. [N. T.]

Por todos aqueles anos, de 1925 em diante, Jack estava carregando o fardo exigente e tedioso de ser tutor no *college* e preletor na universidade. Todas as manhãs, ele pegava dois ou três pares de alunos para instrução em seus próprios aposentos no College, e depois ele ia almoçar em Headington. À tarde, se a sorte lhe sorrisse, ele teria permissão de dar um passeio e retornar para o chá; então, ele voltava para o College para o restante do dia e para a noite. Ele tinha, portanto, uma liberdade precária do duro trabalho doméstico: mais tarde, no entanto, ele passou a dormir em casa, em vez de no College, perdendo mais um pouco de sua liberdade.

Seus aposentos no Magdalen eram magníficos: uma grande sala de estar no primeiro andar dos New Buildings, com vista para o bosque, e uma sala de estar menor e um dormitório, que se voltavam para os claustros e a torre. Mas ele teve que mobiliar esses cômodos do próprio bolso e o fez com estilo superficial e notadamente econômico: sendo que o efeito, descrito pelo Sr. Betjeman como "árido", durou muito tempo depois de Jack ter condições de comprar novas mobílias, mais bem escolhidas e mais confortáveis. Meu pai sugeriu, plausivelmente, que Jack tivesse escolhido essa mobília como ele escolhia suas roupas — pegando apressadamente a primeira coisa que o lojista lhe oferecia. Essa era parte de sua impaciência geral com os aspectos mecânicos da vida: ir cortar o cabelo, ir ao banco, ir às compras — todas essas atividades eram uma tortura e um fardo para ele. As suas próprias roupas eram uma questão de completa indiferença para ele: ele tinha uma habilidade incrível de fazer um terno novo parecer esfarrapado na segunda vez que ele o usava. Um de seus episódios com vestimentas se tornou lendário. Diz-se que Jack certa vez levou um convidado para um passeio matinal pelo Passeio de Addison, depois de uma noite muito chuvosa. Naquele momento o convidado chamou a sua atenção para um curioso pedaço de tecido, dependurado em um arbusto. "Isso se parece com meu chapéu!", disse Jack; e depois acrescentou, alegremente, "É o meu chapéu mesmo!" e, botando a massa encharcada na cabeça, continuou andando.

Tal indiferença sutil não era estendida à comida: nesse ponto as suas exigências eram simples, mas contundentes. A cozinha caseira simples era o que ele desejava, com a ressalva de que, se a comida estava quente, os pratos também tinham que estar. O que ele realmente desgostava era de "comida estragada", pelo que ele entendia qualquer prato elaborado: ele jamais podia ser convencido a experimentar comidas diferentes. Normalmente, ele não bebia nada à mesa: em ocasiões especiais, gostava de compartilhar uma garrafa de Burgundy ou Hock, e no College ele usualmente tomava uma taça de vinho do porto após o jantar. Um traço curiosamente feminino era a imensa importância que ele atribuía ao chá da tarde. Quando estávamos juntos numa caminhada, ou fora com a minha motocicleta *rodster*, com Jack no assento lateral, o dia todo tinha que ser planejado em torno da necessidade de que nos encontrássemos às quatro horas em algum lugar com disponibilidade do chá da tarde. A única vez em que eu o vi realmente descontente em matéria de comida e bebida aconteceu na Irlanda: estávamos andando de automóvel com um amigo e não encontramos chá num local em que contávamos com isso. O amigo e eu naturalmente mergulhamos no pub mais próximo para tomar um uísque com soda: Jack recusou até mesmo este consolo.

Essas variadas excursões e passeios eram um elemento grande de sua vida e da minha: eles eram inspirados por uma apreciação de paisagens que se desenvolveu a partir das visões de Boxen na nossa infância e era — ao lado dos livros — o elemento mais duradouro no cementar de nossa amizade. Até 1939, nossa caminhada anual era um acessório regular: nesses dias longos e durante as horas prazerosas da noite, quando íamos descansar em uma pousada, Jack sempre estava no seu humor mais exuberante, mais extravagante, mais perceptivo — era como um cavalo de charrete sobrecarregado liberto de seu jugo e tendo que parar forçosamente.

Sobrecarregado certamente ele estava: não apenas pelo fardo de seu trabalho rotineiro na tutoria e no leitorado, não apenas pelas tarefas domésticas impostas a ele pela Sra. Moore ("Ele é tão útil

Memorial de C.S. Lewis

quanto uma empregada adicional na casa", ela dizia com complacência aos visitantes), mas também pela extensão e profundidade de sua própria leitura, o esforço criativo do trabalho original, tanto acadêmico como religioso, e (conforme os anos iam passando) o crescente volume de sua correspondência, sendo que uma grande parte dela era de completos estranhos. Em vista disso tudo, os visitantes às suas dependências muitas vezes ficavam impressionados com o tamanho modesto de sua biblioteca pessoal. Quando ele era mais novo, era uma espécie de bibliófilo, mas, em sua meia-idade e vida posterior, muito raras vezes ele comprava um livro que também não pudesse consultar na Biblioteca Bodleiana: longos anos de pobreza, autoimpingida, mas opressiva, fez desse hábito econômico uma segunda natureza para ele — um fator que contribuiu, sem dúvida, para o caráter extraordinariamente excelente de sua memória.

Devido a toda a aridez da mobília e à pequena quantidade de livros, esses aposentos em Magdalen tornaram-se, por hábito e longa associação, mais parecidos com um lar ou ambiente acolhedor. Quando eu deixei o exército, transformei-os em meu próprio quartel-general e estive em condições de oferecer a Jack alguma ajuda na secretaria e coisas similares: e foi nesses aposentos que muitas gerações de estudantes apreciaram e se submeteram ao estímulo de sua mente erudita e dialética. Desde a sua morte, chegou às minhas mãos uma boa quantidade de tributos e reminiscências de ex-alunos: desses eu gostaria de resumir um, oferecido pelo Sr. H.M. Blamires, que começou o leitorado de inglês com Jack em 1936, e que foi capaz de expressar admiravelmente o sabor particular daquelas horas de tutoria.

> Ele tinha um interesse pessoal por seus alunos e estava permanentemente preocupado com aqueles que se tornaram seus amigos. Embora ele tenha sido a pessoa mais cortês e solícita, a sua franqueza podia, quando ele assim o desejava, cair feito um raio sobre um monte de reticências, como uma ducha de água fria de carinho ou devastação repentinos — na verdade, de ambos ao mesmo tempo.

Ninguém sabia melhor do que ele motivar um aluno com encorajamento e como pressioná-lo com justa crítica quando necessário, sem causar ressentimentos. Sua pretensão não era levar os alunos até o fim de um curso; mas conduzi-los por um período de mais ou menos dois anos, permitindo-lhes começar um processo que ocuparia, para os mais responsáveis, o resto de suas vidas. A literatura aguardava-os nas prateleiras; o apetite do aluno deveria ser aguçado e alimentado. Seria errado passar a impressão de que ele encorajasse a leitura indiscriminada. Certa vez eu fui a um tutorial orgulhosamente alimentado por um ensaio substancial e, como eu considerei, admiravelmente detalhado, de Abraham Cowley. Quando estava na metade, debrucei-me sobre uma pesquisa sobre o épico histórico de Cowley, os *Davideis*. Bem realizado após a minha apresentação dessa pesquisa, eu me dei conta subitamente de que Lewis estava balançando na cadeira, reprimindo seu divertimento. Por fim, ele me interrompeu com toda a gentileza: "Mas você não está me dizendo que realmente *leu* isso?" O tom foi de horror escarnecedor. "Palavra por palavra", disse eu. "Lamento muitíssimo", disse ele com gravidade, como se nada pudesse expiar o sofrimento que ele involuntariamente me havia feito passar. Então, ele se animou, tendo achado uma migalha de consolo. "Mas, imagine: você deve ser o único homem no país, quem sabe o único homem vivo, que tenha lido cada palavra do *Davideis* de Cowley." Ele esperava que nós compartilhássemos da companhia de seus autores favoritos, que o acompanharam por toda a vida. Nunca havia um ponto adequado na vida para dizer: "Sim, eu *li* Malory ou Spenser ou Milton." Seria como dizer: "Sim, eu *comi* bacon e ovos." Havia muita diversão envolvida nas tutorias. Lewis sentava ali sobre o seu vasto Chesterfield, fumando cachimbo e cigarros alternadamente, dando um sorriso radiante e saltitando com bom humor de uma forma incrivelmente extrovertida de vez em quando. Ele parecia grande, sentando-se à nossa frente, com o seu enorme punho avolumando-se em torno do cachimbo, olhos bem abertos e sobrancelhas levantadas por trás de uma nuvem de fumaça. Como professor de leitorado, ele era a melhor aquisição que a Escola Inglesa teve nos anos 1930. Ele conseguia encher as maiores classes de leitorado. Ele era popular, porque suas preleções eram substanciosas. Apregoava o que era desejado de uma forma palatável. A proporção e a direção eram sempre preservadas, mas sem forçar a barra. Os pontos eram claramente enumerados; os argumentos belamente articulados; ilustrações, ricamente escolhidas. As imagens físicas do Lewis dos anos 1930 que ficam são símbolos, em vez de figuras claramente definidas. Lembramos do chapéu deformado e do sobretudo mal-ajustado, vistos como desvantagem peculiar a partir do topo de um ônibus [...] a voz avantajada, de alto e bom som, em uma de suas noites de quinta, regadas a "cerveja e Beowulf", o grande e ruborizado rosto, avolumando-se para fora das roupas pouco elegantes, e vivo com um entusiasmo e intensidade que conquista e acalenta, desafiando considerações estéticas. Não é fácil manter em mente ao mesmo tempo a imagem de um Lewis cheio de bom humor e informalidade e a constatação do vasto volume de trabalho que ele realizou. Seu gosto por cerveja e conversa licenciosa das noitadas podem levar o leitor desavisado ao engano, traçando uma imagem completamente falsa. Sua hospitalidade, da mesma forma que a sua ajuda, oferecida generosa, mas não forçadamente, era fácil de se aceitar e fácil de se rejeitar.

Suas "vezes de homem de igreja" não podiam ser rotuladas. A ala "católica" nunca o desagradou pelas coisas dotadas de sentido ou importantes; mas pela preocupação ritualística excessiva sobre coisas não essenciais ou o exagero de trivialidades.

Seria um grande equívoco imaginar que sua caridade profunda e indefectível o tenha tornado incapaz de ser decisivo e franco quanto ao defeito dos outros. Ele não fazia fofoca. Não mantinha conversa maliciosa. Mas também não conspiraria para ocultar as deficiências de uma pessoa que fosse prejudicial velar. Ele fazia o possível para ser escrupulosamente justo nos seus julgamentos. Louvor e crítica sempre foram absolutamente honestos. Ele tinha uma quase fanática devoção por Charles Williams, mas quando Williams escreveu um mau livro, Lewis prontamente o descreveu como "simplesmente horroroso".

Foi, é claro, ao longo desses anos no Magdalen que Jack passou pela sua reconversão ao cristianismo, e também se desenvolveu em um autor de *best-sellers* de reputação internacional. Certa reticência na primeira matéria e, na outra, uma convicção de que autores mais eruditos do que eu estarão estudando a obra literária do meu irmão por vários anos a fio me levaram a passar por esses assuntos de forma mais breve.

Lembro-me bem do dia, em 1931, em que fizemos uma visita ao Zoológico de Whipsnade. Jack estava no carona de minha moto: conforme registrado em *Surpreendido pela alegria*, foi durante essa excursão que ele tomou a sua decisão de se refiliar à Igreja. Isso não me pareceu um mergulho repentino numa nova vida, mas, antes, uma convalescência lenta e contínua de uma enfermidade espiritual crônica de longa duração — um mal que teve as suas origens na infância, na superficialidade árida da religião oferecida pela frequência à igreja, de motivação semipolítica, em Ulster, e no similar vazio tedioso da ida à igreja compulsória dos nossos tempos de escola. Com esse pano de fundo, ambos achamos que a dificuldade da vida cristã se encontrava no culto público, e não nas devoções privadas de cada um. No caso de Jack, essa dificuldade foi superada lentamente; ele já estava sendo um cristão praticante de novo por algum tempo quando me disse a respeito da Comunhão: "Eu penso que comungar uma vez por mês atinge o equilíbrio ideal entre o entusiasmo e o laodiceianismo." Nos anos seguintes, ele passou a ver esse "equilíbrio ideal" de forma diferente e nunca deixou de comungar semanalmente, além de, por ocasião das maiores festas cristãs.

Não vou oferecer nenhuma explicação ou comentário quanto à sua própria experiência e compreensão da religião cristã em si: para o benefício de algumas centenas de milhares de pessoas, ele mesmo contou tudo o que palavras podem expressar. No que tange à sua vida externa, a sua conversão teve várias consequências: foi a ocasião de um desenvolvimento literário notável, de grande popularidade associada à hostilidade em alguns círculos e de certas participações em palestras de tempos de guerra dadas à RAF[7] e à BBC. Foi em conexão com a sua escrita religiosa, em vez de sua escrita erudita, que seu nome se tornou uma palavra corriqueira nos anos 1940 e 1950, e a mesma ênfase pode estar por trás dos dois graus honorários conferidos a ele — o Doutorado em Divindade (1946) pela Universidade de St. Andrews e o Doutorado em Literatura (1952) pela Universidade de Laval, Quebec. (Uma honraria adicional, o C.B.E [Comandante do Império Britânico, da sigla em inglês],[8] foi oferecida pelo Primeiro Ministro em 1951, mas Jack se viu obrigado a recusar: seu aparecimento em uma lista de honrarias conservadoras poderia, segundo ele, reforçar o argumento pouco fundamentado daqueles que identificavam a escrita religiosa com propaganda antiesquerdista.)

O que se destaca na sua carreira literária é que nunca lhe ocorreu, até uma data relativamente tardia, que o seu grande legado seria a prosa. *Spirits in Bondage* [Espíritos em escravidão] apareceu em 1919, uma coletânea de poemas, alguns dos quais escritos em seu tempo de Bookham: "Dymer", um poema narrativo, foi publicado em 1926, como fruto de muito sofrimento e esforço ao longo de um período peculiarmente difícil. Durante todos esses primeiros anos, ele se achava essencialmente um poeta (embora sem muita autoconfiança). Certo sentimento de alienação das correntes poéticas de seu tempo levou-o a publicar com pseudônimo: esses dois primeiros livros eram de "Clive Hamilton" (seu próprio primeiro nome e o sobrenome de solteira de sua mãe) e os vários poemas que ele publicou nos anos seguintes foram assinados como "Nat Whilk" (que significa em anglo-saxão "Não sei quem") ou, mais simplesmente, "NW".

Em 1933 ele publicou *O regresso do peregrino* e, em 1936, *A alegoria do amor*. Esse último livro, no qual ele esteve trabalhando

---

[7]Royal Airforce, a Força Aérea Real Britânica. [N. T.]
[8]Commander of the Most Excellent Order of the British Empire, um grau de honraria concedida dentro da ordem britânica de cavalaria. [N. T.]

desde 1928, foi imediata e permanentemente um sucesso a julgar por todos os critérios: e desde aquele tempo, a vida do meu irmão tornou-se uma vida de escrita e publicação contínuas para um público crescente e cada vez mais apreciativo. Devo observar, a essas alturas, que tornar-se um autor de *best-sellers* não envolve necessariamente um completo sucesso na tarefa de "comunicar". Os dois livros nos quais ele imprimiu mais de si mesmo — *O regresso do peregrino* e *Até que tenhamos rostos* — foram, na sua própria avaliação, fracassos que foram malcompreendidos ou ignorados pelo público.

Foi com a publicação de *Cartas de um diabo a seu aprendiz*, no outono de 1942, que Jack alcançou pela primeira vez sucesso amplo junto ao público do tipo que traz dinheiro aos montes. Ele não estava acostumado com isso — sua penúria anterior não o havia treinado para a fartura — e ele a celebrou com uma avalanche de cheques pródigos e imprevidentes para várias associações e cachorros deficientes individuais. Antes que a situação tivesse saído completamente do controle, seu advogado interveio: um fundo de caridade foi estabelecido no qual dois terços de seus *royalties* eram depositados automaticamente a partir de então, e com eles foram feitos pagamentos, tanto volumosos como numerosos, para todo tipo de propósitos de caridade. O lado financeiro de sua caridade não ficou de forma alguma limitado a esse arranjo particular e o total de seus beneficiários jamais será conhecido: mas além disso, ele tinha um grau extraordinário de caridade mais profunda, que pode, quem sabe, ser mais bem descrito como um senso de boa vizinhança universal e simpatia para com tudo e todos, estranhos e conhecidos.

Dois exemplos dessa qualidade vêm à minha mente. Num dia de verão ele ouviu dizer, por acaso, que havia um homem doente em um campo a certa distância. Jack disse: "Pobre diabo" e continuou a escrever; depois ele repentinamente deu um salto, cheio de inquietação, e disse: "Eu pequei; provei que tenho completa falta de caridade". E saiu, encontrou o homem, trouxe-o para casa, deu-lhe de beber, ouviu a sua história, e então — ficando satisfeito em saber que o homem poderia cuidar de si mesmo — despediu-se dele, sem esquecer (tenho certeza) da contribuição do Bom Samaritano. Além disso, em outra ocasião, ele topou com um mendigo enquanto caminhava no Shotover — um mendigo que levou a conversa para o assunto da poesia, citando Fitzgerald com muito gosto. Jack foi para casa, se armou com garrafas de cerveja e uma antologia em verso, subiu novamente ao topo da montanha, deu o livro e a cerveja ao mendigo, e despediu-se dele cordialmente.

Por todos aqueles anos em Magdalen até a morte da Sra. Moore, em 1951, as circunstâncias domésticas da vida de Jack continuaram a impor uma sobrecarga pesada sobre este hábito da caridade. As relações com o seu pai eram pacíficas, mas distantes. Jack escrevia para casa num estilo regular e informativo, mas as visitas ao "Little Lea" sempre tiveram um caráter penitencial: em seus anos tardios meu pai se tornou cada vez mais inquisidor e tirano, intrometendo-se em cada detalhe da vida de seus filhos, interferindo cegamente até mesmo nos assuntos mais pessoais. Nós sempre estávamos gratos quando podíamos partir. Nós três estivemos em casa juntos pela última vez em 1927: é prazeroso registrar que meu pai anotou isso em seu diário como "um dia de folga muito agradável — um mar de rosas". Em 1929, ele morreu: eu estava na China naquela época, e recaiu sobre Jack tomar as medidas imediatas para liquidar a residência no "Little Lea".

E em Oxford, por mais de três décadas Jack continuou a viver debaixo da autocracia da Sra. Moore — uma autocracia que se transformou em uma tirania asfixiante, conforme experimentado por mim mesmo ao longo dos anos da minha inclusão dentro dessa união doméstica incompreensível. A Sra. Moore era daquelas que prosperam na crise e no caos: todo dia tinha que haver algum tipo de cena doméstica ou transtorno, usualmente envolvendo as criadas: o fardo emocional assim emanado tinha então que ser depositado diretamente sobre os ombros não queixosos de Jack. Nesta atmosfera, as inconveniências físicas do lar pareciam relativamente pouco importantes: notadamente entre elas havia a total imprevisibilidade de qualquer refeição.

A servidão de Jack se tornou mais pesada, na medida em que o tempo passava, devido à senilidade e invalidez: ela só foi quebrada com a sua internação em um lar de idosos em abril de 1950 e sua morte ali, nove meses depois.

Quatro anos depois disso, toda a vida de Jack mudou e por seis anos ele experimentaria, primeiramente paz, e depois, um prazer e uma realização tal que nunca antes haviam lhe sido proporcionados.

Em 1954, Jack aceitou a oferta de uma nova cadeira em Cambridge. Ele terminou sua última tutoria em Oxford — com certo senso de alívio — em 3 de dezembro, e o Ano Novo o viu instalado em Cambridge como professor de literatura inglesa medieval e renascentista. Sua palestra inaugural, mais tarde impressa com o título *De Descriptione Temporum*, foi uma ocasião de sala lotada e memorável: ela adicionou uma nova frase ao jargão coloquial da época, e muitas pessoas depois disso podiam ser ouvidas proclamando resolutamente que elas eram, ou não eram, espécimes do "velho homem ocidental". O Dr. G.M. Trevelyan, que era então mestre do Trinity, presidiu aquela ocasião: ele introduziu Jack, revelando que essa havia sido a única nomeação de universidade, em toda a sua experiência, que o comitê eleitor havia votado com unanimidade.

Jack achava a vida em Cambridge e a companhia em Magdalene agradável, mentalmente estimulante, ainda que descontraída. Seus anos ali foram felizes. A interrupção da sua velha vida não foi completa: ele continuou a viver em The Kilns, passando ali não apenas as férias, mas também muitos fins de semana no semestre. Ele necessariamente renunciou a sua bolsa em Magdalen, mas foi imediatamente reeleito para uma bolsa honorária: e com sua cadeira em Cambridge veio uma bolsa, sob o mesmo patrocínio, em Magdalene.

Nesse meio-tempo, ele conheceu a mulher que viria lhe trazer tremenda felicidade no amor e casamento. Joy Davidman era americana de nascimento e judia de sangue. Ela e seu marido, William Lindsay Gresham, eram ávidos admiradores da obra de Jack e se tornaram cristãos, em parte, por influência dele. Ela encontrou Jack pela primeira vez em 1953, tendo se correspondido com ele por algum tempo. Mais tarde, e agora livre para casar de novo, ela retornou à Inglaterra com seus dois filhos, pretendendo viver por lá permanentemente. Em torno de 1955, ela estava íntima de Jack. Para Jack a atração foi, primeiro, indubitavelmente intelectual. Joy foi a única mulher por ele encontrada (embora, como as suas cartas mostravam, ele tenha conhecido muitas mulheres competentes e tenha tido por elas grande afeição), a qual tinha uma mente que combinava com a dele em flexibilidade, abrangência de interesses, compreensão analítica e, acima de tudo, em humor e sentido de graça. Além disso, ela compartilhava o seu prazer na argumentação pela argumentação, seja ela frívola ou séria, sempre bem-humorada, ainda que sempre indo ao encontro dele, de truque em truque, na medida em que ele mudava de terreno. Ela era uma mulher de grande coração e tinha um desdém infinito pelos sentimentalismos. Constituindo altos critérios para si mesma, ela era capaz de rir dos aparentes absurdos para os quais eles às vezes a levavam. Apesar de tudo isso, ela era intensamente feminina.

Joy teve câncer e, em 21 de março de 1957, eles se casaram, não na igreja, mas ao lado da cama da noiva, no Hospital Wingfield, sendo que uma cerimônia civil tinha sido realizada em abril de 1956. Ambos sabiam que ela era uma mulher moribunda. Entretanto, ela não morreu naquela ocasião: ela teve uma recuperação temporária e Jack a levou para casa em The Kilns. Lá eles viveram, então, três anos de completa realização. Para seus amigos que os viam juntos estava claro que eles não apenas se amavam, mas estavam apaixonados um pelo outro. Era um prazer observá-los, e todo o desperdício de anos de Jack passados antes disso foi mais do que recompensado. Nevill Coghill contou como Jack, naquela época, disse a ele, olhando para a sua esposa no gramado: "Eu nunca esperei ter, aos sessenta, a felicidade que desperdicei aos vinte anos de idade".

Então, em 13 de julho de 1960, depois de um retorno ao hospital, ela morreu.

Um episódio curto de glória e tragédia: para Jack, a completa (ainda que desoladora) realização de toda uma dimensão de sua natureza que previamente havia sido atrofiada e frustrada. A morte de Joy foi totalmente esperada. Embora sua recuperação temporária tenha tornado possível certas viagens, incluindo férias na Irlanda e na Grécia, ainda assim sua partida chegou como um golpe devastador para ele. Suas notas sobre a experiência daqueles dias tenebrosos foram publicadas mais tarde, com pseudônimo, como *Anatomia de uma dor*: quanto a esse livro terrível, ele é recomendado a qualquer um que tenha curiosidade sobre o caráter e a natureza desse amor, desse casamento.

Pode não ser descabido se eu fizer um registro aqui de minha própria reação a esse lado da vida de Jack. Por quase vinte anos compartilhei (até certo ponto) de sua submissão ao regime matriarcal: uma atitude que já expressei em relação a tal regime e em relação à pessoa da Sra. Moore, poderia predispor alguns leitores a suspeitar de que eu poderia ter sido um irmão possessivo, ciumento e ressentido, em relação à importância que qualquer outra pessoa tinha aos olhos de Jack. Se esse tivesse sido o caso, eu teria lamentado esse seu casamento intensamente: e, na verdade, minha experiência anterior me levou a traçar planos de me recolher e de estabelecer um lar para mim em Eire.

Mas Jack e Joy não queriam saber de nada disso: e, assim, eu decidi dar uma chance ao novo regime. Todos os meus medos foram dissipados. Para mim, o casamento de Jack significou que o nosso lar havia sido enriquecido e animado pela presença de uma cristã inteligente, compreensiva, culta e tolerante, que eu raramente vi igual. Ela era uma companheira de conversa, cuja companhia era uma fonte inesgotável de alegria: de fato, no pico de sua recuperação aparente, ela estava entretida com a vida de Madame de Maintenon, que, infelizmente, nunca foi mais para frente do que alguns cadernos de notas e um prefácio explanatório.

Seria uma impertinência da minha parte comparar minha própria dor pela morte dela com a dele: ainda assim, continuo sentindo intensamente sua falta.

Falar com moderação da perda maior que eu viria a sofrer três anos depois é deveras difícil. Jack já estava com a saúde debilitada na época de seu casamento: depois se tornou visível que ele necessitava de uma cirurgia, mas estava muito fraco para submeter-se a ela. Nessa situação, a sua saúde estava comprometida a deteriorar de forma constante: não tivemos sucesso na tentativa de "engordá-lo" como ele o expressou, "para o sacrifício", e, em julho de 1963, ele quase morreu. Ele teve um início de certa recuperação, mas no começo de outubro se tornou visível para nós dois que ele estava enfrentando a morte.

À sua maneira, essas últimas semanas não foram infelizes. Joy havia nos deixado, e mais uma vez — como nos tempos antigos — voltamo-nos um ao outro em busca de consolo. A roda da fortuna havia dado uma volta completa: mais uma vez estávamos juntos no quarto dos fundos de casa, excluindo de nossa conversa a consciência sempre presente de que as férias estavam acabando, que um novo trimestre inquietante com novas possibilidades desconhecidas nos esperava a ambos.

Jack encarou a perspectiva com bravura e calma. "Fiz tudo o que eu queria fazer e estou pronto para partir", disse-me ele certa noite. Somente uma vez ele demonstrou algum pesar e relutância: isso foi quando eu lhe contei que a correspondência da manhã incluía um convite para ele dar a preleção dos Romanes.[9] Uma expressão de tristeza passou sobre a sua face e houve um momento de silêncio; depois ele disse: "Envie-lhes uma recusa bem educada".

Naqueles últimos dias nossa conversa tendeu a ser bem alegre, sobre reminiscências; incidentes há muito esquecidos no nosso passado compartilhado seriam relembrados e o velho Jack voltou por um momento: extravagante e inteligente. Estávamos retomando a técnica dos tempos de escola, de extrair a última gota da essência de nossas férias.

A sexta-feira, dia 22 de novembro de 1963, começou como qualquer outro dia: houve café da manhã, depois cartas e palavras

---

[9] O Romanes Lecture é uma das mais prestigiadas preleções públicas de Oxford. [N. T.]

cruzadas. Depois do almoço, ele caiu no sono na sua cadeira: sugeri que seria mais confortável ele ir para a cama, e ele se dirigiu para lá. Às quatro eu peguei o seu chá e o encontrei sonolento, mas confortável. As poucas palavras que trocamos então foram as últimas: às cinco e meia eu ouvi um estrondo e corri para dentro e encontrei-o inconsciente, deitado aos pés da sua cama. Ele parou de respirar três ou quatro minutos depois.

Na sexta-feira seguinte seria seu aniversário de 65 anos. Mesmo naquele momento terrível, um pensamento cruzou a minha mente: de que qualquer que fosse o destino que estivesse reservado para mim, nada pior do que isso poderia me acontecer no futuro.

"Os homens têm que suportar a sua ida ao além."

*

Ao fazer esta seleção da correspondência de meu irmão, pensei não apenas naqueles interessados nos aspectos literários e religiosos de sua mente, mas também — e talvez de forma mais urgente — naqueles que querem inferir dessas cartas alguma ideia da vitalidade, da cor e da engenhosidade demonstrada por toda a sua vida por este melhor dos seus amigos e irmão.

Nem todas as cartas que Jack escreveu eram de interesse público e permanente; algumas vezes ele era repetitivo; e algumas cartas, ou partes de cartas, devem ser omitidas por motivos de caridade e discrição. Em alguns casos, os nomes de seus destinatários foram alterados ou suprimidos, por motivos suficientes. Em geral, as omissões foram indicadas onde o leitor poderia ficar confuso ou perplexo: eu considerei a conveniência do leitor, sem almejar alguma meticulosidade erudita.

Estou profundamente grato àqueles que passaram cartas a mim, com permissão de reimpressão: e também a Walter Hooper e Christopher Derrick pela ajuda no preparo dos manuscritos datilografados para a publicação.

Warren H. Lewis

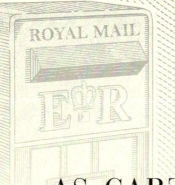

AS CARTAS

Parece apropriado começar esta seleção da correspondência de meu irmão com seu próprio primeiro registro de um dos grandes pontos de virada na sua vida, que teve considerável influência sobre seu pensamento e sua obra.

W.H.L.

1916–1919

PARA ARTHUR GREEVES: de Great Bookham, Surrey[1]

[7 de março de 1916]

Eu tive uma grande experiência literária esta semana [...]. O livro, indo direto ao assunto, é o "Romance de Fadas" *Phantastes*, de George MacDonald,[2] que escolhi por acaso [...]. Você o leu? [...] De qualquer forma, qualquer que seja o livro que você esteja lendo agora, você simplesmente TEM que obter esse sem demora [...]. É claro que não adianta eu querer tentar descrevê-lo, mas quando você tiver seguido o herói, Anodos, ao longo do pequeno riacho da floresta encantada, tiver ouvido falar da terrível árvore de freixo [...] e ouvido o episódio de Cosmo, sei que você concordará comigo. Você não precisa ficar desapontado no primeiro capítulo, que tem um estilo de conto de fadas bastante convencional, pois, depois disso, você não será capaz de largá-lo até terminar. Há um

---

[1] As ocasionais excentricidades e inconsistências na grafia de Lewis foram mantidas.
[2] George MacDonald (1824–1905) foi um autor, poeta e clérigo cristão escocês. Suas obras, particularmente de fantasia, inspiraram muito a Jack, tanto que ele diz que ele "batizou a sua mente" quando teve o primeiro contato com esta obra na adolescência. [N. T.]

ou dois poemas no conto [...] que, com uma ou duas exceções são chocantemente ruins, então não TENTE apreciá-los [...].

Concordo plenamente com o que você diz sobre comprar livros. Amo tudo isso: o planejamento e esquematização prévios, e, quando eles vêm pelo correio, encontrar o pequeno e simples pacote que o aguarda na mesa do *hall* de entrada e correr escada acima para abri-lo na privacidade de seu próprio quarto [...]. Pelo menos cheguei ao final do *Rainha das fadas*:[3] e embora eu diga "finalmente", quase desejaria que ele tivesse vivido para escrever mais seis livros como ele esperava fazer — de tanto que eu o apreciei. Os dois cantos de "Mutabilitie" com que ele termina são, quem sabe, a coisa mais preciosa nele [...]. Eu me lembro bem da caminhada gloriosa da qual você fala, como nós ficamos deitados, banhados pela luz do sol no "musgo". Estávamos, naquele fugaz momento, perfeitamente felizes — que é uma condição suficientemente rara, Deus bem o sabe [...].

PARA ARTHUR GREEVES: **de Great Bookham**
(A "Sra. K." referida aqui é a Sra. Kirkpatrick.)

[14 de março de 1916]

Temo que nosso Galahad [Arthur] acabará desenvolvendo uma mentalidade indigesta se ele não ler nada mais do que Trollope[4] e Goldsmith[5] e Austen.[6] É claro que todos estes autores são muito bons, mas eu mesmo não creio que suportaria tal dose de solidez. Suponho que você responderá que eu caio do outro lado do cavalo, e acabarei desenvolvendo uma mentalidade desequilibrada se eu não ler nada mais do que poemas e contos de fada. Creio que você

---

[3] *The Faerie Queene* ou *A Rainha das Fadas* é um poema épico e alegoria fantástica escrita por Edmund Spenser (1552/1553–1599), que foi um poeta inglês. [N. T.]
[4] Anthony Trollope (1815–1882) foi um romancista inglês da era vitoriana. Entre os seus livros, destacam-se as *Chronicles of Barsetshire* [Crônicas de Barsetshire]. [N.T.]
[5] Oliver Goldsmith (1728–1774) foi um dramaturgo, poeta e romancista irlandês. [N.T.]
[6] Jane Austen (1775–1817) foi uma romancista inglesa que fazia crítica à aristocracial rural britânica. [N.T.]

tenha razão, mas acho tão difícil começar um romance novo: tenho um desejo ocioso de perder meu tempo com os velhos favoritos de novo [...]. Eu redescobri a minha veia musical — você ficará contente de saber — desta vez nos prelúdios de Chopin. Eu suponho que você deva ter tocado os mesmos para mim, mas eu nunca prestei atenção neles antes. Eles não são maravilhosos? Embora a Sra. K. não os tocasse bem, eles são tão passionais, tão dramáticos, que me poderiam vir as lágrimas: eles são insuportáveis [...].

PARA ARTHUR GREEVES: de Great Bookham
[30 de maio de 1916]

Não devo lhe pressionar demais a continuar escrevendo alguma coisa, qualquer coisa que seja, mas em todos os casos ESCREVA. É claro que cada um conhece os seus pontos fortes melhor do que ninguém, mas se me permite dar-lhe um conselho, eu diria, como já fiz anteriormente, que o humor é algo perigoso de se experimentar: da mesma forma há tantos livros engraçados no mundo que parece uma vergonha escrever mais, enquanto o exército de obras extravagantes e belas, ou caseiras e passionais, poderia muito bem receber novos recrutas [...]. E, a propósito, já que toquei neste assunto, há uma coisa que gostaria de dizer: espero que em coisas assim você sempre me diga a mais absoluta verdade sobre minha obra, como se ela fosse de alguém desconhecido: eu prometo fazer a mesma coisa por você. Pois, do contrário, não há sentido em enviar tais mensagens, e eu tenho a impressão, às vezes, de que você esteja propenso a não fazê-lo. (quero dizer, a não ser franco) [...].

PARA ARTHUR GREEVES: de Great Bookham
[6 de junho de 1916]

Fiquei bastante surpreso de ver a nota da sua última carta e certamente desejei estar com você: tenho algumas vagas lembranças dos penhascos que existem por aí e do Castelo de Dunluce e algumas lembranças que não são nem um pouco vagas da mesma encosta rochosa do castelo mais adiante, para onde costumávamos ir nos velhos tempos. Você não amava um dia arejado num lugar assim? As ondas provocam um tipo de música nas rochas e outro tipo na areia, e não saberia qual das duas eu preferia [...] eu não gostei da forma como você disse para eu "não contar para ninguém" que você tenha considerado o *Frankenstein* uma obra mal-escrita, e imediatamente fez soar os alarmes críticos com a teoria do "quem sou eu para julgar". Besteira! Você é um excelente crítico para mim, porque o seu gosto vai na mesma direção que o meu. E você deveria ter mais confiança em si mesmo do que em qualquer outra pessoa em matéria de livros — isso, se você estiver a fim de diversão, e não de aperfeiçoamento ou qualquer asneira desse tipo [...].

PARA ARTHUR GREEVES: de Great Bookham
[14 de junho de 1916]

A essas alturas eu li todos os contos de Chaucer que eu jamais pretendia ler e sinto que devo dar o livro como encerrado: alguns são francamente impossíveis [de ler]. De uma maneira geral, com uma ou duas exceções extraordinárias, tais como os contos do cavaleiro e o de Franklin, ele é decepcionante, visto mais de perto. Ele tem a maioria das falhas da loquacidade e vulgaridade da Idade Média — sem o seu charme romântico [...].

Espero que, ou você esteja continuando com *Alice*, ou começando alguma outra coisa: você tem muita imaginação e precisa mesmo é de prática e mais prática. Não importa o que estejamos escrevendo (pelo menos é o que penso) na nossa idade, desde que escrevamos continuamente tão bem quanto pudermos. Sinto que toda vez que eu escrevo uma página, ou de prosa ou de verso, com um esforço real, mesmo se for parar na fogueira no minuto seguinte, eu tenha avançado um pouco mais [...].

PARA ARTHUR GREEVES: de Great Bookham
[20 de junho de 1916]

O que poderia ser mais agradável do que receber um livro — com dúvidas tanto sobre a questão da leitura como da edição, para depois achar ambos excelentes? Para compensar o meu desapontamento com "Tristão", eu acabei de ter esse prazer com a "Arcadia" de Sidney. Ó, Arthur, você simplesmente tem que adquiri-lo [...]. Eu não sei como explicar o seu peculiar charme, porque ele não é parecido com nada que eu tenha lido antes: e mesmo assim, em pontos como todos os outros. Às vezes lembra Malory, muitas outras, Spenser, e, ainda assim, é diferente de qualquer um dos dois [...]. A história é muito mais interligada do que em Malory: há uma porção de amor, e o suficiente de "enfrentamento e luta" para dar o tipo de impressão que dão todos os velhos feitos de cavalaria, vistos no pano de fundo, sem se tornar tedioso [...].

PARA ARTHUR GREEVES: **de Great Bookham** (depois de um período de férias passado juntos em Portsalon, Condado de Donegal)
27 de setembro de 1916

Como você costuma dizer, parece que passou uma eternidade desde que eu parti: eu recaí de novo na nada desagradável, ainda que monótona, rotina de Bookham, e poderia achar que nunca a abandonei. Portsalon é feito um sonho [...]. Eu apreciei muito uma parte de minha viagem, que foram os primeiros quilômetros para fora de Liverpool: porque foi uma das manhãs mais maravilhosas que eu jamais vi — uma daquelas com nevoeiro branco, em que você não pode ver um palmo diante do nariz. Você só conseguia ver as árvores e casas mais próximas, que pareciam bastante fantasmagóricas e, para além disso, tudo era um vazio branco e limpo. Tive a impressão de que o trem estava sozinho no espaço, se é que me entende [...].

Você já chegou a casa? [...] O campo em casa estava começando a ficar bonito e com cara de outono, com folhas secas nas ruelas e um cheiro agradável de nozes [...]. Aqui está um verão horrivelmente luminoso, coisa que eu odeio. Lembranças a todos os nossos amigos, tais como o porquinho etc.

PARA ARTHUR GREEVES: de Great Bookham
4 de outubro de 1916

O verão brutal finalmente acabou aqui e as boas e velhas cores, cheiros & temperaturas do outono voltaram. Graças a isso fizemos uma caminhada gloriosa no sábado: foi um dia bem fresco, arejado & nós nos dispusemos, após o almoço, a partir para um lugar chamado "Friday Street" [Rua Sexta-feira] que é uma caminhada bem longa daqui, por belas florestas e vales que eu não conheço bem. Depois de várias horas caminhando por campos & florestas etc. com a ajuda de um mapa, nós começamos a nos perder e subitamente, mais ou menos às quatro horas — esperávamos ter chegado ao lugar a essa altura — nós nos encontramos no mesmo lugar em que estivemos uma hora antes! [...] Tivemos muita dificuldade em, finalmente, alcançar o lugar, mas foi glorioso quando chegamos lá. Imagine-se caminhando no meio da floresta, quando, do nada, você desce e chega a uma pequena depressão, grande o suficiente para abrigar um pequeno lago e algumas casas muito velhas com telhas vermelhas: em todo o redor, as árvores se elevam em terras crescentes e cada estrada, a partir delas, é tragada por elas. Você pode caminhar alguns passos a partir daí, sem suspeitar de nada, até que veja fumaça saindo de alguma chaminé de uma cabana. Você consegue imaginar como foi isso? Melhor de tudo, nós descemos até a pequena pousada do vilarejo e tivemos chá ali com — ó glória — uma velha gralha domesticada pulando em torno dos nossos pés e implorando migalhas. Ela se chama Jack e responde quando é chamada. A pousada tem três minúsculos, mas impecavelmente limpos, quartos, então, algum dia, se os deuses permitirem, você & eu vamos nos hospedar lá [...].

PARA ARTHUR GREEVES: de Great Bookham
12 de outubro [de 1916]

Você me perguntou a respeito da minha visão sobre religião: sabe, penso que não acredito em nenhuma religião. Não há absolutamente nenhuma prova para nenhuma delas, e, de um ponto de vista filosófico, o cristianismo não é nem mesmo a melhor delas. Todas as religiões, isto é, todas as mitologias, para lhes dar o nome mais apropriado, são meramente a própria invenção do homem — Cristo é muito parecido com Loki. O homem primitivo se viu rodeado de todo tipo de coisas terríveis que ele não podia compreender — o trovão, a pestilência, as cobras etc: o que seria mais natural do que se supor que esses fossem animados por maus espíritos que tentavam torturá-los. Eles os afastavam servindo a eles, cantando canções e fazendo sacrifícios etc. Gradualmente, de serem meros espíritos da natureza, estes supostos seres foram elevados para ideias mais elaboradas, tais como os velhos deuses: e quando o homem se tornou mais sofisticado, ele passou a fazer de conta que esses espíritos fossem bons, bem como poderosos.

Foi assim que a religião, quer dizer, a mitologia, se desenvolveu. Muitas vezes também ocorreu que grandes homens passaram a ser tidos como deuses após sua morte — tais como Hércules e Odin: assim, depois da morte do filósofo hebreu Yeshua (cujo nome corrompemos para Jesus), ele foi tido como um deus, um culto se derivou, que depois foi atrelado ao culto do Javé hebraico antigo, e foi assim que o cristianismo surgiu — uma mitologia em meio a muitas outras, com a diferença de que foi aquela na qual nós fomos criados [...].

PARA ARTHUR GREEVES: **de Great Bookham**

25 de outubro de 1916

Não sei quando eu devo comprar alguns livros novos, já que estou sofrendo no presente de um lampejo de pobreza — a pobreza vem em lampejos como o prazer e a monotonia. Quando eu o fizer, será ou *Our Village* [Nosso vilarejo] ou *Cranford* ou o *Troilo e Créssida* de Chaucer, se eu conseguir uma edição decente deles. Em todos os casos, eles estão bem mais na minha linha do que os *Contos da Cantuária* e, de qualquer forma, eu não posso ter mais interesse neles, já que eu descobri que o meu volume da Everyman[7] está abreviado &, de resto, mutilado. Preferia que eles não fizessem isso

---

[7] Famosa livraria com sede em Londres. [N. T.]

(Lockhart, diz você, é outro caso) sem avisar. Não posso suportar obter algo diferente do que um autor realmente escreveu.

Estive lendo o livro mais pitoresco esta semana, *The Letters of Dorothy Osbourne to Sir William Temple* [Cartas de Dorothy Osbourne para Sr. William Temple] na Everyman. Suponho que, como historiador, você saberá tudo sobre esses dois, mas, em caso negativo, eles viveram nos tempos de Cromwell. É muito interessante ler sobre a vida cotidiana de uma menina naqueles tempos e, embora eles, é claro, sejam por vezes tediosos, há muita coisa neles de que você iria gostar: especialmente uma descrição de como ela passava dia após dia de uma tarde de verão no jardim [...]. Eu li hoje — não há absolutamente nem pé nem cabeça nesta carta, mas você já deve ter se acostumado a estas alturas — mais ou menos dez páginas de *Tristram Shandy* e estou me perguntando se gosto dele ou não. É certamente o livro mais louco jamais escrito, ou que "jamais se escreveu" como a querida Dorothy Osbourne[8] o teria dito. Ele lhe dá a impressão de uma conversa lunática que escapou enquanto ele procurava o seu chapéu em uma manhã de maio arejada. Por outro lado, há partes bonitas e sérias nele, apesar de ser de um tipo sentimental, como eu fiquei sabendo do meu pai [...].

Ouço as badaladas das onze horas, "essa hora quase feérica". Você não ama simplesmente ir para a cama. Enrolar-se nas cobertas de uma cama quentinha, na tão amada escuridão, que é tão repousante & então embalar-se no sono [...]. Estou apagando a luz. *Bon soir*!

PARA ARTHUR GREEVES: de Great Bookham

[1 de novembro de 1916]

Eu não poderia deixar passar inconteste o fato de você colocar o *Beowulf*[9] e Malory lado a lado, como se eles pertencessem à mesma

---

[8] A britânica Dorothy Osborne, ou Lady Temple, (1627–1695) foi uma escritora de cartas e esposa de Sir William Temple. [N. T.]
[9] É um poema épico em inglês antigo, cuja composição está localizada entre 975 e 1025. [N. T.]

classe. Um é um romance em prosa inglesa medieval e o outro, um poema épico anglo-saxão; um é cristão, o outro, pagão; um lemos como ele foi realmente escrito, e o outro, em forma de tradução. Você pode gostar de um sem gostar do outro, e, de qualquer maneira, você tem que desgostar de ambos por motivos diferentes. É sempre muito difícil, é claro, de explicar a uma pessoa os bons pontos de um livro de que ela não gosta.

PARA O SEU PAI: **de I Mansfield Road, Oxford**
(As primeiras impressões de Oxford de um candidato a uma bolsa.)
[7 de dezembro de 1916]
Hoje é quinta-feira e nossos últimos trabalhos são no sábado de manhã: então eu vou aparecer na segunda-feira à noite e peço que o senhor gentilmente tome as providências. Até agora tivemos trabalhos gerais, prosa latina, grego e latim inéditos, e ensaio de inglês. O tema para o último foi "As pessoas confundem liberdade com conversa",[10] de Johnson[11] — deveras sugestivo, embora a julgar pelas caras, alguns não foram desta opinião. Não sei exatamente como estou me dando, porque as duas coisas que são mais perigosas para mim — as duas prosas — são coisas que não dá para se julgar por si mesmo [...]. O lugar ultrapassa os sonhos mais loucos: eu nunca vi algo tão belo, especialmente naquelas noites geladas de luar: apesar de o pórtico de Oriel onde fazemos nossos trabalhos ser terrivelmente frio já às quatro horas da tarde. A maioria de nós tentou escrever com luvas com sucesso variado. Vamos nos ver, então, na terça-feira pela manhã.

---

[10]James Boswell, *The Life of Samuel Johnson* [A vida de Samuel Johnson], 7 de maio de 1773 (1791).
[11]Samuel Johnson (1709–1784), muitas vezes referido como Dr Johnson, foi, além de poeta, dramaturgo, crítico literário, ensaísta, biógrafo, lexicógrafo e editor. [N. T.]

PARA O SEU IRMÃO: de Belfast

Selo de: 8 de janeiro de 1917

Gostaria de agradecer muito pela carta e o anexo mais aceitável, que chegou, graças a Deus, enquanto P[apy] estava fora, e assim estava salvo de ir parar no mesmo lugar que meu pobre legado. Pois você sabe que recebi £21 (é realmente essa a quantia?), o mesmo que você, mas é claro que nunca cheguei a ver um centavo sequer disso: minha humilde sugestão de que eu deveria ter um *pound* ou dois foi recebida com o tradicional "Ah, mas que bobagem".

Meus parabéns por ter sido designado um tenente de verdade, o que é claro que acho bem mais importante do que a capitania temporária. Existe alguma chance de você ser condecorado um capitão de verdade quando essa guerra tiver terminado — o que eu espero em Deus que aconteça antes que a minha pessoa tão preciosa chegue perto dela [...].

Oxford é absolutamente excelente, eu estou terrivelmente impressionado com isso e desejoso de progredir, apesar de eu aparentemente não dever fazer isso até outubro próximo [...].

PARA O SEU PAI: de Great Bookham

[28 de janeiro de 1917]

Aproximadamente às onze e meia do sábado de manhã eu fui à Univ. e fui conduzido por duas quadras, uma atrás da outra, até uma casa em um jardim belo, cercado por um muro antigo. Este era o castelo do ogro. Ele era um homem velho, alegre, bem barbeado, de cabelo grisalho e era deveras muito agradável.[12] Ele me tratou "à maneira de Oxford" por meia hora e então chegou gradualmente ao meu próprio interesse. Como a escrita durou algum tempo, ele fez perguntas, e parece que se eu passasse no exame do Responsions em março, eu poderia "comparecer" no próximo trimestre e me inscrever na OTC [Officers' Training Corps — Corporação de Treinamento de Oficiais]. Esse plano ele achou o melhor, porque eu teria muito

---

[12] Reginald Walter Macan (1848–1941), mestre do University College.

mais chance de uma promoção na OTC de Oxford, do que para qualquer outra coisa do tipo [...]. Depois disso, ele me fez ficar para o almoço com a sua esposa e sobrinha e "então para a estação". No final das contas, estou muito satisfeito com o meu ogro [...].

PARA O SEU PAI: **do University College** (ao tomar residência na Oxford de tempos de guerra)
Selo de: 28 de abril de 1917

O efeito da guerra aqui é mais surpreendente do que eu poderia esperar, e tudo é muito caseiro e desordenado. No momento, o College se resume a seis homens, dos quais quatro são calouros! Outros estão chegando a todo tempo, mas eu acho que não chegamos a onze ao todo. Noite passada o jantar não foi servido no Salão, mas em uma pequena sala de preleções, e nenhum dos catedráticos apareceu. O Salão está tomado por feridos de casaca azul, que ocupam uma ala inteira [...]. A primeira coisa que impressiona é o tamanho enorme das salas. Eu sempre imaginei uma daquelas "salas de sentar" como sendo um pouco menor do que o nosso quartinho dos fundos. A primeira que me mostraram era bem maior do que a nossa sala de visitas, cheia do mais belo carvalho. Entretanto não foi lá que me deixaram, e estou agora em um ambiente muito mais modesto e muito bonito na ala oposta. De certa forma, é uma pena que toda a mobília e pinturas pertençam, na verdade, a um homem que pode estar voltando depois da guerra — isso me economizou despesas, mas me impediu de obter o que eu desejo.[13]

Fui ver o decano, que se revelou como sendo um menino sem barbas de aproximadamente vinte e cinco anos de idade; e também o meu orientador, que também é o tesoureiro.[14] Eles não

---
[13]Ele foi do grupo número 5, na escadaria 12 de Radcliffe Quad. A maioria dos quartos nessa ala estava ocupada por homens feridos.
[14]John Clifford Valentine Behan (1881–1957) foi decano em 1914–17. Ele foi o primeiro estudioso de Rhorde a vir do estado de Victoria, Austrália, e se tornou bolsista de Lei no University College em 1909. O orientador de Jack era Arthur Blackburne Poynton (1876–1944). Ele foi mestre do University College em 1935–37.

pareciam sugerir qualquer leitura de verdade enquanto eu estivesse no exército, mas o tesoureiro prometeu achar um professor particular para mim de matemática elementar, se possível.[15] O exército não começa antes da segunda-feira à noite, folga esta pela qual eu estava muito grato. Penso que será bastante barato viver neste "vasto isolamento": sendo que a única despesa mais séria até agora foi de £2.10.0 para o uniforme (o que me parece bastante razoável) e £1.9.0 para capa e toga (o que não é) [...].

PARA O SEU PAI: **do University College**
Selo de: 17 de maio de 1917

Nossos "deveres militares" são os mais leves possíveis. Temos uma parada matinal das 7h até às 7h45 e, outra, das 14h até 16h, com ocasionais palestras vespertinas sobre leitura de mapas e coisas do tipo [...]. É claro que a parada das primeiras horas da manhã torna impossível para nós irmos à capela, exceto para a celebração aos domingos. Temo que usualmente eu ache o local tomado por nós, calouros, e pelos catedráticos. Para a St. Marys eu ainda não fui. Os últimos dois domingos foram tão incríveis que, tendo ido à celebração da manhã, eu me senti justificado para sair para tomar um banho após o "pequeno almoço". Mas eu descobri o suficiente sobre as celebrações para me dar conta de que elas eram bem diferentes do que nós imaginávamos. Há apenas algumas poucas orações e um sermão bem longo, usualmente de natureza mais filosófica e política do que religiosa: na verdade, a igreja é mais parecida com um salão de preleções de domingo do que uma igreja propriamente dita. O melhor lugar para se ir a uma celebração requintada é a catedral no "The House" [A Casa], como a Christ Church é chamada. É típico da The House que ela tenha a catedral da diocese como sua capela!

---

[15]Jack foi reprovado em álgebra em seu exame de Responsions em março. Pouco depois de ter escrito essa carta, ele começou as tutorias nessa matéria com o Sr. John Edward Campbell (1862–1924) do Hertford College.

1916–1919

PARA O SEU PAI: **do University College**
[3? de junho de 1917]
Estou satisfeito de saber que meu dinheiro está "evoluindo" de forma suficiente e está, de fato, bem na média. Quero dizer que o valor da minha mesada é aproximadamente o mesmo que aquele de outras pessoas embora é claro muitos tenham uma ajuda de custo com a qual pagam as suas próprias contas — sendo que no caso a mesada real vai variar com os altos e baixos dos seus *Battels*.[16] Para lhe dar uma ideia do último, eu anexo o meu, recebido até agora [...] a primeira semana foi necessariamente cara sobretudo por ignorância, "em cuja realização", como De Quinceu diz, "eu me supero".

Meu olheiro é um velho muito paternal, que já está aqui há quarenta e seis anos, e é realmente excepcional em manter as minhas despesas baixas: ele me disse certa vez que eu deveria trocar de meias quando elas estavam molhadas!!![17] Seu único defeito é uma incompreensível (ou incompreendida) surdez que levam muitas conversas de "Está um belo dia" a se tornarem em "Isto é uma alegria".

Temo que você não deva investir na ideia do remo, já que eu quase desisti dele em favor da canoagem. Veja bem, um barco a remo só pode ser usado em um grande rio, em que você topa com todos os remadores reais, já que o rio Cherwell (muito mais bonito e mais interessante) logo se torna muito estreito para remadores passarem uns pelos outros. Além disso, há algo de atrativo em uma dessas canoas pequenas — tão leves e tão só-para-si. Talvez quando todos nós estivermos de volta da guerra e não haja mais OTC eu volte a remar.

A OTC se torna mais interessante na medida em que seguimos em frente. Passamos uma boa parte do nosso tempo nas "trincheiras" — um modelo de sistema completo com escavações, buracos de granada e... sepulturas. Esse último toque de cenário realista parece meio supérfluo [...].

---
[16]Conta para despesas universitárias da Universidade de Oxford. [N.T.]
[17]"Jo", como todos chamava esse olheiro do College, era Cyril Haggis.

Eu quase terminei de ler Renan, que eu achei prazeroso.[18] Parece que ele escreveu alguns outros livros sobre diferentes assuntos. Vou pegar emprestado o novo livro de Wells,[19] de um homem no College chamado Edwards, que está pensando em se tornar católico. Ele é um seguidor de John Henry Newman,[20] e tivemos algumas conversas sobre assuntos literários.[21] Alguém me apontou nosso atual poeta premiado Bridges[22] (1), no rio na última quarta-feira. (1) Mas me passou pela cabeça que o senhor poderia conhecer o nome de qualquer jeito. Mil perdões! — J.

[O Keble College, Oxford, foi usado desde 1 de janeiro de 1915 para o treinamento de oficiais. Jack foi um dos muitos de Oxford e outros lugares que chegaram lá em 7 de junho de 1917. Ele dividiu o quarto com Edward Francis Courtenay ("Paddy") Moore, que chegou ao Oxford OTC do Clifton College, Bristol. Em sua introdução ao Oxford University Roll of Service [Rol de Serviços da Universidade de Oxford] (Oxford, 1920), os editores E.S. Craig e W.M. Gibson disseram o seguinte sobre os *college*s que faziam parte da Universidade de Oxford: "No final do ano de 1917, havia somente trezentos e quinze estudantes em residência. Desses, aproximadamente cinquenta eram estudantes orientais, vinte e cinco eram refugiados, principalmente sérvios, aproximadamente trinta eram estudantes de medicina e aproximadamente cento e vinte eram membros do Officers' Training Corps [Corporação de

---

[18] Joseph Ernest Renan, *La Vie de Jésus* [A vida de Jesus] (1863).
[19] Herbert George Wells (1866–1946) foi um escritor inglês de ficção científica, autor de *A guerra dos mundos*, *A máquina do tempo* dentre outros. No caso, o livro a que Lewis se refere é *God the Invisible King* [Deus, o rei invisível] (1917). [N. T.]
[20] John Henry Newman (1801–1890) foi um teólogo e poeta inglês que começou a vida religiosa como sacerdote anglicano, mas depois se converteu ao catolicismo, tornando-se padre e cardeal. [N. T.]
[21] John Robert Edwards (1897–?) se tornou professor, depois de deixar Oxford. Ele foi diretor do Liverpool Institute High School de 1935 até sua aposentadoria em 1961.
[22] Robert Seymour Bridges (1844–1930) foi um poeta laureado inglês de 1913 a 1930. [N. T.]

Treinamento de Oficiais], que aguardavam chegar à idade que os qualificavam para ingressarem no batalhão de cadetes. A história militar de Oxford ao longo dos últimos anos da Guerra pode ser lida entre os registros das frentes de batalha de Flandres à Mesopotâmia" (p. x–xi). A fim de ajudar estes jovens de outras universidades e escolas que estavam alojados em Keble, Leonard Rice-Oxley publicou um livreto, intitulado *Oxford in Arms: With an Account of Keble College* {Oxford armada: com um relato do Keble College} (1917).]

PARA O SEU PAI: do Keble College, Oxford

Selo de: 8 de junho de 1917

Só algumas linhas rápidas, para lhe dar notícia de como vão as coisas. Não estive em condições de lhe escrever antes. Bem, é claro que essa não é uma mudança agradável, mas foi o passo natural na minha peregrinação rumo à promoção. O batalhão de cadetes, no qual eu ingressei ontem (é claro que isso não tem nada a ver com a universidade) está alojado em Keble. Há muitos cavalheiros em meio a eles e eu tive a sorte de dividir o quarto com um deles. É um grande conforto estar em Oxford, já que eu ainda estarei em condições de ver os meus amigos da Univ. e Cherry.[23] Quanto ao exame do Responsions, posso ou não posso estar em condições de convencê-los a me dar três dias de folga para realizá-lo: se eles me concederem, não acho que, sob essas circunstâncias, minhas chances de passar seriam muito brilhantes. De qualquer forma, seis meses de serviço com as forças armadas vão me dispensar disso. Quanto à artilharia, temo que apenas aqueles que têm "um conhecimentos especial da matemática" serão recomendados. Quanto à licença, não sabemos nada ainda. Lamento que não possa escrever mais para animá-lo, mas temos que ser tolerantes por um tempo.

---

[23]Charlotte Rose Rachael ("Cherry") Robbins (1888–1978), a prima de Lewis, esteve com o Voluntary Aid Detachment [Destacamento de Ajuda Voluntária] no hospital militar em Oxford.

Minhas gorjetas etc. ao sair do College me deixaram liso, então você poderia me dar algo para prosseguir? [...].

PARA O SEU PAI: **do Keble College**

[10? de junho de 1917]

E agora vou fazer um relato da minha nova vida. Bem, primeiro, quando eu tive que deixar para trás os meus aposentos confortáveis e meus amigos pessoais na Univ. para ir para um pequeno claustro sem carpete com duas camas (sem roupa de cama ou travesseiros) no Keble e entrei num uniforme de Tommy,[24] não vou negar que eu me senti muito abusado. Entretanto, como disse não lembro quem: "Eu tive muitos infortúnios na vida, mas a maioria deles nunca aconteceu comigo". Eu me recuperei completamente e agora estou levando uma vida muito feliz, embora, é claro, não seja a vida que eu teria escolhido. Em muitos sentidos é uma vida melhor: eu nunca trabalhei antes, e está mais do que na hora de começar.

Quanto às minhas companhias, elas estão divididas em três grupos. A primeira e maior parcela consiste de fazendeiros que estiveram fora por algum tempo e vieram aqui para serem promovidos. Esses são, em sua maioria, sujeitos bons e bem-humorados: limpos, honestos, bons caráteres. Já que eles vieram aqui para se transformarem em "oficiais e cavalheiros", suas próprias concepções ingênuas de como os cavalheiros se comportam entre si levam-nos a padrões de educação absurdos que são realmente patéticos. A maioria de nós se dá muito bem com eles. A próxima parcela (aproximadamente um terço do todo) consiste de estúpidos e tolos puros e simples. Eles não requerem muita descrição: alguns deles são cruéis; outros, meramente estúpidos, totalmente vulgares e desinteressantes. Eles jogam os seus chapéus, cospem no chão e falam do que vão fazer quando chegarem ao *front* — onde, é claro, nenhum deles jamais esteve. Então vem a terceira porção, nossa

---

[24]Refere-se à rainha Vitória e aos uniformes que seus soldados usavam. [N.T.]

própria gente, os homens da escola pública e universidade, com todas as suas falhas e méritos "já constatados".

Meu principal amigo é Somerville, acadêmico de Eton e do King's de Cambridge, um tipo muito calmo, mas interessante e muito amigo dos livros. Moore de Clifton, meu companheiro de quarto, e Sutton de Repton (o humorista de companhia) também são bons companheiros. O primeiro é uma pouco infantil demais para uma real camaradagem, mas eu vou perdoá-lo, porque aprecia Newbolt. Eu não devo deixar de lado o *playboy*, De Pass, também de Repton, nossa autoridade reinante em toda matéria de vestimenta, que, dizem as más línguas, usa cinta: nem Davy, o Carthusiano,[25] que lembra o meu amigo Sinn Féin, o veterano de Charterhouse.[26]

A ronda diária, é claro, é bastante extenuante e deixa bem pouco tempo para sonhos e leituras. Entretanto, eu estou comendo e dormindo como nunca e estou me livrando de alguns tecidos adiposos [...].

PARA O SEU PAI: **do Keble College**

Selo de: 18 de julho de 1917

A vida por aqui está seguindo de forma corriqueira, exceto pelo fato do trabalho se tornar mais interessante, envolvendo muito menos "suor e lágrimas" do que no começo. Fazemos bastante trabalho noturno, coisa que me agrada muito, e que faz você acordar mais tarde pela manhã [...]. Há licenças de fim de semana toda semana, desde que você não saia de Oxford. As últimas quatro semanas eu passei na Univ., dando-me a todos os velhos luxos de novo. Agora, entretanto, o decano — que, conforme eu observei, é uma pessoa

---

[25] Um monte ou devoto de uma ordem austera, contemplativa, fundada por Santo Bruno em 1084. [N. T.]
[26] Esse grupo de amigos, todos nascido em 1898, eram: Martin Ashworth Somerville; "Paddy" Moore; Alexander Gordon Sutton e Denis Howard de Pass, da Repton School; e Thomas Kerrison Davey, da Charterhouse School. O amigo "Sinn Féin" era Theobald Richard Fitzwalter Butler (1894–1976), que acabara de passar por seus exames finais. Ele viria a alcançar grande distinção como advogado.

superior — vetou o plano: pelo motivo de manter o College aberto no recesso para homens que queriam ler "e não para ser usado como hotel". Suponho que ele, de certa forma, esteja com a razão, mas não deixa de ser uma pena.

O senhor não pode imaginar como aprendi a amar a Univ., especialmente desde que a deixei. No sábado passado à tarde, depois de ter ficado a noite sozinho por lá, passei um bom tempo caminhando no campus, percorrendo todas as partes em que nunca havia estado antes, onde as janelas de batentes de pedra são escuras, com trepadeiras que ninguém se deu ao trabalho de cortar, já que a guerra esvaziou os quartos que elas ocultam. Algumas dessas salas tinham uma crosta de poeira, outras estavam da forma como os proprietários as deixaram — com os quadros ainda nas paredes e os livros cobertos de poeira em suas estantes. Era melancólico, em certo sentido, mas, ainda assim, interessante. Houve um quarto que planejei que seria meu quando eu voltasse.

No momento, estou lendo um conterrâneo nosso, Bispo Berkely,[27] "aquele velho idiota", como Andrew Lang[28] o chama: na verdade, trata-se de um dos nossos poucos filósofos e um sujeito muito interessante que sempre foi admirado pela coragem com a qual você o vê encarando o ogro em Boswell.[29] [...][30] Será que o

---

[27]George Berkeley (1685–1753), conhecido como Bispo Berkeley, foi um filósofo irlandês representante do idealismo subjetivo. [N. T.]

[28]Andrew Lang (1844–1912) foi romancista, crítico literário, antropólogo e poeta escocês. [N. T.]

[29]James Boswell (1740–1795), foi um escritor, biógrafo, cronista e advogado escocês. [N. T.]

[30]Jack estava profundamente impressionado nessa época com o "idealismo subjetivo" do Bispo George Berkeley (1685–1753), conforme exposto em seu *Principles of Human Knowledge* [Princípios do conhecimento humano] (1710). O bispo defendia que, quando afirmamos que as coisas materiais são reais, queremos dizer apenas que elas são percebidas. O que irritou Jack sobre "o ogro em Boswell" foi a observação famosa do Dr. Johnson registrada no livro de Boswell, *Life of Samuel Johnson* [Vida de Samuel Johnson]. Em 6 de agosto de 1763, Boswell escreveu: "Depois que saímos da igreja, ficamos conversando algum tempo sobre o sofisma ingênuo do Bispo Berkeley para provar a não existência da matéria, e que todas as coisas no universo *são* mero ideal. Eu observei que, embora tenhamos ficado satisfeitos, sua doutrina

senhor poderia me enviar algum dinheiro, a fim de comprar botas para meu uniforme de oficial? Eu acho a escola de cadetes bem mais cara do que a universidade. Quando W. vai entrar de licença?

PARA O SEU PAI: **do Keble College**
Selo de: 22 de julho de 1917

Só os soldados mais velhos receberam pagamento no primeiro momento: mas o escritório de guerra finalmente se deu conta da nossa existência, e na sexta-feira eu saquei 7/-,[31] o primeiro dinheiro que conquistei. Ele deveria ser emoldurado e pendurado na parede. O senhor diz que deve conversar comigo "não sobre as Musas". De fato o contrário é bem verdade, pois eu empreendo todo esforço para apegar-me à velha vida dos livros, esperando salvar a minha alma e não me tornar um grande esnobe militar, de miolo mole e presunçoso. Estou descobrindo que o ideal de nosso exército difere do alemão apenas em grau e não em espécie. O major sargento nos disse outro dia que "andar como soldado é andar com ostentação. Você tem que aprender a marchar como se a maldita rua pertencesse a você. Entende?". Também somos incentivados de todas as formas a sermos fariseus e dar-nos tapinhas nas costas por estarmos em roupas de soldado e encarar com estupidez jovens qualificados, com os quais topamos, trajados de uniforme. Bem, espero que nem eu nem qualquer um dos meus amigos — e eu fiz muitos por aqui — jamais alcance esse patamar da vida do

---

não é verdadeira, é impossível refutá-la. Eu nunca vou esquecer o entusiasmo com que Johnson respondeu, dando um chute com força numa pedra grande, quando se recuperou: 'Eu refuto *isso*'." Como o Bispo Berkeley nunca se encontrou com o Dr. Johnson, ele não teve chance de "enfrentá-lo". Jack confundiu o bispo com o seu filho, que também se chamava George. Esse George se encontrou com o Dr. Johnson pouco depois de chegar a Oxford, em 1752, e, quando o Dr. Johnson fez graça do esquema abortivo do bispo para um *college* missionário em Bermuda, o jovem George saiu da sala. Ele subsequentemente recusou os pedidos repetidos do Dr. Johnson de permissão para escrever uma "Life of Bishop Berkeley" [Vida do Bispo Berkeley].
[31]Estilo inglês antigo, denominado *old money* [dinheiro antigo], de representar a moeda. Equivale a 7 xelins e 0 pence. [N. T.]

soldado. Os prometidos quatro dias de licença chegarão daqui a mais ou menos quinze dias: sinto muito não poder lhe informar com mais certeza. É claro que eu devo chegar a casa pelo caminho mais rápido, sendo que não há questão de "lucro" quando o governo paternal lhe providencia uma passagem [...].

No sábado, eu tomei chá com um cavalheiro idoso querido, de nome Goddard, que é um ex-graduado de Balliol e agora é catedrático no Trinity.[32] O que mais me interessava nele era a sua opinião sobre Jowett[33] (aqui usualmente pronunciado para rimar com "*poet*" [poeta]), que, disse ele, prejudicou o tom erudito do Balliol por uma corrida vulgar atrás de leões [...].

Da prosa de Swinburne eu li o livro sobre Charlotte Brontë e o menor sobre William Blake.[34] É, sem dúvida, prosa muito ruim (não achei grosseria), mas é tão vigoroso que você poderá perdoá-lo. Não se esqueça de deixar o *God the Invisible King* [Deus, o rei invisível] disponível em casa, já que estou desejoso de lê-lo.

PARA O SEU PAI: **do Keble College** (tendo visitado o seu pai em Belfast de 9 a 11 de agosto)

Selo de: 27 de agosto de 1917

O senhor deve estar se perguntando o que houve comigo, mas o tempo tumultuado pelo qual passei desde que deixei a sua casa servirá de alguma desculpa. Antes de tudo, veio a semana em Warwick, que foi um pesadelo. Eu fui acantonado com cinco outras pessoas na casa de um empreendedor e escultor de memoriais. Recebemos

---

[32] Ele deve ter entendido mal o nome. Não havia nenhum catedrático chamado "Goddard" no Trinity College em 1917.
[33] Benjamin Jowett (1817–1893) foi mestre do Balliol College em 1870-93. Ele foi ordenado sacerdote em 1845, mas seu liberalismo teológico, que fica particularmente evidente em seu ensaio "The Interpretation of Scripture" [A interpretação das Escrituras], foi acaloradamente discutido. Entretanto, o estudo clássico de Jowett ficou quase insuperado ao longo de seus anos em Oxford. Ele foi um figurão de Oxford e objeto de incontáveis histórias.
[34] Algernon Charles Swinburne, *Note on Charlotte Bronte* [Nota sobre Charlotte Brontë] (1877); *William Blake* (1868).

três camas para seis de nós, é claro que não havia banheiro e a alimentação era execrável. O pequeno pátio de trás, cheio de lápides de sepulcros, que nós chamamos de "o quadrângulo", era infinitamente preferível à sala de jantar minúscula com o seu sofá de crina de cavalo e retratos familiares. Quando todos nós seis sentamos para as refeições ali, havia espaço insuficiente para comer, nos sentíamos como sardinhas em lata. Resumindo, foi uma experiência memorável. Nós voltamos no sábado, e a semana seguinte eu passei com Moore, no alojamento de sua mãe que, como mencionei, está instalada em Oxford.[35] Eu gosto dela imensamente e me diverti muito. Na quarta-feira, como o senhor sabe, Warnie esteve aqui e tivemos uma tarde das mais agradáveis, essencialmente nos meus aposentos na Univ. Como eu gostaria que o senhor também tivesse estado lá. Mas, se Deus quiser, eu vou estar em condições de vê-lo em Oxford e mostrar-lhe minha "cidade sagrada" em tempos mais felizes [...].

PARA O SEU PAI: **do Keble College**
Selo de: 10 de setembro de 1917

Fiquei muito feliz em receber a sua carta, pois, já que os meus próprios pecados, neste sentido, são graves, eu tenho que admitir que estava começando a ficar um pouco ansioso. Foi uma grande pena que Warnie e eu não pudemos estar em casa juntos — e, ainda assim, também, de certa forma, isto fez a "invasão" dos seus jovens esperançosos durar mais tempo para o senhor. Warnie parece que

---

[35]A Sra. Jane ("Janie") King Moore nasceu em Dunany, Co. Armagh, em 1872, a filha mais velha de três filhas mulheres e dois filhos homens do Rev. William James Askins (1842–1895) e sua esposa Jane King Askins (1846–1890). O pai da Sra. Moore foi vigário de Dunany em 1872–95, e em 1894 ele se tornou prebendário de Ballymore. Em 1898, Janie casou-se com Courtenay Edward Moore (1870), com quem teve dois filhos, "Paddy" (nascido em 1898) e Maureen (nascida em 1906), que agora é a baronesa Lady Dunbar de Hempriggs. Quando Jack se encontrou com os Moores em junho de 1917, a Sra. Moore estava separada de seu marido há algum tempo e ela foi até Oxford da sua casa em Bristol para passar o maior tempo possível com "Paddy", antes da partida dele para o *front*.

curtiu inteiramente sua licença, e tenho certeza de que o "estorvo" existe apenas na sua imaginação [...].

A próxima diversão em nosso programa foram três dias de bivaque[36] no alto das montanhas de Wytham. Como choveu o tempo todo por dois ou três dias, nossas trincheiras modelo por lá arrumarão uma boa imitação, de resto desnecessária, da lama de Flandres. O senhor sabe como eu sempre reprovei o realismo na arte! [...]

Na medida em que o tempo está avançando rumo ao final do nosso curso, estamos cada vez mais atolados e vivemos apenas na esperança das fabulosas quantidades de licenças que vamos ganhar antes de sermos jubilados. Diga a Arthur que simplesmente NÃO POSSO escrever.

PARA O SEU PAI: do Keble College
Selo de: 24 de setembro de 1917

Espero que eu não o tenha enchido de lamúrias em minha última carta, pois, embora esta possa não ser a vida que eu tenha escolhido, ainda assim, um pouco de trabalho duro nunca fez mal a ninguém, e eu poderia ter me dado bem pior. A noite passada nas montanhas Cumnor (foram apenas duas noites) ilustrou algumas velhas teorias de expectativas etc. — mas eu não precisava ter passado por isso. O fato é que dormir fora das quatro paredes se provou sendo um prazer. Você tem uma barraca à prova d'água, duas mantas e a mochila por travesseiro. Havia muito mato para fazer uma cama macia, e eu tive uma excelente noite de sono. Você acorda de uma só vez, sem qualquer sonolência, sentindo-se maravilhosamente recomposto. Ambas as noites foram ótimas, mas é claro que teria sido horrível no molhado.

Nosso exame final será realizado na próxima terça-feira: e, lembrando-me de minha maravilhosa capacidade de falhar em exames fáceis (vide Smalls)[37], não me sinto muito confiante. Parece haver alguma dúvida sobre quando vamos partir depois disso, mas provavelmente

---
[36]Acampamento de combatentes. [N. T.]
[37]Um termo coloquial para o exame Responsions.

antes do final desta semana. Em todo caso eu devo ficar aqui com os Moores por todo o domingo, e vou telegrafar a data exata de minha visita ao senhor mais tarde. Vamos receber uma autorização para uma residência gratuita, mas eu ficaria grato se o senhor pudesse me enviar uns trocados para o óleo e o vinho ao longo da jornada [...].[38]

PARA O SEU PAI: **de 56 Ravenswood Road, Redlands, Bristol**
3 de outubro [de 1917]

Suponho que o senhor esteja se perguntando por onde anda seu filho pródigo todo esse tempo. Antes, o que aconteceu foi um capítulo de aventuras, e vou me apressar para lhe contar — no melhor estilo jornalístico.

Partimos de Keble no sábado, e, em vez de permanecer em Oxford com os Moores, eu desci aqui para a casa deles em Bristol — que fica a aproximadamente dois quilômetros da escola Clifton. No domingo fomos visitar a última, incluindo a capela, onde eu não consegui achar o *Qui procul hinc ante diem* etc.,[39] que, de fato, não existe. O lugar é agradável, mas inferior a Malvern.

Na segunda-feira, uma gripe (completa, com inflamação da garganta e tudo) que eu desenvolvi em Oxford, avançou tão festivamente, que a Sra. Moore tirou a minha temperatura e me pôs de cama, onde estou escrevendo essa carta (quarta-feira). Estou na expectativa ansiosa por vê-lo em breve de novo [...].

[Albert Lewis escreveu em seu diário: "Sexta-feira, 12 de outubro. Jacks chegou de Oxford. Notícias chegaram de que Jacks foi promovido para a Infantaria Leve de Somerset. Ele ficou com Moore em Bristol por três semanas, deixando uma semana para casa." "Quinta-feira, 18 de outubro. Jack partiu de Holyhead para se unir ao regimento em Crownhill, S. Devon." Conforme o Sr. Lewis ficaria

---

[38]No dia 25 de setembro, Jack foi promovido para a terceira infantaria leve de Somerset e recebeu um mês de licença. Fica latente na próxima carta que ele parece ter ido com os Moores para a sua casa em Bristol no sábado, dia 29 de setembro.
[39]"Quem, longe daqui, antes do dia [...]."

sabendo mais tarde, Jack foi separado de "Paddy" Moore que foi enviado para a França com a Rifle Brigade {Brigada Rifle}.]

PARA O SEU PAI: da terceira infantaria leve de Somerset, Crownhill, South Devon

Segunda-feira, 17h05 [22 de outubro de 1917]

Eu esperei até agora para poder contar-lhe como é um dia de trabalho comum por aqui. A propósito, a expressão "dia de trabalho" é uma mera *façon de parler*.[40] Mais sobre isso mais adiante, já que o senhor estará ansioso, antes de tudo, por ouvir falar sobre o tipo de bandido em cuja companhia eu me encontro. Devo dizer que aproximadamente sessenta e cinco por cento de todos os oficiais são cavalheiros, o que é, de fato, uma maioria considerável, coisa que se tem o direito de esperar nos dias de hoje. Penso que eu goste de um ou dois deles, embora, é claro, seja difícil especificar no momento. Deve-se admitir que a maioria deles dificilmente fizesse o meu estilo, os assuntos de conversa são as compras (Oh! que saudades do antigo tabu que governava as refeições dos oficiais nos sonoros tempos de paz), esportes e notícias de teatro, recorrentes com uma regularidade deveras tediosa — isto é, nos poucos momentos de conversação que interrompem o negócio sério de *bridge* e *snooker*. Entretanto, eles são na grande maioria bem educados e bem legais comigo. De modo que, se essa nova vida não desperta nenhum entusiasmo efusivo em mim, por outro lado, ela é bem suportável e até agradável.

O "trabalho" é algo muito simples. Quase todos os homens são recrutas e o treinamento é realizado por NCOs.[41] Tudo o que você tem a fazer é guiar o seu grupo para a parada, entregá-lo para o seu instrutor e depois andar por aí, sem fazer nada. E isso você faz por várias horas ao dia. É um pouco cansativo para as pernas, e penso que acabará resultando em atrofia do cérebro. Entretanto, é muito melhor do que o trabalho duro, e estou bastante satisfeito.

---

[40]Modo de falar. [N. T.]
[41]Non-comissioned Officier [oficial não comissionado]. [N. T.]

Eu me antecipei um pouco quando disse, no telegrama da estação de Plymouth, que Crowhill era um quartel. Ele se revelou como sendo uma vila de cabanas de madeira, instaladas nas montanhas em meio a um cenário realmente bonito. Além do refeitório dos oficiais — que é uma espécie de casa de clube de golfe gloriosa — cada um de nós tinha o seu próprio quarto, com uma lareira. Quando ela é acesa, fica realmente muito confortável […]. Então, como o senhor vê, meu veredicto é bastante favorável. A vida, contanto que eu esteja na Inglaterra, será bastante tediosa, mas fácil, e nem um pouco desagradável. Não há necessidade de transferência para qualquer outro regimento de infantaria. É assim, ao menos, que penso agora: é claro que eu posso mudar […].

[Por semanas circulavam rumores de que o batalhão de Jack quase certamente seria enviado à Irlanda para lutar ou no Sinn Féin[42] ou contra os alemães, que diziam que desembarcariam ali. Entretanto, no dia 15 de novembro, eles foram enviados compulsivamente para o *front*, após uma licença de 48 horas. Como era impossível para ele ir para Belfast, Jack foi até a casa da Sra. Moore em Bristol, de onde ele enviou um telegrama a seu pai dizendo: "Cheguei a Bristol em licença de 48 horas. Dirijo-me Southampton sábado. Pode vir Bristol? Caso positivo encontro na estação. Responda endereço da Sra. Moore 56 Ravenswood Road Redlands Bristol. Jack." O Sr. Lewis telegrafou de volta: "Não entendi telegrama. Favor escreva."]

PARA O SEU PAI: **telegrafado de Bristol**

15 de novembro de 1917

Acabei de receber o seu telegrama. Estou enviando outro para explicar as coisas com mais clareza: Lamento muitíssimo, mas não consigo imaginar como não fui capaz de torná-lo claro da primeira vez.

---

[42]Movimentos político irlandês, que significa "Nós mesmos", que resistia ao domínio britânico de forma pacífica e que lutava pela restituição da monarquia irlandesa, perdida desde o século XVIII. [N. T.]

É perfeitamente deplorável que me deram uma licença tão curta — quarenta e oito horas não têm utilidade nenhuma para uma pessoa que vive na Irlanda e tem que passar aproximadamente dois dias e noites viajando. Por favor, não se preocupe, provavelmente ficarei um longo tempo na base, já que tive tão pouco treinamento na Inglaterra. Não posso escrever mais agora: preciso ir e fazer umas compras. Enviarei os comprovantes. Devo querer um de cada, penso eu. Vou lhe informar meu endereço na França assim que puder.[43]

PARA O SEU PAI: **da França**

21 de novembro de 1917

Esta é uma surpresa deveras repentina e desagradável. Eu não tinha noção dela até que fui mandado para minha última licença de quarenta e oito horas, de fato eu achei que eles estavam brigando comigo quando me contaram. No momento, estou numa cidade-base bastante segura, onde estamos morando em cabanas bem confortáveis, como fizemos em Crownhill. Serei vacinado esta tarde e terei quarenta e oito horas de folga posteriormente [...]. Suponho que não tenha motivo para reclamar: isso acabaria acontecendo mais cedo ou mais tarde. Não haverá motivo para preocupação por um bom tempo, entretanto, e, se houver, tentarei mantê-lo informado todos os dias. Tenho que ir para a parada em alguns minutos, então, preciso encerrar. Devo ter condições de escrever uma carta apropriada na folga de amanhã.

[O Sr. Lewis estava profundamente preocupado com a segurança de Jack. Depois de receber essa carta, ele escreveu para o coronel James Craig, que viria a se tornar Visconde de Craigavon (1871–1940),

---

[43] Os comprovantes eram de fotografias do Sr. Lewis tiradas com seus filhos. Na sexta-feira, 16 de novembro, Jack enviou o seguinte telegrama a seu pai: "Comandos França. Dirijindo-me Southampton 4 p.m. Sábado. Se vier, telegrafe imediatamente. Não necessidade se alarmar. Devo estar base. Jack." Jack Lewis, tendo sido condecorado como segundo tenente, foi subitamente transferido do terceiro para o primeiro batalhão da Infantaria Leve de Somerset e partiu para a França em 17 de novembro.

que era MP[44] para a divisão leste da Co. Down, pedindo ajuda para ter Jack transferido da infantaria para a artilharia. Ele acreditava que Jack ficaria mais seguro com os artilheiros. O coronel Craig respondeu que seria necessário obter uma carta de Jack, expressando o seu desejo de ser transferido, da mesma forma como uma recomendação de seu oficial comandante. O Sr. Lewis então enviou uma cópia desta correspondência a Jack.]

PARA O SEU PAI: **da França**

13 de dezembro de 1917

A carta, cuja cópia o senhor me enviou, é realmente surpreendente e eu espero que não fique desapontado com a minha resposta a ela. Alguns argumentos em favor de ficar na infantaria surgiram desde que estivemos juntos pela última vez. Em primeiro lugar, tenho que confessar que me afeiçoei bastante a esse regimento. Tenho vários amigos que lamentaria ter que abandonar, fora que estou começando a conhecer os meus homens e compreender o trabalho. Em segundo lugar, se a principal razão para ir para a artilharia é a sua suposta segurança, penso que ela dificilmente será suficiente. Nesta parte do *front* as armas são expostas a quase tanto bombardeio (e as bombas contam muito mais do que o fogo de rifles) quanto na infantaria: se suas baixas são menores isso deve ser porque sua força total seja bem menor. Além disso, ninguém manifesta nenhuma esperança de eu ser recomendado pelo CO[45]. Ele teria respondido com certeza (e não sem razão) que seria caro e um desperdício enviar um oficial de infantaria que já passou por metade do treinamento para casa de novo e torná-lo um artilheiro. Nosso CO — um tenente-coronel Majendie — é um sujeito esplêndido, pelo qual tenho grande admiração, e lamentaria ter de dar uma impressão tão desfavorável a seus olhos quanto eu devo fazer ao tentar voltar atrás na decisão por estar chegando mais próximo da

---
[44]MP provavelmente é Member of Parliament [membro do parlamento]. [N. T.]
[45]Sigla em inglês para *Commanding Officer*, que significa "oficial comandante". [N. T]

parte concreta de meu serviço.[46] É claro que entendo inteiramente que é bem tarde para eu falar assim; e, para além do direito que o senhor tem, em todo caso, de decidir sobre a minha vida, o senhor tem amplos motivos para reivindicar que eu deva manter-me fiel a nosso acordo. Ainda assim, penso que o senhor vai concordar com o que eu disse anteriormente.

No momento, estou alojado em certa cidade devastada, em algum lugar atrás da linha do *front*. Ela é bem acolhedora, mas é claro que o trabalho é duro e (o que é pior) irregular. Eu acabei de terminar *Adam Bede*,[47] de que eu gostei imensamente — mas não me envie mais, já que eu conheço uma loja (ou antes uma cantina aqui) que as tem — na edição Tauchnitz [...].

PARA O SEU PAI: **da França**

4 de janeiro de 1918

Refleti bastante sobre a questão que está dominando nossa mente e discuti o assunto com alguns dos meus amigos. Os argumentos a favor de eu ficar onde estou parecem esmagadores, e acabei me convencendo de fazer isso. Lamento muito pelo trabalho desnecessário que o senhor teve e espero que minha decisão não seja uma decepção para o senhor. A partir do que o senhor disse na sua última carta, penso que concorde comigo que os artilheiros não são realmente preferíveis do ponto de vista da segurança ou companhia. Fiquei nas trincheiras por alguns dias (sobre o que vou falar mais adiante), associado a uma companhia para instrução, e

---

[46] Vivian Henry Bruce Majendie (1886–1960) se formou no Winchester College e Sandhurst. Como comandante do primeiro batalhão da Infantaria Leve de Somerset, ele estava eminentemente habilitado para escrever *A History of the 1st Battalion, the Somerset Light Infantry (Prince Albert's) July 1st 1916 to the end of the War* [História do primeiro batalhão da Infantaria Leve de Somerset (do príncipe Albert) de 1º de julho de 1916 até o fim da guerra] (1921). Ele encerrou sua carreira longa e útil no exército como um general-major, e se aposentou em 1946.

[47] Primeiro romance (publicado pela primeira vez em 1859) de George Eliot, pseudônimo usado por Mary Ann Evans (1819–1880) que era uma poeta, jornalista, romancista, tradutora e uma das líderes da era vitoriana. [N. T.]

o número de bombas que passaram silvando por cima de nossas cabeças, para caírem nas baterias lá longe, não diminuiu minha afeição pela infantaria — como o senhor poderia imaginar!

Estou agora de volta ao curso das bombas, onde moro com o oficial de bombas, um sujeito muito legal, com gosto literário, em um alojamento bem confortável. O trabalho, que envolve uma boa quantidade de questões químicas e mecânicas, não é do tipo que minha mente assimila prontamente, mas, enquanto se está a salvo e se tem uma noite ininterrupta de sono, suponho que não haja nada que reclamar.

O senhor ficará ansioso de ouvir minhas primeiras impressões da vida nas trincheiras. Esta é uma parte bem tranquila da linha de frente, e as escavações são muito mais confortáveis do que se imagina em casa. Elas são muito profundas, você desce até elas por uma vala de aproximadamente vinte degraus: elas têm beliches de arame onde um homem pode dormir com bastante conforto, e fogueira para aquecimento e preparo de comida. De fato, o maior desconforto é que elas tendem a se tornar MUITO quentes, enquanto é claro que o ar pesado dá dor de cabeça. Tive um tempo bem agradável e só uma vez estive em uma situação de perigo extraordinário, devido a uma bomba que caiu perto do banheiro, enquanto eu o estava usando.

Penso ter lhe dito que li *Adam Bede* e estou agora no *The Mill on the Floss* [O moinho à beira do rio],[48] de que gostei ainda mais. O senhor conhece alguma biografia de George Eliot publicada em edição barata? Se descobrir alguma, eu gostaria de lê-la.

Muito obrigado por meus fumos favoritos. O cachimbo foi embebido em uísque, de acordo com os ditames dos especialistas, e está muito bem. E também lhe agradeço, do fundo do coração, por sua última carta, que resiste a qualquer definição. Estou muito orgulhoso de meu pai [...].

[Em 2 de fevereiro de 1918 o escritório de guerra de Londres enviou a seguinte mensagem para Albert Lewis: "O secretário militar

---

[48] Por George Eliot (1860).

apresenta seus cumprimentos ao Sr. Lewis e roga informá-lo de que o seguinte relatório acabou de chegar. O segundo tenente C.S. Lewis, da Infantaria Leve de Somerset, foi internado no 10º Hospital da Cruz Vermelha, Le Tréport, em 1º de fevereiro, sofrendo de uma leve pirexia. Mais notícias serão enviadas, quando recebidas."]

PARA O SEU PAI: **do 10º Hospital Britânico da Cruz Vermelha, Le Tréport**

16 de fevereiro de 1918

Sua carta ficou sem resposta por algum tempo, e se eu tivesse cumprido a minha promessa literalmente, de "escrever quando me levantasse da cama", temo que o tempo teria sido ainda maior. "Febre de trincheira" soa feito um nome bastante extraordinário — como "febre de prisão" nos tempos da Bloody Assize,[49] como eu sempre penso, mas não é usualmente alguma coisa muito problemática. Neste país, ela é chamada de PUO, que, conforme me disseram, é abreviatura de "*pyrexia unknown origin*" [pirexia de origem desconhecida]: que em inglês básico significa meramente uma temperatura elevada, ocasionada por uma vida irregular no *front*. Em meu caso, entretanto, depois que eles conseguiram baixar minha temperatura ao normal, tive uma recaída e estive bem doente por um dia ou dois. Mas estou agora no bom caminho da recuperação, embora ainda de cama. Considero esse pequeno contratempo uma bênção: mesmo se eu não receber licença por conta disso — e temo que isso não seja muito provável — devo ter tido um descanso confortável das linhas de batalha. O lugar em que me internaram é, até onde posso descobrir, uma pequena vila de pescadores. Há penhascos e um mar cinzento mais adiante — que a gente fica muito contente de rever — e da minha janela pode-se ver uma cidade arborizada e agradável. Disseram-me que Dieppe

---

[49] Os Bloody Assize foram uma série de julgamentos realizados em Ancaster durante a guerra de 1812 no Canadá, que resultaram na acusação de traição, condenação e execução subsequente de canadenses que foram acusados de estar a serviço do inimigo. [N. T.]

1916–1919

está a aproximadamente trinta quilômetros de distância: e isso nos faz lembrar [...] *eheu fugaces*!⁵⁰

A propósito (não me lembro se eu lhe contei isso antes), o capitão da companhia na qual estou é o Harris, que costumava ser o mestre de Cherbourg: penso que o senhor tenha cruzado com ele uma vez. Fiquei impressionado com ele naqueles dias, mas agora eu o acho muito decepcionante. Pergunto-me se é minha própria culpa que tantos dos meus conhecidos antigos, com os quais cruzei desde que deixei meu casulo em Bookham, "não me agradam". Suponho que coisas assim sejam esperadas.⁵¹

---

⁵⁰"Que pena! Como os anos passam voando!" Ele e Warren passaram as férias com a mãe em Berneval, perto de Dieppe, em setembro de 1907.
⁵¹Esse reencontro com um Harris extremamente pitoresco após cinco anos vale uma nota mais extensa. Embora eu possa entender a desilusão de Jack com esse homem a essas alturas, descobri o suficiente sobre Percy Gerald Kelsal Harris para gostar muito dele. Ele é o mestre do Cherbourg House ao qual Jack se refere como "Pogo" em *Surpreendido pela alegria* (capítulo IV). De sua chegada à escola, em maio de 1912, Jack escreveu: "'Sirrah', como o chamávamos [...], foi sucedido por um jovem cavalheiro lá da universidade que nós podemos chamar de Pogo. Pogo era uma versão piorada de um herói de Saki, quem sabe até de Wodehouse. Pogo era espirituoso, Pogo era um homem bem-vestido, Pogo era um homem urbano, Pogo era até companheiro. Depois de uma semana de hesitação (pois seu humor era inconstante) caímos aos pés dele e o adoramos. Ali estava a sofisticação, inteiramente polida, e (quem ousaria crer?) pronta para tornar-nos também sofisticados. [...] Depois de um trimestre na companhia de Pogo, tínhamos a impressão de estarmos, não doze semanas, mas doze anos mais velhos."
P.G.K. Harris nasceu em Kinver, Staffordshire, em 31 de agosto de 1888. Do King's School em Taunton, ele se transferiu para o Exeter College em 1907. O fato de ele ter deixado Oxford sem um título pode ser explicado por aquelas mesmas qualidades que agradavam seus discípulos no Cherbourg House. Ele foi nomeado tenente na Infantaria Leve de Somerset em fevereiro de 1915 e foi promovido a capitão no tempo em que Jack foi nomeado para responder ao seu comando. Se Harris desperdiçou seu tempo em Oxford e teve uma aparição glamourosa, mas pobre em Cherbourg, para isso, ele deu uma impressão heroica e afoita no *History of the Somerset Light Infantry (Prince Albert's) 1914–1919* (1927) oficial de Everard Wyrall. Wyrall descreve os atos de bravura em Verchain que permitiram a Harris receber o Military Cross [Cruz Militar] com essa citação: "Por galhardia notável perto de Verchain, em 24 de outubro de 1918. Na barragem do rio, em meio à escuridão, foi experimentada considerável confusão e dificuldade em instalar as pontes, devido a um fogo pesado de metralhadoras. Foi graças, exclusivamente, ao seu exemplo e esforços que as pontes foram instaladas e que os homens tiveram

O senhor foi muito gentil de me perguntar se há algo que poderia me enviar. Na próxima vez que estiver no Mullan's, estarei "em dívida" contigo, se o senhor pudesse pedi-los para procurar alguma edição barata do *Anatomy of Melancholy* [Anatomia da melancolia] de Burton[52] e me enviá-la, ou o primeiro volume dela. O senhor deve lembrar que é um capricho meu, e alguém me recomendou o livro recentemente. Se a única edição estiver em um volume único, grande, faça-os enviar-me da mesma forma — pode deixar que eu acho algum espaço para ela. O que o senhor está lendo? Veja bem, eu fiz algumas tentativas desesperadas de manter contato com uma vida para além da que levamos aqui. Espero que o senhor esteja bem de saúde: enquanto eu estiver no hospital poderá ficar despreocupado. Como eu desejaria que suas esperanças sobre licença pudessem ser realizadas. É claro que é possível, mas eu não acho

---

condições de atravessar. Subsequentemente ele conduziu a sua companhia a um objetivo adicional e fez um reconhecimento pessoal do terreno em campo aberto, sob fogo pesado de metralhadoras, obtendo informações muito valiosas." Uma medalha foi acrescentada à cruz, em decorrência da galhardia de Harris no Preseau, no dia 1º de novembro de 1918. Wyrall escreveu sobre isso: "'Preseau' — foi aqui que a Primeira Infantaria Leve de Somerset encerrou seu glorioso registro da luta na Grande Guerra. [...] Assistido pelo sargento-major R. Johnson, o capitão P.G.K. Harris convocou seus homens e ordenou-lhes carregar as armas. Toda a linha pulou para frente com entusiasmo e, com uma baioneta, lançou-se contra os alemães pelas costas" (p. 356).

É, entretanto, no *History of the 1st Battalion, the Somerset Light Infantry*, do tenente-coronel Majendie, que o "Pogo" de Cherbourg, de humor instável, é visto como homem, não menos brilhante, talvez, mas bem mais admirável do que Jack podia se lembrar. "Durante a retirada de Preseau", escreveu o tenente-coronel Majendie, "o capitão P.G.K. Harris, MC, foi o ator principal de um incidente que deu origem a algum mérito. Ele estava parado no topo da escada de algum porão, reunindo prisioneiros, quando um alemão surgiu lá de baixo 'se entregando' com tanto entusiasmo que ele colidiu com o capitão Harris e o derrubou. Capitão Harris se sentou violentamente em cima de um alemão morto e, no seu esforço por se levantar, pôs a sua mão no rosto do homem morto. Isso era demais para um comandante da Companhia Leve; ele saltou para cima do ofensor e, cônscio de seus dias em Oxford, proferiu-lhe tal soco de esquerda na mandíbula que o infeliz alemão não recobrou consciência por um bom tempo" (p. 120).

[52] Robert Burton (1577–1640) foi um escritor inglês e estudioso da Universidade de Oxford. [N. T.]

que haja muita chance. A propósito, ofereça a Warnie minhas congratulações por suas glórias recentes quando for escrever da próxima vez. Isso pelo menos é uma bênção: ele não estará se saindo nada mal na carreira militar se depois da guerra for se tornar um capitão na idade dele [...].

PARA O SEU PAI: **do 10º Hospital Britânico da Cruz Vermelha, Le Tréport**

22 de fevereiro de 1918

Sua carta do dia 17 acabou de chegar, junto com a encomenda, pela qual eu agradeço imensamente: uma experiência ampliada dos pais de outras pessoas me ensinou a valorizar essas coisas mais do que eu costumava fazer, tanto por si mesmas, como pelo que representam. Isso abre possibilidades literárias: já existe um livro chamado *Other people's children* [Os filhos dos outros],[53] mas por que não acrescentar um volume adicional, intitulado *Other people's parents* [Os pais dos outros]? — em nossos tempos de escola a maioria de nós sofreu ocasionalmente nas mãos desses seres irrelevantes.

É uma das punições — com certeza ricamente merecidas — de um mau correspondente, que quando finalmente ele escreve, sua carta usualmente cruza com a próxima da sua vítima. Espero que o senhor tenha, antes disso, recebido a carta maior, que aparentemente não havia chegado quando o senhor escreveu a sua.

Não acho que haja necessidade de se preocupar, se em qualquer ocasião futura o senhor ouvir falar de minha internação no hospital, por alguma mera doença. Mesmo supondo que seja sério, este é um tipo de perigo mais natural e fácil do que aquele do *front*: além do mais, há sempre o descanso, os confortos insólitos e, no final, a possibilidade de licença. Neste caso, temo que não estive mal o suficiente.

Estou enviando, anexas a esta carta, duas fotos do meu quarto na Univ. Elas foram tiradas por meu amigo Moore, pouco antes de eu

---

[53] Por John Habberton (1877).

partir de Oxford, mas ficaram sem revelar por um longo tempo e elas me foram enviadas recentemente pela mãe dele. O quarto não tem um grande interesse pessoal, já que tudo nele pertencia a outro homem — penso que eu tenha mencionado isso na época. Mas ouso dizer que o senhor deve se dar ao trabalho de vê-las. O senhor se lembra de que eu costumava sonhar que eu pudesse algum dia reunir o senhor e o Knock [W.T. Kirkpatrick]. Conforme o senhor disse: "Esse seria o simpósio dos deuses". Que coisa excelente isso teria sido! Com que entusiasmo adicional teríamos saboreado as "verdades" do homem, na esperança de rir sobre elas entre nós mais tarde. Quem sabe? Em todos os casos, espero que senhor e eu possamos algum dia ver Oxford juntos.

A foto do nosso Warnie, participando da palestra de um doutor "a-mericano" da cadeira de pôquer é boa. Mas temo que a psicologia do jogador de cartas sempre me desconcerta como ela desconcerta o senhor. Eu logo teria que passar a tarde construindo castelos de cartas — mais cedo ainda, teria que assistir à foto no vermelho do fogo.

Descobri que o otimismo sobre a guerra aumenta na razão inversa da proximidade do otimista em relação à linha de frente. Será que o nosso coronel estava tão esperançoso um mês atrás?[54] Mas, de fato, temo que eu tenha que viver de acordo com a nossa reputação familiar, pois certamente não posso ver quaisquer perspectivas brilhantes no presente. As condições em casa são quase

---

[54] O "coronel" referido aqui é Warren. Ele esteve tentando impedir o Sr. Lewis de se preocupar tanto com Jack, e, ao escrever para seu pai em 9 de fevereiro de 1918, ele disse: "Eu gostaria muito, paizinho, de poder convencê-lo de que a sua depressão é quase inteiramente devida à sua vida solitária: Jack raras vezes sai da minha cabeça agora, mas eu continuo, por alguma razão, convencido de que tudo ficará bem com ele. Certamente o senhor está dando espaço a mero pessimismo quando diz que não consegue enxergar nenhum fim próximo da guerra. [...] É uma pena que o senhor nunca tenha jogado pôquer ou poderia apreciar a situação melhor: o Bosche tem uma mão razoável, mas não tanto quanto a nossa: infelizmente para ele, entretanto, ele está tão profundamente imerso, que ele NÃO PODE se dar ao luxo de pagar e largá-lo: por isso ele está naturalmente blefando na esperança de nos intimidar."

tão ruins quanto a fome que tenhamos imaginado na Alemanha: os espíritos se tornarão mais pacíficos a cada dia de racionamento: parece haver uma "perversidade espiritual nas posições de influência" [...].

Estou encomendando um par de livros de Virgílio[55] do meu livreiro em Londres e, se eu achar que consigo dar conta deles, devo encomendar algo igualmente prazeroso em grego simples. Temo que tenha que deixar de lado o alemão e o italiano: é claro que eu leio um livro em francês de tempos em tempos e procuro oportunidades de falá-lo — mas vê-se muito poucos nativos. Eu também ainda estou entretido com Boswell, e também comecei o *Middlemarch* [Meados de março]. Como o senhor pode ver, ainda estou "cativo" dos livros de George Eliot.

Eu quase escrevi até acabar a tinta do meu tinteiro, e... quem sabe também tenha acabado com a paciência do meu leitor, mas "a partir da abundância do coração", também haverá dias em que eu talvez não possa escrever muito. Estive fora uma ou duas vezes e não posso dizer quanto tempo mais vou ficar aqui. Escreva quantas vezes e tanto quanto puder (gramática!).

> [Jack recebeu alta do hospital em 28 de fevereiro. Ele reingressou no seu batalhão em Fampoux. Depois, após estar na linha de frente da Batalha de Arras, de 21–4 de março, ele voltou para Fampoux, de onde escreveu a carta seguinte.]

PARA O SEU PAI: **da França**

[25 de março de 1918]

Estive numa correria tamanha, desde que saí do hospital, que foi necessária esta batalha e a sua provável preocupação com ela para me fazer escrever. Estou fora da área de combate, mas é claro que não estamos usufruindo da velha guerra de trincheiras pacífica

---
[55]Públio Virgílio Maro, ou Marão, (70 a.C. –19 a.C.) foi um poeta romano clássico. [N. T.]

que eu conheci antes de Le Tréport. Acabamos de voltar de uma marcha de quatro dias na linha de frente ao longo da qual eu tive algumas horas de sono: então, quando voltamos para esse descanso *soi-disant*, passamos a noite toda cavando. Sob tais condições, sei que o senhor vai me desculpar por não escrever muito: mas de tempos em tempos vou tentar pô-lo a par de que estou bem.

[Jack Lewis estava entre os que foram feridos no Mount Bernenchon durante a Batalha de Arras em 15 de abril, por uma bomba que explodiu atrás dele. Wyrall registra em seu *History of the Somerset Light Infantry* [História da Inafantaria Leve de Somerset] (p. 295): "As baixas do primeiro batalhão, de 14 até 16 de abril, foram: segundo tenente L.B. Johnson, morreu de ferimentos (15/4/18) e segundos tenentes C.S. Lewis, A.G. Rawlence, J.R. Hill e C.S. Dowding feridos: em outras fileiras as perdas estimadas foram de 210 mortos, feridos e desaparecidos." Não é sabido se Lewis foi informado da morte de seu amigo, Laurence Johnson, antes de ter sido internado no Hospital Móvel Liverpool Merchants, em Etaples. Em 24 de abril, Warren ficou sabendo, por meio do Sr. Lewis, que Jack estava "gravemente ferido". Tal foi a sua ansiedade que ele emprestou uma bicicleta e pedalou os oitenta quilômetros, das proximidades de Doullens até Etaples, para vê-lo. Ele, então, teve que pedalar de volta para seu acampamento].

PARA O SEU PAI: **do Hospital Móvel Liverpool Merchants de Etaples**

4 de maio [de 1918]

Muito obrigado pelos fumos e também pela carta que eu fiquei particularmente feliz de receber, já que eu não ouvia notícias suas há tanto tempo. E lamento muito — e fico furioso — que o senhor tenha passado por tanta preocupação e ansiedade desnecessária devido a algum idiota descuidado do escritório de guerra que — como Arthur me informa — lhe contou alguma asneira sobre eu ter sido atingido nos dois braços e no rosto. O fato é que eu fui realmente atingido na parte de trás da mão esquerda, na parte de trás da perna esquerda e pouco acima do joelho, e do lado esquerdo logo debaixo da axila. Todos os três são apenas ferimentos de carne viva. O mito sobre eu ter sido atingido no rosto surgiu, imagino eu, do fato de que eu acumulei bastante sujeira no olho esquerdo, que ficou fechado por alguns dias, mas agora está em ordem. Ainda não consigo me deitar de lado (nem do lado ruim nem do outro lado), mas, de resto, estou conduzindo a vida de um simples mortal e minha temperatura está em ordem. Então, não há motivo para qualquer preocupação.

PARA O SEU PAI: **de Etaples**

[14 de maio de 1918]

Estou na expectativa de ser enviado para o lado de lá em alguns dias, é claro, como um caso de maca: de fato, qualquer que fosse a minha condição, eles teriam que me enviar naquela direção porque estou sem roupas. Isso é um motivo de piada por aqui — que mania das pessoas nas enfermarias de rasgar toda a roupa dos homens feridos, quer isso seja necessário, quer não. No meu caso, a camisa provavelmente estava fora de cogitação, mas admito que lamente o destino imerecido dado às minhas bermudas. Infelizmente eu estava inconsciente quando o sacrilégio se deu e não tive condições de argumentar sobre o assunto.

Estou extremamente bem e posso deitar do meu lado direito agora (é claro que não do esquerdo), o que é um grande alívio depois de ter de ficar de costas por algumas semanas. Em certo sentido, eu estava errado no meu último relato sobre minhas feridas: aquela embaixo do meu braço é pior do que um ferimento de carne viva, já que o estilhaço de metal que entrou ali está agora em meu peito, bem alto debaixo de meu "peito de pombo" como demonstrado: mas isso não é nada para se preocupar, já que não está causando maiores danos. Eles vão deixá-lo lá e me disseram que eu posso carregá-lo pelo resto de minha vida sem quaisquer efeitos maléficos.

A tia Lily mantém a fogueira da literatura acesa — Browning, Emerson, Mill (sobre "a sujeição de mulheres")[56] e *The Scotsman* [O escocês]. O que a faz pensar que eu esteja interessado em *The Scotsman*? Entretanto, há um ou dois pacientes escoceses aqui, para quem eu o entreguei: então eu posso dizer-lhe, com toda veracidade, que eles "foram lidos e apreciados".[57]

Minha amiga, a Sra. Moore, está com um enorme problema — Paddy foi dado como desaparecido há mais de um mês e quase com certeza está morto. De todo o meu grupo particular em Keble, ele foi o primeiro que se foi, e é patético lembrar que ele pelo menos sempre teve certeza de que iria conseguir sobreviver.[58]

PARA O SEU PAI: do Endsleigh Palace Hospital, Endsleigh Gardens, Londres (depois de chegar lá em 25 de março)

30 de maio de 1918

Espero que o senhor tenha recebido o meu telegrama e que eu em breve tenha notícias suas, e não receber notícias apenas, mas

---

[56]John Stuart Mill, *The Subjection of Women* [A sujeição das mulheres] (1869).

[57]A Sra. Lily Hamilton Suffern (1860–1934) foi a irmã da mãe de Jack e Warren. Warren a descreveu como uma "sufragista ardente" que brigou com todo mundo na família, incluindo os seus pais. Embora esta senhora estivesse constantemente em movimento, ela tinha uma predileção por Jack, que ela bombardeava com livros e uma correspondência pseudometafísica.

[58]A história da participação de "Paddy" na guerra foi resumida, a partir de informações fornecidas pela Sra. Moore, na revista de sua escola, *The Cliftonian* [O cliftoniano] n. CCXCV (maio de 1918), p. 225: "segundo tenente E.F.C. Moore. Ele entrou para a *Rifle Brigade* depois do treinamento usual e esteve em ação na França, no grande ataque alemão, que começou em 21 de março. Ele foi dado como desaparecido em 24 de março, e agora se teme que ele não possa ter escapado com vida. O adjunto do seu batalhão escreve: 'Eu tenho que dizer que seu galante filho foi dado como desaparecido no dia 24 de mês passado. Ele foi visto pela última vez na manhã daquele dia com alguns homens, defendendo uma posição na barragem do rio contra um número infinitamente superior de inimigos. Todos os demais oficiais e a maioria dos homens de sua companhia foram vitimados, e eu temo que seja impossível obter informações mais precisas. Ele fez um serviço realmente excepcional na noite anterior, em abater um grupo de alemães que havia conseguido precipitar-se sobre um ponto estratégico nas nossas fileiras. Todos nós sentimos profundamente a sua perda e não temos palavras para expressar nossos sentimentos para com a senhora.'"

receber uma visita sua na vizinhança aristocrática de Euston. O senhor estará em condições de chegar, não estará, nem que seja por alguns poucos dias? Temos que fazer Kirk se encontrar com o senhor e ter a nosso famoso encontro excelente. Nesse meio-tempo, o senhor poderia, por favor, me mandar meu novo terno marrom e também, se possível, um par de sapatos pretos de Oxford: eu devo ter vários. É permitido vestir roupas comuns aqui até que eu consiga encomendar um uniforme. Isso não passa de uma nota, já que o senhor já está me devendo muito em termos de cartas [...].

PARA O SEU PAI: **do Endsleigh Palace Hospital**
12 de junho de 1918

Muito obrigado pelas duas cartas, bem como o "ensaio com anexos" que me seguiu até aqui e, de fato, chegou pouco depois daquela que eu escrevi, ousando sugerir que, no meu escore de cartas, eu estava em vantagem. *Peccavi*: tenho que me desculpar muito humildemente. "E você com uma bronquite dentro de você." (A propósito, não se trata de uma bomba inteira em mim, apenas um estilhaço.) Sério, espero que, antes disso, o senhor tenha superado qualquer sugestão do velho problema: você não pode ter cuidado bastante em se proteger dele [...].

Já estou em pé, vestido e já saí algumas vezes: o senhor pode imaginar muito bem o quão prazeroso é para mim usar roupas decentes de novo — ter bolsos sem botões, e de estar em condições de trocar de gravata de um dia para o outro. Escrevi para o oficial de transportes do batalhão a respeito da minha mochila, mas até agora não tive resposta: pobre homem, espero que ele tenha outras coisas a pensar do que sobre o meu kit. E — quem sabe — nesse instante um *unter offizier*[59] germânico esteja dormindo com meus cobertores e aperfeiçoando o seu inglês com

---
[59]Suboficial em alemão. [N. T.]

meus parcos livros.[60] O que me faz lembrar, embora a censura se dê usualmente no sentido inverso, que na única ocasião em que fizemos prisioneiros eu tive condições de falar um pouco de alemão com o seu oficial, ainda que ele não conseguisse falar inglês comigo[61] [...].

Desde então, acrescentei a meu novo conhecimento de Trollope *The Warden* [O guarda] e *Dr. Thorne*. Embora possa parecer estranho que Warnie e eu negligenciemos livros que estão em casa e depois os lemos em outro lugar, há um motivo. Um livro tem que encontrá-lo no humor certo, e a sua mera presença na estante não vai providenciar este humor, por mais que ele esteja lá há anos: da mesma forma que quando você encontra um livro que é associado ao lar "em um país estrangeiro", ele tem por esse mesmo motivo uma atração que não teria em tempos comuns. Estou agora às voltas com e muito empenhado em *Treatise of Human Nature* [Tratado da natureza humana] de Hume,[62] um novo Maeterlinck[63] e um novo volume de Swinburne.[64] Estou mantendo uma troca

---

[60]Warren escreveu para o seu pai em 7 de junho dizendo: "É esplêndido saber que o nosso 'DITO CUJO' [Jack] está finalmente seguro em casa. Confesso que me deixou muito desconfortável quando eu ouvi que aqueles cachorros malditos andaram bombardeando hospitais de base. E falando nisso, você viu que o camarada que foi pego com a mão na massa foi internado no hospital que ele bombardeou e teve suas feridas tratadas. Eu teria lhe dado um trato e tanto."

[61]Isso ocorreu no dia antes de Jack ter sido ferido. Wyrall registra em seu *History of the Somerset Light Infantry* [História da Infantaria Leve de Somerset] (p. 293) a detenção de 135 prisioneiros: "Quando os líderes de Somerset se aproximaram da saída leste de Riez, o inimigo lançou um contra-ataque do lado leste da vila e da extremidade norte de Bois de Pacaut. O contra-ataque foi imediatamente empreendido com o fogo de revólveres e rifles de Lewis e aproximadamente 50 por cento dos alemães que estavam atacando foram abatidos: dos remanescentes, aproximadamente metade fugiu e a outra metade correu em direção aos homens de Somerset, com suas mãos ao alto, gritando 'nós nos rendemos!' e foram feitos prisioneiros."

[62]David Hume (1711–1776) foi um historiador, filósofo e ensaísta escocês conhecido pelo seu empirismo e ceticismo filosófico. [N. T.]

[63]Maurice Polydore Marie Bernard Maeterlinck (1862–1949) foi um poeta, ensaísta e dramaturgo, representante do teatro simbolista belga de língua francesa. [N. T.]

[64]Algernon Charles Swinburne (1837–1909) foi um dramaturgo, romancista, crítico literário e poeta inglês. [N. T.]

de cartas muito rápida sobre assuntos literários e pseudocientíficos com a minha tia Suffern: a essa distância ela é agradável, mas, no *tête-à-tête*; "não, milhões de vezes, não" [...].

É uma grande pena que o senhor esteja imobilizado; haveria locais em Londres reservados para nós dois — gostaria de ir contigo para a abadia e o templo e um par de outros lugares. (Acabo de deixar Arthur verde de inveja pelos meus relatos de Charing Cross Road, "a dois quilômetros de distância das livrarias".) No domingo, estou indo para Bookham para ver o sábio: seria muito bom se o senhor pudesse fazer a mesma peregrinação! [...].

PARA O SEU PAI: **do Endsleigh Palace Hospital** (depois de visitar o Sr. W.T. Kirkpatrick)

[20? de junho de 1918]

No domingo [16 de junho] eu fiz uma peregrinação. Até mesmo ir para Waterloo foi uma aventura cheia de momentos memoráveis, e, a cada estação que passava no caminho para lá, parecia que mais uma camada do passado era retirada e me trouxe de volta à velha vida. Bookham estava na sua melhor forma: verdejante, muito agradável a quem "faz tempo não estava na bela cidade". Enquanto eu caminhava para Gastons, a rua familiar estava lotada de gente boa voltando da igreja e eu passei por muitos casais velhos tradicionalistas de que me lembrava bem, embora nenhum tenha me reconhecido. Era como ser um fantasma: eu abri o portão do jardim de Kirk, de forma quase furtiva, e passei pela casa, para a horta de legumes e o pequeno pomar selvagem com o lago, onde passei tão frequentemente as tardes quentes de domingo sentado e brinquei de patinar com Terry, quando a longa geada começou, há dois anos. E ali, entre os repolhos, em sua camiseta e calças compridas, estava o velho, invariavelmente cavando e fumando o seu vil cachimbo. Ele estava de costas para mim e eu me aproximei a alguns passos dele antes de ele se virar e me ver. E, assim, fui conduzido triunfante para dentro da casa e apresentado à Sra. K., que encontramos fazendo alarde com a criada, como nos velhos tempos. Raras vezes passei uma tarde mais agradável: que encontro excelente que tivemos, que sessão de nostalgia, quão frequentemente minhas opiniões se mostraram baseadas (bazeadas, como o sábio o pronuncia) em um conhecimento insuficiente sobre o assunto! Quando eu lhe contei que foi por uma bomba inglesa que eu fui atingido, isso o levou a sacar um discurso sobre o "problema matemático simples" de calcular como o alcance de um revólver se reduz quando ele é aquecido por uma rajada — em termos de "como todo escolar sabe".

Eu comprei uma edição de Yeats[65] que encomendei no livreiro para enviar pra casa e que já deve ter chegado a estas alturas.[66] É claro que eu não preciso acrescentar que o senhor tem minha autorização de abrir o pacote, se não se importar. Em todos os casos, Arthur gostaria de vê-lo, e, se o senhor repuser os livros em suas caixas, eles ficarão protegidos da poeira e umidade até eu chegar a casa. Espero que o senhor não ache extravagante da minha parte de ter comprado tal coisa, pois eu sabia que era uma edição limitada que se tornará mais desejada em alguns anos. Na mesma loja em que eu fiz esta compra, temo que tenha me comportado muito mal. O que me tentou a entrar, a princípio, foi a cópia danificada de *Anatomia* de Burton: como o senhor sabe, eu estava à procura disso e pensei que esta era uma oportunidade de conseguir ali uma cópia de segunda mão barata. Entrei e solicitei a um cavalheiro idoso cortês que me deixasse vê-lo. "Hum", disse eu, dando uma olhada no pequeno volume sujo, "parece bem desgastado: o senhor não tem uma cópia mais nova?" O cavalheiro olhou para mim de uma forma bem magoada e disse que não tinha. "Bem, quanto custa essa?", perguntei, esperando um desconto considerável. "Vinte e cinco moedas", disse o meu amigo com um sorriso brando. Pelos deuses! Imagine só: lá estava eu pela primeira vez em minha vida, folheando uma

---

[65]William Butler Yeats (1865–1939) foi um poeta irlandês e uma das figuras mais proeminentes do século XX. [N. T.]
[66]Trata-se provavelmente do *The Collected Works of William Butler Yeats in Verse and Prose* [Obras completas de William Butler Yeats em prosa e verso] em oito volumes, publicado em 1908 pela Shakespeare Head Press.

edição antiga realmente valiosa e pedindo por uma cópia "MAIS NOVA". Minha temperatura subiu: e mesmo o senhor, enquanto lê, ficará ruborizado pelo crédito do clã. Entretanto, o velho cavalheiro foi bastante clemente: ele virou o seu tesouro do avesso para mim. Ele me mostrou cópias antigas inestimáveis de Virgílio e Rabelais,[67] livros da Kelmscott Press, incluindo Chaucer, a £82 e volumes abandonados estranhos de literatura francesa, com gravuras fortes "da época das caixas de rapé e leques". Então, o que é que eu poderia fazer, a não ser afastar o Yeats? A propósito de Beardsley,[68] ele me contou que o artista "robusto" esteve na loja com frequência e percorreu o caminho de todas as coisas mortais sem pagar a sua conta. Bem, *et ego in Arcadia vixi*,[69] já é alguma coisa ter estado na loja de James Bain, nem que seja por uma hora.

Parece que hoje em dia se é liberado do hospital para ser mantido por algum tempo em um "lar de convalescentes" antes de receber alta. É claro que eu pedi para ser enviado a um irlandês, mas só há alguns poucos desses e eles já estão lotados: então não devemos ter grandes expectativas. Mas, onde quer que eu esteja, sei que o senhor virá me ver. O senhor sabe que eu tenho alguma dificuldade em falar das coisas mais importantes: uma falha da nossa geração e das escolas britânicas. Mas ao menos o senhor vai crer que eu nunca estive tão ávido por me apegar a cada fração da nossa velha vida em casa e por vê-lo. Eu sei que muitas vezes estive longe de ser o que deveria em minhas relações contigo, e subestimei uma afeição e generosidade que (como eu disse alhures) uma experiência dos "pais dos outros" me mostrou numa nova luz. Mas, se Deus quiser, eu devo fazer melhor no futuro. Venha me ver. Estou com saudades, simples e complicado assim.

Eu estive uma ou duas vezes na Ópera Britânica em Drury Lane e vi, entre outras coisas, meu longamente desejado *Valquíria* e *Fausto* de novo — cheio de reminiscências, é claro. Essa semana,

---

[67]François Rabelais (1483/1494–1553) foi um médico, monge, estudioso de grego, escritor e humanista renascentista francês. [N. T.]
[68]Aubrey Vincent Beardsley (1872–1898).
[69]"Eu também vivi na Arcadia."

Cartas de C.S. Lewis

a Sra. Moore foi visitar a sua irmã, que trabalha no escritório de Guerra, e nós nos vimos por um bom tempo. Penso que seja um conforto para ela estar com alguém que foi amigo do Paddy e seja um elo com os tempos de Oxford: ela certamente tem sido muito boa amiga para mim [...].

PARA O SEU PAI: **de Ashton Court, Long Ashton, Clifton, Bristol** (depois de sua chegada lá em 25 de junho)

[29 de junho de 1918]

Certamente essa foi a coisa mais desafortunada que jamais nos aconteceu! Eu estava preparado para ser desapontado em meus esforços para ser enviado a um lar de convalescentes irlandês, mas esse é o auge da má sorte. Quando eles finalmente me disseram em Londres que eu não poderia ir para a Irlanda, eles me pediram para escolher um local da Inglaterra: primeiro eu disse Londres, pensando que isso seria mais conveniente para o senhor do que qualquer cidade provincial, mas isso não pôde ser feito. Então escolhi Bristol, onde eu teria a companhia da Sra. Moore e também de Perrett do Somersets, que foi ferido alguns dias antes de mim, conforme mencionei com o senhor.[70] Pouco se poderia prever do que iria acontecer: ainda somos prisioneiros próximos [...].

Toda a "juventude dourada" entre os pacientes, que não têm interesses por si mesmos, é claro, se torna mais problemática quando confinada. O lugar repercute, até dizer chega, o som de suas bolas de bilhar e seus assobios altos e desafinados: eu me senti miserável nos primeiros dias até que descobri um pequeno, embora mal aproveitado, escritório num dos cantos da casa. Aqui eu posso ficar sentado com segurança relativa, e ler o *Anatomia* de Burton, que enviei da cidade.[71]

---

[70]Frank Winter Perrett (1898–?) conheceu Jack no Malvern College, onde ele foi aluno em 1912–15. Ele também serviu no primeiro batalhão da Infantaria Leve de Somerset e foi ferido em 29 de março de 1918.

[71]*A Anatomia da Melancolia* foi publicada em 1621. A cópia de Jack foi publicada pela Chatto & Windus em 1907 e algumas das suas várias anotações foram feitas provavelmente em Ashton Court.

1916-1919

Se eu pegar a doença, suponho que todas as minhas coisas sejam incineradas. Minha vontade é sentar e chorar pela coisa toda: mas, assim mesmo, é claro que ambos temos muito a agradecer. Quando um homem pode dormir entre lençóis o quanto ele desejar, sentar em cadeiras com encosto e não ter medo não é conveniente reclamar. Se eu não tivesse sido ferido como fui, eu teria que passar por coisas terríveis. Quase todos os meus amigos do batalhão se foram.

Será que alguma vez já mencionei Johnson, que era um erudito do Queens? Eu esperava encontrá-lo em Oxford algum dia e renovar as conversas infindáveis que tivemos por lá. *Dis aliter visum*, ele está morto.[72] Eu o tinha tão presente em meus pensamentos, tantas vezes toquei em algum novo ponto em um de nossos argumentos, e fiz uma nota sobre coisas em minha leitura para lhe dizer quando nos encontrássemos de novo que não posso acreditar que ele esteja morto. Você não acha particularmente difícil de se dar conta da morte de pessoas cuja personalidade forte as torna particularmente vivas: com os filhos ordinários de Belial, que comeram e beberam e estavam felizes, não é tão difícil.

Mas não quero me estender em assuntos tristes: não tenho dúvida de que nós três estamos bem por baixo. Entretanto, "mais sorte da próxima vez": isso não pode durar para sempre e eu tenho esperança ainda de receber uma visita sua. Quanto à minha própria saúde, ela está muito bem, obrigado, embora a ferida na perna — a menor das três — ainda esteja dando algum trabalho.

A casa por aqui é o que restou, embora alterada por constantes reconstruções, de um castelo do século XIII, a maior parte é agora

---

[72]"Pareceu diferente aos deuses." Laurence Bertrand Johnson foi eleito membro do Queens' College, Oxford, em 1917, mas foi enviado para o *front* com a Infantaria Leve de Somerset antes que ele pudesse se matricular. Jack diz de Johnson em *Surpreendido pela alegria* (capítulo XII): "Nele encontrei a agudeza dialética que até então só conhecera em Kirk, mas conjugada à juventude, ao capricho e à poesia. Inclinava-se então ao teísmo, e tínhamos infindáveis discussões sobre esse e qualquer outro tema sempre que nos encontrávamos fora da linha de frente." Johnson foi morto pela bomba que feriu Jack.

trabalho de argamassa do pior período vitoriano (à la Norwood Towers), mas temos uma ou duas velhas e belas pinturas e um fantasma. Eu ainda não me deparei com ele, e não tenho muita esperança de fazê-lo — de fato, se o fantasma de Johnson entrasse andando no escritório solitário neste momento, eu ficaria bem contente. Muito para minha humilhação, a biblioteca está trancada.

O parque tem vários quilômetros de extensão, é muito agradável e cheio de cervos: uma ou duas vezes, enquanto caminhava em meio às samambaias, eu me deparei com o rosto solene e chifres ramificados de um veado a poucos passos de mim. Ele me examinou por um momento, depois bufou, deu um salto e desapareceu: um segundo mais tarde, apareceram mais cabeças — seu pânico alcançou o resto da manada e eles saíram em disparada atrás dele.

Uma remessa de fumo muito generosa e bem-vinda chegou esta manhã. A comunicação com a cidade é escassa agora, é claro, e este é um acréscimo mais do que bem-vindo aos estoques minguantes: e quer saber? Tais pequenos agrados são infinitamente gratificantes quando se está com tédio, sozinho e desapontado [...].

PARA O SEU PAI: de Ashton Court

[29? de julho de 1918]

O senhor pode imaginar o quão confuso eu fiquei com o envelope da UVF[73] — o conteúdo também foi inesperado.[74] De certa forma esse esquema me deu o que pensar: o senhor vê, a diretoria, que me agastou em Londres, deu-me dois meses de convalescência que terminarão em 24 de agosto. Parece, entretanto, nesse hospital que, se você for calmo e inofensivo e se mantiver bem afastado da atenção das autoridades, poderá ser deixado lá várias semanas para além do prazo. O grande perigo quanto a esta mudança seria receber a

---

[73]Sigla em inglês para Ulster Volunteer Force, "Força Voluntária de Ulster" em português. [N. T.]
[74]O Sr. Lewis estava tentando fazer Jack ingressar no Ulster Volunteer Force [Força de Voluntários de Ulster], esperando, dessa forma, fazê-lo ser transferido para a Irlanda.

seguinte resposta: "Já que você está com tanta pressa de se mudar, vamos fazê-lo embarcar imediatamente e dar alta do hospital". Tal procedimento, é claro, apressará minha volta à França. O montante de licenças que eu receberei depois da alta do hospital (quando quer que isso se dê) não será influenciado pelo tempo que passei no primeiro, e, portanto, é de nosso interesse prolongar o período de hospital ao máximo. Os hospitais irlandeses menores são notoriamente rigorosos e alinhados com a sua diretoria. Tenho que admitir também que lamentaria desistir da ideia de o senhor vir me visitar aqui: eu teria imenso prazer em lhe apresentar a Sra. Moore e sinto que esta visita a mim seja a sua única desculpa para ficar uns tempos longe de Belfast e do escritório. Se o senhor estivesse no escritório o dia todo e eu tivesse que ficar voltando ao hospital às seis ou sete toda noite, dificilmente valeria a pena ir até o hospital em casa. Aqui poderíamos desfrutar de umas pequenas férias agradáveis juntos.

PARA O SEU PAI: de **Ashton Court**

3 de setembro de 1918

Desde minha última carta ao senhor, estive esperando ouvir notícias suas quase que diariamente, e estou bastante surpreso de que nem a minha resposta à sua proposta, nem a minha sugestão de que o senhor venha até aqui tenha obtido alguma resposta. O senhor ainda não decidiu sobre uma data para a visita? Já faz quatro meses agora que eu voltei da França e os meus amigos sugerem, rindo, que "o meu pai da Irlanda" de quem eles ouvem tanto falar seja uma criação mítica a exemplo da Sra. Harris.[75]

Quanto à minha decisão, penso que o senhor vá concordar que ela já esteja autojustificada. Estou agora quase um mês além de meu prazo e, mesmo se fôssemos embarcados amanhã, isso também seria para o bem. É claro que na presente escassez de homens, passar como apto pela diretoria significaria um rápido retorno para

---

[75] A amiga mítica da Sra. Gamp no *Martin Chuzzlewit* (1843–44), de Charles Dickens.

a França. Temo que não haja muita possibilidade de um "serviço em casa" que o senhor pensou certa vez que poderia vir em decorrência de meus ferimentos: embora eu não esteja totalmente bem, estou quase "apto" agora, no sentido militar da palavra. E dependo apenas do esquecimento das autoridades para a continuidade de minha estadia no hospital. É claro que isso não tem nada a ver com minha licença.

Espero que tudo esteja bem contigo e que eu possa em breve obter notícias suas de novo e vê-lo aqui. Sei que há dificuldades no meio do caminho, mas suponho que elas não sejam mais sérias agora do que eram quando Warnie esteve em casa [...].

PARA O SEU PAI: de Ashton Court

9 de setembro de 1918

Eu escrevo com pressa para lhe dar notícias que eu espero não lhe agradarem menos do que agradaram a mim. O senhor está ciente de que por alguns anos agora eu me diverti escrevendo versos, e uma coletânea deles me acompanhou pela França. Desde o meu retorno, estive revisando-os, tendo-os datilografado com alguns acréscimos e tentando publicá-los. Depois de uma recusa de Macmillans, eles foram, para certa surpresa minha, aceitos por Heinemann. Wm. Heinemann pensa que seria "bom reconsiderar a inclusão de uma ou duas peças que talvez não estejam à altura de meus melhores trabalhos". Eu lhe enviei alguns versos novos, para substituir aqueles e as coisas estão indo bem, apesar de o afastamento dele da cidade para duas semanas de férias causar um atraso no acordo definitivo sobre dinheiro. Eu não sei quando posso ter esperança de ver o livro impresso, mas é claro que vou lhe enviar uma cópia imediatamente. Ele é intitulado *Spirits in Prison: a cycle of lyrical poems by Clive Staples* [Espíritos na prisão: um ciclo de poemas líricos de Clive Staples]. O papel e a impressão provavelmente serão detestáveis, como são sempre nos dias de hoje. Esta pequena conquista me dá um prazer que talvez seja um tanto infantil, mas, ainda assim, é congênere de coisas maiores [...].

1916–1919

PARA O SEU PAI: **de Ashton Court**

14 de setembro de 1918

Lamento que o senhor tenha ficado tão perturbado com a última carta e lamento ainda mais o fato de eu ter sido, até certo ponto, o motivo para isso. Ao mesmo tempo não é mais do que justo acrescentar que eu não ratifico inteiramente a culpa que o senhor está me atribuindo. Acima de tudo, a referência que fiz de brincadeira à "Sra. Harris", que o senhor tomou muito *au pied de la lettre* [ao pé da letra], tinha uma intenção bastante inofensiva. Eu não escolho meus amigos em meio aos escarnecedores, nem a tendência à promiscuidade jamais foi um de meus defeitos característicos. Entretanto, talvez eu tenha faltado com tato, e não há necessidade de entrar em mais detalhes sobre isso.

Muito obrigado pelo "dinheiro em espécie" e pelo pacote. Aqueles cigarros virginianos[76] que o senhor me enviou várias vezes são de uma marca excelente. É possível obter fósforos por aí em casa? Estamos horrivelmente em falta deles por aqui: dificilmente um vendedor de tabaco vai lhe dar um pacote e a mercearia só concede uma pequena quantidade semanal para os seus clientes regulares.

Fiquei muito contente com o seu telegrama. Coisas assim são a parte mais valiosa dos sucessos que as coroam. Espero que eu não o tenha levado a esperar demais: o editor é apenas a primeira barrreira na nossa prova de obstáculos — o livro pode ainda ter que passar por uma revisão minuciosa, ou então, não seja revisto de forma alguma; pode não vender; ou ele poderá ser uma decepção ao seu próprio gosto e julgamento. As novidades, quase desnecessário dizer, devem ser comunicadas com discrição "ao povão" [...].

PARA O SEU PAI: **de Ashton Court**

18 de setembro de 1918

Passou-me despercebido que Hichens escreveu um romance chamado *Espíritos na prisão*, mas agora que o senhor o menciona,

---

[76]Virginia Tabacco é um tabaco transportado dos portos da Virgínia, Estados Unidos, que é secado debaixo do telhado por 40 a 60 dias. [N. T.]

penso que esteja certo — ou talvez seja *Um espírito na prisão* — a semelhança em todos os casos é grande o suficiente para deferir um golpe contra o título.[77] Eu não sei se serei capaz de achar outro que expresse de forma tão adequada o esquema geral do livro, mas temos que dar o máximo. O subtítulo: "um ciclo de poemas líricos" não foi dado sem uma razão: o motivo é que o livro não é uma coletânea de peças realmente independentes, mas o desenvolvimento, solto e com digressões, de uma ideia geral. Se o senhor puder imaginar *In memoriam*[78] com as suas várias partes em diferentes métricas, dar-lhe-á alguma ideia da forma que tentei adotar. O mérito disso depende menos do indivíduo do que do efeito combinado destas peças. Chamá-lo de um ciclo é preparar o leitor para esse plano e induzi-lo a seguir a ordem dos poemas como eu os dispus. Provavelmente ele não vai fazê-lo, mas temos que dar o máximo para que isso ocorra. Ao mesmo tempo, admito que a palavra "ciclo" é bastante questionável. As únicas outras que eu sei que expressam a mesma coisa são "série" e "sequência" e destas a primeira é muito pouco definida e a última, mais afetada e *precieux* do que "ciclo" propriamente dito. É claro que se poderia dispensar o subtítulo todo, mas eu aprovo a velha prática pela qual um livro oferece alguma ideia de si mesmo, como *Paraíso Perdido*[79] — *um poema heroico em doze livros* — ou *O peregrino* — *um relato de sua viagem desse mundo para o outro*.[80] Quem sabe o senhor possa sugerir alguma forma mais simples e digna de dizer que o livro é um todo e não uma coletânea.

Meu único motivo para sequer ter escolhido um pseudônimo foi o sentimento natural de que eu não me importo de esta parcela da minha vida ser conhecida para o regimento. Ninguém gosta que quaisquer oficiais ou homens digam "lá vem o nosso poeta lírico mal**to" sempre que você comete um erro [...].

---

[77]Robert Hichens, *A Spirit in Prison* [Um espírito na prisão] (1908).
[78]Alfred, Lord Tennyson, *In Memoriam A.H.H.* (1850).
[79]Poema épico do John Milton, poeta britânico do século XVII. [N. T.]
[80]Obra de John Bunyan. [N. T.]

Finalmente a Sra. Moore recebeu notícias da morte de seu filho: suponho que seja melhor saber, e felizmente ela nunca acalentou quaisquer esperanças[81] [...].

[Warren ficou cobrando o seu pai, por algum tempo, de ir ver Jack. Em sua carta a Warren de 19 de setembro, o Sr. Lewis elogiou o sucesso de Jack em ter seus poemas aprovados por Heinemann. Ele prosseguiu, dizendo: "Lamento — não vou dizer que esteja envergonhado — dizer que ainda não fui vê-lo. Nem vejo uma perspectiva de ir em curto prazo. Nunca estive tão terrivelmente — ou pelo menos, mais terrivelmente — ocupado no escritório do tribunal do que estou no momento. Meu chefe aparece a qualquer momento. Se eu deixar a casa e for para a farra, as consequências para o meu pequeno ganha--pão seriam desastrosas. De fato a preocupação e acúmulo de trabalho estão começando a me delatar. A última folga que tive foi a minha visita a Malvern e muita água rolou depois disso. Eu nunca me senti tão lânguido e depressivo, penso eu, quanto nas últimas semanas. Não tenho dúvida de que Jack me acha indelicado e que pensa que eu o tenha negligenciado. É claro que o medo faz com que eu me sinta péssimo. Certa noite, há aproximadamente dez dias, fui para a cama preocupado com ele e não preguei o olho a noite toda."]

PARA O SEU PAI: de Ashton Court

Selo de: 3 de outubro de 1918

Penso que "*Spirits in Bondage*" [Espíritos em escravidão] seria um bom substituto para o velho título e soa bem: "*Spirits in Bonds*" [Espíritos em grilhões] não fica tão bem, e sugere piadas cansativas sobre a marca de uísque. Penso que não seja mais do que natural descrevê-lo como um Ciclo de poemas, dizer apenas "um ciclo" é bem ininteligível. Afinal de contas, não estou reivindicando que

---

[81] Para um relato detalhado do segundo batalhão da Brigada Rifle na qual Paddy serviu veja William W. Seymour, *The History of The Rifle Brigade in The War of 1914–1918 [A história de Brigada Rifle na Guerra, de 1914–1918]*, v. II (1936).

Cartas de C.S. Lewis

sejam poemas bons — você conhece bem a definição escolar: "Prosa é quando as linhas vão até o fim da página: poesia é quando não vão."

Quanto mais eu penso sobre isso, menos gosto do anonimato. Se não fosse pelo exército, eu teria arriscado meu próprio nome. O senhor não acha que Clive seja um segundo nome demasiadamente famoso para se tomar como um pseudônimo (da mesma forma como achamos Staples excessivamente notório)? É claro que temos sempre que lembrar que as pessoas que têm mais chance de me chamar de "nosso poeta mal**to" também são as menos prováveis de ficar sabendo disso; elas não frequentam livrarias, nem leem críticas literárias.

Eu li e enviei a carta que o senhor anexou para a Sra. Moore. Ela me parece equivaler ao alto nível de suas cartas costumeiras em ocasiões como essa. Recebi a notícia recentemente de que Somerville, que eu mencionei ao senhor, também se foi. Com ele, nosso velho grupo se desfez [...].[82]

PARA O SEU PAI; do refeitório dos oficiais, acampamento nº 3, Perham Down, Andover, Hampshire

18 de outubro de 1918

Finalmente fui embarcado e transferido para esse "Command Depot"[83] por um período não especificado de tempo. Esse é o passo

---

[82] Os integrantes que faziam parte do "velho grupo" são mencionados na carta de Jack de 10 (?) de junho de 1917. Paddy Moore morreu em Pargny em março de 1918. Martin Ashworth Somerville, que também era da Brigada Rifle, serviu no Egito e na Palestina e foi morto nesta última em 21 de setembro de 1918. Alexander Gordon Sutton, que estava com Paddy no segundo batalhão da Brigada Rifle, foi morto em ação em 2 de janeiro. Thomas Kerrison Davey, do primeiro batalhão da Brigada Rifle, morreu em decorrência de ferimentos adquiridos perto de Arras, em 29 de março de 1918. Jack supôs que Denis Howard de Pass — "nossa autoridade reinante em toda matéria de vestimenta, que, dizem as más línguas, usa cinta" — também tivesse morrido. Reportou-se que ele "estava ferido e desaparecido" em 1º de abril de 1918. Como se provou, De Pass, do 12º batalhão da Brigada Rifle, foi feito prisioneiro pelos alemães. Após a sua repatriação, em dezembro de 1918, ele não apenas continuou a servir na Primeira Grande Guerra, mas lutou na Segunda também. De 1950 até a sua morte, em 1973, esse *expert* em moda foi um agricultor de laticínios em Polegate, Sussex.
[83] Um Command Depot era um centro de triagem e convalescência militar. [N. T.]

usual depois de deixar o hospital, a não ser que se esteja bem o suficiente para ser passado para o serviço geral. É claro que ainda estou longe disso, mas usualmente não se fica muito tempo por aqui. Esse aqui é uma espécie de hospital glorificado, embora nós vivamos num caos e usemos uniforme: a melhor característica é que temos quartos individuais, o que é uma mudança bem-vinda depois das enfermarias do hospital.

Acabei de receber uma carta da Heinemann, que levou algum tempo para me alcançar em Ashton Court. Ele aceitou algumas partes novas que eu enviei para ele e menciona algumas poucas, que ele deseja rejeitar. Ele também denuncia um "uso excessivamente frequente de certas palavras" e indica um ou dois lugares que parecem muito fracos e que eu poderia alterar. "Depois disso" ele sugere que esteja aceitável, ponto com o qual estou bem pronto a concordar. Espero obter um dia de folga alguma hora da semana que vem, a fim de ir para a cidade e vê-lo [...].

É claro que eu me lembrei do texto sobre "os espíritos que estão na prisão"[84] e é aquele que parece dar o significado ao título antigo que "Spirits in Bondage" [Espíritos em escravidão] nunca terá. Penso que talvez devêssemos manter a "prisão". Devo perguntar a Heinemann se aquele romance de Hichens[85] realmente existe: ele deve saber.

Por falar nisso, o que acha de Clive Hamilton[86] como pseudônimo? Seria um disfarce completo para os desavisados, transparente "para nosso próprio povo", e um nome que temos as melhores razões para amar e honrar.

---

[84] I Pedro 3:19.
[85] Robert Hichens (1864-1950) foi um romancista, músico, jornalista, escritor de contos, crítico de música e colaborou em peças. Ele escreveu *Spirits in Prison* [Espíritos na prisão]. [N. T.]
[86] Jack escolheu como pseudônimo o sobrenome de solteira de sua saudosa e amada mãe. [N. T.]

PARA O SEU PAI: do acampamento Perham Down

27 de outubro de 1918

Consegui meu dia de folga para ir atrás de Heinemann ontem, depois de ter sido paralisado na semana passada por um incidente muito ridículo, do tipo que é comum no exército. Para se obter licença por um dia é preciso escrever o seu nome, o tempo de licença e seu destino no livro que depois é assinado pelo oficial médico. Na semana passada, o livro foi extraviado: nenhuma objeção foi feita à minha saída por motivos militares ou médicos, mas... como eu poderia sair sem o livro? Uma sugestão de que eu poderia escrever os detalhes num pedaço de papel, que poderia então ser registrado no livro posteriormente, foi tratada como uma espécie de sacrilégio. Depois de uma semana, entretanto, ocorreu ao ajudante (que deve ser um homem de destacada originalidade e generosidade) que poderíamos gastar meia moeda em um novo livro, e assim eu estive em condições de sair, no final das contas.

Heinemann não estava quando eu cheguei ao escritório e fui apresentado ao gerente, um homem de nome Evans, um sujeito bem jovem e agradável.[87] Depois Heinemann apareceu em pessoa e eu estive com ele por aproximadamente quarenta e cinco minutos. Ele produziu um contrato datilografado do qual, com muitos "a seguir" e "como dito anteriormente", a essência diz que eles vão publicar o livro "assumindo os custos, em determinado estilo e a ser vendido a um preço que eles julgarem melhor" e que eu deveria "receber a seguinte percentagem em *royalties*: 10% dos lucros sobre o preço publicado em 12 de cada 30 cópias vendidas". O contrato termina com uma estipulação de que eles deviam ter o indeferimento de minha próxima obra, se houver. Se estou sendo bem ou maltratado, é claro que eu sou muito ignorante para julgar: mas suponho que sendo a poesia um ramo tão pouco lucrativo do mercado livreiro,

---

[87]William Heinemann (1863–1920) fundou a casa publicadora, que ainda traz o seu nome, em 1890. Seu administrador, naquela época, era Charles Sheldon Evans (1883–1944). O encontro se deu na 20–21 Bedford Street, Londres.

não tenho motivo para ficar insatisfeito. Ele também me disse que John Galsworthy (que publica com eles) viu o meu manuscrito e deseja publicar certo poema numa revista mensal, chamada *Revielle*, que ele está publicando para ajudar soldados e marujos deficientes. É claro que eu consenti, seja porque é um prazeroso *laudari a laudato viro*[88], seja porque é uma propaganda excelente. Antes de eu ir embora, ele disse que iria partir para a impressão imediatamente e que poderia estar em condição de ter as provas prontas para mim em três semanas. Ele é pequeno, gordinho, calvo, aparentemente bem lido, e um cara agitado — atrapalhado com a papelada e propenso a se repetir.

PARA O SEU PAI: **do acampamento Perham Down**
3 de setembro [novembro] de 1918

O senhor pode ficar tranquilo sobre a questão dos "truques" dos escritórios de guerra, já que a minha transferência para um centro de triagem está em ordem. Ao mesmo tempo, temo que eu deva desapontá-lo sobre os dois meses de licença, já que provavelmente não vou obter nem metade deste tempo. Sem dúvida esta ideia surgiu em sua mente pelo fato de que oficiais que tiveram alta do hospital e ainda estão se recuperando eram antigamente mandados para casa e ordenados a se apresentarem para as autoridades novamente dentro de um prazo de três ou seis meses. Isso, entretanto, foi

"*Nos bons tempos*
De outrora"

Descobriu-se que a média do mal-educado uniformizado tem apenas dois interesses — álcool e mulheres — e que dois meses de indulgência desenfreada em seus ímpetos naturais o deixam muito menos disposto do que quando ele começou. Além disso, os homens

---

[88]Expressão em latim que faz referência a ser elogiado por alguém importante, consoderado uma autoridade em determinado assunto. [N. T.]

estavam sendo continuamente esquecidos, e havia até mesmo casos de deserção de oficiais: consequentemente, embora os majores *et hoc genus omne*[89] ainda recebam a sua licença de doença, nós, infelizes, nos recuperamos em hospitais e centros de triagem e recebemos alguma licença como um paliativo depois de termos sido curados. Como de costume, os inocentes sofrem pelos culpados, mas este é um evento comum demais para surpreender ao senhor ou a mim. Qualquer tentativa de "trabalhar" as coisas é perigosa: tivemos homens desesperadamente inaptos em Ashton, que, ao tentar serem enviados a um hospital diferente, foram embarcados e enviados à França. É uma medida que eles têm no exército [...].

Sim — um ano e seis dias é uma extensão bastante longa: a minha vida está se tornando deveras rapidamente dividida em dois períodos, um, incluindo os tempos anteriores à batalha de Arras, o outro, os tempos depois disso. O último ano já parece ter passado há muito, muito tempo. Entretanto, parece haver alguma perspectiva de que o fim da coisa toda esteja próximo [...].

PARA O SEU PAI: **do acampamento Perham Down**
10 de novembro de 1918

Apesar de ninguém desejar viver em um paraíso de idiotas ou ser confiante feito um idiota, penso que as coisas estão caminhando de tal forma que a tentativa de obter um serviço em casa se torna bem menos importante do que era há um mês. Em vinte e quatro horas isso pode deixar de ter qualquer sentido. É claro que mesmo se alcançarmos a paz, eu suponho que devo gastar algum tempo tentando escapar do exército. Mas não há posição melhor para aumentar as chances de uma exoneração rápida do que a presente situação de oficial convalescente no Centro de Triagem. Nossa atitude, portanto, deve ser de simplesmente ficar em "*stand by*" [...].

É claro que a questão se Heinemann está me tratando bem ou mal esteve presente na minha cabeça, e eu cheguei à conclusão de que tal

---

[89]Expressão em latim que significa "e todo esse tipo". [N. T.]

acordo é tudo o que temos o direito de esperar. Temos que lembrar que, mesmo quando a poesia tem um *succès fou*[90], ela é ainda menos lucrativa para a editora do que a ficção razoavelmente boa. Como Evans me disse: "Não esperamos tornar a poesia um sucesso comercial: nós só a publicamos — porque é boa, simples assim" [...]. Já que o senhor pergunta, os elogios que eu recebi de Heinemann foram de uma natureza um tanto peculiar — sendo que seu objetivo foi de me fazer entender a grande honra que estava sendo proporcionada a mim e a magnificência do empreendimento. "É claro, Sr. Lewis, nós nunca aceitamos poesia a não ser que seja realmente boa" e coisas do tipo — com reservas mentais da minha parte, na medida em que eu lembrava alguns espécimes. Ele só disse que Galsworthy "admirava" aquele poema que ele desejava para o *Reveille* [...].

[No dia seguinte, segunda-feira, dia 11 de novembro de 1918, Albert Lewis escreveu em seu diário: "Armistício assinado. A guerra acabou. Graças a Deus."]

PARA O SEU PAI: do Officers' Command Depot, Eastbourn
[17? de novembro de 1918]

Como o senhor pode ver, fui transferido de novo. Isto é, eu percorri, no sentido literal, várias centenas de quilômetros, mas no sentido militar, eu não me movi em absoluto. Em outras palavras, o próprio "Command Depot" se mudou: como um passo em direção à desmobilização, os oficiais que estiveram dispersos em vários centros de triagem por todo o país foram reunidos aqui em enfermarias de reabilitação reservadas a oficiais.

Quanto às grandes novidades que estão na posição mais alta em nossas mentes, eu só posso repercutir o que o senhor já disse. O homem que é capaz de preferir manifestações ruidosas num tempo como este é mais do que indecente — ele é louco. Eu me lembro de cinco de nós em Keble, e sou o único sobrevivente: eu

---
[90]Expressão em francês que significa "sucesso louco". [N. T.]

penso no Sr. Sutton, um viúvo com cinco filhos: todos se foram. Não se pode evitar perguntar-se por quê. Vamos ficar quietinhos e gratos.

É claro que a questão de como sair o mais rápido possível do exército também me ocupou. Eu escrevi para Macan, explicando minha posição e perguntando se os Colleges propuseram quaisquer representações de poderes da parte de calouros de Sam Browne[91] que gostariam de voltar — pois eu havia ouvido que algo do tipo estava sendo feito. Ele respondeu numa carta gentil e até cordial que eu não tinha probabilidade, até onde ele sabia, de ser dispensado nos próximos meses, e que o diretor da UTC [University Training Courses — Cursos de Treinamento Universitário] me escreveria. O último me escreveu, dizendo que se eu passasse como "inapto por pelo menos três meses" poderia voltar para Oxford em roupas de soldado e com salário de soldado, para o que eles chamam de "um curso intensivo de treinamento universitário", tendo a chance de não ser incomodado de novo. Mas isso me parece antes um negócio de gato e rato [...].

Que bela dupla nós somos! Numa mesma carta, o senhor diz — e é verdade — que eu nunca lhe contei até que ponto eu estou realmente inutilizado pela ferida, e também que o senhor está nas mãos de Squeaky por problemas — não especificados.[92] Muito bem, então, vamos barganhar. Aqui vai meu relatório de saúde, e, em troca, também vou aguardar o seu relato completo. Os efeitos da ferida em movimentos genéricos são praticamente inexistentes. Eu posso fazer tudo, a não ser esticar o braço esquerdo reto por cima da minha cabeça, coisa que não pretendo mesmo fazer. Os efeitos sobre a saúde geral são muito pequenos: eu tive uma ou duas apneias, que, me contaram, são comuns após uma ferida no peito e vão logo desaparecer, e é claro que ainda fico cansado facilmente

---

[91]O general Sir Samuel James Browne (1824–1901) foi um oficial da cavalaria britânica indiana na Índia e no Afeganistão, que conquistou o *Victoria Cross*, a honraria mais prestigiosa que se pode alcançar nas forças armadas britânicas [N. T.]
[92]"Squeaky Dick", como Richard Whytock Leslie, MD (1862–1931), era conhecido para muitos, era o médico da família Lewis.

e tenho algumas dores de cabeça ao anoitecer. Quanto a meus nervos, há dois efeitos que provavelmente desaparecerão com tranquilidade e descanso [...]. O outro são pesadelos — ou antes, o mesmo pesadelo recorrente. Quase todo o mundo os tem, e, embora sejam muito desagradáveis, isso é passageiro e não causará danos. Então o senhor vê que estou quase em *status quo* [...].

PARA O SEU PAI: **de Eastbourne**

8 de dezembro de 1918

Como o senhor provavelmente viu nos jornais, nós todos vamos receber 12 dias de "licença de Natal". Estou usando as aspas deliberadamente, já que a minha parece mais provável de ocorrer em janeiro. Suponho que seria pouco razoável esperar que eles nos deixassem sair todos ao mesmo tempo, e nem o senhor nem eu fazemos questão de datas. Tem sido um tempo longo e gasto de forma desagradável e onerosa, mas graças a Deus terminou finalmente. A propósito, entendo que eu tenha direito a voto, embora ainda não tenha recebido nenhuma das "comunicações de eleições" que se tornaram dever da maioria dos homens que eu conheço. Talvez o senhor possa avisar o distrito eleitoral de que está correndo o risco de perder o apoio de um eleitor influente! Suponho que todos nós vamos votar na coalizão, embora, devo confessar, eu desconfie deles com toda sinceridade e não veja liberdade enquanto eles estiverem no poder. A maioria de nós aqui estaria pronta para votar no próprio Lúcifer se ele aparecesse em trajes vermelhos e cheirando a enxofre, sussurrando a palavra "dispensado". Mas vejo que não deveremos ser "dispensados", mas "desmobilizados" e mantidos na rédea curta pelo resto de nossas vidas [...].

Seguindo minha sugestão, a Sra. Moore desceu até aqui e está acomodada em um quarto perto do acampamento, onde espero que ela continue até que eu saia de licença. É um grande alívio sair da atmosfera do exército, embora, para isso, eu tenha tido a sorte de achar alguns camaradas decentes, incluindo até outro aspirante a louros poéticos — uma pessoa das mais excêntricas e divertidas.

A cidade aqui é bonita e estou feliz de ter a chance de caminhar pelos seus montes e penhascos. Ao menos o exército me mostrou algumas porções da Inglaterra que, do contrário, eu certamente jamais teria visto [...].

PARA O SEU PAI: de Eastbourne

[16?] de dezembro de 1918

Eu já telegrafei ao senhor as datas da minha licença: uma lista de períodos distribuídos para cada um de nós foi postada aqui e, como era de se esperar, as datas cobiçadas que incluiriam o Natal ficaram para os majores e capitães *et hoc genus omne*. Se, entretanto, o senhor conseguir avisar Warnie em tempo, penso que ele não teria dificuldade em ter a sua licença postergada. Todo o mundo, é claro, estará tentando voltar para casa no dia do Natal, e deve ser fácil de trocar com alguém que recebeu uma data posterior contra a sua vontade. Concordo plenamente com o senhor que seria muito decepcionante se, logo agora, nossa pequena reunião fosse interrompida.

É claro que eu ficaria muito contente se qualquer influência sua fosse capaz de me conseguir uma dispensa, embora, ao mesmo tempo, eu tema que esta será uma negociação muito difícil. Como o senhor provavelmente já deve ter lido nos jornais, devemos ser distribuídos na nossa desmobilização para a "Classe Z Reserva", onde suponho que devemos permanecer prontos para a próxima situação crítica em que algum governo trabalhista possa precipitar o país em futuro próximo. Eu não quero ser pessimista, mas parece que não há muita esperança de jamais estarmos livres do exército de novo. Obter uma dispensa pode até ser possível, em decorrência da inaptidão, mas não penso que meu grau de inaptidão militar será suficiente para me servir no retorno [...].

Até aqui, as minhas leituras tanto de latim quanto de grego foram uma surpresa prazerosa: esqueci menos do que temia, e, assim que eu consigo enfiar o som e gosto da língua na minha cabeça, graças a um período de leitura, a composição também não é difícil de surgir.

Em inglês, comecei o amigo Trollope de novo — *The Small House at Allington* [A pequena casa em Allington] [...].

[Em seu telegrama, Jack contou a seu pai que sua licença seria de 10 a 22 de janeiro. Warren, entretanto, não esteve em condições de alterar as datas da sua, e ele chegou à casa no dia 23 de dezembro. De uma hora para a outra, Jack se viu desmobilizado do exército. Não houve tempo de contar a seu pai. O Sr. Lewis e Warren estavam na sala de estudos de "Little Lea" no dia 27 de dezembro, quando um táxi se aproximou e Jack desembarcou. Como Warren diz em suas memórias, eles beberam champanhe para celebrar a ocasião. Depois dessa reunião com sua família, Jack retornou a Oxford, em 13 de janeiro de 1919, para começar o curso "Honour Mods" em literatura grega e latina. A Sra. Moore e Maureen acharam quartos nas proximidades, em 28 Warneford Road, Oxford.]

PARA O SEU PAI: **do University College, Oxford**

27 de janeiro de 1919

Depois de uma viagem bastante confortável (que me mostrou que viajar de primeira classe é bem pouco diferente de viajar de terceira) cheguei aqui no fim da tarde. A lua acabava de se levantar: o porteiro me reconheceu na hora e me conduziu para os mesmos velhos aposentos (dos quais, a propósito, eu vou me mudar). Foi um retorno triunfal e algo pelo que devo ficar grato. Eu também fiquei satisfeito de encontrar um velho amigo, Edwards, que estava comigo em 1916, e, tendo sido considerado inapto, permaneceu ali o tempo todo.

É claro que há uma grande diferença entre essa Oxford e o fantasma que eu conheci antes: é verdade que só somos vinte e oito no College, mas nós VAMOS jantar no *hall* de novo, o Salão Comum de Juniores [SCJ] não está mais enfaixado em panos empoeirados, e a velha roda de leituras, debates, jogos etc. está em marcha. O redespertar é um pouco patético: em nosso primeiro [encontro do SCJ] nós lemos as minutas do último — 1914. Nada poderia fazer eu me dar conta da suspensão absoluta e desperdício desses anos com mais intensidade.

O Mugger[93] pregou um sermão bastante memorável no primeiro domingo à noite. Ele foi bem simples, adotando um estilo até mesmo doméstico, nada do que se poderia esperar, mas que desabrochava na gente, e eu admiro a sua moderação onde a "verborreia" teria sido um caminho tão fatalmente mais fácil. A propósito, eu ainda não fui convidado a ver o Mugger, mas concluo que ele tem uma lista de espera e está trabalhando lentamente para dar conta dela. Temos um par de velhos membros que estão presentes desde antes da guerra e são uma espécie de dicionário vivo de tradições.

Agora quanto ao trabalho: eu fui "considerado aprovado" nos exames Responsions e Divinity e me deixaram decidir se vou enfrentar o Honour Mods ou se vou direto para os "Greats" — que é, como o senhor sabe, o obstáculo final. Em consideração ao meu desejo de obter uma bolsa, Poynton, que é meu orientador, recomendou-me efusivamente que não aproveitasse essa oportunidade para "enrolar" com os Mods. Presumo que estava agindo certo quando eu segui a sua recomendação. Exceto pela desvantagem de iniciar dezoito livros de péssima qualidade de Homero, eu estou bastante bem: é claro que a grande diferença depois de Kirk é que te deixam trabalhando a maior parte do tempo sozinho. Isso é um pouco estranho no começo, mas suponho que o trabalho duro de qualquer forma não será um desperdício. A melhor coisa a que estou me dedicando é uma série de palestras de Gilbert Murray, que são realmente muito boas: sempre me sinto bem melhor por elas.[94]

A dificuldade do carvão não é mais séria. Temos todas as nossas refeições no *hall*, que, se formos abolir o café da manhã confortável em nossos aposentos e a troca de "decências e propriedades", é um pouco mais barato: devemos voltar à velha ordem o mais rápido

---

[93] O Mestre do University College, R.W. Macan.
[94] Gilbert Murray (1866–1957) foi professor régio de grego em Oxford em 1908–36. Suas traduções de peças gregas são tão notáveis quanto sua interpretação das ideias gregas.

possível. A biblioteca, uma sala de palestras e o Salão Comum de Juniores sempre estão quentes, e os dois primeiros sempre estão silenciosos: então, à noite podemos nos dar ao luxo de acender uma fogueira modesta em nossa "própria lareira". Nossa pequena corporação está se dando muito bem, e a maior parte de nós trabalha. O local está mais belo do que nunca na geada de inverno: é possível obter as esplêndidas cores do frio à custa de dedos dormentes e narizes vermelhos.

PARA O SEU PAI: do University College
4 de fevereiro de 1919

Considero o trabalho bastante duro, mas acho que estou dando conta. Poynton é, até onde posso julgar, um orientador excepcional, e minhas visitas a ele são agradáveis e úteis — apesar de ele ter objeções ao meu estilo na prosa grega — "Eu mesmo não ligo muito para melaço OU açúcar de cevada". Então o senhor acabou me legando alguns vestígios das velhas máculas de Macaulese. Eu tomei chá com ele no domingo passado e a companhia consistiu da Sra. e Srta. Poynton, duas meninas estudantes e nós. O fato é que o anfitrião monopolizou a conversa e nos divertiu bastante: ele é um narrador excelente, ainda que meio injusto. Ele chegou a Baleou sob Jowett e tinha muito a dizer desse grande homem. É engraçado, não acha, que todos riam dele e imitem seus pequenos maneirismos, mas ninguém que o conheceu jamais tenha se esquecido de lhe dizer isso.

Para a minha máxima surpresa, fui "impelido para a grandeza". Há um clube literário no College chamado Martlets, limitado a doze membros graduandos: ele tem mais de trezentos anos de idade e é de todos os clubes de *college* o único que tem suas minutas preservadas na Bodleiana. Eu fui eleito secretário — a razão disso, é claro, foi que quem me indicou, Edwards, estava temendo receber o cargo. E assim, se eu for esquecido por todo o resto, pelo menos uma parte do que eu tenha escrito ficará preservada para a posteridade. Alguém vai ler um ensaio sobre Yeats em nosso próximo encontro: também vamos ter um sobre Masefield e esperamos que o próprio Masefield (que vive perto [de Oxford]) venha e o ouçamos dar uma resposta.[95]

Tenho uma notícia péssima para dar ao senhor: Smugy está morto. Em algum momento do meio do último trimestre, ele foi acometido de uma gripe. Suponho que eu seja muito inexperiente, mas fiquei dependente de tê-lo sempre por perto[96] [...].

PARA O SEU PAI: **do University College**

5 de março de 1919

Não acho que quem se dê ao trabalho de ler meu livro até o fim o chamará seriamente de blasfemo, qualquer que seja a crítica que ele lhe possa fazer, por motivos artísticos.[97] Se ele não o fizer, não precisamos nos preocupar com suas visões. É claro que eu sei que haverá aquele tipo de pessoa que o abrirá ao acaso em algumas das porções mais lúgubres da parte I, que identificará como "baladas swinburnianas", e nunca mais olhará para ele. Mas o que se há de fazer?

---

[95]Os Marlets de alguma forma adquiriram a reputação de datar de uma "antiguidade obscura", mas o seu primeiro encontro se deu em 1892. Os Livros de Minutas estão na Bodleiana sob as cotas MS. Top Oxon. d. 95/1–5. Há um artigo sobre "Os Marlets" por P.C. Bayley no *University College Record* [Registro do University College] (1949–50). Meu ensaio chamado "Para os Marlets", em *C.S. Lewis: Speaker and Teacher* [C.S. Lewis: orador e professor], ed. Carolyn Keefe (1971), contém as minutas dos ensaios de Jack apresentados para os Marlets de 1919 a 1940.

[96]"Smugy" ou "Smewgy" era Harry Wakelyn Smith (1861–1918), que ensinou os clássicos e inglês para os quintoanistas do Malvern College. No tributo dedicado a ele em *Surpreendido pela alegria*, Jack fala de seu professor como sendo bom "além da expectativa, além da esperança".

[97]Trata-se do livro *Spirits in Bondage: A Cycle of Lyrics*, que foi publicado em 20 de março de 1919 sob o pseudônimo "Clive Hamilton". O Sr. Lewis e Warren haviam lido o manuscrito e em 28 de janeiro, Warren escreveu a seu pai dizendo: "Embora eu esteja completamente de acordo com o senhor quanto às partes excelentes do livro do 'DITO CUJO', sou da opinião de que teria sido melhor se ele nunca tivesse sido publicado. Até na página 23, o leitor se dá conta de que as opiniões e convicções da página 20 são transitórias. O ateísmo de Jack é, tenho certeza, do tipo acadêmico, mas mesmo assim, não há sentido no esforço por se autopromover enquanto ateu. Deixando de lado os problemas maiores envolvidos, é óbvio que uma profissão da fé no cristianismo faz parte da disposição mental de um homem tanto quanto a crença no rei, no exército regular e em escolas públicas." *Spirits in Bondage* foi reeditado sob o nome de Lewis nos Estados Unidos, pela Harcourt Brace Jovanovich, em 1984.

Quem quer escrever — quem sabe como Talleyrand,[98] muitos "não vejam a necessidade disso" — precisa ser honesto. O senhor sabe quem é o Deus contra o qual eu blasfemo, e que não é o Deus que o senhor ou eu ou qualquer outro cristão adoram. Mas nós já falamos sobre isso. Arthur está me dizendo que o senhor tem uma cópia do *Reveille* com o meu poema.[99] Eles esqueceram de me mandar a minha cópia — "quem sou eu?", como perguntou Knowles.

Parece que eu terei uma agenda cheia na semana que vem. Estarei palestrando na capela, fazendo a prece de antes das refeições no *hall*, escrevendo um ensaio sobre Morris[100] para o Marlet, terminando a *Ilíada* e jantando com Mugger. Espero que tenha tempo de comer e dormir um pouco também! Na medida em que o tempo passa, estou apreciando cada vez mais o tempo que passo com Poynton. Depois de Smugy e Kirk, devo estar bem mal--acostumado com relação a orientadores, mas esse homem se iguala a qualquer um dos dois, tanto como professor, quanto como pessoa divertida, esperta e bem-humorada. Gilbert Murray não é, como eu temo, muito bom para exames, embora os seus méritos literários sejam inigualáveis [...].

PARA O SEU PAI: **do University College**

15 [de março de 1919]

Estou escrevendo para lhe dizer que o trimestre da universidade termina hoje e o trimestre do College, na segunda-feira. Eu devo ficar mais uma semana, seguindo as instruções de Poynton. Depois disso, devo descer para ajudar a Sra. Moore com a sua mudança em Bristol: ela teve que voltar para esvaziar a casa. Parece haver dificuldade

---

[98]Charles-Maurice de Talleyrand-Périgord (1754–1838) foi um clérigo, dilplomata e político francês. [N. T.]
[99]"Death in battle" [Morte em batalha] de *Spirits in Bondage*, apareceu no *Reveille*, n. 3 (fevereiro de 1919).
[100]William Morris (1834–1896) foi um designer têxtil inglês, além de poeta, romancista, tradutor e ativista social. Ele influenciou grandemente o gênero da fantasia e tinha simpatia pela Idade Média. [N. T.]

considerável de conseguir mais alguém. Londres e Bristol são igualmente impraticáveis. Eu sugeri aqui, mas isso também parece impossível. Não consigo entender de onde vem a invasão de pessoas. É claro que as despesas da viagem eu vou pagar do bolso [...].

PARA O SEU IRMÃO: do University College
[2? de abril de 1919]

A razão do meu silêncio em geral é que tenho tido excessivo trabalho por aqui — parece que esqueci tudo o que sei. Se você estiver à procura de uma edição moderna barata das cartas de Chesterfield,[101] vou ver o que posso fazer, mas me sinto propenso a responder ao estilo irreverente de soldado: "Wot 'opes".[102] Sobre St. Simon você achará muito mais fácil encomendar uma edição francesa em Paris: quando terminá-la, poderia me enviá-la para que eu a restaure — depois disso ela estará praticamente nova. Eu não conheço plágio nele.[103] Assumindo o estilo de P., você já notou algum livro em casa "nas mesmas linhas" dos *Memoirs de Count Gramont*, escrito em francês por um Hamilton, que foi um seguidor do grande monarca e traduzido?[104]

Por que cargas d'água é que você quer entrar para a "Força expedicionária russa"? Você terá uma existência desprovida de correio, bebida, livros e tabaco, por longos meses, até que os bolcheviques finalmente nos esmaguem e então provavelmente terminará os seus dias numa estaca ou numa cruz.

---

[101] Philip Dormer Stanhope, mais conhecido como Lorde Chesterfield (1694–1773) foi um diplomata, estadista e escritor de cartas britânico. [N. T.]
[102] Nome que significa "Que esperanças" e que foi dado pelas tropas britânicas a um café na província da Bélgica de Poperinge, chamado *L'esperance*, *The Hope*. [N. T.]
[103] Warren, ainda destacado na França, esteve provavelmente procurando por todos os *Mémoires* do Duc de Saint-Simon. Nos anos seguintes, ele acabaria escrevendo seis livros sobre Luíz XIV e o *Grand Siècle*. Sua descoberta de Saint-Simon foi tão memorável que, quarenta e cinco anos depois, ele me disse que podia se lembrar de ter comprado uma versão resumida dos *Mémoires* em St. Omer no dia 3 de março de 1919.
[104] *Memoirs of Count Grammont*, [Memórias do Conde Grammont] ed. Gordon Goodwin (1903).

A datilografia de cartas privadas é a invenção vil de homens de negócios, mas vou perdoá-lo pelo motivo de você estar praticando [...]. Você viu a crítica "muito insolente" a mim na página de trás do suplemento literário da *Times* na semana passada?[105]

PARA O SEU PAI: **do University College**

25 de maio de 1919

Não escrevi para Evans, já que encontrei uma nota da Associação da corte de imprensa, à qual eu respondi, incluindo 10/-. O resultado até agora foi uma crítica muito interessante de "The Principles of Symbolic Logic" [Os princípios da lógica simbólica] por C.S. Lewis, da Universidade da Califórnia. Estou escrevendo de volta para eles, para lhes dizer que eles se confundiram bastante. Lógica simbólica, pois sim! Eu comecei a lê-lo sem notar o título e fiquei surpreso em me ver — conforme pensei — sendo recomendado como uma "elucidação erudita de um tema difícil".

Como quase todo o mundo aqui é poeta, eles naturalmente não têm tempo para tratar os outros como celebridades. De fato o cenário literário atual é tal que, em todos os casos, eu não me identifico com ele, e, apesar de muitos deles terem feito a gentileza de comprar cópias do livro, as suas preferências vão muito mais em direção ao modernismo, *vers libre* e esse tipo de coisa. Eu tenho um horror santo a círculos: já fui convidado para fazer parte de um grupo teosófico, socialista e celta.

A propósito, a distinção que se encontra em livros como *Tom Brown*,[106] pelos quais o pobre, o empreendedor e o intelectual estão todos na mesma classe, e os ricos, os desmiolados e os perversos,

---

[105] *The Times Literary Supplement* (27 de março de 1919), p. 167: "Estes versos líricos são graciosos e bem polidos, e seus temas são recolhidos daqueles que atraem os poetas naturalmente — o outono; Oxford; cantigas de ninar; a feiticeira; Milton relido e assim por diante. O pensamento, quando encerrado, muitas vezes não passa de lugar comum [...]."
[106] Tom Brown é um personagem ficcional, criado pelo escritor Thomas Hughes em sua obra *Tom Brown's School Days* [Tempos de escola de Tom Brown] (1857). [N.T.]

em outra, não existe. Alguns "pobres estudiosos" são pessoas más, e alguns da "juventude dourada" gostam de literatura [...].

[Cada vez mais, o Sr. Lewis e Warren se preocupavam com o papel destacado que a Sra. Moore passou a ter na vida de Jack. Em carta a Warren, do dia 20 de maio, o Sr. Lewis disse: "Confesso que não sei o que fazer ou dizer quanto ao caso do Jack. Isso me preocupa e deprime muito. Tudo o que sei sobre aquela senhora é que ela é velha o bastante para ser a sua mãe — que ela é separada do marido e que está em condições financeiras pobres. Eu também sei que Jack passou cheques em favor dela, chegando a £10,00 — para quê, eu não sei. Se Jack não fosse uma criatura impetuosa e de coração bom, que pode ser explorado por qualquer mulher esperta, eu não ficaria tão preocupado. Depois tem o marido, que sempre me disseram que é um salafrário — mas os ausentes são sempre os que levam a culpa — e alguém, em algum lugar nos bastidores, vai tentar fazer alguma chantagem amistosa algum dia. Mas, para além de todas essas considerações, que podem ser o resultado de uma mente suspeitosa de cortes policiais, há a distração do trabalho e a loucura das cartas diárias." Em 3 de junho, Warren escreveu a seu pai, dizendo: "Estou bastante aliviado de ouvir que a Sra. Moore TEM um marido: eu havia entendido que ela era viúva. Mas como há um Sr. Moore, toda a complexidade da coisa muda de figura. Temos, até agora, as seguintes descobertas bem insatisfatórias. (1) A Sra. Moore não pode casar com Jacks. (2) A Sra. Moore não pode chantageá-lo porque o 'DITO CUJO' não tem dinheiro suficiente para pagar. (3). O SENHOR não pode ser chantageado, porque não daria ouvidos às proposições por um só momento. Mas o negócio das cartas diárias, SIM, me incomodam: especialmente porque eu tive notícias de Jack SÓ UMA VEZ, desde janeiro deste ano."]

PARA O SEU IRMÃO: do University College
9 [de junho de 1919]

"*Sir*", disse o Dr. Johnson, "o senhor é uma pessoa antissocial". Em resposta à acusação, eu só posso alegar a atmosfera geral do trimestre de verão, a qual é a mesma aqui que era na escola: qualquer energia que eu tenha acumulado deve ser investida no trabalho e, de resto, a influência sedutora do rio e clima quente devem carregar a culpa. O trimestre terminará em algum dia de julho, mas eu devo ficar por aqui em parte das férias. Será que a primeira parte de setembro seria boa para sua licença: não se tem nenhuma chance de tempo bom e mar quente em Donegal antes disso. Eu concordo plenamente contigo que podemos ter um tempo bastante excelente juntos em Portsalon — se estivermos "ambos" lá, se, como você sugere, estivermos "todos" lá, suponho que possamos nos tolerar como sempre nos toleramos.

Você me perguntou o que há de errado com P. [...] coisa que ele descreve como excessivamente dolorosa e horrivelmente deprimente. Eu não encontrei com o médico pessoalmente e, portanto, no caso de um homem que usaria precisamente a mesma linguagem para se referir a uma queimadura e uma picada de vespa, é impossível dizer o quão mal ele está: temo, entretanto, que seja um incômodo bastante sério. Há ainda uma segunda coisa de errado com ele — qual seja que ele está se tornando cada vez mais insuportável. Você sabe que as dificuldades da vida sempre o acompanharam: mas eu nunca as considerei tão graves quanto da última vez que estive em casa. Não preciso descrever o alvoroço contínuo, as birras, a demanda por saber da vida de todo o mundo — você pode achar que estou exagerando, já que esteve tanto tempo fora [...].

PARA O SEU IRMÃO: do University College
22 [de julho de 1919]

Acabei de receber a sua carta à qual estou respondendo imediatamente. É claro que vejo bem o seu ponto de vista e estou bastante aliviado de ouvir notícias suas já que — é claro — eu perdi o seu endereço e queria entrar em contato contigo. Agora, por favor telegrafe para mim na univ. e me deixe saber o dia e a hora aproximados de sua chegada a Oxford. Vou, então, estar na estação de trem na hora marcada. Se por algum acaso eu não estiver na parada, você terá que pegar um táxi até a universidade e me aguardar, mesmo se eu não aparecer imediatamente. O porteiro vai ter meios de me alcançar se eu não estiver. O programa que você esquematizou é muito atraente e seria ótimo ter a minha ignorância mais uma vez exposta pelo Knock. Você entende por que eu estou me comportando de forma tão estranha — é devido ao esforço por evitar ser deixado sozinho em Leeborough.[107] Com o seu auxílio, entretanto, não tenho dúvida de que devemos partir no tempo agendado. Estou na dúvida se esta carta vai alcançá-lo antes da sua partida [...].

[Warren chegou a Oxford no dia 23 de julho, para dar início a suas férias com Jack. Eles estiveram em Londres nos próximos dois dias e, no dia 25, visitaram o Sr. Kirkpatrick em Great Bookham. No dia 26 de julho, atravessaram o mar para a Irlanda para ficar com seu pai até o dia 22 de agosto. O já difícil relacionamento entre Jack e seu pai piorou consideravelmente por causa de um evento descrito pelo Sr. Lewis em seu diário de 6 de agosto: "Sentado na sala de estudos depois do jantar, comecei a falar com Jacks sobre assuntos relativos a dinheiro e o custo de mantê-lo na universidade. Perguntei se ele tinha algum crédito em dinheiro e ele disse que aproximadamente £15,00. Resolvi então subir até o quarto dos fundos e encontrei sobre a mesa um pedaço de papel. Eu o peguei e ele se revelou sendo uma carta da Cox and Co., declarando que a sua conta estava no negativo em £12. Eu desci e lhe contei o que vi. Então, ele admitiu que havia me contado uma mentira deliberada. Como motivo ele me disse que tentou me confiar o fato, mas que eu nunca tinha dado um voto de confiança a ele etc., etc. Ele se referiu a incidentes de sua infância em que eu os tratei mal. Continuando a conversa, ele me disse que não tinha respeito por mim — nem confiança em mim." Esse rompimento de relacionamento duraria um bom tempo. Em 5 de setembro, o Sr. Lewis escreveu em seu diário: "Nas últimas quatro semanas passei por um

---

[107] É a cidade em que se encontra a casa dos Lewis, "Little Lea". Jack também se refere a ela como Leeboro em outras cartas. [N. T.]

dos períodos mais miseráveis da minha vida — em muitos sentidos, o mais miserável. Tudo começou com o estranhamento de Jacks. Em 6 de agosto, ele me enganou e me disse coisas terríveis, insultos e coisas desdenhosas para mim. Deus me acuda! Que todo o meu amor, devoção e abnegação chegariam a isto: que 'não me respeita. Que ele não confia em mim e não liga para mim de certa forma'. Ele tem um motivo para queixa, eu admito — que eu não fui visitá-lo enquanto esteve no hospital. Eu deveria ter sacrificado tudo para fazê-lo e se ele não estivesse confortável e fazendo progressos eu deveria tê-lo feito... Os demais problemas e ansiedades que vieram sobre mim podem ser encarados com coragem, resiliência e abnegação. A perda da afeição de Jack, se for permanente, é irreparável e me deixa muito infeliz e de coração partido."]

PARA O SEU PAI: do University College

9 de outubro [de 1919]

Mais uma vez, nas palavras dos imortais, terminamos nosso ciclo de trabalho constante, aliviados e abrandados por jogos acalorados. Eu teria escrito mais cedo, mas estive bem incapacitado pela mordida de um gato brincalhão — nada mais do que um arranhão no meu dedo indicador, mas o suficiente para me impedir de usar uma caneta com qualquer conforto por um tempo. Agora está melhor.

Lamento ter visto nos jornais outro dia sobre a morte repentina do nosso amigo Heinemann. Os jornais o cobriram de tantos tributos desde a sua partida, que comecei a me sentir feliz de ter sido apresentado a ele, por mais que tenha sido uma única vez *Vergilium vidi tantum!*[108] Nesse caso, entretanto, eu penso que as virtudes não são totalmente de natureza lapidar: um grande editor é realmente algo mais do que uma mera máquina de fazer dinheiro: ele tem oportunidades de fazer coisas pelos melhores motivos, e, se olharmos para a maioria das nossas casas inglesas, penso que ele se beneficia delas da melhor forma que alguém possa esperar. Eu sempre

---

[108]"Eu conheci o grande Virgílio!"

tomo o partido dos editores, enquanto muitos jovens escritores não têm nada mais do que coisas ruins a dizer deles [...].

PARA O SEU PAI: do University College
Selo de: 20 de outubro de 1919

Eu já tinha visto sobre a morte do primo Quartus na *Times*, antes de ter recebido o seu telegrama.[109] Suponho que se tenha que estar preparado para isso e, de fato, para ele, pobre homem, não foi nenhuma tragédia. Ainda assim eu cheguei a pensar nele como uma figura sempre presente: será muito triste ir para Glenmachan agora. Desde que me lembro por gente, ele sempre teve um lugar considerável em nossas vidas — sempre o mesmo velho cavalheiro generoso e cortês. É claro que estou escrevendo para a prima Mary, embora eu pense que cartas assim sejam de pouca utilidade. Há muito que se poderia dizer, e dizer honestamente, mas isso usualmente soa muito convencional no papel [...].

Com relação ao outro assunto de que o senhor falou em suas cartas, devo pedir que me acredite que teria sido muito mais fácil para mim não ter lhe dito aquelas coisas todas. Elas foram tão dolorosas para mim como para o senhor. Ainda assim, por mais que eu tenha uma porção de coisas das quais sou culpado, eu me culparia bem mais se eu tivesse tentado estabelecer as relações às quais o senhor se refere por quaisquer outros meios que não de dizer francamente o que pensava. Eu não falei com raiva; muito menos com a intenção de magoar. Mas tenho certeza de que o senhor concordará que a confiança e a afeição que ambos desejamos têm mais chance de serem restauradas por um esforço honesto e tolerância de ambos os lados — tais como sempre são necessários entre criaturas humanas imperfeitas — do que por qualquer resposta minha que não fosse perfeitamente sincera [...].

---

[109] Esse foi o Sir William Quartus Ewart (nascido em 1844), que morreu em 17 de outubro. Sua esposa, Lady Ewart, era prima da mãe de Jack. Sua casa, "Glenmachan" era muito próxima de "Little Lea", e há um perfil muito agradável dos Ewarts e seus filhos no capítulo de *Surpreendido pela alegria* intitulado "Mountbracken e Campbell" — sendo que "Mountbracken" é o nome ficcional para Glenmachan.

1920–1929

PARA O SEU PAI: **do University College**

Selo de: 4 de fevereiro de 1920

Estou me preparando para aguardar minha tia-avó Warren esta tarde, com transportes tão moderados quanto os do Coronel. Penso que esta forma particular de apresentar estrangeiros por carta, baseado na teoria de que o sangue é mais espesso do que água ("e bem mais desagradável", como alguém acrescentou) é uma das amenidades sociais mais irritantes. Isso sempre me faz lembrar de duas crianças hostis sendo empurradas para um quarto e recebendo a ordem de "brincarem" juntas [...].

Estou propenso a concordar com você — e a Sra. Ward — sobre a falta de charme em Wells: mas há outras qualidades tão importantes quanto essa, ainda que menos prazerosas. Estou lendo *Lavengro*[1] todas as manhãs no café da manhã agora e estou gostando muito, desde que se extraia toda a propaganda anticatólica [...].

---

[1] De George Borrow (1851).

PARA O SEU PAI: de 22 Old Cleve, Washford, Somerset

4 de abril de 1920

Estou feliz por estar em condições de começar com uma porção de boas notícias. Acabei alcançando o Primeiro [no Honour Mods]. Infelizmente isso é quase tudo que eu posso lhe contar, já que os nomes de cada classe são dados apenas em ordem alfabética e eu não vejo possibilidade de descobrir as posições ou marcas.

Agora em relação aos nossos deslocamentos: já que estas são as férias mais curtas e, além disso, como eu me senti na necessidade de algum "refresco", pensei que fosse uma boa oportunidade de cumprir uma promessa a um homem que estava me pedindo faz algum tempo para fazer uma "caminhada" com ele. Estamos, nesse momento, num vilarejo minúsculo em uma cabana (que é, por assim dizer, a casa de praia de seus habitantes) de cuja base devemos partir quando o tempo melhorar.[2]

Estamos bem sozinhos e vivemos uma vida idílica à base de ovos, carne enlatada e — preciosidade divina — um presunto excelente que a Tia Lily muito oportunamente enviou. A cidade é agradável, consistindo de matas altas com vales charmosos cheios de pomares entre eles e tudo é um mar de flores brancas. Ela se encontra na fronteira entre Somerset e Devon. Nosso endereço é claro que será móvel, mas as cartas enviadas para cá vão me alcançar depois de algum atraso. Lamento ter que abandoná-lo por hora, mas teria que terminar rápido mais cedo ou mais tarde.

---

[2] Jack estava escondendo o jogo um pouco do seu pai. Ele esteve em Somerset, não com um amigo homem, mas com a Sra. Moore e Maureen. Desde que a Sra. Moore e Maureen se mudaram para Oxford, em janeiro de 1919, elas viveram em quatro lugares diferente. Elas foram tirar férias de um mês com Jack em Somerset por causa de uma briga com a proprietária, Sra. John Jeffrey, de quem elas estavam alugando um flat em cima do que era então, e continua sendo, um açougue, na 58 Windmill Road. Tendo passado um ano no *college*, Jack obteve a permissão de viver em quartos aprovados pela universidade. Depois de seu retorno a Oxford, no início de maio, Jack foi morar na cabana "Court Field Cottage" em 131 Osler Road, Headington.

Estou acabando de me recuperar de uma tosse e resfriado e estou começando a me sentir melhor do que me senti há muito tempo. Eu trouxe *Waterley*[3] para fazer higiene mental — há um grande consolo nesses velhos livros sólidos [...].

PARA O SEU PAI: **de Washford**

11 de abril de 1920

Eu tinha esquecido sobre a Tia Warren. Ela deve estar bem velhinha e se veste (com capa e colarinho branco) em um estilo que a faz parecer ainda mais velha. Apesar disso, não há nada de senil na sua conversa ou maneiras. Nós falamos essencialmente sobre Glenmachan e política irlandesa. A única das "meninas" presentes foi Daisy, que, suponho eu, já passou dos quarenta. Ela me deu a impressão de ser eclesiástica em alto grau: por exemplo, do seu ponto de vista o principal argumento em favor de expulsar os turcos da Europa foi "que isso reestabeleceria o patriarca na Constantinopla e, assim, criaria um contrapeso ao papado". Depois dos massacres armênios, sem falar da guerra, ISSO dificilmente pareceu-me ser — nem parece ao senhor, eu presumo — a razão mais importante. [Entre os presentes] havia uma criança muito cativante, cujos pais estão na Índia: mas eu gosto da velha senhora, a melhor das três.

Como você vê, ainda não mudamos: de fato, o tempo não nos motivou a sair, embora isso não nos impedisse de fazer boas caminhadas. Aqui é quase mais bonito do que qualquer lugar que eu já tenha visto — seja nos vales cheios de pomares, seja nos grandes montes repletos de urze, dos quais se tem uma vista para o mar e a costa galesa, lá longe no horizonte.

O senhor não precisa se preocupar com nossa prima aqui. Lembre que estamos quase em Devon e o *clotted cream*[4] do país

---

[3]De Sir Walter Scott (1814).
[4]Uma espécie de bolinho, coberto de chantilly, feito de creme de leite coagulado bem gorduroso. [N. T.]

é um cartão de visitas por si só: também — sombras de Oldie[5] — a verdadeira sidra de "Devonshire" em todo *pub* de telhado de palha e interior lustroso.

Alguns quilômetros mais adiante, há uma pequena aldeia de pescadores chamada de Watchet, que foi palco de ao menos uma cena interessante na sua história obscura: foi aqui que Coleridge[6] e os Wordsworths[7] dormiram (ou "se deitaram" como eles teriam dito) na primeira noite de sua caminhada. Ao longo desta tarde, o germe do Ancient Mariner [Marinheiro Antigo] surgiu na conversa e, na pousada em Watchet, as primeiras linhas foram postas no papel [...].

PARA O SEU PAI: do University College

1º de maio de 1920

Eu tive dois tutores agora que estou prestando o exame dos "Greats", um para história e outro para filosofia. É claro que estou arrependido de ter rompido a amizade com o velho Poynton: os outros dois são homens bem mais jovens, mas me parecem bem legais.[8] Nós abordamos o de filosofia aos pares: então, um de nós lê um ensaio e nós três o discutimos. Gostaria que o senhor ouvisse o debate, ele é muito divertido. Por sorte eu acho que a minha

---

[5]"Oldie" era o apelido de Robert Capron (1851–1911), um nativo de Devon e diretor da Wynyard School. Wynyard é a escola horrorosa, referida em *Surpreendido pela alegria* como "Belsen".
[6]Samuel Taylor Coleridge (1772–1834) foi um filósofo, teólogo, poeta e crítico literário inglês que, junto com o seu amigo, William Wordsworth, fundou o Movimento Romântico. [N. T.]
[7]William Wordsworth (1770–1850) foi um poeta romântico inglês que, junto com Samuel Taylor Coleridge, lançou a Era Romântica da literatura inglesa. Ele tinha uma irmã, Dorothy Mae Ann, que também era poetisa. [N. T.]
[8]Seu tutor de história foi George Hope Stevenson (1880–1952) que, após ter tirado o bacharel em 1904 como membro de Balliol, foi membro e preletor em história antiga do University College em 1906–49.

O tutor de Jack em Filosofia foi Edgar Frederick Carritt (1876–1964). Depois de sua graduação no Hertford College ele foi eleito bolsista e preletor de filosofia na Universidade em 1898.

interferência prévia no assunto foi muito útil e por algum tempo eu tive apenas que passar mais cuidadosamente por um terreno que eu já havia percorrido sozinho.

Eu espero que o que senhor sente em relação a viagens seja endossado por uma grande quantidade de pessoas de sua idade, que, como o senhor diz, nunca, de fato, desejaram um só xelim em suas vidas. Até onde eu posso ver, são poucos os que podem fazê-lo sem o menor sacrifício, que se importam em ver o mundo como ele é: a maioria não abriria mão por nada para isso e preferiria dar uma volta de carro em Stangford, do que ver a Grécia ou a China — se é que existe uma China. Ficamos admirados com a resolução de um viajante real, como Heródoto, que estou lendo atualmente: aparentemente sem dominar nenhuma língua, a não ser a sua própria e confiando em caravanas de mercantes e habitantes da Bulgária com um conhecimento limitado do grego. Assim mesmo ele penetrou até a Babilônia, viu os jardins suspensos e o templo de Bel-Baal, suponho eu — e subindo o Nilo até Elefantina, onde havia rumores de uma terra de anões mais além — os pigmeus, é claro. Ou Marco Polo — que o senhor deveria ler: livros de viagens são uma excelente fonte.

Não compreendo absolutamente as notícias irlandesas. Uma das coisas mais curiosas é a *aproximação* que parece provável entre os comerciantes ingleses e Sinn Féin. Eu já estava confiante de que as diferenças religiosas, o *odium theologicum* impediria a junção entre os dois. Se eles realmente trabalharem juntos acho que será um fracasso tanto para a Inglaterra como para a Irlanda [...].

PARA O SEU PAI: **do University College**

6 de junho de 1920

Pensei que tivesse dito algo sobre a antologia. Ela tem sido elevada como uma espécie de contracorrente à moda literária predominante aqui, que consiste na tendência chamada de "vorticismo". Poemas vorticistas são geralmente de *vers libre* (que significa que eles são impressos como versos, mas nem rimam, nem permitem exame, sendo que um verso termina onde bem entender). Alguns deles são inteligentes, a maioria meramente afetados, e bem poucos — especialmente entre os franceses — indecentes: não uma indecência sensual, mas uma que dá náuseas, sendo que todo o gênero surge a partir de um estado de espírito "cansado de tudo". Assim, alguns de nós que ainda não estamos cansados de tudo decidimos publicar uma coletânea anual de nossas próprias produções, na esperança de convencer a juventude dourada de que as possibilidades de poesia métrica sobre assuntos salutares ainda não estejam exauridas só porque os vorticistas estão sofrendo de saciedade. É claro que podemos acabar provando exatamente o contrário, mas temos que nos arriscar: vai haver um prefácio polêmico e o primeiro volume deve aparecer no outono. Nós o chamamos de *O caminho é o caminho*, que é uma citação de Bunyan[9] (o escritor de livros que o senhor conhece)![10] [...]

Tivemos uma greve de ônibus aqui. O presidente do Liberal Club [Clube Liberal] e o presidente do Labour Club [Clube dos Trabalhadores], com seus seguidores, endereçaram-se dos seus assentos ao mundo todo de forma estúpida na outra noite: e houve confronto entre os trabalhadores e os graduandos misturados de cada lado, que foi interrompido apenas pelo aparecimento dos inspetores: ao que os graduandos fugiram dos inspetores e os inspetores, com menos sucesso, fugiram da multidão. É isso, o senhor vê, que chamamos de verdadeira democracia [...].

PARA O SEU PAI: do University College

25 de julho de 1920

Eu deveria ter-lhe respondido antes, mas estive engajado em entreter o Coronel [Warren]. Ele, apesar dos esforços de uma equipe dirigente geral tirânica e escrava, está ainda tentando manter

---

[9] John Bunyan (1628–1688) foi um escritor inglês e pregador puritano que escreveu a famosa alegoria traduzida para o português como *O Peregrino*. [N. T.]

[10] Esse volume de poemas era para ter sido publicado por Basil Blackwell. Acontece que os poetas mesmos tinham que levantar o dinheiro para a publicação. Como isso era impossível, o projeto teve que ser abandonado.

corpo e alma unidos e sustentar os seus trabalhadores com aquela serenidade pela qual ele é famoso, de forma merecida. Ao contrário dos seus temores, ele, por enquanto, [tem] apenas um carro, que ele propõe vender e comprar outro. Assim que a sua licença começar, ele vai me dar uma carona para Liverpool, via Malvern, e, assim, para casa. Ainda estou discutindo se consigo dispor os meus nervos para tal provação [...].

Eu quase me esqueci de lhe dizer que o Tio e a Tia Hamilton estiveram aqui por uma noite no seu *tour*.[11] Se é que já houve alguém que teve sucesso em extrair o mel da vida era ele. Não se pode evitar admirar a habilidade com que ele sabe exatamente até onde o egoísmo pode ir, sem ribombar sobre si mesmo: ele aprendeu até a minúcia o quanto cada viga pode suportar. Ao mesmo tempo, essa sabedoria mundana que tem um apetite voraz por tudo e, ainda assim, pode ficar satisfeito com pouco, que sabe o que pode ser obtido da vida, sem esperar mais, seria quase uma virtude, de tão prazerosa que é, e de tão sensível, se ele não estivesse centrado completamente em si mesmo. Ele tinha um bom lema nesse ponto — que "a Inglaterra seria um excelente país para se passear se não fosse pelas catedrais"[12] [...].

PARA O SEU PAI: **do University College**

Selo de: 8 de dezembro de 1920

Minha viagem a Cambridge aconteceu da seguinte forma. O senhor vai lembrar que uma sociedade de Martlets, em Pembroke, Cambridge, enviou representantes para a nossa sociedade de mesmo nome: nessa ocasião nós quatro fomos enviados para uma partida de volta. A viagem tornou-se tanto mais barata

---

[11] Os parentes em questão foram o tio da parte de mãe, Augustus Warren Hamilton (1866–1945), e sua muito amada esposa canadense, Anne Sargent Harley Hamilton (1866–1930).

[12] Warren, incapaz de arcar com um carro, comprou uma motocicleta com um assento lateral. Ele e Jack foram para Belfast nela, chegando em 26 de agosto. Eles ficaram com o pai deles até 23 de setembro.

Cartas de C.S. Lewis

quanto prazerosa pelo fato de que um dos quatro vive ali e muito gentilmente nos convidou a todos. Eu li um ensaio para eles sobre poesia narrativa. É claro que não sei o que ele acharam dele, mas, de qualquer forma, nada foi jogado em mim.[13] Jantamos com eles primeiro. O tempo da noite estava horrível, houve uma tentativa de geada, mas, finalmente, acabou caindo uma chuva de granizo. A velha biblioteca do *college* deles, onde tivemos nosso jantar, estava muito mal aquecida, e, de tanto andar por aí no frio e na chuva com roupas de noite, eu peguei uma friagem bastante desagradável — da qual acabei de me recuperar.

Foi muito interessante ver Cambridge no dia seguinte. Em muitos sentidos é um contraste: há algo, é difícil dizer se nas suas cores ou na atmosfera, que expressa um sentimento mais nórdico, mais sombrio e mais duro. Talvez o fato de a cidade ser tão plana, sugerindo lugares vistos da linha de trem além de Crewe, tenha algo a ver com isso. As ruas são muito estreitas e lotadas: as partes não universitárias são deprimentes o bastante. Algumas coisas — tais como a capela do King's College, pela qual eu fui preparado para ser desapontado — são belas para além de todas as esperanças e da fé: eu me lembro de vários quadrângulos pequenos, com arestas azulejadas, relógios de sol e altas chaminés, como casas Tudor, que eram charmosos. Sentia-se por todo o lado o toque do puritanismo, de algo *Whiggish*,[14] um pouco desafiador, talvez. A cidade não tem tantas igrejas e tanto de Estado nas suas veias quanto nós. As janelas coloridas nos *halls* mostram figuras como Erasmo[15] e

---

[13]Jack foi eleito presidente dos Martlets no dia 15 de outubro de 1919 e seu mandato vigorou nesta posição até 13 de junho de 1921. O ensaio que ele leu em Cambridge sobre "poesia narrativa" foi lido para os Martlets de Oxford em 3 de novembro de 1920. O ensaio não sobreviveu, mas as minutas escritas sobre ele estão reproduzidas em meu ensaio "To the Martlets" [Para os Marlets], pp. 44–5.

[14]Um Whig é um membro de um partido político do século XVIII e XIX, que era oposto ao Tory. [N. T.]

[15]Desiderius Erasmus Roterodamus, ou Erasmo de Roterdão (1466–1536) foi um filósofo e estudioso cristão neerlandês que é considerado um dos maiores pensadores da Renascença. [N. T.]

Cranmer[16]. Oxford é mais magnificente, Cambridge, talvez, mais intrigante. Nossa cor característica é o cinza pálido, quase o amarelo de pedra antiga: a deles é o marrom caloroso de tijolos velhos. Uma grande quantidade de prédios de Cambridge lembram a Torre de Londres. Gostei bastante da maioria dos graduandos que eu conheci. Os seus *dons*, conforme julgado por aqueles que estiveram "em ação", são certamente inferiores aos nossos: têm menos charme nas maneiras e menos genialidade. Um deles dificilmente eu consideraria um cavalheiro.

Temo que o senhor tenha tomado minha observação sobre "um livro pequeno" muito ao pé da letra — só o que eu quis dizer era um ensaio para o meu orientador: estou pouco disposto a escrever monografias históricas (para publicação) no presente. Mas fui recomendado a tentar competir para o Vice Chancellor's Essay Prize [Prêmio de Ensaios do Vice-Chanceler] em abril próximo. O assunto é "otimismo", sob qual pretexto se poderia incluir quase qualquer coisa sobre a qual se desejasse escrever. Meu ponto de vista será essencialmente metafísico e bem seco. Seria uma esplêndida oportunidade de divulgação se eu conseguisse obter sucesso, mas é claro que a concorrência é bem acirrada [...].[17]

PARA O SEU PAI: **da Oxford Union Society**

21 de janeiro [de 1921]

Meu tutor de história me passou para um cavalheiro no Magdalen que ele me recomendou, contando-me que ele era um neto de Mendelsohn: uma bagatela um tanto irrelevante, como eu pensei.[18]

---

[16]Thomas Cranmer (1489–1556) foi um líder da Reforma Inglesa e Arcebispo da Cantuária, durante o Reinado de Herique VIII, Eduardo VI e Maria I. [N. T.]
[17]Em 15 de dezembro, Warren recebeu uma licença especial até a sua partida de Serra Leoa. Ele e Jack chegaram a Belfast juntos no dia 24 de dezembro. Jack voltou para Oxford em 13 de janeiro. Warren, entretanto, permaneceu com o seu pai até 8 de março. Ele navegou para Serra Leoa no dia seguinte.
[18]Paul Victor Mendelssohn Beneke (1868–1944) foi o bisneto do compositor Felix Mendelsohn. Ele se tornou um membro do Magdalen College em 1893 e ensinou os clássicos até sua aposentadoria em 1925. Ele viveu em Magdalen (com sua

A troca me foi apresentada na forma de um cumprimento com o qual fiquei bastante satisfeito. A razão por que eu menciono isso é porque uma pessoa nova merece ser reconhecida pela fama. Em poucos minutos de sua sala, fiquei com a sensação desconfortável de que estava em uma companhia bizarra, ainda que familiar. Quando ele saiu por um momento, eu descobri o que era — porcos! Não me entenda mal: não porcos vivos, mas porcos da China, de bronze, de barro, de madeira, de pano e de pedra: porcos joviais e porcos engraçados, porcos gentis e porcos severos, porcos de Falstaff[19] e porcos filosóficos. Eu contei vinte e oito em poucos segundos e ainda não tinha passado pelas peças da lareira. O palácio dos suínos de um bacharel velho e solitário é uma das pequenas comédias que eu não teria perdido por nada. E ainda assim, quanta sabedoria isso ocultava! Aqui estão companheiros para qualquer estado de espírito, que não precisam praticamente de nenhum cuidado e nunca mentem ou são mal-educados. Penso que tenho que lhe dar um novo: quem sabe um daqueles balões em formato de porco, cheios de gás, de modo que possa elevar-se até o teto — e ser abaixado por um guindaste à noite para descansar, como um Zeppelin em algum pequeno "hangar".

Sinto muito saber que o senhor ficou de cama por tanto tempo e espero que agora tenha se recuperado. Eu tive um pouco de gripe, mas agora passou, e, para além da minha necessidade perene de cortar os cabelos, penso que o senhor consideraria que está "tudo presente e correto". Continuo amenizando e revisando o trabalho sobre o "Otimismo".[20]

Aqui vem uma história que vai agradar o Coronel. Outra noite, no "Martlets", o velho Carlyle leu um artigo.[21] Ele é um velho

---

vasta coleção de porcos) pelo resto de sua vida. As lembranças de Lewis de Beneke podem ser encontradas em *Paul Victor Mendelssohn Beneke (1868–1944)* (Oxford [1954]), pp. 31-4, de Margaret Denecke.

[19] Personagem ficcional que aparece em três peças de Shakespeare. [N. T.]

[20] A partir de agora, sempre que Jack se refere a "Otimismo", ele está falando deste trabalho. [N. T.]

[21] O Rev. Alexander James Carlyle (1861–1943) foi o capelão do University College. Ele se formou no Exeter College, e, depois de sua indicação para ser capelão na

cavalheiro enxuto, com um rosto bem barbeado, vermelho feito um pimentão e cabelo liso, da cor de rapé — um rosto bem cômico e uma voz alta e sonora. Ele começou dizendo que tinha que se desculpar pelo seu artigo "porque, para lhe dizer a verdade... eu quis publicá-lo... hum... mas hum, hum... ele ficou tão pouco satisfatório que... eu simplesmente o enviei para uma revista americana". Eis o espírito da coisa! [...]

PARA O SEU IRMÃO: **do University College**
(Uma carta em série escrita ao longo de vários dias.)

Estou aguardando o seu endereço de M. L'Oiseau Pomme de Terre,[22] e nesse meio-tempo comecei — embora ainda não saiba se prometo dar continuidade — minha carta-diário. Como nada jamais acontece comigo, ela será repleta, se é que eu possa enchê-la, de trivialidades e coisas que me interessaram a cada dia. Já que falamos bastante sobre trechos de livros que nos chamam a atenção quando estamos juntos, não vejo por que não podemos manter o mesmo tipo de conversa. Quem sabe uma das razões por que as minhas cartas sejam tão difíceis de escrever, e mais difíceis ainda de ler, é que as pessoas se confinam a novidades — ou, em outras palavras, pensam que nada vale a pena escrever, que não valesse a pena dizer. Tudo que deveria ser dito a modo de preâmbulo já foi dito da melhor forma por Lamb, em sua carta para um amigo na Antípoda. Eu sinto a mesma dificuldade: não consigo imaginar em que tipo de

---

universidade, tornou-se um membro ativo do Martlets.
[22] Os irmãos Lewis davam apelidos aos outros por esporte. Desde a pré-adolescência eles se divertiam com a pronúncia "baixa" irlandesa do seu pai de "potatoes" como "p'daytas". Consequentemente, ele se tornou o "P'dayta" ou o "P'daytabird" — e agora, com Warren em Serra Leoa, "Monsieur L'Oiseau Pomme de Terre". Quando observei Jack se referindo a seu irmão em cartas como "GTG" e sendo referido por Warren com "PTG", perguntei o que as iniciais significavam. Ele me disse que quando eles eram muito novos, a sua babá, Lizzie Endicott, ao secá-los depois do banho, ameaçava beijar seus "traseirinhos gorduchos". Naquele tempo os meninos decidiram que Warren era o "GrandeTraseirinhoGorducho" [*Archpiggiebotham*, em inglês] e [inspirados naqueles de Venerie e Draught] "PequenoTraseirinhoGorducho [*Smallpiggiebotham*, em inglês].

cenário melodramático você estará lendo isto. Ouvi dizer que a sua *"Preposterous Box"* [Caixa Bizarra][23] no *"East Indiaman"* [Indiano do Leste] não foi do seu agrado. Bem, você queria ser um soldado: então tem que mostrar coragem e abotoar o seu casaco. Aqui temos granizo e aquele tipo de vento que o congela quando você sai, vestido com roupas de verão: se você faz o contrário, "o assobio do vento forte" e o sol sai a uns bons 30 [ºC]. Mas vou continuar com o meu diário: as datas são apenas aproximadas.

1º de março de 1921

A caminho do College hoje, encontrei-me com Hamilton-Jenkin no pátio, que me levou até os seus aposentos na Merton Street.[24] Jenkin é uma pessoa baixinha, pálida, com um rosto delicado e jovem. Não diferente daquele de uma lagartixa. Ele era muito jovem para a guerra, e, sempre que olho para ele, imagino uma criança, embora algumas pessoas achem que eu esteja errado quanto a isso. Eu o menciono pelos trechos engraçados que ele me mostrou de dois livros. Um deles é *A Tour of the County of Cornwall* [Um *tour* do condado de Cornwall], escrito no século XVII: uma admirável codologia.[25] No capítulo sobre o bestiário, encontramos ratos (inspirados naqueles de Venerie e Draught). Esses são descritos não apenas como "travessos durante o dia, por devorar roupas, escritos e carne, mas que também aprontam de noite, por seu barulho de pisadas quando dançam no telhado". Esta sentença eu decorei imediatamente. O "roedor vagaroso de seis patas", que em

---

[23]Foi assim que Dickens se referiu à sua cabine no navio *Britannia* em 1852, quando ele estava viajando e ficou recolhido em sua cabine por estar gravemente doente. [N.T.]

[24]Alfred Kenneth Hamilton Jenkin (1900–1980) se matriculou na universidade em 1919 e, depois de completar o seu bacharelado, tirou o bacharelado em letras. *The Cornish Mines* [As minas da Cornualha] (1927) foi o primeiro dos seus vários livros interessantes sobre a Cornualha.

[25]Palavra usada na Irlanda e em partes da Grã-Bretanha para significar atos de insensatez, o ato de fazer ou dizer coisas estúpidas, usar linguagem que você não deve usar na frente de damas ou familiares. [N.T.]

Cornwall infesta tudo, a não ser a "limpeza caseira", também vale a pena registrar.[26]

Jenkin mesmo é um entusiasmado cidadão de Cornwall. Certas pessoas ficam entediadas com a insistência dele em falar dos cenários, hábitos, linguagem e superstições locais. Isso muito me agrada. Ele põe o seu pequeno boné de linho que usa quando "vai às minas". Cornwall, é claro, é cheio de minas: elas são cheias de seres chamados Nackers, que se ouve escavando no fundo das galerias mais solitárias. Os mineiros deixam pequenas porções de sua comida para eles, pois eles são formidáveis em trazer sorte ou azar — eles são bem parecidos com os duendes, conforme eu entendo. Jenkins só tem um vício: de escrever poesia muito triste, que ele às vezes me mostra. Geralmente é sobre Cornwall.

12 de março de 1921

Todo o mundo está de malas prontas hoje. Dias assim tem todo um clima de fim de trimestre na escola, com a sua alegria característica — corpo sem alma. Eu o odeio: e como se não bastassem as salas vazias e pilhas de malas, que já são ofensivas o bastante, temos a intolerável instituição das Collections. Este é o pior resquício de barbarismo que persiste na universidade. Das nove até a tarde, o mestre, com todos os seus "demônios auxiliares", fica sentado na mesa elevada do Hall e, um por um, os graduandos dóceis ou truculentos são chamados pelo nome, caminham pelo longo vazio, sobem ao trono, e ficam parados ali, ridiculamente estupefatos, enquanto ele apresenta uma pequena homilia. Em meu caso, ele sempre costumava dizer a mesma coisa: "Bem, Sr. Lewis, eu... é... eu não tenho nada a dizer a não ser... é... expressar minha satisfação... é... é... Temos uma grande expectativa em relação ao senhor." Aparentemente agora ele desistiu de ter grandes expectativas quanto a mim.

---

[26]Embora haja pequenos erros na citação do trecho, ele vem de *The Survey of Cornwall* [A pesquisa de Cornwall] (1602), p. 22, de Richard Carew.

Já você, refrescando-se com sua abanadora, enquanto as flores de lótus voam pelo céu colorido de pagodes[27] etc., pode achar que estou sendo muito fraco: mas é extraordinário que qualquer cerimônia que é destinada a fazê-lo sentir-se feito um menino de escola sujo de tinta terá sucesso em fazê-lo sentir-se precisamente assim. Eu duvido que até o P'daytabird[28] poderia ter inventado qualquer coisa que pudesse minar mais sutilmente o respeito próprio de alguém do que a procissão matinal por um *hall* grande, em que se é cumprimentado por um cavalheiro idoso à mesa. Tente imaginá-lo por um instante e depois é só acrescentar a ideia de serem nove horas da manhã; que o seu colarinho perdeu o seu botão de pressão posterior; o cheiro do jantar da última noite; uma mosca no seu nariz; um corte de barbear que começa a sangrar — mas, não, é doloroso demais [...].

13 de março de 1921

Sendo domingo, eu esperei por Pasley após o café da manhã em sua sala na Unity House [Casa da União]: esta é uma cabana em uma ruela junto à Headington Church [Igreja Headington], onde os prédios estão com tantas ruínas que até parecem um pedaço da França, como dizem os hipócritas — bem, FRANCAMENTE como ela. Pasley é o meu mais velho aliado: ele costumava escrever poesia, mas está agora muito ocupado com a história e também ficou noivo — esse túmulo de todos os homens vivos e interessantes[29] [...]. A Unity House é governada por uma mulher inexplicavelmente feia [...]. Tive uma caminhada excelente com Pasley:

---

[27]No contexto da carta, o termo "pagodes" refere-se a um tipo de torre com múltiplas beiradas, comum na China, no Japão e em outras partes da Ásia. [N. T.]
[28]Apelido dado ao pai de Jack, o Sr. Lewis. [N. T.]
[29]Sir Rodney Marshall Sabine Pasley (1899–1982), que sucedeu ao título de barão em 1947, obteve o seu bacharel no University College em 1921. Seu primeiro cargo foi como mestre na Alleyn's School, em 1921–25; depois, vice--diretor do Rajkumar College, em Rajkot, na Índia, em 1926–28. Foi diretor da Barnstaple Grammar School, em 1936–43, e diretor da Central Grammar School, Birmingham, de 1943 até sua aposentadoria em 1959. Quando Jack escreveu esta carta, Pasley estava noivo da Srta. Aldyth Werge Hamber.

ele me descreveu o estado de espírito da nova constituição da Tchecoslováquia, de que eu bem que queria ter me lembrado. Ficamos sentados numa floresta cheia de prímulas. É incrível como a geração do P'dayta caçoou da língua a ponto de fazer até o nome de prímulas soar sentimental: quando você chega a olhar para elas, elas são de fato bem atrativas. Eu caminhei com Pasley, até gastar a sola de sapato, e almoçamos *chez moi* uma torta de coelho — nosso alimento mais comum no momento —, sendo que Pasley e Sra. Moore tiveram uma conversa sobre dinheiro, tendo em vista o seu intento de, em breve, entrar "nesse negócio de casamento".

14 de março 1921

Eu recebi esta manhã uma carta de meu amável amigo Stead.[30] Stead é, antes, uma aposta: penso que você me tenha visto parar para conversar com ele outro dia no Corn. Ele é um graduando, mas também vigário de uma paróquia em Oxford. Ele escreve poesia. O que é irritante é que ela é exatamente como a minha, só que como as minhas partes ruins: essa foi minha opinião pessoal, mas que foi confirmada por outros. Talvez você consiga imaginar a sensação que experimentei ao lê-la. A carta de Stead era para dizer que ele mencionou para Yeats — a quem ele conhece — "minha reivindicação de distinção dupla, como irlandês e como poeta" e se eu gostaria de fazer-lhe uma visita naquela noite.

Eu fui vê-lo depois do jantar nos seus aposentos na Canterbury Street. Ele é um homem casado: sua esposa é uma americana, que é irmã de uma mulher que é casada com um irmão da Sra. Moore.[31]

---

[30] William Force Stead (1884–1967) nasceu em Washington, D.C., e frequentou a Universidade da Virgínia antes de ir à Inglaterra. Ele foi ordenado padre na Igreja da Inglaterra em 1917 e se tornou um membro do Queen's College, Oxford, em 1921. Depois de se formar em 1925, serviu como capelão do Worcester College, em 1917–33. Além de publicar uma grande quantidade de poemas, ele conheceu muitos poetas famosos. Batizou seu amigo, T.S. Eliot, em 1927.

[31] A irmã da Sra. Stead, que tinha o nome de solteira de Mary Goldsworthy, foi casada com o Dr. John Hawkins Askins (1877–1923). Os Askins moravam na periferia de Oxford, no vilarejo de Iffley.

Ela era uma mulher implacavelmente rabugenta, que se negava a dizer sequer um "boa noite" para mim: ao lado dela na lareira, estava assentado um cavalheiro americano que aparentemente foi posto lá para consolá-la pela ausência do seu marido. Ele era uma pessoa muito amável: ele estava "estudando" quando eu entrei, mas deixou o livro educadamente de lado. Você conhece o tipo de rosto que tem um nariz promontório (em formato de águia) projetado entre dois montes arredondados de bochechas (em forma de querubim)? Imagine isso, coroado com um par de óculos fundo de garrafa e feito de uma textura mais parecida com ova de bacalhau: acrescente a isso que tal rosto sorri, mas só é capaz de contribuir ao debate com um "Está certo" no final da observação de cada um. Nesse ambiente bastante sórdido, Stead estava terminando uma refeição bem pouco apetitosa de peixe frio com chocolate: mas ele logo pôs o seu casaco, depois de perguntar à sua mulher, por que não havia selos na casa e, sem receber resposta, empurrou-me para fora, rumo à noite teatral costumeira de Oxford. Quanta confiança de deixar a sua esposa sem guarda em uma companhia assim!

Yeats mora no final da Broad Street, a primeira casa à sua direita ao deixar a cidade. Posso lhe assegurar que fiquei verdadeiramente deslumbrado quando parei para pensar sobre o fato de que agora estava para me encontrar finalmente com ninguém mais, ninguém menos do que WILLIAM BUTLER YEATS! Mas chega disso. Fomos encaminhados para uma escadaria cheia de pinturas bem obscuras de Blake — todas de demônios e monstros — e finalmente até a sala de estar, iluminada por candelabros altos, com cortinas de cor laranja e cheia de objetos que não posso descrever, porque desconheço seus nomes.

O poeta era muito grande, [mesmo] tendo aproximadamente sessenta anos de idade, "horroroso", como Bozzy diz: de cabelo grisalho, bem barbeado. Quando ele começou a falar, eu o teria considerado francês, mas o sotaque irlandês predominou depois de um tempo. Diante da lareira, havia um círculo de cadeiras duras e antigas. Estavam presentes a esposa do poeta, um homem pequeno, que não abriu a boca por toda a noite, e o Padre Martindale.[32] O Padre M. é um sacerdote católico, um homem pequeno, cintilante feito um pássaro ou feito Puck,[33] que eu considerei um cão ateu. Eu costumava ir para as suas palestras nos tempos antigos: ele é um escarnecedor. Todo o mundo se levantou quando entramos. Depois das formalidades, eu estava me preparando para humildemente tomar assento em uma cadeira afastada, deixando a mais honorável para Stead, mas o poeta nos direcionou para outras com gestos firmes e em silêncio. Eu não compreendi o significado disso: foi bem Pumblechookiano.[34]

Então, a conversa começou. Ela girava toda em torno de magia e cabalismo e o "conhecimento hermético". O grande homem falava, enquanto o padre e a Sra. Yeats o alimentavam com questões ponderadas. O assunto, eu admito, era ou medieval ou moderno, mas o estilo foi tão do século XVIII que eu perdi a moral. Entendi como é possível a um homem aterrorizar toda uma sala, fazendo-a mergulhar no silêncio: e tive um pressentimento terrível de que algo poderia me impelir a me levantar como o "vigário desconhecido", e dizer "As revelações de Vale Owen não foram atribuídas às paixões?". E então, como Max Beerbohm[35] diz bruscamente, "Exploda-se!". Entretanto, eu me lembrei de que Johnson realmente ESTAVA morto e me controlei. Na verdade, algum bom anjo me conduziu: pois naquela hora eu tinha realmente algo a dizer — um caso mencionado por Coleridge que era apropriado e estava pedindo por uma citação sobre algo que acabara de ser dito. Mas, graças a Deus, eu não o fiz: pois, um minuto depois, o padre o fez.

---

[32]O Padre Cyril Charles Martindale SJ (1879–1963) foi um membro do Campion Hall e lecionou na faculdade de *Literae Humaniores*. Ele escreveu tanto livros acadêmicos como de apologética popular.
[33]Um espírito maligno ou demônio na mitologia. [N. T.]
[34]O Sr. Pulblechook é um personagem secundário do romance de Charles Dickens, *Great Expectations* [Grandes expectativas]. Ele era presunçoso, tolo e tinha influência social. [N. T.]
[35]O Sir Henry Maximilian Beerbohm (1872–1956) foi um caricaturista e parodista inglês. [N. T.]

YEATS (batendo na sua cadeira): "Sim, sim, a velha senhora em Coleridge. Aquela história foi publicada por Coleridge sem a menor evidência. Andrew Lang a expôs. Eu nunca tive uma conversa sobre o assunto em que ALGUÉM não tenha se lembrado da velha senhora de Coleridge. Ela é anônima, para começo de conversa, e todos a assumiram sem questionamento. Isso só demonstra que não há limite para a falta de escrúpulo em que um homem cético embarcará".

MARTINDALE: "Ah sim, é claro, Sr. Yeats!"

YEATS: "É, sim! Há um professor, ele vive em Oxford agora, que é o maior cético já publicado. O mesmo homem me disse que entrou num laboratório em que X (alguma mulher cujo nome não peguei) estava fazendo experimentos: viu a mesa flutuando perto do teto, com X sentada nela; vomitou: deu ordens para que mais nenhum experimento seja feito no laboratório — e se recusou a deixar que a história fosse divulgada".

Mas seria ridículo registrar toda a conversa: quero oferecer-lhe a insanidade do homem sem a sua eloquência e presença, que são muito grandes. Eu nunca poderia acreditar que ele era tão exatamente igual à sua própria poesia.

Mais uma piada precisa ser registrada. Stead de momento nos contou sobre um sonho que ele havia tido: ele era tão bom, que eu pensei que fosse mentira.

YEATS (olhando para a sua esposa): "Você tem algo a dizer sobre isso, Georges?"

Aparentemente, o ego transcendental de Stead, que não era importante o suficiente para o poeta, foi passado aos cuidados da Sra. Yeats, como uma espécie de *ersatz*[36] ou magia secundária.

---

[36]Termo técnico da filosofia que vem do alemão e significa "substituto" ou "substituição" e quer dizer tudo aquilo que toma o lugar de outra coisa para tentar compensá-la. [N. T.]

Finalmente, foi-nos servido xerez ou Vermont em taças compridas de formato curioso, exceto por Martindale, que tomou uísque de um copo ainda mais comprido e de formato ainda mais estranho e a orgia chegou ao fim. Tente misturar Pumblechook, o lunático que encontramos em Mitre, Dr. Johnson, o irlandês bêbado mais eloquente que conhecemos, e a própria poesia de Yeats, todos reunidos numa só figura composta, e você terá a melhor impressão que eu possa lhe dar.

21 de março de 1921

Tendo encontrado com Stead ontem no Broad, com a sua esposa e, é claro, com o nosso amigo do nariz de águia, disseram-me que o grande homem expressou seu lamento por não ter estado em condições de me dar mais atenção devido ao seu debate com o padre, e perguntou se eu viria novamente, junto com Stead, na noite seguinte.

Naquela noite fomos conduzidos para uma sala de estudos no sótão e fomos entretidos somente por ele: e, acredite ou não, ele estava quase bem e falou sobre livros e coisas, de forma ainda mais eloquente e bastante inteligente. É claro que chegamos à magia no final — e isso não era mais do que esperado. A culpa, de fato, foi minha, pois eu mencionei Bergson.[37] "Ah, sim", disse ele, " Bergson. Foi a sua irmã que me ensinou a arte da magia". O efeito dessa declaração sobre a Tia Suffern (já em paroxismo de conteúdo sobre o que eu já lhe havia contado sobre Yeats) deve ser engraçado.

Eu falei de Andrew Lang.

YEATS: "Eu encontrei com ele uma vez — num jantar em algum lugar. Ele nunca abria a boca. Quando começamos a falar depois disso, ele simplesmente se levantou, levou a sua cadeira para um canto da sala e se sentou, encarando a parede. Ele ficou lá a noite toda."

Talvez Lang não goste de feiticeiros!

---

[37]Henri-Louis Bergson (1859–1941) foi um filósofo francês que influenciou a tradição da filosofia continental, com seu conceito de intuição. [N. T.]

Dos "grandes vitorianos", ele disse: "A coisa mais interessante sobre o período vitoriano foi a sua predileção por selecionar um grande homem típico em cada departamento — Tennyson,[38] O poeta; Roberts, O soldado: e então esses tipos foram transformados em mitos. Você jamais ouviu falar de outros: se você falasse de medicina, isso significava [...] (algum doutor, O doutor, que esqueci o nome); se você falasse de política, era Gladstone."

Isso é especialmente interessante para nós como explicação para o crescimento mental de certo pássaro que nos importa. ("Bem, tudo dito e feito, meninos, ele era um GRANDE homem.") Então fui para casa e para cama mais satisfeito com o nosso poeta, do que eu estive na ocasião anterior e bem grato de que L'Oiseau Pomme de Terre não esteve lá para explicar que "vocês podem ver que ele é um homem desiludido", depois de toda crítica adversa de qualquer escritor vivo. Ó, antes de eu deixar para lá o assunto, Stead me disse que mostrou um poema a Yeats: Yeats disse que pensava que "SERIA MUITO BOM" preparar uma música! Stead acha que isso foi um elogio. Humm!

PARA O SEU PAI: **do University College**

28 de março de 1921

Fiquei contente que o senhor tenha me mandado o telegrama. Eu não sou bom em ler jornais e teria ficado bem triste, por ignorância, de deixar passar tal coisa em silêncio. Pobre Kirk![39]. O que se pode dizer dele? Seria um elogio injusto para aquela memória

---

[38] Alfred Tennyson, Primeiro Barão Tennyson (1809–1892) foi um poeta britânico da época da Rainha Vitória. [N. T.]

[39] O Sr. William T. Kirkpatrick, que nasceu em 1848, morreu em 22 de março de 1921. Ele se tornou o diretor do Lurgan College em Lurgan, Co. Armagh, pouco tempo depois de sua fundação por Samuel Watts em 1874. Foi durante os seus 25 anos como diretor que Albert Lewis se tornou um de seus alunos. Em 1900 ele se mudou com a sua esposa, Louise, e o seu filho, Louie, para Northenden, Cheshire, de modo que Louie pudesse se preparar como engenheiro elétrico em Manchester. Alguns anos mais tarde ele e a Sra. Kirkpatrick se mudaram para Great Bookham, onde ele dava aulas particulares a Warren e Jack, junto com alguns outros alunos.

vir com sentimentalismos: de fato, se isso fosse possível, ele mesmo teria voltado para repreender o absurdo. Entretanto, não é nenhum sentimento, mas o mais puro e simples fato, dizer que, eu pelo menos, lhe devo, na esfera intelectual, tanto quanto um ser humano poderia dever a outro. Que ele me capacitou para conquistar uma bolsa é a menor coisa que ele fez por mim. O convívio com ele nos projetava numa atmosfera de implacável clareza e rigorosa honestidade de pensamento — e só por isso eu serei uma melhor pessoa pelo resto da vida. E se essa é a maior coisa, há outras que nenhum de nós vai esquecer: o seu senso de humor seco, o seu bom gênio imperturbável e sua energia impressionante — isso é bom de se reconhecer. Ele tinha uma personalidade única sem nenhuma espécie de inconsistência — exceto por aquele defeito das roupas de domingo: quanto mais se vê da fraqueza, afetação e ambiguidade na maioria dos seres humanos, mais se admira aquela figura idosa rígida, e solitária — ele era mais como algum estoico antigo que mantém o seu posicionamento firme na decadência romana, do que um estudioso moderno que vive nos países familiares. De fato, devemos chamá-lo quase um grande homem, apesar de ter acontecido que a sua grandiosidade tivesse sido condenada a alcançar um círculo tão pequeno. Eu teria gostado de tê-lo visto mais uma vez antes disso ter acontecido. É claro que eu escrevi para a Sra. K.

O senhor me pergunta, se estou satisfeito com o meu "Otimismo" e temo que eu não faça a mínima ideia. Só sei de uma coisa, que eu quase o sei de cor e consequentemente sou o último a poder julgá-lo imparcialmente [...]. Em todo o caso, ele me deu mais trabalho do que qualquer outra coisa que já fiz e devo ficar contente de vê-lo lançado na caixa do escrivão uma vez por todas e deixar o resto aos pés dos deuses. Só não espere quaisquer resultados. Veja bem, temo que eu tenha caído entre duas cadeiras: é preciso ter por alvo ser tanto literário quanto filosófico e, no esforço por cumprir com esse duplo objetivo, eu o tornei demasiadamente literário para os filósofos e muito metafísico para os *dons* de literatura inglesa. Essas são as armadilhas com as quais os caminhos da *Academe* são escavados.

Essas coisas são escritas para um público seleto de juízes, e você nunca sabe qual será seu ponto de vista particular: eles não passam de seres humanos e devem ter preferências e humores próprios, mas não temos como descobri-los. Deve ser difícil fazer justiça a um ensaio que expresse alguma visão que você esteve denunciando para um Senior Common Room [Sala Comum de Seniores] submisso pelo último meio século, por melhor que possa ser [...].

PARA O SEU IRMÃO: do University College
(Uma continuação da carta em série.)

20? de abril [de 1921]

Sobre a greve de carvão em si, você já deve ter ouvido falar dela AD NAUSEAM a partir dos jornais: o que isso significa para mim pessoalmente é que eu tive um bocado de lenha para cortar. Você já cortou lenha? Se não, você provavelmente tem uma ideia de que se tem que colocar o serrote levemente no tronco, começar a serrar e continuar constantemente, aprofundando o corte até separá-lo em duas metades. E mais: você coloca o serrote levemente sobre o tronco e depois tenta movê-lo. Ele cai de lado com um grande barulho e você envolve um lenço em torno de sua mão: quando o sangue tiver penetrado nele, você vai até a casa e arruma um bandeide. Da próxima vez, você vai com mais cuidado e depois que o serrote tiver tocado uma música inteira, um pouco de casca se desprende: a essas alturas você já estará aquecido. Então, você passa para o trabalho propriamente dito: você serra para frente e para trás, alterando desconfortavelmente de sua mão esquerda para a direita, sentindo as bolhas surgirem, enquanto as sombras se alongam e o suor escorre pelo seu rosto. Quando você vai dormir naquela noite, o "grande esforço" terá feito você conseguir avançar até onde pôde no corte, e você tem visões de conseguir penetrar esse tronco no seu trigésimo aniversário. Eu agora fiquei bem craque nisso e às vezes consigo atingir certo grau de prazer, quando o dia está bonito e tudo vai bem. Pasley apareceu outro dia: todo o mundo apareceu desde então.

Muito obrigado por sua carta tão interessante. Que fim esquisito da água represada do mundo — é como os lugares que costumávamos imaginar de tantas histórias marítimas, "todas criadas pelo cérebro do talhador". Certamente eu nunca achei que fosse ouvir qualquer coisa como *H.M.S. Dwarf*[40] na vida real e quão singelo ter um telescópio e um registro do Lloyd![41]

Você terá muito mais a contar em sua próxima carta: eu ainda não obtive uma ideia geral. Como são as montanhas aí? Presumo que elas não tenham picos nevados; sei que elas não podem ser cheias de arbustos: e suspeito que elas não sejam de um verde delicado como os montes de Malvern. Então, você vê que eu estou intrigado com elas [...].

Fiquei bem contente em saber que você tenha se convertido a Milton:[42] o que te levou a isso e que partes você esteve lendo? Pergunto-me se você algum dia vai chegar ao fim da Bíblia: os indesejáveis "primitivos" ao seu redor vão levá-lo a apreciar os hebreus, que, afinal de contas, eram primitivos classe A [...].

PARA O SEU PAI: **do University College**

23 de abril [de 1921]

É claro que eu posso apreciar os seus sentimentos com relação ao funeral do pobre Kirk.[43] Despida das vestes da fé e da tradição, a morte parece uma pouco mais nefasta — uma sombra mais fria

---

[40]*H.M.S. Dwarf* foi o primeiro navio de propulsão a rodas de pás ou barco a vapor na marinha real. Construído de ferro, ele teve a sua primeira viagem em 1843. [N. T.]
[41]A Lloyd's Register é uma das maiores empresas britânicas de certificação, inspeção, garantia e consultoria do mundo. [N. T.]
[42]John Milton (1608-1674) foi um intelectual e poeta inglês, mais conhecido pela obra *Paraíso Perdido*. [N. T.]
[43]Os Lewises já sabiam faz tempo que o Sr. Kirkpatrick era ateu. Entretanto, escrevendo para Warren em 21 de abril, o Sr. Lewis lhe disse o quão dolorosos ele considerou os preparativos do corpo do Sr. Kirkpatrick: "Não era para ter funeral — nada de culto, nada de cerimônia, nada de flores, e era para ele ser cremado. Minha alma toda se revoltou só de pensar nisso. Era para o querido velhinho ser removido sem que ninguém o soubesse, furtivamente — como uma coisa suja — e incinerado!"

e repugnante — aos olhos dos mais fatídicos. Ao mesmo tempo, embora seja triste ter que admitir isso, não seria apenas triste, mas chocante pronunciar palavras sobre Kirk nas quais ele não acreditava e organizar cerimônias que ele mesmo teria denunciado como desprovidas de sentido. Entretanto, como o senhor diz, ele se imprime de forma tão indelével na cabeça de quem o conheceu, está tão frequentemente presente em seus pensamentos que ele torna a aceitação da sua própria aniquilação muito mais impensável. Eu vi a morte vezes suficientes e, ainda assim, não fui capaz de achá-la outra coisa senão terrível e inacreditável. A pessoa real é tão real, tão flagrantemente viva e diferente do que sobrou dela que não se pode crer que algo se tornou em nada. Não é a fé, não é a razão — só um "sentimento". Os "sentimentos" são, em longo prazo, uma boa contraparte para o que nós chamamos de nossas crenças.

PARA O SEU PAI: **do University College**

9 de maio [de 1921]

Estou começando meu período de história romana e isso me trouxe de volta para Tácito,[44] que li com o Kirk. Trata-se da mais estranha e, de certa forma, mais prazerosa sensação. As velhas frases surgem inevitavelmente em sua própria voz e estilo, não apenas pela força e associação usual, mas também porque Tácito é um autor sombrio e sardônico, cujos ditos mais duros Kirk degustou e se apossou deles. Parece que nos lembramos daqueles dias no pequeno quarto do sótão com a fotografia de Gladstone e o fogão a gás, com muito mais frequência agora que tudo está acabado e trancado.

O tempo continua bastante frio aqui e ainda há uma boa quantidade de soldados perambulando para lá e para cá. Não sei se a carta que o Coronel me enviou foi muito discursiva: o Lloyd's Register em seu escritório e sua antipatia pelos nativos e pelos besouros eram os pontos principais. Mas, para o contexto, não seria um

---

[44]Publius (ou Gaius) Cornelius Tacitus (56–aprox.120) foi um historiador e político romano. [N. T.]

trabalho ruim para trogloditas e leitores como nós: felizmente ele tem uma série disso em si. Para a média dos oficiais desmiolados e sem recursos deve ser um negócio terrível e um alento para todos os vícios solitários: é uma necessidade curiosa que sempre molda esse tipo de serviços — faróis, estações sem fio etc. — em relação a homens que são os menos adequados para eles por natureza.

Ainda não há novidades sobre "Otimismo", e, a essas alturas, [há] pouco otimismo entre aqueles que aguardam notícias. Bem que eles poderiam ter decidido sobre as produções antes: uma possibilidade pendente assim acaba se tornando um tormento na nossa mente.

PARA O SEU IRMÃO: **do University College**

10 de maio [de 1921]

Por aqui, o trimestre está só começando e, por isso, ainda está interessante. É com prazer que se vê menos visitantes estrangeiros andando na [plataforma da] Mesa Alta[45] com livros-guia e tirando fotos dos pináculos — que eu sei que vão acabar entortando — e se vê os seus amigos de novo no lugar deles. Pasley foi o primeiro a nos aguardar, em uma chuva de neve ofuscante, poucos dias antes do início do trimestre [...].

Um grande amigo meu, Baker de Wadham, apareceu de novo, depois de passar um tempo fora.[46] Às vezes eu me divirto, tentando imaginar como você e ele se dariam: não tanto por um confronto direto como por serem absolutamente incapazes de entender um ao outro. Você jamais encontrou com uma pessoa que costuma falar em metáforas e não sabe que são metáforas? Essa pessoa certamente tem a perversão e o caráter problemático de discurso que

---

[45] No original, "the High". Referência à "High Table", a mesa alta é parte do refeitório da Magdalen School e trata-se, literalmente, de uma mesa comprida colocada a 90 graus das outras em uma plataforma elevada. [N. T.]
[46] Leo Kingsley Baker (1898–1986) matriculou-se no Wadham College em 1917. Ele serviu como um tenente de aviação na FAR (Força Aéra Real) foi condecorado com o Flying Cross em 1918. Voltou para Oxford em 1919 e se bacharelou em 1922.

indica grandeza: seus poemas são como salas cheias de ornamentos exóticos e insolentes, mas sem ter nenhum lugar para se sentar [...].

O único papel estritamente social que eu cumpri até agora nesse trimestre foi de um chá com os Carlyles em sua casa charmosa em Holywell.[47] Este é um lugar que invejo muito: longos cômodos irregulares com vigas no teto e lareiras de pedra, onde um pequeno braseiro se assenta em uma cova profunda de azulejos holandeses. Não é preciso dizer que nas casas de Oxford todas estas coisas foram escavadas muito recentemente: sem dúvida, o século XVIII teria dito "elegância e civilidade pela brutalidade gótica".

Os princípios pelos quais as brigas na hora do chá são conduzidas nos Carlyles são estes: você recebe um assento junto a alguém, e quando você teve um tempo razoável para chegar a uma parte interessante da conversa, a Sra. C., uma mulher bastante tola, se levanta e diz: "Sr. Lewis, vá e converse com o Professor Smith" ou "Sr. Wyllie, eu acho que o senhor já conhece a minha filha" ou qualquer coisa do tipo; assim, todos os pares ficam misturados. Quando a conversa está bem encaminhada, a mesma coisa acontece de novo: como alguém disse, é bem parecido com o jogo de críquete com um árbitro que fica gritando "acabou". O meu "tempo" mais longo foi com Pasley e a mulher, que a Srta. C. mais velha descreveu como "minha pequena irmã" [...]. Pela regra da casa é claro que Pasley e eu mal começamos a tentar incutir um pouco de pessimismo, quando ela disse: "Oh, eu tenho que fazer o papai ter um dedo de prosa contigo." ACABOU!

Quando a poeira baixou, eu recobrei a consciência ao lado do Dr. Carlyle. Ele tinha todos os motivos para ser um otimista: um homem que consegue sustentar uma paróquia E a capelania de um *college* (você se lembra da observação de Poynton, "O Dr. Carlyle repete tanto da celebração quanto ele consegue lembrar") sem ser um cristão e que viveu do prêmio da Royal Foundation pelo último século, enquanto era um socialista, deveria mesmo ser. Em todos os casos,

---

[47] O Dr. e a Sra. A.J. Carlyle viveram com a sua família no número 29 da Holywell Street.

ele é um senhor idoso bem querido, com um rosto delicado, ruborizado e cabelo branco muito liso e nunca leva nada muito a sério.

As pessoas falam das maneiras de Oxford, da vida de Oxford e do Deus de Oxford — e tudo mais; como se os graduandos tivessem algo que ver com isso. Sentado ao lado deste sacerdote digno eu tive a impressão de que estas eram coisas das quais estávamos realmente excluídos: a verdadeira Oxford é uma corporação fechada de senhores idosos divertidos, desalinhados, indolentes, inúteis bem-humorados, que nomeiam os seus próprios sucessores desde que o mundo é mundo e que intencionam prosseguir com isso: eles comemoram a Revolução ou dão um jeito de passar por cima dela quando ela vier, não se preocupe.

Quando penso sobre quão reduzidas chances eu tenho de jamais conseguir penetrar nesta fortaleza modesta, ainda que inexpugnável, nesta modesta imobilidade, esta parede de pedra intangível e provocante, penso no veneno de Keats.[48]

> Fabricada em cela monástica
> Para afinar o conclave escarlate de velhos [...][49]

[...] Hoje, dia 11, o pequeno Jenkin apareceu depois do almoço e me mandou sair com ele para uma volta de bicicleta. Como eu tinha decidido trabalhar, pensei que esta seria uma excelente oportunidade de mudar de planos. Jenkin tem seus próprios princípios de apertar a pedalada, sendo que a máxima é "para onde quer que eu vá, minha máquina pode me acompanhar". Ele pedala por brejos e, certa vez, desceu um penhasco em Cornwall.

Depois de pararmos para uma gota de negus[50] em Garsington, no mesmo pequeno *pub* (veja minha última carta) da segunda-feira da Páscoa, nós pedalamos ao longo do topo de um monte comprido

---

[48]John Keats (1795–1821) foi um poeta inglês romântico. [N. T.]
[49]John Keats, *The Fall of Hyperio* [A queda de Hipério], I, pp. 49–50. Ligeiramente mal-citado.
[50]Uma bebida feita de vinho, água quente, suco de limão e noz-moscada. [N. T.]

Cartas de C.S. Lewis

onde se tem uma vista para um belo e arborizado vale inglês, com os Chilterns,[51] bem elegantes e calcários — como galgo — aos fundos. Foi um dia cinzento com aglomerados de nuvens por toda parte. Assim que as primeiras gotas de chuva começaram a cair, topamos com um jovem com cara de quem estava para ser enforcado, atravessando um campo.

Ele se revelou como sendo um tal de Groves, da univ., que tinha descido e sido encarcerado no High Church Theological Seminary, no vilarejo das proximidades de Cuddesdon.[52] "Ele bem que queria nos convidar para um chá, mas não podia — na verdade ele nem deveria estar falando conosco — porque eles estavam tendo um DIA DE SILÊNCIO." Pelos deuses: um monte de jovens amontoados, trancados a sete chaves, refletindo a respeito de suas almas! Isso não é terrível?

Depois disso, foi deveras refrescante e revigorante inspecionar um velho moinho de vento, perto de Wheatley: ele tem o tipo de atmosfera que sentimos em Doagh e um pequeno espaço coberto de cobre acima da porta, com a figura de um pássaro nele. Debaixo dela havia uma palavra que Jenkin leu como *County* [condado] e eu *Cointy* [moeda]. Não faço ideia do que se trata. Jenkin continuou colecionando pedras, dizendo que há ferro aqui.

Pedalamos pela colina Shotover: passando por ruelas cheias de areia, com tojo dos dois lados e passando por celeiros e palheiros ingleses confortáveis e quentes. As placas indicadoras dali eram muito atraentes, "Percurso equestre para Horsley" — um percurso equestre sempre soa misterioso. E dezenas de coelhos e buquês inteiros de campainhas: uma vista de longe entre as duas encostas de Forest Hill e a pequena casa em que a primeira Sra. Milton costumava viver. Mais ou menos no tempo em que ele escreveu *L'Allegro* e *Il Penseroso*, ele pedalou por aqui muitas vezes da sua casa para cortejá-la — Deus a acuda! [...]

---

[51] Escarpas calcárias que vão de Oxfordshire até Buckinghamshire. [N.T.]
[52] Sidney John Selby Groves (1897–1970) foi ordenado em 1922. Ele foi vigário de Sonning em 1942–65 e cônego da Christ Church.

1920–1929

PARA O SEU PAI: **do University College** (depois que "Otimismo" foi premiado com o Chancellor's Prize for an English Essay [Prêmio de Chanceler para um Ensaio em Inglês])

29 [de maio de 1921]

Agradeço muito por seu telegrama e sua carta: estou muito contente de ter estado em condições de lhe mandar boas notícias. Eu já estava perdendo as esperanças quanto a isso, já que a coisa se arrastou por tanto tempo. Todos foram bem camaradas com relação a isso, particularmente o Larápio, que ficou encantado, e isso deve ser útil para mim mais tarde.

Algumas das congratulações recebidas de fato me deixaram envergonhado, vindas de pessoas que eu estava acostumado a classificar como "grosseiras". Por grosseiras eu entendo pessoas grandes e musculosas, cujo nome eu desconheço, homens com muito dinheiro e honras atléticas, que ficam bloqueando as passagens. Se as aparências matassem, temo que eles estariam frequentemente em perigo, já que eu abri caminho entre eles. Agora eles se pronunciaram com observações educadas e elogiaram a minha vaidade com o nobre e fraternal: "Não acredito, ELE ME conhece?" Eu suponho que a explicação é que na sua visão nós nos demos tão mal no rio que qualquer sucesso — até mesmo num campo tão desimportante quanto cartas — deve ser encorajado.

Eu também recebi uma carta de Blackwell, marcando um encontro para falar sobre a publicação, e escrevi para Heinemann por mera formalidade. Em todos os casos, não estou certo sobre o que fazer quanto a isso: eu certamente não devo gastar nenhum dinheiro (nem permito que o senhor o faça, embora eu saiba que o faria com prazer) para forçar a publicação, se os editores não quiserem assumir o risco. Nunca considerei isso algo recomendável de se fazer. Quem sabe a publicação em algum periódico possa representar um compromisso: isso lembraria as pessoas de que eu existo sem dar uma forma muito permanente a qualquer opinião ou argumento que eu possa superar mais tarde. Na pior das hipóteses, se alguém gostar dele, isso significará uma nota de cinco libras e permitirá ao senhor ou qualquer outra pessoa que o leia impresso decentemente, em vez de datilografado. Se todos esses planos falharem, ou se for mais provável que eles levem muito tempo, eu farei uma outra cópia e enviarei ao senhor. O senhor não deve ter expectativas muito grandes: as linhas de argumentação são deveras enfadonhas, e temo que esse efeito não seja neutralizado pela adequação na forma. Não há remendos ostensivos — dificilmente um trecho cálido. Mas eu preciso largar o hábito irritante de antecipar o seu julgamento [...].

Recentemente, li um livro muito estranho — *Loss and Gain* de Newman.[53] Eu não sabia que ele havia escrito um romance. É claro que ele é insatisfatório enquanto ficção ou drama, mas traz algum humor satírico real. O senhor o conhece? A descrição da Oxford de então, com suas controvérsias eclesiásticas etc., é algo mais remoto da minha experiência, seja real ou imaginária, do que a Grã-Bretanha antiga ou a moderna Cathay.[54]

Não ouvi nada sobre prêmio — acho que é em dinheiro, não muito, e há alguns livros do College. Eu também pensei no Kirk. Somos todos criaturas velhas e desiludidas agora, e olhamos para trás para os dias dos "biscoitos com cafezinho" por meio de uma perspectiva longa, e só raras vezes saímos de nossas tocas: os jovens que vêm da escola com suas roupas imaculadas pensam que viemos para limpar as janelas, quando nos veem. Isso acontece com todo mundo aqui. No primeiro ano, você toma o seu xerez e encontra com pessoas: depois disso, seu cenário se estreita, você persegue as ruelas do país mais do que a Mesa Alta, e para de se fazer passar por um graduando de ficção. Às vezes, 1919 parece mais distante do que a França [...].

---

[53]John Henry Newman, *Loss and Gain* [Perdas e ganhos] (1848).
[54]Nome alternativo europeu para a China. [N.T.]

PARA O SEU PAI: do University College
27 [de junho de 1921]

O evento da semana passada foi uma das consequências imprevistas de minha premiação por "Otimismo". Eu quase esqueci, se é que eu já sabia, que "homens premiados" têm que ler trechos de suas composições na nossa cerimônia de Encaenia.[55] Sendo de natureza troglodita, eu nunca ensaiei tanto para dar assistência a um evento: mas agora que fui obrigado, estou feliz por isso.

Trata-se de um troço dos mais curiosos. Nós infelizes atores participamos vestidos em capas, togas, e VESTIMENTA COMPLETA DE NOITE (apesar de ser de tarde). A celebração se deu no Sheldonian Theatre: penso que Macaulay[56] tenha um trecho contundente sobre "o teto pintado do Sheldonian", debaixo do qual [o rei] Carlos liderou o seu último parlamento. Durante a longa espera, enquanto as pessoas entravam aos poucos, um órgão (grande demais para o prédio) tocava um recital. Os graduandos e seus convidados se assentam ao redor das galerias: o "chão" está ocupado pelos graduandos *en masse*, parados nas colunas com sua pintura de guerra. À tarde o vice-chanceler entra com a sua procissão dos "dirigentes dos *college*s, doutores, inspetores e nobres" — que show bizarro que eles deram, meio esplêndido, meio grotesco, pois os rostos de alguns *dons* se destacam do escarlate, azul e prateado de suas togas.

Em seguida, houve alguma "conversa de fundo" em latim vinda do trono do vice-chanceler, e o mestre de cerimônia fez entrarem as pessoas para receberem os graus honorários: com a exceção de Clemenceau e Keyes (o homem de Zeebrugge) eles não eram muito conhecidos genericamente para o mundo. Keyes era um sujeito de aparência bastante honesta e Clemenceau, o "homem do povo" forte

---
[55]A Encaenia é a cerimônia anual da Universidade de Oxford em homenagem aos fundadores e beneficiários. Esta se deu no dia 22 de junho.
[56]Provavelmente Thomas Babington Macaulay, Primeiro Barão de Macaulay (1800–1859) foi um poeta, historiador e político britânico. [N. T.]

e robusto como se espera: mas o que estava além da expectativa foi o cônego de Notre Dame, aparentemente um grande teólogo, de nome Raffitol ou algo parecido.[57] Eu nunca antes vi a imagem de um grande sacerdote com tamanha dignidade pálida. Se as palavras "amor à primeira vista" não fossem reduzidas a um tipo de sentimento apenas, eu quase as teria usado para expressar a forma como esse homem me atraiu. Ele teria tido um apelo imenso sobre o senhor.

Depois dos graus honorários, o professor de poesia fez uma "oratória" em latim, essencialmente sobre colegas que morreram ao longo do ano passado: essa foi a minha primeira experiência de latim falado, e eu fiquei satisfeito em saber que pude acompanhar e apreciá-lo.

É claro que nosso papel, como homens premiados, foi café pequeno no final de tudo. Fomos instruídos a ler por aproximadamente dois minutos cada um: eu tive alguma dificuldade de achar um trecho curto que pudesse ser inteligível por si mesmo. É claro que eu estava nervoso: também me foi falado que eu fui o primeiro do nosso pequeno grupo que Clemenceau verificou: mas como eu não sei COM QUE EXPRESSÃO ele verificou, nem se ele fala inglês, temos que ficar na dúvida se este foi um elogio ou não.

Tive uma boa lição de modéstia de ver os meus companheiros de premiação assim. Eu estava pouco preparado para tal coleção de bizarrices insignificantes de homens com óculos de fundo de garrafa, que zunem no ouvido: apenas um deles parecia ser um cavalheiro. A conversa de todos eles era tola, talvez como Goldsmith o expressou, eles "escreviam como anjos e falavam como o pobre Poll".[58] Isso mostra o quão pouco eu conheço de Oxford: sou capaz de olhar para o meu próprio contexto, que consiste principalmente

---

[57]Georges Clemenceau (1841–1929) foi primeiro-ministro e ministro de guerra da França em 1917–29. O vice-almirante Sir Roger Keyes (1881–1929) foi almirante de frota em 1920–29 e o herói de Zeebrugger. O cônego de Notre-Dame de Paris foi o Rt. Rev.* Monseigneur Pierre Batiffol (1861–1929), um distinto historiador da igreja.
  *Forma de tratamento usada na comunhão anglicana e na Igreja Católica Romana de fala inglesa, que equivale a bispo. [N. T.]
[58]Epígrafe imaginária de David Garrick sobre Oliver Goldsmith.

de cavalheiros literários, com noções de assuntos políticos, musicais e filosóficos — como sendo o central, normal e representativo. Mas é só dar um passo para fora dele, para os atletas, de um lado; e a panelinha pálida de caçadores, de outro, e será um planeta estranho [...].

PARA O SEU IRMÃO: **de 28 Warneford Road, Oxford**
1º de julho [de 1921]

Fiquei muito feliz de receber a sua carta esta manhã. Por algum motivo ela foi enviada primeiro a um endereço inexistente em Liverpool. Eu deliberadamente não escrevi nada a você desde aquelas duas que você mencionou: não que eu estivesse cansado do trabalho, mas porque eu não estava disposto a postar no vazio, enquanto não tivesse alguma certeza de que as minhas efusões o alcançariam. Para o meu gosto, esse pareceu um processo muito semelhante à oração: como um dia eu disse a Baker — meu amigo místico cheio de poesia — o problema em torno de Deus é ele ser como uma pessoa que nunca dá bola para as suas cartas e assim, com o tempo, chega-se à conclusão ou que ele não existe ou que você a enviou ao endereço errado. Eu admiti que era uma grande significação, mas qual era a utilidade de continuar despachando mensagens fervorosas — vamos supor, para Edimburgo — se todas elas voltavam pelos correios. Ainda mais se você não é capaz nem de localizar Edimburgo no mapa. A resposta enigmática dele foi que quase valeria a pena ir até Edimburgo para descobrir [...].

Aqui, um novo trimestre desabrochou e desvaneceu: que o tempo voa acredito que já tenha sido observado anteriormente. Eu vivi a minha vida habitual: algumas preleções, até que — como costuma acontecer em meados do trimestre — eu me cansei de todas elas: trabalho, reuniões com os amigos, caminhadas e pedaladas, solitárias ou acompanhadas, e reuniões no Martlets. Os membros foram convidados aos poucos para jantar [na casa do] *don* dos Martlets há algumas semanas, e eu tive outra oportunidade de espreitar a Oxford real: dessa vez, por meio de uma refeição excelente ("regada a vinho" como Milton diz com o ar de uma nota de rodapé) em salões frios, de carvalho marrom. Fiquei pensando numa fórmula para tudo isso e decidi que "Glenmachan se tornou viril e intelectualizado" como suficientemente bom.

O grande evento do MEU trimestre, é claro, foi "Otimismo". Antes de continuar, tenho que agradecê-lo pelas suas felicitações: ELAS foram provocadas pelo evento, mas as consequências dele são devassas. "Homens premiados", os estatutos dizem, "vão ler na Encaenia porções dos seus exercícios (eu gosto desta palavra) — seus exercícios escolhidos pelo professor de poesia e pelo orador público." Soa estupidamente refinado, não é? Mas os estatutos omitem a cereja do bolo de toda a situação — qual seja que os homens premiados vão aparecer vestidos completamente para a noite. Imagine-me entrando no Sheldonian às 11h30 da manhã, numa bela manhã de junho, em uma capa, toga, camisa engomada, sapatos baixos, gravata branca e casaca. É claro que o dia estava "escaldante" como o P'daytabird teria dito, e é claro que, por uma questão de decência, eu tinha que usar um sobretudo.

Entretanto, dei um jeito para me tornar ouvido, conforme me disseram, e, apesar de quase cair ao entrar na tribuna, escapei com sucesso. (Eu REALMENTE o chamo de tribuna, de modo que fiquei satisfeitíssimo: pois toda a galeria do Damerfesk parecia olhar para mim, e os fantasmas dissonantes do Big, Polônio e Arabudda pareciam dar-me sua aprovação).[59] Isso foi, na verdade, culpa de um cara parecido com o nosso Arabudda — o velho Ker, professor de poesia,[60] que, tendo anteriormente apresentado

---

[59] O Lorde Big (um sapo), Polonius Green (um papagaio) e Sir Charles Arabudda (um peixe) são personagens do mundo de "Boxen" que Jack e Warren criaram na infância. Eles podem ainda ser encontrados nas histórias que Jack escreveu sobre eles e agora publicadas como *Boxen: The Imaginary World of the Young C.S. Lewis* [Boxen: o mundo imaginário do jovem C.S. Lewis], ed. Walter Hooper (Londres, Nova York, 1985).

[60] William Patton Ker (1855–1923), membro de All Souls' College, Oxford, professor de poesia e Quain Professor* de literatura inglesa em Londres, foi autor de diversos livros sobre literatura inglesa, escocesa e escandinava.

*Quain Professor é um título acadêmico de certas disciplinas do University College de Londres, na Inglaterra. [N. T.]

a sua oratória em latim, decidiu permanecer sentado na tribuna ao invés de voltar para o seu próprio estábulo. Isso (na linguagem de Marie Stopes[61]) "tornou a entrada difícil, se não, impossível" para nós, homens premiados: na minha ansiedade por evitar o professor robusto, tropecei em um degrau levantado e quase caí para trás. Isso deve ter parecido bem engraçado para aqueles que estavam no mesmo nível, ou acima da tribuna: mas o melhor efeito de todos foi do chão, do qual, devido à altura da coluna frontal e ao revestimento de veludo dela, eu parecia simplesmente desaparecer por um alçapão e me levantar de novo, como saindo de uma caixinha de surpresas. Entretanto, reuni todo o meu sangue-frio e, por dois minutos, emiti interjeições desafiadoras em alto e bom som para o universo. É muito bom saber que P'daytabird não estava presente, ou ele teria sofrido muito — especialmente se você tivesse estado ao lado dele, inebriado de tanto rir (você pode até imaginá-lo me perguntar depois "Você fez isso só para me irritar?").

Vou lhe enviar uma cópia do meu ensaio, já que você está perguntando, embora eu não ache que vá muito na sua linha. Alguns dos trechos insolentes poderão até diverti-lo: espero que você goste da forma como eu lidei com a dificuldade de "Deus ou não Deus". Admitir a existência de tal pessoa teria desestabilizado todo o meu castelo de cartas: negá-lo parecia desaconselhável, dada a chance de que houvesse um cristão entre os examinadores. Eu, portanto, adotei a alternativa, à moda de Kirk, de provar — em todos os casos para a minha própria satisfação — que "não faz a menor diferença" se existe tal pessoa ou não. A segunda parte do meu ensaio você pode usar como um teste brando para ver se você tem chance de alcançar a metafísica ou não. Estou na expectativa, com algum temor, de discuti-lo em casa: pois a "leitura dele da coisa" sem dúvida será vastamente diferente de minha escrita sobre ela[62] […].

---
[61]Marie Charlotte Carmichael Stopes (1880–1958) foi uma autora britânica, palaeobotanista e ativista dos direitos das mulheres e da eugenia. [N. T.]
[62]"Otimismo" nunca foi publicado e parece que nenhuma cópia sobreviveu.

Eu não pretendia, em minhas outras cartas, fazer alguma acusação séria contra a terra de Oxfordshire. A julgar pelos padrões europeus, ela alcança uma posição baixa na classificação: mas eu não sou tão tolo a ponto de desaprovar qualquer país decente agora e escrevi em desaprovação por medo de que você tivesse imaginado que estava "idealizando" um lugar do qual você não lembre de nenhuma beleza particular. A gente se torna mais tolerante em relação a paisagens, da mesma forma que em relação a pessoas, depois da casa dos vinte anos (o que me faz lembrar de felicitá-lo pelo seu aniversário e perguntar a sua idade. A velocidade na qual ambos avançamos em direção a uma idade responsável é indecente). Aprendemos a olhar para elas, não *no plano*, como fotos a serem olhadas, mas *em profundidade*, como coisas a serem escavadas. Não se trata só de linhas e cores, mas também de odores, sons e gostos: eu fico me perguntando muitas vezes se artistas profissionais não perdem algo do amor real pela terra vendo-a exclusivamente aos olhos das sensações.

Da casa em que estamos vivendo agora há poucas trilhas, mas vários trajetos decentes para bicicleta. No sábado passado fomos até Strandlake. No calor do dia — estamos tendo uma estiagem aqui também — foi um empreendimento heroico. Não me venha com nenhuma história de viajante sobre "o que é verdadeiro calor": eu sei *teoricamente* que é muito mais quente na África, mas ponha qualquer homem honesto em uma estrada sem árvores, numa subida, no verão inglês, e ele, de fato, não conseguirá *imaginar* nada mais quente.

Tivemos que começar com a escalada das "montanhas quentes, verdes e abafadas de Cumnor": numa puxada só, tudo a pé. Você tem uma boa, mas convencional, visão de Oxford, ao olhar para trás, mas nós só começamos a curti-la depois de Cumnor, quando caímos na relva alta ao lado da estrada sob uma das árvores deploravelmente raras e vasculhamos nosso cesto de lanche. Um *pub* local forneceu cerveja para mim e limonada para as crianças, e tínhamos um cesto de cerejas.[63] Depois disso, melhorou bastante, e, quando, depois de

---

[63]Embora Maureen estivesse com quinze anos de idade e fosse aluna da Headington School, Jack se referia a ela, quando escrevia para Warren, como "a criança". "As

um declive longo e prazeroso em meio a trilhas sinuosas cheias de ulmárias (trata-se da coisa branca, poeirenta com um cheiro agradável, não sabe?), alcançamos Bablocke Hythe, foi bem agradável. Além disso, a paisagem é bastante plana, mas cheia de árvores: repleta de vilarejos bem "quentes e abafados": eles o fazem sentir-se como uma abelha que se meteu em um algodão úmido.

Nosso destino era uma cabana em Strandlake que a Sra. Moore estava pensando em alugar para o verão. Aqui (embora o nosso propósito tenha falhado) fomos recompensados pelo encontro com uma velha senhora maravilhosa, a proprietária, Sra. Penfold, que chamava o seu marido de "Penfold", sem o "Sr.", como um personagem em Jane Austen. Temo que você dificilmente dará crédito a isso, mas, de qualquer forma, é tudo verdade. Embora seja plano demais para alguém riscar um fósforo, essa terra é muito favorecida pelas Musas.

Alguns quilômetros mais à frente encontrava-se Kelmscott, onde Wiliam Morris viveu e construiu aquela "casa vermelha" de tijolo à vista, que foi a primeira a desafiar as tradições de estuque:[64] todos os belos vilarejos dos dias de hoje são descendentes diretos dela. Um pouco à nossa direita, no Stanton Harcourt (para onde Jenkins está sempre querendo me levar), há uma velha mansão com um quarto na torre, onde Pope[65] escreveu sua famosa paródia — que ele chamou de tradução — da *Ilíada*. E, é claro, como você sabe, cada passo dado lembra Arnold. Não estivemos longe do "elmo Fyfield": nós "cruzamos o rio Tâmisa" e vi ao longe, perto de Cumnor, o que eu tomei pelo "terreno do chão da floresta chamada Tessália".

Oh, por falar nisso, eu achei a edição idealmente ruim de *Tirse* e o *Scholar Gipsy* [Gipsy, o estudioso] [de Matthew Arnold[66]]. Ele estava largado no Blackwells entre quadros cinzentos com inscri-

---

crianças" queriam dizer Maureen e uma ou duas de suas amigas.
[64]Tipo de argamassa composta por cal fina, gesso, areia e pó de mármore, e com a qual se fazem ornamentos e se cobrem paredes e tetos. [N. T.]
[65]Alexander Pope (1688–1744) foi um dos maiores poetas britânicos do século XVIII, mais conhecido por sua tradução de Homero. [N. T.]
[66]Matthew Arnold (1822–1888) foi um crítico cultural e poeta inglês que trabalhou como inspetor de escolas. [N. T.]

ções muito negras: ilustrado com fotos — quase uma para cada duas estrofes. Para "que riachos de ervas são tributárias do Tâmisa" você tem [uma foto de] um tapete de juncos tirada de perto, como você teria para uma placa em um manual de história natural, com um rato de esgoto no centro: mas o melhor de tudo — há um verso em algum lugar de que não me lembro, sobre um "mercador abatido vindo para o porto": para isso nós temos dois veleiros de corrida!! Como isso é possível? E, pasmem, as pessoas compram, gostam e ficam orgulhosas de tal coisa. Estou escrevendo no pequeno jardim às dez e cinco e está ficando muito escuro para enxergar: eu vou entrar e tomar um pouco do leite da noite [...].

O processo pelo qual você se tornou miltoniano é muito interessante. Será que se poderia percorrê-lo, rotulando-o de republicano e puritano? O puritanismo foi, afinal de contas (em alguns de seus expoentes) algo muito diferente do "dissidente" moderno. Não se pode imaginar Milton andando por aí e perguntando às pessoas se elas são salvas: tal orgulho intolerável é o oposto direto do sentimentalismo. Ele apresentou os vícios e virtudes da aristocracia — escrevendo para um "público apto, embora limitado". Ele parece estar sempre olhando para baixo, para o vulgar, de uma altura quase que de arquiduque. "Quão charmosa é a filosofia divinal. Não é difícil e mal-humorada como tolos estúpidos supõem". Os *tolos estúpidos* são a massa da humanidade, e embora tenha o seu lado ridículo, essa sua decisão deliberada, tomada na minha idade de "deixar algo tão definitivamente escrito que a posteridade não o deixaria voluntariamente morrer" é difícil de explicar. *Paradise Regained* [Paraíso Reconquistado] eu só li uma vez: é um pouco demais para mim. Nele o elemento judaico recebe finalmente o melhor dos ingredientes clássicos e românticos. Como é possível alguém se sentir atraído por coisas hebraicas? Entretanto, Kirk resumiu bem Milton quando disse "Eu me arriscaria a afirmar que nenhum ser humano jamais o tenha chamado de Johnnie".

A propósito, enquanto pedalava outro dia, eu passei por uma pousada cujo proprietário achou apropriado chamá-la de "The Old Air Balloon"[O Velho Balão de Ar]. Que nome esplêndido para o P'daytabird — que, por falar nisso, está ameaçando de vir aqui em alguns dias, graças aos esforços persistentes do Tio e da Tia Hamilton, com apoio, de acordo com o relato dele, do seu conselho. Espero que você cuide da sua própria vida, Mestre P.B. Eu disse a ele que fui transferido do College, de modo que a coisa se resolva sozinha pela minha apresentação de alojamentos precários — e eu consiga mantê-lo fora deles o máximo possível. Por sorte, Pasley estará disponível para o seu *viva*[67] e "um amigo trabalhando muito duro comigo" deve ser impedimento suficiente. Também acho que se eu tirar o Old Air Balloon daqui para uma caminhada no atual calor insuportável, uma vez será o suficiente para ele.

A temperatura está acima de 30 graus Celsius na sombra: até a água na Parson's Pleasure atingiu 22 graus. Embora este seja o único lugar ainda confortável (onde eu passei muitos momentos felizes), isso elimina a possibilidade de qualquer choque térmico num banho. O mais encantador, no momento, é que eles estão aparando os pastos ao longe, e, quando você brinca na água aproximando o seu nariz do marrom escuro, você nada para dentro do cheiro de feno. Mas especular sobre os prazeres de um rio inglês seria muito injusto contigo.

Você provavelmente aguardará a minha próxima [carta] com interesse, em que você vai ouvir notícias sobre o sucesso ou fracasso da visita paternal. Que anacronismo seria tê-lo aqui [...].

[Em 20 de julho de 1921, o Sr. Lewis partiu de Belfast, junto com Augustus e Annie Hamilton em uma de suas muito raras férias. Viajando no carro dos Hamiltons, eles atravessaram o país de Gales e chegaram a Oxford, no dia 24 de julho.]

PARA O SEU IRMÃO: de 28 Warneford Road
7 de agosto [de 1921]

Você ouviu na minha última carta da consternação a que nosso pequeno lar foi subjugado pela visita ameaçadora e sem precedentes

---
[67]Exame universitário que é oral, e não escrito. [N. T.]

de P'daytabird. Eu tenho tanta história para contar que tenho pressa [em relatar] desde aquele ponto. Por direito, eu devo lhe contar todos os preparativos empreendidos: como Pasley apareceu assobiando como o fiel companheiro de armas que é, para ser o homem a cavar comigo e "emprestar verossimilhança artística": como o pequeno quarto dos fundos foi decorado na semelhança de um alojamento, onde nenhuma mulher jamais pôs o pé. Mas a história seria longa demais. Os deuses me pouparam da necessidade dessa farsa de Palácio Real com a sua tendência incômoda de degenerar em algo do tipo Grand Guignol.[68]

Acabou que a sociedade irlandesa parou em Oxford apenas para o seu lanche de meio-dia e então me levou com ela para uma semana [de férias]. Minhas férias compulsórias me levaram para tantas terras boas e me forneceram tanta cultura preciosa de P'daytismo,[69] que me deram matéria épica demais sobre a qual escrever. Devo tentar dar-lhe qualquer informação que possa lhe interessar como o piloto prospectivo do Dawdle[70] pelas mesmas partes: mas é claro que você não deve presumir que seja tão preciso quanto o Michelin.[71]

A primeira e, de longe, a mais engraçada cena que eu vi foi a minha primeira vista do próprio Old Air Balloon, nas imediações de Clarendon em Cornmarket. Você não faz ideia do quão estranho ele me pareceu, quase um pouco encolhido: caminhando a passos lentos e regulares sozinho com aquela expressão peculiar de férias — com as sobrancelhas erguidas até a metade da testa.

---

[68] O Théâtre du Grand-Guignol, conhecido como o Grand Guignol, foi um teatro que apresentou espetáculos de 1897 a 1962 na região do Pigalle, que tinham por tema histórias sangrentas e de horror naturalista. Tanto que ele é usado para designar qualquer tipo de entretenimento macabro e amoral. [N. T.]
[69] Substantivo formado por P'dayta com o sufixo "ismo", que é o caráter e filosofia de vida do pai de Jack. [N. T.]
[70] Provavelmente o nome do carro que levou a companhia para o *tour* de férias. A palavra significa vadiagem ou perda de tempo. [N. T.]
[71] O Guia Michelin é um guia de restaurantes e lugares onde se pode conseguir comida. [N. T.]

Fui muito calorosamente saudado por todos; e, com exceção da Tia Annie, fizemos um pequeno passeio antes do almoço. Eu temia muito encontrar com algum idiota que poderia me vir com alguma irrelevância, mas tudo correu bem.

Ele explicou que achava o calor intolerável, que não havia pregado o olho desde que tinha deixado a sua casa, que ele teve uma cama de penas na última noite em Worcester — o que o Tio Hamilton achou que fosse uma grande piada. Ele parecia atordoado com as suas imediações e não mostrou disposição de ir ver os meus aposentos, embora ele observasse que o *college* havia "me tratado de forma muito mesquinha, já que eles haviam mencionado distintamente aposentos grátis como um dos privilégios para os estudantes" — uma lei completamente desconhecida em Oxford, por mais familiar que fosse em Leeborough. Nós comemos muito no almoço em Clarendon: eu consegui alguma carne fria (adequada para uma temperatura perto dos 30 graus na sombra) apesar da proposta frequente de que seria "melhor" (como e por quê?) para nós "todos ter o *table d'hôte*".[72]

Nós nos dirigimos para a estrada assim que a refeição terminou. O carro do Tio Hamilton é um Wolsley de quatro assentos: esqueci de quantos cavalos de potência. Ele é de um cinza pálido e tem um capô claro. Nossa direção foi sul e Oeste, de modo que percorremos Folly Bridge e rumamos em direção a Berkshire, por uma terra agradável mas pouco arborizada. O tempo estava escaldante, mesmo num carro aberto, que o nosso tio manteve numa velocidade constante acima dos 60 km/h: quando ele baixava para 30 em uma curva ou num vilarejo, o calor sufocante nos envolvia imediatamente. Essa primeira corrida foi quase a única em que a Excelência [Sr. Lewis] sentou atrás de mim, e foi a mais ou menos meia hora a sul de Oxford que ele fez a sua primeira observação inteligente, e uma das melhores de sua vida, perguntando:

---

[72] O prato do dia em contraste com o menu à la carte [N. T.]

"Será que ESTAMOS EM CORNWALL AINDA?" Eu juro, ele falou isso!

Não sei se você tem um mapa contigo: dirigimos por Nailsworth, Cirencester, Tetbury (penso eu) até Malmesbury ("MAWMSbury, Gussie" segundo o O.A.B.[73]) onde esperamos pernoitar. As pessoas aqui têm um costume muito bárbaro e pouco civilizado de fechar os hotéis aos domingos, até mesmo para visitantes residentes — sendo aquele um domingo. Diante deste dilema, várias propostas foram levantadas: O P'daytabird sugeriu irmos até Bath e procurar o maior hotel dali — mas foi reduzido a um mal-estar quando nós lhe dissemos que, nessas cidades pequenas, ele poderia até obter almoço, mas não jantar, numa tarde de domingo. Nesta e em outra ocasião ao longo do *tour*, o Tio H. mostrou-se habilidoso em divertir todas as partes da família com a aparência de uma discussão fútil, enquanto ele preparava os seus próprios planos.

Acabamos nos dirigindo para um lugar chamado Chippenham, aonde chegamos perto das cinco horas e, já que gostamos da casa em que tivemos chá, decidimos reservar quartos para a noite. A Tia A. e eu fomos encarregados de dar uma olhada neles e o O.A.B., apesar de todo o alvoroço devido à cama de penas durante a noite, se recusou (é claro) a dar uma olhada. "Se eles agradarem a você, Annie, eles certamente vão me agradar também." Chippenham é uma das milhares de cidades inglesas (eu suponho), das quais nunca se ouviu falar, mas, depois de tê-la visto, costuma-se lembrar generosamente dela. Talvez seja do tamanho de Wrexham, mas é tão diferente quanto o sul difere do norte. Aqui há ruas calmas com belas casas velhas, cobertas de hera, em diferentes desníveis, que permitem enxergar os seus jardins, com um pequeno riacho correndo por entre eles e árvores muito belas. Estas ruas se alargam ocasionalmente no que chamamos de quadras, de acordo com o estilo das cidades da zona rural da Inglaterra, mas que têm qualquer outro formato do que um quadrado de Euclides.

---

[73]Abreviação de Old Air Balloon, o novo apelido dado por Jack a seu pai. [N. T.]

Nosso hotel era muito confortável e estava quase vazio. Depois do jantar, é claro que nós "passeamos". Levei um papo leeburiano com O.A.B. e, em seguida, outro com o nosso tio — sobre Deus: um assunto monstruoso, improvável em circunstâncias como aquelas. Para ele há uma prova de trabalho inteligível no universo, de uma mente parecida com a dele, porque o universo, afinal de contas, funciona: não é todo desordenado. A conversa talvez não valesse ser mencionada, mas ele é um excelente orador: tem muitas lacunas em seu pensamento, mas são todas absolutamente dele — ele nunca assume controle de algo. Mesmo quando ele está em terreno conhecido, ele não deixa de usar um mapa para a sua própria ação.

Eu o achei um antídoto maravilhoso ao P'daytabird: o último ficou felizmente descontente com a banda de um Exército da Salvação que percorreu as ruas tocando a marcha fúnebre de Saul — por que, eu não sei. Quando voltamos à nossa pousada, ficamos por algum tempo sentados no *hall* escuro em uma espécie de banco, e o O.A.B. nos ofereceu algo para beber.

O Tio H. pediu cerveja e eu também. O.A.B. (com tom desesperado): "Quero uma água com gás. Aqui! Garçonete: duas canecas de cerveja amarga e uma garrafa de água com gás — (pausa) — e se você puder colocar só uma gota de uísque escocês nela..." (A garçonete vai e volta.) "Aqui está, Gussie. Esta é a minha água com gás?" Garçonete: "Sim, senhor, com uma dose de uísque." O.A.B.: "Humm" (rugido de risadas do Tio H.). Essa foi realmente nossa maior façanha, não foi?

Na manhã seguinte eu me levantei cedo, depois de passar uma excelente noite e de tomar um banho, para comprar aspirina escondido na farmácia mais próxima, porque tive dor de cabeça na noite anterior: mas eu não precisei tomá-la. O que pode ser mais agradável do que um café da manhã de hotel em uma cidade estranha — mingau, peixe frito crocante, e um grande plinto[74]?

---

[74]Trata-se da parte inferior que serve de base para uma coluna, estátua, busto ou escultura qualquer. [N. T.]

Eu nunca me livrei da crença infantil de que a comida fica melhor a cada quilômetro que nos distanciamos da nossa mesa habitual (exceto pelo chá, que nunca é tão bom quanto na minha residência em Oxford).

Nesse segundo dia eu tinha um itinerário escrito para me manter na linha: a viagem a Oxford, não tendo sido prevista, não estava nele. Estávamos nos nossos assentos aproximadamente às dez. Andamos de carro por terras montanhosas, sendo que o tempo estava um pouco mais fresco, passando por Bath, Farrington Gurney e Chewton Mendip chegando a Wells. A paisagem tinha de tudo, embora em pequena escala: rochas, montes, florestas e água. Em resumo, percorremos as beiradas de vales sinuosos. Os vilarejos e suas igrejas são muito agradáveis.

Em Wells eu passei uma situação que o fará rir: (será que devo lembrá-lo de que se trata da cidade-catedral da diocese de Bath e Wells?) Não tínhamos certeza de onde estávamos e, vendo um senhor idoso de aparência militar parado no acostamento, eu me inclinei para fora e gritei: "Que lugar é esse, sir?" M.O.G.[75] (em uma voz de trovão) "A Cidade de Wells!" Um minuto depois, um pequeno garoto irreverente apontou com o dedo para M.O.G. e nos informou: "Ele é o prefeito."

A rua inteira pareceu cair na gargalhada. Como sugeriu o Tio H., deve ter sido a palavra "lugar" que ficou presa na sua garganta: deveríamos ter perguntado "De que grande cidade estamos nos aproximando?". Eu, entretanto, aprendi uma lição [com tudo isso], e, depois que o Tio H. me deu um itinerário e dei uma olhada no mapa, dirigi nosso curso de forma bastante satisfatória. O P'daytabird só evoluiu o suficiente para consultar o Michelin todos os dias e procurar hotéis: usualmente ele escolhia algum lugar que *ele* achava adequado para passar a noite: e muito frequentemente ele estava errado — uma ou duas vezes ele escolheu o lugar em que havíamos parado na noite anterior.

---

[75] Provavelmente Military Old Gentleman. [N. T.]

Nós almoçamos em Wells depois de vermos a catedral. Não sei se você consegue vislumbrar coisas assim: em todos os casos, não levo jeito para arquiteto, nem mesmo para antiquário. Por estranho que pareça, foi o Tio H., com a sua engenhosidade, mais do que o O.A.B., com o sua mania de igreja, que me ajudou a apreciá-la: ele me ensinou a olhar para a linha única, ilimitada, da nave, com cada pilar mostrando imediatamente a ogiva e o encontro das ogivas (como a estrutura de um navio invertida): é com certeza maravilhosamente *satisfatório* de olhar. O prazer proporcionado é parecido com o da rima — um imperativo e a resposta a ele, sucedendo-se tão rapidamente que se tornam uma única sensação. Então, agora eu entendo a velha lei da arquitetura, "nenhuma carga sem suporte, e nenhum suporte sem um peso adequado". De resto, Wells é particularmente rico em uma ampla variedade de claustros, todos ao redor da catedral, onde o frio e o silêncio são substanciais. Há um belo castelo com a única ponte levadiça de verdade que já vi, do outro lado do Close.

Nós almoçamos muito bem nesse vilarejo (eu não ousaria chamá-lo de cidade) e estávamos na estrada lá pelas duas. Dali em diante, o P'daytabird quase sempre pegou o assento da frente, já que isso parecia lhe agradar. Nós percorremos Westbury, Cheddar ("Estamos em Cheshire, Gussie?" perguntou o Balão), Axbridge, Highbridge, Bridgewater etc., até Somerset. Todos esses eram lugares conhecidos para mim (até o fim), tendo ficado duas vezes no vilarejo de Old Cleeve: por esse motivo, tive condições de citar Dunster ao Tio H. como um lugar bom para uma parada. Primeiro fiquei bem preocupado que meu conhecimento aparente do lugar pudesse levar a um questionamento longo e tedioso do P'daytabird: mas eu o vi concluindo por conta própria que eu o conheci quando estive acampado em Plymouth ("Eles se localizam ambos em Devonshire, não é mesmo?") — e não entrou no assunto.

Aqui [a paisagem] começa a ficar bem bonita. Passando pelo vilarejo de Nether Stowey, nós subimos através dos Quantocks: eles são uma tremendo brejo, com as planícies mais maravilhosas, chamadas "vales", correndo para cima. Chegando lá em cima tivemos a vista para o último vale em Somerset — um pequeno pedaço de terra que eu amo como qualquer um em que eu já tenha caminhado. À sua direita está o Canal de Bristol com a linha tênue da costa galesa além dela. À frente estão as enormes montanhas da fronteira de Devonshire, e o começo de Exmoor, com Minehead deste lado, onde elas acabam na água. À esquerda estão os brejos mais baixos, conhecidos como as Montanhas Negras, e entre as terras verdejantes mais agradáveis com riachos vermelhos-ferrosos, pomares, vilarejos [de cabanas] de palha e ruelas escondidas que serpenteiam para cima das montanhas em recortes frondosos.

Eu indiquei a costa galesa para O.A.B. Ele respondeu: "Ah, a coisa ficou distorcida. Deve ser virando à nossa esquerda." Como eu gostaria de desenhar um mapa da Inglaterra a la P'daytabird! Foi uma sensação curiosa para mim descer os Quantocks até Williton e seguir em frente para Washford, passando a 60 km/h por aquelas terras nas quais eu caminhei com tanta frequência.

Nós chegamos a Dunster aproximadamente às quatro horas, e tivemos o nosso primeiro problema de motor bem quando nos dirigíamos para os Luttrell Arms: minha ignorância me limita a dizer que "era a engrenagem que estava de alguma forma emperrada". Depois você poderá adivinhar qual foi realmente o problema. O Tio H. tratou a questão com um *sangue-frio* admirável: sua capacidade de nunca ficar irritado é uma grande virtude em um companheiro, e se a vida fosse confinada a esse tipo de relação eu diria que isso cobre todos os seus outros pecados. O O.A.B. insistiu em acompanhar tudo com uma expressão como de um corsário, fazendo sugestões irritantes: eu empreendi uma ou duas tentativas de movê-lo a ser simpático com o nosso tio, mas é claro que elas fracassaram. Mais tarde ele discutiu a situação comigo no privado. Eu observei que o Tio Gussie havia se dado muito bem. O.A.B.: "Ah Jacks, você não conhece o sujeito como eu. Aprontar tamanha confusão é precisamente seu ponto fraco: ele é vaidoso feito um pavão. Está fervendo sob a superfície. Foi por isso que eu preferi esperar: apenas para as coisas se acalmarem." Por que é que, a propósito, qualquer azar que aconteça a alguém, que não seja a ele mesmo, sempre é descrito pelo P'daytabird como se a vítima fizesse "confusão"? No fim, decidiu-se que o carro seria rebocado para Minehead, aproximadamente três quilômetros mais adiante, onde há um mecânico bem recomendado; Tio Hamilton temia que precisaríamos de uma nova peça de Birmingham; o P'daytabird foi fortemente favorável a que se tirasse "um dia de folga amanhã".

Para o presente, entretanto, não podíamos fazer nada a não ser esperar: e felizmente foi num lugar dos mais agradáveis. Um dos muitos vales de montanhas que eu mencionei anteriormente acaba num pequeno monte arborizado, ligado à montanha principal por uma espécie de istmo. O pequeno monte é coroado pelo Castelo Dunster: o vilarejo de Dunster serpenteia para cima do istmo, consistindo essencialmente de uma estrada muito larga e preguiçosa, cheia de casas antigas. O Luttrell Arms em si é um prédio do século XVI, com abrasões para fogo mosqueteiro de cada lado do pátio. O lado imediatamente oposto é um elevado octogonal com um teto azulejado, usado, suponho eu, para propósito de mercado em dias chuvosos. Ele foi "atravessado por uma bala" vinda do castelo durante a Guerra Civil. Observei que isso nos dava uma pista visível da trajetória do velho canhão: ao que o Tio Hamilton respondeu com perspicácia que, a menos que se saiba se a coisa foi premeditada ou não, isso não nos dizia nada.

Temo que, a partir da minha descrição, possa parecer que seja um vilarejo típico dos guias turísticos: o fato é que não há nada realmente curioso nele para atrair o turista, e é mais escondido do que qualquer outro lugar. Para onde quer que se olhe, por cada V formado por duas arestas que se encontram, se vê as montanhas, tão próximas que elas parecem subir diretamente, e as passagens raras na urze parecem perpendiculares: isso dá uma grande sensação de aconchego. Apenas do pequeno jardim do lado de trás do hotel pode-se obter uma visão inesperada ao longo dos penhascos junto a Watchet e o canal de Bristol. Ninguém fala alto, ninguém caminha rápido, os quartos são profundos e sombrios, as cadeiras têm as suas costas bem quebradas de modo que não se pode sentar sem um "Ah!", os hotéis nunca estão lotados em Dunster. [O hotel] tem uma personalidade tão definida, como se fosse antitético em relação a Doagh. Ele mudou de dono somente uma vez; de De Mohuns para os Luttrells em tempos quase medievais. Fica fora da estrada principal: ninguém vai lá; quando eu vi o carro sendo rebocado para Minehead eu tive uma noção de que ninguém o deixa também. Oh que ótimo lugar para ficar de molho — mas não para "um dia de folga" com o P'daytabird.

Depois de um excelente jantar, nós passeamos. Tia Annie e eu escalamos a colina mais próxima — uma escalada muito íngreme — e deixamos os tios para trás, sendo recompensados com uma bela vista sobre Exmoor e o canal; então, depois da cerveja da noite no pequeno jardim, fomos para a cama.

Na manhã seguinte estava muito quente de novo: a parte masculina do grupo — um dos quais muito a contragosto, para minha diversão — caminhou até Minehead para ver se o carro estava pronto: o mecânico achou que estava tudo em ordem. Nós dirigimos com ele de volta e decidimos pegar a estrada depois do almoço. O P'daytabird a estas alturas estava bem apaixonado por Dunster (que ele chamou de "Dernster", "Deemster" e outros nomes esquisitos) e ainda estava tirando o dia de folga. Eu notei que ele se apaixonava habitualmente por algum lugar que deixávamos para trás: depois de alguma coisa boa ele dificilmente podia ser levado a admitir méritos em qualquer outro lugar, e quando ele admitia, todo o processo começava novamente. Assim, nos primeiros dias, se você se arriscasse a elogiar qualquer lugar, ele dizia que ele não era comparável às montanhas galesas; depois disso foi Dunster que colocava qualquer outra parada na sombra; depois o Land's End [Fim da terra]. Quando eu o deixei, ele se contentou com a visão de que "nenhum desses lugares chega aos pés de" Salisbury.

1920-1929

Mas para prosseguir, percorremos muito confortavelmente Minehead e imediatamente começamos a subir, embora ainda sobre superfícies toleráveis. Passamos um obstáculo e vimos o primeiro Exmoor real adiante — montanhas tremendas e declives terríveis: mas não havíamos chegado lá ainda, quando demos um pulo em Porlock, um vilarejo muito agradável no fundo do brejo. Embora em Devon e Cornwall um vale e um vilarejo fossem sinônimos: "todos eles vivem em buracos", como disse o Tio Gussie. Em Porlock podíamos optar por dois caminhos: uma estrada "velha" e a outra, um empreendimento privado que o dono local mantém com um pedágio.

Nós pagamos nosso pedágio e o Tio G. estava acabando de trocar de marcha para preparar-se para o próximo morro aterrador, quando ela travou de novo. Ele ligou para Minehead para falar com o mesmo mecânico. Isso significava mais casacos abotoados e lábios superiores enrijecidos como na noite anterior. A Tia Annie e eu fomos ver a igreja — nós a achamos mais fria tanto psicológica quanto fisicamente — pois o sol estava terrível (nada dos seus conselhos de viajantes aqui!). Parece que há uma barra que se encaixa num cilindro oco em que a engrenagem trabalha; e os habitantes de Wolseley "têm uma mão" para fazer tudo se encaixar bem: o que significa que tudo fica um pouco apertado demais quando o metal se aquece. A barra foi ajustada com um papel de lixa quando o carro de resgate chegou, e não tivemos mais problema com ela. Fomos detidos lá por alguns quarenta e cinco minutos, atrapalhando o tráfego: e o calor do tempo em que estivemos parados nos fez muito felizes de voltar a nos pôr em movimento de novo.

Nosso objetivo agora era Lynmouth, uma corrida muito curta, que seria ocupada inteiramente com subidas e descidas nas encostas de Exmoor até o próximo buraco. Deixe-me adverti-lo aqui solenemente contra qualquer tentativa futura de fazer essa viagem no Dawdle. De uma maneira geral, a estrada do pedágio é péssima, e isso em qualquer trecho — depois dos primeiros 90 metros — largo o suficiente para a passagem de dois carros: ele ascende em um grau que é habitualmente pior do que a montanha da Broadway e que parece praticamente impossível [de subir], especialmente nos cantos internos de vinte curvas fechadas pelas quais se chega ao topo. O engraçadinho a que pertence a estrada também a deixou sem qualquer tipo de muro de contenção do lado de fora, e o acostamento está todo errado.

Tenho que confessar que o cenário de montanhas é muitas vezes mais impressionante quando eu estou menos pronto para apreciá-lo. Olhar para trás quando estiver entrando numa curva quase perpendicular, descendo um penhasco enorme; ver outras montanhas amontoadas do lado mais distante da garganta e, em sua invulgar perspectiva de tal posição, dando a toda a cena uma aparência gauchmaresca; olhar para frente no mesmo momento e ver a estrada se tornando ainda pior mais adiante, até a próxima curva; lembrar que o mecânico bem-humorado nos disse que um carro caiu no mar mais adiante ao longo dessa estrada há alguns dias; perguntar-se o que exatamente você faria se um daqueles *char–a-banc*[76] caísse no precipício — tudo isso seria o suficiente por toda a minha vida.

Alcançamos o topo, Deus sabe como, onde a natureza nos passou outra perna prática, fazendo-nos mergulhar em um dia frio de inverno, com uma chuva acompanhada de nevoeiro. O cenário aqui também estava belo: uma enorme extensão de brejo em todo o redor, e um carro passando por uma única estrada, que não era reta, mas bastante acidentada. Isso me fez lembrar do capítulo de abertura de *Sowers* [Semeadores] de Meriman. A descida dali para o próximo buraco foi pior até do que a subida. Você só serpenteia para baixo da borda do penhasco em uma estrada de aproximadamente dois metros de largura, que toca, por vezes, o grau agradável de 1/41/2. Essa não é minha própria conjectura, mas vem de algum guia do Tio H. Você acharia a vista para o mar mais abaixo muito bela — se estivesse a pé.

---

[76]Espécie de ônibus antigo aberto para passeios turísticos. [N. T.]

1920-1929

Ficamos por demais contentes de entrar em Lynmouth, um pequeno vilarejo, crivado na próxima garganta arborizada ao redor da borda de um rio largo, marrom e pedregoso: as alturas em redor são, talvez, salientes demais. Viver ali permanentemente seria como viver no fundo de um poço. Nosso hotel tinha uma varanda com vistas para o rio, onde nos sentamos de forma muito agradável depois das quatro horas e assistimos um rato-de-água pulando de pedra em pedra.
Eu tive que dividir o quarto com a Excelência ali e nunca vou esquecer que aquele foi o cenário de um episódio típico. Nós todos fomos caminhar depois do jantar, subindo a estrada que seguiríamos no dia seguinte. O Tio Hamilton e eu ultrapassamos os outros. Era uma noite bonita, agradavelmente fresca e úmida. A estrada estava boa: ela acabava na borda de uma grande garganta que se abria alternativamente para uma paisagem misteriosa e caótica — "floresta acumulando-se sobre mais floresta". Olhando para trás podia-se ver o mar na abertura em forma de V, entre as montanhas. Sempre que você ficava quieto, o ruído daquele riacho sob as árvores, vários metros abaixo, e o barulho de morcegos produziam um tipo de contraponto ao tema geral do silêncio. Começamos a caminhar mais rápido: conversamos de forma entretida. Finalmente alcançamos o topo, onde estes vales, que se tornavam cada vez mais rasos, acabaram dando na superfície do brejo. Sentamos debaixo de um palheiro, curtindo o cheiro e o ar de uma boa noite inglesa sem estrelas e sem luar.
Voltamos para o hotel perto das onze horas e, como é incrível de relatar, nosso tio me trouxe um drinque. Mas quando eu cheguei a meu quarto, fui recebido pelo O.A.B. de camiseta e cuecas com o apóstrofe "Jacks, por que você fez isso?" Não sou capaz de dizer quanto nervosismo real, quanta irritabilidade e desejo melodramático foi preciso, e em que proporções, para armar a cena, ao mesmo tempo ridícula e desagradável. Mas o barulho do riacho debaixo da nossa janela fez submergirem as lufadas e bufadas do O.A.B. Para ser justo, devo registrar como, mais cedo naquele dia, o P'daytismo

floresceu em algo perto da grandiosidade: que ele alcança às vezes "por causa", antes de, "apesar" do seu absurdo. Depois da chegada lá, houve alguma discussão sobre qual hotel escolher para passar a noite. A Tia Annie sugeriu que aquele que havíamos escolhido era demasiado grande. O.A.B.: "ELE NÃO É MAIOR DO QUE NÓS SOMOS." Se ao menos ele tivesse esse direito, ninguém poderia brigar com o seu poder de assumir o estilo da nobreza.

Eu acho que tenho poucas imagens distintas restando da corrida do dia seguinte, mas eu sei que foi turbulento e bonito. Desse [ponto] em diante todas as estradas estavam péssimas. Nós comemos o *Mittagessen* [almoço em Clovelly. A cidade levou a tradição das terras do oeste de viver em buracos às últimas consequências lógicas, consistindo simplesmente de uma escadaria de 228 metros de comprimento com casas brancas de cada lado, acabando em uma enseada e um cais. A linha de transporte local consiste de uma dúzia de burros bem cuidados nos quais pessoas preguiçosas viajam para cima e para baixo: objetos são carregados e arrastados em uma espécie de carrinho de madeira. O barulho característico de subida, de degrau em degrau, é um dos sons mais característicos do lugar. Empreendimentos comerciais fizeram do lugar uma parada conveniente, pois há diversos restaurantes, variando dos asseadamente modestos e artificialmente rurais, em que você pode conseguir galantinas, saladas e vinhos, até os francamente "vulgares, fáceis e por isso mesmo, repugnantes", em que você pode ter — suponho eu — tortas de carne de carneiro e aguardente.

O.A.B. desaprovou fortemente a ideia de descer até a enseada antes do almoço ou até depois, descendo as escadas infinitas, que certamente foi um empreendimento muito escorregadio e tedioso, do qual você poderia dizer em uma frase miltoniana:

"*Toda escada* foi misteriosamente projetada, *nem para ficar*
Lá sempre" — *onde o nosso pé a esperava.*

Chegando na praia, ele se recusou firmemente [a aceitar] o conselho unânime de seus companheiros para facilitar sua subida

1920-1929

montando em um dos burrinhos. Sem dúvida porque ele o achou indigno de sua pessoa: continuamos a pressioná-lo, precisamente pela mesma razão: mas ele não cederia. Depois de um almoço animado, prosseguimos em frente.

Nesse dia, passamos para Cornwall. Eu sempre imaginei Cornwall como um lugar de alturas rochosas e abismos. Primeiro eu fiquei muito desapontado: pois, para ser franco, ele é tão parecido com o condado de Down ou partes do Antrim, que dava uma impressão de estranheza. A mesma ausência de cores vivas, as mesmas cabanas, os mesmos montes íngremes e calvos, cinzentos, desprovidos de verde. A única coisa que atrapalha a ilusão são as casas de máquinas contínuas das minas de estanho e cobre [...] algumas em uso e, mais ainda, meio decaídas. Eu dificilmente posso me lembrar de uma paisagem que não tenha uma dúzia dessas silhuetas no horizonte: elas aumentam a monotonia e "excentricidade" (você sabe do que estou falando) que as traz tão para perto às vezes das nossas próprias terras — uma coisa, incidentalmente mais insidiosa do que a ociosidade sensual de cenários mais ricos. Será que quaisquer "dedos coloridos de flores" dos trópicos são tão entorpecidos quanto os pedaços mornos de massa que lugares assim "põem em seu cérebro"?

Os morros nunca se elevam a montanhas, mas ficam amontoados feito ovos até onde os olhos podem enxergar, e a estrada serpenteia infinitamente em meio a eles. Os portões estão saindo fora de suas dobradiças: as rochas soltas que dividem os campos estão se tornando esparsas. "Elas vão se apropriar — ah, nunca esquente a cabeça." Então, a cada minuto você tropeça em um dos assentamentos de mineiros: um vale provavelmente parecido com as áreas mais remotas da França, salpicado com reservatórios grandes e sujos e rodeados de pilhas cônicas de telhas, e linhas de trem calibradas e estreitas, costurando para dentro e para fora como insetos inquietos em cima do lixo. Por que é que uma mina de metal tem este *glamour* e uma mina de carvão não tem?

As partes apresentáveis de Cornwall — as partes sobre as quais já se leu — estão todas na costa. Passamos aquela noite em

Tintagel, nome lendário. Há uma crença genericamente difundida de que esse lugar esteja associado ao Rei Artur: até onde eu sei de Malory, Layamon e Geoffrey de Monmouth, não está: trata-se, na verdade, do assento do Rei Mark e a história de Tristram. Isso, entretanto, não dissuadiu alguns pobres coitados, odiados pelas musas, de erigir um enorme hotel na beirada do despenhadeiro, construído em estilo gótico de brinquedo e chamá-lo de Hotel do Rei Artur. As paredes do seu interior são feitas de cimento com linhas estampadas nelas, para imitar pedras. Elas são ornamentadas com armaduras de brinquedo de Birmingham: um alvo do Highland, adequado para [uma peça de] Macbeth, empurra uma reprodução da lâmina de aço do final da era Tudor e tem a sorte de escapar de um elmo cromwelliano para o seu vizinho do lado. No centro do salão, com Sketch e Tatler deitados sobre ela, está — como não podia deixar de ser — A Távola Redonda. Pelos Deuses!! Até mesmo os nomes dos cavaleiros estão inscritos nela. Depois há cadeiras antigas — nas quais naturalmente encontramos o monograma K.A.[77] estampado.

Não esgotei ainda os horrores do lugar: eu me alegrei de ver uma estante de livros no *lounge*. Todos os livros estavam uniformemente encapados, e eu fiquei surpreso em ver pérolas como Ética de *Aristóteles* e as obras do poeta épico persa Firdausi. Resolvi o mistério, descobrindo que eles eram uma série uniforme do *Hundred Best Books* [Os cem melhores livros]!!! Como eu abomino esta cultura para muitos, estes gostos pré-fabricados, tal padronização do cérebro. Para substituir a caminhada infinita do verdadeiro leitor, por meio dos atalhos da terra que ele descobre, um *tour* de *char-a-banc*. O lugar todo me enfureceu.

Mas a costa era maravilhosa: em tudo semelhante à costa do Antrim, só que melhor: entrada após entrada, estendendo-se para longe de um lado e de outro e, bem na nossa frente, unida por uma colina estreita de rochas e relva, a enorme rocha Tintagel. Há uma

---

[77]Provavelmente King Arthur [Rei Artur]. [N. T.]

pequena baía cheia de areia entre ela e o continente. Há algumas ruínas de fortaleza nela, mas não muito velhas: mas a natureza a marcou de tal forma para uma fortificação que eu consigo imaginar que ela tenha sido um forte quase imemoriavelmente.

Ao longo da noite, eu tirei leite de pedra dos cem melhores livros lendo uma peça excelente de Molière.[78] Não consigo lembrar o título, mas é aquela em que aparece a famosa frase *"Tu l'as voulu, George Dandin"*.[79] Será que você a conhece? Partimos de Tintagel depois do café. A propósito, é claro que é pronunciado Tingtagj-le: que foi motivo suficiente para o P'daytabird insistir em pronunciá-lo TIntagEL, com um G forte. Eu acho (como Bozzy) que "não preservei nenhum registro da conversa de O.A.B. neste período".

Passamos por um vilarejo perfeitamente abominável, Redruth. Foi aproximadamente aqui que uma chuva irritante, que poderia igualmente ser descrita como um nevoeiro que se movia rápido, nos acometeu. Em Penzance colocamos nossas telas laterais e excluímos a visão, mas nada poderia impedir o Tio Hamilton de ir até Land's End: eu, de fato, concordei plenamente, mas fui o seu único apoiador. Do último pedaço da Inglaterra eu não vi nada. Roupas quentes começaram a evaporar debaixo da tela e capô: do lado de fora só se via um cinza genuinamente celta: a estrada serpenteia abominavelmente e não tem superfície. A minha lembrança principal é de a Tia Annie gritando: "Gus, não bata naquele poste!" Começamos a passar por vários hotéis, sendo que quase todos anunciavam que eram o "último hotel da Inglaterra". Alguns deles faziam jus ao anúncio. Nosso tio desprezou a todos e continuou dirigindo até que alcançamos o fim real do mundo, onde a estrada termina em um penhasco do lado de fora do último hotel de verdade.

---

[78] Jean-Baptiste Poquelin (1622 (batizado) –1673), conhecido por seu nome artístico Molière foi um proeminente dramaturgo, ator e poeta francês. [N. T.]
[79] "É sua culpa, George Dandin". A famosa expressão é parte da peça *George Dandin ou le Mari confondu* [George Dandin ou o Marido Confundido], de 1968. [N. T.]

Estava chovendo muito e soprando um vendaval incrível. Trata-se de um lugar que vale a pena ver. As escarpas descem massivamente, e nós nos encontramos, por assim dizer, numa saliência. A mesma névoa que nos acompanhou por toda a viagem continuou por todo o tempo em que estivemos lá, limpando subitamente em intervalos de dez minutos de quando em quando. Quando isso acontece o azul subitamente aparece do cinza e você vê as nuvens embrulhando todos os penhascos por quilômetros, quando um farol ou algumas rochas aparecem do nada a aproximadamente seis quilômetros de distância. De fato o surgimento ou desaparecimento deste lugar é do que eu mais me lembrava. O efeito era das fases regulares de uma luz rotativa: primeiro a névoa branca... depois os contornos, bastante fantasmagóricos... depois dourados... depois bem claros com contornos nítidos e ondas quebrando sobre eles... depois tudo se embaçou de novo e voltou para o nevoeiro. Observando-o por detrás das janelas espessas do hotel bastante confortável, descobri que havia algo de soporífico nisso tudo — esta "terra das mais polêmicas", que vai e vem, como se ela piscasse para você com solenidade confidente. Sempre que a chuva ficava mais fina, nós saíamos e escalávamos os penhascos a uma distância segura da beirada e assistimos às enormes ondas quebrando.

Nós tínhamos — uma grande lacuna ocorre aqui: algumas páginas do relato de viagem foram perdidas e talvez você vá ficar aliviado de ouvir que eu não me proponho a reescrevê-las. Dartmoor e New Forest têm que ficar anônimos. Vou dar três vinhetas mais e depois eu vou abandonar o *tour*.

A primeira é simplesmente para registrar nossa corrida monstro em um dia de Lyndhurst no New Forest, passando por Camberley, Maidenhead e Oxford para Warwick, incluindo nossa única viagem de faróis.

A segunda é um bom P'daytismo — ou devo reportar como ministro de filologia experimental uma nova palavra para uma coisa velha, deve um P'daytismo ser uma peça de balão ou *Ballonenspeil* [sic]?[80] —

---

[80] A grafia correta é Ballonenspiel. [N. T.]

que ocorreu em Warwick. O Tio Hamilton não havia encontrado cobertura para o carro, que teve que passar a noite — uma noite ameaçadora — em um estaleiro aberto. Quando eu lamentei esse fato, o O.A.B. respondeu: "Ah, bem, as férias estão quase no fim agora." Esta observação contém tantas linhas de pensamento distintas e ética P'dayta, que você poderia passar uma tarde molhada toda distrinchando-as.

Minha terceira — como os acrósticos dizem — está relacionada a uma certa cidade-catedral nos North Midlands, onde encontrei a obra-prima de escultura cômica e satírica. Ela representa um cavalheiro pequeno do século XVIII com uma espada de brinquedo. Não posso explicar o quão habilmente esta figura combina um tipo de modéstia risonha com certa vaidade profunda. Talvez os olhos, olhando para o nariz e o sorriso presunçoso tenham algo a ver com isso — talvez seja o estômago empurrado para frente ou a pose convencionalmente de estátua dos pés, como se para suportar uma figura de proporções heroicas, que imediatamente em seguida é desmentida pelo bonequinho rígido ao qual eles, de fato, pertencem. Ou, pensando bem, talvez isso se deva à figura enorme do outro pedestal, um trabalho mais antigo e engenhoso, obviamente pretendendo ser o centro e obviamente transformado no tolo da peça pelo seu secundário compulsório. De qualquer forma, o efeito é engraçado demais para se dar risadas: foi um gênio real que o criou. Será que preciso acrescentar que a cidade foi Lichfield e que a estátua levava o nome místico — BOSWELL?

De Lichfield eu retornei para Oxford de trem: estou indo para casa em alguns dias, mas é melhor você mandar a sua próxima [carta] para a Univ. Eu fiquei encantado com a sua carta e tenho muito a dizer em resposta, que no momento precisa esperar. Eu gostei particularmente da sua descrição das chuvas — posso ver isso. Só uma palavra sobre *Paraíso Reconquistado* — certamente a razão real para a retração de Satanás é aquela muito apropriada que, desde os grandiosos dias de *Paraíso Perdido*, ele passou sessenta séculos no inferno miltoniano. Isso se revela no grandioso discurso que começa: "isso é verdade — sou aquele espírito desafortunado." [...]

PARA O SEU PAI: do University College
31 de agosto de 1921

Como o senhor diz, a mudança de uma sociedade para a qual "vital" seria por vezes um epíteto muito ameno, e da variedade constante dos nossos assentos móveis para a rotina de trabalho comum, é uma das quais estamos bastante contundentemente conscientes no começo.

Ainda sinto que o valor de tais férias ainda está por vir — nas imagens e ideias que exprimimos para amadurecer na adega dos nossos cérebros, depois de sugerir um *bouquet* continuamente melhorado. Os montes já estão se tornando mais altos, o gramado mais verde, o mar mais azul do que realmente são: e graças ao trabalho ilusório da memória feliz, nossas paradas mais precárias se tornarão refúgios de prazer impossíveis e repasto epicurista.

Quanto a mim, eu não proponho, como você pode ter certeza, de passar todas as férias aqui. Farei o possível: mas eu preciso "sentar para ler o meu livro" por algum tempo ainda. O defeito do nosso curso aqui é que temos tão pouca orientação e não podemos nunca ter certeza de que os nossos esforços estejam sendo direcionados precisamente para os pontos certos e nas proporções certas. Suponho que isto faça parte da educação — parte, até certo ponto, do jogo.

Espero que o senhor tenha ouvido [notícias] de Warnie antes desta. Eu obtive uma carta desde a minha volta, a primeira desde um tempo considerável. Lamento ouvir que ele teve um ataque de furúnculos, seguido de calores infernais: mas ele parece estar melhor agora e está com humor excelente e lendo Dante.[81] As revoluções que a África produziu em sua política literária são realmente impressionantes.

Ainda estou trabalhando, sempre que tenho meia hora livre, no meu relato da nossa viagem. Seria divertido e realmente, sem dúvida,

---

[81]Dante Alighieri (1265– 1321) foi um poeta italiano, cuja *Divina Comédia* é considerada a maior obra da Idade Média. [N. T.]

será divertido para ele comparar as duas versões. Deveremos diferir na seleção e mesmo em questões de fato (tão confuso se pode ficar), sendo que um mapa vai muitas vezes revelar que ambas as autoridades estão igualmente erradas. O Tio Hamilton, por outro lado, estará em condições de dar informação exata sobre cada estágio e distância — mas será totalmente incapaz de descrever qualquer coisa que seja [...].[82]

PARA O SEU PAI: **da Oxford Union Society**
Selo de: 30 de novembro de 1921

Temo que minha fraqueza em ceder à solicitação do Coronel por uma cópia de "Otimismo" tenha reduzido o pobre homem ao silêncio permanente. Tenho que tentar enviar algum tipo de carta para ele antes do Natal.[83] [...]

Um presságio temido se levantou acima do nosso horizonte aqui — um imortalista, niilista, determinista, fatalista. O que se pode fazer com um homem que nega absolutamente tudo? O engraçado é que ele é um oficial do exército com uma trajetória. Quanto mais eu o vejo, mais clara fica a minha imagem mental dos seus oficiais companheiros *en masse*, implorando-o para tirar proveito de dois anos de curso em Oxford — ou no Cathay ou na lua [...].

---

[82]Warren teve condições de comparar a versão de Jack de seu famoso *tour* motorizado com a versão fornecida por seu pai. O relato do Sr. Lewis se encontra em duas cartas compridas para Warren, uma escrita em agosto e outra, ao longo das semanas que Jack passou no "Little Lea" durante a última quizena de setembro e as primeiras semanas de outubro. Na segunda destas cartas sem data, o Sr. Lewis disse da sua visita a Lichfield: "Que cidade! O lugar mais feio e desalinhado de longe com que pudemos cruzar [...] E as estátuas de Johnson e Boswell estão numa estrada ruim. Mas a estátua de Bozzy é uma obra magnífica. Todas as suas características, na posição do chapéu e a pose do corpo, cada linha e curva, representam o homem como ele deve ter sido na vida real." (*Lewis Papers* [Documentos dos Lewis], v. VII, p. 87.)
[83]Escrevendo para Jack em 22 de novembro, Warren disse: "A propósito, eu li o seu ensaio duas vezes, mas, como em nenhuma das ocasiões eu pude tirar a menor centelha de sentido dele, eu o pus de lado, desesperado por uma análise no frio intenso de um clima mais saudável [...]" Warren se lembraria anos mais tarde de ter emprestado "Otimismo" a um colega oficial em Serra Leoa que, depois de lê-lo, disse: "Diga-me, Lewis, cá entre nós, seu irmão *bebe*?"

DO SEU DIÁRIO: enquanto ainda morava no número 28 da Warneford Road

1º de abril de 1922

Eu caminhei até Iffley de manhã e liguei para os Askins [Dr. e Sra. John Hawkins Askins]. O Doc tolamente se esgotou andando longe demais e pode não vir para Headington à tarde. Ele falou sobre a Atlântida, sobre a qual aparentemente há uma abundante literatura filosófica: ninguém parece perceber que um mito platônico é ficção, não lenda e, portanto, não há base para especulação. [...]

2 de abril de 1922

Um lindo dia de primavera. D[84] ocupada cortando laranjas para a geleia. Sentei-me em meu quarto perto de uma janela aberta sob o sol brilhante e comecei um poema sobre "Dymer"[85] em rima real.[86] [...]

5 de abril de 1922

Eu também peguei os dois poemas (datilografados com m. precisão por 1/-) e vi Stead a fim de conseguir o endereço do *London Mercury* [Mercúrio de Londres]. Ele me disse com um rosto solene e ingenuidade admirável como ele tinha conseguido ser aceito. Dois ou três [poemas] lhe foram enviados de volta por correspondência, por isso ele foi até Londres e ligou para o editor, dizendo: "Veja aqui, Sr. Squire, você não ficou com esses poemas meus, e quero saber o que há de errado com eles!!" Se a história terminasse aí, seria meramente uma informação sobre Stead, mas a piada é que Squire disse: "Fico feliz que você tenha vindo conversar comigo sobre: é exatamente isso que eu quero que as pessoas façam", e realmente aceitou o que havia anteriormente recusado. Realmente os modos dos editores são inescrutáveis! [...]

---

[84]A Sra. Moore é quase sempre referida como "D" no diário de Jack.
[85]Esse seria o nome do seu segundo livro, um poema longo, que seria publicado em 1926. [N. T.]
[86]Tipo de rima introduzida por Geoffrey Chaucer na poesia inglesa no século XIV. [N. T.]

7 de abril de 1922

[...] desejo que a vida e a morte não sejam as únicas alternativas, pois também não gosto de ambas: pode-se imaginar uma via média [...].

15 de abril de 1922

Tentei trabalhar em "Dymer" e resolvi alguns documentos: mas estou muito desanimado com meu trabalho no momento — especialmente porque acho impossível inventar uma nova abertura para a "Wild Hunt" [Caçada selvagem]. A antiga é cheia de clichês e nunca funcionará. Apoiei-me muito na ideia de poder escrever poesia e, se isso for um erro, eu me sentirei um tanto fracassado. [...] Um dia não satisfatório, mas, louvado seja Deus, sem mais dores de cabeça. [...]

18 de abril de 1922

À tarde, caminhei até Oxford e procurei os documentos de exame do Serviço Público na União. "Greats" é brincadeira de criança em comparação com eles [...]. Antes do jantar, fiz uma visita rápida e vi Arthur Stevenson e sua mãe esperando ouvir alguma coisa sobre o Serviço Público. [...] Ele me disse que não há vaga este ano no Serviço Público de Sua Majestade, e que provavelmente não haverá nenhum no próximo. [...] Assim termina o sonho de uma carreira pública tão subitamente quanto começou: sinto de imediato que estive em território estranho — não meu e, no fundo, impossível. [...]

21 de abril de 1922

Levantei-me pouco antes das sete, limpei a grelha, acendi o fogo, preparei o chá, "fiz" a sala de visitas, preparei torradas, banhei-me, barbeei-me, tomei o café da manhã, lavei tudo, coloquei um novo pedaço de presunto para ferver, e saí às dez e meia [...]. Lavei tudo depois do almoço. Trabalhei em anotações da história grega até o chá, quando a Srta. Baker chegou. Eu tinha sentado para trabalhar quando D me chamou "por cinco minutos" para falar sobre o programa de Maureen para o próximo semestre. Isso não teria importância, mas, antes que eu pudesse escapar, a Srta. Baker começou uma falação e continuou assim. Quando ela finalmente saiu, era hora do jantar e de limpar as coisas do chá que Maureen gentilmente deixara em *status quo*. Uma boa hora, portanto, desperdiçada [...].

3 de maio de 1922

Fui para a cidade após o almoço e, depois de procurar em vão por Jenkin na Merton St., encontrei-o na Mesa Alta. Já tinha clareado e descemos a St. Aldate's e sobre o sistema de abastecimento de água até Hincksey. Eu falei em permanecer por mais um ano e lamentei que todos os meus amigos ficassem abatidos: ele disse que não conhecia nenhuma nova pessoa que tivesse interesse em literatura e que não fosse, ao mesmo tempo, muito afetada por *dillettanti* falando "*l'art pour l'art*" etc., era quase impossível — na verdade, ele colocou Baker, Barfield[87] e a mim como as únicas exceções em seu próprio círculo: e até mesmo os homens "amáveis" eram preferíveis ao tipo literário usual [...].

PARA O SEU PAI: **do University College**

18 de maio de 1922

E agora eu gostaria de falar sobre meus planos. O senhor vai lembrar-se de uma conversa que tivemos quando estive em casa da última vez. Naquela ocasião eu lhe contei de uma conversa ocorrida algum tempo antes com um dos meus orientadores. Eu lhe pedi uma carta de recomendação preparatória para dar o meu nome para uma agência de emprego. Em vez de me dá-la, ele me aconselhou muito seriamente a não pegar nenhum emprego na pressa:

---

[87] Arthur Owen Barfield (1898–1997) chegou a Oxford em 1919, depois de ter sido eleito para uma bolsa de clássicos no Wadham College. Ele conheceu Jack em 1919 através do seu amigo em comum, Leo Baker, e eles se tornaram amigos pelo resto da vida. Há uma descrição cativante dele no capítulo XVII de *Surpreendido pela alegria*.

ele disse que, se não houvesse nada para mim em Oxford imediatamente depois dos Greats, ele tinha certeza de que teria algo mais para frente: que o College quase certamente estenderia a minha bolsa por mais um ano, se eu optasse por ficar e pegar outro período de escola, e que "se eu pudesse arcar com isso" essa era a trajetória que ele queria que eu seguisse. Ele terminou com algumas observações elogiosas.

Eu não estava particularmente disposto naquela hora a fazer isso: em parte por sua conta, em parte porque eu não queria sobreviver à maioria dos meus contemporâneos. Naquela hora parecia que havia uma ou duas coisas em vista — uma vaga de bolsa no Lincoln, outra no Magdalen. Logo, entretanto, "transpareceu" (eu sei que o senhor ama esta palavra) que uma delas iria caducar e a outra seria preenchida dentro do próprio *college*, sem eleição aberta. Eu pensei num emprego público; mas, como o meu orientador diz: "Não há vagas de concurso agora." Graças ao martelo de Geddes[88] não há vagas no Home Civil este ano, e provavelmente não haverá no ano que vem.

O conselho do meu primeiro orientador foi reiterado pelo segundo: e com novos aspectos. Os atuais sujeitos da minha própria escola de Greats são uma quantidade duvidosa no momento: pois ninguém sabe ao certo que lugar os clássicos e a filosofia vão ocupar no mundo educacional nos próximos anos. Por outro lado, o prestígio da Escola dos Greats continua sendo enorme: de modo que o que é procurado por toda parte é uma homem que combina a qualificação geral que supõe-se que os Greats forneçam com as qualificações de quaisquer outras disciplinas. E literatura inglesa é uma disciplina "em ascensão". Assim, se eu conseguisse alcançar um Primeiro ou até um Segundo nos Greats *e* um Primeiro no ano que vem em literatura inglesa, eu ficaria numa posição deveras forte: e, durante o ano extra, posso esperar razoavelmente fortalecê-la ainda mais, adicionando algum outro prêmio universitário ao meu "Otimismo".

---

[88] The Geddes Axe foi um movimento, na economia pública da Grã-Bretanha, de corte de despesas, liderado por Erc Geddes, entre outros, nos anos 1920. [N. T.]

"Enquanto eu ainda ponderava" sobre isso, vieram as notícias de uma alteração substancial nas escolas inglesas. Este curso incluía anteriormente uma grande quantidade de filologia e história e teoria linguística: estas foram agora lançadas fora, formando uma escola separada, sendo que o que resta é simplesmente literatura no sentido trivial — com a exceção de aprender a ler uns poucos trechos seletos de anglo-saxão, o que qualquer um pode fazer em um mês. Em tal curso, eu devo começar sabendo mais da matéria do que alguns conseguem no final: ele deve ter uma proposição muito fácil comparado com os Greats. Todas essas considerações tendem a confirmar o que meu orientador me aconselhou logo de cara.

Você provavelmente achará que um assunto dessa natureza deve ser deixado para ser discutido pessoalmente: mas, embora eu não queira apressá-lo, minha decisão terá de ser tomada em futuro próximo, já que, se eu ficar, tenho que solicitar ao College permissão para fazê-lo e para a continuidade da minha bolsa; se não, devo bater na porta da agência sem demora. E, no final das contas, não sei o que a discussão pessoal poderia contribuir, além de reiterar os mesmos pontos. Os fatos — espero que meu relato seja inteligível — naturalmente sugerem todos os prós e contras. Devo dizer que, para fazer justiça, estou bem certo de que possa conseguir alguma espécie de emprego na atual condição: mas, se chegar a mestre de escola, minha falta de habilidade nos esportes vai pesar contra mim. Acima de tudo, espero que esteja claro que, sob hipótese alguma, os Greats serão desperdiçados.

O ponto em que eu gostaria de me apoiar naturalmente é que os eruditos na universidade aparentemente não querem que eu deixe Oxford. Esta é uma observação deveras abominável de alguém fazer sobre si mesmo — mas é realmente importante ser ouvido. Agora, se em tudo isso o senhor sentir que este esquema seja realmente difícil de realizar e que a minha educação já levou tempo suficiente, o senhor tem que me dizê-lo com franqueza, e devo apreciar fortemente a sua posição. Se o senhor achar que a oportunidade assim oferecida pode e deve ser aproveitada, devo ficar agradecido se o senhor me informar o mais rápido possível [...].

1920-1929

DO SEU DIÁRIO: **no número 28 da Warneford Road**
19 de maio de 1922

Depois do chá, voltei de ônibus para o College e chamei o Mugger. Ele tinha acabado de receber uma carta do "Sr. Wyllie" pedindo-lhe que recomendasse alguém para uma bolsa de estudos por um ano na Cornell University (estado de Nova York). Ele disse que eu era a única pessoa que ele gostaria de indicar: mas como o dinheiro, apesar de adequado para o ano lá fora, não incluía as despesas de viagem, dificilmente seria considerado. Nós então falamos de meus planos. Ele disse que eram passado os dias quando alguém podia sair das Escolas para uma bolsa: mesmo em universidades menores havia uma demanda por homens que haviam feito alguma coisa [...]. Ele me aconselhou, no entanto, a manter o ano extra. Ele disse que o College era muito dispendioso, mas que ele achava que eles poderiam fazer um arranjo a fim de continuar minha bolsa de estudos. Perguntei-lhe se, caso eu "fracassasse em Greats", ele ainda aconselharia o ano extra, e ele disse que sim. [...] Um velho querido, mas a inesgotável loquacidade da idade instruída me levou à "Cidade e Universidade" para recuperar-me com uma Guinness [...].

[No dia 22 de maio, Jack recebeu um telegrama do Sr. Lewis dizendo: "Carta de 18 recebida. Continue firme. Pai."]

DO SEU DIÁRIO: **no número 28 da Warneford Road**
24 de maio de 1922

[...] Fui de ônibus para Oxford, encontrando Barfield fora do Old Oak [Velho Carvalho]. Depois de achar uma mesa, decidimos ir para Good Luck [Boa Sorte] em vez de ficar. Um excelente almoço [...]. Dali nós caminhamos para os jardins de Wadham e sentamos debaixo das árvores. Começamos com os sonhos de Christina: eu os condenava — o sonho de amor tornou um homem incapaz de amor verdadeiro, o sonho de herói fez dele um covarde. Ele tomou a opinião oposta e um argumento teimoso se seguiu. Depois, voltamos para "Dymer", que ele trouxera de volta: para minha surpresa, seu veredito foi ainda mais favorável do que o de Baker. Ele disse que era "de longe" a melhor coisa que eu fiz, e "Eu posso ficar com isso?". Ele não sentiu a fraqueza das estrofes mais leves. Ele disse que Harwood tinha "dançado com alegria" e me aconselhado a abandonar todo o resto e seguir em frente com isso.[89] De um crítico tão severo quanto Barfield, o resultado foi bastante encorajador. Em seguida, chegamos a uma longa conversa sobre as coisas derradeiras. Como eu, ele não acredita na imortalidade etc. e sempre sente o pessimismo materialista ao seu alcance.

27 de maio de 1922

Eu liguei para [G.H.] Stevenson e pedi que ele me avisasse de qualquer trabalho tutorial para as férias do qual ele ouvisse falar. Eu então liguei para [A.B.] Poynton e fiz o mesmo pedido a ele. Ele também prometeu dar meu nome ao *Manchester Guardian* para alguma resenha. No decorrer da manhã, encontrei Blunt, que disse ter certeza de que poderia me conseguir um menino da escola de Lynham para eu ser professor particular[90] [...]. Eu também visitei Williams, que é o agente local da Trueman & Knightley: ele me deu um formulário e disse que, ao restringir o campo para Oxford, reduzi minhas chances, mas que, se houvesse alguma coisa, minhas qualificações atenderiam. Ele também me aconselhou a colocar um anúncio no *Oxford Times* [...].

[Jack prestou seu exame dos Greats de 8 a 14 de junho.]

---

[89] Alfred Cecil Harwood (1898–1975) conhecia Owen Barfield desde 1909. Ele chegou a Oxford em 1919 com uma bolsa de clássicos da Christ Church e, como o seu amigo Barfield, conheceu Jack através do amigo comum, Leo Baker. Dessa vez ele e Owen Barfield estavam vivendo em "Bee Cottage" no vilarejo de Beckley. Há um perfil dele no capítulo XIII de *Surpreendido pela alegria*.
[90] Herbert William Blunt (1864–1940) foi tutor de filosofia e bibliotecário na Christ Church em 1888–1928.

1920-1929

PARA O SEU PAI: **do University College**
[21 de junho de 1922]
Eu esperei por alguns dias para tentar obter uma visão mais geral, de longe, antes de lhe dizer alguma coisa — somente para descobrir o quanto é difícil de formar ou manter qualquer opinião sobre o que eu fiz. Com os ensaios de história em que eu posso verificar fatos, e ver quanto eu estava próximo ou distante, é mais fácil: e sobre isso penso que me dei bem — em um caso, muito melhor do que eu esperava. Mas o meu campo de conhecimento longo é a filosofia, e isso é como tentar criticar um ensaio que você escreveu uma semana atrás e nunca mais olhou, nem revisou. Às vezes sinto que agi mal; algumas vezes, que agi de forma brilhante. Noite passada, entretanto, obtive uma pequena luz do meu orientador que repetiu a seguinte conversa que ele teve com uma dos meus examinadores. "Um dos nossos jovens parece achar que Platão está sempre errado." "Oh! Será que é Simpson?" "Não." "Blunt? Hastings?" "Não, um homem chamado Lewis: de qualquer forma parece um sujeito capaz."

De uma maneira geral eu posso resumir: não faço ideia se alcancei um Primeiro ou não, mas ao menos eu sei que não foi nada desastroso. É claro que o *viva*[91] ainda se encontra pela frente, e nesse caso, a habilidade familiar de blefar no papel é inútil [...]. Felizmente tivemos um clima fresco para o exame, que para seis horas de escrita por dia, por seis dias, é uma grande bênção [...].

DO SEU DIÁRIO: **no número 28 da Warneford Road** (depois de ser entrevistado para um leitorado de clássicos na University College em Reading)
24 de junho de 1922
Tomei o café da manhã antes das 8h e pedalei até a estação para embarcar no 9h10 para Reading: eu li a *Antígona* durante a viagem.

---

[91] A forma abreviada e mais popularmente usada de *viva voce*, um exame oral usado no processo de avaliação, especialmente para mestrado e doutorado, mas também para outros exames, principalmente quando o resultado do candidato é limítrofe. [N. T.]

Cartas de C.S. Lewis

Chegando em Reading, encontrei o caminho para o University College e deixei minha bicicleta no Lodge. Eu vi muitos universitários de ambos os sexos andando por ali: um belo grupo. Depois, fiquei enrolando até às 11 horas, quando fui levado ao gabinete do diretor. Childs, De Burgh e Dodds estavam presentes.[92] Tudo muito bom para mim, mas Childs descartou muito firmemente minha ideia de morar em outro lugar que não em Reading [...]. [Dodds] então me mostrou ao redor do College, que é agradável e despretensioso, e me deixou na Sala Comunal Sênior, à espera do almoço [...].

Eu deixei o College às 2 e pedalei para Bradfield [para ver *Antígona*, de Sófocles,[93] apresentada em grego no Bradfield College] [...]. [O teatro] é perfeitamente grego — degraus de pedra simples para sentar e incenso queimando no altar de Dionísio na orquestra. Infelizmente o tempo estava perfeitamente inglês. [...] a maioria dos atores era inaudível e, à medida que a chuva aumentava (batendo nas árvores), ela os afogava completamente. [...] A plateia era espetacular o suficiente: fileiras de pessoas infelizes ouvindo palavras inaudíveis em uma língua desconhecida e sentadas encurvadas em degraus de pedra sob uma chuva constante. [...] Então percebi que Jenkin estava na última fileira, onde o anfiteatro se fundia com a encosta da colina — um íngreme banco de hera pendurado sobre o trabalho na rocha. Aproximei-me para me juntar a ele. — "Ah, pense em uma xícara de chá quente fume-

---

[92] O University College em Reading viria a se tornar mais tarde a Universidade de Reading. William Macbride Childs (1869–1939) foi o diretor do University College, Reading, em 1903–26, e o primeiro vice-chanceler da Universidade de Reading, em 1926–29. William George de Burgh (1866–1943) foi professor de filosofia na Universidade de Reading, em 1907–34. Eric Robertson Dodds (1893–1979) foi membro do Ulsterman e se bacharelou no University College, Oxford, pouco depois de Jack ter chegado ali, em 1917. Dodds foi professor de leitorado dos clássicos no University College, Reading, em 1919–24, professor de grego na Universidade de Birmingham, em 1924–36, e o professor régio de grego na Universidade de Oxford, em 1936–60.
[93] Sófocles (497 ou 496 a.C.–406 ou 405 a.C) foi um dramaturgo grego, que, ao lado de Eurípede e Ésquilo, foi um dos mais importantes escritores de tragédia. [N.T.]

gante", disse ele. Trocamos um olhar sugestivo: depois, eu mostrei o caminho e, num instante, tínhamos nos arrastado para os arbustos, terminamos o caminho de quatro no banco de hera e descemos numa viela além. Nunca me esquecerei de J. sacudindo a água de seu chapéu e repetindo: "Ah, *foi* uma tragédia!". Em seguida, nos refugiamos em uma marquise e tomamos chá [...].

30 de junho de 1922

Depois do almoço eu fiz as malas para a noite e pedalei para Oxford: falhando em ver Poyton no College, continuei para Beckley debaixo de vento e chuva. Fui recebido calorosamente por Barfield e Harwood [...]. Entramos numa conversa sobre fantasia e imaginação: Barfield não pôde ser convencido a admitir qualquer diferença essencial entre sonhos de Christina e o material da arte. No final, tivemos que chegar à conclusão de que não há nada em comum entre as diferentes formas de trabalho das pessoas e, como Kipling diz, "cada um deles está certo".

No jantar eu tomei vinho Cowslip pela primeira vez na vida. Trata-se de um vinho real, de cor verde, agridoce, que esquenta tanto quanto um bom xerez, mas pesado em seus efeitos e uma coisa trivial áspera na garganta — mas não se trata de um drinque ruim.

Depois do jantar, saímos para dar uma volta para dentro da floresta nos limites de Otmoor. Seu gato preto e branco, Pierrot, nos acompanhou feito um cachorro por todo o percurso. Barfiled dançou em torno dele em um campo — com uma falta sublime de autoconsciência e vigor maravilhoso — para a nossa diversão e a de três cavalos. Havia um vento arrepiante, mas estava bem quente na floresta. Vaguear aqui na medida em que escurecia, observar o gato caçando coelhos imaginários e ouvir o vento nas árvores — em tal companhia — tinha um efeito estranho de *la Mare*. No caminho de volta, começamos um poema burlesco em *terza rima* compondo versos alternadamente: nós o continuamos, mais tarde, com papel à luz de velas. Foi o melhor absurdo que já escrevemos. Nós o intitulamos "História de Button Moulder" e fomos dormir.

2 de julho de 1922

À noite, D e eu discutimos nossos planos. Foi difícil decidir sim ou não sobre o emprego em Reading, e D estava tão preocupada em não me influenciar que eu não pude ter bem certeza de quais eram os seus desejos — e estou igualmente no escuro quanto a quais sejam os meus próprios desejos reais [...].

PARA O SEU PAI: **do University College**

20 de julho [de 1922]

Eu estou perto agora do meu *viva* e é claro que não tenho nada de novo para lhe contar sobre este assunto. Os detalhes do exame para a bolsa do Magdalen foram, entretanto, finalmente publicados. Os assuntos são, como era de se esperar, idênticos àqueles dos Greats: mas também fui notificado de que os candidatos podem enviar uma dissertação sobre qualquer assunto relevante, em acréscimo à competição de ensaios. Notei na hora que isso iria me dar um grande impulso. Escolher o seu tópico à vontade, preocupar-se em andar na sua própria linha e exibir uma originalidade razoável — são, para homens da nossa estirpe, caminhos mais promissores para a vitória do que meramente responder a questões. De fato estas condições são uma porção rara de sorte, e é claro que estou ansioso por começar. Naturalmente não devo sentar seriamente para trabalhar até que o meu *viva* tenha acabado.

Sob estas circunstâncias, você entenderá que não posso prometer voltar cedo para casa. Preciso ver como continuar em frente. Sem dúvida isso é decepcionante para nós todos: mas à parte disso — por conta da saúde — você não precisa ter nenhuma preocupação. Estou em excelente forma no momento e não devo bancar o tolo: trabalhar até meia-noite e dez horas por dia nunca foram minha paixão, e eu cuido das minhas caminhadas diárias. Estando tranquilo quanto a este aspecto, sinto que seria insensatez jogar fora quaisquer oportunidades por causa de umas férias imediatas. Além disso — fato odioso — na minha posição atual, é recomendável se apresentar à cena, ser visto, deixar as pessoas lembrarem de que há um jovem gênio à procura de um emprego.

Nesse meio-tempo, meus níveis financeiros estão em baixa. Eu tive as taxas do exame e reparos do guarda-roupas velho para pagar, e aguardo novas despesas, inclusive de datilografia, quando eu conquistar o meu título. As datas dos trimestres naturalmente apresentam um longo intervalo entre minhas mesadas de primavera e outono, mas não valeu a pena incomodá-lo antes sobre isso, e no ano passado o prêmio de chanceler ajudou a complementar. Eu tinha esperado conciliar um pouco de tutoria leve com meu próprio trabalho — que poderia ter sido uma experiência útil para além do dinheiro — mas eu cheguei tarde e os empregos possíveis em Oxford estavam preenchidos. Então o senhor poderia me providenciar £25? Eu lamento ter que "me repetir", mas o senhor vai entender os motivos.

Eu pensei que eu tinha obtido um emprego temporário para o ano que vem outro dia. Isso foi antes de eu conhecer os detalhes completos da bolsa do Magdalen, e consistia de um leitorado clássico no University College em Reading. Por motivos geográficos, eu esperava que isso se combinasse — por meio de um bilhete único — às vantagens diplomáticas ou de "publicidade" de manter contato com Oxford, com as vantagens de um posto assalariado. Isso, por sua vez, se provou impossível. Além do mais, os clássicos puros não são a minha praia. Eu lhes disse isso, com toda a franqueza, e eles deram o emprego a outra pessoa. Talvez eu fosse muito novo. Meus alunos eram quase todos meninas. O engraçado é que o chefe do departamento de clássicos deles e um membro do comitê que me entrevistou foi Eric Dodds. Almocei com ele em Reading e tivemos alguma conversa. Ele é um sujeito esperto, mas, por algum motivo, não foi com a minha cara.

Arthur [Greeves] esteve em Oxford. Ele ficou pintando e eu, trabalhando, mas tivemos tempo de qualidade juntos. Ele aprimorou-se imensamente e eu não senti os escrúpulos que já tive em apresentá-lo às pessoas. Ele não é brilhante na conversa e raras vezes entende uma piada, mas seus anos em Londres estão o animando de forma impressionante. Sua pintura está se aprimorando, e ele fez uma paisagem aqui que eu considerei muito bonita [...].

DO SEU DIÁRIO: no número 28 da Warneford Road

24 de julho de 1922

Por volta das 2h30, Baker chegou. Ele esteve em Tetsworth ontem com os Kennedys, que o levaram para ver Vaughan Williams. Como se tivesse sido combinado, ele estava trabalhando em sua nova sinfonia quando eles chegaram, e estava muito disposto a falar de música. Ele é o maior homem que Baker já viu — chestertoniano[94] tanto na figura como nos hábitos. Come biscoitos o tempo todo enquanto compõe. Disse que, depois de ter escrito o primeiro compasso na página de uma partitura completa, o resto era trabalho pesado mecânico e que em todas as artes havia 10% de "fazer" de verdade para 90% de trabalho preparatório. Ele tem uma linda esposa que tem um texugo de estimação — Baker o viu brincando com o cachorro e com os gatinhos, e o texugo lambeu-lhe mão [...].

PARA O SEU PAI: do University College

26 de julho [de 1922]

Meu muito obrigado pelas encomendas. "Há um poder de tábuas de lavar nisso"[95] como Meehawl Macmurrachu disse quando ele achou o pote de ouro. É muito gentil da sua parte me dizer que eu devo ir com paciência, quando a paciência precisa ser praticada antes da sua parte. Mas vamos esperar que os meus parcos méritos sejam em breve reconhecidos, e que eu possa estar em condições de confiar na paciência inesgotável do pagador de impostos e na santa generosidade de beneficiários mortos. Nesse meio-tempo eu reitero a minha profunda gratidão.

---

[94]Relativo a G.K. Chesterton (1874 –1936), que foi jornalista britânico, autor das séries de contos policiais do padre Brown e outras obras clássicas como *Ortodoxia*, teve uma grande influência sobre C.S. Lewis. [N. T.]

[95]Referência ao livro *The Crock of Gold* [O pote de ouro], escrito pelo poeta James Stephens e publicado em 1912. em um trecho da história, o personagem Meehawl MacMurrachu procura por sua tábua de lavar. Seu vizinho, um filósofo, o aconselha a procurar o objeto no buraco pertencente aos duendes de Gort. Meehawn o faz e não encontra uma tábua de lavar, mas um pote de ouro. Então ele pega o pote e diz: "There's a power of washboards in that". [N. T.]

Perguntei-me se, como o senhor sugeriu em sua carta, eu tenha depreciado indevidamente minhas próprias qualidades diante dos examinadores de Reading. Penso que, de uma maneira geral, eu me portei sabiamente: não sou, afinal de contas, nenhum estudante extraordinário, e não há nenhuma vantagem em esconder o que é muito fácil para eles descobrir. Além disso, só o que se produz é a própria desgraça, quando se aceita empregos dos quais não se está à altura, não acha? Ter os olhos maiores do que a boca é uma das sensações mais prejudiciais que eu conheço [...].

É uma estranha ironia que Dodds, que é um puro estudioso de nascença, gastasse o seu tempo palestrando sobre filosofia. Como o senhor mesmo diz, entretanto, esta perda é pouco lamentável: mas há um espírito de porco em algum lugar dentro da maioria de nós que se esforça, sob quaisquer circunstâncias, por tirar o mérito do sucesso de outro bolsista [...].

DO SEU DIÁRIO: **no número 28 da Warneford Road**

28 de julho de 1922

Em boa hora usando gravata branca e "*sub fusc*"[96] e em direção ao meu *viva*. Todos nos apresentamos (não conhecia nenhum dos outros) às 9h30. Myers, parecendo o mais pirático, chamou nosso nomes e leu os horários em que iríamos, mas não em ordem alfabética. Dois outros e eu fomos orientados a ficar, e fui imediatamente chamado, sendo assim a primeira vítima do dia. Meu executante foi Joseph. Ele foi muito civilizado e fez todos os esforços para ser agradável. [...] O show inteiro levou cerca de 5 minutos. [...]

> [No dia 1º de agosto, Jack, a Sra. Moore e Maureen se mudaram para uma casa grande, mobiliada, em Headington, onde eles ficariam até o dia 5 de setembro. A casa tinha o nome de "Hillsboro"

---

[96] Roupa acadêmica para cerimônias de Oxford, usada debaixo da toga acadêmica. [N. T.]

e está localizada no que era chamado de Western Road, mas, desde então, foi alterado para número 14 da Holyoake Road.]

DO SEU DIÁRIO: em "Hillsboro", número 14 da Holyoake Road, Headington (onde ele, a Sra. Moore e Maureen viveram desde 30 de abril de 1923)

2 de agosto de 1922

Fui de ônibus até o College e procurei Farquharson.[97] Aparentemente eu não estou muito atrasado para meu BA [Bacharelado em Artes] no sábado. [...] Ele também discutiu os exames e continuou dizendo que todos conheciam minhas habilidades e não mudariam suas opiniões se eu conseguisse um Segundo. Vinda de um *don*, essa conversa tem seu lado desconfortável — espero que não haja por trás dela mais do que seu desejo geral de lisonja.

Eu então voltei e tomei minha parte de esclarecer as coisas. [...] Esta casa está cheia de ornamentos desnecessários nas salas de estar; além deles, na cozinha etc., encontramos um estado de sujeira indescritível: garrafas de champanhe barato na adega. Lixo pela sala de estar, sujeira pela cozinha, luxo de segunda categoria pela mesa — um epítome de uma "casa inglesa respeitável". [...]

[Warren estava de licença do Oeste da África. Ele chegou a Oxford na manhã do dia 3 de agosto e reservou um quarto no Roebuck Hotel, na Cornmarket Street.]

3 de agosto de 1922

Depois do chá, corri para a cidade e encontrei Warnie no Roebuck; jantei com ele no Buols com uma garrafa de Heidsick. Por certo ele engordou bastante. Ele estava com excelente disposição. Eu discuti a proposta de sua vinda para cá: ele não parecia

---

[97]Arthur Spenser Loat Farquharson (1871–1942), que foi eleito para uma bolsa na Universidade em 1898, manteve o posto de tutor sênior, preletor em lógica e decano de graus.

inclinado a aceitá-la. Eu deixei meu diário para ler a fim de colocá-lo em harmonia com a vida.

4 de agosto de 1922

Eu [...] então encontrei W[arnie] e passeamos pelos Schools[98] para ver se meus resultados já estavam fixados à noite. Deu-me um choque encontrá-los já publicados. Eu recebi um Primeiro; Wyllie um Segundo; todo mundo do College um Terceiro. A coisa toda foi repentina demais para ser tão agradável quanto parecia no papel. Telegrafei imediatamente para P[apai] e fui almoçar com W. no Buols.

Durante a refeição, achei que tinha combinado que ele viesse conhecer a família no chá; mas de repente, enquanto estava sentado no jardim da Associação, ele mudou de ideia e recusou-se pertinazmente a ir ao chá ou a pensar em estar conosco. Por isso, voltei para o chá sozinho [...] após o qual eu voltei para junto de W. e jantei. Ele agora estava totalmente mudado. Apresentou a ideia de vir para ficar por si só e prometeu sair amanhã. [...]

5 de agosto de 1922

Fui para o College depois do café da manhã e falei com Poynton sobre questões de dinheiro. [...] Eu então fui de ônibus para Headington, mudei rapidamente de roupa para uma gravata branca e um traje *subfus* e voltei para o almoço com W. em Buols. Às 2 horas juntei-me aos outros na entrada da Univ. para receber os diplomas sob a guarda de Farquharson. Uma cerimônia longa e muito ridícula nos fez BAs [...].

Eu encontrei W. novamente no Roebuck e vim para cá. Todos presentes para o chá se deram bem [...].

6 de agosto de 1922

W. saiu com a bagagem. Jogo de *bridge* à tarde. Uma noite chuvosa.

---

[98] *Hall* onde os exames típicos da Universidade de Oxford são realizados. [N. T.]

26 de agosto de 1922

W. e eu fizemos a maior parte de nossa tarefa de fazer as malas antes do café da manhã. Nos atrasamos por alguns minutos para uma foto tirada por Maureen e então partimos, carregando o baú de folha de flandres dele entre nós. A visita dele aqui foi um grande prazer para mim — um grande avanço também para conectar minha vida real com tudo o que é mais agradável em minha vida irlandesa. Felizmente todos gostaram dele, e acho que ele gostou deles. [...]

> [Warren visitou seu pai em Belfast, depois de deixar Oxford. Ele reuniu-se com Jack no "Little Lea", que esteve lá de 11 a 21 de setembro. Em 6 de outubro Warren se apresentou à sua nova estação em Colchester.]

DO SEU DIÁRIO: no número 28 da Warneford Road

30 de setembro de 1922

Depois do café da manhã, lavei tudo e limpei a sala de jantar. Eu então fui para meu quarto e comecei a trabalhar novamente no Canto VI de "Dymer". Eu segui esplendidamente — o primeiro bom trabalho que fiz desde há muito tempo [...]. Um episódio absurdo depois do almoço. Maureen tinha começado a dizer que não se importava com qual das duas sobremesas alternativas ela ia ficar: e D, que está sempre preocupada com essas indecisões, começou a pedir-lhe que decidisse, em voz um tanto cansada. Isso se desenvolveu em uma daquelas pequenas discussões sobre nada que um homem sábio aceita como da natureza das coisas. Eu, no entanto, estando em um estado de espírito sublime, e despreparado para as situações perigosas, permiti que uma irritação silenciosa aumentasse e procurei alívio ao espetar violentamente um pedaço de massa. Como resultado, eu me cobri de um banho de molho fino: meu gesto melodramático foi assim merecidamente exposto e todos riram a bandeiras despregadas.

1920-1929

13 de outubro de 1922

Pouco antes das 13h, vi Farquharson. Ele me disse para ir a Wilson de Exeter para aulas de inglês.[99] Ele então me deu uma palestra paternal sobre uma carreira acadêmica que não era (ele disse) uma de lazer, como popularmente se supunha. Sua própria figura, no entanto, diminuiu a força do argumento. Ele me aconselhou, como fez antes, a ir à Alemanha por algum tempo e aprender a língua. Ele profetizou que em breve ali haveria uma escola de literatura europeia moderna e que os homens de Greats linguisticamente qualificados seriam os primeiros a receber os novos empregos criados dessa maneira. Isso era atraente, mas é claro que as circunstâncias tornam a migração impossível para mim [...].

15 de outubro de 1922

Trabalhei a manhã toda na sala de jantar com meu trecho no *Reader*, de Sweet, e fiz algum progresso. É muito curioso que ler as palavras de rei Alfredo[100] dê mais sensação de antiguidade do que ler as de Sófocles. Além disso, estar realizando assim um sonho de aprender anglo-saxão que data dos dias de Bookham. [...] Depois disso e de lavar as coisas, mais *Troilo* até quase o fim do Livro III. É uma coisa incrivelmente boa. Quão absolutamente anti-chauceriano Wm. Morris era em tudo, exceto as exterioridades. [...]

16 de outubro de 1922

Fui de bicicleta para a Universidade, após o café da manhã, para uma palestra às 10 horas: parando primeiro para comprar uma beca de formatura ao preço extorsivo de 32/6. De acordo com uma prática usual da universidade, fomos autorizados a nos reunir na sala onde a palestra foi anunciada e, de repente, disseram que seria na

---

[99]Frank Percy Wilson (1889–1963) era nessa época um membro do Exeter College e preletor acadêmico de literatura inglesa. Ele foi o Professor Merton de literatura inglesa em Oxford, em 1947–57.
[100]Alfredo o grande (848/9–899) foi rei de Wessex de 871 até 886 e rei dos anglo--saxões entre aprox. 886 até 899. [N. T.]

North School: nosso êxodo sem dúvida cumpriu a condição escrituarística de fazer o último os primeiro e o primeiros, último. Eu tive muito tempo para sentir a atmosfera da English School, que é muito diferente da dos Greats. Mulheres, indianos e americanos predominam e — eu não posso dizer como — sente-se um certo amadorismo na conversa e no olhar das pessoas. A palestra foi de Wyld sobre história da linguagem.[101] Ele falou por uma hora e não nos disse nada que eu não tivesse conhecido esses cinco anos. [...] Após o almoço, fui novamente de bicicleta para Universidade para procurar a biblioteca da English School. Eu a encontrei no topo de muitos andares, habitada por um velho cavalheiro estranho que parece considerá-la como a sua propriedade privada [...].

18 de outubro de 1922

Fui de bicicleta para a Universidade, para uma aula sobre Chaucer às 12 horas, dada por Simpson, que veio a ser o velho que encontrei na biblioteca da English School.[102] Muito boa palestra. [...] Jenkin chegou e eu fui até ele na sala de visitas. Conversamos sobre *Troilo* e isso nos levou à questão da cavalaria. Eu pensava que o mero ideal, embora não realizado, tivesse sido um grande avanço. Ele pensava que a coisa toda tinha sido muito inútil. Os vários pontos que eu atribuí como bons resultados do padrão cavaleiresco ele atribuiu ao cristianismo. Depois disso, o cristianismo tornou-se o assunto principal. Tentei salientar que o cavaleiro medieval seguia seu código de classe e seu código da igreja lado a lado, em compartimentos estanques. Jenkin disse que o exemplo típico do ideal cristão em ação era Paulo, embora admitindo que provavelmente não teria gostado dele

---

[101] Henry Cecil Kennedy Wyld (1870–1945) foi membro do Merton College e o Professor Merton de literatura inglesa em 1920–47. Um dos livros usados dessa vez para o estudo de inglês foi *A Short History of English* [Brevíssima história do inglês] (1921) de Wyld, que Jack considerava muito confuso e do qual ele se queixava frequentemente.

[102] Percy Simpson (1865–1962) foi preletor de literatura inglesa em Oxford desde 1913. Ele foi bibliotecário da English School em 1914–34 e membro do Oriel College em 1921–36. [N. T.]

na vida real. Eu disse que se tem muito pouco ensinamento definido nos Evangelhos: os escritores aparentemente viram algo esmagador, mas foram incapazes de reproduzi-lo. Ele concordou, mas acrescentou que isso era assim com tudo que vale a pena ter [...].

PARA O SEU PAI: **do University College** (depois de deixar de ser eleito para uma bolsa de filosofia no Magdalen College)
28 [de outubro de 1922]

Julguei que o senhor veria a minha sina no *Times*. Sem comentário. Lamento por nós dois que os "dias de hospedagem voam numa carreira completa e minha primavera tardia não quer desabrochar". Mas não adianta chorar sobre o leite derramado e não se deve expressar descontentamento por ser derrotado merecidamente por alguém melhor do que você. Não penso que tenha me causado mal algum, pois obtive alguns elogios ao meu trabalho. Um examinador, de qualquer forma, disse que eu era "provavelmente o homem mais capaz para a vaga", mas acrescentou que minha culpa foi um certo excesso de cuidado ou "timidez em me soltar" [...]. De resto, exceto por um desgaste extra da sua pessoa, eu ficaria muito feliz com a oportunidade, ou antes a necessidade, de pegar uma outra universidade. O inglês pode se revelar como sendo a minha praia, e, em todo o caso, será a minha segunda alternativa.

Apreciei muito a sua consulta sobre a suficiência da minha mesada, e me apresso para lhe assegurar que ela não leva às privações que o senhor imagina. Eu serei bem franco com o senhor. Está abaixo da média, mas isso é compensado pelo período mais longo de tempo, para o qual [a mesada] foi esticada. Isso não deixa margem para nada supérfluo, mas eu tive sorte de achar aposentos baratos e, como meu gosto é modesto e meus amigos nem ricos, nem muito numerosos, posso muito bem administrá-lo — especialmente por você sempre ter estado pronto a ir ao encontro de quaisquer despesas extras. Estou muito grato pelo extenso período de incubação que o senhor possibilitou — e não tenho dúvidas mentais quanto ao assunto.

Pelo contrário, muitas vezes lamento ter escolhido uma carreira que me faz ser lento em ganhar o meu próprio sustento: e, por sua conta, estaria feliz se tivesse uma linha mais lucrativa. Mas penso que conheço minhas próprias limitações e estou bem certo de que uma carreira acadêmica ou literária é a única em que posso esperar jamais ir além da mais tacanha mediocridade. O emprego de barista seria um jogo que provavelmente traria prejuízo em longo prazo; e nos negócios, é claro, eu iria parar na bancarrota ou na prisão muito em breve. Em resumo, você pode ficar tranquilo quanto ao assunto. Quanto a parecer ter perdido peso — suponho que estou me tornando, de um menino muito gordinho, um homem um pouco mais magro: em todos os casos, isso não é resultado de uma dieta à base de pão [...].

Estou martelando e me divertindo como nunca com o meu anglo-saxão. Começa-se com um manual construído sobre o sistema admirável de ter quase o texto todo em um dialeto e quase todo o glossário, em outro. Você pode imaginar que horas agradáveis isso proporciona ao estudante — por exemplo, vamos supor que você leia uma palavra como "*Wado*" no texto: no glossário ela pode aparecer como *Wedo, Waedo, Weodo, Waedu* ou *Wiedu*. Sujeito esperto, não? A linguagem, em geral, dá a impressão de inglês parodiado, mal soletrado. Assim, a palavra "*Cwic*" pode te deixar desconcertado até que se lembre dos "*quick and the dead*" [rápidos e mortos] e de repente se dá conta de que significa "vivo". Ou então, "*Tingul*" para uma estrela, até que você pense em "*Twinkle, twinkle little star*" [Brilha, brilha, estrelinha].

A propósito, eu estava errado quanto à Srta. Waddell: no final das contas era a Srta. Wardale — uma senhora idosa impressionante que é muito interessada em fonética e pronúncia.[103] Eu gastei a maioria das minhas horas com ela, tentando reproduzir os vários

---

[103] Edith Elizabeth Wardale (1863–1943) foi educada tanto no Lady Margaret Hall quanto no St. Hugh's College, Oxford, e ela foi indicada para uma bolsa no St. Hugh's College em 1920. Jack a procurou para aulas de anglo-saxão porque não havia ninguém no seu *college* que ensinasse essa matéria.

sons de cacarejo, de rosnado e grunhidos, que aparentemente são essenciais para o puro sotaque de Alfred — ou Aelfred como precisamos chamá-lo agora [...].

DO SEU DIÁRIO: no número 28 da Warneford Road
29 de outubro de 1922

[Tia Lily] está aqui há cerca de três dias e tratou friamente um livreiro em Oxford, escreveu para o jornal local, teve uma séria discussão com a esposa do vigário e começou uma briga com seu senhorio. [...] Sua conversa é como uma gaveta antiga, repleta de lixo e coisas valiosas, mas todas juntas em grande desordem. Ela ainda está envolvida com seu ensaio, que, começando há três anos como um tratado sobre o então estado de sufrágio feminino, ainda está inacabado e agora abraça uma filosofia completa sobre o significado do heroísmo e do instinto materno, a natureza da matéria, o primal Um, o valor do cristianismo e o propósito da existência. Esse propósito, por falar nisso, é o retorno das diferenças ao Um por meio do heroísmo e da dor. Assim, ela combina boa dose de Schopenhauer com boa dose de teosofia: além de estar em dívida com Bergson e Plotino.[104]

Ela me disse que o ectoplasma foi feito com bolhas de sabão, que as mulheres não tinham equilíbrio e eram médicas cruéis, que o que eu precisava para a minha poesia era um embebimento em ideias e terminologia científicas, que muitas prostitutas eram extraordinariamente purificadas e assim como Cristo, que Platão era um bolchevista [...], que a importância de Cristo poderia não se encontrar no que ele disse, que os pequineses não eram cães, mas leões anãos criados a partir de espécimes menores e cada vez menores pelos chineses ao longo de inumeráveis eras, que a matéria era apenas a parada do movimento e que o erro cardinal de todas as religiões feitas por homens era a suposição de que Deus existia para nós ou que se importava conosco. Deixei "Dymer" com ela e saí, com certa dificuldade, à uma hora. [...]

---

[104]Plotino (aprox.205–270) foi um dos principais filósofos de língua grega do mundo antigo, que marcou o movimento neo-platônico. [N. T.]

2 de novembro de 1922

Fui para a biblioteca da Universidade. Aqui eu fiquei perplexo por boas duas horas com fonética, o som que para na garganta, sons semivocálicos, capturas glotais e sabe-Deus-o-quê aberto. Coisas muito boas a seu modo, mas, por que fisiologia deveria fazer parte da English School eu realmente não sei. [...]

DO SEU DIÁRIO: a caminho de Belfast

23 de dezembro de 1922

Pouco antes das 4, voltei ao Central Hall de Euston e lá fui recebido por W[arnie], quando imediatamente fomos tomar chá na sala de bebidas. Ele deu um relato mais favorável de Colchester, que, ele disse, era uma cidade muito antiga em um país de Arthur Rackham. Nós pegamos o 5h30 para Liverpool: entre jantar, bebidas e conversa, a viagem passou muito rápido: conseguimos assentos no cabine-restaurante durante todo o trajeto. Nós tínhamos duas cabines individuais no barco, com uma porta de comunicação. Fiquei muito preocupado o dia todo com a dor na axila. Uma noite difícil, mas nós dois dormimos bem.

DO SEU DIÁRIO: no "Little Lea" em Belfast

24 de dezembro de 1922

Saímos de Leeborough no cinza da manhã, não com a melhor das disposições. Meu pai ainda não chegara. Quando ele finalmente apareceu, estava com uma aparência ruim e bastante trêmulo — por algum motivo. Ele aprovou meu novo terno. Então se seguiu o café da manhã e a conversa artificial habitual. Nós vetamos ir à igreja e saímos para uma caminhada às doze horas. [...] O caminho era tão estreito que os outros seguiram em frente e eu fui deixado, não a meus próprios pensamentos, pois na Irlanda não tenho nenhum, mas para a posse inabalável de minha própria letargia.

Nós voltamos e tomamos um xerez. W. e eu frequentemente comentamos sobre o efeito extraordinário deste xerez. Ontem à noite eu bebi quatro uísques sem nenhum resultado indevido: hoje, no estudo, meu único copo de xerez levou a uma sombra monótona e desanimadora de intoxicação. Tivemos um jantar pesado do meio-dia às 2h45. O resto do dia foi gasto inteiramente no estudo: nossas três cadeiras em fila, todas as janelas fechadas. [...]

25 de dezembro de 1922

Fomos acordados cedo por meu pai para irmos ao Serviço de Comunhão. Era uma manhã escura com um temporal soprando e uma chuva muito fria [...]. Conforme descíamos para a igreja, começamos a discutir a hora do nascer do sol; meu pai dizendo de maneira absurda que já devia ter surgido ou então não haveria luz.

Na igreja estava intensamente frio. W. tentou manter o casaco sobre si. Meu pai protestou e disse: "Bem, pelo menos você não vai continuar com ele quando for à Mesa". W. perguntou por que não e foi dito que isso era "muito desrespeitoso". Eu não pude deixar de me perguntar por quê. Mas W. tirou-o para evitar maiores problemas. [...]

Outro dia transcorrendo exatamente como ontem. Meu pai nos divertiu dizendo em tom quase de alarme: "Olá, parou de chover! Deveríamos sair", e depois acrescentando com alívio indisfarçado "Ah, não. Ainda está chovendo: não precisamos". Jantar de Natal, uma cerimônia um tanto deplorável, às quinze para as quatro.

Depois disso, tudo ficou esclarecido: meu pai disse que estava cansado demais para sair, sem ter dormido na noite anterior, mas encorajou W. e eu a fazê-lo — o que fizemos com grande entusiasmo e partimos para chegar a Holywood pela estrada principal e tomar uma bebida. Foi um prazer estar ao ar livre depois de tantas horas de confinamento em um quarto.

O destino, no entanto, negou nossa bebida: pois fomos recebidos do lado de fora de Holywood pelo carro de Hamilton e, claro, tivemos de viajar de volta com eles. Tio Gussie dirigiu de volta ao longo da estreita estrada sinuosa de uma maneira imprudente e ameaçadora que alarmou W. e eu. [...]

Deitei cedo, morto de tanta falação e com a falta de ventilação. Descobri que minha mente estava entrando no estado que esse lugar sempre produz: voltei seis anos atrás para ser fraco, sensual e sem ambição. Dor de cabeça novamente.

11 de janeiro de 1923

Depois disso, enquanto tomava meu chá, li *Phantastes*, de Macdonald, que já li muitas vezes e que realmente acredito que preenche para mim o lugar de um livro devocional. [...]

DO SEU DIÁRIO: **no número 28 da Warneford Road** (tendo partido de Belfast no dia 12 de janeiro)

25 de janeiro de 1923

Eu fui para a Universidade às 10h para ouvir Onions sobre inglês medieval. [...][105] Onions deu uma agradável palestra: a melhor parte sendo as citações, que ele faz inimitavelmente. Uma vez, ele repetiu quase todo um poema com muito prazer e depois observou "Não era isso que eu queria dizer". Um homem segundo o meu coração.

26 de janeiro de 1923

Cheguei em casa na hora do chá e li Donne[106] e Raleigh[107] até pouco antes do jantar, quando comecei o meu ensaio. Eu estava acabando de me sentar para trabalhar nele de novo depois do jantar, quando ouvi uma batida na porta e, saindo, encontrei Barfield. O prazer inesperado me deu um dos melhores momentos que tive desde quando deixei a Irlanda e cheguei a casa. [...] Tivemos nossa conversa como uma briga de cachorros: sobre Baker, sobre Harwood, sobre nossas notícias mútuas [...].

---

[105]Charles Talbut Onions (1873–1965), lexicógrafo e gramático, uniu-se à equipe do Dicionário de Inglês de Oxford em 1895. Ele foi preletor de inglês em Oxford em 1920–27 e leitor de filosofia inglesa em 1927–49.
[106]John Donne (1572–1631) foi um estudioso, soldado, secretário e poeta inglês, nascido numa família católica, mas que se tornou clérigo da Igreja da Inglaterra. [N.T.]
[107]Sir Walter Raleigh (aprox.1552 (ou 1554)–1618), foi um poeta, escritor, político, soldado, cortesão, explorador e espião inglês. [N.T.]

[Barfield] está trabalhando com Pearsall Smith, que é genuinamente trivial e um materialista absoluto.[108] Ele (Smith) e De la Mare são amigos constantes [...]. Barfield espera em breve encontrar Del la Mare. Ele vê Squire com bastante frequência. Diz que Squire é um homem que promete mais do que pode realizar, não por causa da lisonja, mas porque ele realmente acredita que a sua própria influência é maior do que é. [...] Disse que sempre o surpreendia o fato de minhas produções serem tão boas quanto eram, pois eu parecia trabalhar simplesmente com inspiração e não lapidava. Assim escrevi muito boa poesia, mas nunca um poema perfeito. Falou que a porcentagem "inspirada" estava aumentando o tempo todo e que poderia me salvar no final [...]. Eu achei que sua percepção era quase estranha e concordei com cada palavra [...]. Caminhei de volta para Wadham com ele ao luar. [...]

4 de fevereiro de 1923

Saí de bicicleta para tomar chá com a Srta. Wardale. [...] Eu encontrei a Srta. W. sozinha. Depois de conversarmos por alguns minutos, fiquei agradavelmente surpreso com a chegada de Coghill [...].[109] A Srta. W., além de algumas observações sensatas sobre Wagner, estava satisfeita em recostar-se em uma espécie de atitude maternal com as mãos nos joelhos. Coghill ocupou a maior parte da conversa, exceto quando contraditado por mim. Ele disse que Mozart permaneceu como um menino de seis toda a vida. Eu disse que nada poderia ser mais apreciável: ele res-

---

[108]Logan Pearsall Smith (1865–1946) nasceu na Filadélfia, mas passou sua vida na Inglaterra, dedicando-se ao estudo da língua inglesa. Lecionou na Faculdade de Inglês de Oxford, e seus vários livros incluem três volumes de *Trivia* [Trivialidades] (1918, 1921, 1933).
[109]Neville Henry Kendall Aylmer Coghill (1899–1980) matriculou-se no Exeter College em 1919. Ele foi membro do Exeter College entre 1925 e 1957 e o Professor Merton de literatura inglesa entre 1957 e 1966. Veja seu ensaio "The Approach to English" [Abordagem do Inglês] em *Light on C. S. Lewis* [Luz sobre C.S. Lewis], ed. Jocelyn Gibb (1965). [N. T.]

pondeu (e muito bem) que poderia imaginar muitas coisas mais apreciáveis. Discordou totalmente de meu amor por Langland e por Morris [...]. Ele disse que Blake era realmente inspirado: eu estava começando a dizer "Em certo sentido..." quando ele disse "No mesmo sentido que Joana d'Arc". Eu falei: "Eu concordo. Exatamente no mesmo sentido. — Mas podemos querer dizer coisas diferentes". Ele: "Se você for um materialista". Pedi desculpas pelo aparecimento de objeções, mas disse que "materialista" era muito ambíguo. [...]

Quando me levantei para ir, ele veio comigo e caminhamos juntos até Carfax. Estava muito enevoado. Descobri que ele servira em Salônica:[110] que era irlandês e veio de perto de Cork. [...] Ele disse (assim como Barfield) que sentiu como seu dever de ser um "objetor de consciência" [contra o serviço militar] se houvesse outra guerra, mas admitiu que não tinha coragem. Eu disse sim — a menos que houvesse algo realmente digno pelo qual lutar. Ele disse que a única coisa pela qual lutaria era a Monarquia [...]. Eu disse que não me importava dois centavos com a monarquia — a única questão real era a civilização contra a barbárie. Ele concordou, mas pensava como Hobbes que civilização e monarquia andavam juntas. [...] Antes de me despedir, convidei-o para o chá: ele disse que ia justamente me convidar e por fim combinamos que eu iria até ele na sexta. Então pedalei para casa. Eu achava Coghill um homem bom, completamente livre de nossas petulâncias habituais de Oxford e do medo de ser rude [...].

9 de fevereiro de 1923

[...] Ao ir para a cama, fui atacado por uma série de pensamentos sombrios sobre o insucesso profissional e literário — o que Barfield chama de "um daqueles momentos em que alguém tem medo de não vir a ser um grande homem, afinal de contas".

---

[110] Também conhecida como Tessalônica. [N. T.]

1920-1929

15 de fevereiro de 1923

De novo hoje — isso está acontecendo com demasiada frequência agora — sou assombrado pelo medo do futuro, por saber se algum dia vou conseguir um emprego e se algum dia serei capaz de escrever boa poesia.

21 de março de 1923

Cheguei em casa muito cansado e deprimido: D me fez tomar um chá. Disse a ela (o que estava na minha cabeça a tarde toda) que não me sentia muito feliz com o plano de ficar aqui como um tutor mais ou menos independente. Não quero ser mais um na fila de anúncios na Associação — soa como o prelúdio de ser um mero preparador para exames por toda a vida. Se não fosse por Maureen, acho que eu deveria me preparar para uma universidade menor, se possível. Tivemos uma conversa bastante desanimadora sobre nossas várias dúvidas e dificuldades [...].

22 de março de 1923

Fui ao aposento de Carritt e devolvi seu Aristóteles. Então saí e vi Stevenson, que encontrei sentado em seus aposentos perto de uma lareira acesa, muito mal, com a garganta ruim e incapaz de falar muito. Perguntei-lhe quais eram as possibilidades de eu sobreviver como tutor freelance até que algo aparecesse. Falou que praticamente não havia esse tipo de trabalho na minha área. [...] Ele disse que com certeza eu conseguiria uma bolsa em breve [...]. Enquanto isso, me aconselhou a conseguir um emprego em uma universidade menor [...].

Então voltei para casa... e discuti a situação com D. Nós dois estávamos muito deprimidos. Se alguém pud. ter certeza de que voltarei para uma bolsa de estudos depois de um ou dois semestres em alguma universidade menor, poderíamos ficar com a casa de Woodstock Rd. — mas e se não? [...] Era com certeza uma situação extremamente difícil. Disso nós passamos para a perene dificuldade de dinheiro, a qual seria muito mais aguda se tivéssemos de nos separar por algum tempo. [...]

PARA O SEU PAI: **do University College**
27 de maio [de 1923]

Perdi a noção de quanto tempo faz que eu escrevi pela última vez para o senhor. Eu fiz algumas tentativas anteriores de fazer isso, mas todas elas fracassaram sob a pressão do trabalho, ou da mera trivialidade e cansaço que são a reação ao trabalho. O senhor me escreveu que a falta de tendência por escrever cartas era "uma das marcas da aproximação da idade avançada" que o senhor sentia ou achava que sentia. Se isso fosse verdade, que senilidade precoce de minha parte! Confesso, de forma muito ridícula e deplorável, que dificilmente me lembro de qualquer período desde a infância em que eu não tenha tido um monte de cartas não respondidas pesando na consciência: coisas que não teriam sido problema se respondidas na hora, mas que, ficando suspensas por semanas ou meses, tornam-se cada vez mais difíceis de escrever, e contribuem com as preocupações menores que nos assolam quando estamos deprimidos ou insones. O fato de nos submetermos a estas constantes alfinetadas seria incrível, se não fosse tão comum. [...] Nosso Coronel, baseado no princípio do "diamante cortando diamante", sabe como derrotar essa preguiça nos outros, porque ele mesmo a conhece tão bem. Em Whitsun ele me escreveu dizendo que iria chegar para o fim de semana, a menos que ele ouvisse algo em contrário: isso, em todo o caso, significa que ninguém pode fazê-lo esperar por uma resposta!

Ele veio na sexta à noite e ficou até segunda. No momento, ele está aprofundado em Gibbon e está muito entusiasmado com ele. Invejo o seu trabalho rotineiro — em si mesmo aparentemente nada desinteressante e finalizado definitivamente às quatro horas da tarde, com o resto do dia livre para leitura genérica, sem incertezas ou ansiedades. Apesar de desperdiçar o tempo com drinques e boatos no barzinho dos militares e do baixo nível mental das companhias, não posso evitar de sentir que para ele a vida militar resolveu muito bem o problema da sua existência...

Nosso verão aqui consiste de granizo, geada e ventos orientais: embora a invasão de verão dos americanos tivesse chegado de forma pontual. Eu menciono isso porque introduz uma boa história americana da qual o senhor pode não ter ouvido ainda. Nos tempos primitivos dos xerifes do velho oeste, um homem era enforcado e pouco depois a sua inocência era comprovada. As autoridades locais reuniam-se e deliberavam sobre o melhor método de levar as notícias à inconsolável viúva. Uma declaração muito abrupta era considerada um pouco "brutal" demais e o próprio xerife, como homem do maior refinamento, acabava sendo delegado para aguardar a dama. Depois de algumas observações mais apropriadas sobre os figos e o milho, ele vinha com o seguinte: "Diga-me, minha senhora, eu imagino que a senhora vá rir de nós dessa vez!" [...]

DO SEU DIÁRIO: **em "Hillsboro"**

1º de junho de 1923

Um dia frio. Passei a manhã trabalhando no meu ensaio. [...] Voltando para o College, ouvi com interesse o que suponho ser meu apelido. Várias pessoas da Univ. que eu não conheço passaram por mim. Uma delas, notando meu *blazer*, deve ter perguntado a outro quem eu era, porque o ouvi responder "O notável Lewis".

20 de junho de 1923

Eu [...] fui para casa. Encontrei D e Dorothy engraxando calçados no quarto de D. Mal as havia deixado quando ouvi um estrondo terrível e corri de volta, completamente assustado e quase acreditando que o guarda-roupa caíra sobre D. Descobri que ela mesma havia caído e machucado o cotovelo: ficou muito abalada. Todas as tentativas de fazê-la parar de engraxar e dormir sobre os louros da glória foram tratadas da maneira habitual. [...] Isso me colocou em tal raiva contra a pobreza, o medo e toda a rede infernal em que parecia estar que saí, ceifei o gramado e amaldiçoei todos os deuses por meia hora. [...]

22 de junho de 1923

De manhã eu li *Venice Preserved* [Veneza preservada][111], que contém mais sentimentalismo repugnante, linguagem rasa e verso ruim do que eu poderia ter imaginado possível. Mais tarde, quebrei e comecei a pintar as passagens expostas do chão do saguão, que foi um trabalho tão quente quanto árduo. Após o almoço, terminei o salão, fiz o mesmo na sala de visitas e ajudei D com algumas mudanças de mobília na sala de jantar. [...] Às seis saí para conhecer um novo caminho no campo de que eu tinha ouvido falar... O que me levou até a colina ao lado de uma sebe muito bela com rosas silvestres. Isso, no frescor da noite, junto com alguma curiosa ilusão de estar na encosta de uma colina muito maior do que realmente estava e o vento na sebe, me dava intenso prazer com um monte de reminiscências vagas. [...] Eu voltei aproximadamente às oito e dei água para as plantas [...].

PARA O SEU PAI: **do University College** (depois de tomar aulas de literatura inglesa)

1º de julho [de 1923]

Antes de tudo, devo agradecer-lhe de coração. [...] Espero algum dia poder recompensá-lo pelos longos anos de formação, da única forma em que eles podem ser recompensados — pelo sucesso e distinção no tipo de vida que eles almejam. Mas isso se dá em parte por sorte, e, neste meio-tempo, só posso registrar que eu não sou tão tolo a ponto de tomar estas coisas por certas, e a consciência do quanto o senhor está fazendo por mim está com muita frequência, até mesmo insistentemente, diante de mim. [...]

Eu não seria o seu filho se a perspectiva de ficar à deriva e ser um desempregado aos trinta não estivesse diante de mim com frequência: pois é claro que o temperamento ansioso da família não

---

[111]Thomas Otway, *Venice Preserv'd* [Veneza preservada] (1682). Thomas Otway (1652–1685) foi um dramaturgo inglês. [N. T.]

termina na sua geração e, para citar Jeremy Taylor:[112] "nascemos com esta tristeza pesando sobre nós." [...]

Mas, afastando tudo o que é temperamental e devido a acessos momentâneos de otimismo e pessimismo, só posso expor a situação da seguinte forma. Eu tenho, e é claro que sempre devo ter, qualificações que devem, com toda a probabilidade ordinária, tornar um emprego de docência praticamente certo, caso decidamos desistir das esperanças por Oxford. As mesmas qualificações também me projetavam bem alto na classificação dos candidatos para empregos acadêmicos aqui. Os figurões do Magdalen contaram a meu orientador recentemente que eles consideravam que meu trabalho para sua bolsa estava no mesmo nível de homens que a conquistaram, com a diferença de que os outros estavam "mais maduros". Mas é claro que o número de candidatos com qualificações iguais à minha, embora não fosse muito extenso, é amplo o suficiente para preencher totalmente um "páreo" para cada evento: e o número de vagas depende, como em outras esferas, de todo o tipo de variáveis.

Consequentemente há uma chance bastante salutar aqui, que, no todo, seria aumentada por alguns anos mais de residência em que eu teria tempo de me tornar mais conhecido e alcançar alguma experiência em pesquisa com um bacharel em literatura ou PhD e que seria, talvez, indefinida ou permanentemente perdida se eu saísse agora. Por outro lado, mesmo à parte do ponto de vista financeiro, tenho consciência muito aguda dos perigos de agarrar-se por muito tempo ao que pode não acontecer, no final. Falando puramente por mim mesmo, por hora, devo tender a estabelecer três anos como um prazo adequado para esperar antes de desistir. [...]

Iniciei e terminei a English School, embora eu ainda tenha o *viva* pela frente. É claro que fui bastante prejudicado pelo tempo reduzido em que cursei a escola e esse é, em tantos sentidos, diferente dos outros exames que eu prestei, que não devo me arriscar de profetizar [...].

---

[112] Jeremy Taylor (1613–1667) foi um clérigo da Igreja da Inglaterra que se notabilizou como escritor do protetorado de Oliver Cromwell. [N. T.]

DO SEU DIÁRIO: em "Hillsboro"

7 de julho de 1923

Eu fui de ônibus... para a Estação, onde encontrei Harwood. Ele está trabalhando em um emprego temporário ligado à Exposição do Império Britânico[113] e diz que está se tornando o completo homem de negócios. Estava com excelente aparência. [...] Caminhamos ao Parson's Pleasure para tomar banho. Foi a primeira vez que estive lá neste ano. Eles tinham terminado de ceifar os prados além da água: tudo estava fresco, verde e adorável, além de qualquer coisa. Tomamos um banho maravilhoso e então deitamos na grama, falando de uma centena de coisas até que ficamos quentes e tivemos de tomar banho de novo.

Após muito tempo, saímos e voltamos para a Associação, onde ele tinha deixado a mala, e daí fomos de ônibus para Headington. D e Maureen, é claro, chegaram em casa antes de nós, e todos nós tomamos chá no gramado.

Depois, Harwood e eu nos deitamos embaixo das árvores e conversamos. Ele me falou sobre seu novo filósofo, Rudolf Steiner[114], que "fez o fardo rolar de suas costas". Steiner parece ser uma espécie de pampsiquista, com uma veia de deliberada superstição, e fiquei muito desapontado ao ouvir que tanto Harwood como Barfield ficaram impressionados com ele. O conforto que recebiam dele (fora a balinha de puro açúcar da imortalidade prometida, que é realmente a isca com a qual ele pegou Harwood) parecia algo que poderia seguir muito melhor sem ele.

Argumentei que as "forças espirituais" que Steiner encontrou em toda parte eram ou pessoas mitologicamente *descaradas*, ou então ninguém-sabe-o-quê. Harwood disse que era um absurdo e que

---

[113] *The British Empire Exhibition* [Exposição do Império Britânico] foi uma exposição colonial que se deu no Wembely Park, na cidade de Wembley, de abril de 1924 a outubro de 1925. O trabalho a que se refere Jack deve ser de preparativos à exposição. [N. T.]

[114] Rudolf Joseph Lorenz Steiner (1861–1925) foi um reformador social, arquiteto, exotérico, filósofo e esoterista austríaco. [N. T.]

ele entendia perfeitamente o que [Steiner] queria dizer com força espiritual. Eu também protestei que o animismo Pagão era uma falha antropomórfica de imaginação e que deveríamos preferir um conhecimento da verdadeira vida não humana que está nas árvores etc. Ele me acusou de uma maneira materialista de pensar quando eu disse que a similaridade de todas as línguas provavelmente dependia da semelhança de todas as gargantas.

A melhor coisa sobre Steiner parece ser o Goetheanum,[115] que ele construiu nos Alpes [...]. Infelizmente o edifício (que deve ter sido maravilhoso) foi queimado pelos católicos...

10 de julho de 1923

Levantei de manhã cedo e vesti-me de *subfusc* e gravata branca. [...] Às 9h30, entramos na sala do *vivas* e, depois que os nomes foram chamados, seis de nós foram instruídos a ficar, dos quais eu era um.

Então sentei-me no calor terrível, em minha beca com pele de coelho, numa cadeira dura, incapaz de fumar, falar, ler ou escrever, até às 11h50. [...]

A maioria das provas orais era longa e desanimadora. A minha mesma — aplicada por Brett-Smith — durou cerca de dois minutos. Foi-me perguntado qual era minha autoridade, se alguma, para a palavra "pouquíssimo".[116] Eu lhe dei — a correspondência Coleridge-Poole[117] em *Thomas Poole and His Friends* [Thomas Poole e seus amigos]. Foi-me então perguntado se eu não tinha sido

---

[115]O Goetheanum é um centro de estudos da Sociedade Antroposófica, localizado em Dornach, Suíça. O nome é em homenagem a Goethe. O prédio original, construído por Rudolf Steiner, foi destruído por um incêndio provocado em 1922 e, posteriormente, reconstruído em 1928. [N.T.]

[116]Herbert Francis Brett-Smith (1884–1951) recebeu seu bacharel do Corpus Christi College em 1907. Em 1922 ele se tornou preletor de literatura inglesa do Pembroke College e, ao mesmo tempo, preletor de uma série de outros *college*s em Oxford.

[117]Thomas Poole (1766–1837) foi um filantropo e ensaísta que influenciou Wordsworth. [N.T.]

muito severo com Dryden[118] e, depois de termos discutido por um tempo, Simpson disse que eles não precisavam mais me incomodar.

Eu saí muito encorajado e deleitado por escapar do pessoal de idioma — um dos quais, não um *don*, era uma criatura repugnante bocejando de maneira insolente para suas vítimas e esfregando os pequenos olhos inchados. Ele tinha o rosto de um açougueiro de porco e os modos de um garoto de aldeia em uma tarde de domingo quando ficava entediado, mas ainda não havia chegado ao estágio de briga.

> [Em 16 de julho os resultados do exame da English School foram postados e no dia seguinte, Jack telegrafou ao seu pai dizendo: "Um Primeiro em Inglês". Nas próximas semanas, ele ganhou um pouco de dinheiro, corrigindo ensaios em inglês para certificados acadêmicos. Seguiu-se a isso uma visita ao seu pai em Belfast no período de 22 de setembro a 10 de outubro.]

DO SEU DIÁRIO: em "Hillsboro"

11 de outubro de 1923

Eu cruzei a noite passada vindo da Irlanda depois de quase três semanas em Little Lea. Em dois aspectos, minhas férias obrigatórias foram uma grande melhoria em relação à maior parte das que eu tinha tido, pois me dei muito bem com meu pai e mantive a usual inércia mental à distância por trabalhar firmemente em meu italiano.

[...] Em compensação, eu nunca estive realmente bem, sofrendo de dores de cabeça e indigestão. Na solidão daquela casa, tornei-me hipocondríaco e, durante algum tempo, imaginei que estava com apendicite ou algo pior. Isso me preocupou bastante, não apenas principalmente pela coisa em si, mas porque eu não via como conseguiria voltar para cá a tempo. Eu tive uma ou duas terríveis noites de pânico.

Fiz muitas longas caminhadas na esperança de que me fizessem dormir. Eu estive duas vezes em Cave Hill, onde eu pretendo ir

---

[118]John Dryden (1631–1700) foi um crítico literário, poeta, tradutor e dramaturgo, premiado com o *Poet Laureate* em 1668. [N. T.]

muitas vezes no futuro. A visão abaixo do abismo entre Napoleon's Head e o corpo principal dos despenhadeiros é quase a melhor que já vi. Fiz outro passeio deleitoso sobre as colinas de Castlereigh, onde eu tive a alegria real — a única vez em muitos anos que eu tive isso na Irlanda.

Nesta manhã, fui chamado às 7h. [...] Ao descer em Oxford, encontrei-me em um frio ar invernal e, enquanto ia de ônibus para Headington, senti os horrores mais ou menos da última semana partindo como um sonho. [...] Então fui para casa, cheio de felicidade, e fui cedo para a cama, estando muito cansado e sonolento.

PARA O SEU PAI: **do University College**

22 de novembro [de 1923]

Eu tenho uma certa quantidade de novidades para lhe dar, todas de um caráter inconclusivo. Para tocar primeiro no item menos agradável, temo que o velho Poynton se provou como sendo uma decepção em matéria de alunos: creio que isso se deve ao fato de ele ter ficado fora do páreo por muito tempo. Ele é um homem idoso e habitualmente sobrecarregado, então, não o julgo, apesar de eu ter ficado bem desapontado [...].

Recentemente eu tive *um* aluno, embora não graças a Poynton. Trata-se de um jovem de dezoito anos que está tentando obter uma bolsa de clássicos. Eu devo treiná-lo na escrita de ensaios e inglês para ensaios e trabalhos gerais que estes exames sempre incluem. Temo que não vamos conquistar louros com ele. Eu o questionei sobre leitura de clássicos: nosso diálogo foi algo do tipo:

EU: "Bem, Sandeman, que autores gregos você esteve lendo?"
SAND (alegre): "Eu nunca consigo lembrar. Tente citar alguns nomes e eu vou ver se me lembro de algum."
EU (um pouco contido): "Você já leu algo de Eurípedes?"[119]

---

[119]Eurípides (aprox.480–aprox406 a.C.) foi autor de tragédias da Atenas clássica. [N. T.]

SAND: "Não."
EU: "De Sófocles?"
SAND: "Ah, sim."
EU: "Que peças dele você leu?"
SAND (depois de uma pausa): "Bem — o Alceste."
EU (apologeticamente): "Mas essa não é de Eurípedes?"
SAND: (com uma surpresa genial de alguém que encontrou £1 onde achou que tinha uma nota de 10/-: "Realmente. É mesmo? Pelos deuses, então eu *realmente* li algo de Eurípedes!"

A outra pérola é ainda melhor. Eu lhe perguntei se ele conhecia a distinção que os críticos fazem entre um épico *natural* e *literário*. Ele não sabia: o senhor pode também não saber, mas não faz diferença. Então eu expliquei a ele que, quando um monte de velhas canções de guerra sobre algum herói mitológico era legado pela tradição oral e gradualmente fundido em uma unidade por sucessivos trovadores (como no caso de "Homero"[120]), o resultado era chamado de épico natural; mas quando um poeta individual se sentava com uma pena na mão para escrever *Paraíso Perdido*, isso era um épico literário. Ele ouviu com grande atenção e depois observou: "Suponho que a Elegia de Grey[121] seja do tipo natural."

Que tipo de idiotas podem tê-lo deixado se candidatar para uma bolsa? Entretanto, ele é uma das criaturas mais alegres, saudáveis e mais perfeitamente satisfeitas que eu já encontrei. [...]

DO SEU DIÁRIO: **em "Hillsboro"** (parte de um resumo dos eventos de 22 de outubro até o final de dezembro de 1923)

[Dezembro de 1923]

Foi pouco depois disso que eu li *Hassan*, de Flecker.[122] Causou uma grande impressão em mim e acredito que seja realmente uma

---

[120]Homero foi o autor presumido dos poemas clássicos gregos Ilíada e Odisseia. [N. T.]
[121]Thomas Grey (1863–1928) foi um poeta inglês. [N. T.]
[122]James Elroy Flecker (1884–1915) foi um poeta, dramaturgo e romancista inglês, muito influenciado pelos poetas parnasianos. [N. T.]

grande obra. Carritt (a quem encontrei nos Martlets pouco tempo depois) acha que sua insistência com a dor física coloca-a tanto como literatura superficial quanto coloca a pornografia em outra: que ela funciona no sistema nervoso, e não na imaginação. Acho difícil de responder: mas estou quase certo de que ele está errado. [...]

PARA O SEU PAI: **do University College**
4 de fevereiro [de 1924]

O senhor vai explicar seu prolongado silêncio como uma resposta ao meu — pelo menos espero que não haja motivo mais sério para ele do que este, e o caráter esporádico da correspondência que o senhor alega ser uma das penalidades, se é que não é um dos privilégios, dos anos após os cinquenta. Eu, como o juiz, tenho outros motivos.

Assim que eu conheci pessoas aqui, ouvi falar de um novo fantasma, uma bolsa pobre no St John's, criando uma vaga agora e abrindo para candidaturas. A advertência de que a preferência seria dada a "parentes dos fundadores e pessoas nascidas no condado de Stafford" não parecia suficiente para me deter de tentar a minha sorte. Primeiro eu pensei em enviar-lhes a minha velha dissertação, que eu tinha escrito para Magdalen: mas ninguém liga muito para as suas próprias coisas uma vez que elas já tenham caducado, e acabei decidindo escrever uma nova. Eu estava em muito boa forma, mas estava sob a pressão do tempo: e é claro que há uma perda de tempo quando a gente se atira no trabalho que havia abandonado por alguns meses — os velhos cintos não vão caber imediatamente com facilidade.

Foi apenas depois de ter enviado meu trabalho que descobri quão reduzidas necessariamente deveriam ser minhas chances. Eu supus — e quem não o faria — que a preferência por nativos de Staffordshire etc. significava apenas uma preferência, sendo as outras coisas iguais. Achei, entretanto, que, se aparecesse algum candidato que reivindicasse tal preferência e, além disso, tivesse ou um Segundo em Greats ou um Primeiro em qualquer outro exame final, ele teria que ser eleito. É claro que não sei se, de fato, há tal candidato na área, pois Stafford é uma cidade grande, e podemos ter certeza de que o fundador era algum sujeito idoso filoprogenitivo que, como Carlos II, em Dryden, "espalhou a imagem do seu criador pela terra". Em breve devemos esperar uma derrota com quase toda certeza. [...]

Isso, então, ocupou as minhas primeiras semanas. E eu mal havia me recomposto quando algo muito irritante aconteceu. Tive varíola e só agora fui liberado da quarentena. É claro que eu estive bem o suficiente para escrever por algum tempo, mas não sei se o senhor já teve esta doença e pensei que seria melhor não correr o risco de infectá-lo: disseram-me que, quanto mais velho você é, menos probabilidade tem de "pegá-la", mas pior você fica se pegar. Tive uma temperatura muito alta no começo e noites bem pouco confortáveis de intensa transpiração, mas isso passou logo. O perigo de eu cortar algum dos pontos no meu rosto, é claro, tornou o barbear impossível até o dia de hoje, e eu fiquei com uma bela barba. Deixei o bigode, que iria excitar a inveja do "pobre Warren", mas eu provavelmente me cansaria dele em poucas semanas. Ele é muito duro e todos os fios crescem em direções diferentes, e ele é mais grosso de um lado do que do outro [...].

Você deve saber, é claro, que minha bolsa está no fim. Foi nominalmente uma bolsa de £80 por ano. O que eu recebi de fato dela foram aproximadamente £11 por trimestre. Algumas vezes era um pouco mais e outras, um pouco menos, mas geralmente deu uma média de £33 por ano [...]. Eu tinha esperança de ser capaz de dar um jeito de outras formas — com alunos e coisas assim —, mas eles não apareceram, e temo que precisarei pedir ajuda. Não gosto de aumentar seus encargos — mas, como Kirk disse: "Tudo isso já foi dito anteriormente."

Eu perdi Sandeman. Ele teve boas notas em seu inglês na bolsa que tentou perto do Natal, e sua mãe e o outro professor particular disseram as melhores coisas de mim. Mas que droga! Que o tolo quebre a perna [...].

1920–1929

DO SEU DIÁRIO: em "Hillsboro"

29 de fevereiro de 1924

Pouco depois do chá, que foi bem tarde, subi para me vestir em preparação para jantar com Carritt [...] No jantar, Carritt colocou na minha mão o anúncio da vaga no Trinity — uma bolsa oficial para filosofia no valor de £500 por ano. [...] caminhei para casa, olhando para os detalhes da bolsa do Trinity enquanto eu passava pelas lâmpadas. Por alguma razão, a possibilidade de obtê-la e tudo o que se seguiria se eu conseguisse veio à minha mente com uma vivacidade incomum. Eu vi que envolveria viver lá, o que uma ruptura de nossa vida atual significaria e também como o dinheiro extra tiraria cargas terríveis de todos nós. Eu vi que significaria um trabalho bastante completo, que eu poderia ficar submerso e a poesia esmagada.

Com profunda convicção, de repente tive uma imagem de mim mesmo, Deus sabe quando e onde, no futuro, relembrando esses anos desde a guerra como a mais feliz ou a única parte realmente valiosa de minha vida, a despeito de todas as suas decepções e os seus medos. No entanto, o anseio por uma renda que pod. nos libertar da ansiedade era mais forte que todos os sentimentos. Eu estava em um estado estranho de empolgação — e tudo pela mera chance em cem de consegui-la.

17–25 de março de 1924

Durante esse tempo, foi uma infelicidade que minha primeira onda de primavera no "Dymer" coincidisse com uma convulsão por fazer geleia e faxina de primavera por parte de D, o que levou ao trabalho doméstico sem escalas. Dei um jeito de escrever bastante nos intervalos do trabalho na cozinha e enviar mensagens em Headington. Eu escrevi todo um último canto com considerável sucesso, embora o final não tenha dado certo. Eu também mantive meu bom humor quase o tempo todo. O trabalho doméstico pesado é uma excelente alternativa para a ociosidade ou para pensamentos odiosos — o que talvez seja a razão de a pobre D acumulá-lo neste momento, mas como alternativa ao trabalho que está desejoso por e a apto a fazer (*naquela hora* e só Deus sabe quando de novo) é enlouquecedor. Não é culpa de ninguém: a maldição de Adão.

PARA O SEU PAI: **do University College**

27 de abril [de 1924]

Estive me exercitando no dever ligeiramente desagradável de deixar tudo pronto para minha candidatura à bolsa do Trinity — obtendo recomendações e conversando com uma pessoa ou duas, que escreverão inoficialmente para mim. Também fui a um jantar, onde encontrei o encarregado da filosofia contemporânea do Trinity, cujo sucessor eu devo me tornar, se for eleito. Isso, sem dúvida, foi feito para me dar a oportunidade de impressioná-lo com minhas qualificações sociais e intelectuais únicas.

Infelizmente toda a conversa foi dominada por uma pessoa importuna que queria falar (e efetivamente *falou*) sobre o estado da Índia, e suponho que troquei menos do que dez palavras com o homem do Trinity. Entretanto, pode ter *sido* melhor assim. Uma pessoa que sabe que está no palco dificilmente estará na sua melhor *performance*: e ouvi dizer que esse homem do Trinity é um velho muito tímido, em processo de se aposentar e ranzinza, difícil de conversar. Nesse meio-tempo enviei minha candidatura e aguardei — lembrando-me de que a melhor cura para a decepção é a moderação de esperanças [...].

Não me lembro se lhe contei sobre a minha última visita à Tia Lily. Eu saí de ônibus. O motorista não entendeu imediatamente onde eu desejava saltar, e um agricultor idoso de barba branca interferiu: "Você sabe, Jarge — onde mora aquela velha com seus gatos." E expliquei que era exatamente lá que eu queria ir. Meu informante observou: "Você terá algum trabalho quando *chegar* lá." Sua palavra se realizou, pois quando cheguei à cabana, vi a cerca sustentando uma estrutura de fios de aproximadamente três metros de largura, que se estendia até por cima do portão. Ela a criou para evitar que seus gatos escapassem para a rua principal. Nesta ocasião, ela me apresentou uma velha imagem: "São Francisco pregando diante do Papa Honório", porque, disse ela, o Papa era igualzinho a mim. Não é um de seus caprichos, pois eu mesmo realmente consigo ver a semelhança. Suponho que a natureza, afinal de contas, não tenha mais do que um número limitado de rostos para usar [...].

PARA O SEU PAI: do University College

[11 de maio de 1924]

Tenho algumas boas — ou relativamente boas — notícias. Há algumas noites fui convocado a ligar para o novo mestre depois do jantar e encontrar com Farquharson e meu velho tutor de filosofia, Carritt; quando cheguei lá, o seguinte "transpareceu". Parece que Carritt está saindo por um ano para lecionar filosofia na Universidade de Ann Arbor, Michigan, e foi sugerido que eu devesse assumir seus deveres de tutoria aqui durante sua ausência, e também dar palestras. Assim que ouvi a proposta, eu disse que já era um candidato à vaga no Trinity. A isso, eles responderam que eles não tinham intenção de me fazer sacrificar a possibilidade de um emprego permanente: era evidente que, se eu fosse eleito para o Trinity, eu deveria ser liberado do meu compromisso com a Univ. — a menos que de fato Trinity estivesse disposto a me deixar cumprir as duas tarefas, e eu me sentia capaz de fazê-lo. Isso tendo sido esclarecido, é claro que aceitei a oferta deles.

Fiquei um pouco decepcionado que eles me ofereceram apenas £200 — especialmente, já que previ que, se eu vivesse e jantasse na mesa elevada, eu teria uma vida mais dispendiosa do que agora. Temo que necessitarei ainda de alguma assistência de sua parte. É claro que o emprego de Carritt deve valer mais do que isso: imagino que ele esteja mantendo a sua *bolsa* e que eu vou receber seus emolumentos de *tutoria*, e que desses, Farquharson, que está "tomando alguns dos homens seniores", esteja recebendo uma parte.

Estar sob a superintendência de Farquharson será, em certa medida, problemático, e, de fato, eu já tive uma amostra de sua futilidade exigente. Então enviei ao mestre, como título de minhas palestras propostas para o próximo trimestre, "The Moral Good — its place among the values" [O bem moral — seu lugar entre os valores]. Dentro de uma hora obtive uma nota trazida até meus alojamentos por mensageiro especial, "Farquharson sugere 'posição' em vez de 'lugar'. Por favor me informe a sua visão imediatamente". Há glória para você, como Humpty Dumpty disse! Bem, o salário é baixo e é temporário, e à sombra de Farquharson, mas é melhor estar do lado de dentro do que de fora, e é sempre um começo. A experiência será valiosa.

O senhor pode imaginar que agora estou bem ocupado. Devo tentar fazer a leitura da maioria dos Greats antes do próximo trimestre e fazer isso mais profundamente do que eu já fiz, quando eu mesmo era candidato. Devo estar pronto para todos os candidatos e pesquisar todos os caminhos alternativos que considerei seguro negligenciar em meu próprio caso. Dessa vez, não pode haver nenhum jogo de poeira nos olhos do examinador. Preparar minhas preleções será, entretanto, o maior trabalho de todos. Devo palestrar duas vezes por semana no próximo trimestre, o que chega a quatorze horas ao todo. O senhor, que já rodou tanto, poderia me dizer melhor do que eu quanto um homem é capaz de falar em uma hora. Imagino que poderia realmente contar ao mundo tudo o que penso sobre tudo em cinco horas — e, meu Deus, é possível ouvir párocos se queixando porque têm que pregar vinte minutos por semana. Entretanto, como Keats observa em algum lugar, "Droga, quem está com medo?": é preciso aprender este método lento deliberado tão precioso para o verdadeiro preletor. Como Farquharson observou (sem sombra de um sorriso), "É claro que sua primeira preleção seria *introdutória*". Eu me senti tentado a responder: "É claro: eis porque eu sempre ignorei as *suas* primeiras preleções!"

Como um candidato prospectivo, jantei no Trinity na outra noite [...]. Eu estava muito favoravelmente impressionado com o povo do Trinity. Na sala de fumo, depois do jantar, estivemos em um número suficiente para uma conversa genérica e tive uma de minhas melhores noites imagináveis, sendo que havia "piada" sobre todas as coisas [...]. Assim, se Trinity não me desse uma bolsa, pelo menos eu obtive momentos muito agradáveis [...].

DO SEU DIÁRIO: **em "Hillsboro"**

15 de junho de 1924

Após o jantar, fui de ônibus para Exeter e segui para os aposentos de Coghill onde, depois de uma curta espera, juntaram-se a mim Coghill e Morrah.[123] O último é [...] um Membro de All Souls [...]. Ele nos contou uma boa história de como H.G. Wells tinha jantado em All Souls e disse que Oxford gastava muito tempo em latim e grego. Por que essas duas literaturas têm toda atenção para si? Agora a literatura russa e a persa eram muito superiores aos Clássicos. Alguém (esqueci o nome) fez algumas perguntas. Logo ficou evidente que Wells não sabia grego, latim, persa ou russo. "Eu acho", disse alguém, "que sou a única pessoa presente aqui esta noite que conhece estas quatro línguas: e posso assegurar-lhe, Sr. Wells, que você está enganado: nem literatura russa nem persa são tão boas quanto as literaturas da Grécia ou de Roma.

3 de julho de 1924

Hoje eu fui a Colchester para viajar de volta no *sidecar* de W[arnie]. [...] Uma chuva rápida caiu quando cheguei a Colchester, onde fui recebido na estação por W e levado para o Red Lion, onde tomei chá. Este é um dos mais antigos hotéis da Inglaterra, curiosa e lindamente radiante. W. me diz que o americano que insultou Kipling no jantar de Rhodes, em Oxford, alcançou muita fama (de alguma espécie) no exército. W. tinha acabado de ler *Puck of Pook's Hill*[124] [Puck do Monte Pook] pela primeira vez: elogiou muito e eu concordei com ele.

---

[123]Dermot Macgreggor Morrah (1896–1974) tirou o título de bacharel no New College em 1921 e foi bolsista do All Souls College em 1921–28. Foi escritor-chefe para uma série de jornais, incluindo *The Times*, e publicou vários livros sobre a Família Real.
[124]Obra infantil de Kipling. [N. T.]

Enquanto estávamos sentados sob o teto de uma espécie de pátio após o chá, esperando a chuva parar, um Major apareceu, a quem W. me apresentou, dizendo-me depois que ele era um espécime muito bem preservado do verdadeiro velho tipo de chateação do exército.

Quando clareou um pouco, caminhamos para ver a cidade, que é um lugar do velho mundo muito preguiçosamente agradável, não diferente de Guildford. O castelo romano é muito agradável, de um estilo bastante novo para mim, como também os restos do antigo portão de Camolodunum. Há também uma antiga casa agradável (agora um escritório, mas deveria ser um *pub*), marcada com tiros das guerras civis.

Depois de tudo, dirigimos pra fora da cidade para uma terra elevada, ventosa e cheia de acampamentos. O acampamento de W. consiste em uma pequena casa de campo antiga ("uma casa de Jorrocks", como ele a chamava) e seu parque, agora cheio de barracas. O C.O. mora na casa de Jorrocks. Eu fui levado para onde os soldados fazem as refeições (Senhor, como é estranho estar em tal lugar novamente!) e, é claro, me foi dada uma bebida. Os "Orficiais" foram realmente muito agradáveis comigo. Foi estranho para mim ver o lugar das refeições cheio de pessoas à paisana.

Então voltamos à cidade, para um clube civil em que W. é membro, onde ele havia providenciado uma festa real do tipo que nós dois gostávamos: nenhum disparate sobre sopa e pudim, mas um linguado para cada um, costeletas com ervilhas verdes, uma *grande* porção de morangos e creme e uma caneca da cerveja local, que é muito boa. Então nos empanturramos como Imperadores Romanos em uma sala só para nós e mantivemos uma boa conversa. [...]

Nós voltamos ao acampamento. W. havia se transferido para outra barraca e eu fiquei com seu quarto. Ele tem dois quartos para seus aposentos. A sala de estar com fogão, poltrona, fotos e todos os seus livros franceses é muito agradável. Percebo que um estúdio em uma barraca, ou em uma caverna, ou na cabana de um navio, pode ser agradável de uma maneira que é impossível para um simples quarto em uma casa, a agradabilidade aqui é uma *vitória*, uma espécie de conforto desafiador — enquanto em uma casa, sem dúvida, a pessoa exige conforto e fica simplesmente irritada com sua ausência. Ele "pôs em minhas mãos" *A revolta dos anjos*, de Anatole France,[125] em uma tradução, o que parece ser um divertido sarcasmo.

4 de julho de 1924

Começamos nossa jornada em Oxford após o café da manhã, no refeitório militar. O dia pareceu ameaçador no início, mas tivemos tempo bom. Não me lembro do nome dos vilarejos pelos quais passamos, exceto Braintree e Dunmow (onde vive o manta de toicinho).

Em St. Alban's, paramos para ver a Catedral: eu já estive antes em meus dias de Wynyard por volta de 1909 ou 1910 para sentar e me ajoelhar por três horas para assistir Wyn Capron (a quem Deus rejeita!) sendo ordenado diácono ou sacerdote, não lembro qual. No entanto, naqueles dias, naquele dia sem trabalho, a viagem a St. Albans, o serviço de três horas e um almoço de carne fria e arroz em um hotel foram um deleite para o qual contamos os dias antes e sentimos "*nessum maggior dolore*" quando o dia seguinte nos trouxe de volta à rotina. Fiquei muito feliz em considerar definitivamente a catedral inglesa mais pobre que eu já vi.

Na cidade compramos duas tortas de carne de porco para suplementar o que W. considerava o suprimento espartano de sanduíches que nos foi dado pelo refeitório e bebemos cerveja. Eu acho que foi aqui que W. forjou o plano de desviar da nossa rota, para almoçarmos no Hunton Bridge, no LNWR,[126] onde costumávamos sentar e assistir à partida dos trens quando saíamos em nossas caminhadas de Wynyard. Eu assenti ansiosamente. Adoro exultar em minha felicidade por estar para sempre a salvo de pelo menos um dos maiores males da vida — o de ser um menino na escola.

Nós nos movemos muito rápida e alegremente debaixo do sol brilhante, enquanto a terra foi ficando mais feia e vil a cada curva,

---

[125]Anatole France, nome de nascença François-Anatole Thibault (1844–1924), foi um poeta, jornalista e romancista francês de vários best-sellers. [N. T.]
[126]Abreviatura para London and North Western Railway [Estrada de Ferro de Londres e Noroeste]. [N. T.]

e, portanto, cada vez melhor para o nosso propósito. Chegamos na ponte e devoramos a cena — os dois túneis, que eu quase não reconheci de início, mas a memória voltou. É claro que as coisas haviam mudado. Os arbustos ficaram bem mais altos. A zona rural não era mais essa terra desolada que um dia nos pareceu. Comemos nossos sanduíches de ovo e tortas de porco e bebemos nossa cerveja engarrafada. Apesar dos temores de W., isso era tudo o que podíamos fazer para superar a todos. Mas, então, como ele destacou, o cenário todo estava apropriado. Nós estávamos nos comportando como o teríamos feito há quinze anos. "Tendo comido tudo o que estava à vista, tínhamos, agora, terminado." Tivemos várias conversas magníficas sobre reminiscências. Desenvolvemos nossa própria versão de *si jeunesse savait:* se ao menos pudéssemos ter visto isso a partir do inferno de Wynyard. Eu tive um prazer meio cômico, meio selvagem (a glória súbita de Hobbes) em pensar como, pelas leis puras e simples da vida, nós tínhamos alcançado completa vitória e Oldy[127] havia fracassado completamente. Pois ali estávamos nós, com o estômago cheio de sanduíches, sentados no sol e vento, enquanto ele esteve no inferno ao longo dos últimos dez anos.

Prosseguimos viagem e tivemos chá em Aylesbury — estávamos meio tontos agora de tanto ar fresco — e chegamos a Oxford antes das sete.

No sábado [...] W. e eu (depois de eu lavar a louça suja do almoço) pedalamos para Wantage Road, onde ele queria tirar uma foto do trem mais rápido na Inglaterra. Fizemos isso com sucesso e procuramos um lugar adequado para o chá na viagem de volta.

Um camponês nos disse que não havia nenhum *pub* perto, mas que poderíamos tomar chá no [...] — soou como Casa de Cachorro. Nós dois tínhamos certeza de que não poderia haver um lugar chamado Casa de Cachorro, no entanto, de imediato, o encontramos. Ali tivemos aventuras estranhas. Toquei a campainha em uma porta fechada — é uma pequena casa vermelha sob um

---

[127] Oldy era o diretor louco de Wynyard, referido em *Surpreendido pela alegria*. [N. T.]

tablado de madeira —, esperei dez minutos: depois toquei de novo. Por fim, apareceu uma mulher feia e muito velha. Eu perguntei se poderíamos tomar chá. Ela me olhou de modo severo e perguntou: "Vocês são golfistas?": à minha resposta "não", ela fechou a porta suavemente e eu a ouvi mancar nas entranhas da casa. Me senti como Arthur no Castelo de Orgólio.

Sem demora, a antiga dama apareceu outra vez e, olhando de maneira ainda mais severa para mim, perguntou-me uma segunda vez o que eu queria. Repeti que queríamos chá. Ela aproximou o rosto do meu e depois, com o ar de quem por fim chegou à questão, perguntou: "*Há quanto tempo* você quer?". Eu fui incapaz de responder a esta pergunta, mas pela graça de Deus a bruxa me deixou *multa parantem dicere* e desapareceu mancando mais uma vez.

Dessa vez ela deixou a porta aberta e nós entramos e seguimos para uma confortável sala de jantar, onde um chá abundante e bastante decepcionante nos foi servido. Ficamos ali sentados por muito tempo. Uma tempestade de vento surgiu (levantada, sem dúvida alguma, por nossa anfitriã, que, a propósito, pode ter sido o terror matriarcal) e a hera chicoteava as janelas.

No dia seguinte, domingo, fomos para o banho no Parson's Pleasure […] W. nos deixou na segunda-feira […].

9–16 de julho de 1924

Passei a maior parte do tempo procurando os livros que eu deveria examinar […]. Esta é a primeira vez que eu dou uma olhada em Macaulay em muitos anos: espero que demore muitos anos até que o leia novamente. Não é o estilo (no sentido mais estrito) que é o problema — é um estilo muito bom dentro de seus próprios limites. Mas o homem é uma fraude — uma mente vulgar, superficial e autoconfiante, absolutamente inacessível às complexidade e delicadezas do mundo real. Ele tem o ar jornalístico de especialista em tudo, de aceitar todos os pontos de vista e estar sempre do lado dos anjos: ele apenas irrita um leitor que tenha o mínimo de experiência de *conhecer* as coisas, de saber como são. Não há dois centavos de valor de pensamento real ou de real nobreza nele. Mas não é estúpido.

PARA O SEU PAI: **do University College** (depois de ler e corrigir muitos ensaios para certificados acadêmicos)

[27 de julho de 1924]

Eu deveria ter respondido à sua última tão generosa carta mais cedo, mas nas últimas três semanas estive ocupado da manhã até à noite fazendo exames. Realizar exames é como censurar cartas no exército ou (imagino eu) como ouvir confissões, sendo um sacerdote. De antemão parece interessante — uma perspectiva vantajosa curiosa, da qual olhar para dentro das mentes de toda uma multidão de pessoas "como se fôssemos espiões de Deus": mas isso se revela cruelmente enfadonho. Da mesma forma que o censor subalterno acha que todo homem em seu pelotão diz a mesma coisa em suas cartas para casa; e da mesma forma que o sacerdote, sem dúvida, acha que todos os seus penitentes confessam os mesmos pecados; assim o examinador acha que em uma centena de meninas e meninos de todas as classes sociais de todas as partes da Inglaterra, dificilmente uma dúzia se torna memorável; ou por ideias originais, ou por erros divertidos.

O ensaio que eu tive que corrigir mais foi sobre *David Copperfield*[128] e o *Eothen* de Kinglake:[129] e a primeira questão era "Contraste os personagen Uriah Heep e Sr. Micawber". Assim, pega-se a primeira folha de respostas e se lê: "Uriah Heep é o tipo acabado de um charlatão; o Sr. Micawber, por outro lado, é o retrato de um devedor feliz e sortudo." Então, a gente se arrasta para a mesma questão, respondida pelo próximo candidato e lê: "Sr. Micawber é o retrato de um devedor feliz e sortudo, enquanto Uriah Heep é um típico (ou talvez "typicle") charlatão." E assim vai, por todas as horas maçantes do dia, até que o nosso cérebro transborda de Uriah Heep e Sr. Micawber e se tem vontade de acabar com o editor ou quem quer que tenha fornecido o jargão enlouquecedor sobre o "retrato acabado de um charlatão".

---

[128]Obra de Charles Dickens. [N. T.]
[129]Alexander William Kinglake (1809–1891) foi um historiador e escritor de viagens inglês. [N. T.]

1920-1929

Preciso dar crédito ao fato de que eu fui, assim, forçado a ler *Eothen*. Eu sei, é claro, que ele estava na prateleira em sua capa vermelha, perto do teto do porta do escritório, desde que me lembro por gente — e ficou lá, sem sair do lugar por vinte faxinas de primavera, a Revolução Russa e a Monarquia Alemã. Não sei se esse foi um dos livros que o senhor me recomendou ler. É possível até mesmo (tais coisas tem sido conhecidas) que *Eothen* tenha vivido ali todos esses anos na prateleira de livros do escritório intocado, não apenas pela Revolução Russa, mas igualmente também pela mão de seu dono [...]. Em todos os casos, recomendo efusivamente que o senhor se proporcione uma noite agradável descendo o Kinglake. Se o senhor não estiver com estômago para a coisa toda, pelo menos leia a entrevista entre o Pasha e o "policial possível de Bedfordshire" no primeiro capítulo e a Surpresa de Sataleih, no último, para uma dose de humor: e para uma prosa ornamentada, devo recomendar o capítulo de abertura sobre Constantinopla, a parte começando com "a noiva tempestuosa do primeiro magistrado é a escrava serviçal do sultão". O Coronel esteve aqui pouco antes de meu confinamento ter começado e eu o converti em meu novo ídolo: portanto o senhor deve, de todo jeito, "entrar" e compartilhar dos espólios — a menos, é claro, que o senhor, de fato, já o tenha lido [...].

Eu quase esqueci de lhe dizer que, por ocasião da última visita de W., fui até Colchester por uma noite, a fim de voltar com ele na moto. Uma motocicleta nova é uma máquina nobre, e paramos para o almoço na ponte da estrada de ferro, perto de Watford, que costumava ser o destino regular de nossas caminhadas quando estivemos em Wynyard. Aqui nós sentamos na beirada da encosta, olhando para baixo para a linha principal do L.N.W.R. para a qual costumávamos olhar quando esse era o único objeto de interesse na paisagem. Era estranho achar que a dita paisagem era uma área de campo inglesa bem ordinária, até mesmo agradável: e era quase impossível de se dar conta do aterrorizante vazio e hostilidade a que ela estava um dia associada. Naqueles dias, nós não havíamos nos acostumado ao colorido inglês (tão diferente de Uslter): nossos interesses e apreciação da natureza eram limitados aos rios familiares, vento forte e árvores florescentes — víamos isso tudo apenas como uma massa de terra abominável que nos afastava de casa por centenas de quilômetros e dos montes e do mar e dos navios e de tudo com o que um homem razoável poderia se importar. Ficamos desconcertados por algum tempo de constatar que a linha do trem estava fora do alcance das vistas, a partir da cerca na qual costumávamos sentar para olhá-la: até que W. se deu conta da verdade simples de que algumas árvores, que eram pequenas em 1909, haviam se tornado grandes em 1924. Este é um daqueles momentos que faz o mais jovem entre nós se sentir velho [...].

PARA O SEU PAI: do University College
Selo de: 28 de agosto de 1924

Quando eu cheguei à parte de sua carta em que o senhor fala de como Deus moderou o vento para a ovelha tosquiada, eu sinceramente a pus de lado e comecei a rir. Uma piada numa carta raras vezes tem esse efeito: usualmente só o que chega é o fantasma da dita piada — ela atinge o intelecto sem afetar a face. Mas a imagem de Warnie como uma ovelha tosquiada, e a expressão pela qual ele diria "O que o senhor quer dizer com isso?" se o senhor tentasse explicar a ele *por que* ele era engraçado feito uma ovelha tosquiada, teria sido o máximo para mim. Mas, apesar de o senhor não tê-lo mencionado a mim, eu sei muito bem *quem* moderou o vento no caso presente.

Estou protelando minhas quatorze preleções — já cheguei na de número cinco, ou antes, acabei de terminá-la. Penso que eu disse anteriormente que não as estou escrevendo *in extenso*, apenas em forma de notas. O elemento extemporâneo assim produzido é perigoso para o iniciante, mas *ler* as preleções faz as pessoas dormirem, e eu penso que preciso mergulhar no assunto desde o começo e aprender a *falar*, e não a recitar. Fico ensaiando constantemente, expandindo minhas notas para públicos imaginários, mas é claro que é difícil ter certeza do que vai preencher uma hora. Talvez eu o use como cobaia quando estiver em casa! A parte trabalhosa é a constante verificação de referências e das *citações*. Como diz Johnson, "uma pessoa escreve bastante rapidamente, quando escreve a partir do que ela mesma pensa: mas ela revirará metade de uma biblioteca para escrever um livro".[130] E, é claro que quando se está tentando *lecionar* não se pode ter certeza de nada. Até o momento eu sempre conversei ou li para pessoas para quem eu poderia dizer "Você se lembra da façanha de Bradley sobre o julgamento" ou "O tipo de negócio que você adquire no começo de Kant". Mas é claro que isso não funcionará agora — e o que irrita nisso tudo é que quando você de fato verifica o trecho é que ele sempre diz mais do que você deseja ou menos. Consequentemente, passei os meus dias correndo de biblioteca para biblioteca, ou caçando coisas do sumário de um livro e outro. A propósito, na instrução *oral*, quantas vezes você terá que dizer a mesma coisa, antes de as pessoas o captarem? O senhor deveria estar em condições de dizê-lo.

Enquanto isto vem à minha cabeça — a propósito da foto de Warnie tomando banho — suponho que seja aquela dele *boiando* que ele me mostrou: dizendo-me, ao mesmo tempo, que um dos seus colegas observou "Uma das visões do verão é de ver Lewis *ancorado* fora da costa" […].

PARA O SEU PAI: **do University College**

[15 de outubro de 1924]

Em certo sentido, foi tudo bem na minha preleção inaugural de ontem — o único problema foi o público. Eles me colocaram no mesmo horário de uma preleção mais importante, de um homem bem estabelecido, em outro lugar. Eles também, por erro de impressão, colocaram que a minha preleção seria em Pembroke e não na

---

[130]James Boswell, *The Life of Samuel Johnson* [A vida de Samuel Johnson], 6 de abril de 1775 (com pequenos erros de citação).

Univ. Nessas condições, não era de se estranhar que ninguém apareceu. O fato é que *quatro* pessoas compareceram! Isso é claro que não é muito encorajador. Mas não vou permitir que isso me desanime. Homens melhores do que eu começaram da mesma forma, e deve-se ser paciente. Enquanto as preleções altamente essenciais do Sr. Pritchard estiverem sendo dadas ao mesmo tempo em que as minhas, eu não posso esperar que alguém compareça.[131] Nem se preocupe com isso.

De resto, tudo está indo bem. Todos os meus novos colegas são a gentileza em pessoa e todos dão o seu melhor para me fazer sentir-me em casa — especialmente o querido velho Poynton. Eu acho a tutoria fácil na hora (embora eu tenha ficado curiosamente cansado no final do dia) e já impressionei alguns bons homens entre meus alunos. Eu vi apenas um fracasso real até agora — um homem que celebrou a sua primeira hora comigo contando-me as mentiras mais óbvias que eu já ouvi em pouco tempo [...]. Tenho o capitão de futebol do College entre os meus alunos e estou ocupado em me inteirar também *deste* assunto, a fim de estar em condições de conversar com ele.

> [Jack e Warren viajaram para Belfast com a motocicleta e *sidecar* e estiveram com o seu pai de 23 de dezembro de 1924 a 10 de janeiro de 1925. Eles fizeram uma breve excursão de alguns dias para o sul da Inglaterra antes de retornar a Oxford, em 13 de janeiro.]

PARA O SEU PAI: **do University College**

Selo de: 11 de fevereiro de 1925

O senhor deveria ter ouvido notícias minhas mais cedo, mas eu não estive em condições de escrever. Passei a primeira quinzena do trimestre na cama com uma gripe. Temo que meu organismo esteja

---

[131]Harold Arthur Pritchard (1871–1937), que esteve fazendo preleções sobre filosofia, foi membro do Hertford College em 1895–98, um tutor, membro do Trinity College, em 1898–1924, e professor do *White* de filosofia moral, em 1928–37.

adquirindo o *hábito* de pegar esta doença problemática toda vez que há um surto. Como o senhor mesmo a teve e como o senhor sem dúvida lembra das consequências psicológicas curiosas que ela produz no estágio de convalescência — a depressão e o sentimento de morto-vivo — não preciso descrevê-las [...].

W. e eu tivemos um retorno magnífico, e eu lamentei que ele não tivesse a sua câmera com ele. De Shrewsbury até Oxford tudo estava perfeito: uma orgia de florestas, montes, rios largos, castelos cinzentos, abadias normandas e cidades que sempre estiveram adormecidas. Gostaria de poder descrever Ledbury ao senhor. Ela consiste de aproximadamente quatro ruas largas em que metade das casas é de tipo elisabetano, de madeira e branca, com arestas na frente. Ela se encontra cravada no meio de um campo contínuo agradável e o fim dos montes de Malvern chegam até o fim da cidade. O melhor de tudo, ninguém ainda a "descobriu": ela não se tornou um lugar visado e os habitantes estão pouco conscientes de que haja qualquer coisa de extraordinário nela. Eu também gostaria que o senhor visse Ludlow, com o seu castelo, assento antigo do Conde de Marches, onde *Comus* foi encenado pela primeira vez. Mas, afinal de contas, para onde é que se pode ir no sul ou oeste da Inglaterra, sem que se encontre beleza?

Acho que não tenho muitas novidades. Tudo está indo como de costume aqui — isto é, de forma muito agradável no todo, embora com alguma sensação de desgaste e pouco lazer. Minhas preleções foram melhores este trimestre, embora ainda seja muito o caso de "público capaz, mas reduzido". Meu assistente mais perseverante é um pastor idoso (não consigo imaginar de onde ele seja) que toma notas copiosamente e me lança olhares penetrantes de quando em quando. Alguém sugeriu que ele fosse um espião, enviado pela chefia da faculdade para detectar heresias de novos preletores — e que ele vem com a ideia de que, se ele me der corda suficiente, eu acabarei me enforcando no final. Também tem uma menina que fica desenhando metade do tempo — ai de mim, eu mesmo já fiz isso! [...]

PARA O SEU PAI: **do University College**

[Abril de 1925]

Lamento muito ouvir de sua "péssima Páscoa": a minha foi salva pela viagem de dois dias com Warnie. De resto, eu estive muito ocupado durante o feriado, trabalhando contra o tempo para me preparar para o trimestre, o que, para dizer a verdade, eu comecei num estado deveras cansado. Como o senhor me disse: "Falar é a ocupação mais exaustiva que existe."

A excursão foi prazerosa: tive o prazer de revisitar Salisbury e vê-la de forma mais detida. Eu me lembro bem da minha visita anterior. "Era um domingo" e *não* muito cedo pela manhã, como o senhor sem dúvida se lembra, quando paramos por alguns minutos na carreira precipitada do Tio Hamilton e ouvimos a oração da manhã, indo para a Catedral. Naquela ocasião, não concordei com o senhor e liguei menos para a cidade do que Wells ou Winchester.

Desta vez, na medida em que divisamos Salisbury, em que, naquelas grandes precipitações, aquele pináculo pode ser visto a mais de vinte quilômetros de distância, comecei a ter as minhas dúvidas. Mais tarde, quando tivemos nosso chá e caminhamos até o claustro, decidi que era muito bom do seu próprio jeito, mas não do meu jeito favorito. Mas quando saímos novamente, eu a vi à luz do luar depois da ceia e fiquei completamente cativado. Era uma noite de primavera perfeita, com a lua quase cheia, sem nenhum vento soprando nem o barulho das ruas. A meia-luz aumentou seu tamanho, e as massas de sombra incisivas caindo em três grandes manchas das três faces principais de um dos lados enfatizavam a extraordinária simplicidade pela qual ela se distinguia tanto, por exemplo, de Wells.

Esta é a verdadeira diferença, penso eu, e o que me repeliu a princípio: as outras [cidades], em uma dúzia de estilos misturados, cresceram de século para século como coisas orgânicas e a história lenta de mudança secular foi construída nelas. É possível sentir mais as *pessoas* por trás delas: os artesãos sem nome nesta ou naquela gárgula que é diferente de todas as outras.

Salisbury, por outro lado, é a ideia de uma mente genial, posta em prática imediatamente para sempre. Se não fosse pelas dificuldades mecânicas, ela poderia ter sido construída em um dia. Não é Kipling que fala do Taj Mahal como uma "visão feita de mármore"? Com base na mesma metáfora poder-se-ia dizer que Wells é uma [visão] feita em rocha e Salisbury, um momento petrificado. Mas que momento! Quanto mais se olha, mais ela satisfaz. O que me impressionou ao máximo — o mesmo pensamento vem à mente de todos em lugares assim — era a força da Mente: as milhares de toneladas de alvenaria mantidas no lugar por uma ideia, uma religião: pilar, janela, acres de esculturas, o próprio sangue do trabalho de homens, todos amontoados ali e gloriosamente *inúteis*, no sentido da única utilidade básica para a qual construímos agora. Isso é realmente típico de uma mudança — a cidade medieval em que as lojas, as casas se amontoam aos pés da catedral; e a cidade moderna, onde as igrejas se amontoam entre os escritórios de arranha-céus e as "lojas" deploráveis. Demos outra boa olhada para ela à luz da manhã, após o café — quando os membros roliços e confiantes do capítulo das penas, murmurando no próprio pátio, deram um novo charme. W. diz que Salisbury é Barset:[132] se fosse, devíamos ter estado perto de onde o guarda disse "Temo que eu não vá gostar nunca da Sra. Proudie" e o Arquidiácono tirou o chapéu para "deixar a nuvem de vapor escapar".

Na nossa corrida daquele dia, paramos em Stonehenge — uma manhã muito bonita e intensamente silenciosa, exceto por uma salva de tiros de um treinamento durante a viagem. Foi a primeira vez que ouvi revólveres disparando, desde que eu havia saído da França, e não posso exprimir a estranheza da sensação. Por um lado, parecia bem mais alto e mais sinistro e genericamente desagradável do que eu havia esperado: quem sabe isso fosse natural, dada a tendência geral da memória de minimizar as coisas, e dada também a solidão e silêncio do local.

---

[132]Provavelmente referência a *The Chronicles of Barsetshire*, de Anthony Trollope (1815–1882), romancista e servidor civil inglês da Era Vitoriana. [N. T.]

Pensei (como eu havia pensado quando revisitamos Watford) o quão misericordioso seria se às vezes pudéssemos prever o futuro: como teria me sustentado por muita noite longa de trabalho nas trincheiras, se eu pudesse me ver "daqui a sete anos" fumando meu cachimbo no lugar mais antigo dos campos velhos, seguros e confortáveis da Inglaterra, onde os revólveres só atiravam para alvos. Mas, no todo, entretanto, não seria um privilégio cômodo: embora eu não tenha sombra de dúvida de que isso é concedido a alguns — mas como todas estas revelações misteriosas por meio do Algo Mais da nossa experiência, isso parece chegar sem rima ou razão, escolhido indiferentemente para a trivial ou trágica ocasião. Eu não sei por que eu estou falando inadvertidamente sobre esse assunto que pode não interessá-lo: o senhor deve atribuí-lo a uma erupção momentânea daquele senso de irremediável ignorância e perplexidade que está se tornando, a cada ano que passa, mais certamente a minha reação permanente às coisas. Não importa para o que mais a raça humana possa ter sido feita, ao menos ela não foi feita para saber.

Esse é o meu último trimestre "de vínculo" com a Univ. e nenhuma palavra ainda sobre bolsa. Começo a temer que ela não virá de forma alguma. Uma bolsa em inglês foi anunciada no Magdalen e é claro que estou me candidatando a ela, mas sem esperanças sérias, já que creio que muito do pessoal sênior, incluindo meu próprio velho tutor de inglês, está se candidatando. Se ele a conseguir, eu posso receber alguma "boa vontade no negócio": refiro-me a alguns alunos da Univ., de Exeter e de outros lugares que ele terá que abandonar. Essas esperanças continuamente deferidas são difíceis de lidar, e temo que sejam penosas para o senhor também. Sobre dinheiro, se o senhor puder me emprestar £40 — caso o senhor ache isso razoável —, eu estarei mais do que contente.

Meu melhor aluno está em grandes apuros. Em meados do último trimestre, ele foi dar assistência a seu pai no leito de morte. Ele chegou atrasado no início deste trimestre, tendo ficado preso em casa enquanto sua mãe era operada de um câncer. Para piorar as coisas, o pobre sujeito ficou muito mal com a morte de seu pai, e até se tinha dúvidas no último trimestre, se ele estaria em condições de continuar com o seu curso. É realmente impressionante o quanto problemas podem durar, uma vez que eles tenham acometido um indivíduo ou uma casa. Se ao menos ele tivesse tido uma chance decente, ele quase certamente alcançaria um Primeiro: além disso, ele é um sujeito muito modesto e decente. A gente se sente muito impotente em estar constantemente em contato com casos assim. Se eu fosse mais velho ou, ainda, se fosse seu contemporâneo, eu poderia estar em condições de transmitir algum senso de identificação: mas a ligeira diferença de idade ou algum defeito na minha pessoa formam uma barreira intransponível e eu só posso sentir o quanto a minha "filosofia" deve parecer trivial ou exterior e até impertinente para ele num momento como esse.

Sinto muito se esta carta está muito fragmentária — e escrita de forma bem escrachada e ruim. Eu a escrevi nos intervalos entre os alunos e em momentos ocasionais. O senhor não deve achar que eu me esqueci do senhor em meus longos silêncios. Muitas vezes tenho coisas a dizer ao senhor no dia a dia, mas na ausência da conversa de *viva voce* elas se vão e o tempo e humor para uma carta programada não surgem com facilidade.

Quando eu estive no Hall e na sala comunal posteriormente, ouvi uma coisa interessante. Você se lembra da Sra. Asquith dizendo naquela autobiografia detestável que ela, certa vez, perguntou a Jowett se ele jamais esteve apaixonado? Ele respondeu: "Sim"; e, sendo perguntado como era a dita cuja, ele respondeu: "Violenta — muito violenta."[133] Aparentemente a dita cuja era, na verdade, Florence Nightingale. Poynton e Farquharson ambos sabiam do caso. Quanto à sua "violência", veja Strachey[134]

---

[133] *The Autobiography of Margot Asquith* [Autobiografia de Margot Asquith] (1920), v. I, p. 118.
[134] Lytton Strachey (1880–1932) foi um biógrafo e crítico literário inglês. Sua obra mais famosa é a biografia da Rainha Vitória. [N. T.]

em *Eminent Victorians* [Vitorianos eminentes]. A história — uma estranha tragicomédia — parecia que era propriedade comum. Ambas as partes eram irascíveis e teimosos e brigavam quase toda vez que se encontravam: e, no entanto, o caso durou longo tempo. [...]

> [Em 20 de maio de 1925, o Sr. Lewis registrou o seguinte incidente em seu diário:
>
> Enquanto eu aguardava o jantar, Mary entrou no escritório e disse: "Um telegrama para o senhor."
> "Leia-o."
> "Eleito bolsista do Magdalen. Jack."
> "Obrigado."
> Subi para o quarto dele e caí no choro de alegria. Ajoelhei-me e agradeci a Deus de coração. Minhas orações haviam sido ouvidas e respondidas.]

PARA O SEU PAI: do University College

26 de maio de 1925

Primeiramente, quero agradecer-lhe do fundo do coração pelo apoio generoso, estendido por seis anos, que foi exclusivamente o que me permitiu chegar até aqui. Ao longo do tempo, vi homens, meus congêneres em habilidades e qualificações, caírem fora pela falta dele. "Quanto tempo consigo suportar a espera" era a pergunta que todos se faziam: poucos tinham aquele apoio de pessoas com ambas as condições: capazes de mantê-los no páreo tanto tempo e desejosos por fazê-lo. O senhor esperou não apenas sem queixa, mas cheio de encorajamento, enquanto oportunidade atrás de oportunidade escapava e quando o objetivo parecia cada vez mais distante. Obrigado e, mais uma vez, obrigado. Foi um negócio de dar nos nervos, e eu mal tive tempo para saborear minha boa sorte com gosto.

Antes de tudo, conforme eu lhe disse, pensei que tinha meu próprio tutor, Wilson, por rival, o que tornaria a coisa toda perdida.

Mas descobri que se tratava de um boato. Depois escrevi para Wilson e Gordon (o professor de literatura inglesa),[135] solicitando recomendações e confiando neles como meus apoiadores mais fortes. Dentro de vinte e quatro horas tive a mesma resposta de ambos. Eles lamentavam muito. Se ao menos eles tivessem sabido que eu estava me candidatando [...]. Eles achavam que eu havia definitivamente abandonado o inglês para me dedicar à filosofia. O fato é que eles já haviam dado seu apoio ao meu amigo Coghill do Exeter. Mais uma vez, eles lamentaram muito, e firmaram-se muito sinceramente etc.

Isso era o suficiente para levar qualquer um ao desespero: mas veja como os astros às vezes conspiram por nós. Dois dias depois vieram notícias de que Coghill havia recebido a oferta de uma bolsa em seu próprio College e havia se retirado de cena.

A recomendação de Wilson — que foi muito boa — veio com a próxima correspondência. Gordon disse que ele não escreveria nada, já que ele seria consultado pessoalmente pelo povo do Magdalen, mas que ele me *apoiaria*. Isso é claro que era bem melhor do que uma recomendação. Mas eu mal me permiti ter esperanças. Depois, veio uma carta de Gordon — "CONFIDENCIAL". "Fui consultado sobre minha opinião acerca dos candidatos de ontem e apostei todas minhas fichas em você. Penso que suas chances sejam boas, mas, é claro, nunca se sabe o que a roda da fortuna fará em casos como esse." Isso, eu disse para mim mesmo, é pelo menos o mais perto que já cheguei: mas não tenha esperança, não se fie nisso.

Depois veio um convite para jantar no Magdalen, no domingo, há duas semanas. Isso era um sinal apenas de que eu era uma das possibilidades. Então vieram os pequenos problemas que pareciam tão grandes naquela ocasião. Será que Magdalen era um dos Colleges onde eles usavam gravata branca e casaca ou será que eles

---

[135] George Stuart Gordon (1881–1942) foi bolsista de inglês do Magdalen College de 1907 até que se tornou professor de inglês no Leeds. Voltou a Oxford para se tornar o Professor Merton de inglês, em 1922–23, depois do que se tornou presidente do Magdalen College, de 1928 até sua morte.

usavam *smoking* e *black ties*? Perguntei ao Farq., e ele me recomendou gravata branca e casaca: e é claro que, quando eu cheguei lá, encontrei todos em *black tie* e *smoking*. Estes jantares para inspeção não são exatamente a forma mais agradável de passar a noite — como o senhor deve imaginar. Era difícil de dizer que "ele vai apreciá-lo quando chegar lá". Mas devo dizer que eles trataram a situação da melhor forma possível, que deveria ser incômoda tanto para os anfitriões como para os convidados. Até aí, tudo bem.

Depois veio um período de tempo tempestuoso do tipo que deixa um homem nervoso e irritadiço, mesmo que ele não tenha nada na sua cabeça: e vieram as notícias de que Bryson e eu éramos os dois candidatos reais.[136] Bryson é da casa e conhece Arthur: mas é claro que eu mencionei seu nome no maior e mais estrito possível segredo. Certa tarde, naquela semana, vi o dito Bryson emergindo do Magdalen e ("tão cheia de formas é a fantasia")[137] senti uma convicção interna irrefutável de que ele havia vencido e me conformei com isso.

No sábado Warren (1) se encontrou comigo na rua e tivemos uma conversa vaga, embora gentil.[138] Na segunda-feira recebi uma mensagem muito abrupta dele, pedindo que eu fosse vê-lo na terça-feira de manhã, com o curioso acréscimo: "É muito importante." Eu não gostei nada daquilo: isso sugeria algum percalço horrível. Será que eu seria examinado, como no *viva*, em verbos do anglo-saxão, ou solicitariam minhas visões sobre os Trinta e Nove Artigos? Tivemos trovões naquela noite, mas a tempestade que veio foi fraca, insuficiente para limpar o ar e a terça-feira se levantou como uma manhã úmida, quando se transpira a qualquer movimento, e as

---

[136]John Norman Bryson (1896–1976) se formou na Queen's University, em Belfast, e no Merton College, Oxford. Ele foi preletor nos Colleges de Balliol, Merton e Oriel, em 1923–40, e membro e tutor de literatura inglesa no Balliol College em 1940–63.

[137]Shakespeare, *Twelfth Night* [Décima segunda noite], I, i, 14.

[138]Sir Thomas Herbert Warren (1853–1930) recebeu um Primeiro em Mods e Greats no Balliol College. Ele se tornou membro do Magdalen em 1877 e foi seu presidente em 1885–1928.

grandes garrafas azuis se ajeitam nas suas mãos. Isso soa como se eu estivesse me preparando para escrever uma conclusão emocionante: mas o fato é que *era mesmo* uma manhã horrível e ela *era realmente* emocionante o suficiente para mim naquela hora.

Fui até Magdalen e, o senhor acredita, ele me fez esperar *meia hora*, antes de me receber. Os meninos do coro estavam praticando na torre por perto. Quando ele me viu, tudo não passou de formalidades. Eles estavam realizando a eleição no dia seguinte e achavam que eu era "o candidato mais forte e mais aceitável". Agora, *se* eu fosse eleito, será que eu concordaria com isso, e estaria preparado para aquilo, e será que eu entendia que os termos da bolsa implicariam naquilo outro? A única coisa de alguma importância foi "estaria eu preparado para, além dos alunos de inglês, ajudar com a filosofia?". (Isso, eu imagino, me coloca numa boa posição: provavelmente nenhum outro candidato tinha feito inglês, bem como filosofia.) É desnecessário dizer que eu teria concordado em treinar um bando de marionetes no quadrângulo: mas eu pareci muito sábio e disse que refletiria sobre todos os pontos dele e espero que eu não tenha dado nenhuma margem à subserviência. Ele então me deu um sermão sobre as necessidades especiais dos graduandos de Magdalen — como se eles fossem diferentes de quaisquer outros! — tudo como se eu já tivesse sido eleito, mas sem dizer que eu tinha sido. Ao longo de toda a entrevista ele foi frio e seco e nem de perto tão agradável quanto havia sido no sábado. Finalmente, ele me dispensou com a solicitação de que eu ficasse perto da Univ. na tarde seguinte, caso eles tivessem que me chamar.

E então, no dia seguinte — aproximadamente às 14h30 — eles me ligaram e eu fui até lá. Warren me viu, disse-me que eu havia sido eleito e me esticou a mão: ele havia me escrito uma carta muito gentil de congratulações, dizendo-me que ele acreditava que eles podiam se congratular. Trata-se de um emprego bom conforme os nossos padrões: começando com £500 por ano, com "providência de quartos, uma *pensão* e auxílio alimentação". A eleição para cinco anos, apenas no primeiro caso, é claro, significa apenas que em cinco anos eles têm a oportunidade de se verem livres de você, caso você não se prove "à altura do nosso sucesso". Se tudo correr bem, espera-se ser reeleito.

Um gato "me encontrou no dia do meu sucesso" e me mordeu fundo no polegar direito, enquanto eu tentava impedi-lo de atacar um pequeno cachorro. De fato, para continuar a alusão a Shakespeare, eu "me intrometi no meio de opositores poderosos que se irritaram".[139] Com a ajuda de cataplasmas, eu agora reduzi a inflamação, e este é o primeiro dia em que consigo escrever com facilidade. Eu teria melhorado mais cedo, se não tivesse sido forçado a responder diariamente, da melhor forma possível, às congratulações gentis que me alcançaram. Devo terminar agora. Foi uma carta egoísta, mas o senhor mesmo me solicitou isso. Mais uma vez, com toda a minha gratidão de coração e meu amor [...].

(1) Estou me referindo ao presidente do Magdalen, é claro, não ao Grande Irmão.

PARA O SEU PAI: **do University College**

14 de agosto [de 1925]

O único outro evento de importância desde que escrevi pela última vez foi a minha "admissão" formal no Magdalen. Trata-se de uma cerimônia formidável, mas não inteiramente a meu gosto. Sem qualquer aviso do que estavam me reservando, o vice-presidente (um sujeito jovem chamado Wrong, que conheci num passeio para Cambridge)[140] conduziu-me para uma sala, onde encontrei toda a equipe — ela é grande no Magdalen. Warren estava em pé e, quando Wrong colocou um travesseiro vermelho a seus pés, eu me dei conta, com algum desagrado, de que aquilo era para se ajoelhar. Warren então me abordou por uns cinco minutos em latim.

---

[139]*Hamlet*, V, ii, 60–61.
[140]Edward Murray Wrong (1889–1928), um estudioso de Balliol, ganhou um First Class [Primeira Classe] em história moderna em 1913 e foi eleito membro do Magdalen em 1914. Foi vice-diretor do Manchester College of Technology, em 1916–19, depois do que ele retornou a Magdalen.

Eu estive em condições de acompanhar mais ou menos três quartos do que ele disse: mas ninguém havia me dito que resposta era para eu dar, e foi com alguma hesitação que eu arrisquei *do fidem* como resposta — copiando a fórmula de conquista do seu mestrado. Isso pareceu contentar todo mundo. Convidaram-me então (em inglês) para me ajoelhar. Quando fiz isso, Warren me pegou pela mão e me levantou com as palavras "Eu lhe desejo felicidade". Isso soa bem o suficiente no papel, mas foi pouco impressionante de fato: e eu tropecei na minha beca ao me levantar. Então vi meu suplício chegar ao fim: mas nunca estive mais enganado na vida. Em seguida, fui convidado a dar a volta na mesa e cada membro que eu encontrava apertou-me a mão e repetiu as palavras: "Eu lhe desejo felicidade." O senhor mal pode imaginar o quanto isso soou estranho na vigésima quinta repetição. Os ingleses não têm talento para cerimoniais glamourosos. Eles passam por eles de forma indolente e com certa mistura de rebeldia e constrangimento, como se todo o mundo achasse tudo bem ridículo e estivesse, ao mesmo tempo, pronto para atirar no primeiro que o admitisse. Já nas universidades francesas ou italianas, tudo poderia ter se dado de forma nobre [...].

De certa forma, eu compartilho de seu lamento de que quando a abertura veio, ela não veio para a Univ. Nunca deverei achar uma sala comum de que goste mais: e toda quebra na continuidade de suas associações é, até certo ponto, desagradável. Ninguém gosta, mesmo na minha idade, de ver uma parcela da vida ser projetada para o passado.

Quanto à outra mudança — da filosofia para o inglês — eu compartilho menos dos seus sentimentos. Penso que o senhor esteja enganado em supor que o campo da filosofia esteja menos concorrido: isso lhe parece assim só porque o senhor tem mais chance de ver a literatura concorrida. Se o senhor lesse o *Mind* [Mente] e um ou outro dos periódicos do tipo tão regularmente quanto lê o *Literary Supplement* [Suplemento Literário], o senhor provavelmente mudaria a sua visão. Penso que as coisas sejam iguais nesse sentido. Em outros sentidos, eu estou bem grato pela mudança.

Cheguei a pensar que, mesmo se eu tivesse a mente, não teria o cérebro e nervos para uma vida de pura filosofia. Uma procura entre as raízes abstratas das coisas, um questionamento perpétuo de tudo aquilo que os homens tomam por certo, uma ruminação por cinquenta anos sobre a ignorância inevitável e uma constante vigilância dos limites entre o mundo da ciência convencional rigorosa e iluminada e a vida cotidiana — será que esta é a melhor vida para temperamentos como os nossos? Será este o caminho da saúde ou mesmo da sanidade? Há um tipo de pessoa, de dura cerviz e autossuficiente em seu "igualitarismo de barriga cheia" que necessita urgentemente daquele clima pessimista e questionador. E o que pode ser um tônico para o saxão, pode ser um deboche para nós, celtas. Como certamente é para os hindus.

Não estou condenando a filosofia. De fato, ao me voltar dela para a história e crítica literária, estou consciente de um declínio: e, se o ar nas alturas não me serviu, ainda assim resgatei algo de valor. Será um conforto para mim, por toda a minha vida, saber que o cientista e o materialista não têm a última palavra: que Darwin e [Herbert] Spencer,[141] minando crenças ancestrais, encontram-se assentados sobre uma fundação de areia; de pressupostos gigantescos e irreconciliáveis contradições, a uma polegada da superfície. Isso deixa a coisa toda rica em possibilidades: e se isso frustra os otimistas superficiais, também faz a mesma coisa com os pessimistas rasos. Mas uma vez tendo visto toda esta "escuridão", uma penumbra cheia de promessas, talvez seja melhor fechar a porta do alçapão e voltar à vida ordinária: a menos que você seja um dos realmente grandes, que consegue enxergar nisso um pequeno caminho — e eu não era.

Em todo o caso, fiquei contente de escapar de uma desvantagem definitiva na filosofia — sua solidão. Eu estava começando a perceber que, já no primeiro ano, [o curso de filosofia] o leva para

---

[141]Herbert Spencer (1820–1903) foi um biólogo, antropólogo, sociólogo e filósofo, que se destacou pelo darwinismo social. [N. T.]

fora do alcance de todos os outros profissionais seguros. Ninguém simpatiza com as suas aventuras neste assunto porque ninguém as compreende: e se você descobrir um tesouro, ninguém será capaz de usá-lo. Mas talvez isso seja o suficiente sobre este assunto. Espero que o senhor esteja bem e livre de calos, gengivites e outras "cruzes" [...].

> [Na próxima visita de Jack a seu pai, eles se deram melhor do que fizeram há muito tempo. Em seu diário de 13 de setembro, o Sr. Lewis escreveu: "Jacks chegou para as férias. De boa aparência e em ótimo humor." No dia 1º de outubro, ele escreveu: "Jacks retornou. Uma quinzena e alguns dias comigo. Muito agradável, sem nenhuma nuvem negra. Fui ao barco com ele. Foi a primeira vez que eu não paguei a sua passagem. Eu ofereci, mas ele não quis."
>
> Seguindo o seu retorno para Oxford, Jack dividiu o seu tempo entre Magdalen e "Hillsboro". Durante o trimestre ele dormia nos seus aposentos no *college* — escadaria 3, número 3 do New Buildings {Prédio Novo} — e visitava a "família" no "Hillsboro" às tardes. Quando o trimestre terminou, isso foi invertido e ele passava as noites no "Hillsboro" e ia para Magdalen sempre que havia necessidade para tanto.]

PARA O SEU PAI: do Magdalen College
21 de outubro de 1925

Quando discutimos a hipótese de mobiliar os meus aposentos antes de eu ir embora, achei esta uma contingência muito remota. Foi um golpe esmagador descobrir que eu tinha que arrumar tudo — e para três salas espaçosas: sendo que a medida da generosidade do *college* era algum linóleo e um lavatório para o banheiro. É difícil dizer, com base em que princípio são providenciados lavatórios para os bolsistas, mas que eles têm que se virar para arrumar suas próprias camas: a menos que seja um símbolo de *vigilância* e pureza combinados, que é tão característico da sua vida corporativa. Carpetes, mesas, cortinas, cadeiras, forros, ferros de passar roupas, caixas de carvão, toalhas de mesa — tudo — tinha que ser adquirido com pressa. Custou-me mais de £90, por mais que eu tivesse sido capaz de conseguir algumas coisas de segunda mão. Isso parece uma soma alarmante, mas não acho que eu tenha sido extravagante: os aposentos certamente não parecem ter sido mobiliados por um plutocrata.

As redondezas externas são lindas para além das expectativas e esperanças. Viver no palácio do Bispo em Wells teria sido bom, mas dificilmente seria melhor do que isso. Minha sala de estar se volta para o norte e dela não vejo nada, nem mesmo uma quina ou pináculo, para me fazer lembrar de que estou numa cidade. Eu tenho a vista sobre uma extensão de grama nivelada, que termina num bosque de árvores de floresta imemorial, que no momento estão coloridas com o vermelho do outono. Os veados vagueiam por ele. Eles são erráticos em seu hábitos. Algumas manhãs, quando eu olho para fora, há meia dúzia aparando a relva bem abaixo de mim, e em outras, não há nenhum à vista — ou um pequeno cervo (não muito maior do que um bezerro e parecendo magro demais para o peso de seus próprios chifres) parado e emitindo, através do nevoeiro, este pequeno som estranho que estes animais "mugem". Trata-se de um som que logo será tão familiar para mim quanto o mugido de vacas no campo em casa, pois eu o ouço de dia e de noite. Do meu lado direito, quando eu olho pela janela, há "o seu passeio favorito".[142] Minha sala de estar menor e o quarto estão virados para o sul por sobre um gramado largo, voltado para os prédios principais de Magdalen, com a torre do outro lado. Isso bate Bannaher!

Quanto ao "College", em outro sentido — enquanto uma sociedade humana — só posso dizer pouco por enquanto. As primeiras impressões do novo cenário mudaram várias vezes no primeiro mês. Eles são todos muito gentis comigo. O tom geral do lugar me afeta como sendo bastante descuidado e irreverente — quero dizer, entre os *dons* — mas eu posso muito bem estar enganado.

---

[142] O passeio favorito de Joseph Addison (1672–1719), que havia sido tanto aluno como bolsista do Magdalen College.

Sambo [o presidente] quase nunca aparece. O fato mais surpreendente é que eles são muito menos formais que na Univ. Eles não se vestem para o jantar, exceto quando o presidente está presente, ocasião em que uma mensagem de alerta nos é enviada aos nossos aposentos. Mais uma vez, há um enorme número de nós, comparado com a Univ., e nós nos encontramos com muito mais frequência. Assim, nós tomamos café e almoçamos na Sala Comunal: refeições nos nossos próprios aposentos (que eu pensei serem universais em Oxford) são desconhecidas aqui, tanto para *dons* como para graduandos. Os últimos são um pouco distantes do restante de Oxford: não inteiramente por afetação, mas por uma questão de geografia, estamos "no fim da cidade": ou, como alguém disse, somos o começo do subúrbio. Tenho bem poucos alunos no momento, o que, é claro, me ajuda a melhorar a minha leitura. Eles são sujeitos bem legais [...].

PARA O SEU PAI: **do Magdalen College**
4 de dezembro [de 1925]

Sofri um golpe terrível — não fique alarmado, isso não tem a ver nem com a vida, os membros do corpo ou a reputação. Eu já estava bem preocupado com a dificuldade de preparar uma preleção de Inglês no tempo à minha disposição, mas como eu escolhi um assunto curto, que eu domino bem (precursores do movimento romântico do século XVIII), esperei estar em condições de cumpri-lo suficientemente bem. Qual não foi o meu desprazer em descobrir, quando o esboço da lista de preleções do trimestre seguinte me foi enviado, que o meu velho tutor, Wilson, iria palestrar sobre "Poesia inglesa de Thomson[143] até Cowper[144]". Agora, é claro que os meus "precursores", com exceção de alguns críticos e outros escritores de

---
[143]Pode ser James Thomson (1700–1748) dramaturgo e poeta escocês, ou James Thomson (1834–1882), que escreveu sob pseudônimo de Bysshe Vanolis, também poeta escocês, ou James Thomson (1763–1832), poeta escocês tecelão. [N. T.]
[144]William Cowper (1731–1800) foi poeta e hinográfico Inglês. [N. T.]

prosa, são precisamente os poetas de Thomson e Cowper. Trata-se, na verdade, do mesmo assunto, com um título diferente. Isso significa que, não estando nem em condições, nem pretendendo competir com Wilson, sou levado a me concentrar nos autores de prosa, dos quais, no momento, sei muito pouco. Devo esperar um período mais duro do que nunca entre agora e o próximo trimestre. É claro que todos os assuntos mais fáceis e óbvios que saltem à sua cabeça estão há muito tempo ocupados pelos chefões.

A consequência imediata é que eu temo que não estarei em condições de passar mais do que uma semana em casa esse Natal. Para compensar isso, eu devo tentar aparecer na Páscoa. Lamento desapontá-lo (e a mim mesmo): mas é apenas um de muitos males que eu vejo em consequência desta má sorte quanto à preleção. Na melhor das hipóteses isso significa trabalhar mais duro para um resultado inferior. É claro que ninguém, muito menos o próprio Wilson, deve levar a culpa [...].

PARA O SEU PAI: **do Magdalen College** (depois de uma visita ao seu pai em Belfast de 20 a 28 de dezembro; Warren estava destacado em Woolwich)

[5 de janeiro de 1926]

Warnie e eu tivemos uma viagem bem interessante de volta. Primeiro houve o episódio do bêbado cordial no salão de fumo do barco de Liverpool; mas acho que a pena do Coronel vai fazer mais jus à história do que a minha. Em segundo lugar, houve um viajante incrivelmente erudito no trem. Suponho que ele havia deduzido de nossa conversa — W. estava lendo o diário de Evelyn[145] — que éramos pessoas lidas, mas ele deixou passar várias horas antes de nos interromper de repente, de uma forma bastante apologética. Eu depreendo que ele vive entre pessoas que não compartilham de seus gostos e é um alívio para ele poder falar sobre isso. Sua

---

[145]Evelyn Underhill (1875–1941), escritora inglesa conhecida por sua militância pacifista e por seus inúmeros trabalhos sobre prática religiosa e misticismo cristão.

voz não tinha o tom de uma pessoa educada, mas sua leitura era interessante: Pepys, Evelyn, Burnet, Boswell, Macaulay, Trollope, Thackeray, Ruskin, Morris e *The Golden Bough* [O velocino de ouro]. Ele parecia ser alguma espécie de arquiteto ou decorador.

Agora, este é o tipo de coisa que me agrada. Ter uma conversação literária no escritório em Leeborough ou na sala comunal em Magdalen não é (comparativamente) nada, porque se permanece no círculo mágico de seu próprio metiê e casta: não há nada para refutar a acusação de se estar fora do mundo, de se estar brincando com coisas que talvez obtenham um valor imaginário da conversa fiada de grupos especialmente formados. Mas falar sobre as mesmas coisas com um homem, cuja formação é incerta, em um vagão de terceira classe — isso restaura nossa fé no valor da palavra escrita e nos faz nos sentir bastante em casa em nosso próprio país. Trata-se da diferença entre ter uvas de uma estufa e de um vinhedo.

A outra coisa interessante na nossa viagem foi o novo cenário produzido pelas enchentes. Em volta de Warwick (o senhor se lembra de Warwick), por quilômetros a fio, não havia nada além de água entre um arbusto e outro — e depois os pequenos montes, virando ilhas. Um vilarejo em ascensão com "uma igreja digna defrontando (ou *coroando*) o monte vizinho" tem um efeito bem aprazível.

O senhor provavelmente reconheceu a foto anexa [do Magdalen College] na *Times* de hoje, mas eu a envio, caso o senhor não a tenha visto. O prédio comprido do lado direito da torre é o "New Building" [Prédio Novo] que Gibbon, que viveu nele, chamou de "aglomerado monumental" [...]. O senhor pode imaginar, a partir da foto, que visão magnífica eu tenho agora que o parque se encontra coberto de modo a formar um lago. Em um dia bonito, quando o céu torna a água azul e o vento a enche de ondas, pode-se até supor que seja um braço do mar. É claro que eu não estou esquecendo o lado grave da enchente: mas, afinal de contas, o que se há de fazer? Não posso salvar a vida dos camponeses holandeses ou os bolsos dos camponeses de Warwickshire, recusando-me a apreciar a beleza da coisa, como ela se apresenta da minha janela [...].

PARA O SEU PAI: do Magdalen College

Selo de: 25 de janeiro de 1926

Quanto ao sarampo alemão — o senhor me consideraria afetado se eu elencar um número de doenças leves entre os pequenos prazeres da vida? Os primeiros estágios são desagradáveis, mas ao menos eles o levam a um ponto no qual desistir de tudo e ir para a cama é um alívio. Então, depois de vinte e quatro horas, a febre realmente alta e a dor de cabeça desaparecem: a gente não se sente bem o bastante para levantar, mas doente o suficiente para não querer levantar. O melhor de tudo é que o trabalho é impossível e pode-se ler o dia todo por mero prazer, sem peso na consciência.

Eu reli alguns dos meus Jane Austen favoritos e li pela primeira vez aquele conto divertido, inesperado, *Quentin Durward*. Até aproveitei a oportunidade para continuar com o meu italiano tão negligenciado e passei por vários cantos do Boiardo: um tipo de poeta de conto de fadas interminável, cheio de dragões e damas em perigo, sem a menor significância moral ou intelectual. Ele é muito apropriado para o espírito de um dia de cama com a neve caindo lá fora: andar à deriva, de férias de todos os cuidados sublunares. Depois disso, a gente volta para uma vida primitiva e natural com relação a dormir e acordar. A gente tira um cochilo quando o sono vem, sem ser buscado, e não se importa se fica deitado, contando carneirinhos à noite, porque não há hora para acordar no dia seguinte.

Mas é claro que todos esses prazeres têm um custo: os primeiros dias de volta ao trabalho, quando as pernas ainda doem e as horas são longas, são um choque nada bem-vindo da terra — e eu penso que esta seja a parte realmente ruim disto tudo. Espero que o senhor agora tenha passado deste estágio [...].

Eu dei a minha primeira preleção. Suponho que meus vários amigos disseram a seus alunos para comparecerem: em todos os casos, foi uma mudança prazerosa de falar para salas vazias nos Greats. Eu havia selecionado modestamente a menor sala de preleções do College. Quando me aproximei, perguntando-me se alguém iria aparecer, notei uma multidão de graduandos chegando ao Magdalen, mas não era modéstia simulada de supor que eles haviam vindo para ouvir alguém outro. Quando, entretanto, cheguei à minha própria sala, ela estava lotada e eu tive que aventurar-me com o público no meu encalço para achar outra. O porteiro me direcionou para uma, que temos em outro prédio, do outro lado da rua. Então todos atravessamos a Mesa Alta em uma massa desordenada, parando o trânsito. Foi uma cena das mais arrebatadoras. É claro que o comparecimento deles para minha primeira preleção foi, no caso dos homens, para ver como *isso* era, e, no caso das meninas, para ver como *eu* era; realmente não quer dizer nada: agora, a curiosidade está satisfeita — fui avaliado, com resultados ainda desconhecidos — e semana que vem devo ter um público de cinco ou ninguém. Isso ainda é algo em fase experimental [...].

DO SEU DIÁRIO: no Magdalen College

27 de maio de 1926

Betjeman e Valentin vieram com inglês antigo.[146] Betjeman apareceu com um par de pantufas excêntrico e disse que esperava que eu não me importasse com elas, pois tinha uma bolha. Ele parecia tão satisfeito consigo mesmo que não pude deixar de responder que eu deveria me importar muito com eles, mas que não tinha nenhuma objeção a *ele* usá-las — um ponto de vista que, eu acredito, o surpreendeu. [...]

PARA O SEU PAI: do Magdalen College

5 de junho de 1926

Ouvi de Warnie, com prazer, que o senhor pretende visitar a Inglaterra neste verão. Vamos combinar que nenhum motivo,

---

[146]Essa entrada do seu diário dá uma ideia precoce dos alunos de Jack que se tornaram mais famosos. John Betjeman (1906–1985) veio a Oxford de Marlborough. Ele se matriculou no Magdalen em 1925 e o deixou em dezembro de 1928 sem conquistar nenhum título. A sua fama merecida como poeta levou a um título da cavalaria em 1969 e ele conquistou um Poet Laureate em 1972. Deric William Valentin (1907–) esteve no Magdalen em 1925–27. Ele esteve na Naval Intelligence [Inteligência Naval] em 1942–44 e vive na Itália.

por mais leve, deve ser permitido para estragar este plano e que nenhuma dificuldade seja transformada em impossibilidade. Minha ideia é que eu devo atravessar o mar para a Irlanda por parte do meu tempo usual e que devemos então voltar para Oxford, e que o senhor passe alguns dias comigo no College. Há quartos de visitas na mesma escadaria que a minha, de modo que possamos ficar muito confortáveis e em condições de nos misturar socialmente à noite, sem sair de casa. Podemos jantar na Sala Comunal (não vestidos [formalmente]) ou ir a um [restaurante] ordinário na cidade, como preferirmos, e o senhor terá a oportunidade de passear pela cidade e seus campos com mais tempo do que permitiu o programa peremptório do Tio Hamilton. Então, se possível, W. poderia vir por uma semana e podemos prosseguir para Londres ou qualquer outro lugar. Empenhe todo esforço para concretizar este plano. Agora que estou no College, temos um *pied à terre*[147] na Inglaterra, que parece ter todas as vantagens e nenhum dos pontos negativos de um hotel, e que deve certamente fazer as visitas mais possíveis do que elas já foram antes. É bem importante tentar fixar uma data, e ficarei feliz em saber quando o senhor poderá partir daí.

Mas sei o que estou fazendo, levantando o ponto da "data". Pelo menos eu acho que foi do senhor que herdei uma tendência peculiar que faz com que os projetos mais felizes provoquem arrepios, assim que um detalhe definitivo de tempo e lugar seja levantado. Primeiro tudo é atraente feito uma ilha flutuante, destacada do mundo real: mas uma nuvem de obstrução se levanta assim que uma data é mencionada: preparativos a fazer, dificuldades a serem superadas, e todos aqueles trastes abomináveis de malas, barcos, cronogramas e hábitos interrompidos entram em cena e "jogam água na fogueira". As adversidades são que todo o esquema, se injudiciosamente pressionado naquele momento, se torna uma espécie de distúrbio. Não é isso que acontece? Isso vale para o meu caso,

---

[147] "Pé na terra", que significa uma casa ou apartamento que lhe pertence ou é alugado na cidade, como pousada secundária para o verdadeiro lar. [N. T.]

tenho consciência disso. O único remédio para isso é de se lembrar que qualquer felicidade que tivermos conquistado no passado dependeu dos momentos felizes quando não nos deixamos atemorizar pelos "trastes". (Jesus! Será que já houve algum jovem que pregasse mais para seus pais [do que eu]? Ele não consegue pegar na pena, sem uma profusão de doutrinas. Talvez isso seja um sintoma de ter alunos.)

Uma pesada responsabilidade repousa sobre aqueles que investigam a correspondência de um homem morto e a publicam indiscriminadamente. Naqueles livros de Raleigh encontramos, como o senhor diz, cartas como "uma taça de bom champanhe" lado a lado com puras e simples sátiras, jogadas com alto astral, ou meros resmungos, escritos quando ele estava um pouco doente.[148] Note como Liverpool, Índia e Oxford todos se mobilizam para retrucar com a punição. Muito disso nunca deveria ter sido publicado. Os trechos antirreligiosos são insólitos. Algo precisa ser permitido pelo mero desvio da sua linguagem que sempre foi violenta e dogmática — como Johnson [...]. Mesmo quando toda a permissão foi dada pela natureza aleatória de escrita casual de cartas, continua verdade que deve haver algum defeito num homem que está sempre abençoando ou condenando algo. Há *demasiada euforia* e seu oposto [...].

Eu fui atormentado com o último trabalho que esperava ter que realizar este trimestre: assumir uma classe de meninas uma vez por semana, em um dos Colleges de mulheres. No entanto, não estou comprometido em me casar ainda, e há sempre sete delas reunidas ali. As bonitas são estúpidas e as interessantes são feias, então está tudo certo. Eu digo isso porque, via de regra, as mulheres casam com os seus tutores. Suponho que, se uma menina está determinada a se casar e tem um único homem uma vez por semana para o qual ela pode bancar a discípula arrebatada (a mais fatal de todas as atitudes para a vaidade masculina), sua missão estará cumprida [...].

---

[148] *The Letters of Sir Walter Raleigh (1879–1922)* [Cartas de Sir Walter Raleigh (1879–1922)], ed. Lady Raleigh, com prefácio de D.N. Smith, 2 volumes (1926).

A melhor história de greves que já ouvi foi sobre máquinas. Um trem (com condutor de primeira viagem) partiu de Paddington para Bristol, com a primeira parada em Bath. Quando chegou a Bath *meia hora* antes do que a hora expressa normal, todos os passageiros saíram um a um do trem e se recusaram a entrar de novo. Aparentemente o gênio na máquina tinha acabado de pisar fundo no acelerador e disse ao foguista "Siga em frente" e deixou o resto por conta do destino [...].

DO SEU DIÁRIO: **no Magdalen College**

6 de junho de 1926

Quando Hardie[149] e eu estávamos indo para o New Building, fomos surpreendidos por J.A.[150] que propôs um passeio nas alamedas. Fomos e nos sentamos no jardim até que ficasse bastante escuro. Ele estava muito bem, contando-nos sobre suas viagens nos Bálcãs. As melhores coisas eram (a) as damas magistrais (inglesas sem dúvida) num pequeno navio grego que se tornaram tão chatas que o capitão dizia "Vocês não têm irmãos? Por que eles não conseguiram alguém pra casar com vocês?", e continuou murmurando em intervalos pelo resto da noite "Deveria ter sido possível conseguir *alguém*". (b) O ministro austríaco em alguma cidade sinistra que levou J.A. e seu grupo para uma caminhada na linha férrea, que era o único lugar plano o suficiente para caminhar, e começando a se equilibrar nos trilhos, comentou com tristeza "*C'est mon seul sport*" [É meu único esporte]. (c) O clérigo grego que convidou J.A. e sua irmã para o chá e, quando eles partiram, os acompanhou de volta ao hotel deles, repetindo: "Vocês se lembrarão de mim?", "Sim, certamente", respondeu J.A. O clérigo repetiu seu comovente

---

[149]William Francis Ross Hardie (1902–1990) fez preleções de clássicos no Balliol College e foi membro do Magdalen em 1925–26, tutor bolsista em filosofia no Corpus Christi College em 1926–50 e presidente do Corpus Christi em 1950–69.
[150]John Alexander Smith (1863–1939), que também foi um classicista, foi membro do Balliol, de 1891 até que ele se tornou Waynflete Professor de filosofia moral e metafísica, em 1910–1936, e um membro do Magdalen.

pedido cerca de quinze vezes e, a cada vez, J.A. (embora um tanto surpreso) assegurava-lhe com crescente ardor que nunca iria esquecê-lo. Foi só depois que perceberam que o reverendo cavalheiro estava pedindo uma gorjeta.

13 de junho de 1926

D está cansada, mas eu não esperava nada pior. A principal empolgação hoje foi sobre Henry, a tartaruga de Dotty, que foi descoberto a cerca de duzentos metros do portão forçando seu caminho laboriosamente em direção à estrada de Londres. Ele foi trazido de volta amarrado por um cordão ao redor do corpo e alimentado com folhas de alface e caracóis, pelos quais ele não teve interesse. Ele escapou repetidamente durante o dia. Quando eu comprar uma tartaruga, direi que quero uma tranquila para senhoras.

Comecei *Eugenics and Other Evils* [Eugenia e outras desgraças] de G.K. Chesterton.

4 de julho de 1926

Comecei a reler *The Well at the World's End*[151] [O poço no fim do mundo]. Eu estava ansioso para ver se o antigo feitiço ainda funcionava. Funcionou — e muito bem. Essa volta aos livros lidos nessa idade é humilhante: o leitor mantém-se buscando a origem do que agora são coisas bem grandes em seu conjunto de coisas mental em fontes curiosamente pequenas. Fiquei imaginando o quanto até mesmo meu sentimento pela natureza externa vem das breves e convincentes pequenas descrições de montanhas e bosques neste livro.

6 de julho de 1926

Em casa para o chá, com uma forte dor de cabeça, às 4h30, troca de meias e sapatos. A pobre D estava doente demais para tomar até mesmo uma xícara de chá.

---

[151] Obra de William Morris. [N. T.]

Depois passei pelas provas revisadas de "Dymer", q. chegaram hoje, do Canto I, 30, ao final do conjunto. Eu nunca gostei menos dele [do poema]. Eu senti que nenhum mortal poderia ter qualquer noção acerca do que diabos era tudo aquilo. Eu temo que esse tipo de coisa seja muito imprevisível, mas acho que é minha única linha real [...].

[Jack foi incapaz de convencer seu pai a viajar para Oxford para uma visita. Entretanto, ele esteve para um feriado no "Little Lea", de 11 a 20 de setembro, e, assim, estava com o Sr. Lewis quando seu longo poema narrativo, "Dymer", foi publicado por J.M. Dent em 18 de setembro, sob o pseudônimo de "Clive Hamilton".

No dia 19 de setembro Warren ficou sabendo que ele havia sido selecionado para participar de um curso de seis meses sobre economia na Universidade de Londres, a começar em 4 de outubro. Ele teve condições de viajar com Jack para Belfast em 21 de dezembro para estar com seu pai no Natal. No dia 8 de janeiro de 1927, o Sr. Lewis escreveu em seu diário: "Warnie e Jacks retornaram hoje à noite por Fleetwood. Já que o barco não zarpa até 23. É claro que eles ficaram comigo até 21h30. Foi assim que terminaram umas férias muito agradáveis. Foi um mar de rosas".]

DO SEU DIÁRIO: em "Hillsboro"

10 de janeiro de 1927

Estava uma tarde muito extraordinária. A maior parte do céu era de um azul claro muito pálido, e havia nuvens por todos os lados, do mais frio tom de azul-escuro que eu já vi. As outras colinas eram exatamente iguais às nuvens em cor e textura. Mas perto do sol o céu simplesmente ficou branco e o próprio sol (seu contorno era invisível) era um remendo de luz branca absolutamente pura que parecia não ter mais poder de aquecer do que o luar — embora fosse um dia bastante ameno de fato.

Entrei num clima tremendamente feliz [...].

1920–1929

3 de fevereiro de 1927

Jantei e me sentei na Sala Comunal ao lado de J. A. que me contou sobre uma senhora que há muito o preocupava ao aparecer no final das palestras para fazer perguntas, e finalmente escreveu oferecendo-lhe a mão. "Ela fingiu que era uma piada depois", ele disse, balançando a cabeça branca, "mas não era. E ela não era a única também. Um homem que faz palestras para mulheres tem repsonsabilidade com elas." [...]

8 de fevereiro de 1927

Passei a manhã em parte no Edda, parte no Realtetus. Ataquei algumas páginas por cerca de uma hora, mas estou fazendo algum progresso. É uma experiência emocionante, quando me lembro de minha primeira paixão pelas coisas nórdicas sob a iniciação de Longfellow[152] ("Drapa" & "Saga de K. Olaf", de Tegner) por volta dos nove anos: e seu retorno muito mais forte quando eu estava com quase 13, quando os sumos sacerdotes eram M. Arnold, a música de Wagner e o *Anel*, de Arthur Rackham.[153] Parecia impossível à época que eu pud. algum dia chegar a ler essas coisas no original. A velha e autêntica emoção voltou para mim uma ou duas vezes esta manhã: os simples nomes do deus e do gigante prendendo minha atenção quando eu virava as páginas do dicionário de Zoega eram suficientes [...].

9 de fevereiro de 1927

[A.J. Carlyle] me falou muito mais sobre o assassino de Rasputin, que foi incapaz de passar em qualquer exame e havia sugerido ao Fark que "sem dúvida, ele presumiu, lá não pod. haver dificuldade em organizar essas coisas no caso de uma pessoa de qualidade". Ao ser informado de que a organização de nossos exames era

---

[152]Henry Wadsworth Longfellow (1807–1882) foi um educador, poeta e tradutor americano. [N. T.]
[153]Arthur Rackham (1867–1939) foi um ilustrador de livros inglês [N. T.]

inflexivelmente democrática ele exclamou: "Mas o que devo fazer? Meus pais não me deixam casar a menos que eu tenha algum tipo e certificado ou diploma — eles só me mandarão para outra universidade". Por fim Farquharson & Carlyle o fizeram preencher em pergaminho m. solenemente uma espécie de certificado deles mesmos.

10 de fevereiro de 1927

Fui a Corpus — Hardie me enviou um bilhete para dizer que o *Theateto* estava esgotado, mas eu poderia passar e conversar. Tivemos uma noite de bobagens agradável e desconexa, enriquecida mais tarde pela chegada de Weldon.[154] Alguém começou a pergunta "Se Deus pode entender a sua própria necessidade"; em seguida Hardie toma a *Suma* de Tomás[155] e depois de esquadrinhar o índice repentinamente pronunciou, sem qualquer intenção de ser engraçado: "Ele não entende nada." Isso levou a um grande divertimento, sendo o melhor uma cena imaginária de Deus tentando explicar a teoria do castigo vicário a Sócrates. Deixamos Hardie aproximadamente às dez para a meia-noite e encontramos o Corpus em total escuridão. No final, escapei com dificuldade [...].

15 de fevereiro de 1927

Passei a manhã em *England in the Age of Wycliffe* [Inglaterra na era de Wycliffe], de Trevelyan, e em parte na leitura de Gower,[156] um poeta a quem sempre recorro por puro, embora não intenso, prazer. É uma coisa estranha Morris querer tão desesperadamente ser como Chaucer e ter conseguido ser tão exatamente como Gower [...].

---

[154]Thomas Dewar Weldon (1896–1958) serviu na RAF em 1915–18. Ele se bacharelou no Magdalen em 1921 e foi um membro e tutor de filosofia do Magdalen em 1923–58.
[155]Tomás de Aquino (1225–1274) foi um frei dominicano, filósofo, sacerdote e doutor da Igreja, instituído como santo da Igreja Católica. [N.T.]
[156]John Gower (1330–1408) foi poeta inglês, amigo pessoal de Chaucer e contemporâneo de Langland. [N.T.]

De volta ao College e li Gower até a hora do jantar: após o jantar, encontrei D e Maureen no teatro onde os OUDS[157] estavam apresentando *Lear*. Nós decidimos que ir. desistir de segui--los daqui em diante. Essa foi aquele tipo de atuação q. enche alguém no início com constrangimento e pena, por fim com um ódio pessoal irracional dos atores. "Por que esse maldito homem continua gritando comigo?" Quase todos gritaram rouca e inarticuladamente.

Voltei de ônibus com os outros para o portão de Magdalen, todos m. alegres, apesar da noite perdida. [...]

1º de abril de 1927

Estou entretido com os membros do Mermaid hoje à noite. Que se danem![158] Eles não passam de um bando de bêbados bárbaros, que ficam gargalhando de piadas de mau gosto. Quisera eu não ter me encontrado com eles: mas agora não vejo muita saída [...]. De volta ao College, tive que gastar a maior parte do tempo preparando as coisas para os filhos de Belial. À noite foi tudo bem, penso eu: li o *Revenger's Tragedy*[159] [Tragédia do vingador], uma obra ruim, cujos méritos, muito pequenos por sinal, foram inteiramente perdidos pelas risadas constantes que acompanham cada referência indecente (embora trágica) e cada erro cometido por algum leitor. Quando se gasta muito tempo com esse porco, acabará blasfemando contra o próprio humor, como não sendo nada mais do que uma espécie de escudo com o qual a massa se protege contra qualquer coisa que poderia perturbar a poça de lama dentro deles.

---

[157]Sigla para Oxford University Dramatic Society [Sociedade Dramática da Universidade de Oxford]. [N. T.]
[158]O Mermaid Club foi fundado em 19 de junho de 1902 para "promover a leitura e estudo do drama elisabetano e pós-elisabetano".
[159]Tragédia inglesa, primeiro atribuída a Cyril Tourneur (morto em 1626), que foi um soldado inglês, diplomata e escritor de dramas, mas depois, reconhecido como sendo de Thomas Middleton (batizado em 1580–1627), que foi um poeta e dramaturgo inglês. [N. T.]

PARA O SEU PAI: do Magdalen College

30 de março de 1927

Lamentei muito ouvir do aborto do plano de visita, bem como de seu estado de saúde decepcionante. Quanto ao primeiro, se fosse por si só, eu responderia (adaptando Falstaff): "Não existem aí os trens? Não existem aí os ônibus? Não existem aí homens de guerra em assentos laterais?" Por que os seus movimentos deveriam depender de conduções erráticas extremamente perigosas de uma máquina a vapor [Gussie Hamilton]? No quesito economia, os trens a oferecem o tempo todo. No quesito segurança, não consigo pensar em nenhum método de viagem que não seja superior a um banco no carro do Tio Gussie. Seu relato do inchaço do seu joelho direito suscitou a palavra "gota" da única pessoa conhecida a quem eu o mencionei [...].

A cena com o Squeaky no escritório [outro dia] é uma obra-prima e me fez cair na gargalhada [...]. Ela me faz lembrar da última façanha do presidente, quando nos encontramos para eleger um inspetor (é dever de cada College escolher um dos seus bolsistas como inspetor). Quando a eleição estava encerrada, o presidente disse que um comunicado formal tinha que ser enviado para o vice-chanceler imediatamente "de modo que, quem sabe, Sr. Benecke" (Benecke está com aproximadamente sessenta anos de idade) "o senhor não se importaria de dar a volta: tocar a campainha e entregá-lo à criada". Como alguém disse, isso só precisa dos acréscimos, "e não se esqueça de limpar os pés e pegar um lenço limpo" para se tornar o fim da picada. Por falar nisso, tenho que lhe contar outro caso. Estamos levantando um novo prédio. No comitê que se reuniu para discutir o assunto, alguém sugeriu o nome de um arquiteto, acrescentando, a modo de explicação, que "é o homem que construiu a catedral de Liverpool". Ao que o presidente imediatamente respondeu, com um ar de quem iria pôr uma pedra no assunto: "Oh, não acho que desejamos algo assim tão grande."

Ele finalmente anunciou sua intenção de se aposentar, então, suponho que podemos ficar empolgados com uma eleição para

1920–1929

o ano que vem. Ele certamente teve uma atuação maravilhosa em troca do seu dinheiro e, ainda que deveras risível, é também um velho sujeito bem querido. Ele tinha seu lado ridículo, sem o aspecto odioso do esnobismo. Ele pode até ter reverenciado demais um príncipe ou um duque qualquer, mas nunca na vida ele menosprezou ou fez uma desfeita de algum pobre estudante da escola de gramática. Considerando que o esnobismo consiste *apenas* do olhar para cima admirador e *não* de um olhar para baixo, desdenhoso, não devemos ser muito duros com ele. Uma boa risada — de forma alguma não amigável — é o pior que ele pode merecer. Afinal de contas, metade desse tipo de esnobismo é mera fantasia [...].

Vivemos em tempos dos mais absurdos. Encontrei-me com uma garota outro dia, que esteve lecionando numa escola infantil (meninos e meninas até os seis anos de idade) em que se ensina a teoria da evolução a crianças. Ou antes, a versão da mesma, inventada pela diretora. Pessoas simples como nós têm uma ideia que Darwin disse que a vida tenha se desenvolvido de organismos simples, que chegaram às plantas e animais superiores; finalmente, ao grupo de macacos; e do grupo de macacos até o ser humano. As crianças, entretanto, parecem ter sido ensinadas que "no começo era o macaco" do qual todo resto da vida se desenvolveu — inclusive seres tão delicados quanto brontossauros e o iguanodonte. Não consigo entender como se supõe que as plantas sejam descendentes do macaco. E depois as pessoas ficam falando da credulidade da Idade Média!

A propósito, o senhor pode me dizer quem disse: "Antes de você começar estes estudos, devo adverti-lo de que você precisará de mais *fé* na ciência do que na teologia." Penso que foi Huxley[160] ou Clifford[161] ou um dos cientistas do século XIX. Outra observação boa que eu li há muito tempo em um dos contos de fada de

---

[160] Aldous Leonard Huxley (1894–1963) foi um filósofo e escritor inglês, autor da obra famosa *Admirável Mundo Novo*. [N. T.]
[161] Possivelmente Edward Clifford (1844–1907), que foi um artista e autor inglês. [N. T.]

E. Nesbitt[162] é — "Os adultos sabem que as crianças podem acreditar em quase tudo: eis porque lhes é dito que a Terra é redonda e lisa feito uma laranja, quando você pode ver perfeitamente por si mesmo que ela é plana e irregular." [...]

Jantei outra noite com um professor de italiano, que é bolsista do Magdalen, e sentei-me perto de uma mulher francesa que conheceu Mussolini. Ela diz que ele é um retórico e escapa de questões que não quer responder em uma nuvem de eloquência. Perguntei se ela o achava um charlatão. Ela disse não: ele acredita em tudo que fala e se entusiasma com isso, como um menino de escola. Isso me interessou muito, como sendo fiel ao tipo — Cícero[163] deve ter sido bem essa espécie de homem [...].

Eu reconheço que o hotel em Donegal é, em certo sentido, pouco atraente. Mas é preciso arrumar temperança e uma dieta simples em qualquer lugar. Deixe-me sugerir que nada impede — de fato a quaresma o encoraja — de o senhor e o Coronel tornar Leeborough em um *hotel de temperança*, com *comida simples, mas abundante*, na semana que vem. Campainhas mudas e "*Postum*[164] instantâneo", não sabe?

> [Jack e Warren estavam preocupados com a saúde de seu pai, embora não estivesse claro qual era o problema. O Sr. Lewis ficou muito contente quando Warren apareceu de repente no "Little Lea", no dia 26 de março e, usando um dos apelidos do seu filho, ele escreveu no seu diário: "Badge chegou em uma visita-relâmpago após terminar o seu curso de Economia na Universidade de Londres. Esteve tudo bem, ficamos alegres e desfrutamos de boa companhia."
>
> Warren se apresentou a Woolwich em 2 de abril e, dois dias depois, ficou sabendo que havia sido convocado para Aldershot, no dia 7 de

---

[162]Edith Nesbit (1858–1924) foi uma autora, poeta e escritora de livros infantis inglesa. [N. T.]

[163]Marcus Tullius Cicero (106–43 a.C.) foi um estadista, legislador, estudioso e cético acadêmico romano. [N. T.]

[164]Bebida de grãos moídos e torrados, tomada como substituto do café, mas sem cafeína. [N. T.]

abril, como preparativo para navegar para Xangai. Na quarta-feira, dia 6, ele levou seus livros e outros pertences para Oxford e passou a noite com Jack. Ele chegou a Southampton no dia 11 de abril e enviou um cartão-postal do navio militar *Derbyshire*, no qual ele estava navegando, para o Sr. Lewis. Nele, ele escreveu: "Acabei de partir (2h30). Beliche duplo só para mim fora da cabine. Até mais, Warren." Ele temia que não pudesse ver seu pai de novo.]

PARA O SEU IRMÃO: de *"Hillsboro"*

26 de abril de 1927

Voltei das minhas viagens na hora do almoço ontem e encontrei a sua carta, postada em Gib [Gilbraltar], me aguardando. Ela chegou, de fato, no dia depois que eu parti. Ela me deixou com uma agradável impressão de infinita ociosidade e ares do mar, que são particularmente tentadores em vista da lembrança de que o trimestre começa na sexta-feira. A chegada de formulários de imposto de renda essa manhã agrava a minha irritação com esta atitude suspeita que mantém algumas centenas de sujeitos autoindulgentes como você zanzando no Mediterrâneo às custas do meu dinheiro, a fim de encher os bolsos dos "mercantes chineses". Entretanto, você pode estar em circunstâncias menos agradáveis quando esta carta chegar a suas mãos, então tenho que suprimir a nota de inveja. De qualquer modo, desde que você não encontre uma guerra na China, qualquer tédio e desconforto ordinário que possa aguardá-lo é um preço que quase vale a pena pagar por uma viagem grátis para meio mundo, bem alimentado, sem trabalho, e em companhia toleravelmente agradável (você deve estar engordando em um ritmo desesperado).

Pensei que já havíamos mencionado a opção de Squire Western, pela conversa à mesa [no *Tom Jones*, de Fielding[165]]. Ela atinge a raiz da questão, não atinge? A propósito, eu nunca estive em con-

---

[165]Henry Fielding (1707–1754) foi um romancista e escritor de dramas, conhecido por seu humor e sátira. [N. T.]

dições de compartilhar aquele sentimento popular sobre Western como uma espécie de bom homem inglês, blefador, honesto e genial: ele me parece um dos quatro ou cinco personagens de ficção mais intoleráveis (quer dizer, para se encontrar: é claro que ele é excelente em um livro). *Tom Jones* vai longe para explicar por que Johnson e seu grupo não gostam do campo. Eu posso bem imaginar que um campo de salteadores e as piadas rurais do período, habitadas por Westerns e Blifils, teriam o levado a "abstrair sua mente e pensar em Tom Thumb":[166] pois é difícil de imaginá-lo batendo neles com fólios. No final das contas, se ele tivesse feito a tentativa, teria gostado ainda menos do campo depois disso do que antes. Ele teria dispensado o Sr. Square como um cão infiel, e não sentiria que poderia continuar com Thwackum. Sofia é ótima. Ela aparece naquele intervalo lúcido, em que boas heroínas são possíveis em romances escritos por homens, quando a tradição de restauração pela qual uma heroína precisa ser uma prostituta já estava morta, e a tradição vitoriana, pela qual ela deve ser uma tola, ainda não havia surgido.

Agora, vamos a minhas próprias aventuras. Encontrei-me com outros dois colegas [no dia 19 de abril] na estação de Oxford e seguimos juntos para Goring.[167] Um deles era um novato e apareceu carregando uma mochila de soldado, que mais parecia uma lancheira de escola, para inspeção. No caminho, retiramos dela um sobretudo grande, uma esponja, quatro camisas, uma caneca de latão pesada, duas caixas de cigarros, de metal forte e proporções

---

[166] Percival Merritt, *The True Story of the So-Called Love Letters of Mrs Piozzi* [História real das assim chamadas cartas de amor da Sra. Piozzi] (1927), p. 70.
[167] Os amigos que se encontraram com Jack em Oxford para um passeio nos Berkshire Downs foram Owen Barfield e Cecil Harwood. Eles se encontraram em Goring com Walter Ogilvie "Wof" Field (1893–1957), que veio ao Trinity College, Oxford, do Marlborough College em 1912. Ele foi embora para se alistar no Warwickshire Rifle Regiment em 1914, e em 1916, tendo continuado seus estudos, conseguiu um grau de guerra do Trinity College. Ele foi promovido a capitão em 1916 e, depois de entrar em ação na França e Itália, foi ferido e forçado a se aposentar em 1919. Em 1926, tornou-se professor da Rudolf Steiner School em Forest Row, Sussex.

dignas do P'dayta, e uma série daquelas engenhocas insanas que algumas pessoas associam a férias. Você sabe — um canivete suíço que continha um garfo numa extremidade e uma colher na outra, mas de tal forma que você nunca poderia usar o garfo e a colher juntos — e todo tipo de coisas. Tendo nos recuperado de umas boas risadas e explicado que estamos indo caminhar em um condado inglês e não no Alasca, embalamos os itens condenados em um pacote, que o compelimos a enviar para casa de Goring. Ele pesou mais ou menos três quilos. Nosso quarto colega encontrou-nos na estação de Goring.

Depois do chá no jardim do controlador da eclusa de Goring — nós comemos sentados bem ao lado da barragem, mergulhando nossas mãos na água e apreciando a correnteza e o barulho — partimos para NNO[168]. Em meia hora, o subúrbio de Goring estava fora de vista. Nós nos encharcamos, andando longo tempo por um vale sinuoso, com toda a grandeza de depressões abrindo por detrás, e o rico campo Chiltern à frente, rumo a Henley que se elevava à distância. Estávamos na trilha larga relvada do Icknield Way, sendo a relva muito curta e fina e perfeitamente seca, como é durante quase todo o ano nesses montes de calcário. Era uma tarde maravilhosa de sol brilhante, com um vento leve agradável, e uma cotovia sobrevoando, ostentando todos os seus feitos. Naquela noite dormimos em East Ilsley pelo qual (acho que) você e eu passamos no nosso caminho para Salisbury.

Passamos quase a quarta-feira inteira [20 de abril] seguindo o Icknield Way ao longo da encosta norte das depressões, com vista para o vale Wantage à nossa direita. Ao redor de nós e à nossa esquerda, o campo todo tinha o mesmo caráter: grama macia próxima, de cor muito pálida, deliciosamente elástica para o pé: calcário aparecendo aqui e ali e fazendo os poucos pedaços arados parecerem quase cor de creme: e aproximadamente um até três quilômetros de tufos de abeto, cuja escuridão faz com que

---

[168] Abreviatura da direção norte-noroeste. [N. T.]

se destaquem muito marcantemente dos tons inferiores do chão. A extensão da vista era (ou parecia ser) mais ampla do que qualquer uma que eu já tenha visto, mesmo dos montes mais altos em que já estive — onda após onda de depressão, e, em seguida, mais algumas *ad eternum*. O ar é muito claro aqui e às vezes se vê uma pilha de feno ou uma fazenda num cume, tão distinta e, ao mesmo tempo, tão remota que se parece com algo visto da extremidade oposta de um telescópio. Tivemos chá em Lambourn e dormimos em Aldbourne.

A quinta-feira [21 de abril] começou com discussões. Uma olhada nos mapas mostrou uma lamentável discrepância entre a rota que desejávamos seguir e os lugares possíveis para o almoço. Então surgiu a perspectiva obscura e medonha de se "fazer" o almoço. Perfeitamente simples, não acha? Compramos algum pão e queijo antes de partirmos e teríamos o almoço onde bem entendíamos. Isso é prova de independência, não acha? Drinques? Oh, pegue algumas laranjas, se não se sentir disposto a carregar uma garrafa de cerveja em sua mochila pelos primeiros 15 quilômetros. É desnecessário dizer que o nosso noviço — o cavaleiro do canivete multiuso — era inteiramente favorável a um esquema que prometia restaurar o nosso plano original. É claro que eu, que havia visto dias desperdiçados assim antes, fui o líder da oposição. O partido errado venceu. Recheamos nossas mochilas com pão, manteiga, queijo e laranjas. A única coisa de que me recordo com satisfação é que a manteiga, em todos os casos, não estava na minha mochila. Então, partimos.

Os primeiros quilômetros nos deixaram profundamente conscientes do fato de que o vento (que estava batendo nos nossos rostos desde Goring) havia se acumulado numa ventania. Os próximos cinco quilômetros não deixaram ninguém na dúvida do fato de que, quando um vento forte sopra em seu rosto o dia todo, ele resseca sua garganta e racha seus lábios, sem resfriar seu corpo. Estávamos, agora, avistando o "castelo Barberry", um acampamento romano, cuja visita foi o motivo de toda essa loucura. Os partidários do "carregue o seu lanche" alcançaram então o estágio de se deixar levar por um grau pouco usual de louvores ao cenário e aos prazeres das caminhadas na linha do "está ótimo". Mas muito antes de termos atingido o topo daquele acampamento desastroso, eles passaram a se mover de forma furtiva, sorrateira, em silêncio e apenas os descontentes (Barfield e eu) se sentiram propensos a falar. De fato, conversamos bastante.

Quando alcançamos o topo, encontramo-nos em um daqueles lugares em que você não pode nem falar por conta da ventania, nem abrir os olhos por conta do sol. Exceto pela sugestão (minha) de realizar sobre o vento (e sobre os romanos) uma operação fisiológica proibida pela lei inglesa, e pela conversa educada, ficamos em silêncio ali. Levantando nossos colarinhos e prendendo bem os nossos chapéus sobre as nossas cabeças, deitamos debaixo de um arbusto duro de tojo, onde quer que as picadas e estrume de ovelhas deixavam um espacinho livre, e tivemos nossa refeição parca e esquálida. A aparência da manteiga nos animou ligeiramente (a todos nós, exceto ao homem em cuja mochila ela andou se espalhando entre meias e pijamas), mas era uma vista que provocava risos, e não o apetite. A última gota foram as laranjas, que se provaram serem do tipo duro, ácido, pouco suculento, que é inútil para a sede e revoltante para o paladar.

A sesta do meio-dia (aquela essencial para um dia de caminhada) estava fora de questão naquele acampamento abominável, e partimos melancolicamente. S.W. Barfield e eu ficamos para trás e começamos a compor estrofes, em estilo de Pope, de uma sátira sobre pessoas que organizam caminhadas. Nada poderia ser mais feliz. De uma tacada, toda fonte de irritação era magicamente transformada em um fragmento precioso de "cópia". Quando atingimos cinco quilômetros de caminhada, voltamos a estar em condições de apreciar o campo glorioso ao nosso redor. Às cinco horas estávamos descendo uma encosta cheia de rochas druídicas, onde topamos com três lebres sucessivamente, tão perto que quase pisamos nelas, e começamos a entrar no vilarejo de Avebury.

Avebury me impressionou e me projetou naquele estado onírico que muitas vezes é a recompensa de estar muito cansado. Imagine um terreno verde antigo, com quatro aberturas para os quatro pontos cardeais, quase perfeitamente circular, a parede de uma cidade britânica, larga o suficiente para conter campos amplos e bosques dentro do seu circuito e, no meio deles, diminuído pelo seu contexto, um vilarejo moderno. Obviamente, aqui estava a capital de um grande rei antes dos tempos romanos. Passamos por elementos britânicos o dia todo — pedras, montes, acampamentos etc. Mas o mais extraordinário foi encontrar um vilarejo Berkshire dentro de um deles. Aqui tivemos um chá glorioso, no pomar de uma pousada: tiramos nossos sapatos; solicitamos um pote fresco com mais água quente; copiamos a sátira simples; deitamos de costas; falamos de recordações de Oxford; e fumamos cachimbos.

Então Wof — ele é o homem do canivete suíço — fez uma coisa sensível ao retornar de um momento de ausência, dizendo: "Se vocês não estão bem dispostos a *caminhar* para Marlborough, há um homem aqui com uma carreta de leite que pode nos levar." Então, nos sentamos em meio a tonéis de leite (que estão precisamente no ângulo certo para se encostar) e sacolejamos e chacoalhamos ao longo da rua de Bath (de memórias de Pickwick[169] e aulas) para dentro de Marlborough. Field é um velho marlburiano, mas estávamos muito cansados para deixá-lo nos mostrar a paisagem. Ele nos contou, ainda assim (o que vai interessá-lo), que o bom e velho prédio georgiano com o qual você se depara quando entra nos recintos da escola foi, nos tempos antigos, uma pousada na rua Bath. Eles devem ter tido dias prazerosos.

No dia seguinte [22 de abril], caminhamos por aproximadamente seis quilômetros para dentro da floresta de Savernake. Ela não pode ser comparada com a floresta de Dean, mas vale uma caminhada de uma hora mais ou menos. Trata-se de uma espécie de floresta tipicamente inglesa — praticamente todos os carvalhos com espaços

---

[169]Personagem do romance de Charles Dickens. [N. T.]

de musgo amplos entre eles e cervos saltando por aí, a distância. Deixando a floresta para trás partimos em direção a oeste, para o vale de Pewsey, e ficamos costurando em meio a pequenas florestas e caminhos de campos, por mais ou menos uma hora. Depois de nossos dias de vendaval no Downs essa era uma mudança bem-vinda: a riqueza das cores, a leve rebarba de vento (agora inofensivo) nas pequenas árvores e as flores por toda parte eram especialmente agradáveis por contraste. Atravessamos uma boa ladeira chamada Hansell Hill: uma coisa se elevando tão abruptamente de ambos os lados que parecia mais uma cova gigante. Do topo dela tivemos uma das vistas mais belas da Inglaterra. Do lado norte, os Berkshire Downs, enormes até mesmo em sua extensão aparente, e ainda maiores em nossa imaginação, porque havíamos passado dois dias inteiros caminhando sobre eles. Do lado sul, cruzando o vale, elevava-se a borda da planície de Salisbury.

Descemos pela lateral daquele monte sobre um grande espigão chamado de Giant's Grave [Túmulo do Gigante] e lanchamos admiravelmente no vilarejo de Ocue — cerveja e pão e queijo foram seguidos de um pote de chá e então um jogo de dardos: você conhece a aparelhagem para aquele jogo que a gente encontra nos *pubs*. Pouco depois do almoço, tivemos o melhor "soak"[170] que eu já tive em um passeio, desviando para uma pequena ruela, cheia de relva, para dentro de uma floresta, onde a relva crescia macia e cheia de musgo, e havia tufos sólidos de prímulas do tamanho de pratos: sem falar do tapete daquelas pequenas flores brancas — anêmonas de madeira. Nós nos deitamos de costas rente ao chão com as mochilas debaixo da cabeça como se fossem travesseiros (pois faz parte da beleza de uma mochila o fato de que ela pode assim se converter um terreno plano, de resto inútil para uma soneca, numa cama regular): algumas tentativas apressadas de con-

---

[170] A palavra "soak" foi cunhada por Jack para designar o ato de ficar sentado ocioso ou sonolento, sem fazer nada. Por "soaking machine" ele entendia um lugar para tal atividade.

versar foram ignoradas e passamos uma hora com os olhos semi-cerrados, ouvindo o sopro do vento nos ramos e um zumbido de abelha ocasional. O restante do dia trouxe um erro na leitura do mapa: mas isso também faz parte dos prazeres de uma viagem: pois isso nos fez perambular para o nosso local de parada do chá ao longo de uma trilha gramada junto a um rio canalizado nada obsoleto, para onde nunca intencionávamos ir, o que foi melhor ainda por esse mesmo motivo. Nós nos alojamos em Devizes: uma pousada despojada.

No dia seguinte [23 de abril], partimos para o sul, cruzando o vale de Pewsey. Esperávamos ficar entediados com esse terreno baixo que divide os Berkshire Downs do Planalto de Salisbury: mas a manhã acabou se tornando agradável, vagabundeando por ruas com árvores de faia muito bonitas e um entrecruzamento de trilhas. Mesmo se tivesse sido monótono, quem não faria sacrifícios para passar por um lugar chamado Cuckold's Green. (Passamos por Shapley Bottom dois dias antes.) Eu mesmo fui favorável a tomarmos uma caneca de cerveja em Cuckold's Green, o que poderíamos ter feito, desviando nada mais do que cem metros da nossa rota, mas os outros dois, sendo casados, determinaram que esse não era um lugar para se passar um segundo a mais do que o necessário. Assim, as associações literárias prestaram-se para uma piada possível na qual os iletrados dificilmente se aventurariam. (Diga-se de passagem, que sina horrível teria sido, para quem tivesse vivido no século XVII, viver em Cuckold's Green. "Seu servo, senhor. Sua esposa está me dizendo que o senhor a está levando para o campo em alguns dias. Me desculpe, meu senhor, onde o senhor mora?" "Cuckold's Green."[171] Aos quarenta e um anos de idade já se estaria cansado da piada.)

Almoçamos do lado da subida que dava para a planície e escalamos até o meu velho [local] favorito posteriormente. Ele me agradou mais do que nunca: principalmente depois que uma

---

[171] O sentido da piada é que *cuckold* significa "corno". [N.T.]

1920–1929

servente dos correios me serviu chá, com ovos cozidos e pão e geleia na biblioteca, pelo que ela queria cobrar a bagatela de 6d. Estranhamente, lá em cima, no calcário da planície, aquele vilarejo estava quase completamente debaixo d'água. Nossa caminhada da noite foi maravilhosa, subindo e descendo, quilômetro por quilômetro, da rua de calcário sem cercas, cheia de relva macia e cinzenta por todo lado, com ovelhas e jovens cordeiros (tão numerosos que em alguns lugares eles eram ensurdecedores) e um sol poente ameno nos nossos rostos.

Mas o que ninguém poderia descrever é o prazer de chegar (como chegamos) a uma descida repentina e ter a vista de um vale ricamente arborizado, onde você vê os telhados de um lugar em que você vai jantar e ter uma cama: especialmente quando o sol se põe por trás da colina, além do vale. Há tantos sentimentos mistos associados a isso: as meras antecipações físicas como de um cavalo, aproximando-se de seu estábulo; a sensação de realização e o sentimento de "só mais uma cidade", uma mais distante para dentro da terra que você desconhece; e o velho nunca barato romance de viajar (não no sentido de "viagem" que você está fazendo e que, sem dúvida tem seus diferentes desafios e prazeres). Isso parece resumir bem o dia todo que se passou — dê-lhe uma espécie de clímax e depois guarde-o com o sentimento melancólico e vago (mas não desagradável) de coisas que se tornam passado. Essa cidade sobre a qual estou especulando era Warminster [...].

No dia seguinte [24 de abril] caminhamos a manhã toda pelas fazendas do Marquês de Bath, em uma floresta muito antiga e bonita de um dos lados do monte. Mais ou menos um quilômetro abaixo de nós, do lado do monte, vimos a casa — um lugar bem tedioso nas linhas de Blenheim, com três lagos — e emergimos, à uma hora, dentro de um vilarejo do lado de fora de um dos portões do parque. A atmosfera aqui é feudal, pois a anfitriã do nosso *pub* de *Mittagessen* não tinha outro assunto do que a Sua Senhoria, que aparentemente mora aqui o ano todo e conhece todo o mundo do vilarejo. Nós perguntamos a idade dele: "Oh, nós não o consideramos velho", respondeu ela no dialeto local, o que me desconcertou. O resto daquele dia foi tão intensamente complexo em termos de roteiro e tão variado no cenário (e também estivemos tão envolvidos na conversa) que não vou relatá-lo [...]. No dia seguinte, voltamos todos para casa de trem [...].

E agora, para a parte final de uma carta de Lamb — "trocadilhos". Penso que eu tenha apenas dois. (1) A história de um homem que estava acordado comigo e que foi o único criador de malapropismos[172] genuínos que eu já encontrei: mas esse eu nunca havia ouvido antes, até o outro dia. Parece que, enquanto tomava chá com o "querido Mestre da Universidade", ele conduziu uma longa conversa com as senhoras, essencialmente sobre lugares para ficar para suas férias, dando a impressão de que a palavra "salacious" [obsceno] queira dizer "salubrious" [salubre/sadio]. Você pode imaginar o resultado disso. Mas o que você não poderia imaginar é que, quando o Larápio mesmo, cuja fronte se escureceu gradativamente por alguns minutos (durante os quais ele o ouviu dizendo a suas filhas que elas não gostariam muito de Devonshire, porque não era muito obscena) finalmente decidiu cortar a conversa e interrompê-la com "Bem, Sr. Robson-Scott, como Oxford lhe agrada?", Robson-Scott se voltou para ele com bom humor imperturbável e disse: "Bem, para dizer a verdade, senhor, ela não é tão obscena quanto eu esperava".[173]

Este sujeito, Robson, também se deixou levar — se bem me lembro — por uma espécie de equívoco complicado de sentido: mais parecido com um rarefeito e quintessencial P'daytismo. Dois eu posso garantir. Quando chegou comigo, tarde, a algum lugar, ele observou de forma ofegante: "Nós já deveríamos ter sabido que isso levaria mais tempo do que levou". Noutra ocasião, em um debate, ele

---

[172]Um erro que alguém comete quando usa uma palavra que soa similar à palavra que desejava usar, mas quer dizer outra coisa e soa engraçado. [N. T.]
[173]William Douglas Robson-Scott (1900–1980) se matriculou na Univ. em 1919, e em 1923 conquistou um Primeiro em literatura inglesa. Ele se tornou professor de língua e literatura alemã no Birkbeck College, Universidade de Londres.

disse: "Eu concordo plenamente com o ponto do Sr. Fulano-de-tal *até onde foi*, mas ele foi longe demais". Você verá o quão facilmente esse tipo de coisa passaria batido no calor do momento.

(2) Eu não sei se isso pode contar como um trocadilho, mas vou registrá-lo. Quando S.P.B. Mais[174] (cujo *Diary of a Schoolmaster* [Diário de um diretor] nós dois lemos) alcançou um Terceiro em inglês aqui, os examinadores lhe disseram que ele "foi o melhor Terceiro que eles jamais examinaram". Ao que Raleigh observou: "É ruim o bastante para um homem receber um Terceiro: mas ser destacado como o mais brilhante Terceiro do seu ano é condenável."

PARA O SEU PAI: **do Magdalen College**

[28 de maio de 1927]

Seu telegrama, que chegou esta manhã, contribuiu mais para a minha grandiosidade do que para a minha paz de espírito. Ele contribuiu para a minha grandiosidade porque foi a terceira comunicação de natureza urgente que recebi durante aquela hora, e o aluno que estava comigo, vendo-me inundado com tais mensagens e telegramas, deve, sem dúvida, ter suposto que eu era o centro de alguma conspiração acadêmica poderosa ou até nacional. Lamento tê-lo aborrecido. Não pensei que meu silêncio tivesse sido longo o bastante para causar-lhe preocupação mais séria, embora tivesse sido mais longo do que eu desejava. Se eu tivesse escrito antes, só teria uma linha para oferecer, pois o trimestre de verão é sempre o mais ocupado, e meus dias estão muito cheios [...].

Agora, para tocar num assunto mais importante. W. e eu estamos em comum acordo que devemos mover os céus e a terra para tirá-lo da Irlanda neste verão — preferencialmente para algum lugar em que se curam reumatismos. As instruções de despedida do Coronel foram dadas com ênfase característica. "Leve-o para Droitwich e faça-o *cozinhar na lama*, ou seja lá o que eles façam às pessoas ali."

---

[174]Stuart Petre Brodie Mais (1885–1975) foi um britânico radialista, jornalista e autor de livros de viagem e guias. [N. T.]

E eu concordei e fiz uma promessa de me empenhar ao máximo. Não insisto no cozimento e na lama: mas penso francamente que seria absurdo para um homem que, de resto, tem uma constituição muito tolerável para se contentar com "paciência, de boca fechada, irmã do desespero" sob o reumatismo, enquanto a natureza toda cura (lama, águas etc.), sendo que todas as curas elétricas modernas tenham sido deixadas de experimentar. Confesso que o homem que pode ser induzido a usar zinco nas suas botas e a tomar (o que foi que lhe recomendaram beber — uma cebola embebida em gim, ou vinho do porto ou mostarda?), mas que não poderia ser induzido a experimentar o que curou centenas de pessoas, está em posição indefensável.

Por isso, eu proponho que parte de todas as minhas férias anuais devam ser gastas em algum destes lugares, como sugeri, com, quem sabe, alguns dias aqui em Oxford — como a nossa cereja do bolo. Sei que há dificuldades. Mas o senhor já fez alguma coisa que não as tenha tido? Um homem de sua idade, em sua posição, não pode ser realmente um escravo da agenda dos negócios. Eu também sei que a ideia de um hotel em um "spa" não o enche de entusiasmo: mas nem mesmo um troglodita poderia achar a presença de estranhos tão sofrida quanto a dor ciática. E, afinal de contas, depois que a gente mergulha de cabeça, não demora para que uma espécie de espírito de férias baixe sobre nós em um lugar assim e nos torne espectadores nada descontentes deste "rebuliço". Somente a mudança de dieta, as horas de descanso e o estilo de vida são, penso eu, revigorantes. Sei que sempre achei isso. A monotonia não é melhor para o corpo do que é para o espírito. Agora, a primeira coisa essencial desse plano é de combinarmos nossa locomoção. Agosto seria impossível para mim. Isso nos remete a setembro e à primeira parte de outubro. Independentemente se o senhor tiver tempo ou disposição para escrever-me uma carta comprida, por favor, escreva-me uma linha em breve, fornecendo-me ao menos os contornos de um esquema possível para o senhor. Empenhei meu coração neste plano e espero muito honestamente que uma indulgência para com os meus desejos e um cuidado próprio razoável da parte do senhor possam se combinar para convencê-lo a empreender tal esforço (que não pode ser, de fato, tão grande assim) de tomar providências e remover obstáculos. Se o senhor fixar uma data de partida, vou começar a destrinchar os detalhes imediatamente (queria que W. estivesse aqui, ele o faria muito melhor e lhe ofereceria cinco ordens de ação alternativas, trabalhadas até o minuto de cada fase, enquanto o senhor aguardasse. Mas ai de mim!)

Sim. Não há sentido em boicotar o fato de que esta viagem para a China é um péssimo negócio, uma onda de má sorte. Confesso que quando ele partiu de navio eu fiquei horrivelmente inquieto. Mas desta vez (se é que posso julgar a partir dos jornais) a chance de uma guerra na China é grandemente minimizada, e eu estou mais satisfeito. Se o problema se esclarecer, não vejo por que ele não possa estar em casa de novo em dezoito meses ou algo assim [...].

As cartas deles são do maior interesse e muito boas. Como as viagens de alguém que conhecemos, de repente ilumina os lugares perdidos do Atlas! Suponho que a costa do Mar Vermelho é descrita em centenas de livros: mas tivemos que esperar Warnie ir ao oriente para termos ouvido falar dela (de minha parte eu sempre a imaginei plana e arenosa).

Não há necessidade de se preocupar com minha saúde, e, mesmo quando estou mais ocupado, usualmente faço minha caminhada diária. Eu trabalho, como de costume, das 9h às 13h; das 17h às 19h15 (quando jantamos) e, depois, após o jantar até aproximadamente as 23h ou 0h. Isso, como o senhor vê, me dá tempo para uma boa volta todas as tardes. Temo que pesadelos sejam hereditários em mais sentidos do que aqueles que o senhor citou. A coisa, ou aquilo [que] ela representa, está no sangue não de uma família, mas da criatura chamada ser humano [...].

PARA O SEU IRMÃO (agora na China): **de "Hillsboro"**
9 de julho de 1927

Agora o trimestre terminou há algumas semanas, coisa que eu não lamento em absoluto. Isso produziu um evento público de bom presságio — a escrituração, na Congregação, de um Estatuto que limita o número de mulheres em Oxford. O perigo terrível de nós nos degenerarmos numa universidade de mulheres (ou, pior ainda, *na* universidade das mulheres em contraste com Cambridge, *a* universidade dos homens) foi, assim, evitado. Houve intensa oposição, é claro, sendo que nossas antagonistas femininas são muito mais especializadas do que nós na prática do "bater", no sentido parlamentar.

Desde a vitória, esse jornais estiveram cheios de comentários de pessoas como Sybil Thorndike, Lady Astor, Daisy Devoteau, Fanny Adams e outras autoridades educacionais notáveis. Elas essencialmente deploram (especialmente no *Daily Mirror* e nos jornais mais baratos) mais um exemplo de falta de progressismo daqueles "professores idosos". A palavra "acadêmico" também é duramente tratada: embora como a política de uma academia poderia, ou por que ela deveria, deixar de ser "acadêmica", "possa admitir uma larga conjectura".

Mas a questão da idade dos antifeministas é interessante: e a votação (não temos direito a voto secreto) revelou fatos muito consoladores. Primeiro veio a muito velha guarda, os octogenarianos e os centúrios, os patriarcas do Corpus bem alimentados, os últimos sobreviventes dos dias em que os "direitos das mulheres" ainda eram excentricidades ultramodernas. Eles eram contra as mulheres. Então vieram os muito perto de serem velhos, que datam dos dias prósperos de J.S. Mill,[175] quando o feminismo era coisa nova, empolgante, esclarecida: pessoas representando, como alguém disse: "o progressismo dos anos 'oitenta'." Eles votaram a favor das mulheres. Vieram então os jovens e o pós-guerra (é desnecessário dizer que eu tenho certeza de que cumpri com a minha obrigação) que votaram solidamente *contra*. O acordo é bastante natural, se você pensa bem: o primeiro pertence à era da inocência, quando as

---

[175] John Stuart Mill (1806–1873) foi um filósofo, funcionário público e ecnomista político inglês. [N. T.]

mulheres ainda não haviam sido notadas; o segundo, à era em que elas foram notadas, mas ainda não descobertas; o terceiro a nós. Ignorância, romance, realismo [...].

Acabei de ler *Roderick Random*, de Smollett,[176] que, como você provavelmente sabe, é nosso principal documento literário para a vida da marinha no século XVIII [...]. A propósito, você poderia sugerir por que, ao ler Boswell, as cartas de Walpole,[177] ou o diário de Fanny Burney,[178] se acha o século XVIII um período muito agradável, diferindo do nosso, essencialmente, pela maior formalidade e "elegância" de maneiras, enquanto que, ao voltar-se para o romance (incluindo *Evelina*[179]), você subitamente entra num mundo cheio de puro-sangues, barbaridade indecente, brutal, estridente, de puxar o tapete? O capitão de navio em *Evelina*, que fornece o elemento cômico, faz isso passando uma série de truques em uma senhora idosa francesa, que ele refere como "Madam Forg", jogando em valas, e tropeçando na lama. Qual é o denominador comum entre isso e o círculo de Johnson? E o que é verdadeiro? Talvez ambos sejam e é possível entender o que o doutor quis dizer, quando disse que na prisão a sociedade era habitualmente melhor do que no mar.

Mas não devo gastar tempo demais com livros, pois eu tenho *a* mais ridícula aventura da minha parte para contar. Infelizmente ela necessita uma boa introdução para se tornar inteligível, mas penso que valha a pena. Madame Studer é a viúva do Sr. Studer, que morreu recentemente em circunstâncias lamentáveis. Ela havia tido um acesso de insanidade uma vez, quando ele ainda estava vivo: e, embora não houvesse por que temer seriamente uma recaída,

---

[176]Tobias George Smollett (batizado em 1721–1771) foi um autor e poeta escocês. [N. T.]
[177]Provavelmente Horatio Walpole (1717–1797), foi um historiador de arte, escritor, principalmente de cartas, antiquário e político inglês. [N. T.]
[178]Frances Burney (1752–1840), também conhecida como Fanny Burney e, mais tarde, como Madame d'Arblay, foi uma cronista, romancista satírica e dramaturga. [N. T.]
[179]Romance escrito por Fanny Burney. [N. T.]

seu estado mental depois da morte dele, junto com alguns traços de histeria e depressão maior do que até mesmo a morte de um marido parecia justificar, levou a maioria de seus amigos a ficar de olho nela. Minto [Sra. Moore] ia vê-la com grande regularidade. O mesmo vale para uma Sra. Wilbraham (a heroína da minha história). Ela é o que se denomina "uma pequena mulher de grande coragem" (embora não se saiba que perigos ela jamais teve que enfrentar) e nunca fica ociosa. Ela educou sua filha à luz de leituras sobre psicologia infantil, apresentadas por professores, cujos próprios filhos nunca vieram a nascer ou são *pets* notáveis. Ela é uma espiritualista: uma psicanalista, mas não acredita nas teorias de Freud, porque elas são tão horríveis; ela pesa os bebês de mulheres pobres: seu negócio é, de fato, a caridade universal. "Se ao menos pudéssemos sentir que somos de alguma utilidade no mundo...", era o que ela frequentemente dizia.

Bem, na outra noite, eu tinha acabado de me sentar para traduzir um capítulo do Edda, quando subitamente Minto me chamou da sala de jantar e disse: "A Sra. Wilbraham está aqui. Ela disse que a Sra. Studer tentou cometer suicídio hoje duas vezes. Ela tomou um táxi para cá e quer que eu vá e veja o doutor no Warneford [asilo]. Devemos tentar conseguir uma enfermeira para a Sra. Studer." Eu disse que a acompanharia, porque Minto tinha estado bem mal e eu não sabia no que ela estava se metendo. Assim, a Sra. W., Minto e eu pegamos o táxi até Warneford. Permaneci no carro, enquanto as duas damas entraram para ver o doutor. Era aproximadamente nove e meia, no crepúsculo e chuva. Em uma janela iluminada, bem em frente, havia um homem muito pálido, com uma barba comprida, que fixou os olhos no táxi com instabilidade insana por meia hora, sem nunca piscar ou se mover até onde eu pude ver: para completar o quadro (você dificilmente acreditará) um grande gato preto estava sentado no parapeito da janela abaixo dele (sempre imaginei que eles mantinham os pacientes nos quartos de trás ou algo assim ou, pelo menos, que tinham grades nas janelas). Gostei tão pouco daquilo que, no desespero, procurei puxar conversa com Griffin, o taxista (que também é seu taxista quando você está em Headington). "Esse é um lugar desagradável, Griffin", disse eu. Ele respondeu prontamente: "O senhor sabe, sir, não se pode interná-la sem um médico e um magistrado." Eu então me dei conta de que ele pensou que estivéssemos lá para "internar" ou Minto ou a Sra. W. Em meu desalento, não tendo ainda decidido o que dizer diante daquilo, desabafei: "Oh, espero que isso não seja necessário"; e quando ele respondeu "Bem, foi a última vez que eu internei alguém", me dei conta de que eu dificilmente havia melhorado as coisas.

As outras finalmente apareceram com a enfermeira Jones, e nós partimos para a casa dos Studer. Mas, agora, a questão era o que fazer. A madame certamente se negaria a ter uma jovem estranha por companhia forçada para a noite, por nenhum motivo aparente: como seu marido estava morto e seus parentes, fora, ninguém tinha qualquer autoridade sobre ela. E mesmo se desejássemos, nenhum médico a atestaria como sendo insana com base na evidência de uma criança — a única pessoa que jamais alegou ter visto a tentativa de suicídio. A Sra. Wilbraham disse que tudo era perfeitamente simples. Ela ficaria escondida no jardim da Madame Studer a noite toda. A enfermeira seria posta no bangalô de um estranho em frente à casa da madame. Ela mesma pretendia ficar no jardim. Não adiantava nada argumentar. Era o dever dela. Se ao menos o sobrinho dela estivesse em casa! Se ao menos ela pudesse ter a companhia de um *homem*, ela confessou que se sentiria menos nervosa com tudo isso. Eu comecei a desejar que tivesse ficado em casa: mas, no final, é claro, eu tinha que me oferecer.

Ninguém levantou a questão de por que uma enfermeira foi impedida de ir para a cama em Warneford, a fim de ser transportada um quilômetro em um táxi e ser colocada na cama em outra casa, totalmente desconectada da cena de ação, onde ela não poderia ser da menor utilidade. A própria menina, que possivelmente estava na dúvida sobre quem poderia ser a suposta lunática, permaneceu num silêncio estupefato.

Eu agora sugeri, como última linha de defesa, que nada seria mais provável de aborrecer a Madame Studer do que encontrar figuras obscuras perambulando por seu jardim a noite toda: ao que a Sra. W. respondeu brilhantemente que devemos ficar longe das vistas e ficar em silêncio. "Poderíamos pôr as nossas meias fora das nossas botas, não é mesmo?" Naquele momento (estivemos todos sussurrando na parte de fora de uma casa mais abaixo, na mesma rua que a da madame, e agora eram onze horas da noite), uma janela se abriu acima das nossas cabeças e alguém me perguntou bruscamente se nós queríamos alguma coisa, e, caso contrário, se poderíamos por gentileza ir embora. Isso me fez recobrar alguma da sanidade que eu estava perdendo rapidamente e determinei que, seja o que mais pudesse acontecer, não pretendia me encontrar às quatro horas "com minhas meias sobre minhas botas" explicando ao policial que eu (muito naturalmente) estava passando a noite no jardim de alguém, por medo de que a proprietária pudesse cometer suicídio.

Portanto, decidi que deveríamos manter nossa atenção na rua, onde, se nós sentássemos ali, estaríamos escondidos da janela pela coluna (e eu acrescentei mentalmente, que estaríamos correndo o risco de sermos presos por vagabundagem, não por roubo). Vários vizinhos apareceram agora (todas mulheres e quase todas vulgares) para divertir-se com entusiasmo, e a Sra. W. (enquanto insistia na absoluta necessidade de não deixar ninguém ficar sabendo — "seria terrível se isso circulasse sobre a pobre mulher") deu a cada novo chegado, inclusive estranhos totais, um relato completo da situação.

Eu vim embora para casa com Minto, tomei uma xícara de chá, pus o meu casaco grande, peguei alguns bicoitos, fumo, um par [de] maçãs, um tapete, uma roupa de cama à prova d'água e dois travesseiros e voltei para a rua fatídica. Agora era meia-noite. A aglomeração de vizinhos se desfez: mas um deles (nem vulgar, nem estranho) teve o raro bom-senso de nos deixar alguns sanduíches e três garrafas térmicas. Quando cheguei, encontrei a pequena mulher corajosa realmente comendo e bebendo. Apressadamente decidindo que, se eu estivesse sob as obrigações de um *homem*, eu deveria assumir a autoridade cabível, expliquei que ficaríamos com fome e frio de verdade mais tarde e, autoritativamente, pus um fim àquele absurdo. Meu próximo passo foi de providenciar satisfação de meus instintos (nenhum assunto pouco importante num *tête-à-tête* de noite toda com a tola de uma senhora idosa, que não tem nada a ver com homens desde que seu marido teve a boa sorte de morrer há vários anos), observando que riscar um fósforo naquele silêncio seria facilmente ouvido na casa dos Studer e que eu iria na ponta dos pés até a outra extremidade da rua para acender o meu cachimbo.

Tendo assim estabelecido meu direito de desaparecer para dentro da escuridão quantas vezes eu quisesse — ela me concedeu isso com alguma relutância — eu sosseguei. A luz do luar tentou aparecer mais cedo, mas as nuvens tomaram conta e uma chuva fina começou a cair. A visão feminina e cívica de vigilâncias noturnas da Sra. Wilbraham aparentemente não incluía isso. Ela estava de fato surpresa com isso. Ela também ficou surpresa com o fato de ter ficado realmente frio: e mais surpresa do que tudo de descobrir que ela estava ficando sonolenta, pois ela (depois dos primeiros dez minutos) havia respondido ao meu aviso sobre aquele resultado com um desdenhoso: "Não acho que haja perigo *disso*!" Contudo todos esses obstáculos lhe ofereceram a oportunidade de ser "brilhante" e "valente" na medida em que isso é possível com sussurros sibilantes.

Se eu tivesse conseguido dispensar sua companhia, eu teria achado a minha vigilância bastante tolerável — apesar do infortúnio de ter descoberto nos bolsos do meu sobretudo um monte de balas de naftalina (Minto é bem cuidadosa com traças) que eu atirei na rua com raiva e, então, algumas horas depois, esqueci tudo isso e tentei comer uma das maçãs que estiveram naqueles bolsos. O gosto do naftalina é exatamente igual ao cheiro. Durante o curso da noite, minha acompanhante mostrou sinais de se tornar bastante afetada, e eu insisti em jogar um velho jogo de adivinhação com ela, chamado "Animal, vegetal e mineral" (por acaso pensei que o consideraria mais interessante do que a sua conversa). Depois de me assegurar de que ela estava pensando num animal, um animal vivo, um animal que tínhamos visto naquela noite, ela teve a audácia de anunciar no final que "ele" era "a voz de uma coruja que havíamos ouvido" — o que mostra o trabalho da sua mente. Entretanto, a minha história está no final agora, e se eu acrescentar que os corvos estavam "entoando os seus cantos matinais fora de hora", uma meia hora completa antes que qualquer outro pássaro cantasse (um fato de história natural que eu nunca antes havia observado) posso dispensar a Sra.-Ruddy-Wilbraham da minha mente [...].

PARA O SEU PAI: do Magdalen College

29 de julho [de 1927]

Estou um pouco surpreso com a sua resposta ao programa de ser "cozinhado na lama". Nenhum de nós, é claro, teria escolhido Harrogate ou qualquer outro lugar similar por puro prazer: esse pode ser tomado como ponto de partida para qualquer discussão sobre o assunto — embora, repito, o desprazer não deva ser exagerado. (Que diabos, meu senhor, será que devemos ficar amedrontados com alguns coronéis aposentados e criadas velhas ricas?) Sugeri-o pura e simplesmente por motivos médicos, e sua resposta me parece como se eu tivesse dito a um homem com dor de dente "Por que não ir ao dentista?" e ele tivesse respondido: "Você está bem certo — eu vou sair. Mas eu não pretendo ir ao dentista. Eu vou me aprontar para usar o novo par de botas". Entretanto, estou tão satisfeito com a sua anuência quanto ao assunto principal, aquele de sair, de modo que não devo pressioná-lo com muita força com relação ao outro [...].

Estou acabando de passar por uma trégua de alguns dias entre meus dois "encaixes" de exames de verão. Acabei de ler as respostas dos rapazes em Oxford e na semana que vem vou a Cambridge para o negócio mais agradável (e mais lucrativo) de conceder prêmios.

A dose foi tão pesada desta vez que a tensão se manifestou em mim na forma de uma neuralgia. Pelo menos meu dentista, depois de enfiar sondas em mim, batendo-me na cara e martelando em meus dentes — acompanhado da questão descaradamente impertinente: "Isso dói?" (ao que a resposta apropriada parece ser um soco na *sua* mandíbula acompanhado das palavras: "Sim, bem desse jeito.") — meu dentista, como estava dizendo, assegurou-me que não havia nada de errado com meus dentes e que, por isso mesmo, deveria ser uma neuralgia [...].

Meu esforço foi recompensado por algumas boas tiradas dos candidatos (que são garotos escolares abaixo dos dezesseis). A definição de *Gênio*, como "um espírito oriental que habita garrafas, botões e anéis", é um exemplo deveras raro da resposta correta, que é engraçada. "Um incensário é alguém que torna as pessoas em incenso" é do tipo mais familiar. Em resposta a uma questão de um ensaio sobre *Comportamento Masculino*: "Você teria gostado do comportamento do Coronel como pai? Baseie sua resposta em um relato de seu comportamento para com Julia", um jovem respondeu sabiamente que ele teria. É verdade que o comportamento era frio, suspeito, autocrático etc., "mas ele era muito rico e penso que ele daria um excelente pai". Esse rapaz deveria ser enviado para a cidade imediatamente: ele tem um olho só [...].

Minha única outra aventura recente foi puramente literária — a de pegar *The Woman in White*[180] [A mulher de branco] muito ao acaso e lê-lo: um livro praticamente desconhecido para qualquer um abaixo dos quarenta. Considerei-o extremamente bom para o seu gênero, que não é um gênero ruim. Mas que dias generosos aqueles! Os personagens, ou pelo menos todos os maus, nadam em joias, e o herói é tão pobre em um ponto que ele de fato viaja de *segunda classe* na linha do trem. Eu decidi usá-lo como modelo

---

[180] Obra publicada em 1859, de William Wilkie Collins (1824–1889) que foi um dramaturgo e romancista inglês. [N. T.]

do meu comportamento para o futuro (quero dizer social e não moralmente) aquele do Conde Fosco, mas sem os canários e os ratos brancos.

Outra coisa curiosa são as descrições elaboradas de beleza masculina que eu dificilmente me lembro de ter visto desde a poesia elisabetana: ou será que a "fronte nobre", a "barba sedosa" e a "beleza masculina" ainda florescem na ficção que eu não tenha lido ainda? É claro que apenas pessoas de terceira categoria escrevem esse tipo de romance agora, enquanto Wilkie Collins era claramente um homem de gênio: e há muito que se dizer a respeito do seu ponto de vista (expresso no prefácio) de que o primeiro compromisso de um romance é de contar uma história e que personagens etc. vêm em segundo lugar [...].

PARA O SEU IRMÃO: de Perranporth, Cornwall

3 de setembro [de 1927]

Voltei de Cambridge e quase imediatamente saí com Minto, Maureen, Florence de Forest e o Barão Papworth [um cachorro] para Perranporth (Cornwall) de onde estou escrevendo agora. No domingo (hoje é sexta-feira) eu parti para P'daitaheim: se para passar meus dias caminhando interminavelmente nos passeios parecidos com um cemitério de uma horta hidropônica ou beber baldes de xerez no escritório às duas da tarde, eu ainda não sei: pois é claro que é ainda bem incerto se conseguiremos fazê-lo se mexer [...].

A única cidade de Cornwall que visitei foi Truro. O vilarejo é uma pequena aldeia mercantil ordinária, muito menos agradável do que qualquer dos condados "familiares" entre Morlockheim e West Country: de fato é tão real o elemento de Country Down na receita de Cornwall que Truro tem mais do que um sabor de Newtownards. A catedral é a mais despojada que eu já vi [...]. O principal objetivo de minha visita foi de obter um livro, tendo terminado *Martin Chuzzlewit*, que eu trouxe comigo.

E aqui quero fazer uma pequena digressão para recomendar-lhe efusivamente de empreender mais um esforço em Dickens[181] e fazê-lo em *Martin Chuzzlewit*, ao menos por conta de um relato dos Estados Unidos do século XIX [...]. É claro que, para apreciá-lo, ou qualquer outro Dickens, você tem que se livrar de qualquer ideia de realismo — tanto quanto ao abordar William Morris ou o *hall* de música. Devo dizer que ele é a coisa da qual a grande pantomima de Natal é a degeneração e abuso: sentimento amplo típico, somente raras vezes intolerável, se tomado no espírito de pantomima divertida depois do jantar e de "comédias" amplamente efetivas: só que todas feitas por um gênio, de modo que elas se tornam mitológicas [...].

Mas isso é tudo, a propósito. Eu havia presumido que como Truro era uma cidade-catedral, ela deveria ter ao menos uma *intelligentsia* clerical e, com isso, uma livraria decente. Ela pareceu ter apenas uma Smith e um lugar com aparência desbotada, que parecia mais uma agência de notícias. Em sua porta, parei um pastor idoso e perguntei se este e o Smith eram os únicos dois livreiros. Ele disse que eram: depois, alguns momentos mais tarde, ele voltou caminhando na ponta dos pés como alguns pastores fazem e buzinou suavemente em meus ouvidos (ele tinha uma barba) "Há um armazém da SPCK[182] mais adiante nesta rua". Isso quase acrescentou um novo personagem ao meu mundo: a partir de então, entre os meus termos de abuso, nenhum deve ser classificado abaixo de "ele é o tipo de homem que chama um depósito da SPCK de livraria".

Eu descobri, entretanto, que minha livraria pouco promissora tinha um sebo no andar de cima. Isso primeiro foi deprimente, porque parecia consistir inteiramente de duas seções: uma rotulada "livros sobre Cornwall" e a outra, "sebos premiados". Essa

---

[181]Charles John Huffam Dickens (1812–1870) foi um escritor e crítico social inglês, considerado o maior romancista da era vitoriana. [N. T.]
[182]Abreviação de Society for Promoting Christian Knowledge [Sociedade de Promoção do Conhecimento Cristão]. [N. T.]

Cartas de C.S. Lewis

também é uma ideia nova valiosa [...]. Contudo, no final, descobri um sótão onde havia pelo menos alguns *livros de verdade*. Eu tinha pouquíssimo dinheiro e a seleção era despojada. Encontrei *inter alia*[183] a obra poética de Armstrong,[184] Dyer[185] e Green[186] [...]. Quanto aos meus poetas, você vai lembrar de Dyer como o autor de *The Fleece* [O velocino], talvez o melhor exemplo daquela expansão curiosa do Século XVIII, o épico comercial — conf. também *Cyder* [Sidra] e *The Sugar Cane* [A cana de açúcar]. Armstrong escreveu um poema similar em versos brancos miltônicos em *The Art of Preserving Health* [A arte de preservar a saúde]. Eu o li com enorme satisfação. Ele está além de toda paródia como um espécime da arte nobre de fazer poesia *traduzindo* sentenças comuns em dicção "miltônica". Assim, "algumas pessoas não podem comer ovos" é vertido em

Alguns mesmo o alimento generoso detestam
Que, na casca, o embrião adormecido criam.

(Sendo que "rears" [cria] eu suspeito que seja um erro de digitação para "bears" [ursos].) Se a gente come muita gordura,

O óleo insolúvel
Tão gentilmente tarde e elogioso, em ondas
De bile rançosa transborda: que tumultos então
Que horrores se levantam, eram nauseantes de relatar[187] [...]

Estou anexando algumas fotos e lembranças de todos.

---

[183]Expressão em latim que significa "entre outras coisas". [N.T.]
[184]Provavelmente John Armstrong (1709–1779), que foi um médico e poeta britânico. [N.T.]
[185]Possivelmente Sir Edward Dyer (1543–1607), que foi um cortesão e poeta inglês. [N.T.]
[186]Provavelmente Matthew Green (1696–1737), poeta britânico. [N.T.]
[187]*The Poetical Works of Armstrong, Dyer and Green* [Obras poéticas de Armstrong, Dyer e Green] com memoriais e críticas do Rev. George Gilfillan (1858), pp. 15–6.

1920-1929

PARA O SEU IRMÃO: **a bordo do *S.S. Patriotic*, partindo de Belfast** (onde ele esteve com o seu pai de 6 de setembro a 5 de outubro)

5 de outubro de 1927
[postado com a carta de 12 de dezembro]

Embora eu não tenha certeza sobre quando vou escrever a próxima carta apropriada para você, seria imperdoável se eu deixasse de saudá-lo numa ocasião sobre a qual o meu espírito tão enfaticamente preside [...]. O grito de "Todos a bordo" ressoou. Arthur, que me viu partindo e bebeu comigo (pasme, por conta *dele*) acabou de ir embora. O barulho das botas dos belfastianos no chão de borracha da taberna do convés pode ser ouvido por todos os lados. Em um instante, devemos desatracar. Eu dei ao P'daytabird *quatro* sólidas semanas e um dia: amanhã devo estar em Oxford. É claro que se provou impossível de fazê-lo sair [...]. Então, a tentativa de fazê-lo cozinhar na lama, que empreendi com toda sinceridade e até importunamente, foi um fracasso total. Um período de férias a lá P'daytabird se deu, com um número exorbitante de P'daytadias. A coisa mais cruel de todas é quando ele chega a casa, na segunda-feira às 11h30, para receber tempo suficiente apenas para decantar o licor vigoroso da manhã de segunda e depois ter o copo arrancado da sua mão.

Foi especialmente irritante dessa vez, pois eu desejava estar bem ocupado colocando em ação meu projeto da Enciclopédia Boxoniana. Eu trabalhei os textos todos até "A porta trancada", e no Natal espero estar em condições de começar a verdadeira enciclopédia [...]. Eu acho o trabalho fascinante: a consistência entre os textos mais antigos e aqueles que nós usualmente lemos é bem maior do que ousei esperar: e uma sentença estranha em "A porta fechada" ou "A vida de Big" vai se encaixar em uma narrativa, escrita nos tempos de Wynyard ou pré-Wynyard, da maneira mais surpreendente. Eu suponho que não passe de acaso, mas é difícil resistir à convicção de que se está lidando com uma espécie de realidade. Ao menos assim parece para mim, sozinho no quarto dos fundos. Como vai parecer amanhã na sala comunal do Magdalen ou daqui a um mês a você, em How Kow, é outra coisa. Desatracamos. A roda no navio a vapor está girando. Eu tive guisado de bife para o almoço hoje e carneiro assado para a ceia do jantar. Vou comer. Você consegue esquecer o sabor do sua primeira refeição sem o P'daytabird. (Eu estava enganado. A roda parou de novo.)

PARA O SEU PAI: do Magdalen College

[29? de novembro de 1927]

Eles se divertiram na Associação na semana passada. Birkenhead [F.E. Smith] veio conversar. A primeira coisa que o preocupou foram os interesses privados em que dois cavaleiros se levantaram e discutiram a lista da biblioteca — sendo que os acréscimos à biblioteca da Associação eram o objeto que naturalmente surgia em interesses privados. Nessa ocasião, os méritos de *Psmith, Journalist* [Jornalista Psmith], por P.G. Woodhouse,[188] *That Ass Psmith* [Esse asno Psmith], do mesmo autor, e *The Wreck of the Birkenhead*[189] [Os destroços do naufrágio de Birkenhead] foram calorosamente investigados. Entendeu-se que o nobre senhor faria algumas observações àqueles ao seu redor, em que a palavra "meninos de escola" figurou.

Então começou o debate. O primeiro orador produziu a boa e velha história antiga de como Smith e Simon decidiram a que partidos era para eles se filiarem em suas carreiras políticas, pelo lançamento de uma moeda na noite antes de entrarem para a escola. Você mal vai acreditar em mim quando eu lhe contar que Smith levantou num pulo: "produção infundada" — "história ridícula, obsoleta" — "esperava que até o lar de causas perdidas tivesse abandonado a piada etc., etc." — e permitiu que o desviassem e lhe pregassem uma peça a tal ponto que ele nunca alcançou seu objeto. Parece-me impossível que um homem de sua experiência pudesse

---

[188]Sir Pelham Grenville Wodehouse (1881-1975) foi um autor inglês que ficou conhecido por ser um dos maiores humoristas do século XX. [N. T.]
[189]Escrito pelos editores Charles River. [N. T.]

recair em táticas tão frívolas: a menos que aceitemos a história que o acompanha, de que ele estava bêbado naquele momento, ou a explicação ainda mais sutil de que ele *não estava* [...].

PARA O SEU IRMÃO: **do Magdalen College**
12 de dezembro [de 1927]
Estou incluindo um fragmento, que você verá quando e como foi escrito. Eu havia tido a esperança de continuá-lo em tempo razoável: mas a carta mensal se provou impossível de manter durante o trimestre. Minhas noites quinzenais do trimestre se dão da seguinte forma. *Segunda*. Leitura de peça com graduandos (até a meia-noite). *Terça*. Clube Mermaid. *Quarta*. Anglo-saxão com graduandos. *Quinta — Sexta — Sábado — Domingo*. Sala comunal até tarde. *Segunda*. Leitura de peça. *Terça*. Sociedade Islandesa. *Quarta*. Anglo-saxão. *Quinta*. Ceia filosófica. *Sexta — Sábado — Domingo*.

Como você pode ver, isso só me permite ter, na melhor das hipóteses, três noites livres nas semanas pares, e duas, nas ímpares. E tudo o que seja entretenimento casual, correspondência e o que costumamos chamar de "Ah-h-h!" tem que ser espremido nestas duas [...].

Fiz pouquíssima leitura além daquelas de trabalho nesses últimos meses. Em seu *Dark Ages* [Idade das Trevas], de Oman,[190] deparei-me com uma coisa da qual eu quase havia me esquecido desde os meus tempos de escola — a autoconfiança sem limites do puro livro-texto. "Os quatro irmãos eram todos filhos valorosos de seu pai perverso — destituído de afeição natural, cruel, lascivo e traidor." Lewis, o piedoso, era "um homem de hábitos impecáveis e virtuosos" — embora cada uma das outras sentenças no capítulo deixam claro que ele era um m***a. "Charles tinha um defeito lamentável — ele era muito negligente com o ensinamento do cristianismo sobre as relações entre os sexos." Também é bacana o fato de nos dizerem, sem sombra de dúvida, quem estava com a razão, e quem estava errado em

---

[190] Sir Charles William Chadwick Oman (1860–1946) foi um historiador militar britânico [N. T.]

cada controvérsia e exatamente porque todo o mundo fez o que fez. Outrossim, Oman está coberto de razão: este é o modo — suponho eu — de escrever uma *introdução* para um assunto [...]. Estou quase chegando à conclusão de que todas as histórias são ruins. Quando nos voltamos do historiador para os escritos das pessoas com as quais ele lida, sempre há essa diferença [...].

A propósito, que conceito maravilhoso de Thomas Brown,[191] referindo-se aos tempos dos antidiluvianos que eram tão longevos — "uma era quando homens vivos poderiam ser antiguidades". Questão: *Será* que um homem vivo de mil anos de idade lhe daria a mesma sensação que um prédio antigo? Penso que haja muita coisa a ser dita quanto à teoria de Alice Meynell[192] de que a nossa ideia de antiguidade e o padrão pelo qual ela é medida são derivados inteiramente de nossa própria vida. Certamente "Balbec e Tadmor" (quem quer que sejam) dificilmente nos dariam um sentimento mais estranho de "eras e eras atrás" do que alguma relíquia descoberta nas gavetas do quartinho dos fundos. Cada um tem sua própria "era das trevas". Mas eu ouso dizer que isso não é assim para todo o mundo: é possível que você e eu tenhamos um sentido histórico especial das nossas próprias vidas. Você também fica muitas vezes abismado quando se torna suficientemente íntimo de outras pessoas para saber algo do seu desenvolvimento, de quão *tarde* suas vidas começam, por assim dizer? [...]

PARA O SEU PAI: **do Magdalen College** (depois de passar o Natal com o seu pai)

25 de fevereiro de 1928

Obtive uma carta de Warnie desde que parti, mas ela, em grande parte, reproduz a sua última para o senhor. Não posso evitar a inveja

---

[191] Provavelmente Thomas Brown (1662–1704), também conhecido com Tom Brown, foi escritor de sátiras e tradutor. [N. T.]
[192] Alice Christiana Gertrude Meynell (1847–1922) mais conhecida como poeta, também foi editora, sufragista, escritora e crítica britânica. [N. T.]

da riqueza dos assuntos de que ele trata. Como é difícil extrair temas para cartas da minha própria vida. Sei que o senhor tem a mesma queixa de sua: mas ao menos o senhor tem a vantagem de que pode escrever coisas triviais para mim, porque eu conheço as pessoas e lugares em questão. Se o senhor me diz que teve uma conversa noturna muito engraçada com John Greeves ou foi e teve um jantar leve, regado a um excelente champanhe na casa do Tio Hamilton, isso é de interesse, pois eu sei quem são John Greeves e o Tio Hamilton. Se eu, por outro lado, for lhe contar como eu apreciei as visões brilhantes e originais de Bircham sobre Hamlet outra noite, ou que conversa agradável eu tive com Nicholl Smith outro dia (declarações estas, a propósito, tão prováveis quanto aquelas que eu pus na sua boca), isso não transmitiria nada.

Entretanto, eu vejo que o importante é continuar falando: pois esta anedota traz à minha mente o fato de que eu realmente tive um fim de tarde muito bom na noite retrasada, quando exercitei pela primeira vez meu direito recentemente adquirido de jantar na Univ. — um exercício que deve ser raro porque é tão danado de caro. Poynton, o Fark, Carritt e Stevenson, como a sorte o quis, estiveram todos presentes naquela noite, e foi prazeroso revisitar o esplendor extravagante daquela sala comunal particular. Não há como escapar do fato de que nós, do Magdalen, somos terrivelmente "ordinários" perto disso. E somos precisamente iguais a todos os outros: ali, cada um deles é parte de um personagem que não poderia ser encontrado em nenhum outro lugar fora das suas próprias quatro paredes.

Eu me pergunto se há aí alguma influência externa nos dias de hoje que impeça o desenvolvimento de peculiaridades ricas, pessoais, fortemente marcantes. Será que algum dos nossos "personagens" contemporâneos eram "personagens" como eram a Rainha Vitória ou Dizzy ou Carlyle? O que estou me perguntando não é se estamos produzindo homens maiores ou menores. "Ser um personagem" nesse sentido não é a mesma coisa que "ter uma personalidade". Por exemplo, suponho que Abraham "tivesse personalidade", mas ninguém nunca pensou em chamá-lo de "um personagem": seu amigo no Rocket, ao contrário, tinha falta de personalidade, mas ele distintamente era "um personagem". Parece não haver dúvida de que a coisa está ficando mais rara. Ou será que é o caso de você ter que alcançar certa idade para ser um personagem? Nesse caso, cada geração, vendo os personagens todos entre os seus idosos, concluiria naturalmente que o fenômeno estava morrendo. Ou quem sabe isso vá mais longe. Quem sabe o segredo de ser um personagem, no mais alto grau, seja o de estar morto, pois então as anedotas se aglomeram e progridem, sem serem verificadas.

Mas tudo isso desvia do propósito. Comecei com as dificuldades de escrever cartas. Temo que

> *A culpa, querido Brutus, não esteja nas nossas estrelas*
> *Mas em nós mesmos.*[193]

pois o escritor de cartas nato independe de material. Você já leu as cartas do poeta Cowper? Ele não tinha nada — literalmente nada — a dizer a qualquer pessoa: vida privada em uma cidade de campo, sonolenta, onde a desconfiança evangélica do "mundo" negava-lhe até mesmo as companhias miseráveis que o lugar teria oferecido. E ainda assim, é possível ler um volume completo de sua correspondência com interesse inabalável. [Ele conta] como os seus dentes ficaram soltos no jantar, como ele fez uma gaiola para uma lebre domesticada, o que ele está fazendo com os seus pepinos — tudo isso ele nos faz acompanhar como se o destino de impérios dependessem disso [...].

PARA O SEU PAI: **do Magdalen College**

31 de março [de 1928]

Meus estudos sobre o século XVI — o senhor vai lembrar-se da minha ideia de um livro sobre Erasmo — me fizeram voltar mais

---

[193]Shakespeare, *Júlio César,* I, ii, 139–40.

atrás do que eu havia previsto. De fato, faz parte do curso e fascinação da história literária que não haja começos reais. Pegue qualquer ponto que desejar para o começo de um novo capítulo na mente e imaginação do homem, e você descobrirá invariavelmente que ele sempre começou um pouco antes: ou ainda, que ele se ramifica tão imperceptivelmente para fora de algum outro ponto que você é forçado a voltar para esse outro ponto. O único ponto de partida satisfatório para qualquer estudo é o primeiro capítulo de Gênesis.

O desfecho de tudo isso é que o livro será bem diferente do que eu havia imaginado, e eu espero tentar acelerar o curso de leituras alguma hora do ano que vem. Nesse meio-tempo, eu passo todas as minhas manhãs e as noites na Bodleiana:[194] tentando, pela centésima vez, alcançar um conhecimento instrumental da língua alemã, já que, na minha presente ocupação, minha ignorância sobre ela se volta contra mim a toda hora. Por exemplo, a única história da literatura medieval latina existente está em alemão. A edição oficial de um poema antigo francês que eu devo ler está em alemão. E assim por diante. Mas estou fazendo progressos.

Se ao menos fosse permitido fumar, e se houvesse cadeiras estofadas, a Bodleiana seria um dos lugares mais agradáveis do mundo. Eu me sento na "Biblioteca Duque Humphrey", a parte mais antiga, um prédio do Século XV com um teto de madeira muito belamente pintado acima da minha cabeça, e uma janela de pinázios do meu lado esquerdo, através do qual eu tenho a vista do jardim de Exeter, onde, por estas manhãs, eu vejo o vento e a chuva trazendo as primeiras flores das árvores de frutas e forrando o chão gramado com elas. No fundo da sala, o busto dourado de Carlos I, apresentado por Laud, se encontra diante do busto dourado de Strafford — pobre Strafford.

A biblioteca propriamente dita — quero dizer os livros — está em um labirinto de porões embaixo das praças da vizinhança. Essa sala, entretanto, está cheia de livros (cópias duplicadas, suponho eu, ou

---
[194] A mais famosa biblioteca centenária de Oxford. [N. T.]

supérfluos) que estão em pequenos estojos perpendiculares à parede, de modo que entre cada par há um tipo de pequeno "boxe" — no sentido de casa pública — e a gente senta e lê nesses boxes. Por uma provisão graciosa, não importa quantos livros você possa encomendar, eles todos serão deixados na sua mesa escolhida à noite, para você encerrar o trabalho na manhã seguinte: de modo que se acumula gradualmente uma pilha [de livros], de forma tão confortável quanto em seus próprios aposentos. Não há, como em bibliotecas modernas, uma placa de proibição dizendo "Silêncio": ao contrário, há uma solicitação mais moderada de "Fale pouco e ande com passos leves". De fato ouve-se constantemente um murmúrio suave de conversas semi-sussurradas nos boxes vizinhos. Isso não incomoda ninguém. Eu prefiro ouvir o zumbido de uma colmeia, e é prazeroso quando alguém entra no seu boxe e diz: "Olá, *você* por aqui?"

Como o senhor pode imaginar, é possível ver muitas figuras estranhas entre os leitores companheiros — pessoas que eu nunca encontrei fora deste contexto e que parece que se encontram trancadas junto com as instalações todas as noites. Certamente, o único inconveniente do lugar é que aquela beleza, antiguidade e superaquecimento lançam um feitiço muito mais adequado para se sonhar do que para trabalhar. Mas eu resisto até o limite das minhas habilidades e confio que fique vacinado em tempo. (É desnecessário dizer que a prática de abrir a janela em seu boxe não é encorajada). Numa vida assim, que novidades poderia haver?

Na hora em que isto o alcançar, o senhor provavelmente terá ouvido do resultado da corrida de barcos — com a mesma muito moderada tristeza que eu. Talvez o senhor também tenha ouvido que há um reavivamento religioso acontecendo entre os nossos graduandos. O que é verdade. Ele está sendo encabeçado por um americano-alemão chamado Dr. [Frank] Buchman. Ele reúne uma certa quantidade de jovens (alguns relatos dizem que mulheres também, mas eu creio que não) e eles confessam os seus pecados uns aos outros. Engraçado, não é? Mas o que se pode fazer? Se você tentar suprimi-lo (estou presumindo que o senhor concorda comigo que a coisa é insalubre) só o que vai conseguir é criar mártires [...].

PARA O SEU IRMÃO: de "Hillsboro"

1º de abril de 1928

Minha última carta, se me lembro bem, foi iniciada ironicamente no retorno da minha visita de verão ao P'daytaheim e terminada apenas na véspera da visita de Natal. Eu tenho, portanto, um novo período de "férias" para relatar, que é quase estéril em eventos. A safra P'dayta foi singularmente pobre. O único item que vale a pena lembrar foi sua contribuição curiosa para a questão das doenças venéreas, com o efeito de que obviamente elas devem ter começado com as mulheres e daí se espalhado para os homens. Sendo perguntado sobre o porquê disso, ele respondeu: "Certamente como poderia um homem tê-la passado para uma mulher se ele mesmo não a tivesse pegado de uma mulher?" Isso é irrespondível.

Outra observação iluminadora foi feita em resposta a alguma observação minha quanto ao controle de nossa imaginação — eu estava dizendo, acho, que não se deve deixar nossa mente ficar incubando sofrimentos e medos. Ele respondeu: "Que diabo você quer dizer com controlar a imaginação? O que a gente controla são os desejos." Essa é toda psicologia de sua geração resumida, não é? Um homem se senta, pensando sobre a bebida *negus* e estabelece a "regra ferrenha" de não tomá-la, mas, com o rosto contorcido, murmura "Ó Senhor", até que chega o momento inevitável no qual ele acha alguma excelente razão para quebrar a regra ferrenha. A ideia de um método mais simples — o de distrair a sua mente com alguma outra coisa e usar um pouco de concentração — nunca lhe ocorre.

A discussão terminou (é claro) com a declaração enfurecedora de que não estávamos "*ad idem*" considerando a "conotação" da palavra controle. O que me faz lembrar da esplêndida definição de um egoísta de *Punch*[195] que ele leu para mim, na feliz falta de consciência de sua aplicação: "Um egoísta é um homem que pensa que todas as palavras que ele não entende são erros de digitação." [...]

---

[195] Possivelmente, trata-se de uma referência a uma revista semanal britânica de sátira e humor. [N. T.]

À parte disso, há pouco que relatar. Tivemos as lamentações usuais pelo fato de que você esteja no exército e o espanto usual com o fato de você não ter aparecido para ser tão infeliz quanto um homem com a sua renda deveria ser, com toda a razão. Tivemos a discussão usual sobre teologia, divagando para alguma outra coisa assim que limpamos o terreno para começo de conversa. Eu achei que a saúde dele estava tolerável [...].

PARA OWEN BARFIELD: do Magdalen College

[7? de junho de 1928]

Venha na terça-feira e faça a senhora sua esposa vir junto e dormir em Headington, enquanto você fica no College, pois ambas as coisas serão muito bem-vindas. Eu não li Ésquilo[196] por esse longo período de tempo, mas não me importo de ter uma dose. O *Prometeu* é um pouco mais fácil do que o *Agamenon*.

Você dificilmente espera que um homem no TLS[197] conheça a doutrina esotérica dos mitos.[198]

Por falar nisso, precisamos agora de uma nova palavra para a "ciência da natureza dos mitos", já que "mitologia" foi considerada apropriada para os próprios mitos. Será que "mitonomia" daria conta? Estou falando sério. Se suas visões não forem um completo engano, este assunto se tornará mais importante e vale a pena tentar conseguir uma boa palavra antes que eles inventem uma ferina. "Mito-lógica" (substantivo) não seria ruim, mas as pessoas a leriam como um adjetivo. Também pensei em "mitopoética" (conf. "Metafísica"), mas isso leva a "um mitopoeta" que é temeroso: enquanto "um mitônomo" (melhor ainda, "o mitônomo real")

---

[196] Ésquilo (c.525/524 a.C.–456/455 a.C.) foi dramaturgo da Grécia Antiga. É considerado o pai da tragédia e faz trio da tragédia ao lado de Sófocles e Eurípedes. [N.T.]

[197] *Times Literary Supplement* [Suplemento literário da Revista Times]. [N.T.]

[198] O Sr. Barfield estava provavelmente se referindo à resenha de "What Remains of the Old Textament and Other Essays" [O que resta do Antigo Testamento e outros ensaios], de Hermann Gunkel, no *The Times Literary Supplement* [Suplemento literário da Revista Times] (26 de abril de 1928), p. 302.

é legal. Ou devemos simplesmente inventar uma palavra nova — como "gás". (Não, senhor, eu não quis dizer nada.)

Estou escrevendo um grande poema novo — também uma rima mnemônica com mudanças de som inglesas em verso octasilábico

(*Assim Æ* para Ĕ eles logo estavam atraindo,
Conf. formas como ÞÆC e ÞECCEAN.)

que será aproximadamente tão longo quanto o *Cursor Mundi*, & uma grande diversão.

Chegue aproximadamente às três horas na terça-feira, se isso for adequado para você.

P.S. Será que "mitológicas" daria conta?

PARA O SEU PAI: **do Magdalen College** (com uma referência antecipada ao livro que se tornaria *A Alegoria do Amor*).

10 de julho [de 1928]

Comecei o primeiro capítulo do meu livro. Isso, quem sabe, soe bastante estranho, já que eu estive trabalhando nele por todas as últimas férias, mas o senhor vai entender que, num empreendimento assim, a coleta de material representa três quartos da batalha. É claro que, como uma criança que quer chegar à pintura antes que o esboço tenha sido acabado, eu estive tendo comichão de *escrever* realmente por um longo período de tempo. De fato — o senhor pode imaginá-lo da mesma forma que eu — as sentenças mais memoráveis nos vêm à nossa cabeça: mas agora metade delas não pode ser usada, porque, sabendo um pouco mais sobre o assunto, acho que elas não sejam verdadeiras. Esse é o pior dos fatos — elas dão câimbras ao estilo de um sujeito. Se eu puder levá-lo — o primeiro capítulo — ao estágio de ser datilografado, posso levar uma cópia para casa, para a sua diversão.

Devo alertá-lo, a propósito, que Erasmo e tudo mais deve ser postergado para um livro posterior. O livro atual será sobre poesia do amor medieval e a ideia medieval de amor que é um negócio, de fato, muito paradoxal quando você o analisa: pois, por um lado, ele é extremamente supersensual e refinado e, por outro, é um absoluto ponto de honra que a dama deve ser a esposa de outra pessoa, como Dante e Beatriz, Lancelot e Guinevere etc. A melhor introdução é o trecho em Burke sobre "a não aproveitada graça da vida".

Estou pretendendo, a propósito, prestar-lhe a minha visita de verão em *agosto* esse ano, em vez do período costumeiro. Isso se deve ao fato de que a parte final das [férias] longas estará ocupada com os estágios preliminares da eleição do presidente, especialmente as conversas informais que são o que mais importa. Estou particularmente preocupado em estar presente com um ou dois colegas nas fases iniciais e ver o que está acontecendo: pois — fico quase envergonhado de lhe dizer — estou começando a me desiludir com meus colegas. Há muito mais intriga e troca de favores, e mesmo mentiras diretas do que eu jamais supus que fosse possível: e o que mais me preocupa é que eu tenho bons motivos para acreditar que isso não é igual ao que acontece nos outros *college*s.

É claro que isso pode se dever simplesmente ao fato de que eu, sendo antes um inocente em assuntos práticos, e tendo sido enganado uma ou duas vezes, tenha tirado conclusões precipitadas: como se diz, um homem simples se torna sábio pela metade quando se torna sábio de todo. Vamos esperar que sim. Mas o ruim é que os homens decentes me parecem ser todos os mais velhos (que vão morrer), e os malcomportados parecem ser todos os jovens (que durarão o mesmo tempo que eu) [...].

PARA O SEU IRMÃO: de "Hillsboro"

"Início em 2 de agosto" [de 1928]

Fiquei contente de saber que você gostou do *Lives of the Poets* [Vidas dos poetas]. Não há nenhum assunto sobre o qual se falou mais bobagens do que sobre o estilo de Johnson. Para mim, as suas melhores sentenças na escrita têm o mesmo efeito que a sua melhor conversa — "foi tão súbito quanto o estouro de uma rolha". Não sei de ninguém que consiga resolver uma coisa tão bem em meia dúzia de palavras. Eu li boa parte de *Rambler* [Vagabundo] no trimestre passado, que se supõe ser mais johnsoniano do que o *Lives* [Vidas]. Mas ele faz o negócio com a adaga — oh, não, é mais parecido com um bastão, mas um bastão usado apropriadamente não é uma arma pesada —; o que há de desastroso em escolher um ponto infinitesimal do tempo em que se quebra a cabeça de um homem com uma batida perfeitamente direta de uma marreta? — ele faz isso repetidas vezes.

Você sabe que *Rambler* é uma massa de chavões morais — o qual enfurece os críticos franceses que dizem que eles não chegaram ao seu tempo de vida para que lhes digam que a vida é curta e que o tempo perdido jamais pode ser recuperado. Johnson, antecipando-se a este tipo de objeção, simplesmente observa: "As pessoas precisam ser mais frequentemente lembradas do que instruídas." O que mais há para se dizer? Ou ainda: "O processo natural da mente não vai de alegria em alegria, mas de esperança em esperança." Isso seria uma página de choradeira e choramingos em Thackery — ah, quem de nós, querido leitor, tem o desejo do seu coração etc., etc.

Melhor ainda é este trecho sobre o casamento: "O casamento é tão infeliz quanto a vida é infeliz." Não posso dizer que este seria um romance completo com os modernos, porque o romance completo não chegaria tão longe. O autor faria um grande alarde sobre como Pamela deu nos nervos de Alan e como, no final, ele decidiu que a vida era um fracasso, e seria louvado pela sua crítica destemida da instituição do casamento, sem jamais obter um vislumbre do fato de que ele estava meramente descrevendo a irritabilidade *geral* da vida cotidiana, como acontece no caso de pessoas casadas. Johnson simplesmente descarta toda uma literatura estúpida. Ele havia passado por tudo isso (Ibsen e Wells e do tipo) antes de ter escrito. Mas o *Lives* é o melhor — especialmente Savage,[199] Dryden e Pope. Posso imaginar que a atmosfera, o espírito inglês, seja especialmente agradável a você em "partes estrangeiras". Para mim, a

---

[199]Richard Savage (c. 1697–1743) foi um poeta inglês. [N. T.]

coisa mais estranha em relação a Johnson é que ele não é, de forma alguma, um crítico entusiasmado, e, assim mesmo, ele sempre me faz desejar ler os autores sobre os quais fala, mesmo que eu saiba que não vou gostar deles [...].

Mais cedo esse ano — pouco antes do trimestre começar — tive um fim de semana agradável em uma fazenda na Floresta de Dean. Como o senhor sabe, eu já havia caminhado antes nestas redondezas, mas nunca pousei lá. Trata-se, penso eu, do mais glorioso lugar do *interior* que eu conheço [...] quase intocado por viajantes, e excelentemente solitário: quase excepcionalmente assim em uma caminhada de dia inteiro, quando se adentra os distritos de pinheiros, onde os pássaros não cantam e acontece de estarmos fora, por um momento, do som de um riacho (o Sr. Papworth, a propósito, decidiu imediatamente que toda a floresta era um lugar perigoso, e sempre estava pronto para saltar). Aqui e ali na floresta, você encontra uma pequena fazenda velha com alguns acres de clareira, rodeado por uma sebe e uma estrada tão desolada que mal difere dos "passeios" verdes que trespassam a floresta em todas as direções. Nessas "ilhas" de fazenda — em uma das quais nós pousamos — há a sensação mais confortável de ficar escondido do mundo a quilômetros de profundidade, de estar debaixo das cobertas, de ter encontrado um sotavento na praia. Nós estávamos vivendo em uma terra de manteiga e ovos frescos e canja, horas matinais e galinhas grasnando preguiçosas (*não* cacarejando, só fazendo aquele som comprido e arrastado que elas fazem). As noites eram barulhentas, cheias de sons que não mantêm acordado um homem que pensa direito — corujas, um muito bom rouxinol e, uma vez também, o uivo de uma raposa. "Era uma terra sonolenta..." Mas o fato é que não é a sonolência que realmente conta, mas é a sensação de estar "bem longe" [...].

Soa surpreendente, mas a poesia inglesa é uma das coisas que você consegue ler até o fim. Não quero dizer, é claro, que eu já tenha lido tudo o que vale a pena ser lido e que jamais tenha sido dito em verso na língua inglesa. Mas o que quero dizer é que não há mais nenhuma chance de descobrir um novo poema longo em inglês que se revele como sendo bem o que eu quero e que possa ser acrescentado ao *Rainha das fadas*, *The Prelude*[200] [O prelúdio], *Paraíso Perdido*, *The Ring and the Book*[201] [O anel e o livro], o *Earthly Paradise*[202] e [Paraíso terreno] e alguns outros — porque eles não são mais. Quero dizer, no caso de poemas que não se leu, sabe-se muito bem como eles são e sabe-se também que, embora valesse a pena lê-los, eles não se tornariam parte do nosso estoque permanente. Nesse sentido, eu cheguei ao final da poesia inglesa — como se poderia dizer que se chegou ao fim de uma floresta, não por você ter realmente caminhado por cada milímetro dela, mas por você ter andado o suficiente por ela para saber onde se encontram todos os limites e perceber o fim dela, mesmo que não possa vê-lo: quando não há mais nenhuma esperança (como havia nos primeiros dias) de que a próxima curva do caminho possa levá-lo a um lago insuspeito ou caverna ou clareira na borda de um novo vale — quando ela não pode mais ocultar nada [...].

PARA O SEU PAI: **do Magdalen College** (quando o College estava se preparando para a eleição de um novo presidente)

[3 de novembro de 1928]

Graças aos céus, nossos problemas de eleições estão quase no fim. Nesta quinzena, devemos estar todos trancados na capela como uns tantos cardeais e prosseguir para eleger um presidente e, em seguida, despedir-nos da conversa interminável, de acordos e desacordos e personalidades em que eu vivi desde que o semestre começou. Um assunto desse tipo no ar manifesta-se essencialmente por uma infinidade de encontros informais que surgem naturalmente naquelas poucas horas e dias, quando a rotina ordinária deixou pouco espaço para a liberdade. Como, de qualquer forma, eu tenho uma agenda apertada este trimestre — em especial, infelizmente,

---

[200]Poema de William Wordsworth. [N. T.]
[201]Poema narrativo escrito por Robert Browning. [N. T.]
[202]Poema de William Morris. [N. T.]

por aqueles alunos de filosofia que eu compartilho com Weldon e a quem ele se refere como dele, se eles vão bem, e meus, se eles vão mal — a essas alturas estou extremamente cansado de tudo isso.[203]

Ao mesmo tempo, acrescentei mais ocupações às minhas, bastante diferentes e, espero, mais esperançosas. Dois ou três de nós, que concordamos sobre o que deve ser um College, estivemos nos empenhando em estimular os graduandos a formarem uma espécie de sociedade literária. Em quaisquer outros *college*s, a ideia de que graduandos devem exigir, ou suportar, estímulos nessa direção dos *dons* seria risível. Mas este é um lugar deveras curioso. Todas as sociedades foram proibidas no College na gestão do último presidente — um ato que foi então necessário devido aos clubes barbaramente exclusivos de dipsomaníacos[204] ricos que realmente dominavam toda a vida do lugar. Esta proibição teve sucesso em trazer decência, mas às custas de toda a vida intelectual. Quando cheguei, tive a impressão de que qualquer graduando do Magdalen que tivesse interesses além de canoagem, bebida, automobilismo e fornicação tivesse que procurar seus amigos fora do College, e, na verdade, tivesse que se manter o mais longe possível deste lugar. Eles certamente raras vezes descobriam um ao outro e nunca colaboravam para resistir ao tom prevalecente. É isso que queremos remediar: mas isso tem que ser feito com interminável delicadeza, o que significa, como o senhor sabe, infinita perda de tempo.

Antes de tudo, tínhamos que nos certificar de que nossos colegas iriam concordar com o relaxamento da proibição contra sociedades. Depois, tínhamos que escolher nossos homens em meio aos graduandos com muito cuidado. Felizmente eu havia me empenhado, já por um trimestre ou dois, em fazer alguns homens inteligentes se encontrarem em minha sala sob o pretexto de ler peças, e assim por diante, e isso nos forneceu um protótipo. Então tivemos que

---

[203] Em 17 de novembro, o Magdalen College elegeu George Stuart Gordon como seu presidente.
[204] Maníaco por bebida alcoólica. [N. T.]

tentar impelir estes homens selecionados muito gentilmente, de modo que não parecesse muito óbvio que o esquema estava sendo administrado pelos *dons*. No presente, estamos na fase de reunião preparatória "para discutir a fundação de uma sociedade" que será na próxima segunda-feira — de modo que o espetáculo todo se torne, contudo, um triste fracasso. Espero que não: pois estou bem certo de que esse College não será nunca nada mais do que um clube de campo para todos os mais ociosos "sangues" de Eton e Charterhouse, na medida em que os graduandos mantenham na cabeça a ideia de meninos escolares, de que seria ruim discutir entre eles o tipo de assuntos sobre os quais eles escrevem ensaios para seus tutores. No presente, nossos [escolhidos] são todos absolutos bebês e incríveis homens cosmopolitas — sendo que os dois personagens, penso eu, quase sempre andam juntos. Corações velhos e cabeças jovens, como diz Henry James:[205] o cinismo dos quarenta e a rudeza e confusão dos quatorze.

Às vezes me pergunto se esse país vai matar as escolas públicas antes que elas o matem. Minha experiência continua confirmando as ideias sobre elas que me foram sugeridas pela primeira vez por Malvern, há muito tempo. Parece que agora os melhores estudantes, os melhores homens e (apropriadamente entendido) os melhores cavalheiros vêm de lugares como Dulwich ou, para serem elevados para bolsas de campo, das escolas secundárias. Exceto pelos puros clássicos (e isso apenas no Winchester, e, mesmo lá, somente alguns poucos meninos), eu realmente não sei que tipo de dom as escolas públicas outorgam aos seus pupilos além de meras boas maneiras superficiais: a menos que o desprezo por coisas intelectuais, extravagâncias, insolências, autossuficiências e perversão sexual devessem ser chamados de dons [...].

O primeiro capítulo de meu livro está terminado e datilografado, e as únicas duas pessoas que o viram aprovaram-no. O que

---

[205]Henry James (1843–1916) foi um autor americano, que se tornou britânico no último ano de sua vida. Ele escreveu romances e cartas. [N. T.]

é lastimável é que ninguém em Oxford realmente entende algo sobre o assunto que eu escolhi. Posso ter cometido algum disparate que o público francês — que foi o que mais estudou esse assunto até aqui — identificaria em dois tempos. Contudo, minha tradução de algum francês antigo em inglês contemporâneo (a traição é uma grande diversão) passou por Onions, que conhece mais do que ninguém do inglês daquele período [...].

PARA O SEU PAI: **do Magdalen College** (após passar o Natal no "Little Lea")

[3 de fevereiro de 1929]

Procuro em vão por algum fragmento de novidade adequado para ser extraído de uma rotina pobre de ocorrências [...]. O novo presidente e sua família ainda não se mudaram para as suas acomodações, onde o trabalho de instalar banheiros, que está agora em processo, lança uma nova luz sobre a economia doméstica venerável do regime anterior.

Minha preleção atual (sobre Elyot,[206] Ascham,[207] Hooker[208] e Bacon[209]) atraiu um membro distinto em sua audiência: a Madre Superiora do pensionato local para graduandas papistas — suponho que, porque eu empreendi um ataque a Calvino. Se o senhor ouvir, de forma indireta, que a Igreja romana está tendo esperança de angariar um converso distinto entre os jovens *dons* de Oxford, o senhor saberá como interpretá-lo.

Os graduandos acabaram de criar um bom jornaleco, e, arrumando uma cópia do selo da universidade, puseram em circulação em todas as paragens de Oxford uma notícia que alegadamente

---

[206] Provavelmente Sir Thomas Elyot (c. 1490–1546), que foi estudioso e diplomata inglês. [N. T.]
[207] Possivelmente Anthony Ascham (c. 1614–1650), que foi teórico político, acadêmico, parlamentar e diplomata britânico. [N. T.]
[208] Provavelmente Richard Hooker (1554–1600) que foi um sacerdote da Igreja da Inglaterra e teólogo influente. [N. T.]
[209] Francis Bacon (1561–1626), também conhecido como Lord Verulam, foi um estadista e filósofo inglês. [N. T.]

vinha do vice-chanceler e inspetor, revogando uma ordem feita no último trimestre pela qual todos esses lugares eram compelidos a serem fechados para uso dos graduandos às onze horas. Infelizmente essa excelente piada foi revelada antes que tivesse tempo suficiente para circular [...].

PARA O SEU IRMÃO (em Xangai): **de "Hillsboro"**
Selo de: 13 de abril de 1929

Estou envergonhado de minha prolongada ociosidade, embora de fato o lapso de tempo entre minha última [carta] e a sua foi quase tão longo quanto o lapso entre sua última carta e esta. Tenho que admitir, ainda, que estou motivado a escrever nesse momento pela consideração egoísta de que eu ouvi na noite passada uma coisa que você, acima de qualquer outra pessoa, deveria ouvir — você sabe como a gente classifica piadas de acordo com as pessoas para as quais quer contá-las, portanto, não sossegarei enquanto não me livrar dela.

Outra noite um graduando, supostamente bêbado, durante um jantar no George, cobriu a cara de seu vizinho de batatas, sendo que seu vizinho era um completo estranho. Meu informante não soube dizer se isso significa simplesmente que ele atirou o conteúdo do prato de batatas nele ou (como prefiro achar) se ele o apreendeu firmemente pelos cabelos curtos e sistematicamente ensaboou-o com o purê quente. Mas esse não é o ponto da história. A questão é que, quando ele foi convocado para comparecer diante do inspetor e perguntado por que ele tinha feito aquilo, o réu defendeu-se, em tom grave e com muitas expressões de desculpas, com as seguintes palavras: "Não pude pensar em nada melhor para fazer!"

Tenho certeza de que você compartilhará do meu prazer nessa transferência de indignação da classe de defeitos *positivos* para aquela de defeitos *negativos*: como se procedesse inteiramente de uma falta de capacidade inventiva ou uma mera pobreza da imaginação. Deve-se ter cuidado ao se sentar ao lado de um desses homens *sem imaginação*. A ideia do romance pode ser trabalhada igualmente bem a partir de quaisquer das extremidades: quer seja que se pense em um moicano nativo enfiando seu chapéu sobre os olhos com as palavras "Lamento, meu velho, sei que é um pouco vulgar, mas não consigo pensar em nada melhor" — ou em algum P'dayta idoso exclamando irritadamente "Ah, o que falta a estes jovens de hoje é iniciativa", enquanto dá um salto no ar pressionado para trás por um pino [...].

A propósito, concordo inteiramente contigo sobre Scott:[210] de fato, penso que mesmo seus admiradores mais fanáticos "desistiram" de suas heroínas (com a exceção de Die Vernon e Jeanie Deans) e suas cenas de amor. Mas, então, a gente desiste *disso* em todos os romances do século XIX: certamente em Dickens e Thackeray. E quando você tiver descartado isso, o que resta é puro prazer. Não é bacana descobrir uma pessoa que conhece a história quase que inteiramente pela tradição? A história para Scott significa a memória de *histórias lembradas nas velhas famílias,* ou, às vezes, as histórias lembradas por pequenos grupos religiosos e vilarejos. Devo dizer que ele foi quase a última pessoa na Europa moderna que a conhecia dessa forma: e isso, você há de convir, está por trás do melhor da sua obra. Claverhouse, por assim dizer, não foi para Scott "um personagem de Macaulay" (ou Hume ou Robertson), mas o homem sobre o qual a velha dama fulana de tal conta uma história e sobre quem o pai de algum ministro local arcaico contou outra. A história impressa e documentada mata grande parte desta história tradicional local, e o que resta, enfim, é posto nos manuais. (Quando nada mais pode ser dito sobre uma velha igreja, você pode sempre dizer que Cromwell a usou para os seus cavalos.)

Scott estava apenas em tempo de pegá-la ainda viva. Isso (assim as histórias me contam) teve o resultado imprevisto de que a história escocesa, desde sempre, foi mais negligenciada do que aquela de qualquer outro país civilizado: a tradição, uma vez carimbada

---

[210]Sir Walter Scott (1771–1832) foi um historiador, romancista histórico, dramaturgo e poeta. [N. T.]

pela imaginação de Scott, satisfez tanto a curiosidade que a ciência dificilmente se arriscaria a mostrar a sua liderança. É uma pena que ninguém captou a tradição da Inglaterra de forma similar — embora provavelmente houvesse menos para se captar.

Suponho que os escoceses sejam um povo extraordinariamente tenaz em resgatar velhas memórias, como por exemplo o Sr. Oldbuck. Não tenho certeza de que *The Antiquary* [O antiquário] não seja o melhor. Você se lembra dos seus esforços por fazer o herói escrever um épico sobre a batalha de ? a fim de trabalhar no seu excurso sobre castrametação?[211] […] Nada milita tanto contra Scott quanto sua popularidade na Escócia. Os escoceses têm uma maneira curiosa de apresentar-se como enfadonhos para o mundo externo, seja lá o que for que eles admirem. Ouso dizer que Burns seja um bom poeta — realmente: se ao menos ele pudesse jamais escapar do mau cheiro daqueles impiedosos *haggis*[212] e as diversões lúgubres de *Auld Lang Syne*.[213] Que mundo isso abre — a escola "kail yard"[214] — ao lado do arbusto de rosas selvagens lindas — Mansie Wauch.[215]

Acabei de me dar conta de repente (enquanto escrevia) de qual é o problema de todo este caráter escocês. Quando você deseja ser tipicamente inglês, você faz de conta que é muito hospitaleiro e honesto e amável. Quando você quer ser tipicamente irlandês, tenta ser muito esperto e elegante e extravagante. Isto é, o modo típico inglês ou irlandês consiste na assunção de certas qualidades que são em si mesmas bem agradáveis. Mas o típico escocês não consiste em ser barulhento ou silencioso, ou alegre ou triste, ou qualquer outra qualidade reconhecível, mas apenas em ser *escocês* […].

---

[211] A arte de projetar e fazer o *layout* de um acampamento militar. [N. T.]
[212] *Haggis* é um prato tradicional da cozinha escocesa e consiste em um bucho de carneiro, recheado com vísceras, ligadas com farinha de aveia. [N. T.]
[213] Canção tradicional escocesa, cantada principalmente no Ano Novo. [N. T.]
[214] Escola da ficção escocesa (1880–1914) que representava a vida rural escocesa de forma bastante sentimental. [N. T.]
[215] *The Life of Mansie Wauch* é um livro do médico e escritor escocês David Macbeth Moir (1798–1851). [N. T.]

PARA O SEU PAI: do Magdalen College
[19 de maio de 1929]

Espero que a sua recuperação da gripe de inverno tenha sido permanente. Meu próprio resfriado prolongado, tendo durado o trimestre todo, se desenvolveu numa inflamação na garganta e febre e alguns dias de cama, perto do tempo da Páscoa. Enfim me livrei do problema que não foi desagradável. Deu-me a desculpa para ser ocioso e a oportunidade de reler alguns dos velhos favoritos — incluindo *The Antiquary*. Li o *Antiquary*. Penso que ele contém o *crème de la crème* do humor de Scott e muito perto do *crème de la crème* de sua tragédia.

Também reli o *Pickwick*, mas esse, você sabe, dificilmente eu poderia chamar de velho favorito. De fato, eu o havia lido apenas uma vez antes. Dessa vez eu esperava pelo menos descobrir o segredo e me tornar um verdadeiro converso: mas minha segunda leitura quebrou o feitiço, sou um herege relapso. Não vai funcionar. Gosto dos Wellers, tanto o pai como o filho, e gosto do julgamento: mas Eatanswill e a Sra. Leo Hunter e Bill Stumps, seu Mark, parecem-me elaborados e artificiais, e não consigo perdoá-lo por nos mostrar o pobre Jingle na prisão e em arrependimento. Todo o espírito em que nós apreciamos um charlatão cômico depende de deixar de fora a consideração das consequências que seus personagens teriam na vida real: considere isso e cada um de tais personagens (Falstaff, por exemplo) se torna trágico. Convidar-nos para tratar Jingle como um personagem cômico e depois deixar nascer o lado trágico em nós, não passa de um ato de má-fé. Não há dúvida de que é assim que Jingle teria terminado na vida real. Mas depois, na vida real, teria sido nossa culpa, se nós tivéssemos o tratado originalmente como um personagem cômico. No livro, você é forçado a fazê-lo e é, portanto, punido injustamente quando a tragédia sobrevém [...].

Eu tenho uma história principal que é bem nova para mim. O herói é um certo professor Alexander, um filósofo em Leeds, mas não tenho dúvida de que a história é mais antiga do que ele.

1920-1929

Diz-se que ele entrou num carro de trem com uma grande caixa de papelão perfurada, que ele pôs no colo. A única outra ocupante era uma mulher inquisitiva. Ela aguentou o quanto pode e, finalmente, tendo o forçado a entrar numa conversa e a tendo trabalhado (você pode preencher os vazios da história por si mesmo), arriscou-se a perguntá-lo diretamente o que tinha na caixa. "Um mangusto, minha senhora." A pobre mulher ficou contando os postes telegráficos que passavam por algum tempo e, mais uma vez, não conseguiu segurar a curiosidade. "E o que você vai fazer com o mangusto?", perguntou ela. "Eu o estou levando para um amigo que, infelizmente, está sofrendo de *delirium tremens*." "E que utilidade poderia ter um mangusto para ele?" "Ora, minha senhora, como a senhora sabe, as pessoas que sofrem desse mal encontram-se cercadas de cobras: e é claro que um mangusto come cobras." "Meu Deus!", gritou a senhora. "Mas o senhor não está me dizendo que as cobras sejam reais?" "Oh, ai de mim! Não", disse o professor com imperturbável gravidade. "Mas, então, *o mangusto também não é!*" [...]

PARA O SEU PAI: **do Magdalen College**
17 de julho [de 1929]

Essa semana, uma coisa curiosa aconteceu. Eu obtive uma carta do Malvern, declarando que o "Malvern College Ltd." estava sendo liquidado e a escola estava agora sendo posta sob uma diretoria de governadores, e me pedindo permissão para colocar meu nome para concorrer à eleição de um deles. Como eles devem contar com mais de cem [pessoas], a honra não é tão impressionante quanto parece à primeira vista. No calor do momento eu compus uma carta muito elegante, declinando, em virtude de meu "conhecimento limitado da vida da escola pública e, mais que isso, minha simpatia imperfeita pelos objetivos e ideias das escolas públicas". Isso eu fiz com prazer: mas, então, ai de mim "o aspecto nativo de resolução foi cortado à foice pela tendência pálida do pensamento". Refleti que isso se espalharia e que a grande junta de mestres e garotos velhos de várias escolas iria passar a palavra de um para o outro — "Se você tem um menino indo para Oxford, eu não vou recomendar Magdalen. Há muita gente esquisita por lá agora. Excêntricos etc., etc." Assim, eu evitei isso, destruí a minha primeira carta e escrevi um aceite. Espero que eu tenha sido capaz de resistir às considerações puramente cautelares ("evitei" é a palavra mais simples) se eu não tivesse sido apoiado pelo sentimento, assim que esfriei a cabeça, de que a filiação a uma diretoria tão grandiosa seria puramente nominal, exceto pelo círculo daqueles que estão "por dentro", e que, por isso mesmo, se eu tivesse recusado, não deveria estar fazendo mais do que uma tempestade num copo d'água. Mas Warnie não ficaria estimulado? — se bem me lembro, o senhor e eu discutimos esta situação puramente como uma piada quando estive em casa da última vez.

Tente me escrever uma linha quando se sentir disposto para isso. Não postergue a escrita em si, porque se sente despreparado para um ensaio — só uma nota para dizer que você mudou de ideia sobre para onde estamos indo. Também ficaria feliz de receber algumas novidades do Coronel e de quando ele voltará. Ele está seriamente em dívida epistolar comigo.

[Há tempos que Jack estava tentando tirar seu pai de Belfast para umas férias. Mas desta vez o Sr. Lewis estava evitando tirar férias, porque ele estava se sentindo muito doente para ir para qualquer lugar que fosse. Um dos médicos que o estava atendendo era o filho do seu irmão Joseph, Dr. Joseph "Joey" Lewis (1898–1969), que conheceu Jack e Warren por toda a vida. "Joey" era um especialista em hematologia distinto, da Enfermaria de Belfast, e ele convenceu seu tio a fazer alguns raios X em 26 de julho. Naquela noite, o Sr. Lewis escreveu em seu diário: "Tirei raios X. Os resultados são bastante inquietantes." Jack já havia ouvido do irmão do Sr. Lewis, Richard Lewis, que visitou Albert de 4 a 9 de julho, que seu pai não estava bem. Ele ficou sabendo dos resultados do raios X de "Joey".]

PARA O SEU PAI: **do Magdalen College**
Selo de: 5 de agosto de 1929

Meu querido paizinho,

Estou muito feliz por o senhor ter escrito. Eu havia ouvido as notícias e estava ansioso por escrever, mas mal sabia como fazê-lo. É claro que irei para casa na primeira oportunidade. Infelizmente, tenho que ir a Cambridge no dia 8 para este exame, mas vou cruzar para a Irlanda no dia 12. Não se preocupe em escrever, se não se sentir à altura disso, mas cuide para que eu fique informado.

Deduzo do que ouvi que há muita esperança na primeira chapa. Seria tolo fazer de conta que isso pudesse aliviar as preocupações para qualquer um de nós; há motivos mais seguros — pelo menos para o senhor — vindo do maravilhoso espírito, conforme demonstrado em sua carta, com que o senhor está encarando isso. Desejaria poder transmitir ao senhor um décimo do respeito e afeição que senti ao lê-lo. Quanto ao resto, o que é que eu poderia lhe dizer que não seja já autoevidente? O que qualquer um de nós poderia fazer, a não ser dar um aperto de mão, desejar alguma coisa boa e esperar estar bem quando nosso próprio tempo estiver sob fogo cruzado. Tive um pouco de estresse nesta última semana, de manter a minha mente nos ensaios de exame por nove horas por dia, e fico especialmente contente com o fato de o senhor ter escrito. Tudo me foi dito em segredo, eu não sabia que o senhor sabia que eu sabia e não pude fazer nada. Desejaria poder ir aí, mas mal posso sair de Cambridge agora. Sei como são os hospitais e enfermarias — nisso, de qualquer forma, posso compadecer-me devido a alguma experiência.

Seja o que for que os próximos dias tragam, espero que o senhor não tome nenhuma decisão quanto a seu tratamento sem me informar. É claro que não quero dizer que o senhor adie tal decisão (necessariamente) até a semana que vem: mas veja um jeito de me avisar. É claro que, se houver problemas mais sérios, o senhor terá outro conselho para além daquele da multidão de Belfast.

Com todo meu amor e desejando o melhor — queria que houvesse algo mais que eu pudesse oferecer — seu filho amoroso [...].

PARA O SEU IRMÃO: de "Little Lea"

25 de agosto de 1929
No escritório, às 20h30

Este é um comunicado para informá-lo de que P. está seriamente doente. O primeiro que me falou sobre isso foi o Tio Dick há cerca de um mês, quando eu ainda estava em Oxford, e depois, em resposta à minha solicitação, fiquei sabendo por Joey que o está tratando. O problema é abdominal. O primeiro temor foi, é claro, de ser câncer. Raios X não podem aparentemente refutar isso com certeza, mas sua evidência, fico feliz em poder dizer, é toda desfavorável a isso e, de acordo com Joey, as outras características do caso tornam isso muito improvável. É claro que não devemos enganar-nos dizendo que é impossível. O diagnóstico atual é que ele está sofrendo de um estreitamento da passagem em um dos intestinos. A cura ordinária para isso é a operação chamada de circuito curto: mas eles haviam tido a esperança de que, com uma dieta leve, ele poderia se manter, não em saúde perfeita, mas num estado tolerável, sem ter que ser operado — ou, em todo o caso, que a operação seja indefinidamente postergada.

Eu viajei para casa imediatamente após meu exame de Cambridge e encontrei as coisas neste ponto. Ele estava acordado e bastante bem. Mais ou menos há uma semana, entretanto, ele teve um ataque à noite de um tipo de convulsão e tremor — eles os chamam de *rigor* — dos quais eu só fiquei sabendo de manhã. Isso não foi referido como um sintoma muito sério, nem por Joey, nem Squeaky, mas eles o mantiveram na cama. Na próxima noite, tirei a temperatura dele aproximadamente às nove horas, deu 39,5 ºC e chamei o cirurgião, McConnel (um colega de Joey que acompanhou o caso desde o começo) para vê-lo aproximadamente à meia-noite. Ele estava tonto, mas a temperatura caiu pela manhã. Desde então ela ficou subindo e descendo e é claro que ele ficou de cama. Essa noite eles disseram-lhe que é bem provável que ele terá que passar pela cirurgia. Eles estão para consultar de novo em alguns dias e, então, deveremos saber com certeza. Ele está levando tudo extraordinariamente bem. Eu devo, é claro, ficar até que a cirurgia tenha passado, a menos que eles a posterguem até o Natal. *Quanto a você*, suponho que seria (a) impossível, (b) inútil para você obter uma licença especial, já que é quase certo que a questão será resolvida antes que você consiga chegar em casa.

Tenho muita coisa a dizer sobre outros assuntos — sobre a Catedral de Liverpool e o novo barco de Liverpool e assim por diante —, mas essa é somente uma nota por necessidade. Eu estive acordado a maior parte de várias noites com o P'daytabird e não posso deixar a casa tempo suficiente para ter caminhadas decentes, de modo que estou bem cansado e não me sinto em forma para uma carta. Isto foi escrito do quarto dos fundos aproximadamente às dez horas da noite. Que pena que você não está aqui. Em vez da situação preocupante nós deveríamos encontrar elementos redentores sobre Leeborough sob o regime atual. Quando se está sozinho, não é, sob hipótese alguma, tão prazeroso. Obrigado por sua última carta e desculpe por estas mal traçadas linhas. Lembre-se de que eu tenho a desmoralização de Leeborough nas costas, bem como a cura de um paciente. E, por Deus, é duro manter tanto o moral quanto as morais em situações difíceis.

É claro que a emergência atual não cancela as regras imemoráveis. Se a sua carta chegar, P. já poderá estar — vamos esperar o melhor, de que ele vai estar — em pé de novo, e, portanto, você deve escrever somente o que pode ser mostrado. Quando eu estou caminhando silenciosamente à noite agora, ou verificando a lareira dele, muitas vezes tenho um tipo de prazer extravagante de pensar no longo treinamento escondido para propósitos bem diferentes, do qual ele é agora o objeto num sentido novo. Sinto muito que você tenha recebido um envelope na minha letra, cujo conteúdo o desapontará tanto quanto este. Vou caminhar na ponta dos pés para a adega agora — cuja chave me foi confiada com muita consideração — para ter um gole do uísque.

PARA O SEU IRMÃO: de "Little Lea"

29 de agosto de 1929

Para ser franco, você deve esta segunda carta a uma situação tipicamente leeburiana. Eu havia mencionado ao P'daytabird que eu estava escrevendo para você, e isso provocou tal tempestade de conselhos e advertências — sou obrigado a escrever no papel mais fino, e preciso ir até Condlin [seu secretário] para conseguir o tipo certo de envelope — e de questões — como posso eu continuar a minha carta ao Coronel — que não há nada em favor disso. Mais cedo ou mais tarde deverei satisfazê-lo com o toque e vista de uma carta que, pelo seu tamanho, não [será] muito obviamente uma notificação de sua doença e, portanto, uma causa de alarde para ele. E penso que seria realmente muito pouco gentil de minha parte enviar-lhe um rolo de papel higiênico.

As coisas não melhoraram desde minha última carta e estou realmente muito desanimado com ele. Ainda assim, seria uma ofensa contra a ética piggiebotiana[216] de trancar-nos por isso em solenidade perpétua: e como quer que você se sinta na China, eu *in loco* só posso passar meus dias e noites permitindo-me um contentamento dos velhos humores, que, desnecessário dizer, se mostram mesmo nesta situação. Se ao menos isso não levantasse sempre uma certa ansiedade, a visita diária do médico seria irresistivelmente engraçada. A absoluta recusa do paciente em responder ao que lhe é perguntado, seus relatos vagos (com base no princípio familiar da "boca cheia") do que ele havia comido, e seu hábito de responder a alguma questão, como "Você notou alguma alteração em seu estado?", com um repentino "Doutor! Estou plenamente satisfeito em minha mente de que a raiz de todo esse problema etc., etc.", e sua crença subsequente de que o médico tenha proposto a ele a teoria crassamente improvável que, na verdade, foi ele que propôs ao médico — tudo isso você será capaz de imaginar nos menores detalhes que eu lhe der. Foi muito alar-

---

[216] Referindo-se ao apelido carinhoso, Piggiebotham, que a babá dava aos irmãos Lewis. [N. T.]

mante a noite em que ele esteve um pouco delirante. Mas (não posso abster-me de contar-lhe) sabe que forma isso assumiu? O elemento sanitário da sua conversa cresceu de seus usuais 30% para algo em torno de 100% [...].

Entretanto, talvez todo esse mundo sanitário seja apropriado para mim no momento, já que acabei de terminar a tarefa formidável de ler todas as obras de Rabelais [...]. Tive que lê-lo pela luz que ele lança sobre a Renascença em geral e sua influência particular sobre nossos próprios elisabetanos. Será que eu recomendaria que você fizesse o mesmo? Não sei dizer. Ele é muito incoerente e muito, muito enfezado. Mas você não deve basear nenhuma opinião sobre ele no que ouve de pessoas deseducadas que nunca leram nenhuma comédia escrita antes do reinado da Rainha Vitória, e estão, portanto, cegados por algumas poucas palavras familiares vistas pela primeira vez impressas, tanto que eles nunca veem sentido numa página, muito menos num capítulo como um todo.

A primeira coisa que surpreende é que aproximadamente um quarto do livro é propaganda perfeitamente séria em favor da educação humanista. As partes cômicas são essencialmente sátiras sobre o papado, monasticismo e aprendizado escolástico. A farsa livre de Miller, do tipo *Tale-cum-Decameron*[217], representa realmente apenas cerca de um terço do todo. Há uma boa porção de piedade bastante sincera e humanidade de um tipo prazeroso shandeyiano, montaignesco. Alguns dos aforismos têm que ser adicionados ao nosso estoque imediatamente. "A maior perda de tempo que eu conheço é a de contar as horas" — "Bêbados vivem mais do que médicos" [...]. Algumas sátiras — embora a sátira sempre tendesse a me entediar — são muito "picantes", para usar uma boa e velha palavra que nós, modernos, descartamos ou degradamos sem achar uma melhor para preencher seu espaço.

---

[217]"Conto com *Decameron*". O termo "cum" é usado para ligar palavras consideradas antagonistas. *Decameron* refere-se a uma coleção de cem novelas de Giovanni Boccaccio (1313–1375), autor italiano do século XIV. [N. T.]

31 de agosto de 1929

Estive constantemente na correria desde que acordei — indo para os McNeills para apanhar as várias gelatinas e confeitos que eles nos fornecem diariamente — sua decência em relação ao O.A.B, neste tempo todo, foi extraordinária — ajudaram seu pai a se barbear, dando-lhe cheques para assinar e endossar. Se eu começar a trabalhar agora devo ser interrompido pelo médico antes de conseguir me concentrar, então eu também posso investir dez minutos em conversa com você.

Depois de terminar sua porção de carta na noite passada e limpar a enxurrada ocasionada pela abertura de uma daquelas garrafas incríveis de água com gás, li algumas páginas das cartas de Macaulay. Minha leitura das mesmas agradou o paciente e, já que eu tenho que lê-las alguma hora, também posso fazê-lo agora quando isso providencia um tópico comum para as nossas conversações. Elas não são desinteressantes. Você sabia que Macaulay desenvolveu o seu método de escrita completo como um menino escolar e escreveu cartas para casa da escola, que podem ser lidas exatamente como as páginas retiradas de um ensaio? Isso é muito esclarecedor. Ele já falava sobre a natureza do governo, os princípios da prosperidade humana, a força das afeições domésticas e tudo isso (você conhece o lixo) aos quatorze anos de idade. Ele não poderia, naquela idade, *saber* alguma coisa sobre isso tudo: muito menos poderia ele conhecer o suficiente para as generalizações fluentes que ele faz. É possível ver muito claramente que, tendo adquirido tão cedo o dom da *fala*, ele achou que poderia continuar bastante confortavelmente pelo resto da sua vida, sem se importar de notar as *coisas*. Ele foi, desde o princípio, esperto o bastante de produzir uma porção de conversa fiada legível e convincente sobre qualquer assunto, entendendo dele ou não, e consequentemente ele nunca, até o dia da sua morte, descobriu que havia tal coisa como compreensão. Você não acha que a última palavra sobre ele seja a declaração de Southey — "Macaulay é um rapaz esperto e um rapaz esperto ele permanecerá"? [...]

É sábado à noite. O paciente está bem melhor [...]. O grande consolo sobre Leeborough no momento é meu controle sobre as refeições. Assim que eu cheguei em casa e encontrei P. numa dieta leve, eu disse que tornaria as coisas mais fáceis para ele abrindo mão da minha própria carne no almoço. Eu substituí o pão e queijo, os biscoitos de água e sal e a manteiga e as frutas. Isto pode não impressioná-lo: mas o glorioso é que eu posso comer essas coisas quando bem entendo. Não houve um só dia pela última quinzena em que eu não estive à uma da manhã sentado à mesa com meu queijo, frutas e vinho na sala de jantar com as janelas abertas. Um pequeno esforço de imaginação vai habilitá-lo para se dar conta de que tipo de conforto isso representa. Eu mantenho o mesmo esquema durante o fim de semana. Imagine um *sábado* de Leeborough com um lanche leve à *uma*, em vez de um banquete às duas e meia, e depois um *high tea* (frango assado frio e presunto hoje à noite) às sete! [...]

Se ao menos eu não ficasse o tempo todo preocupado com o P'daytabird (pois nunca se sabe realmente o que a próxima medição de temperatura trará), e apenas eu pudesse ter caminhadas decentes, e se ao menos eu pudesse realizar mais trabalho, não seria uma vida de todo ruim. Com uma lista imensa de exceções! É como o caçador em *Punch* "Se eu conseguir mais três depois daquele que estou caçando agora, eu devo ter capturado quatro." [...] Eu vou fazer uma pausa aqui e tomar o meu dedo de bebida.

Por falar nisso, tivemos esta noite a velha cena sobre ser o uísque uma bebida impalatável. A propósito, todos os médicos, sem exceção, dizem que isso lhe fez e está fazendo muito mal. Joey diz que quando ele menciona isso ao paciente, o paciente simplesmente ri dele — e determinou que não faz bem tentar pará-lo, já que o bem que pode agora ser feito pela abstinência seria menor do que a irritação psicológica. Ele me deu um susto de verdade quando eu estava saindo do portão outro dia, tendo deixado tudo arranjado para deixar a tarde dele mais confortável possível. Ele subitamente apareceu na sua janela, gritando comigo numa voz que me fez pensar que alguma crise terrível teria chegado. Eu [subi] tempestuosamente as escadas para me deparar com a real tragédia: ele havia descoberto, de repente, que eu estava saindo com a chave da adega no meu bolso — e aparentemente os "restinhos insignificantes" nas *duas* garrafas que ele mantém em seu guarda-roupas não eram o bastante para durar a tarde toda. Há um lado muito sério nisso tudo, mas eu concordo com Joey: e eu havia percorrido um longo caminho antes de conspirar com os médicos em privar o pobre velho camarada do que é praticamente o seu único prazer. Vamos esperar que Rabelais esteja certo [...].

3 de setembro de 1929

O cirurgião e Squeaky e Joey todos fizeram consulta hoje e decidiram pela cirurgia. Ele o está enfrentando feito um herói. Quando esta o alcançar, tudo terá sido resolvido para o bem ou para o mal. Foi o diabo de um dia sofrido, como você pode imaginar, que mexeu com os nervos de forma infernal, e estou mortalmente sonolento. Devo postar isto amanhã. Eu pretendia escrever mais, mas estou muito cansado. Quanto aos *fatos* não há nada mais a acrescentar. De qualquer forma, esta carta não pode alcançá-lo a tempo de lhe dar alguma informação.

PARA OWEN BARFIELD: de "Little Lea"

9 de setembro de 1929

Muito obrigado por sua carta. Não tenho certeza de que a distinção entre "intimidade" e "familiaridade" seja realmente muito profunda. Parece ser amplamente uma questão de acaso que você conheça tão pouco de minha história prévia. Eu sabia mais da sua porque nos encontramos na Inglaterra: se tivéssemos nos encontrado na Irlanda, a situação seria contrária. Além disso, não contamos muito sobre as nossas vidas passadas, mas isso é porque temos tanta outra coisa sobre o que falar. Qualquer dia poderíamos ter iniciado um tópico para o qual tal narrativa poderia ter sido relevante e logo isso teria se revelado. Pense em quantos chatos você conhece, cuja história você domina bem depois de um conhecimento breve, não porque a familiaridade foi, no seu caso, substituída pela intimidade, mas porque eles não tinham nada a dizer e não permaneceriam calados.

Não estou dizendo que não haja distinção. Quando as partes são de sexos diferentes, ela pode ser mais importante. Suponho que um bom grego era familiar com a sua ἑταίρα[218] e íntimo dela. Mas, entre homens, eu suspeito que a intimidade inclui familiaridade potencialmente. Agora, com uma mulher, é claro, nenhum grau de intimidade inclui absolutamente qualquer familiaridade; para isso tem que haver στοργή[219] ou ἔρως[220] ou ambos.

O teste realmente é esse: quando você tiver falado com um homem sobre a sua alma, estará em condições, sempre que a necessidade surge, por exemplo, de assisti-lo no uso de um catéter ou cuidar dele num ataque de disenteria, ou ajudá-lo (caso isso ocorra) num problema doméstico. Isso não acontece no caso de uma mulher.

Quanto à minha situação presente, as implicações me assustam. Meu argumento é o seguinte: 1. [Suponha que] eu esteja assistindo um doente quase livre de dores pelo qual tenho pouca afeição e cuja companhia me deu, por muitos anos, muito desconforto e pouco prazer. 2. Entretanto, eu o acho quase insuportável. 3. Então, como, em nome de Deus, deveria ser a sensação de preencher o mesmo lugar na cama do doente, quem sabe agonizante, por alguém realmente amado e alguém cuja perda será irreparável? Um argumento formidável *a fortiori*. Sem dúvida, sob o item 1, é apropriado incluir o fato de que, se a falta de afeição real evita algumas dores, ela

---

[218]Palavra em grego transliterado, *hetera* ou *hetaira*, que significa "amiga, companheira". Na sociedade da Grécia Antiga, eram prostitutas refinadas que se diferiam das protitutas comuns (pornoi) porque, além da prestação de serviços sexuais, ofereciam sabedoria e cultura a seus acompanhantes. [N. T.]
[219]Do grego transliterado, *storgí*, que significa "afeto", amor como o de uma mãe por um filho. [N. T.]
[220]Do grego transliterado, *éros*, que significa amor, admiração envolvendo desejo sexual. [N. T.]

introduz outras. Onde toda palavra gentil e paciência é o resultado de um dever calculado e onde tudo o que fazemos nos deixa ainda completamente constrangidos, há, suponho eu, um *tipo* particular de pressão que seria ausente da outra situação. Há ainda, nesse caso presente, embora não uma simpatia espiritual, uma simpatia psicológica profunda e terrível. Meu pai e eu somos equivalentes físicos: e, ao longo dos últimos dias, mais do que nunca, noto sua semelhança comigo. Se estivéssemos cuidando de você, eu teria esperado sua morte possível como uma perda permanente e irremediável: mas não acho que eu recuaria da faca com a sim-patia (no sentido etimológico) sub-racional que sinto no presente.

Tendo dito tudo isso, devo prosseguir para corrigir o exagero que parece ser inerente ao mero fato da escrita. Quem foi que disse que a doença tem seus próprios prazeres dos quais a saúde não tem notícia? Eu tenho meus bons momentos pelos quais espero ansiosamente e, quem sabe, embora todo o tom da imagem seja amenizado, há mais claro e escuro do que nunca. Quando meu paciente está preparado para a noite, saio e vou caminhar no jardim. Aprecio enormemente o ar fresco depois da atmosfera do quarto cheio de doença. Também aprecio os sapos do campo no fundo do jardim e as montanhas e a lua. Frequentemente consigo escapar para uma caminhada de tarde, quando as coisas estão indo bem, e meu amigo Arthur Greeves — o "amigo" do qual você sabe, que mencionou a árvore de faia em sua carta — vem me ver todos os dias e, muitas vezes, duas vezes ao dia. Algumas das minhas consolações são bem infantis e podem parecer cruéis. Quando Arthur e eu conversamos até tarde da noite, há, até hoje, um sentimento mágico de conspiração bem-sucedida; trata-se de uma violação, não, é claro, das regras formais, mas do costume imemorial de uma casa em que eu dificilmente vivi a liberdade. Há um prazer do mesmo tipo em ficar sentado com janelas abertas em salas em que eu sempre me senti sufocado, desde a infância: e em substituir alguns biscoitos e frutas pela refeição gigantesca do meio-dia que, até então, era compulsória. Espero que isso não seja tão pouco caridoso quanto soa.

De qualquer forma, nunca fui capaz de resistir à influência retrógrada dessa casa, que sempre me faz mergulhar de volta nos prazeres e sofrimentos de um menino. Esta, a propósito, é uma das piores coisas sobre a minha vida presente. Todo quarto está embebido dos temores da infância, as brigas homéricas com meu pai, os terríveis retornos à escola: e também dos velhos prazeres de uma adolescência excepcionalmente ignóbil.

A propósito, este é precisamente o ponto sobre intimidade que *contém* familiaridade. Se isso se tornasse realmente relevante para alguma verdade que estivemos explorando em comum, eu poderia expandir a última sentença em detalhe, e realmente o faria: por outro lado não tenho a menor inclinação de fazê-lo, por exemplo, o que seria uma *finalidade* para os familiares, não passa de um instrumento para os íntimos. Estou incluindo alguns epigramas, sobre os quais eu gostaria de receber sua opinião. Muito grato [...].

[Warren só recebeu as duas últimas cartas de Jack aproximadamente quarenta dias depois de elas terem sido postadas. Ele, de fato, não estava ciente de que tinha alguma coisa de errado com seu pai, até que recebeu um telegrama de Jack em 27 de setembro que dizia: "Lamento relatar que pai faleceu sem sofrimento dia vinte e cinco de setembro. Jack."]

PARA O SEU IRMÃO: de "Hillsboro"

29 de setembro de 1929

A essas [alturas] você terá recebido meu telegrama e as duas cartas escritas a partir de Leeborough. Já que há muitas providências a serem tomadas, vou lhe dar apenas os puros fatos. A cirurgia, apesar do que eles profetizaram, descobriu câncer. Eles disseram que ele poderia viver mais alguns anos. Eu permaneci em casa, visitando-o no hospital, por dez dias. Houve altos e baixos e alguns terríveis espasmos de dor da flatulência (aparentemente a sequência usual de cirurgias abdominais) ocorrendo sobre a ferida: mas nada realmente pavoroso. Frequentemente ele era ele mesmo, contando anedotas, embora, é claro, estivesse frequentemente delirando sob o efeito das drogas. Nessa alturas, eu já estava em casa desde 11 de agosto e meu trabalho para o próximo semestre estava se tornando realmente desesperador e, como Joey disse, eu poderia facilmente esperar várias semanas mais e continuar estando na mesma condição — isto é, não fazendo o progresso que deveria, mas sem a probabilidade de piorar de repente. Portanto, fui a Oxford no sábado, dia 22 de setembro. Na terça-feira, dia 25, recebi um telegrama dizendo que ele estava pior, peguei o trem uma hora mais tarde e cheguei para saber que ele havia morrido na terça-feira à tarde. A causa imediata parecia ser alguma hemorragia no cérebro: ao menos foi assim que eles o interpretaram. Os fatos eram que ele nunca acordou na terça-feira e permaneceu o dia todo num estado de inconsciência com uma temperatura em elevação [...].[221]

PARA O SEU IRMÃO: de "Hillsboro"

27 de outubro [de 1929]

O que você diz em sua carta é bem aquilo que estou achando de minha parte. Eu sempre condenei como sentimentalistas e hipócritas aquelas pessoas cuja visão dos mortos era tão diferente da visão que eles mantinham das mesmas pessoas vivas. Agora descobre-se que se trata de um processo natural. É claro que, *in loco*, os nossos sentimentos foram, em certo sentido, diferentes. Penso que a pura e simples pena do pobre velho homem e pela vida que levou, realmente tenha superado todo o resto. Isso também foi (no meio dos arredores de casa) quase impossível de acreditar. Uma dúzia de vezes, enquanto eu tomava as providências para o funeral, me vi mentalmente tomando nota de um ou outro episódio para contar-lhe: e o que simplesmente me fez ficar entre a cruz e a

---

[221] As datas desta carta estão confusas. Conforme Jack informou Warren por telegrama, o Sr. Lewis morreu na quarta-feira, dia 25 de setembro. Ele nasceu em 22 de agosto de 1863, então, estava contando com um pouco mais de 66 anos de idade.

espada foi ter que ir parar no Robinson e Cleaver[222] para conseguir um *black tie* e de repente me dar conta: "Você jamais vai poder relatar qualquer coisa novamente a ele."

A propósito, uma grande quantidade de suas piadas e anedotas permaneceram até o fim. Uma das melhores coisas que ele jamais disse foi no dia anterior à minha partida — quatro dias antes de sua morte. Quando eu entrei, a enfermeira do dia me disse: "Acabei de dizer ao Sr. Lewis que ele é exatamente como o meu pai." P.: "E como eu sou como o seu pai?" Enfermeira: "Ora, porque ele é um pessimista." P. (depois de uma pausa): "Suponho que ele tenha várias filhas."

Na medida em que o tempo avança, a coisa que emerge é que, não importa o que mais ele pudesse ter sido, ele teve uma *personalidade* incrível. Você se lembra: "Johnson está morto. Passemos ao próximo. Não há nenhum. Nenhum homem o faz lembrar de Johnson."[223] Como ele preenchia um espaço! Quão difícil era se dar conta de que ele não era um homem realmente grande do ponto de vista físico. Toda a nossa vida, toda a vida piggiebotiana, é testemunha direta ou indireta do mesmo efeito. Tire da nossa conversa tudo o que seja imitação ou paródia (o testemunho mais sincero no mundo) dele, e quão pouco resta. A forma como curtíamos ir para Leeborough e a forma como o odiávamos, e a forma como curtíamos odiá-lo: como você diz, não se tem como assimilar que *isso* tenha terminado. E agora você poderia fazer qualquer coisa que fosse que lhe importava no escritório, ao meio-dia ou no domingo, e é bestial.

Compartilho de sua estranheza ao voltar a uma ilha britânica que não contenha mais o P'daytaheim. Espero que quando todos os seus livros estiverem acondicionados (presumivelmente nas caixas sem vidros do quartinho dos fundos) em Magdalen, em que você poderá sempre ter uma sala de estar vazia para a qual você pode

---

[222]Mais famosa loja de roupas irlandesa. [N. T.]
[223]James Boswell, *The Life of Samuel Johnson* [A vida de Samuel Johnson] (1791), depois da morte do Dr. Johnson em 1784.

voltar a qualquer hora, espero que você possa passar uma folga em Hillsboro que seja palatável. Não adianta fazer de conta que seja a mesma velha coisa, mas você é sempre bem-vindo [...].[224]

PARA O SEU IRMÃO: de "Hillsboro"

21 de dezembro de 1929

Uma das penas do presente estado de coisas parece ser que é impossível para qualquer um de nós escrever uma carta real ao outro. Vou tentar quebrar o feitiço prestando-lhe algumas contas das minhas aventuras desde que você ouviu pela última vez de mim, antes da grande separação. A aventura principal é da luz bem nova lançada sobre P. pelo conhecimento mais íntimo de seus dois irmãos.[225] Um de seus defeitos — o seu comportamento direcionado por picuinhas: "Você pegou as suas chaves etc." — assume um novo ar quando se descobre que em sua geração todos os irmãos tratavam uns aos outros exatamente do mesmo jeito.

Na manhã do funeral, o Tio Dick chegou antes do café da manhã e abordou o Tio Bill, que estava dormindo no quarto de hóspedes. Eu entrei. Depois de algumas saudações, foi com um choque de surpresa amena que eu ouvi Limpopo [Bill] repentinamente cortar uma observação do Tio Dick com as palavras: "Agora, Dick, melhor você ir e tirar o seu colarinho, ui (gesto), tomar um banho e esse tipo de coisa, ei, e faça a barba." Ao que seu irmão respondeu, com seriedade impecável: "Agora, que situação, hein Jacks? Melhor você ir ao banheiro primeiro e eu vou lá embaixo e pego uma xícara

---

[224] A Sra. Moore escreveu para Warren, em 27 de outubro de 1929, dizendo: "Espero que você passe as suas licenças na nossa casa ou onde quer que estejamos. Esperamos algum dia ter uma casa maior, quando as coisas seriam mais confortáveis para você, então, por favor, pense em nosso lar como o seu lar, e tenha sempre certeza de que você é muito calorosamente bem-vindo."

[225] Albert Lewis foi o mais novo de quatro irmãos. Seu irmão Joseph morreu em 1908. Os outros dois, William e Richard, mudaram-se para a Escócia em 1883 e entraram para uma parceria de vendas de cordas e roupas de lã. Seu negócio estava localizado em Glasgow, mas eles viviam a cerca de vinte quilômetros de lá, em Helensburgh.

de chá. Bill, melhor você se deitar (gesto) e se cobrir e eu venho e lhe conto..." *Limpopo* (intervindo): "Bem, Dick, desça as escadas, ui, e Jack irá e lhe contará, não é melhor assim, hein?"

Mais tarde naquele dia tivemos uma sessão de comitê do guarda-roupas bem à maneira antiga; e à tarde me disseram: "Jacks, mostre à Sra. Hamilton aquele casaco que você achou. Cabe direitinho. Parece que foi feito para ele, não acha?"

Outra luz me veio durante a visita aos agentes funerários: toda a cena teve um ar de farsa diabólica tal que não resisti de registrá-la. Depois que um homem de cara empoeirada se aproximou de mim, assegurando-me que ele enterrou meu avô, minha mãe e meu tio, uma pessoa superior nos conduziu até uma sala interna e perguntou se desejávamos um "traje de caixões". Antes de eu ter me recuperado disso — e soava como uma oferta de algum clérigo pegajoso, fazendo reservas em um hotel no inferno — o animal de repente empurrou para fora uma série de portas verticais enormes, cada uma das quais, se abaixadas, revelavam em seu interior uma espécie de caixão. Ficamos rodeados por eles. Dando uma palmada num deles, como num tambor, com sua mão ressonante, ele observou: "Esse é um caixão de que eu gosto particularmente", e foi aí que a "luz" me veio.

Limpopo — e até Limpopo veio como um alívio em uma atmosfera como essa — pôs um fim a tal vulgaridade, dizendo em sua voz de barítono: "Qual deles foi usado antes, hein? Sim, porque deve haver alguma tradição nessa coisa. Qual tem sido o costume na família, hein?" E então eu vi, de repente, o que eu nunca vi antes: que para eles, tradições familiares — o papel quadriculado, o jantar de dois e trinta, o sobretudo gigantesco — eram o que as tradições escolares e tradições de *college* são, não sei dizer para mim, mas para a maioria daqueles da minha geração. É tão simples, uma vez que você o conhece. Como é que poderia ser diferente naquelas grandes famílias vitorianas, com sua vitalidade intensa, se eles não foram a escolas públicas e se a família era, na verdade, a mais sólida instituição que já experimentaram? Isso coloca uma grande quantidade de coisas numa luz mais simpática do que eu jamais havia reconhecido antes.

Mas, além dessas duas luzes, o que eu aprendi daqueles poucos dias foi o sentimento (talvez eu o tenha mencionado antes) de que todos os outros membros daquela família eram apenas fragmentos do nosso próprio P'daytabird. Tio Dick apresentava as anedotas, mas somente as mais brutais e sem a devida cultura. Em Joey você vê o lado anedótico do personagem perder-se — o homem, cuja conversação não passa de risadinhas. Em Limpopo, é claro, você vê simplesmente todos os pontos ruins, sem nenhum dos bons: com a propriedade adicional de ser absurdamente entediante, que é uma coisa que P. nunca foi em nenhum momento.

A ideia que ele faz de conversação é quase inacreditável. Na noite do dia de sua chegada, depois do jantar, tendo sido servidos de uísque, ele arrastou a pequena cadeira de escritório de madeira para o fogo e, tendo acomodado seu corpo rechonchudo nela e cruzado suas mãos flácidas sobre sua barriga, prosseguiu anunciando as seguintes proposições: "Eu usualmente deixo a cidade às quinze para as seis, né, e então eu (Jacks, me veja outra dose daquele uísque) coloco um velho casaco, né, depois eu desço e tomo alguma coisa e tenho uma pequena conversa com a sua Tia Minnie, né, e então [...]." Sem qualquer exagero, ele me ocupou até 1h30 com esta tagarelice. A última luz, quando os hamiltonianos estavam presentes, foi muito melhor. Limpopo explicou que ele havia desistido de lidar com Hogg: "O último terno que ele me mandou [...] as calças vieram até o meu queixo (gesto) [...] eu estava prestes a denunciá-lo à polícia". *Tio Gussie:* "Pois deveria mesmo. Você deveria mesmo ir ao tribunal, usando aquele terno." *Limpopo* (com profunda seriedade): "Oh, eu não teria gostado nada de fazer isso, né." [...]

1930–1939

PARA O SEU IRMÃO: do "Hillsboro"

12 de janeiro de 1930

Você acha que o presente estado de coisas produz uma condição permanente — por assim dizer — de entusiasmo desconfortável? Todas as coisas estão incertas e conturbadas: todas as velhas *estruturas* das coisas entraram em colapso e a completa liberdade, que certa vez vislumbramos, de traçar os planos que bem entendemos se mostra como sendo, na prática, uma impossibilidade desconcertante de ver qualquer futuro.

Para o momento, entretanto, você estará mais ansioso por ouvir sobre o presente, ou, como será para você, sobre o passado. Bem, até hoje, Leeboro[1] não foi vendida. Isso se tornará mais angustiante à medida que seu retorno está se aproximando. Se uma oferta realmente boa, *mais* a demanda de posse imediata, aparecerem, digamos, uns quinze dias antes de você chegar a

---

[1] Abreviação de Leeborough, que é o lugar em que ficava a casa do pai, também chamada de "Little Lea", onde Jack e seu irmão passaram a maior parte da infância. [N. T.]

Liverpool, penso que vou perder a cabeça [...]. A questão não é "Podemos arcar de mantê-la por três — ou dez — meses antes de vendê-la", mas "Podemos arcar de recusar qualquer boa oferta por uma coisa que pode se revelar como invendável?". Podemos arcar de negociar com a chance de ter uma segunda boa oferta *qualquer*? (Lembre-se que não houve *nenhuma* ainda). Isto é, não estamos na posição de um coronel empobrecido vitoriano, que se pergunta se ele pode se dar ao luxo de continuar caçando por mais uma temporada, mas antes naquela da solteirona de meia-idade, que se pergunta se ela pode recusar *qualquer* proposta que seja.

Este sistema infernal de "dois presentes" — que começou sendo uma piada e terminou sendo um íncubo[2] — naturalmente estraçalhou a maioria das suas possibilidades alternativas, com suas divisões e subdivisões lógicas, em pequenos fragmentos. Retomando os pontos que sobreviveram [...].

O baú no ático [contendo os brinquedos de Boxen]. Eu concordo plenamente contigo. Nosso único modelo para lidar com o nosso mundo é o método do P'daita celestial de tratá-lo: e, como ele anunciou há tempos, desde então, a sua intenção de acabar com o universo com uma deflagração geral, vamos segui-lo [...]. Não gostaria de fazer nenhuma exceção, nem em favor de Benjamim. Afinal de contas, esses personagens (como todos os outros) podem, em longo prazo, viver apenas na "literatura do período": e eu imagino que quando olharmos para os *brinquedos* reais de novo (um processo do qual eu não prevejo extrair nenhum prazer), vamos achar a discrepância entre o símbolo (lembra-se da forma externa e visível de *Hedges, o besouro* — ou *Bar*, ou mesmo *Hawki*) e o caráter deveras agudo. Não, irmão. Os brinquedos do baú não passam de cadáveres. Vamos dissolvê-los em seus elementos, como a natureza vai fazer por nós [...].

---

[2]Íncubo (no latim *incubus*, que vem de *incubare*) é um demônio masculino que procura mulheres adormecidas para ter relações sexuais com elas. [N. T.]

O Novo quartinho dos fundos.[3] O comentário mais chocante sobre esta proposta me alcançou antes da proposta mesma, na forma de uma carta bastante ofensiva daquela velha beligerante, Tia Mary, com o seguinte efeito — que ela ouviu que o "Little Lea" seria vendido; que ela supunha que eu sabia sobre as duas caixas de livros do Tio Joe que P. "reservou" para ele; que ela queria muito intensamente tê-las: poderia ela enviar e tê-las removidas imediatamente; que ela esperava me ver no Natal etc., etc. No instante em que a li, eu sabia intimamente que eram as caixas de nosso quartinho dos fundos [...]. Bem, este foi o primeiro grande comentário sobre seu plano de um novo quartinho dos fundos.

O segundo é que, na minha cabeça, a questão gera outra: se pudermos ter sucesso em adquirir outra casa, maior do que Hillsboro, e você (como eu espero — mas vou deixar isso para um parágrafo mais adiante) estiver conosco, um quartinho assim deveria ficar lá ou no College. Terceiro, para além dessas questões, concordo em parte com sua proposta e, em parte, discordo. Em sua carta, você defende: "Um lugar em que possamos nos encontrar sempre, no terreno comum do passado e *ipso facto* um museu do Leeborough que queremos preservar". Já na minha visão seria: "Um lugar onde podemos nos encontrar sempre, no terreno comum do passado e do presente e *ipso facto* uma continuação e desenvolvimento de Leeborough etc.". Você vê, Pigiebuddie, um museu é precisamente como um *mausoléu*. Uma tentativa de reconstrução exata (supondo que isso possa alcançar sucesso — o que não é possível em um quarto de tamanho e formato bem diferentes...) fixará os elementos externos de certo período para sempre. Mas se você e eu tivéssemos ido para casa e vivêssemos em Leeborough, isso é precisamente o que não teria acontecido. Mais cedo ou mais tarde teríamos substituído boas edições pelo conjunto. À medida que nossa biblioteca crescesse, novas prateleiras de livros viriam. Com o tempo, a mesa

---

[3] O quarto que os irmãos Lewis ocupavam na casa "Little Lea", em que inventavam as suas histórias de Boxen e que é tão bem descrito em *Surpreendido pela alegria*. [N.T.]

comprida e fina teria terminado o processo que já tinha iniciado, de cair aos pedaços. Algo que é fixado para imitar o quartinho dos fundos só pode ser um lembrete perpétuo de que a vida toda não está tendo *continuidade*. Se estivesse continuando, ela mudaria gradualmente [...]. [Penso] que uma tentativa de imitar o quartinho dos fundos em detalhe seria um erro. Um erro em sentimento, pois isso só poderia significar que estivemos embalsamando os corpos de algo que não está realmente morto, e não precisa morrer de todo. Um erro estético — porque nós não queremos realmente ter os sabores de nossos dias de escola estabelecidos como um limite para as nossas vidas todas [...].

Em tudo isso, a que estou me opondo essencialmente é à tênue implicação de que o *passado* seja o único "terreno comum" no qual possamos nos encontrar. Penso que talvez essa seja uma oportunidade para franqueza — uma virtude que deve ser usada com moderação, mas nunca [ignorada]. Não tenho dúvida de que havia ocasiões em que você sentiu que, vamos dizer, o Pigiebotianismo[4] estava correndo o risco de ser engolido pelo que vamos chamar de Hillsborovianismo:[5] em tais momentos você até pode ter sentido que o passado fosse o único terreno comum — que usar os trajes nacionais tenha se tornado, como no País de Gales, um reavivamento arcaico. Lamento muito ter me tornado a causa de um período assim (esta não é uma apologia, mas uma declaração) —, mas aquele período mesmo também não é passado? Nós dois mudamos desde os velhos tempos, mas, de uma maneira geral, mudamos na mesma direção. Estamos realmente muito mais próximos agora do que nos tempos em que eu estava escrevendo poemas épicos ridículos e você estava usando roupas de couro de patente, não menos ridículas, no Coll.

---

[4]Substantivo inventado por Lewis com a composição de Pigiebottom, que era o apelido que a babá dava aos irmãos Lewis quando pequenos e o sufixo "ismo", para indicar o estilo de vida que os irmãos levavam quando estavam juntos. [N. T.]
[5]Mesmo processo, agora indicando o estilo de vida da família que morava na casa chamada de "Hillsboro". [N. T.]

Agora, quanto aos seus próprios planos. Se você decidir se tornar uma parte completa e permanente da casa, será muito bem-vindo a todos nós: e confesso que não me parece suficientemente bom que os dois Pigiebudda[6] gastem tanto tempo de suas vidas separados pela ampla largura do planeta. Tendo estabelecido isso como um ponto de partida, espero eu que você não pense que estou tentando dissuadi-lo, se eu colocar certas balizas, por exemplo, suponho que você se dê conta de que trocar uma vida institucional por uma doméstica seja uma mudança bastante grande. (Parto do pressuposto de que obviamente, como um membro permanente, você não poderia, nem desejaria ter, mesmo que remotamente, o *status* de visita). Ambos os tipos de vida têm os seus incômodos: e *todo* incômodo é, em certo sentido, intolerável. O importante é escolher com os olhos bem abertos. Você pode suportar nossa prima como algo permanente — os exercícios de Maureen; os melindres de Maureen; os burnettodesmondismos[7] de Minto; as alucinações de Minto; as interrupções perpétuas da vida familiar; a perda parcial da liberdade? Isso soa como se eu mesmo estivesse cansado disso, ou se estivesse a fim de cansá-lo com isso: mas nenhum desses é o caso. Eu definitivamente fiz a escolha e não me arrependo. O que eu espero — e espero intensamente — é que você possa fazer a mesma escolha, após considerações, e não se arrepender dela: o que eu não posso arriscar é de você simplesmente entrar na nossa vida no calor do momento e depois se sentir preso e aborrecido. É claro que para pesar isso com justiça, é preciso comparar o melhor deste tipo de vida com o melhor do outro, e o pior deste com o pior do outro. O que a gente é tentado a fazer é precisamente o oposto — quando se está exasperado em um lar, compará-lo com uma daquelas noites esplêndidas que se teve em um refeitório de militares ou na sala comunal. É claro que o que se deve fazer é

---

[6]Plural de Pigiebottom. [N. T.]
[7]Esta é uma linguagem particular entre os irmãos Lewis e parece significar uma atitude artificial ou inventado, o oposto do que era para eles confortável e natural. [N. T.]

pesá-lo em relação à noite com um chato no refeitório. De uma maneira geral, meu julgamento seria que a vida doméstica me nega uma porção de prazeres e me poupa de uma porção de sofrimentos.

Há ainda este ponto adicional. Eu mencionei acima o Pigiebotianismo e o Hillsborovianismo. Eu presumo que, se você se juntar a nós, esteja preparado para certo montante de compromisso neste assunto. Nunca estarei preparado para abandonar o Pigiebotianismo em prol do Hillsborovianismo. Por outro lado, há os outros, para quem eu dei o direito de esperar que eu não abandone o Hillsborovianismo em prol do Pigiebotianismo. Se eu estava certo ou errado, se fui sábio ou tolo, de ter feito isso originalmente é agora uma questão meramente histórica: uma vez que se cria expectativas, é preciso realizá-las naturalmente [...].

PARA OWEN BARFIELD: do Magdalen College

[3? de fevereiro de 1930]

Coisas terríveis estão acontecendo comigo. O "Espírito" ou "Eu Real" está demonstrando uma tendência alarmante de se tornar muito mais pessoal e está tomando a ofensiva e comportando-se como Deus. Melhor você chegar na segunda-feira no mais tardar ou eu terei entrado para um monastério [...].

> [Warren voltou para a Inglaterra no dia 16 de abril de 1930, tendo se ausentado por um pouco mais de três anos. No dia 17, ele se encontrou com Jack em Londres e eles tiraram férias com a Sra. Moore e Maureen em Southbourne, Dorset. No dia 22 de abril, os irmãos partiram para Belfast, chegando lá no dia 23. Depois de visitarem o túmulo de seu pai, eles foram para o "Little Lea" para a sua última estadia lá juntos. Na tarde do dia 23, eles carregaram o baú de metal, contendo os brinquedos de Boxen para o jardim e, por consentimento mútuo, enterraram-no sem abrir. No dia 24, eles voltaram para Oxford e Warren ficou no "Hillsboro" até se apresentar para o serviço em Bulford, Wiltshire, no dia 15 de maio. Warren fez uma última visita ao "Little Lea" de 1º a 3 de junho, antes de a casa ser vendida.]

1930–1939

PARA OWEN BARFIELD: do Magdalen College
10 de junho de 1930

Acabei de terminar o *Angel in the House* [Anjo na casa]. Poeta magnífico![8] Que peça arrebatadora que é — como na métrica de Rivett, ambos expressam e ilustram o seu amor fanático pela encarnação. O que me impressionou particularmente foi de ele pegar — o que se espera de ver mencionado apenas em antifeministas — o desejo lilithiano[9] de ser admirado e torná-lo o ponto principal — o amante como o mecanismo primário pelo qual a beleza da mulher apreende a si mesma.

Vejo agora por que Janet viu seios femininos na coleira de um cachorro e trouxe pelo menos à consciência a verdade importante: Vênus é uma divindade feminina, não "porque os homens inventaram a mitologia", mas porque ela simplesmente é. A ideia da beleza feminina é o estímulo erótico para mulheres, bem como para homens [...] isto é, um homem lascivo pensa sobre os corpos das mulheres, uma mulher lasciva pensa sobre o seu próprio [corpo]. Que mundo é esse em que vivemos! [...].

PARA UM(A) ALUNO(A): do Magdalen College (este é um dos primeiros exemplos das cartas meticulosas e cordiais que Jack escreveu para seus alunos e ex-alunos).
18 de junho de 1931

Agora, quanto ao trabalho. Se você ficar a postos durante o final de semana e pudesse me ligar no sábado de manhã, poderíamos discutir isso. Se isso for impossível, meu conselho atual é o seguinte:

Ler Chaucer e Shakespeare num mesmo trimestre não me parece um experimento muito saudável, a menos que haja algum motivo especial, que eu ainda não conheça. Nosso plano usual aqui é gastar um trimestre com Chaucer e seus contemporâneos. Com relação a leituras para as férias, minha visão geral é que as férias

---

[8]Coventry Patmore (1823–1896).
[9]Relativo a Lilith, a lendária primeira esposa de Adão. [N. T.]

devem ser dedicadas essencialmente à leitura dos textos literários reais, sem muita atenção a problemas, familiarizando-se com histórias, situações e estilo, para, assim, ter todos os dados prontos para o juízo *estético*; então o trimestre pode ser reservado para uma leitura mais acadêmica. Assim, se você se dedicar a Chaucer e os contemporâneos no trimestre que vem, devo aconselhá-lo(a) a ler o próprio Chaucer, Langland (se você conseguir a edição Skeat, a seleção não é muito boa), Gower (de novo a edição grande da Macaulay, se possível, de modo que você não leia cada palavra do *Confessio*, e que você possa selecionar por si mesmo — não esquecendo o fim, que é uma das partes melhores), Gawain[10] (edição de Tolkien e Gordon), a prosa e verso de Samos[11] do século XIV (todas as peças de qualquer significância literária). Se você puder emprestar o *Metrical Romance* [Romance métrico] de Ritson,[12] melhor.

Mas talvez você tenha lido todos esses anteriormente. Em caso positivo, e se houver outras circunstâncias especiais, temos que tentar nos encontrar. Se sábado for impossível, ligue-me na sexta-feira e eu vou arrumar um tempinho de qualquer jeito.

[Warren descobriu, logo que ele retornou à Inglaterra, que Jack e a Sra. Moore estavam pensando em construir seu próprio lar. Em 25 de maio de 1930, ele enumerou em seu diário os motivos pelos quais escolheu se tornar membro de sua casa. Então, em 6 de junho, eles foram ver uma casa chamada The Kilns, em Headington Quarry, que estava sendo vendida. Eles gostaram da casa, com os seus oito acres de floresta, tanto que, no final, Jack, Warren e a Sra. Moore a compraram juntos. Eles se mudaram para lá no dia 11 de outubro de 1930.

---

[10] O "Poeta Gawain", ou também conhecido como "Pearl Poet" [Poeta de Pérola] é o nome dado ao autor de *Sir Gawain and the Green Knight* [Sir Gawain e o cavaleiro verde], um poema aliterativo escrito no século XIV em inglês médio. [N. T.]

[11] É uma ilha grega a leste do Mar Egeu. [N. T.]

[12] Joseph Ritson (1752–1803) foi um antiquário e escritor, mais conhecido pela compilação da lenda de Robin Hood. [N. T.]

No outono seguinte, Warren foi convocado pela segunda vez para Xangai. Ele partiu de navio de Southampton em 9 de outubro de 1931.]

PARA ARTHUR GREEVES: **do The Kilns**, Kiln Lane, Headington Quarry

22 de setembro de 1931

Não pude lhe escrever no último domingo, porque eu tive uma visita de fim de semana — um homem chamado Dyson, que leciona inglês no Reading University.[13] Eu me encontro com ele aproximadamente quatro ou cinco vezes por ano e estou começando a me referir a ele como um dos meus amigos de segundo nível — isto é, não no mesmo nível que você ou Barfield, mas em um mesmo com Tolkien[14] ou McFarlane.[15]

Ele ficou comigo à noite no College — sendo que eu resolvi passar a noite lá, a fim de estar em condições de conversar até tarde da noite, coisa que a gente dificilmente pode fazer aqui. Tolkien também apareceu e não foi embora antes das três da madrugada: e depois de vê-lo sair pela poterna na ponte de Magdalen, Dyson e eu ainda achamos mais assuntos que conversar, passeando para cima e para baixo do claustro de New Building, de modo que não fomos dormir antes das quatro. Foi uma conversa realmente memorável. O papo começou (no passeio de Addison logo depois do jantar)

---

[13]Henry Victor Dyson ("Hugo") Dyson (1896–1975), foi um graduado no Exeter College e obteve seu bacharelado em 1921. Ele foi preletor e tutor em literatura inglesa na University of Reading em 1921–45, e membro e tutor do Merton College em 1945–63. Para mais informações sobre este membro charmoso dos "The Inklings", ver *Surpreendido pela alegria* e *The Inklings*, de Humphrey Carpenter (1978).
[14]John Ronald Reuel Tolkien (1892–1973) é tão famoso quanto merece ser. Entretanto, não se deve deixar passar a oportunidade de mencionar que quando ele e Jack se encontraram em 1926, ele já era o Professor Rawlinson e Bosworth de anglo-saxão em Oxford. Ele "mudou de cadeira" para se tornar Professor Merton de língua e literatura inglesa em 1945. Ver *Surpreendido pela alegria* e *J.R.R. Tolkien: uma biografia*.
[15]Kenneth Bruce McFarlane (1903–1966) tirou o seu bacharel do Exeter College em 1925 e foi tutor em história moderna no Magdalen College em 1927–66.

sobre metáfora e mito — interrompido por uma rajada de vento, que veio tão repentinamente na noite calma, quente, e fez cair tantas folhas que achamos que estava chovendo. Todos nós prendemos a respiração, os outros dois, apreciando o êxtase de uma coisa assim, quase como você faria. Nós continuamos (no meu quarto) sobre o cristianismo: uma boa, longa e satisfatória conversa em que eu aprendi um bocado [...].

Estou tão contente com o fato de você ter realmente apreciado Morris de novo. Eu tive o mesmo sentimento sobre ele que você, de certa forma, com esta ressalva — de que não penso que Morris estava consciente do sentido [do que escreveu], nem aqui, nem em qualquer de suas obras, exceto *Love is Enough* [O amor é suficiente], onde a chama realmente rompe a fumaça, por assim dizer. Sinto cada vez mais que Morris me tenha ensinado coisas que ele mesmo não compreendia. Estas terras obsessivamente belas, que de certa forma nunca satisfazem — esta paixão por escapar da morte, *mais* a certeza de que a vida deve todo o seu charme à mortalidade — isso tudo o empurra para a coisa real, porque o enche de desejo e, ainda assim, prova de forma absolutamente clara que, no mundo de Morris, este desejo não pode ser satisfeito.

A concepção que MacDonald tem da morte — ou, para falar mais corretamente, do apóstolo Paulo — é, na verdade, a resposta para Morris: mas não acho que eu teria entendido isso se não tivesse passado por Morris. Ele é uma testemunha involuntária da verdade. Ele mostra *quão longe* você pode ir sem conhecer a Deus, e isso vai longe o suficiente para forçá-lo (embora não o pobre Morris mesmo) a ir em frente. Se algum dia você se sentir propenso a recair no ponto de vista mundano — de sentir que o seu livro, cachimbo e cadeira são o suficiente para a felicidade — só serão necessárias uma ou duas páginas de Morris para atormentá-lo o suficiente pelo desejo incontrolável, que o deixa bem acordado, e fazê-lo sentir que tudo é inútil exceto a esperança de achar um dos seus países. Mas se você ler qualquer um dos seus romances até o fim, você achará o país enfadonho antes do final. Tudo o que ele fez foi despertar o desejo: mas de forma tão forte que você *precisa* achar a satisfação real. Então você se dá conta de que a *morte* está na raiz da questão toda, do porquê de ele escolher a temática do Paraíso Terrenal, e do quanto a solução verdadeira seja algo que ele nunca viu [...].

PARA ARTHUR GREEVES: **do The Kilns**
(Sobre sua conversão ao cristianismo.)

18 de outubro de 1931[16]

O que esteve me deixando com o pé atrás (pelo menos ao longo do ano passado) não foi tanto a dificuldade de crer, quanto uma dificuldade em saber o que a doutrina *queria dizer*: você não pode crer numa coisa que ignora *o que* seja. Minha dúvida era quanto a toda a doutrina da redenção: em que sentido a vida e a morte de Cristo tenha "salvado" ou "aberto a possibilidade de salvação para" o mundo. Eu reconhecia como a salvação miraculosa poderia ser necessária: é possível ver da experiência comum, como o pecado (por exemplo, no caso de um bêbado) poderia levar uma pessoa a tal ponto que ela estivesse obrigada a viver um Inferno (isto é, na completa degradação e miséria) nesta vida, a menos que algo bem além da ajuda ou esforço meramente natural intervisse. E eu podia bem imaginar um mundo inteiro estar no mesmo estágio e similarmente necessitado de um milagre. O que eu não conseguia enxergar era como a vida e a morte de Alguém Outro (seja lá quem ele fosse) há dois mil anos poderia nos ajudar aqui e agora — exceto à medida que o seu *exemplo* pudesse nos ajudar. E o cristianismo não se limita ao exemplo, apesar de verdadeiro e importante: bem no centro do cristianismo, nos Evangelhos e no apóstolo Paulo, você sempre alcança algo bastante diferente e muito misterioso, expresso naquelas frases que eu tantas vezes ridicularizei

---

[16] Em *Surpreendido pela alegria*, a conversa que levou à conversão de Jack é relatada como tendo se dado em 1929. Aqui vemos novamente a confusão que Lewis fazia com datas. [N.T.]

("propiciação" — "sacrifício" — "o sangue do cordeiro") — expressões que eu só conseguia interpretar em sentidos que me pareciam tolos ou chocantes.

Agora, o que Dyson e Tolkien me mostraram foi o seguinte: que se eu encontrasse a ideia de sacrifício em uma história pagã, isso não me incomodava em absoluto: e mais, se eu encontrasse a ideia de um deus sacrificando-se para si mesmo (conf. a citação oposta à página do título de "Dymer") eu ia gostar muito disso e ficar misteriosamente comovido; mais ainda, que a ideia de um deus que morre e revive (Balder,[17] Adônis,[18] Baco[19]) similarmente me comovia, desde que eu o encontrasse em qualquer lugar *exceto* nos Evangelhos. O motivo era que nas histórias pagãs eu estava preparado para sentir o mito profundo e sugestivo de sentidos para além da minha compreensão, ainda que eu não conseguisse especificar, em prosa fria, "o que significavam".

Agora, a história de Cristo é simplesmente um mito verdadeiro: um mito que trabalha em nós da mesma forma que os outros, mas com esta tremenda diferença, de que *ele realmente aconteceu*: e é preciso contentar-se de aceitá-lo da mesma forma, lembrando que é o mito de Deus, sendo que os outros são mitos do ser humano: isto é, as histórias pagãs são Deus se expressando a si mesmo através das mentes dos poetas, usando as imagens que ele encontrou ali, enquanto o cristianismo é Deus expressando-se através do que chamamos de "coisas reais". Portanto, ele é *verdade*, não no sentido de ser uma "descrição" de Deus (que nenhuma mente finita poderia captar), mas no sentido de ser a maneira pela qual Deus escolhe (ou pode) aparecer às nossas faculdades. As "doutrinas" que *extraímos* do mito verdadeiro são, é claro, *menos* verdadeiras: elas são traduções, em termos dos nossos *conceitos* e *ideias,* daquilo que Deus já expressou em uma linguagem mais adequada, qual seja a

---

[17] Deus nórdico que morreu e ressuscitou. [N. T.]
[18] Na mitologia grega, Adônis foi o amante mortal da deusa Afrodite. [N. T.]
[19] Na mitologia grega, Baco ou Dioniso é um deus da fertilidade e muitas outras coisas. [N. T.]

encarnação, crucificação e ressurreição reais. Será que isso equivale a acreditar no cristianismo? Em todos os casos, eu agora estou certo (a) De que esta história cristã deve ser abordada, em certo sentido, como eu abordo os outros mitos. (b) De que ela é a mais importante e cheia de sentido. Eu também estou *quase* certo de que ela realmente aconteceu [...].

PARA O SEU IRMÃO: do Magdalen College
24 de outubro de 1931

Eu me apresso para lhe contar sobre um golpe de sorte para nós dois — possuo agora os 15 volumes em Jeremy Taylor,[20] em *perfeitas* condições, e paguei o mesmo preço de 20/-. Meu velho aluno Griffiths passou a noite nos meus aposentos na segunda-feira passada e me contou que o livreiro Saunders, que é um amigo dele, tem uma cópia.[21] Ele foi lá no dia seguinte, reservou o livro e negociou o preço [...].

Na mesma visita, Griffiths me presenteou com uma encadernação mais pobre, mas uma cópia, de resto, bem agradável (1742) do *Um apelo*[22], de Law. Ele leva a ficha catalográfica de Lord Rivers.[23] Eu gosto muito mais desse, do que do *Serious Call* [Chamado sério], do mesmo autor, e, de fato, gosto tanto dele quanto de qualquer obra religiosa que eu já li. A *prosa* de *Serious Call* foi toda diluída,

---

[20]Jeremy Taylor (1613–1667) foi um clérigo da Igreja da Inglaterra que se tornou notório por sua escrita de poesia a prosa, sendo comparado a Shakespeare por seu estilo. [N. T.]

[21]Alan Richard Griffiths (agora Dom Bede Griffiths, OSB) nasceu em 1906 e leu inglês com Jack no Magdalen. Em *Surpreendido pela alegria* (cap. XV) Jack fala dele como o seu "principal companheiro" na estrada para o cristianismo. Dom Bede contou a sua própria história da sua amizade em *The Golden String* [O cordão dourado] (1954).

[22]No original, *An Appeal to all that Doubt or Disbelieve the Truths of the Gospel, whether they be Deists, Arians, Socinians, or nominal Christians* [Um apelo a todos os que duvidam ou descreem das verdades do Evangelho, sejam eles deístas, arianos, socinianos ou cristãos nominais]. A obra, escrita por William Law em 1942 é mais conhecida como *An appeal* [O Apelo]. [N. T]

[23]Anthony Woodville, 2nd Lord Rivers (c. 1440–1483), foi um nobre, cortesão, bibliófilo e escritor inglês. [N. T.]

e o livro está saturado de prazer e senso do sublime: uma daquelas obras raras que nos fazem dizer do cristianismo: "Aqui está precisamente aquilo de que você gosta na poesia e nos romances, só que desta vez é verdade" [...].

Fico contente em saber que você gostou de Browne,[24] até onde você pôde ler quando a sua carta foi escrita. O seu questionamento "Será que havia alguma coisa que ele não amava?" é um tiro certeiro. Parece-me que a sua força peculiar se encontra em gostar de tudo *tanto* no sentido sério (caridade cristã e assim por diante) *como* no sentido lambiano[25] do gosto natural: ele, assim, é, há um tempo, saudável e extravagante e doce e pungente na mesma sentença — como, de fato, Lamb é. Imagino que eu adquira uma espécie de prazer duplo a partir de Thomas Browne, um do próprio autor e um, refletido a partir de Lamb. Eu sempre sinto como se Lamb, por assim dizer, lesse o livro por sobre o meu ombro. Um monte de bobagem é dita sobre a companhia de livros, mas "há mais nisso do que vocês, garotos, acham", em um caso desse tipo: *é* quase como entrar para um clube [...].

Sim, de fato: quantos ensaios eu ouvi sendo apresentados sobre as provas de Descartes (há mais de uma) da existência de Deus. (Foi uma observação de Harwood que pela primeira vez me sugeriu que Deus pode ser definido como "um ser que passa o seu tempo tendo a sua existência provada e negada".) A prova particular que você citou ("Eu tenho a ideia de um ser perfeito!") me parece ser válida ou inválida, de acordo com o sentido que você dá às palavras "tenho uma ideia de". Eu costumava trabalhá-lo com a analogia de uma máquina. Se eu tenho a ideia de uma máquina que eu, não sendo mecânico, não poderia ter inventado por mim mesmo, será que isso

---

[24]Sir Thomas Browne (1605–1682) foi escritor inglês, nascido em Londres, que contribuiu para a ciência da eletricidade e escreveu um livro chamado *Christian Morals* [Moral cristã] (publicado apenas em 1716). [N. T.]
[25]Relativo a Charles Lamb (1775–1834), literato e escritor inglês, nascido em Londres, que se destacou pelas obras *Contos de Shakespeare*, um livro infantil que ele escreveu com a irmã, Mary Lamb (1764–1847), e *Essays of Elia*. [N. T.]

prova que eu recebi a ideia de uma fonte realmente mecânica — por exemplo, uma conversa com o inventor de verdade? Para o que eu respondo: "Sim, se você quer dizer uma ideia realmente detalhada", mas é claro que há outro sentido em que, por exemplo, uma romancista mulher "tem uma ideia" de uma nova aeronave inventada por seu herói — no sentido de que ela associa *algum* sentido vago às suas palavras, que não provam nada desta espécie. De modo que, se alguém me fosse perguntar, se a ideia de Deus em mentes humanas prova a sua existência, eu só posso perguntar "Ideia de *quem?*". A ideia do pintassilgo, por exemplo, claramente não, pois ele não contém nada do qual seu próprio orgulho, medo e malevolência não poderia facilmente providenciar os materiais [...].

Por outro lado, é defensável que a "ideia de Deus" em *algumas* mentes contenha, não uma definição abstrata, mas uma percepção real imaginativa de bondade e beleza, para além dos seus recursos próprios: e isso não somente em mentes que já acreditam em Deus. Certamente me parece a mim que o "algo vago" que foi sugerido à nossa mente como desejável por toda a nossa vida, em experiências da natureza e da música e poesia, mesmo em tais formas ostensivamente irreligiosas como "A terra a leste do Sol e a oeste da Lua" em Morris, e que desperta desejos que nenhum objeto finito pretenda satisfazer, pode ser argumentado como *não* sendo nenhum produto de nossas mentes. É claro que não estou sugerindo que essas ideias vagas de algo que desejamos e não obtivemos, que ocorre no período pagão de indivíduos e de raças (portanto, da mitologia) sejam mais do que as primeiras e mais rudimentares formas da "ideia de Deus" [...].

PARA O SEU IRMÃO: do The Kilns

22 de novembro de 1931

Lamento não ter estado em condições de escrever por algumas semanas. Durante a semana está fora de questão. Meu dia acontece da seguinte forma. Acordado (com chá) às 7h15. Depois do banho e de me barbear, eu usualmente tenho tempo para uma dúzia de passos no passeio Addison (nesta época do ano, meu passeio coincide exatamente com o nascer do sol) antes da capela às 8h. "Orações dos deões" — que eu descrevi antes para você — dura aproximadamente 15 minutos. Depois eu tomo café no sala comunal com a companhia da oração dos deões (isto é, Adam Fox, o capelão; Benecke e Christie),[26][27] que é acrescentada pontualmente pelo J.A. Smith por volta das 8h25. Eu usualmente deixo o salão às 8h40 e então passeio [...] respondo a mensagens etc. até as 9h. Das 9h às 13h eu me dedico aos alunos — uma extensão inconcebivelmente longa para um homem acionar o gramofone. À uma da tarde, Lyddiatt ou Maureen está esperando por mim com o carro e eu sou levado para casa.

Minhas tardes você conhece. Quase toda tarde, quando parto em direção aos montes com a minha espada, este lugar me dá toda a empolgação da novidade. A precipitação das aves aquáticas quando se passa pela lagoa, e o cheiro rico da folhada outonal quando se deixa o caminho e entra na trilha pequena, são sempre praticamente uma novidade para mim. Às 16h45 geralmente ganho uma carona de volta para o College, para ser um gramofone por mais duas horas, das 17h às 19h. Às 19h15 vem o jantar.

Na terça-feira, que é o meu dia realmente chocante, os alunos me procuram para ler o Beowulf às 20h30 e usualmente ficam até às aproximadamente 23h, de modo que, quando eles foram embora, eu olho para os copos vazios e xícaras de café e as cadeiras arrastadas para os lugares errados, e fico extremamente feliz de poder me arrastar para a cama. Outros compromissos fixos são às quintas-feiras, quando um homem chamado Horwood

---

[26]O Rev. Adam Fox (1883–1977) tirou seu bacharel do University College em 1906 e foi ordenado padre em 1911. Ele foi deão de divindade no Magdalen College em 1929–42, professor de poesia em 1938–1943, e um cônego de Westminster em 1942–63.
[27]John Traill Christie (1899–1980) foi membro e tutor de clássicos do Magdalen em 1928–1932, diretor do Repton School em 1932–37, diretor da Westminster School em 1937–49 e diretor do Jesus College, Oxford, em 1950–67.

(outro *don* de inglês)[28] vem e lê Dante comigo, e às segundas-feiras, de quinze em quinze dias, quando a sociedade literária do College se encontra. Se você incluir os compromissos usuais irregulares de jantar, verá que tenho sorte se tiver duas noites livres depois do jantar.

A única exceção a este programa (exceto, é claro, no sábado, quando eu não tenho alunos depois do chá) é a segunda-feira, quando não tenho aluno nenhum. Eu tenho que empregar uma boa parte delas corrigindo transcrições feitas por alunos de B. Litt[29] e outros trabalhos insólitos. Também se tornou um costume regular que Tolkien apareça numa segunda-feira de manhã e beba alguma coisa. Esse é um dos momentos mais prazerosos da semana. Às vezes falamos sobre a política da English School; às vezes criticamos os poemas um do outro: outros dias nós divagamos para a teologia ou "o estado da nação"; raras vezes não voamos mais alto do que indecências e "trocadilhos".

O que começou como uma desculpa para não escrever se desenvolveu em um diário típico ou um compêndio hebdomadário.[30] Quanto aos últimos dois fins de semana, ambos estavam ocupados. No penúltimo, fui passar uma noite em Reading com um homem chamado Hugo Dyson — agora que penso sobre isso, você ouviu tudo sobre ele antes da sua partida. Tivemos uma noite grandiosa. Rara sorte de ficar com um amigo, cuja esposa é tão legal que *quase* (não posso dizer bem) *quase* se lamenta a mudança quando ele o leva para o escritório dele para o fumo e a conversa de meia-noite mais séria. Você ia gostar muito de Dyson, pois seu período predileto é o fim do século XVII: ele esteve muito intrigado com a sua biblioteca, quando esteve no nosso quarto da última vez. Ele é um homem livresco dos mais maçantes e me fez (na mesma ocasião)

---

[28]Frederick Chesney Horwood (1904–) matriculou-se no St. Catherine's College em 1922 e tirou o seu bacharel em 1925. Ele foi membro e tutor de inglês no St. Catherine's College em 1930–70.
[29]Bacharel em literatura. [N. T.]
[30]De frequência semanal. [N. T.]

tirar um dos grandes fólios do fundo da prateleira de livros de Leeboro, porque eles estavam embalados bem demais [...].

Ao mesmo tempo, ele está longe de ser tão diletante quanto se pode imaginar: um homem robusto, tanto de corpo, quanto de mente, marcado pela guerra, que começa a ser uma raridade prazerosa, pelo menos na vida civil. E como se não bastasse, ele é um cristão e um amante de gatos. O gato de Dyson se chama Mirralls, e é um visconde [...].

Necessidades de tutoria me motivaram a ler outro Carlyle,[31] *Past and Present* [Passado e presente], que eu recomendo: especialmente a parte central sobre Abbot Samson. Como todo Carlyle, ele se torna um pouco cansativo antes do final — como acontece sempre que se dá ouvidos a estes autores *gritantes*. Mas a pungência e o humor e a sublimidade frequente são impecáveis. É muito divertido ler o prefácio do editor do século XIX (na nossa edição de Leeborough), obviamente por um P'daita: chamando a atenção, é claro, ao fato de que o tema do livro estaria ultrapassado, mas ele "sobrevive por seu estilo". "Podemos permitir-nos sorrir do pessimismo com que o sábio abordou problemas que, desde então, desapareceram como um sonho antes da marcha posterior etc., etc." Na verdade, o livro é uma denúncia contra a revolução industrial, apontando precisamente para os problemas que *não* resolvemos e profetizando a maioria das coisas que *aconteceram* desde então.

Fico deveras irritado com essa conversa fiada sobre livros que "sobrevivem pelo estilo". Jeremy Taylor "sobrevive pelo estilo, apesar de sua teologia obsoleta"; Thos. Browne faz a mesma coisa, apesar da "forma obsoleta da sua mente"; Ruskin e Carlyle fazem o mesmo apesar de sua "filosofia social e política obsoleta". Para se ler histórias de literatura, supõe-se que os grandes autores do passado foram um tipo de coro de idiotas melodiosos que disseram, em linguagem belamente cadenciada, que o preto era branco e que dois

---

[31]Thomas Carlyle (1795–1881) foi um ensaísta, escritor, professor e historiador escocês que fez parte da era vitoriana. Foi reitor da Universidade de Edimburgo. [N.T.]

e dois dão cinco. Quando a gente se volta para os livros mesmos, bem, eu, ao menos, não acho nada obsoleto. As coisas tolas que esses homens grandes disseram eram tão tolas então quanto são agora: as coisas sábias são tão sábias agora quanto eram então [...].

Eu tive que depositar um trabalho para Certificado de Cursos outro dia nas seleções Clarendon Press de Cowper[32] — um livro ridículo para meninos de escola. Ele incluía uma ampla parcela do ensaio de Bagehot[33] sobre Cowper, que me faz achar que tenho que ler todo o Bagehot. Nós o temos, não temos? Não que eu "esteja com ele e não abra", ele tem em parte muito do estilo do P'daita: mas é bem divertido [...]. Quão delicioso é Cowper mesmo — as cartas mais até do que a poesia. Com todas as suas desvantagens — apresentadas a mim como matéria-prima para um trabalho e preenchendo uma noite que eu esperava ter livre — mesmo assim, ele me cativou. Ele é a própria essência do que Arthur chama de "o caseiro", que é o gênero favorito de Arthur. Todos esses pepinos, livros, pacotes, festas de chá, casos de paróquia. É maravilhoso ver o que ele faz com eles.

Suponho que possamos esperar uma carta Colombiana sua em breve. Vou variar o usual "preciso parar agora" dizendo "vou parar agora". Estou escrevendo na sala de estar (Kilns) às 20h30 do domingo à noite: a lua brilhando através de uma neblina do lado de fora e uma noite fria de rachar.

PARA O SEU IRMÃO: **do The Kilns**

Dia de Natal de 1931

Eu também ouvi, na mesma bebedeira, uma muito interessante porção de história literária vinda de uma fonte insuspeita — pois que o batido "Um oficial alemão cruzou o Reno"[34] estava sendo cantado

---

[32] William Cowper (1731–1800) foi um poeta inglês. [N. T.]
[33] Walter Bagehot (1826–1877) foi um homem de negócios, ensaísta e jornalista que escrevia sobre política, economia, literatura e questões raciais. [N. T.]
[34] Na verdade, o nome da canção de trincheira é "Three German Officers crossed the Rhine" [Três oficiais alemães cruzaram o Reno]. A letra é bem indecente. [N. T.]

por graduandos desavisadamente em 1912. Que sentido você vê nisso? Será que isso pode datar da guerra Franco-prussiana? Ou será que é uma canção de estudantes alemães feita em antecipação ao *Der Tag* [O dia], em torno de 1910? O último seria um fato interessante para o historiador. Nunca ouvi a balada como um todo, mas penso que seja espoliada — de fato, sórdida. A indecência deve ser escandalosa e extravagante [...] não deve ter nada de cruel [...] não deve se aproximar de longe do pornográfico [...].

Tivemos uma pregação despojada de Thomas na Matins, mas, de resto, ele levou a um desfecho muito bom.[35] Num sermão sobre missões estrangeiras apresentado recentemente ele deu uma virada genial numa velha objeção. "Muitos de nós", disse ele, "têm amigos que costumavam viver no estrangeiro e tinham um cristão nativo como cozinheiro, o qual deixava a desejar. Bem, afinal de contas, há uma grande quantidade de cristãos que deixam a desejar na Inglaterra também. De fato, sou um deles." Outro ponto interessante (num outro sermão) foi que podemos ficar contentes com o fato de que os primeiros cristãos esperavam a segunda vinda e o fim do mundo muito em breve: pois se eles tivessem sabido que estavam fundando uma organização que duraria séculos, eles certamente a teriam organizado para a morte: crendo que eles estavam meramente tomando providências para um ano, mais ou menos, eles estavam livres para viver.

Que estranho é passar de Thomas para F.K.[36] Ele realmente se superou no outro dia, quando disse que fazia objeções aos primeiros

---

[35] O Rev. Wilfrid Savage Thomas (1879–1959) foi o vigário de Church of the Holy and Undivided Trinity, Headington Quarry, que fica a um quilômetro do The Kilns. O padre Thomas tirou o seu bacharel do Pembroke College, Cambridge, em 1900. Seguindo a sua ordenação em 1903, ele manteve certa quantidade de residências na Inglaterra e na Austrália. Ele foi vigário de Headington Quarry em 1924–35.
[36] O Rev. Edward Foord-Kelcey (1859–1934) tirou o seu bacharel do Pembroke College, Oxford, em 1887 e foi ordenado em 1888. Seu último emprego foi de Reitor de Kimble, em 1906–26, depois do que ele se aposentou e foi morar numa casa em Northfield Road, Headington. Ele veio a conhecer Jack e os Moores quando eles estavam morando na 28 Warneford Road. Há um perfil agradável dele

capítulos do evangelho de Lucas (a anunciação, particularmente) pelo motivo de que eles eram... *indelicados*. Isso deixa qualquer um sem ar. Continuamente reage-se contra a reação convencional moderna contra o pudor do século XIX e depois, subitamente, se é assaltado por uma coisa como essa, e quase perdoa todos os seguidores de Lytton Strachey. Se você conferir a passagem de Lucas, a coisa se torna ainda mais grotesca. A Idade Média tinha uma forma diferente de lidar com estas coisas. Eu lhe contei que em uma das peças de milagres, José é introduzido comicamente como um típico marido ciumento e entra dizendo: "É nisso que dá casar-se com uma mulher jovem" [...].

Eu comprei *Os irmãos Karamázov*,[37] mas ainda não o li, com a exceção de algumas partes especiais destacáveis (das quais existem tantas). Assim, lê-lo é certamente um grande trabalho religioso e poético: Se, como um todo, ele vai se provar um romance bom, ou até tolerável, eu não sei. Não me esqueci do seu romance russo admirável: "Alexey Poldorovna vivia num monte. Ele chorava muito" [...].

PARA O SEU IRMÃO: **do Magdalen College**
17 de janeiro de 1932

Trata-se de um dos "mistérios dolorosos" da história que toda a linguagem progrida de muito particular para muito genérica. No primeiro estágio, ela está repleta de sentidos, mas muito enigmáticos, porque eles não são genéricos o suficiente para mostrar o elemento comum em coisas diferentes: por exemplo, você pode falar (e, portanto, pensar) sobre todos os tipos diferentes de árvores, mas não sobre *árvores*. De fato, você não consegue realmente raciocinar. Em seu estágio final, ela é admiravelmente clara, mas está tão longe das coisas reais, que ela, na verdade, não diz nada. Na medida em

---

por Jack no *Lewis Papers*, v. XI, pp. 24–5, que termina: "Ele foi o pior pregador que eu jamais ouvi; e um dos mais amáveis — embora não o menos irritante — homens que eu já conheci."
[37]Obra de Fiódor Mikhailovich Dostoiévski (1821–1881), filósofo, contista, ensaísta, jornalista e romancista russo. [N. T.]

que aprendemos a falar, esquecemos o que temos a dizer. A humanidade, deste ponto de vista, é como um homem que acorda gradualmente e tenta descrever os seus sonhos: assim que sua mente está suficientemente acordada para uma descrição clara, a coisa que era para ser descrita terá desaparecido. Você vê a origem do estilo jornalístico e o estilo em que você escreve cartas do exército.

A religião e a poesia são praticamente as únicas linguagens na Europa moderna — se é que você pode se referir a elas como "linguagens" — que ainda têm traços do sonho nelas, ainda têm algo a dizer. Compare: "Pai nosso que estás nos céus" com "O ser supremo transcende espaço e tempo". O primeiro se reduz a frangalhos quando você começa a aplicar o sentido literal a ele. Como pode qualquer coisa que não seja um animal sexual realmente ser um pai? Como ele pode estar nos céus? O segundo não recai nestas armadilhas. Por outro lado, o primeiro realmente representa uma experiência concreta nas mentes daqueles que o utilizam: o segundo não passa de um jogo ágil com a contrariedade, e, uma vez que alguém domina a regra, ele pode continuar daquela forma por dois volumes sem realmente usar as palavras para se referir a qualquer *fato* concreto [...].

A maioria da minha leitura recente, antes do trimestre, está sendo de um tipo muito simples e infantil. Eu reli *The People of the Mist* [O povo da bruma] — uma fábula magnífica do seu gênero. Se alguém começasse a reeditar todo o Rider Haggard[38] a 1/- por volume, eu os adquiriria a todos, como uma concessão permanente para leitura puramente recreativa. Depois eu li *The Wood Beyond the World* [A floresta além do mundo][39] — com algum lamento pelo fato de que isso não me deixa nenhuma prosa de William Morris mais para ler (exceto por *Child Christopher* [O pequeno Christopher] que é uma adaptação de um poema medieval que eu

---

[38]Sir Henry Rider Haggard (1856–1925) foi um escritor inglês de ficção de aventuras, que viveu grande parte de sua vida no continente africano. Muitos dos seus livros viraram filmes. [N. T.]
[39]Obra de William Morris. [N. T.]

já conheço e, por isso, dificilmente conta). Gostaria que ele tivesse escrito uma centena deles! Gostaria de ter o conhecimento de um novo romance sempre esperando por mim da próxima vez que eu esteja doente ou arrependido e precise de um tratamento real [...].

Enquanto eu estive em Cambridge (pernoitando, como eu lhe havia previsto, em um hotel chique, por conta da diretoria. Quatro de nós tiveram que fazer uma reunião de examinadores numa noite, e, de acordo com isso, como os heróis de um romance, pediram uma lareira, luzes e uma garrafa de clarete em um quarto particular. Tudo o que faltou foi de ter introduzido o pedido com um beliscão no nariz do dono com um: *"Hark' ee, raskal!"*[40] Isso foi nas forças armadas da universidade, que talvez você conheça) — enquanto em Cambridge, ou antes em minha viagem longa, lenta, solitária, de primeira classe para lá e de volta, por campos brancos de geada, eu li o *Marius the Epicurean*[41] [Mário, o epicurista]. Este é o melhor espécime existente da estética epicurista: o que se interpreta mal quando se lê isso em seus profissionais inferiores tais como George Moore[42] ou Oscar Wilde.[43] Como você provavelmente vai saber, trata-se de um romance — ou, já que a história é tão leve, uma *causerie*[44] vagamente narrativa — posta no reino de Marco Aurélio.[45] O que é interessante nisso é que, sendo um esteta realmente consistente, ele tem que introduzir os primeiros cristãos favoravelmente,

---

[40]Uma interjeição que significa *"Hark at thee"*, "Deem ouvidos a eles". *Raskal* é malandro. Provavelmente referência a uma peça de James Miller (1704–1744), dramaturgo inglês, *Art and Nature: A Comedy* [Arte e natureza: uma comédia], em que o protagonista pergunta a outro personagem se ele esteve no livreiro, e este pergunta se é o que enganava com figuras. [N. T.]
[41]Romance histórico e filosófico de Walter Pater (1839–1894), que foi um crítico literário e artístico, ensaísta e escritor de ficção inglês. [N. T.]
[42]George Augustus Moore (1852–1933) foi um contista, crítico de arte, memorialista, dramaturgo e poeta da Irlanda. [N. T.]
[43]Oscar Fingal O'Flahertie Wills Wilde (1854–1900) foi um poeta e dramaturgo irlandês, mais conhecido pela obra *O retrato de Dorian Gray*. [N. T.]
[44]A palavra *causerie* vem do francês e significa um estilo de narrativa de conversa, praticada em jornais, que vai da crítica à fofoca, de cunho sensacionalista. [N. T.]
[45]Marcus Aurelius Antoninus (121–180) foi um imperador romano de 161 a 180 e um filósofo estoico. [N. T.]

por que o sabor da Igreja primitiva — a nova música, a humildade, a castidade, o senso de ordem e decoro calmo — tem um apelo estético. É duvidoso se ele vê que pode tê-lo, apenas minando toda a base epicurista de sua visão — de modo que o esteticismo, seguido honestamente, se refuta a si mesmo, levando-o a algo que coloca o esteticismo em seu devido lugar — e a posição de Pater é, portanto, em longo prazo, toda absurda. Mas é [um] livro muito bonito [...]. Eu devo experimentá-lo, se estiver em sua biblioteca. Meu Deus! Como ele teria nos atropelado aos dezoito anos. Só estaríamos começando a nos recuperar agora [...].

Se sua ideia de ler Descartes se sustentar, comece com o *Discurso do método*. Ele está em forma biográfica e está nas regiões limítrofes entre a filosofia propriamente dita e o que pode ser chamado de "história das mentalidades". Mas eu não estou de todo certo de que um homem tão imerso no século XVII como você não achará o seu ponto de partida natural em Boécio[46] — suponho que "*Boece*" seja tão comum na França daquela época quanto ele foi na Inglaterra? Como ele foi traduzido mais ou menos uma vez por século em todas as línguas civilizadas, você não terá dificuldade de encontrar uma versão bem a gosto [...].

Como a amplitude de nossos interesses se alarga! É possível também encontrar uma espécie de processo duplo acontecendo com relação a livros — que, enquanto o número de assuntos que a gente gostaria de ler está crescendo, o número de livros sobre cada um deles que a gente acha que vale a pena ler decresce constantemente. Já no seu próprio canto de história francesa, você alcançou o ponto no qual você sabe que a maioria dos livros publicados não passará de reintroduções, mas, por vingança, você está lendo Vaughan[47] e pensando em ler Taylor. Há dez anos você teria lido

---

[46] Anicius Manlius Severinus Boëthius, conhecido por Boécio (c.477–524 a.C.), foi um cônsul, filósofo, senador e *magister officiorum*. [N. T.]
[47] Henry Vaughan (1621–1695) foi um poeta do País de Gales interessado em metafísica. [N. T.]

oito livros na sua época (obtendo o que apenas um livro, por trás daqueles oito, lhe tenha dado) e ignorado Vaughan e Taylor [...].

PARA O SEU IRMÃO: **do Magdalen College**
(Warren estava em Xangai e possivelmente correndo o risco de um ataque japonês à parte chinesa daquela cidade.)

21 de fevereiro de 1932

Recebi a sua carta encorajadora de 14 de janeiro — "encorajadora" por oferecer alguma conversa com você, embora, é claro, isso não se aplique à fonte da ansiedade. Devo confessar que assumi o suficiente daquela superstição especialmente miserável que grita "Bata na madeira" etc., para estremecer, quando eu li suas propostas sobre caminhadas em Ulster etc. Na verdade, tenho duas imagens desagradavelmente contrastantes em minha mente. Uma "caracteriza" os dois Pigibudda com mochilas e bordões em de-formação no repentino silêncio dos brejos em Parkmore; a outra é de você progredindo da Bund para a Gt. Western Road com um olho virado para o céu, bem à velha moda francesa, maldito seja, e agachando-se sob fogo cruzado.[48]

Como Boswell, naquela travessia perigosa no Hebrides, eu "finalmente me refugiei na piedade: mas fiquei muito constrangido pelas várias objeções que foram levantadas com relação à doutrina da providência". Infelizmente, não tenho em mãos a obra do Dr. Ogden[49] em que Boswell viu esta dificuldade resolvida.

Suponho que a solução se encontre em destacar que a eficácia da oração não seja, em todos os casos, *mais* um problema, além da eficácia de *todos* os atos humanos, isto é, se você diz "É inútil orar porque a Providência já sabe o que é o melhor e certamente o fará", então, por que não seria igualmente inútil (e pelo mesmo motivo)

---

[48] *Whoop Bang* aqui é usado como interjeição, que significa uma tosse convulsa seguida de uma explosão. [N. T.]
[49] Provavelmente Frederic Ogden Nash (1902–1971), que foi um poeta humorístico americano. [N. T.]

tentar alterar o curso dos eventos de uma maneira ou de outra — pedir para passar o sal ou reservar o seu assento no trem? [...]

PARA O SEU IRMÃO: do The Kilns

20 de março de 1932

Além das boas novas da China, a melhor coisa que aconteceu comigo recentemente foi ter assistido uma cena na sala de fumo do Magdalen como raras vezes cruza o nosso caminho. O tagarela Sênior — aquele homem com cara de perfeito macaco, que eu provavelmente destaquei para você — estava sentado na grade revestida da lareira, com as costas voltadas para o fogo, inclinando-se para ler um trabalho e, assim, deixando uma abertura de formato de túnel entre o seu colarinho e o seu cangote [designada como "P" na descrição do homem]. Alguns metros na frente dele estava MacFarlane. Imagine agora MacFarlane acender um cigarro e balançar o fósforo para frente e para trás no ar para apagá-lo. E imagine que o fósforo ou não se apagou direito ou foi apagado tão recentemente que não se percebe queda de temperatura na madeira. Imagine então M. atirando o fósforo em direção ao fogo de tal modo que ele segue a linha pontilhada e entra na abertura em P com a precisão mais inerrante. Por um espaço de tempo, que deveria ter sido infinitesimal, mas que parecia longo para nós, enquanto observávamos no perfeito silêncio que esse experimento muito interessante tão naturalmente demandava, o tagarela Sênior, o único que ignorava a sua sina, continuou absorvido nos resultados do futebol. O seu corpo então se levantou em uma linha vertical da grade, sem esforço muscular aparente, como que impulsionado por uma mola poderosa debaixo do seu traseiro. Pulando sobre os seus pés, ele fez um rápido movimento com as mãos, com a intenção aparente de aplicá-las sobre cada parte de suas costas e traseiro na sucessão mais rápida possível: acompanhando este exercício com a distensão das bochechas e um barulho de assopro. Depois disso, ele exclamou (para mim) em uma voz muito elevada: "Não é tão engraçado assim" e saiu feito uma flecha da sala.

1930–1939

O bem informado Dr. Hope (aquele semicolega pequeno, escuro, mentalmente enfadonho, mas muito decente que tomou café conosco)[50] que foi o único que assistiu ao experimento com gravidade perfeita, neste estágio, observou placidamente para a companhia em geral: "Muito bem, o fósforo terá apagado a estas alturas", e voltou ao seu periódico — mas que sorte a dele! Quantas tentativas um homem teria que fazer antes de conseguir jogar o fósforo naquela abertura apertada, se ele tivesse experimentado?

Você perguntou a Minto em uma carta recente sobre este Kenchew. Como pretendente, ele demonstra a tendência deplorável de protelar as coisas, e eu imagino que a coisa toda não dará em nada. (Ah, não *haverá qualquer* proposta): como um personagem, entretanto, vale a pena descrevê-lo, ou assim se parece a mim, porque eu tive que sair para um passeio com ele. Ele é um pequeno homem delicado de aproximadamente cinquenta anos e é completamente aquele "homem sensível, bem informado" com o qual Lamb temia ser deixado sozinho.

Meus problemas começaram de imediato. Parecia bom para ele tomar o ônibus para a estação e iniciar o nosso passeio ao longo de um tipo de passagem insignificante entre uma fábrica e um filete de água poluído — um passeio que, na verdade, era tão bom para uma reprodução quanto Oxford podia tolerar de nosso velho domingo de manhã "ao redor da barragem do rio". Eu falei inadvertidamente de imediato, referindo-me à água como um canal. "Oh — seria possível que eu não soubesse que era o Tâmisa? Eu deveria estar brincando. Talvez eu não fosse afeito a caminhadas?" Eu caí na tolice de dizer que eu era. Ele me deu um relato dos seus passeios favoritos; com um uso abundante da palavra "pitoresco". Ele então chamou minha atenção ao fato de que o rio estava excepcionalmente baixo (como, pelos deuses, ele poderia saber disso?)

---

[50]Edward Hope (1866–1953) tirou um ScD do Manchester e, em 1919, ele foi eleito membro e tutor em ciência natural no Magdalen e preletor em química.

e gostaria de saber, como *eu* explicava isso. Eu apresentei minha explicação[51] e ouvi, da parte dele, como *ele* explicava isso.

A estas alturas, estávamos fora em Port Meadow, e uma ampla perspectiva abriu-se para ele. Uma série de montanhas e pináculos de igrejas requeriam ser identificados, junto com os seus detalhes "pitorescos", minerais ou cronológicos. Uma boa quantidade de problemas surgiu e, mais uma vez, eu me dei muito mal. Como seu mapa, embora sacado constantemente, era um mapa *geológico*, ele não ajudou muito. Seguiu uma conversa sobre o tempo e parecia oferecer uma escapatória do fato incontestável. A escapatória, entretanto, foi bastante ilusória, e minha alegação de gostar de todos os tipos de clima foi recebida com a informação surpreendente de que os psicólogos detectavam o mesmo traço em crianças e lunáticos.

Ansioso por desviar minha atenção desse fato desagradável, ele implorou pela minha opinião sobre as várias alterações que haviam sido feitas recentemente no rio: de fato, cada uma das reclusas, pontes e estilo por cinco quilômetros mortais foram, ao que parece, radicalmente alterados nos últimos meses. Como eu não tinha visto *nenhum* destes lugares antes ("Mas eu pensei que você fosse um amante das caminhadas [...]") isso me pôs novamente numa saia justa. A remoção do açude nos proporcionou dificuldades particulares. Ele não podia conceber como isso foi feito. O que eu pensava? E então, quando eu estava ainda me recuperando desta desgraça nova, e esperando que o açude infernal tivesse sido resolvido, eu descobri que o problema de *como* ele foi removido estava sendo levantado apenas como uma preliminar ao problema ainda mais intrincado do *porquê* de ele ter sido removido. (Meus sentimentos foram assim expressos por MacFarlane no jantar certa

---

[51]No original, "I scored a complete Plough", que literalmente seria "Eu tracei um Arado completo" — referência à Ursa Maior, constelação conhecida pelo asterismo do arado. Ou seja, Lewis quis dizer que traçou os principais pontos, mostrou a figura geral, já que havia sido pedido a ele que explicasse o motivo de o canal estar com um baixo nível de água. [N. T.]

noite do último trimestre, em resposta à questão de alguém. "Sim, ele está estudando os ritmos da prosa em latim medieval, e é um assunto muito curioso e interessante, mas não me interessa nem um pouco.") Por dois quilômetros mais ou menos depois do açude nós continuamos intensamente, pois Kenchew começou: "Eu estava certa vez passando por esse mesmo ponto ou, não, deixe-me ver — talvez tenha sido um pouco mais adiante — não! Foi exatamente aqui — lembro-me precisamente daquela árvore — quando uma experiência marcante, realmente marcante de uma forma reduzida, aconteceu comigo." A experiência marcante de uma forma reduzida, com a ajuda de uma ou duas perguntas criteriosas de minha parte, estava pedindo para durar por toda a extensão do passeio, quando ele teve o terrível infortúnio de passar por uma fábrica de papel. (Você vê, a propósito, que caminhada divertida foi essa, sem falar da companhia!) Não apenas uma fábrica de papel, mas *a* fábrica de papel da Clarendon Press. "É claro que eu o superei. Não? Realmente etc." (A grande atração foi que você poderia ter um choque elétrico.)

Mas eu tenho que encerrar meu relato desse passeio deplorável em algum lugar. Foi a mesma coisa o tempo todo — pura informação. De tempos em tempos eu tentava escapar da torrente de fatos isolados, particulares: mas qualquer coisa que tendesse para opinião, ou discussão, para imaginação, para ideias, ou mesmo para reunir alguns dos seus fatos infernais e fazer alguma coisa com eles — qualquer coisa assim foi recebida com um silêncio absoluto. Uma vez, quando ele estava me contando sobre a fundação lendária de uma igreja, eu tive a esperança vaga de que pudéssemos chegar à história: mas acabou que o seu conhecimento era derivado de um *cortejo* eduardiano de Oxford. Será necessário eu acrescentar que ele era um cientista? Um geógrafo, para ser mais preciso. E agora que eu penso sobre isso, ele é exatamente o que se espera de um geógrafo. Mas eu não devo lhe dar uma impressão muito obscura dele. Ele é gentil e *realmente* cortês (você sabe da qualidade rara a que estou me referindo) e um cavalheiro. Imagino que ele seja o que as mulheres chamam de "um homem interessante. E tão inteligente" […].

PARA O SEU IRMÃO: do Magdalen College
8 de abril de 1932

Fico me perguntando se você imagina quão tranquilizador o seu trecho de Spenser é para mim, que passei o meu tempo tentando fazer brutos de má vontade lerem poesia. A gente começa a se perguntar se a literatura, no fim das contas, não é um erro. Então chega esta sua citação de *Rainha das Fadas* à mesa de seu escritório e a gente se lembra de que todos os "estudantes professos de literatura" não importam um vintém, e que a coisa toda continua, alheia às flutuações do tipo de "gosto" que se faz impresso, vivendo de geração em geração nas mentes das poucas pessoas desinteressadas, que se sentam sozinhas e leem o que elas gostam e descobrem que isso se revela como sendo precisamente as coisas de que todo o mundo gostou desde que elas foram escritas. Concordo com tudo o que você diz sobre ele, exceto sobre as distinções de personagens. Na próxima vez que eu mergulhar no livro, devo manter o meu olho climatológico neles. Seria bem de acordo com tudo o que se experimentou, descobrir, um dia, que a visão crítica usual (por exemplo, de que Spenser não tenha personagens) não passava de bobagem [...].

A propósito, tenho que concordar em gênero e número contigo com "os lábios sendo convidados a compartilhar do banquete" em poesia, e eu sempre o "degusto", enquanto leio, embora não de uma forma que fosse audível para outras pessoas no recinto. (Daí o excelente hábito que eu certa vez desenvolvi, mas depois perdi, de não fumar enquanto leio poesia). Vejo esta "degustação" como uma marca infalível daqueles que realmente amam a poesia. Dependendo disso, o homem que lê versos de qualquer outra forma está atrás de "pensamentos nobres" ou "filosofia" (no sentido revoltante dado a esta palavra pelas sociedades Browning[52] ou por Tia Lily) ou história social, ou algo do tipo, não de poesia.

---

[52] As sociedades Browning eram grupos de pessoas que se reuniam regularmente para discutir as obras de Robert Browning (1812–1889), poeta e dramaturgo inglês cujos monólogos dramáticos o tornaram um dos poetas vitorianos mais importantes. [N.T]

Voltando a Spencer — as batalhas *são* um tédio [...].

Todo o enigma sobre o cristianismo em países não europeus é muito difícil [...]. Às vezes, repousando sobre a sua observação "Tenho outras ovelhas que não são deste aprisco",[53] eu brinquei com a ideia de que o cristianismo nunca foi destinado à Ásia — até mesmo que Buda é a forma em que Cristo aparece para a mente oriental. Mas não pense que isto realmente vá funcionar. Quando eu tentei me livrar de todos os meus preconceitos, continuo não podendo evitar de pensar que o mundo cristão é (parcialmente) "salvo" em um sentido em que o oriente não é. Podemos ser hipócritas, mas há uma espécie de iniquidade desavergonhada e *reinante* de prostituição de templo e infanticídio e tortura e corrupção política e imaginação obscena no oriente, que realmente sugere que eles estão fora dos padrões de comportamento — que alguma parte necessária da máquina humana, restituída a nós, ainda esteja faltando a eles [...]. Por alguma razão, que não podemos descobrir, eles ainda estão vivendo no período de antes de Cristo (da mesma forma que há tribos africanas que ainda estão vivendo na era da pedra lascada) e aparentemente não se pretende que eles emerjam dele ainda [...].

PARA OWEN BARFIELD: do Magdalen College

[Abril? de 1932]

Com relação ao nosso argumento sobre o Getsêmani, eu vejo que soa estranho atribuir a homens perfeitos um medo que homens imperfeitos muitas vezes superaram. Mas é preciso resguardar-se de interpretar "homem perfeito" em um sentido que anularia a tentação no deserto: uma cena em que, a princípio, se estaria tentado a comentar (a) Com relação à pedra e pão, "Homens imperfeitos já passaram fome voluntariamente", (b) Com relação à demanda de Satanás por adoração, "A maioria dos homens nunca se rebaixou tanto, a ponto de sentir esta tentação".

---

[53] Ver João 10:16. [N. T.]

Se for para aceitarmos os Evangelhos, entretanto, devemos interpretar a perfeição de Cristo em um sentido que admite sentir tanto as tentações mais comuns quanto as mais animalescas (fome e o medo da morte) e aquelas tentações que usualmente acometem apenas os piores dos homens (adorar o diabo em troca de poder). Estou partindo do pressuposto de que as pedras e o pão representam a fome: mas se você preferir referir-se a eles como primariamente uma tentação para a *taumaturgia* ("Se você é o Filho de Deus, mande que estas pedras")[54] então isso recai em minha segunda classe.

A consideração dessa segunda classe imediatamente levanta a questão "Não haveria tentações apropriadas para o melhor e o pior que o homem do tipo mediano não sente?"; ou, então, "Será que as tentações comuns não atacam mais ferozmente os melhores e os piores?" Eu responderia Sim, e diria que o medo da morte era um destes: e com respeito ao medo, eu dividiria os homens em três classes.

A. Os muito maus, para os quais a morte representa a derrota final do cuidado sistemático egocêntrico e egoísmo, que foi a única ocupação da vida. (Liberdade falsa derrotada)

B. Os virtuosos. Estes, de fato, não angariam o medo da morte, sem o suporte de algum ou todos os seguintes [elementos]:

1. Orgulho [...]
2. Medo (Recarregue, recarregue, é tarde demais para recuar!)
3. *Taedium vitae*[55] (Meu bebê em meu peito, que embala a enfermeira no sono)
4. Abandono da tentativa exaustiva de obter real liberdade, que faz com que o Necessário pareça um *alívio* (O navio desliza sob o Arco da Paz verde)

C. O perfeito. Ele não pode recorrer a nenhum dos auxílios que a classe B possui, pois todos eles dependem de mazelas. Sua posição é, assim, paralela à classe A: a morte para ele também é a derrota final, mas um tempo de *real* liberdade. (Estou partindo do pressuposto de

---

[54] Ver Mateus 4:3a. [N. T.]
[55] Tédio vital que indica um estado permanente de enfado, desgosto, vazio, sem causas aparentes. [N. T.]

que a essência espiritual da morte seja "o oposto da liberdade": de modo que a mais *mortal* das imagens seja de rigidez, sufocamento etc.)

Sem dúvida ele também conhece a resposta — de que a morte voluntária (realmente voluntária, não a dos anódinos e corajosos holandeses) torna a falta de liberdade em si a asserção da liberdade. Mas submissão voluntária não significa que não haja nada a que se submeter.

O que significa para um homem morrer, uma vez que ele consiga enfrentar o medo meramente animal? Desistir — ele o fez em noventa por cento dos casos por toda a sua vida. Ver o inferior nele conquistar o superior, seu corpo animal se transformando em animais inferiores e estes, finalmente, em minerais — ele permitiu que isso acontecesse desde que ele nasceu. Renunciar ao controle — fácil para ele como usar um sapato bem confortável. Mas no Getsêmani pede-se que a liberdade essencial seja certa, que haja um controle infatigável de reconhecer a derrota, que a Vida mesma morra. Homens comuns não estiveram apaixonados pela vida tanto quanto usualmente se supunha; por menor que fosse a parcela deles nisso, eles acharam demais suportá-la sem se esforçar ao máximo para reduzir uma boa parte disso quase para a não vida: temos drogas, sono, irresponsabilidade, diversão, que nos tornam entusiasmados pela morte fácil — se ao menos pudéssemos ter certeza de que não vá doer! Somente aquele que viveu uma vida humana (e presumo que apenas um o fez) pode saborear completamente o horror da morte. Tenho certeza de que se a coisa fosse apresentada a você em um mito, você seria o primeiro a esbravejar com o crítico ordinário que reclamou que o sol estava desacreditado, porque fugia dos Lobos.

Sua ideia de um Cristo *sofrendo* pelo mero fato de estar no corpo e assim, tentado, se é que foi, a apressar, antes de postergar a sua morte, parece implicar que ele não era (como o mistério cristão quer) "perfeitamente Deus e perfeitamente homem", mas uma espécie de ser composto, um δαιμων[56] ou arcanjo aprisionado

---

[56]δαιμων, transliterado *daímôn*, significa "espírito" ou "divindade". É o gênio na mitologia grega. A tradução latina, *daemon*, deu origem à palavra em português "demônio". [N. T.]

num veículo inadequado para isso (como Ariel no carvalho) e em constante revolta contra este veículo. Isso é mitológico no sentido ruim. O Filho não se encarnou certamente em um sentido tal que não permanecesse também Deus (se ele não tivesse permanecido, o universo teria desaparecido).

Não pretendo ter uma explicação: mas presumo que a precisa *differentia* da doutrina cristã é que "Algo que *está* eternamente no mundo noumenal (e seja impassível, abençoado, onisciente, onipotente etc.) não obstante, certa vez *esteve* no mundo fenomenal (e esteve sofrendo etc.)". Você não pode se referir à vida terrenal de Jesus como um episódio na vida eterna do Filho: como a escravidão de Admeto[57] foi um episódio da vida imortal de Apolo.[58]

É desnecessário dizer que, em minha visão, a doutrina (você a sustenta) de que o que se encarnou foi "Uma das hierarquias" (ou "uma" das "quaisquer coisas"), parece-me bem incompatível com a posição dada por Cristo em suas próprias palavras e pelos seus seguidores. *Aut deus aut malus angelus*[59] é tão verdadeiro quanto o velho *aut deus aut malus homo*.[60]

PARA O SEU IRMÃO: **dos Schools**[61] (onde ele estava supervisionando o exame)

14 de junho de 1932

Acabei de ler a sua carta de 15 de maio, mas não, como você supôs, no College. O "Schools" chegou e estou supervisionando o exame e, apesar de sua carta ter chegado antes do almoço, eu deliberadamente a trouxe até aqui sem abrir, de modo que a leitura dela pudesse ocupar a última parte de um tempo desprovido de

---

[57]Admeto é um personagem da mitologia grega, que foi rei de Feras, na Tessália. [N.T.]
[58]Apolo é uma das divindades do Olimpo na mitologia e religião grega e romana. [N.T.]
[59]Expressão latina que significa "Ou um deus, ou um anjo mau". [N.T.]
[60]Expressão latina que se traduz como "Ou um deus, ou uma pessoa má". [N.T.]
[61]Higher School Certificate é uma espécie de exame de vestibular de Oxford para jovens interessados em ingressar na universidade. [N.T.]

conversa, de fumo e de exercício entre as duas e as cinco da tarde. Teoricamente, é claro, não deve haver maior bênção do que três horas absolutamente a salvo de interrupções e livres de leitura: mas de uma forma ou de outra — todo o mundo fez a descoberta — ler é bastante impossível nos Schools. Há uma espécie de atmosfera imediatamente cansativa e monótona que sempre termina naquele estágio que (para mim) é um sinal para parar de ler — o estágio, quero dizer, em que você pestaneja e se pergunta: "Agora, do que era mesmo que se *tratava* a última página" [...].

Eu li, ou antes, reli um romance chamado *Pendennis*. Como o Pdaitabird ficaria satisfeito — por que é que eu não tive a graça de lê-lo há alguns anos? Porque estou relendo agora eu não sei — suponho que alguma vaga ideia de que era hora de eu dar outra chance a Thackeray. O experimento, de uma maneira geral, foi um fracasso. Eu posso ver precisamente, note bem, por que eles usam palavras como "grande" e "gênio" falando dele, que não usamos para Trollope. Há indicações ou interrupções o tempo todo de algo que vai além do espectro de Trollope. O cenário, por um lado (embora, com certeza, só tenha uma cena em Thackeray — sempre é noite de verão — rochas de jardim inglês revestidas) tem um tipo de profundidade (quero dizer, no sentido de pintura) que Trollope não captou. Além disso, há as "profundidades" súbitas, num sentido bem diferente em Thackeray. Há uma cena muito submissa em *Pendennis*, em que você encontra com o Marquês de Steyne e alguns dos seus capitães que estão no comando e cafetões em um proscênio[62] no teatro. Isso só dura uma página mais ou menos — mas o tipo de fila de pessoas, sal, mau cheiro de urina da fossa inferior quase o derruba e tem claramente o tipo de poder que está bem fora do alcance de Trollope. Não acho que estas porções realmente aprimoram os livros de Thackeray; elas indicam, suponho eu, o que queremos dizer com "gênio". E se você for o tipo de leitor que valoriza o gênio, você tem Thackeray em alta conta.

---

[62]Espécie de caixa na parte anterior dos palcos dos teatros, junto à ribalta. [N. T.]

Meu próprio segredo é — que ouvidos mais rudes não nos ouçam — que, para lhe dizer a verdade, irmão, *eu não gosto de gênios*. Gosto imensamente das *coisas* que somente gênios são capazes de fazer: como *Paraíso Perdido* e a *Divina Comédia*. Mas do que eu gosto são os resultados. Para o que eu não dou um vintém é o sentido (aparentemente caro a tanta gente) de estar nas mãos de "um grande homem" — você conhece a sua personalidade deslumbrante, sua energia ofuscante, a estranha força de sua mente — e tudo mais. De modo que eu definitivamente prefiro Trollope — ou antes, esta releitura de *Pen* confirma minha preferência duradoura. Não há dúvida de que Thackeray foi um gênio: mas Trollope escreveu livros melhores. Continuo criticando todas as velhas coisas que eu critiquei em Thackeray.

Você se lembra de ter dito de Thomas Browne, em uma de suas cartas, "Houve alguma coisa que ele não amasse?". A gente pode perguntar precisamente o oposto em Thackeray. Ele é equivocadamente acusado de tornar as suas mulheres incorruptíveis, virtuosas demais: a verdade é que ele não as torna virtuosas o suficiente. Se ele torna uma personagem o que ele chamaria de "boa", ele sempre se defende tornando-a (é sempre uma personagem feminina) uma fanática e cabeça-dura. Você acha, Sir, eu lhe pergunto, que haja muitas paróquias de bairros miseráveis que não pudessem produzir meia dúzia de mulheres idosas tão castas e afetuosas quanto Helen Pendennis e dez vezes mais caridosas e mais sensíveis? Agora, Phippy é uma mulher muito melhor do que a maioria das mulheres "boas" de Thackeray. Ainda assim — o major merece o seu lugar na nossa memória. O mesmo vale para Foker — com certeza a figura mais *equilibrada* do jovem janota gentilmente vulgar que existe. Não tenho certeza sobre Costigan. Há uma boa porção de excesso do hábito de Thackeray de rir de coisas como a pobreza e a pronúncia errada nos trechos de Costigan. Então, é claro, há "o estilo" — quem, diabos, começaria falando sobre o estilo em um romance em que todo o resto tenha sido abandonado.

Fiz outra visita ao [Zoológico de] Whipsnade — Foord Kelcie deu carona a mim e a Arthur numa bela segunda-feira, quando Arthur esteve aqui. Esta não foi a melhor companhia do mundo com a qual revisitar Whipsnade, já que F.K. combinou uma língua solta com uma caminhada muito lenta, que é interrompida por uma parada quando ele tem algo a dizer [...]. Quem sabe, entretanto, tenha sido bom que A. me tenha desviado de meu curso, pois o lugar cresceu e se modificou tanto que eu teria posto a perder uma boa parte. As novidades incluem leões, tigres, ursos-polares, castores etc. Bultitude [um urso] ainda estava no seu lugar de sempre. A floresta Wallaby, devido à estação diferente, estava melhorada com massas de campainhas: as criaturas parecidas com faunos pulando de uma parte inundada pelo sol para outra por sobre flores silvestres inglesas — e tão mais domesticadas agora do que quando você as viu, que realmente não é difícil cariciá-las — e pássaros selvagens ingleses cantando de forma ensurdecedora por toda parte, chegaram mais perto de nossa ideia do mundo de antes da queda do que qualquer outra coisa que eu esperava ver [...].

PARA O SEU IRMÃO: **do The Kilns**

12 de dezembro de 1932

Um milhão de boas-vindas ao Harve (de lembranças odiosas). Tivemos tantos alarmes falsos sobre você que eu mal posso acreditar até vê-lo com os meus próprios olhos. Mas quanto a isso, e todas as suas aventuras dos últimos seis meses, há tanto para se dizer, que nem sei por onde começar. Você acharia engraçado ouvir as várias hipóteses que foram levantadas durante o seu longo silêncio de verão — que você tivesse sido capturado por bandidos — estivesse na prisão — tivesse enlouquecido — tivesse casado — tivesse casado com uma mulher chinesa. Minha própria visão, é claro, foi que "Ele é assim mesmo etc.", mas eu achei isso difícil de sustentar contra a insurreição de teorias rivais [...].

Tudo isso parece ser bom demais para ser verdade. Eu dificilmente posso acreditar que quando você tirar os sapatos, daqui a uma semana mais ou menos, então, se Deus quiser, você estará em condições de dizer: "Isto vai me bastar — pelo resto da vida" [...].

[Em julho de 1932, Warren solicitou sua aposentadoria. Ele deixou Xangai com um navio de carga no dia 22 de outubro e chegou a Liverpool em 14 de dezembro. Ao chegar ao The Kilns ele ficou satisfeito de saber que uma nova ala da casa, contendo um escritório e um quarto, foi construída especialmente para ele. Sua aposentadoria do Royal Army Service Corps, depois de dezoito anos, se tornou oficial em 21 de dezembro de 1932.

A carta que segue revela algo dos interesses que levaram Jack a escrever *A alegoria do amor* e de começar suas palestras de "Prolegômenos" que levaram, em última instância, ao livro *A imagem descartada: uma introdução à literatura medieval e renascentista* (1964). Estas palestras, ministradas duas vezes por semana, começaram em 18 de janeiro de 1932 e foram intituladas "Prolegômenos para a poesia medieval". Elas tiveram continuidade durante o trimestre após a Páscoa de 1932 e as duas palestras finais, dedicadas a Chaucer, foram dadas no trimestre depois da Páscoa de 1933 — 14 e 26 de abril. Estas palestras foram repetidas diversas vezes. No trimestre após a Páscoa de 1937, ele iniciou a outra série bem conhecida, intitulada "Prolegômenos para a poesia renascentista".]

PARA A IRMÃ MADELEVA CSC[63] de Notre Dame, Indiana: **do Magdalen College** (a irmã Madeleva estava vivendo em Oxford na época e participava das palestras dos "Prolegômenos")

7 de junho de 1934

Em resposta à sua primeira questão, as bibliografias impressas que a senhora menciona provavelmente devem existir, mas não tenho

---

[63]Congregation of Holy Cross ou Congregatio a Sancta Cruce (CSC) é uma ordem católica de padres e irmãos missionários, fundada em 1837 por Basílio Moreau, em Le Mans, na França. Ele também fundou as Marianites of Holy Cross, dividia em três congregações independentes de freiras. [N. T.]

conhecimento delas. A história da minha palestra é esta. Depois de eu ter trabalhado o meu próprio tema (que é a alegoria medieval) por alguns anos, achei que tinha acumulado certo montante de informação genérica, embora, longe de ser muito recôndito, era mais do que o estudante comum de escola poderia coletar sozinho. Eu então concebi a ideia dos meus "prolegômenos". Mas havia várias falhas no conhecimento geral que eu adquiri acidentalmente. Para preenchê-las, adotei o método simples de passar pelas notas de Skeat sobre Chaucer e Langland e outras coisas similares e segui-las até chegar às suas fontes, quando eles tocam em assuntos que me pareciam importantes. Isso me levou às vezes a livros que eu já conhecia, e muitas outras vezes a novos. Este processo explica por que eu inevitavelmente parecia mais sabido do que eu sou. Por exemplo, minhas citações de Vincent de Beauvais[64] não significam que eu me voltei de uma leitura longa de Vincent para ilustrar Chaucer, mas que eu me voltei de Chaucer para achar explicações em Vincent. Finalmente, o processo é indutivo pela maior parte da minha palestra: embora sobre alegoria, amor cortês e (algumas vezes) sobre filosofia, seja dedutivo — isto é, eu *parto* dos autores que eu cito. Estou elaborando este ponto, porque, se você estiver pensando em fazer o mesmo tipo de coisa (isto é, contar às pessoas o que elas devem saber como o *prius*[65] de um estudo de poesia vernácula medieval) penso que você seria sábia de trabalhar da mesma forma — partindo *dos* textos que você quer explicar. Você logo descobrirá, é claro, que está trabalhando da outra forma ao mesmo tempo em que pode corrigir explicações correntes, ou ver coisas para explicar onde os editores comuns não veem nada. Suponho que eu não tenha que lembrá-la de cultivar a sabedoria da serpente: vai haver citações equivocadas e citações mal compreendidas nos

---

[64]Vincent of Beauvais (c. 1184/1194–c. 1264) foi um frade dominicano de um monastério da França. Ele escreveu uma espécie de enciclopédia da Idade Média. [N. T.]

[65]O anterior, o antigo. [N. T.]

melhores livros e você deve sempre caçar todas as citações por si mesma e descobrir o que elas significam de verdade *in situ*.[66]

Mas, é claro que eu não sei o que é que você propõe fazer. Por isso, mencionei todas as "fontes" mais importantes no meu livro de anotações, sem qualquer tentativa de seleção. Você verá de imediato que esta é a bibliografia de um homem que estava seguindo um tema particular (a alegoria do amor), e isso sem dúvida torna a lista muito menos útil a você, que dificilmente estará atrás do mesmo filão. Na segunda parte, textos, eu fui mais seletivo e omiti certo montante de poesia de amor latina baixa, ou reduzida, que só é útil para meu próprio propósito especial. Você observará que eu começo com autores clássicos. Este é o ponto que eu exigiria de qualquer um que lidasse com a Idade Média, que o primeiro ponto essencial é de ler os clássicos relevantes repetidas vezes: aí está a chave para tudo — alegoria, amor cortês etc. Depois disso, as duas coisas que se deve conhecer realmente bem são a *Divina comédia* e o *Romance da rosa*.[67] O estudante que realmente digeriu esses (não alego ser tal pessoa eu mesmo!), com bons comentários e que também conhece os clássicos e a Bíblia (incluindo o Novo Testamento apócrifo), tem o jogo em suas mãos e pode derrotar repetidas vezes aqueles que simplesmente se enterraram em partes obscuras da Idade Média de verdade.

Da filosofia e teologia escolástica você provavelmente sabe mais do que eu. Se, por um acaso, você não souber, atenha-se a Gilson como um guia e precaveja-se de pessoas que estejam atualmente promovendo o modismo do que eles chamam de "neoescolasticismo" (Maritain[68] na sua Igreja e T.S. Eliot,[69] na minha).

---

[66] O mesmo que *in loco*, em seu lugar natural. [N. T.]
[67] O *Romance da rosa* (*Roman de la Rose*, em francês), uma parte da qual foi escrita por Guilherme de Lorris na década de 1230, é um poema francês medieval que é uma alegoria sobre o amor. [N. T.]
[68] Jacques Maritain (1882–1973) foi um filósofo católico francês. [N. T.]
[69] O britânico Thomas Stearns Eliot (1888–1965) foi um ensaísta, editor, dramaturgo, crítico literário e poeta. [N. T.]

Dos periódicos, você achará *Romania*, *Speculum* e *Medium Aevum* úteis.

Lembre-se (isso tem feito toda a diferença para mim) de que o que você quer saber da Idade Média muitas vezes não estará num livro sobre a Idade Média, mas nos primeiros capítulos de filosofia ou ciência geral. Os registros do seu período nestes livros, é claro, serão usualmente paternalistas e mal-informados, mas eles irão mencionar as datas e autores que você poderá pesquisar e, assim, colocá-la a caminho de escrever um relato *verdadeiro*, de próprio punho.

Se tiver alguma forma de eu lhe ajudar, ou se você quiser me ligar para discutir algo comigo, não hesite em me avisar [...].

P.S. Devo adverti-la de que sou muito ruim em alemão, e isso, sem dúvida, influenciou a minha escolha de leituras.

Suponho que você tenha acesso a um completo Aristóteles, onde quer que estiver trabalhando. Ele muitas vezes é útil.

PARA OWEN BARFIELD: **do Magdalen College** (enquanto lia as provas de *Alegoria do amor*, que foi publicado em 21 de maio de 1936)

[Dezembro de 1935]

The Diary of an Old Soul [O diário de uma velha alma][70] é magnífico. Você preparou o momento certo de me dá-lo de forma admirável. Lembro-me com horror e com vergonha do absurdo de minha última crítica sobre ele, da forma vulgar em que eu a expressei. Ele sabe tudo sobre a interação entre os aspectos religiosos e metafísicos do Uno. Eu vejo agora (desde que comecei esta carta) que estas duas coisas são opostas apenas com a oposição frutífera de macho & fêmea (quão profunda é a metáfora erótica da *proelia Veneris*),[71] e o que elas geram é a solução.

Incidentalmente, desde que comecei a prática da oração, descobri que minha visão extrema da personalidade está mudando. Meu

---
[70]De George MacDonald. [N. T.]
[71]Expressão latina que significa "Briga de sexta-feira". [N. T.]

próprio *self* empírico está se tornando mais importante e isso é exatamente o oposto do amor próprio. Você não ensina a uma semente como morrer para se tornar uma árvore, lançando-a no fogo: e ela tem que se tornar uma semente boa, antes de valer a pena enterrá-la.

Quanto ao meu próprio livro — a questão, se as notas devem ir para o final do capítulo ou para o final da página vai em parte por conta do editor & impressor. De minha parte, eu detesto os livros em que elas aparecem no final — e estou escrevendo principalmente para pessoas que vão consultá-las para verificar os meus fatos [...].

PARA A SRA. JOAN BENNETT (de Cambridge): **do Magdalen College**

13 de janeiro de 1937

A mera cópia de um ensaio (que, agora que eu o estou relendo, não me parece tão bom quanto eu esperava) é uma compensação muito pobre para os momentos agradáveis e comemorativos que a senhora me proporcionou. Mas a senhora pediu por isso e aqui está.

Que tipo de conversa esplêndida se dá em sua casa! — e que coisa maravilhosa [...] é a sua Faculdade de Inglês. Se ao menos nós e a senhora pudéssemos unir-nos para formar um só corpo de docentes (deixando de lado os seus caprichos e as nossas insignificâncias) poderíamos transformar o "Inglês" em uma educação que não precisasse temer qualquer competição. Neste meio-tempo, temos muito o que trocar. Estou certo de que a senhora pratica mais o "julgamento": eu suspeito que nós tenhamos mais "sangue". O que queremos é estar bem misturados.

O livro de Lucas se prova decepcionante na medida em que você avança. Seu ataque a [I.A.] Richards, por dividir os efeitos poéticos que recebemos como uma unidade, é ridículo; é isso que a análise *significa* e R. nunca sugeriu que os produtos da análise tenham sido os mesmos que da unidade viva. Mais uma vez, ele não parece ver que Richards está do seu lado, trazendo a poesia para um teste ético no longo prazo; e o seu próprio padrão ético é tão sem convicção — ele está com tanto medo de ser considerado um moralista, que tenta amenizá-lo considerando a "saúde" e a "sobrevivência".

Como se a sobrevivência pudesse ter qualquer valor à parte do valor prioritário do que sobrevive. Para mim especialmente é um livro irritante; ele ataca *meus* inimigos da forma errada [...] sem falar de uma boa dose de mera "superioridade" [...].

PARA A SRA. JOAN BENNETT: **do Magdalen College**
[Fevereiro? de 1937]

Eu também tive um resfriado, se não fosse por isso, a senhora teria tido notícias minhas mais cedo. Estou anexando o artigo; faça o melhor uso que quiser dele[72] [...]. A questão (por sua causa e aquela do *Festschrift*,[73] não por minha) é se um trabalho pró-Donne chamado *Donne*[74] *and his critics* [Donne e seus críticos] — uma olhada em Dryden e Johnson[75] e, depois, em alguns contemporâneos, incluindo a mim — não seria melhor do que uma resposta direta. C.S.L., como um polemista e um disputador de prêmios profissional, está, suspeito eu, se tornando já enfadonho para o nosso público reduzido, e isso poderá, desta forma, infectá-la.[76]

---

[72] Ele está se referindo ao seu ensaio "Donne and Love Poetry in the Seventeenth Century" [Donne e poesia do amor do século XVII], que foi publicado no *Seventeenth Century Studies Presented to Sir Herbert Grierson* [Estudos do século XVII apresentados ao Sir Herbert Grierson] (1938).
[73] Uma coletânea de escritos publicados em homenagem a algum estudioso. [N. T.]
[74] Provavelmente John Donne (1572–1631), que foi um estudioso, poeta, secretário e soldado inglês, que, apesar de ter vindo de família católica, se tornou clérigo da Igreja da Inglaterra. [N. T.]
[75] Samuel Johnson (1709–1784) foi um anglicano devoto que teve grande contribuição para a literatura inglesa como ensaísta, crítico literário, biógrafo, editor, lexicógrafo, dramaturgo e poeta. Também conhecido como Dr. Johnson. [N. T.]
[76] Ele está se referindo ao debate entre ele e o Dr. E.M.W. Tillyard, do Jesus College, Cambridge. Ele começou com o ensaio de Jack, "The Personal Heresy in Criticism" [A heresia pessoal na Crítica], em *Essays and Studies by Members of the English Association* [Ensaios e estudos por membros da Associação de Inglês], v. XIX (1934). Ele foi respondido pelo Dr. Tillyard em "The Personal Heresy in Criticism: A Rejoinder" [Uma heresia pessoal na Crítica: uma réplica] no v. XX de *Essays and Studies* (1935), para o que Jack escreveu uma resposta, intitulada "Open Letter to Dr Tillyard" ["Carta aberta ao Dr. Tillyard"], v. XXI de *Essays and Studies* (1936). Estes ensaios, com dois adicionais do Dr. Tillyard e um de Jack, foram publicados como *The Personal Heresy: A Controversy* [A heresia pessoal: uma polêmica] (1939).

Além disso, se a senhora for realmente me refutar, levantará para o editor a estranha questão: "Então, por que publicar o outro artigo?" Entretanto, faça como achar melhor [...] e boa sorte com isso, seja o que for que a senhora faça.

Eu tive uma grande semana de cama — *Northanger Abbey* [Abadia de Northanger],[77] *The Moonstone* [A pedra da lua],[78] *The Vision of Judgement* [A visão do julgamento],[79] *Modern Painters* [Pintores modernos] (v. 3), *Our Mutual Friend* [Nosso amigo em comum][80] e *The Egoist* [O egoísta].[81] Deste último eu decidi, desta vez, que é uma rara instância, sendo tão bom que até os erros fantásticos não podem matá-lo. Há uma boa dose de estupidez quanto a Meredith — aquele primeiro capítulo pavoroso — Carlyle, com cobertura de chocolate. E a conversa supostamente genial não é bem mais pobre do que muito do que ouvimos na vida real? A Sra. Mountstuart é uma chata maior do que a Srta. Baters — só que ele não queria que ela fosse. O Byron[82] não foi tão bom quanto eu me lembrava; o Ruskin, apesar de muita bobagem, é glorioso.

PARA UM(A) EX-ALUNO(A): **do Magdalen College**

8 de março de 1937

Ainda não consegui o novo livro de Grierson,[83] *Milton and Wordsworth* [Milton e Wordsworth], mas estou trabalhando nisso: isso vai matar dois dos seus coelhos com uma cajadada. Você leu o *Decline and Fall of the Romantic Ideal* [Declínio e queda do ideal

---

[77]Obra de Jane Austen. [N. T.]
[78]Obra de Wilkie Collins. [N. T.]
[79]Obra de George Gordon Byron (1788–1824), conhecido como Lord Byron, um nobre que também foi político e poeta. [N. T.]
[80]Romance de Charles Dickens. [N. T.]
[81]Romance de George Meredith (1828–1909), romancista e poeta britânico da era vitoriana. Foi indicado ao Prêmio Nobel de literatura por sete vezes. [N. T.]
[82]George Gordon Byron (1788–1824), também conhecido como Lord Byron, foi um poeta do movimento romântico. [N. T.]
[83]Sir Herbert John Clifford Grierson (1866–1960) foi um editor, crítico literário e estudioso escocês. [N. T.]

romântico]?[84] Medonhamente sobrescrito em trechos, mas que vale a pena ler: ele entendeu o que parece ser uma ideia difícil para as mentes modernas, de que certo grau de uma coisa pode ser bom, enquanto um grau além da mesma coisa pode ser ruim. Elementar, você vai dizer — contudo, uma consciência disso teria proibido a escrita de muitos livros.

Estes são novos. Alguns anos de idade — mas você pode não tê-los lido — tem *Sir Thomas Wyatt and Other Studies* [Sir Thomas Wyatt e outros estudos], de E.K. Chambers.[85] Alguns dos ensaios são medievais, mas a maioria é do século XVI. Não posso pensar em muita coisa sobre "tendências gerais do século XVII", já que um que você certamente leu quando esteve em pé, *Cross Currents of XVIIth c. Lit* [Correntes cruzadas da literatura do século XVII] de Grierson, é de fato muito bom. A propósito, uma *festschrift* para Grierson recentemente aparecida (Tillyard, Nichol Smith, Joan Bennett e eu mesmo estamos entre os contribuintes) pode conter algo do que você deseja. O livro sobre o século XVII por Willey[86] (eu esqueci o título) está mais focado no contexto de pensamento do que os poetas, fazendo para aquele século bem o que os meus Prolegômenos tentaram fazer para a Idade Média. Não sei de nada genérico sobre o século XVIII. O *Early Life of Pope* [Primeiros anos de Pope] de [George] Sherburn, embora seja bom, dificilmente é o que você deseja [...].

PARA OWEN BARFIELD: **do The Kilns**

2 de setembro de 1937

"Coisa curiosamente pouco reconfortante no pano de fundo" é a crítica de um homem sensível que acabou de emergir de erros

---

[84]Obra de Frank Laurence Lucas (1894-1967), que foi um poeta, crítico literário, romancista, político, acadêmico, oficial da inteligência durante a Segunda Guerra Mundial e dramaturgo. [N. T.]

[85]Sir Edmund Kerchever Chambers (1866-1954) foi um estudioso de Shakespeare e crítico literário inglês. [N. T.]

[86]Basil Willey (1897-1978) foi professor da Universidade de Cambridge e autor de obras acadêmicas sobre a história intelectual e literatura inglesa. [N. T.]

populares sobre Morris. Não tão curiosamente, não bem no pano de fundo — essa *falta de conforto* particular é o tema principal do melhor de sua obra, a coisa que ele nasceu para dizer. A fórmula é: "Retornar para o que parece ser um mundo ideal, para encontrar-se face a face com a realidade mais grave, sem jamais tirar uma conclusão pessimista, mas mantendo completamente aquela ação heroica em uma vida temporal ou melhora dela, é um dever absoluto, embora a doença da temporalidade seja incurável."

Não bem o que você esperava, mas precisamente o que o Morris essencial é. "Derrota e vitória são a mesma coisa no sentido de que a vitória só abrirá seus olhos para uma derrota mais profunda: então, continue lutando." De fato, ele é a declaração final do *bom* paganismo: um relato fiel do que as coisas são e sempre têm que ser para o homem *natural*. Ver o que são em comparação os delírios de Hardy por um lado e comunistas otimistas, por outro.

Mas o *Earthly Paradise* [Paraíso terrenal], depois desta primeira história, é um trabalho inferior. Tente *Jason* [Jasão], *House of the Wolfings* [Casa dos Wolfings], *Roots of the Mts* [Raízes das montanhas], *Well at the World's End* [Poço no fim do mundo].[87]

O thriller está terminado e chama-se *Longe do planeta silencioso*[88] [...].

PARA OWEN BARFIELD: do Magdalen College

10 de junho de 1938

Não pense na sina do homem revertida sobre vós. A propósito de Johnson, do Rambler[89], isso não é bom, vindo de homem que decidiu não se casar com uma megera ao descobrir que ela é uma ateia e uma determinista: "Não foi difícil descobrir o perigo de me comprometer

---

[87]Todas obras de William Morris. [N. T.]
[88]*Longe do planeta silencioso*, o primeiro dos três romances interplanetários de Jack, foi publicado no outono de 1938.
[89]Periódico de Samuel Johnson destinado à recém-descoberta e ascendente classe-média do século XVIII. Ao contrário de outras publicações, o The Ramble era escrito em prosa elevada e discutia assuntos como moralidade, literatura, sociedade, política e religião. [N. T.]

para sempre com alguém que, a qualquer momento, pode confundir os ditames da paixão, ou os chamados dos desejos, com o decreto do destino; ou considerar o adultério como algo necessário para o sistema geral, como um elo no curso eterno de causas sucessivas."

E, em outro sentido, isto não é esplêndido? "Sempre que, após o mais curto relaxamento da vigilância, razão e cuidado voltam ao seu encargo, eles encontram esperanças de novo na possessão."

Quais são as apostas que eu esqueci de fazer com relação àquela poesia, afinal de contas? — Eles criam ovelhas agora no bosque de Magdalen e eu ouço as criaturas felpudas balindo o dia todo. Estou chocado por descobrir que nenhum dos meus alunos, embora eles todos estejam familiarizados com a poesia pastoril, se refiram a elas como a nada mais do que um aborrecimento; e um dos meus colegas foi ouvido perguntando por que as ovelhas têm a sua lã cortada. (Fato)

Isso quase me dá medo. E me deu outra noite, quando eu ouvi dois graduandos, fornecendo uma lista de prazeres que: (a) Eram nazistas; (b) Levavam à homossexualidade. Eles estavam sentindo o vento no seu cabelo, andando de pés descalços no gramado e tomando banho de chuva. Pense bem: isso se torna pior quanto mais tempo você os observa.

Mais engraçado é o relato verdadeiro de uma conversa de Cambridge:

A. O que é este Ablaut de que K. fica falando em suas preleções?

B. Oh, você não sabe que ele estava apaixonado por Eloise [...].

PARA OWEN BARFIELD: **do Magdalen College** (na época de Munique e a proximidade da guerra seguinte)

12 de setembro de 1938

Quanto desse tipo de coisa terrível parece ser necessário para nos interromper ou, mais corretamente, para nos fazer romper.[90] A gente pensa que fez algum progresso rumo ao desprendimento, alguns

---

[90] Aqui o autor faz uma brincadeira de palavras com *break in* [interromper] e *break off* [romper]. [N. T.]

μελέτη,[91] θανάτου[92] e começamos a nos dar conta, e a nos conformar com, a dependência realmente precária que temos de todos os nossos amores naturais, interesses e confortos: então, quando eles forem realmente abalados, no primeiríssimo sopro daquele vento, tudo se revela como não passando de uma farsa, de um dia no campo de batalha, de cartuchos vazios.

Foi assim que eu pensei na noite passada sobre o perigo de guerra. Eu me disse tantas vezes que meus amigos e livros e até mesmo meu cérebro não me foram dados para preservar: no fundo eu preciso aprender por mim mesmo a cuidar de algo mais (e também, é claro, de cuidar deles mais, mas de uma maneira diferente), e eu fiquei horrorizado com a frieza da ideia de realmente perdê-los.

Um sintoma terrível é que parte de nós ainda se refere às dificuldades como "interrupções" — como se (ideia absurda) o alvoroço alegre de nossos interesses pessoais fosse o nosso real πυον,[93] ao invés do oposto. Eu vi, no final (não ouso dizer "senti"), que já que nada, a não ser estes abalos forçados, vai curar-nos do nosso mundanismo, podemos ter, no fundo, motivos para estarmos gratos por eles. Nós *forçamos* Deus a adotar o tratamento cirúrgico: não entraríamos numa dieta (mental) [...].

É claro que todo o nosso mundo compartilhado pode ser explodido antes que a semana termine. Não posso sentir nos meus ossos que irá, mas os meus malditos ossos sabem tudo sobre isso. Se chegarmos a ser separados, Deus o abençoe e agradeço por uma centena de coisas boas que lhe devo, mais do que eu possa contar ou avaliar. De certa forma, tivemos um tempo excelente nesses vinte anos.

Fique grato porque você não tem motivos para sentir culpa quanto às suas relações com seu pai (eu tive vários) e que não seja uma doença pior. O horror de um golpe tem que ser sentido quase por inteiro pelos espectadores [...].

---

[91] Do grego, transliterado *meleti*, que significa "estudo". [N. T.]
[92] Do grego, transliterado *thanátou*, que significa "morte". [N. T.]
[93] Palavra em grego que significa "pus".

PARA OWEN BARFIELD: do Magdalen College
8 de fevereiro [de 1939]

O trimestre tem duas folgas em fevereiro: o de 5 a 8 e o de 12 a 15. Se você escolher o primeiro, poderá ouvir Tillyard e a mim, terminando a nossa controvérsia *viva voce*, mas, como eu tenho que lhe dar uma cama, talvez o dia 12 fosse melhor. Sem dúvida, eu serei derrotado no embate.[94]

Eu não sei se Platão *realmente* escreveu o *Fedro*: o cânone destes escritores antigos, sob a superfície, continua bem caótico. Trata-se também de um texto bastante corrompido. Traga-o contigo, em todos os casos, mas não jogue suas esperanças muito para o alto. Estamos ambos ficando tão enferrujados que devemos tirar muito pouco proveito dele — e minha desconfiança de léxicos e traduções está crescendo. Também de Platão — e da mente humana.

Suponho que, pelo bem dos outros, devemos fazer algo para organizar uma caminhada. Aqueles mapas são tão pouco confiáveis agora que são uma farsa — mas ainda assim "Tente, meu rapaz, tente! Não custa tentar". É claro que são raros os distritos da Inglaterra que estejam intocados o suficiente para que valha a pena fazer uma caminhada: e com dois novos membros — tenho bem poucas dúvidas de que será um erro terrível.

Eu não vi a peça de C.W.: não parece ser de todo bom.[95]

Quanto ao *Orfeu*[96] — mais uma vez, não custa tentar. Se você não conseguir escrevê-lo, console-se considerando que, se você tivesse

---

[94]Um dos alunos de Jack desta época, John Lawlor, viu o debate com o Dr. E.M.W. Tillyard. Em seu ensaio "O tutor e o estudioso", em *Light on C.S. Lewis* [Luz sobre C.S. Lewis], ed. Jocelyn Gibb (1965), o professor Lawlor escreveu: "Lewis foi um dialético por toda a sua vida, e só podemos acrescentar que ele era magnífico [...]. Houve uma ocasião memorável, quando no Hall do Magdalen, o Dr. Tillyard se encontrou com ele para encerrar em debate a controvérsia iniciada com a publicação da acusação da "heresia pessoal". Temo que não houve debate. Lewis fez círculos em torno de Tillyard; e cercou-o de todos os lados possíveis e imagináveis — como algum ataque pirata de Plymouth contra um grande galeão Espanhol."
[95]*Judgement at Chelmsford* [Julgamento em Chelmsford] (1939) de Charles Williams.
[96]Orfeu, na religião grega antiga, é um músico, poeta e profeta. [N. T.]

escrito, seria muito improvável conseguir alguém que o publicasse.[97] Estou cada vez mais convencido de que não há futuro para a poesia. Quase todo mundo ficou doente por aqui: tento evitar as murmurações, mas é difícil ser o único otimista. Avise-me sobre qual o fim de semana: qualquer que seja o escolhido, sem dúvida algo vai impedi-lo. Eu ouvi que o imposto de renda vai aumentar de novo. O tempo está ruim e parece que está ficando pior. Suponho que a guerra é certa agora. Não acredito que a linguagem *seja* uma canção órfica perpétua [...].

P.S. Até mesmo minhas forças estão em condições terríveis. "A maldição fortalece", disse Blake.[98]

PARA A SRA. JOAN BENNETT: **do Magdalen College** (a Sra. Bennett provavelmente reclamou do capítulo intitulado "Limbo" no livro *O Regresso do Peregrino* [1933] escrito por Lewis)

5 de abril de 1939

Sinto muito sobre o Credo de Atanásio — o trecho ilustra o quanto é importante, quando se escreve, falar o que se quer dizer, e não o que não se quer dizer. Como o contexto sugere, eu estava pensando puramente na doutrina trinitária e me esqueci completamente das cláusulas condenatórias. No entanto, há vários paliativos. Ficar no Limbo, como me foi dito, é compatível com "morrer eternamente" e você o achará bem divertido, pois enquanto o Céu tem um gosto adquirido, o Limbo é um lugar de "felicidade *natural* perfeita". De fato, você pode estar em condições de se dar conta de seu desejo de "participar mentalmente da história do espírito humano". Há grandes bibliotecas no Limbo, discussões infindáveis e não há resfriados. Haverá uma tênue melancolia porque vocês todos vão saber que perderam

---

[97] O *Orfeu* de Owen Barfield foi encenado no palco em 1948. Foi publicado como *Orpheus: A Poetic Drama* [Orfeu: um drama poético], ed. John C. Ulreich, pela The Lindisfarne Press, em 1983.
[98] A citação completa de Blake é "Damn braces: Bless relaxes" [A maldição fortalece: a Bênção relaxa]. William Blake (1757–1827) foi um pintor, gravador e poeta inglês. [N. T.]

o ônibus, mas isso providenciará o tema para a poesia. O cenário é prazeroso, embora domesticado. Um clima de outono eterno.

Agora, sério, não tenho a pretensão de ter qualquer informação sobre o destino do descrente virtuoso. Não suponho que esta questão incorra na exceção solitária ao princípio de que ações baseadas em hipóteses falsas levam a resultados menos satisfatórios do que ações baseadas na verdade. Esse é o máximo até onde eu vou — para além de sentir que o crente está apostando mais alto, e de correr o risco de cair em algo realmente desagradável [...].

PARA DOM BEDE GRIFFITHS, OSB:[99] do Magdalen College
8 de maio de 1939

Foi bom ouvir do senhor de novo. Penso que eu disse anteriormente que não tenho nenhuma contribuição a dar sobre a re-união. Ela nunca foi mais necessária. Uma cristandade unida deveria ser a resposta ao novo paganismo. Mas confesso que não consigo enxergar como deveria se dar a reconciliação das Igrejas, que é o oposto da conversão de indivíduos de uma igreja para a outra. Estou inclinado a achar que o desafio imediato é a cooperação vigorosa com base no que, mesmo agora, é comum — combinado, é claro, à completa admissão das diferenças. Uma unidade *experimentada* em algumas coisas poderia então provar-se como sendo o prelúdio de uma unidade confessional em todas as coisas. Nada poderia dar tão forte apoio às reivindicações papais como o espetáculo de um Papa realmente funcionando como o cabeça da cristandade. Mas tenho certeza de que não é minha vocação discutir a reunião.

Sim, eu gosto de George Eliot.[100] *Romola* é uma obra das mais purgativas sobre o *facilis descensus*,[101] porque o estado final

---

[99]Order of St. Benedict [Ordem de São Bento] — uma ordem religiosa anglicana. [N. T.]
[100]George Eliot foi o pseudônimo de Mary Ann Evans (1819–1880), que foi uma romancista autodidata britânica, que discutiu as contradições da sociedade vitoriana em seus romances. [N. T.]
[101]Expressão latina que significa "descida". [N. T.]

do personagem é tão diferente de seu estado original e, ainda assim, todas as transições são tão terrivelmente naturais. Veja bem, penso que George Eliot *elabora* sua moralidade um pouco: ela tem algo do peso desprovido de graça de toda a ética pagã (recentemente eu li todas as epístolas de Sêneca e penso que eu gosto mais dos estoicos do que de George Eliot). O melhor de todos os livros, até onde eu li, é *Middlemarch* [Meados de março]. Ele mostra uma compreensão tão extraordinária de diferentes tipos de vida — diferentes classes, idades e sexos. O seu humor é quase sempre admirável.

Achei que tivéssemos falado de Patmore.[102] Penso que ele seja um grande autor, dentro de sua própria esfera limitada. Com certeza ele traça um paralelo entre o amor Divino e humano, e o leva até onde pode ir de forma saudável e decente, e talvez às vezes um pouco além. Pode-se imaginar a sua obra sendo mais perniciosa para uma pessoa devota, que o tenha lido na idade errada. Mas é um poeta excepcional. Você se lembra da comparação entre uma pessoa naturalmente virtuosa, que recebe graça na conversão, e um homem que está passando e de repente ouve uma banda tocar e então, "Em seus passos imutáveis, ele dá o passo no tempo". Ou sobre a pungência da primavera: "Com isso, o melro quebra o coração do jovem dia". Ou o farol durante uma tempestade no mar, que revela "As profundezas/ *Diante* dos montes rochosos". Isso é puro gênio. E o *rigor* (se é que me entende) de toda a sua obra. A obra em prosa (*Rod, Root & Flower* [Caule, raiz & flor]) contém muito do que você poderá gostar.

Não, eu não me filiei aos Territorials.[103] Estou muito velho. Seria hipocrisia dizer que eu o lamento. Minhas lembranças da última guerra me perseguiram em sonhos por anos. O serviço militar, para ser franco, inclui a ameaça de *todo* mal temporal; sofrimento

---

[102]Coventry Kersey Dighton Patmore (1823–1896) foi um crítico literário e poeta inglês. [N. T.]
[103]Exército de infantaria. [N. T.]

e morte, que é o que tememos da doença; isolamento daqueles que amamos, que é o que tememos do exílio; labuta sob mestres arbitrários, injustiças e humilhação, que é o que tememos da escravidão; fome, sede, frio e exposição, que é o que tememos da pobreza. Não sou um pacifista. O que tiver que ser será. Mas a carne é fraca e egoísta, e penso que a morte seria muito melhor do que a vida com outra guerra.

Graças a Deus, ele não permitiu que a minha fé fosse grandemente provada pelos horrores presentes. Eu não duvido que, qualquer que seja a miséria que ele permita acontecer, ela seja para o nosso bem derradeiro, a menos que, por uma vontade rebelde, nós a convertamos em mal. Mas eu não vou mais além do Gestêmani: e estou diariamente grato porque aquela cena, de todas as outras da vida do Nosso Senhor, não passou sem registro. Mas que estado de coisas neste mundo podemos encarar com satisfação?

Se estivermos infelizes, então estamos infelizes. Se estivermos felizes, então nos lembramos de que a coroa não foi prometida sem a cruz e o tremor. De fato, a gente vem a se dar conta do que sempre se admitiu teoricamente, que não há nada aqui que vá nos fazer bem: quanto antes estivermos seguros fora deste mundo, melhor. Mas, "gostaria que fosse noite, Hal, e tudo estivesse bem".[104] Temo que eu até me tenha pegado desejando que eu nunca tivesse nascido, o que é pecaminoso. Também é sem sentido, se você tentar levá-lo às últimas consequências.

O processo de viver parece consistir de vir a se dar conta de verdades tão antigas e simples que, se declaradas, soam como lugares-comuns estéreis. Eles não podem soar de outra forma para aqueles que não tiveram a experiência relevante: eis porque não há ensinamento real de tais verdades possíveis e cada geração começa a partir da garatuja [...].

---

[104]Citação de Shakespeare, *Henrique IV*, parte I. [N. T.]

PARA IRMÃ PENELOPE, CSMV[105] (que escreveu para ele sobre *Longe do planeta silencioso*): **do Magdalen College**
9 de julho [agosto] de 1939

A carta ao final é pura ficção, e as "circunstâncias que fazem o livro parecer atrasado" são meramente uma forma de preparar para uma sequência. Mas o perigo do "Westonismo"[106] eu pretendia que fosse real.

O que me pôs para escrever o livro foi a descoberta de que um aluno meu tinha levado todo aquele sonho sobre colonização interplanetária muito a sério e a conscientização de que milhares de pessoas, de uma forma ou de outra, dependem de alguma esperança de perpetuação e aprimoramento da espécie humana para todo o sentido do universo — de que a esperança "científica" de derrotar a morte rivaliza realmente com o cristianismo. No presente, é claro, a perspectiva da guerra antes os sufocou: o que mostra que qualquer que seja o mal que Satanás possa provocar, Deus irá sempre transformá-lo em um ou outro bem. Nem penso em descrever a revelação de Ransom ao Oyarsa "somente para crentes": o fato de que você quer que eu o faça prova, na verdade, o quanto eu estava bem informado para meramente *sugeri-lo*.

Você sofrerá e se divertirá de saber que de mais ou menos sessenta resenhas, apenas duas mostraram algum conhecimento de que a minha ideia da queda do *Bent One* [O torto] era qualquer coisa diferente de uma invenção particular minha! Mas se ao menos houvesse alguém com um talento mais rico e mais lazer, acredito que esta grande ignorância possa ser uma ajuda para a evangelização da Inglaterra: qualquer porção de teologia pode agora ser contrabandeada para as mentes das pessoas, sob o disfarce de romance, sem que elas o percebam.

Dei uma primeira lida no seu *God Persists* [Deus persiste], com grande prazer. Valorizo-o particularmente por sua ênfase

---
[105] A Community of St. Mary the Virgin [Comunidade de Santa Maria, a Virgem] é uma ordem religiosa de irmãs anglicanas. [N. T.]
[106] Relativo a Weston, um dos vilões do livro *Longe do planeta silencioso*. [N. T.]

franca naqueles elementos da fé que muitos apologistas modernos tentam manter fora da vista, por medo de que eles sejam chamados de míticos. Tenho certeza de que isso enfraquece nossa situação. Gostei muito do seu tratamento do paganismo (minha própria dívida em relação a ele é enorme — foi através de *quase* acreditar nos deuses que eu vim a acreditar em Deus) na p. 31. Também na p. 33, gostei da muda para cultivo especial e o perigo de revertê-la para erva daninha "comum". Este contínuo estreitamento, selecionando de uma seleção, parece ser tão característico do método de Deus. Você poderia me falar mais sobre o "cruzamento" das religiões nômades e agrícolas na p. 36? Na p. 43, "Deus se sentou novamente para a sua foto" é uma audácia das mais bem-sucedidas.

Penso que sua missão de achar ficção adequada para os convalescentes deve ser interessante. Você conhece as fantasias de George MacDonald para adultos (seus contos para crianças você provavelmente já conhece): *Phantastes* & *Lilith* eu achei infinitamente atrativo, e cheio do que eu senti como sendo santidade, antes mesmo de eu saber o que era isso. Um dos seus romances, *Sir Gibbie* (Everyman), embora fosse, como todos os seus romances, amadorístico, vale a pena ler. E você conhece as obras de Charles Williams? Bastante louco, mas cheio de amor e distinguindo-se na criação de personagens *bons* bem convincentes. (A razão por que esses são raros na ficção é que, para imaginar um homem pior do que você, basta você deixar de fazer algo, enquanto, para imaginar um melhor, você tem que fazer algo.)

Embora eu tenha quarenta anos de idade como homem, tenho apenas doze anos aproximadamente como cristão,[107] então seria um ato maternal se a senhora achasse tempo de, vez ou outra, mencionar-me nas suas orações.

---

[107] Aqui vemos novamente a dificuldade que Jack tinha com datas e com a matemática. De acordo com *Surpreendido pela alegria*, ele começou o seu processo de conversão em 1929, portanto, há dez anos da data da carta. Mas, de acordo com Alister MacGrath, essa data também é questionável. [N. T.]

[Seguindo a invasão alemã de Tchecoslováquia em março de 1939, Neville Chamberlain anunciou que a Inglaterra daria apoio à Polônia, caso ela fosse invadida. Estava claro que a guerra era inevitável. Warren, que estava na lista de reserva do exército, ficou sabendo que ele seria chamado de volta para o serviço ativo. Homens, entre as idades de 18 e 41 anos, eram suscetíveis ao serviço militar e, por algum tempo, temia-se que Jack teria que voltar para o exército, já que ele só completaria 42 em 29 de novembro. Foi anunciado que o New Building seria tomado para uso governamental e, como parecia, não haveria ninguém para ensinar. Em todos os casos, Jack e Warren tiveram que transferir todos os seus livros para o porão. Infelizmente, Jack teve que fazer uma palestra sobre Shakespeare em Stratford no dia 31 de agosto e 1º de setembro, e ele voltou para casa no dia 1º de setembro para descobrir que Warren tinha acabado de partir para a base do exército em Catterick, em Yorkshire. Naquele mesmo dia, a Alemanha invadiu a Polônia e, no dia 3 de setembro, a Inglaterra declarou guerra à Alemanha. As crianças foram evacuadas de Londres e, como muitas famílias, Jack e as Moores se ofereceram para cuidar daquelas que lhes fossem enviadas.]

PARA O SEU IRMÃO: do Magdalen College

2 de setembro de 1939

Aparentemente eu cheguei à estação de Oxford, ontem, bem pouco antes de você ter partido dela — entretanto, isso talvez seja uma coisa boa, pois, embora uma caneca de cerveja de despedida possa ser suportada, uma xícara de café do campo como despedida é quase insuportável.

Nossas meninas de escola chegaram e todas parecem a mim — e o que é mais importante, para Minto — serem bem legais, criaturas não afetadas, e mais lisonjeiramente satisfeitas com o seu novo ambiente. Elas gostam de animais, que é uma boa coisa (tanto para elas quanto para nós) [...].

Minha segunda palestra em Stratford foi cancelada e a minha primeira foi muito bem. Ela foi completamente registrada (a ironia!) na *Times* ontem. Eu tive um tempo bastante terrível — um hotel elegante, quase vazio, em uma cidade estranha com um retumbar de alto-falante todo o tempo e passar horas e mais horas sem compor nenhum trabalho, talvez o pior contexto possível para uma crise [...]. O ponto mais brilhante foi *Right-Ho Jeeves*,[108] que, em oposição a você, eu considero um dos livros mais engraçados que já li. O discurso de Fink-Nottle no dia do discurso me fez rir alto em uma sala de recepção vazia.

Acabei de ver o Presidente que riu para escarnecer do alarme despertado em mim pelo anúncio de aptidão para o serviço militar de homens com até 41 anos. Eu espero que ele esteja certo [...].

Você viu que os aviões do inimigo recuaram de Varsóvia (?) diante dos pilotos de caça & foram bombardear um resort de férias na vizinhança em vez disso!

Deus o livre e guarde, irmão.

PARA O SEU IRMÃO: **do The Kilns**

10 de setembro de 1939

Uma das características reminiscentes da última guerra já apareceu — isto é, a informação que sempre vem tarde demais para evitar que você faça algum trabalho desnecessário. Acabamos de ser informados de que o New Building não será tomado pelo governo e que as salas dos membros, em particular, serão invioláveis: e também que *vamos* ter um trimestre e uma grande quantidade de graduandos. Então, você vê — eu havia me imaginado de duas uma: nunca vendo aqueles livros de novo, ou então, com você e em grande alegria, desenterrando-os depois da guerra. Amanhã, suponho, tenho que começar a tarefa nunca prevista de trazê-los para cima sozinho em plena guerra. Eu ouso dizer que este seja o tipo de coisa que você acharia engraçado!

---

[108] Jeeves foi o personagem principal desse romance de Pelham Grenville Wodehouse (1881–1975), escritor inglês de romances, peças de teatro, contos e letras de músicas. [N. T.]

Outro golpe bastante inesperado é o anúncio esta manhã de Bleiben de que "embora alguns de nós soubessem" que ele estava pretendendo deixar a paróquia "nas presentes circunstâncias, ele sente que seja seu dever" permanecer.[109] Em minha opinião, um *non sequitur*.[110] Na litania desta manhã, tivemos algumas petições extras, uma das quais foi "Faça prosperar, ó Senhor, nossa causa justa". Presumindo que foi a obra do bispo ou alguém superior, quando eu encontrei com Bleiben no pátio, ousei protestar contra a audácia de informar a Deus de que a nossa causa era justa — um ponto no qual Deus poderia ter a sua própria visão.* Mas acabou se revelando que ela era a própria de Bleiben. Entretanto, ele aceitou a crítica muito bem.

Junto com estes resultados não muito agradáveis indiretos da guerra, há um presente puro — o ramo de Londres da University Press mudou-se para Oxford, de modo que Charles Williams está morando aqui.[111] Almocei com ele na quinta-feira e espero fazer a mesma coisa na segunda.

A vida no The Kilns está transcorrendo pelo menos tão bem quanto eu esperava. Tivemos nosso primeiro aviso de ataque aéreo às 7h45 outra manhã, quando eu espero que você também tenha tido o seu. Todo mundo foi até o abrigo antiaéreo muito rapidamente e eu tenho que reconhecer que todos se comportaram bem e,

---

[109] O Rev. Thomas Eric Bleiben (1903–1947) sucedeu o Padre Thomas como vigário de Headington Quarry. Enquanto o Padre Thomas era o homem certo para a Igreja anglo-católica nesta paróquia, Jack achou que o Padre Bleiben, vigário em 1935–47, era excessivamente modernista.

[110] Expressão latina que significa "não se segue" e que indica uma falácia lógica em que se tira inferências de premissas não relacionadas com a conclusão. [N.T.]

[111] Charles Walter Stansby Williams (1886–1945), um colaborador da Oxford University Press desde 1908, publicou alguns do que Jack chamou de "suspenses teológicos" antes de eles terem se conhecido em 1936. Depois de sua chegada a Oxford, ele foi rapidamente absorvido nos "The Inklings". Jack prestou tributo a seu amigo em seu *Preface to Essays Presented to Charles Williams* [Prefácio a ensaios apresentados a Charles Williams], ed. C.S. Lewis (1947). A melhor biografia de Williams é provavelmente *Charles Williams: An Exploration of His Life and Works* [Charles Williams: um estudo de sua vida e obras] (1983), de Alice Mary Hadfield.

embora muito famintos e sedentos antes da evacuação, nós apreciamos a mais perfeita manhã de verão que eu jamais vi. O problema principal da vida no presente é o blecaute que é feito (como você deve imaginar) com o sistema mais complicado de Arthur Rackham de trapos velhos — que é bem efetivo, mas à custa de muito trabalho. Felizmente eu escureci a maioria das salas sozinho, de modo que não me custou tanto tempo, quanto se eu tivesse tido ajuda [...].

*Espero que seja bem parecida com a nossa, é claro: mas com Deus você nunca sabe.

PARA O SEU IRMÃO: do The Kilns
18 de setembro de 1939

Para o momento, ser *don* é uma ocupação reservada: e, enquanto eles se mantiverem fiéis aos seus planos atuais de não chamar meninos entre 18 e 20 anos de idade, vai haver, é claro, uma geração inteira de calouros todos os anos, que deve fazer algo entre deixar a escola e entrar para o exército [...].

Terminei aproximadamente dois terços do trabalho de devolver os livros às prateleiras [no Magdalen]. Sua prateleira de livros de perto da janela já está quase cheia de novo e parece, para o meu olho pouco habilidoso, estar muito próxima de ser a velha, embora *você*, sem dúvida, vai perceber uma desordem das mais perversas, sugerindo uma determinação positiva de separar vizinhos naturais [...].

Eu disse que as crianças [evacuadas] são "legais", e elas são. Mas crianças modernas são criaturas pobrezinhas. Elas chegam toda hora para Maureen, perguntando: "O que tem para fazer?" Ela lhes diz para jogarem tênis e remendarem suas meias, ou escreverem para casa: e, quando isso tiver sido feito, elas vêm e perguntam de novo. Sombras da nossa própria infância! [...]

Eu concordo plenamente que uma das características piores desta guerra é o sentimento fantasmagórico de que tudo isso já tenha acontecido antes. Como Dyson disse: "Quando você lê as manchetes (franceses avançando — navio a vapor britânico afundado) você se sente como se tivesse tido um sonho prazeroso ao longo da última guerra e acordou para descobrir que ela está continuando." Mas talvez a visão melhor seja a do homem francês: "Bem, este foi um bom armistício!" Se fosse possível ao menos hibernar. Mais e mais sono me parece a melhor coisa — não tendo o bastante de acordar e encontrar-me seguramente morto e não condenado [...].

PARA O SEU IRMÃO: **do The Kilns** (em outubro, Warren foi transferido para o Base Supply Depot [Depósito de Suprimentos Básicos] em Le Havre)

5 de novembro de 1939

Fiquei contente em saber que a sua viagem se provou tão mais prazerosa do que ambos esperávamos. O relato sobre a viagem sob a luz do luar no trem com blecaute foi, por algum motivo, curiosamente vivo, e eu fiquei quase com a sensação de ter estado lá. Suponho que eu receba um endereço definitivo seu em breve [...].

Tive uma noite agradável na quinta-feira com Williams, Tolkien e Wrenn, ao longo da qual Wrenn expressou *quase* com seriedade um desejo de atear fogo em Williams, ou ao menos sustentou que a conversa com Williams lhe permitiu entender como os inquisidores se viam no direito de queimar pessoas.[112] Tolkien e eu concordamos mais tarde que nós sabíamos *precisamente* o que ele quis dizer: que, da mesma forma que algumas pessoas [...] são eminentemente dignas de serem chutadas, Williams é um combustível eminente.

A ocasião foi uma discussão a respeito de um dos textos mais inquietantes da Bíblia ("apertado o caminho [...] São poucos os que a encontram")[113] e se realmente é possível crer em um universo em que a maioria é condenada e, ao mesmo tempo, também na bondade de Deus. Wrenn, é claro, assumiu a visão de que

---

[112]Charles Wrenn (1895–1969) foi educado no Queen's College, Oxford. Depois de fazer palestras em uma série de universidades, ele voltou a Oxford em 1930 como preletor em anglo-saxão. Em 1939, ele foi eleito para ser membro do King's College, Londres. Em 1946 ele voltou mais uma vez para Oxford para ser o sucessor de J.R.R. Tolkien como professor de anglo-saxão.
[113]Ver Mateus 7:14. [N. T.]

não importava precisamente nada, se isso se conformava com as suas ideias de bondade, e foi neste estágio que as possibilidades combustíveis de Williams se revelaram para ele numa luz atraente. O sentido geral do encontro foi a favor da visão na linha assumida pelo *Pastor Pastorum*[114] — que as respostas de Nosso Senhor nunca são respostas diretas e nunca satisfazem a curiosidade, e que seja o que for que essa resposta quis dizer, seu propósito certamente não era estatístico [...].

PARA A IRMÃ PENELOPE, CSMV: do Magdalen College
8 de novembro de 1939

O Planalto [em *O regresso do peregrino*] representa *todos* os estados altos e estéreis da mente, dos quais a Alta Igreja do anglicanismo me parecia ser um — a maioria dos representantes dela que eu encontrei eram pessoas muito difíceis, que se chamavam de escolásticos e pareciam ser inspirados mais pelo ódio da religião de seus pais do que qualquer outra coisa. Eu modificaria esta visão agora: mas ainda não sou o que você chama de alto. Para mim, a distinção real não é entre a alta e baixa [Igreja], mas entre a religião com real supernaturalismo & salvacionismo, por um lado, e todas as versões atenuadas e modernistas por outro. Penso que o apóstolo Paulo, de fato, nos contou o que fazer sobre as divisões dentro da Igreja da Inglaterra: isto é, eu não me importo nem um pouco com o que eu possa comer na sexta-feira, mas, quando estou numa mesa com anglicanos da Alta Igreja, eu me abstenho, a fim de "não ofender o meu irmão mais fraco" [...].

PARA O SEU IRMÃO: do The Kilns
11 de novembro [de 1939]

Na quinta-feira, tivemos um encontro com os Inklings — infelizmente você e Coghill estavam ambos ausentes. Nós jantamos no

---
[114]Expressão latina que significa "pastor dos pastores". [N. T.]

Eastgate. Nunca na minha vida vi Dyson tão exuberante — "uma catarata estrondosa de bobagens". O cardápio posterior do dia consistiu de uma seção do livro do novo *Hobbit* de Tolkien, uma peça de natividade de Williams (excepcionalmente inteligível para ele e aprovado por todos) e um capítulo do livro *O problema do sofrimento* de minha autoria. Aconteceu — levaria muito tempo explicar por quê — que a temática das três leituras formava quase uma sequência lógica e produziu uma conversa noturna de primeira linha, como sempre, e de grande amplitude — "do túmulo à coisa alegre, da coisa viva até a severa". Desejava muito que você tivesse estado presente conosco [...].

Sim, eu também apreciei muito nosso curto tempo juntos no College, até que a sombra do fim começou a cair sobre ele: não que a gente tenha perdido a arte de lidar com tais sombras (nossa infância foi bem treinada nisso), mas é *lamentável* ter que começar a colocá-lo em prática de novo, depois de tantos anos. Maldito seja o negócio todo.

PARA O SEU IRMÃO: do The Kilns

24 de novembro de 1939

Estou quase com vergonha de descrever meus dias de lazer para alguém que está tendo uma vida tão fatigante quanto a sua — a propósito, há uma curiosa ironia quanto ao seu emprego atual, porque, há trinta anos, revezar-se entre navios e trens poderia parecer-lhe *a* ocupação ideal. Você se lembra de que vitória era, para nós, ter um pouco de "trânsito não forçado" nos tempos do ático? Bem, meu filho, você o tem agora! Não, eu não pensei que fosse um crime deixar uma locomotiva esperando, embora, pensando bem, isso seja francamente óbvio: eu *já* sabia, suponho de notícias lidas, meio inconscientes, em estações de mercadorias, que "uma locomotiva a vapor" seja um objeto venerável. Quase como uma égua com um potro.

Há algumas horas, esperando pelo ônibus do lado de fora do Magdalen, eu tive uma visão que eu aposto que você nunca teve — um graduando que eu conheço, aproximando-se com o que eu supus que fosse um faisão morto em sua mão, mas que se mostrou ser um falcão vivo em seu pulso. Ele estava encapuzado com um pequeno capuz de couro, e é um pássaro bem alegremente colorido, que possui pintas naturais de uma espécie de verniz amarelo na perna. Abençoado seja o homem que, enquanto espera ser chamado para uma guerra europeia de primeira classe, intenciona exclusivamente retomar o esporte antigo da falcoagem [...].

Suponho que um romance francês é a última coisa que você deseja ler no momento, mas não posso me negar de contar-lhe que na biblioteca francesa (onde o exame foi realizado) eu peguei o *Curé de Tours* [O cura de Tours] de Balzac[115] de forma bastante casual e estive imediatamente encantado — da mesma forma que eu fiquei com o seu *Père Goriot* [O pai Goriot], em 1917. Ele é tão *diferente* da maioria das coisas francesas — o Vigário e todas as redondezas da catedral em Tours são quase trollopianas: Tão provinciais, amáveis, prosaicas, discretas [...].

O dia está molhado — um mundo externo de ramos gotejantes e galinhas na lama e um frio que eu estou feliz de deixar do lado de fora (acabei de tomar o chá), mas que, sem dúvida, é muito mais prazeroso do que as suas cabanas com chão coberto de açúcar. Quão desagradável deveria ter sido a cabana de açúcar de Joãozinho e Maria com tempo molhado. Mandei suas lembranças àqueles dos Inklings que estavam presentes na quinta-feira. Elas foram recebidas com gratidão.

PARA O SEU IRMÃO: do The Kilns

3 de dezembro de 1939

Esta foi uma bela semana. O tempo começou a limpar no domingo passado (você se lembra que a minha carta foi escrita no sábado) e naquela tarde eu tive a primeira caminhada realmente apreciável desde muitos dias [...]. Mais tarde, tive a experiência estranha de deixar minha casa para o *college* aproximadamente às 18h, já que

---

[115]Honoré de Balzac (1799–1850) foi um escritor francês que foi notabilizado por ser o fundador do movimento do Realismo na literatura moderna. [N. T.]

Harwood havia anunciado a sua intenção de vir passar a noite. A viagem de ônibus foi prazerosa, porque agora havia uma luz de luar e as luzes dentro do ônibus estavam tão reduzidas que não fazia diferença, de modo que eu tive a experiência excepcional de ver a ponte e a torre de Magdalen à luz do luar das alturas e velocidade do segundo andar do ônibus: algo bem *curto*, comparado com a viagem de trem que você descreveu, mas é claro que a altura deu-lhe certa vantagem.

Harwood, devido a dificuldades com o trem, não apareceu antes das 10h30, aproximadamente, mas nós sentamos e tivemos uma boa conversa juntos. Devo ter mencionado para você que ele foi deportado para Minehead — agradavelmente situado no campo, mas com perspectivas financeiras ruins, já que a dissolução dos lares dos seus alunos em Londres levou à perda de alguns. O seu filho, John, não está com eles, mas aboletou-se nas redondezas — com o MFH [Master of Foxhound — mestre de caçada à raposa] local! e já adquiriu uma nova linguagem e diz que seu pai deve cortar o cabelo!

Dificilmente eu sei de quem ter mais pena — de um pai como Harwood, que observa o seu filho, sendo assim "traduzido", ou de um filho em processo de tal tradução que tem o constrangimento de ter um pai como Harwood. Eu penso que do filho: pois como algum autor, cujo nome eu esqueci, disse que a ansiedade que os pais têm em relação aos filhos, sendo "um crédito para eles", é um mero caso de falta de efetividade, comparado com a ansiedade que os filhos têm que seus pais sejam uma desgraça absoluta. Certamente não será agradável ter que explicar a um MFH que seu pai era um antroposofista — sem falar que a única impressão deixada na mente do MFH seria provavelmente que seu pai era uma espécie de químico (Se o MFH fosse um P'daita, é claro que isso não levaria a quase nada — "o tipo de sujeito que vem à sua porta se oferecendo para sentir seus inchaços") [...].[116]

---

[116] A expressão "sentir seus inchaços" vem da Idade Média, quando os curadores iam de casa em casa para apalpar a cabeça das pessoas e, assim, diagnosticar doenças. É usada como resposta a uma declaração ou comentário em que o assunto é bizarro, inacreditável ou estúpido. [N. T.]

Falando de livros, eu estive conferindo rapidamente São Francisco de Sales neste final de semana para achar um trecho que eu queria citar, e obtive muito "prazer social" em suas anotações: como experimentei antes, ler um livro anotado por você em sua ausência é algo muito próximo de uma conversa contigo. Quando eu leio que as lebres se tornam brancas no inverno porque elas não comem nada mais do que neve (usado como um argumento em prol da comunhão frequente) e ver a sua anotação, isso é quase como se um de nós estivesse comentando a passagem um para o outro aqui no escritório [...].

A reunião usual de quinta-feira à noite não aconteceu, já que Williams e Hopkins estavam ambos fora,[117] assim, eu fui até a casa do Tolkien [...]. Tivemos uma noite muito prazerosa, tomando gim e suco de limão (que o soa frio, mas eu estava suando quando cheguei à Northmoor Rd) e lendo nossos capítulos mais recentes um para o outro — o dele do novo *Hobbit* e o meu, de *O problema do sofrimento*. (ATENÇÃO: Se você está escrevendo um livro sobre o sofrimento e depois tem uma dor real como a que eu tive em minha costela, isso não invalida a doutrina e a deixa em pedaços, como o cínico esperaria, nem como o cristão esperaria; significa a prática, mas permanece bem desconectado com a vida real e irrelevante, da mesma forma que qualquer outra porção dela faz quando você está lendo ou escrevendo) [...].

PARA O SEU IRMÃO: **do The Kilns**

18 de dezembro 1939

Sim, eu sei bem o que você quer dizer com os ganhos *materialistas* de ser cristão. Isso se apresenta mais frequentemente a mim no sentido contrário — como, diabos, nós conseguimos apreciar

---

[117]Gerard Walter Sturgis Hopkins (1892–1961), um tradutor e crítico, trabalhou para o Oxford University Press em 1920–57, primeiro como gerente de marketing e depois no conselho editorial. Ele e Charles Williams tinham aposentos no 9 South Parks Road, Oxford.

todos aqueles livros tanto quanto apreciamos nos tempos em que não tínhamos realmente nenhuma noção do que estava no centro deles? Senhor, quem abraça a revelação cristã adere de novo à corrente principal da existência humana! E eu concordo plenamente sobre Johnson. Sem ter experimentado isso, seria difícil de entender como um homem morto, saído de um livro, pode ser quase o membro de seu círculo familiar — mais difícil ainda seria se dar conta de que, mesmo agora, você e eu temos a oportunidade de algum dia nos encontrarmos com ele de verdade [...].

Tivemos uma muito prazerosa "noite de adega" em Balliol na última quarta-feira. Todo mundo observou que isso foi mais divertido e juvenil do que qualquer uma que tivemos há anos — de fato, uma das velhas noites de adega — um resultado curioso, se é que é um resultado, das condições de guerra. Ao longo da noite, Ridley leu para nós uma balada de Swinburne[118] e, imediatamente depois disso, aquela balada de Kipling que termina com "Você acabou com a carne, meu senhor".[119] Ninguém exceto eu sabia de quem era a segunda, e todo mundo concordou que isso simplesmente *matou* o Swinburne como uma coisa real mata uma falsa. E então, eu fiz com que ele lesse: "Ferro, frio ferro" com o mesmo resultado, e depois ele procedeu para o *McAndrew's Hymn* [Hino de McAndrew].[120] Certamente Kipling[121] deve voltar? Quando as pessoas tiverem tempo de esquecer "Se" e o inferior *Barrack Room Ballads* [Baladas da caserna], todo este outro material deve ser reconhecido. Eu dificilmente conheço qualquer poeta capaz de fornecer tamanho *golpe de martelo*. As histórias, é claro, são outra coisa e são, suponho eu,

---

[118]Algernon Charles Swinburne (1837–1909) foi um dramaturgo, romancista, crítico literário e poeta inglês. [N. T.]
[119]Maurice Rey Ridley (1890–1969), que se graduou no Balliol College, foi um membro e tutor de literatura inglesa do Balliol em 1920–45. De lá, ele se tornou um preletor no Bedford College em Londres em 1948–67.
[120]Poema de Kipling que foi coletado em *The Seven Seas* [Os sete mares], de 1896.
[121]Joseph Rudyard Kipling (1865–1936) foi um escritor de contos, romancista, poeta e jornalista inglês, nascido na Índia, o que influenciou grande parte de sua obra. Se poema mais famoso é *If* [Se]. [N. T.]

mesmo agora, admitidas como boas por todos, exceto aquela meia dúzia de idiotas de esquerda [...].

PARA O SEU IRMÃO: do The Kilns
31 de dezembro de 1939

Minto provavelmente lhe contou do "episódio ridículo" da quarta-feira em que Havard teve que vir com um arco de serra e serrar o meu anel para fora do meu dedo.[122] Para você, eu espero, a característica mais interessante deste evento será o caráter de P'dayta de meu ato original de forçar a coisa danada numa posição como aquela: sendo um traço no caráter de um P'dayta que, embora seja fisicamente bem débil para qualquer propósito útil como acionar a manivela de um carro ou levantar um tronco, é sujeito a surtos de força demoníaca quando se trata de esmagar, torcer, explodir ou estraçalhar alguma coisa em pedaços — por exemplo, uma lagosta ou uma porta. Havard realizou sua operação com grande habilidade e delicadeza, tornando o tempo mais intrigante com conversa interessante e edificante.

Não resisti à tentação de contrastá-lo com B.E.C. Davies, um professor de Londres, que eu fui ver em Old Headington na mesma manhã. Aqui está um homem da minha idade, que conhecia Barfield, quando ele estava por cima: da minha própria profissão, que escreveu sobre Spenser. Você acharia que tudo isso seria um bom material para um encontro. Mas não. Depois de termos passado por toda a conversa preliminar sobre como as suas estudantes mulheres estavam se dando em Oxford, imaginei que começaríamos um bom papo. Mas toda vez que eu tentei voltá-lo para os

---

[122]Robert Emlyn Havard (1901–1985) fez leitorado de química no Keble College antes de estudar medicina e se tornar um médico. Ele teve um consultório em St. Giles, a alguns passos do *pub* The Eagle and Child, e outro em Headington. Ele se tornou o médico de Jack e os demais ocupantes de The Kilns em aproximadamente 1934, e, em 1940, ele se tornou um dos "The Inklings". Jack deu-lhe o apelido de "Humphrey"', e "Humphrey" ele passou a ser para os The Inklings e outros amigos pelo resto de sua vida.

livros, ou a vida, ou amigos (enquanto tais), fiquei completamente frustrado, isto é, quanto a amigos ele falaria sobre seus empregos, casamentos, casas, salários, arranjos, mas não deles. Livros — ó, sim, edições, preços, adequação para exames — não seu conteúdo. De fato, desde os tempos de "Como vão as coisas no quintal, Gussie?" eu não tive que aguentar tanta "conversa de adultos" irredimível. Salvo mau julgamento de minha parte, ele é um daqueles sujeitos terríveis que nunca se refere à literatura, exceto durante as horas em que ele é pago para falar sobre ela. Da mesma forma que se encontra clérigos — de fato nos disseram que o arquidiácono era um deles — que se ressentem da intromissão do Cristianismo na conversa. Quão reduzido é o núcleo existente em cada profissão liberal de pessoas que se importam com a coisa que é para elas estarem fazendo: ainda assim, eu suponho que o percentual de mecânicos e vendedores de veículos que estão realmente interessadas em automóveis é de aproximadamente 95! [...]

1940–1949

PARA O SEU IRMÃO: do The Kilns

9 de janeiro de 1940

Parece quase grosseiro descrever um passeio feito em janeiro sem você, em uma carta *para* você, mas suponho que seja vão "ocultá-lo" […]. Quando eu cheguei a Taunton [de trem] era definitivamente uma noite quente. Deus quer que estejamos juntos de novo em breve, pois aqui chegou o momento das férias que você gosta tanto e que não pode ser completamente apreciado sozinho — o momento em que, na última das *grandes* estações, você encontra, longe do restante do tráfego, em uma baía silenciosa remota, o pequeno trem escuro, sem corredores de dois vagões — usualmente, por alguma razão, exalando vapor de todos os compartimentos — que irá sacudi-lo e sacolejá-lo para seu real destino. Depois tem aquelas paradas em lugares dos quais nunca se ouviu falar com plataformas de madeira e o brilho de uma lanterna a óleo na mão do carregador. Isso teria sido estragado em parte para você, entretanto, na presença de um jovem do tipo e idade de um graduando, que se revelou como sendo um estudante, treinando para ser um engenheiro de minas, e que, tendo conversado comigo sobre política, o caráter inglês, propaganda, melhorias nas séries da Everyman, teologia hindu e assim por diante, exclamou: "Você deve ser um homem de interesses muito abrangentes!" e, você sabe, eu nunca me dei conta antes da ingenuidade com que nós todos *pensamos* isso, mesmo sem o dizer, em circunstâncias assim — isto é, a branda conclusão "Por Deus! Seus interesses são tão abrangentes quanto os *meus*!"

Isso me trouxe a Minehead, por volta das 18h30. Eu jantei naquela noite com os Harwoods, e tendo sido "carregado" de volta ao meu hotel por ele, em torno das 22h30, tive a desagradável surpresa de encontrá-lo trancado e silencioso feito um túmulo. Foram mais ou menos 10 minutos batendo na porta, gritando e tocando a campainha até que me deixaram entrar — e naqueles momentos eu tive, como você deve supor, algumas "sensações muito desconfortáveis".

Na manhã seguinte, deixando meu sobretudo e mala neste hotel, e levando a mochila e capa de chuva, eu escalei a montanha íngreme para o alojamento dos Harwoods e o peguei. Seus filhos agora são tão numerosos que a gente deixa de percebê-los individualmente, como quando se depara com um bando de leitões num campo ou com um grupo de patos gingando. Alguns pelotões deles nos acompanharam pelos primeiros dois quilômetros do caminho, mas voltaram como rebocadores, quando deixamos a zona portuária.

A ideia era de cruzar o Dunkery Beacon e dormir em Exford, mas o dia estava tão nebuloso que decidimos cingir os vales onde se tem todas aquelas belezas ao-alcance-da-mão, cuja bruma as aumenta ainda mais, ao invés de destruí-las. Não seria nada aconselhável tentar descrever a rota sem um mapa — mas ela consistiu em alcançar Porlock por um longo desvio, subindo um vale e descendo outro. Eu estava "muito bravo" com Harwood quando, embora professando que conhecia o terreno, ele nos trouxe, às 13h, a um vilarejo que não tinha um *pub* sequer! (Luccombe). Nós tivemos sucesso (um tipo de sucesso, a propósito, que nunca acontece a você e a mim quando estamos por conta própria) em encontrar uma cabana que nos deu chá e pão e queijo e geleia — em uma daquelas melhores salas de estar escorregadias, oleadas, geladas, com um fogão a óleo que exalava um mau cheiro intolerável e uma pequena biblioteca de obras de *referência* — você sabe, *Plain Man's Enciclopedia* [Enciclopédia do homem puro e simples], *Inquire within about everything* [Questões sobre tudo] — monumentos, sem dúvida, para o sucesso daquelas propagandas que lhe prometem um aumento de salário e ocupação infinita para as longas noites de inverno, se você comprar aquelas obras. Uma que nos intrigou especialmente foi *Every Man his own Lawyer — Illustrated* [Advogando em causa própria — ilustrado]. Procuramos em vão, entretanto, por um retrato de um delito ou um aspecto sulista do *Habeas Corpus* — as ilustrações consistindo inteiramente de fotos de cortes e juízes famosos. Será que você consegue imaginar algo que o deixe mais enfurecido, ao voltar-se para um livro assim para tentar se libertar de um problema de imposto de renda ou um noivado injudicioso (e para que outro propósito você jamais o abriria?), do que encontrar as características brandas do Lorde Darling?[1] [...]

PARA DOM BEDE GRIFFITHS, OSB: **do Magdalen College**
17 de janeiro de 1940

Obrigado pela carta e artigo. Acredito que eu esteja de acordo com cada ponto que você fez no último. O material platônico e neoplatônico foi, sem dúvida, reforçado: (a) Pelo fato de que pessoas não muito sensíveis moralmente ou instruídas tentam dar o seu melhor reconhecendo as tentações dos prazeres como tentações, mas facilmente se equivocam achando que todos os pecados espirituais (e piores) sejam inofensivos ou até estados mentais virtuosos: daí a ilusão de que o corpo seja a "parte ruim" de cada pessoa. (b) Por uma incompreensão do uso paulino de σάρζ,[2] o que na realidade não pode significar o corpo (já que a inveja, a bruxaria

---

[1] Charles John Darling, o Primeiro Barão de Darling (1849–1936), foi um advogado, político e juíz da Alta Corte inglesa. [N. T.]
[2] Do grego transliterado *sarz*, refere-se à carne no sentido bíblico de carnalidade. [N. T.]

e outros pecados espirituais são atribuídos a isso), mas, suponho que signifique a humanidade não regenerada como um todo. (Você sem dúvida deve ter notado que σώμα[3] quase sempre é usado pelo apóstolo Paulo num bom sentido.) (c) Equiparando a "matéria" no sentido ordinário com ὕλη ou *matéria* no sentido escolástico e aristotélico, isto é, equiparando a corporeidade concreta da carne, grama, terra e água com a "pura potencialidade". Suponho que o último, sendo mais próximo do não ser e mais distante da Realidade Primeva, possa ser chamado de "menor bem" das coisas. Mas temo que Platão achava que a carne e a grama concretas eram ruins, e não tenho dúvida de que ele estava errado. (Além destes dois sentidos de "matéria" há ainda um terceiro — a coisa estudada na física. Mas quem ousaria tornar vil um milagre de energia permanente como *este*? — é mais como a pura forma, do que a pura potencialidade.)

Sim, eu li o *Scale of Perfection* [Escalada da perfeição] com grande admiração. Penso em enviar ao tradutor anônimo uma lista de trechos que ele deveria reconsiderar para a próxima edição. Eu também li a obra de R.W. Chambers[4] que você menciona.[5] É um ensaio de primeira classe sobre a continuidade do estilo da prosa. Ao menos eu penso que alguns dos trechos que ele cita como similares no estilo são, na verdade, similares apenas quanto ao tema. Duvido que ele reconheça que o estilo de More seja muito inferior ao de Hilton. Mas Chambers é um homem muito bom. Se você tiver o seu *Man's Unconquerable Mind* [A mente inconquistável do Homem], leia o ensaio sobre *Measure for Measure* [Medida por medida]. Ele simplesmente trata esta como uma história comum cristã, e toda a coisa velha sobre o "período negro de Shakespeare" se dissolve no ar. Vejo o que você quer dizer, chamando Dorothea de G. Eliot de uma santa *manquée*: nada é mais patético do que a

---

[3]Transliterado do grego como *soma*, que significa "corpo". [N.T.]
[4]Raymond Wilson Chambers (1874–1942) foi um acadêmico da área de literatura, associado ao University College London [College da Universidade de Londres], e autor de livros sobre literatura. [N.T.]
[5]*The Continuity of English Prose* [A continuidade da prosa inglesa] (1932).

santidade potencial [na] qualidade da devoção que naufraga em Casaubon.[6] Se você gosta de tais novelas de lazer, deixe-me recomendar John Galt:[7] especialmente o *Entail* [Implicação].

Sobre serviço ativo — penso que meu relato era verdadeiro no que ele dizia, mas falso no que excluía. Concordo plenamente que a obediência e a camaradagem são coisas muito boas: e não tenho simpatia pela visão moderna de que matar ou ser morto seja *simpliciter*[8] um grande mal. Mas quem sabe as verdades sejam bastante odiosas na boca de um civil, a menos que o ofício pastoral ou civil obrigue absolutamente a proferi-las.

Fascismo e comunismo, como todos os outros males, são poderosos por causa do bem que eles contêm ou imitam. *Diabolus simius Dei*.[9] E, é claro, a sua oportunidade é o fracasso daqueles que deixaram a humanidade faminta deste bem particular. Isso para mim não altera a convicção de que eles sejam muito ruins, de fato. Uma das coisas das quais temos que nos resguardar é a penetração de ambos no cristianismo — beneficiando-se daquela mesma verdade que você sugeriu e que eu admiti. Marque minhas palavras: você verá com frequência a pseudoteologia esquerdista desenvolvendo-se tanto quanto a direitista — a abominação encontra-se onde ela não deveria [...].

PARA O SEU IRMÃO: **do The Kilns**

3 de fevereiro de 1940

Esta foi uma semana interessante, em diversos sentidos. Na segunda-feira, Williams começou suas preleções na belamente esculpida

---

[6]Isaac Casaubon (1559–1614) nasceu em Genebra e foi um estudioso protestante e humanista, especialista em helenismo, que se destacou primeiro na França e, mais tarde, na Inglaterra. [N. T.]

[7]John Galt (1779–1839) foi um empreendedor, romancista, comentarista político e social, um dos primeiros a lidar com as consequências da Revolução Industrial. [N. T.]

[8]Expressão latina que significa pura e simplesmente "em princípio". [N. T.]

[9]O Diabo imita (macaqueia) Deus. [N. T.]

Divinity School.[10] Um bom público. Eu participei com Tolkien e Hopkings e depois fui para o Mitre Bar, onde Williams nos encontrou, para tomar xerez. Penso que ele vá fidelizar a maioria do seu público.

Naquela tarde, eu tive os momentos de ociosidade mais gelados em torno da propriedade que eu já pude experimentar, na companhia do velho Taylor [um vizinho]. Apesar de um vento gelado, tivemos que parar para examinar cada rastro e especular de que tipo de animal que era — mas, de fato, estou deveras envergonhado de que um homem acima dos setenta tem muito mais gosto por filosofia natural e muito menos reação ao vento gelado do que eu. (Cá entre nós, também tenho uma espécie de leve esperança de que o tipo de relacionamento que eu posso estabelecer com pessoas tais como F.K. [Foord-Kelcey] e o velho Taylor possa ser aceito como uma espécie de penitência por muitos pecados contra o P'daitabird: o capítulo mais negro da minha vida.) [...]

Tivemos o encontro prazeroso usual da quinta-feira à noite no *college* com o acréscimo bem-vindo de Havard, que foi convocado desde o começo, mas que foi até o momento impedido de participar por vários incidentes. Ele leu para nós um trabalho sobre a sua experiência clínica dos efeitos da dor, que escreveu a fim de eu possa usar parte ou todo ele como um apêndice para meu livro. Tivemos uma noite composta por mérito, piedade e literatura, quase em iguais proporções. Rum desta vez de novo. No momento, os Inklings estão realmente muito bem providos, com Fox como capelão, você no exército, Barfield como advogado, Havard como médico — quase todas as classes! — exceto, é claro, alguém que realmente pudesse produzir uma só necessidade da vida, um pão, uma bota ou uma cabana [...].

---

[10] Jack arrumou para Charles Williams uma série de palestras durante o semestre de Hilário* sobre "Milton". Elas foram ministradas nas segundas-feiras, às 11h da manhã, sendo que a primeira (referida neste trecho) ocorreu em 29 de janeiro no Divinity School da Biblioteca Bodleiana. A segunda palestra, em 5 de fevereiro, sobre a qual Jack escreveu para Warren no dia 11 de fevereiro, foi sobre *Comus*.

* Um dos períodos do semestre em Oxford, que vai de janeiro a março e que é nomeado em homenagem a Santo Hilário de Poitier. [N. T.]

1940-1949

[Em 27 de janeiro, Warren foi promovido para o grau de major. Não muito depois disso, ele passou algum tempo no hospital com uma "temperatura elevada". Não está claro o que causou tanta doença no período que ele passou na França.]

PARA O SEU IRMÃO: **do The Kilns**

11 de fevereiro de 1940

Recebemos a sua carta (com nota incluída para mim), contando-nos que você está no hospital de novo. É impossível, dada a sua sugestão de que você seja enviado para casa, não desejar que isso aconteça, embora eu reconheça o seu ponto de vista sobre isso também. Mas, com certeza, se você continuar ficando de cama com estas temperaturas elevadas, até mesmo o invencível exército terá que decidir, no final, que mantê-lo na França, *de qualquer jeito*, seria muito custoso. Qualquer um que conheça sua história médica dos últimos dez anos deve se dar conta de que o serviço ativo, mesmo na base, é para você "um prazer impossível". Enquanto você está doente, gostaria de receber mensagens breves em intervalos bastante curtos, o que me diz? [...]

Na segunda-feira C.W. fez uma preleção nominalmente sobre *Comus*, mas que, na verdade, foi sobre castidade. Simplesmente como crítica foi magnífico — porque aqui havia um homem que, de fato, partiu do mesmo ponto de vista de Milton e realmente se importou, com todo o seu ser, com "a doutrina sábia e séria da virgindade", que nunca ocorreria ao crítico moderno levar a sério. Mas sua importância foi maior ainda como sermão. Que bela visão de jovens modernos, de ambos os sexos, sentados naquele silêncio absoluto, que *não* pode ser simulado, muito intrigados, mas encantados: quem sabe tendo o mesmo sentimento que uma palestra sobre falta de castidade pudesse ter evocado nos seus avós — o assunto proibido finalmente abordado. Ele os forçou a aceitá-lo e penso que muitos, no final, gostaram mais daquilo do que esperavam. Isso "me foi impresso na mente": de que aquele salão belamente talhado provavelmente não tivesse testemunhado qualquer coisa tão importante desde as grandes preleções da Idade Média ou da Reforma. Eu vi, finalmente, pelo menos daquela vez, uma universidade fazendo o que foi fundada para fazer: ensinar sabedoria. E que poder maravilhoso existe no apelo direto, que ignora o clima temporário de opinião — eu me pergunto se é o caso de o homem, que tem a audácia de se levantar em qualquer sociedade corrupta e pregar conservadoramente a justiça ou o valor ou coisa parecida, *sempre* vencer. [...]

PARA O SEU IRMÃO: do The Kilns

18 de fevereiro de 1940

Barfield teve a iniciativa de passar a tarde comigo: infelizmente era quinta-feira, pois, embora ele conheça a maior parte daquele grupo e se harmonize com eles muito bem, eu preferiria tê-lo todo só para mim. Ele está aceitando um emprego de meio período no Inland Revenue[11] — com todas as suas coisas repugnantes.

Ele está bem deprimido tendo uma faculdade maior do que você ou eu, de sentir as misérias do mundo em geral — que levou a uma boa dose de argumentação sobre até onde, como homem e como cristão, *devemos* ter consciência viva e contínua do que está acontecendo, digamos, na linha de Mannerheim[12] neste momento. Eu tomei a posição de que a rapidez atual da comunicação etc. tenha imposto um fardo à nossa simpatia, coisa para a qual a simpatia nunca foi feita: que o natural era estarmos aflitos com o que estava acontecendo ao pobre Jones em *seu próprio vilarejo* e que a situação moderna em que o jornalismo traz notícias dos chineses, russos, finlandeses, polacos e turcos até você toda manhã realmente *não poderia* ser tratada da mesma forma. É claro que eu conheço a resposta mais óbvia de que você não os ajuda em nada sentindo-se miserável, mas este dificilmente é o ponto, pois, no caso do vizinho

---

[11]Receita Federal da Grã-Bretanha. [N. T.]
[12]A linha Mannerheim foi uma linha de fortificação, criada como estratégia de guerra da Finlândia contra a Rússia na Guerra de Inverno (de 1939 a 1940) em duas fases: em 1920–24 e em 1932–39. [N. T.]

Jones, devemos desprezar o homem que não sentiu nada, quer seu sentimento tenha lhes sido de ajuda quer não.

Temo que a verdade nisso seja, como em quase todas as outras coisas nas quais consigo pensar no momento, que o mundo, como ele está se tornando agora e já se tornou em parte, é simplesmente *demais para* as pessoas velhas do tipo conservadoras como você e eu. Eu não entendo nada de sua economia, ou de sua política, ou de qualquer outra coisa. Mesmo de sua teologia — pois esta é uma descoberta das mais angustiantes que eu fiz nestes dois últimos trimestres, na medida em que me familiarizei cada vez mais com o elemento cristão em Oxford.

Você crê com carinho — eu creio — que quando você se encontra no meio de cristãos, ali, ao menos, você escapa (como por trás de uma parede de um vento intenso) da horrível crueldade e tristeza do pensamento moderno? Você não tem nada disso. Eu agi inadvertidamente quanto a tudo isso, imaginando que eu era o sustentador das doutrinas velhas, austeras contra a pieguice quase-cristã: apenas para descobrir que *minha* "austeridade" era a "pieguice" deles. Todos eles estiveram lendo um homem terrível chamado Karl Barth, que parece ser o avesso de Karl Marx. "Sob julgamento" é a sua grande expressão. Todos eles falam como pactuantes[13] ou profetas do Antigo Testamento. Eles não acham que a razão ou a consciência humana tenha qualquer valor: eles sustentam, tão estoicamente quanto Calvino, que não há motivo por que os procedimentos de Deus deveriam parecer justos (muito menos misericordiosos) para nós: e eles sustentam a doutrina de que *toda* a nossa justiça são trapos sujos com uma ferocidade e uma sinceridade que é como um soco no estômago [...].

Mas numa carta privada, se poderia, por um momento, prantear dias mais felizes — o velho mundo quando a política significava Reforma Tarifária e guerra, a guerra com Zulus, e mesmo a religião

---

[13]Grupo de cristãos que entendia que Deus se estabelece por meio de diversos pactos ou Alianças, sendo que a última aliança é com Cristo. [N. T.]

(palavra bonita) significava piedade. "A Igreja *decente*, que está no topo da montanha vizinha" — Sir Roger na Igreja — "Sr. Arabin[14] enviou os fazendeiros para casa para os seus carneiros assados, muito satisfeitos" [...].

PARA O SEU IRMÃO: do The Kilns

25 de fevereiro de 1940

Que praga esta bobagem de atrasar o relógio por uma hora, que me privou de uma hora de sono e que, pelas próximas semanas, me deixará na escuridão na hora de fazer a barba e de me vestir, quando eu quero luz, e luz depois do chá, quando é uma impertinência; e que também, ao abolir a Evensong[15] das 15h30 me fez voltar para Matinas[16] e a velha correria da manhã.

Acabei de voltar agora. A mudança foi agravada pelo fato de que, como Bleiben anunciou, "Estamos agora nos aproximando daquela época do ano em que a Igreja revê o seu Rol Eleitoral". Tivemos um monte de planos engenhosos, é claro, seguido de uma exposição completa do esquema de Oferta Espontânea. Entretanto, ele pregou um bom sermão sobre José, como o tipo de homem que tinha uma série quase única de desculpas para ser "amargo", "desiludido" e todo o absurdo usual, mas não as usou.

A reflexão sobre a história levantou na minha mente um problema que nunca me havia passado pela cabeça antes: Por que é que José foi preso, e não morto, por Potifar? Certamente parece um tratamento extraordinariamente brando para uma tentativa de estupro de uma grande senhora por um escravo. Ou será que se tem que presumir que Potifar, embora ignorante da intenção da mulher de torná-lo um homem traído, estava ciente em geral (como o bispo Proudie[17] e

---

[14]Personagem de *Barchester Towers* [Torres de Barchester], por Anthony Trollope. [N. T.]
[15]Prática anglicana da oração da tarde cantada. [N. T.]
[16]Matinas — orações matutinas breves da igreja anglicana. [N. T.]
[17]Bispo de Barchester, personagem de Trollope, que aparece em várias de suas obras. [N. T.]

muitos outros maridos) que as suas histórias sobre os servos deveriam ser relevadas — que a sua visão real era "Não suponho, por nenhum momento, que José fez qualquer coisa do tipo, mas prevejo que não haverá paz enquanto eu não o colocar para fora da casa"? A gente se sente tentado a começar a imaginar toda a vida familiar de Potifar: por exemplo, quantas vezes antes ele ouviu histórias semelhantes dela? [...]

PARA O SEU IRMÃO: **do The Kilns**

3 de março de 1940

Uma coisa prazerosa que aconteceu nesta semana foi uma visita de Dyson na quinta-feira, que produziu um encontro de todos os Inklings, menos você e Barfield. Fox leu para nós seu mais recente "Paradisal" [Paraíso] no Parque Blenheim no inverno. A única linha que eu posso citar (que me parece muito boa) é "Faias têm figuras; carvalhos, anatomias". Foi a estrofe de *Troilo* e cheia de seu próprio "sabor fresco, adocicado", como os tabagistas dizem. Em certos sentidos ele tem uma similaridade realmente considerável com a Srta. Sackville West. Dyson, de acordo com Tolkien (você sabe como sou um péssimo observador destas coisas) estava com aparência mudada e doentia, mas estava na sua forma usual e, tendo sido informado sobre as palestras de Williams sobre Milton, a respeito do "sábio e a doutrina séria da virgindade", respondeu "O sujeito está se tornando um *chastitute*"[18] [...].

PARA O SEU IRMÃO: **do Magdalen College** (na quinta-feira santa)

[21 de março de] 1940

Sobre a Espanha — depois que primeiro Hitler e, agora, Mussolini abandonaram o anticomunismo, estou preparado para quase tudo. Há povos na Europa depravados o suficiente para encenar toda aquela cerimônia sem ter a menor crença no cristianismo ou a

---

[18] Pessoa caracterizada pela castidade. [N. T.]

menor intenção de tratá-lo como alguma coisa mais do que um engodo. Vamos esperar — e na verdade orar — que a França não seja um deles. Mesmo se ela não for, ela deve ser sincera em um sentido que augura mal para nós. Quero dizer, a sua cristandade pode ser, do lado papista, o que o orangeísmo[19] de Ulster é do lado protestante. Podemos imaginar Condlin, se ele fosse um ditador, estimulando um tipo de reavivamento protestante que seria, em certo sentido, sincero, mas que estaria bem pronto para se aliar à Alemanha, ou à Rússia, ou a ambos, para a destruição da Itália e da Espanha. Nunca poderei esquecer o amigo espanhol de Tolkien que, depois de ter vários colegas destacados para ele do teto do Radder,[20] observou com surpresa: "Então este já foi um país cristão?"

Pense bem, eu acho que o papa é consistente. Alguma coisa deve ser feita através dele para convencer a França a colocar a questão do totalitarismo-cristianismo em primeiro lugar, pelo menos para o presente, e o papismo-protestantismo, em segundo. É claro que eu concordo absolutamente com você, de que o papado, mesmo daquele tipo mais obscurantista e perseguidor, seria melhor (quero dizer, em termos deste mundo) do que a grande rebelião da outra força, não apenas contra a Graça, mas contra a Natureza.

Por que deveriam ruminantes como você e eu ter nascido em uma era tão sinistra? Deixe-me atenuar o aparente egoísmo desta queixa afirmando que *existem aí* pessoas que, embora, é claro, não gostem de sofrimento real, quando eles têm que ter a sua própria porção dele, realmente gostam da "agitação", do "senso de grande coisa". Ó, Senhor, como eu abomino grandes coisas. Como eu desejaria que elas fossem todas suspensas *sine die*. "Dinâmica" penso que seja uma daquelas palavras inventadas por esta era, que resume o

---

[19]Relativo ao The Loyal Orange Institution [Instituição Orange Leal], ou Orange Order [Ordem dos Oranges], que é uma ordem protestante internacional conservadora, unionista, baseada na Irlanda do Norte, que tem filiais na Inglaterra, Escócia, República da Irlanda, Estados Unidos e outros países do Reino Unido. [N. T.]
[20]Provavelmente a Radcliffe Camera, que é um prédio da Universidade de Oxford, que abriga a Biblioteca Radcliffe de Ciências. [N. T.]

que ela gosta e eu abomino. Será que a gente poderia iniciar um partido de estagnação — o que nas eleições universais se vangloriaria de que, durante o seu período de ofício, *nenhum* evento da menor importância tenha se dado [...].

PARA UM(A) EX-ALUNO(A): **do Magdalen College**
26 de março de 1940

(1) Sobre obediência. Quase todo mundo vai se encontrar, ao longo de sua vida, em posições que demandam assumir o comando e em posições em que deve obedecer [...]. Agora, cada uma delas exige certo treinamento ou habituação, se é para ser bem-feito; e, na verdade, o hábito de comando ou de obediência pode muitas vezes ser mais necessário do que as visões iluminadas sobre bases morais derradeiras para fazer qualquer uma das duas coisas. Você não pode começar a treinar uma criança a comandar até que ela tenha razão e idade suficientes para comandar alguém ou alguma coisa sem cair no absurdo. Você pode começar a treiná-la imediatamente a obedecer: isto é, ensinando-a a arte da obediência *em si* — sem prejuízo às visões que ela vai sustentar mais tarde sobre quem deve obedecer a quem, ou quando, ou quanto [...] já que é perfeitamente óbvio que cada ser humano vai gastar uma boa parte da sua vida obedecendo.

(2) Psicanálise. Se você quer falar comigo sobre isso deve precaver-se, porque estou consciente de uma hostilidade, em parte patológica, para com o que é da moda. Posso, portanto, ter me traído em afirmações sobre este assunto que não estou preparado para defender. Sem dúvida, como qualquer ciência jovem, ela é cheia de erros, mas, enquanto ela permanecer uma ciência e não se configurar como sendo uma filosofia, não tenho conflito com ela, isto é, enquanto as pessoas julgarem o que ela revela pela melhor lógica e esquema de valores humanos que eles tiverem disponíveis e não tentarem derivar lógica e valores dela. Na prática, sem dúvida, como você diz, o paciente é sempre influenciado pelos próprios valores do analista. E mais, na medida em que ele tentar *curá-lo*,

isto é, torná-lo melhor, todo tratamento envolverá um juízo de valor. Isso poderia ser evitado se o analista dissesse "Diga-me que tipo de sujeito você deseja ser e eu vou ver o quão próximo disso eu consigo te criar": mas é claro que ele tem a sua própria ideia do que consiste a bondade e a felicidade e trabalha para isso. E a ideia dele é derivada, não de sua ciência (nem poderia), mas de sua idade, sexo, classe, cultura, religião e hereditariedade, e está tão carente de crítica quanto a do paciente [...].

Outra forma pela qual qualquer arte terapêutica poderia ter resultados filosóficos ruins é esta. Ela deve, pelo bem do método, tomar a perfeição como a norma e tratar cada desvio dela como uma doença: assim, sempre há o perigo de que aqueles que a praticam possam vir a tratar uma perfeição perfeitamente ideal como "normal" no sentido popular, e, consequentemente, desperdiçar sua vida, correndo atrás do impossível [...].

Não vejo razão por que um cristão não devesse ser um analista. A psicanálise, afinal de contas, meramente define o que sempre já foi admitido, que as escolhas morais da alma humana operam dentro de uma situação complexa não moral [...]. A visão cristã seria que toda situação psicológica, da mesma forma que todo grau de riqueza ou pobreza, tem suas próprias tentações e vantagens peculiares: que o pior sempre pode ser transformado em um bom uso e o melhor pode sempre ser abusado, para a nossa ruína espiritual [...]. Isso não significa que seria mais errado tentar curar um complexo do que uma perna quebrada: mas isso significa que, se você não puder, então, longe do jogo ter sido revelado, a vida com um complexo ou uma perna quebrada é precisamente o jogo que lhe foi proposto [...]. Temos que assumir os papéis que achamos que nos foram proporcionados [...]. Uma vez que fazemos da norma médica nossa ideia do "normal", nós sempre teremos uma desculpa para desistir. Mas estes são todos abusos ilegítimos da análise.

(3) Cristianismo. Minha própria experiência de leitura dos Evangelhos foi, em certo estágio, até mais deprimente do que a sua. Todo mundo me dizia que ali eu deveria achar a figura que eu

não conseguiria evitar amar. Bem, eu consegui. Eles me disseram que eu finalizaria com a perfeição moral — mas se vê tão pouco de Cristo em situações comuns que eu não pude ver a utilidade disso também. De fato, parte do comportamento de Cristo me parecia aberto a críticas, por exemplo, de aceitar um convite para jantar com um fariseu e depois acusá-lo de uma torrente de abusos.

Agora, a verdade é que, penso eu, o Jesus-humano-docemente--atraente é um produto do ceticismo do século XIX, produzido por pessoas que estavam deixando de acreditar em sua divindade, mas queriam preservar ao máximo o Cristianismo. Não é isso que um descrente, que consulte os registros com uma mente aberta, vai (a princípio) encontrar lá. A primeira coisa que você encontra é que simplesmente não somos *convidados* a falar, a emitir qualquer juízo moral de Cristo, por mais que seja favorável; fica claro que é Ele que vai fazer qualquer tipo de juízo que houver: somos *nós* que estamos *sendo* julgados, às vezes com carinho, às vezes com severidade espantosa, mas sempre *de haut en bas*.[21] (Você jamais notou que a sua imaginação dificilmente pode ser forçada a imaginar Cristo como sendo mais baixo do que você?)

O primeiro efeito real dos Evangelhos sobre um leitor novo é, e deve ser, de levantar muito agudamente a questão: "Quem ou O que é isso?" Pois há uma boa porção neste personagem que, a menos que Ele seja realmente o que Ele diz que é, não é amável ou até mesmo tolerável. Se Cristo *for*, então é claro que é outra história: nem, neste caso, será surpreendente se muitas coisas permaneçam enigmáticas até o final. Pois, se houver qualquer coisa no Cristianismo, estaremos nos aproximando agora de algo que nunca será completamente compreensível.

Quanto a todo este aspecto do assunto, eu devo continuar [...] com o *Everlasting Man* [O homem eterno], de Chesterton. Você também achará o *Vie de Jesus*, de Mauriac, útil [...]. Se associações

---

[21] Expressão francesa que significa "De cima para baixo". [N. T.]

infantis se intrometerem em sua leitura do Novo Testamento, é uma boa ideia tentar lê-lo em qualquer outra língua, ou na tradução de Moffat.

Quanto à teologia propriamente dita: uma boa parte dos equívocos é esclarecida por *Symbolism and Belief* [Simbolismo e crença], de Edwyn Bevan. Um livro de autoria compartilhada e de mérito variável, mas no todo muito bom, é *Essays Catholic and Critical* [Ensaios católicos e críticos], editado por E.G. Selwyn (SPCK).[22] O *The Philosophy of the Good Life* [A filosofia da boa vida] (Everyman) de Gore é bem discursivo, mas me ensinou bastantes coisas. Se você pode tolerar falhas sérias de estilo (e se você os conseguir, pois estão esgotados faz tempo) os três volumes de *Unspoken Sermons* [Sermões não pronunciados] de George MacDonald vão ao âmago da questão. Também penso que você vai achar muito iluminador de reler agora algumas coisas que você leu em "Lit. Ingl.", sem saber sobre a sua real importância — Herbert,[23] Traherne,[24] *Religio Medici*.

Quanto a uma pessoa "com a qual discutir", a escolha é mais delicada. L.W. Grensted é muito interessado em psicanálise e escreveu um livro sobre as suas relações com o Cristianismo: isso seria uma vantagem ou o reverso? O.C. Quick, a quem eu conheço e de quem eu gosto. Milford, o atual reitor da St. Mary's, alguns gostam e outros, não. Informe-me sobre o que ou que tipo você deseja, e eu verei o que posso fazer.

Venha me ver quando estiver melhor e traga o gudeman.[25]

---

[22]Provavelmente Society for Promoting Christian Knowledge (Sociedade para a Promoção do Conhecimento Cristão), que é a missão anglicana mais antiga, cuja fundação data de 1698, na Grã-Bretanha, e que hoje é mais ecumênica do que propriamente anglicana. [N. T.]

[23]George Herbert (1593–1633) foi orador, clérigo e poeta anglo-galês. [N. T.]

[24]Thomas Traherne (1636 ou 1637–1674) foi um clérigo, teólogo, poeta e escritor religioso inglês. [N. T.]

[25]Provavelmente ele está se referindo a um dos livros de Alfred Gudeman (1862–1942), que foi um estudioso de clássicos e escritor de filologia americano-germânico. [N. T.]

PARA DOM BEDE GRIFFITHS, OSB: do Magdalen College
16 de abril de 1940

Parabéns (se esse for o cumprimento certo) por se tornar um padre, e obrigado pela xilogravura tão bonita. Sim: Melquisedeque é uma figura que poderia ter sido destinada (não, *foi* destinada, já que Deus não providencia uma abstração chamada homem, mas almas individuais) a pessoas que estavam sendo encaminhadas para a verdade pela rota peculiar que você e eu conhecemos.

Eu concordo plenamente com o que você diz sobre arte e literatura. No meu entendimento elas só são saudáveis quando (a) Definitivamente são as aias da verdade religiosa, ou ao menos moral — ou (b) Admitidamente estejam almejando nada a não ser recreação inocente ou entretenimento. Dante está bem certo e *Pickwick* está certo. Mas a grande arte *irreligiosa séria* — a arte pela arte — não passa de bobagem; e, incidentalmente, nunca existe quando a arte está realmente florescendo. De fato, pode-se dizer da Arte como um autor que eu li recentemente diz do Amor (amor sensual, quero dizer): "Ele deixa de ser um demônio quando deixa de ser um deus." Isso não está bem colocado? Tantas coisas — não, todas as *coisas* reais — são boas se apenas forem humildes e ordenadas.

Uma coisa que gostaríamos de fazer é matar a palavra "espiritual" no sentido em que ela é usada por escritores como Arnold e Croce.[26] No último trimestre, tive que fazer a seguinte observação para uma sala cheia de graduandos cristãos: "Um homem que está comendo ou deitando com a sua esposa ou preparando-se para ir dormir com humildade, gratidão e temperança está, de acordo com os padrões cristãos, em um estado infinitamente mais *elevado* do que alguém que esteja ouvindo Bach ou lendo Platão em um estado de orgulho — óbvio para você, mas eu pude ver que se tratava de uma novidade para eles.

---

[26] O napolitano Benedetto Croce (1860–1952) foi uma figura dominante na primeira metade do século XX, com suas obras de crítica literária, estética e filosofia geral. [N. T.]

Não sei o que pensar sobre o presente estado do mundo. Os pecados do lado das democracias são muito grandes. Suponho que eles difiram daqueles do outro lado por serem menos deliberadamente blasfemos, preenchendo menos a condição de um pecado *perfeitamente* mortal. De qualquer forma, a questão: "Quem está com a razão" (numa dada discussão) é bem distinta da questão "Quem é justo?" — pois o pior de dois rivais pode sempre estar com a razão em um assunto particular. Então, *não* é pretensioso alegar que estamos com a razão agora. Mas eu sou cauteloso de fazer o que as minhas emoções me prontificam a fazer a toda hora; isto é, identificar o inimigo com as forças do mal. Certamente uma das coisas que aprendemos da história é que Deus nunca permite que um conflito humano se torne um conflito inequivocadamente entre o bem simples e o mal simples.

O problema prático sobre a caridade (em nossas orações) é um jogo muito duro, não é mesmo? Quando você ora por Hitler & Stalin, como é que você faz para tornar a oração real? As duas coisas que me ajudam são (a) Um entendimento contínuo da ideia de que a gente só está acrescentando a nossa pequena voz tacanha à intercessão perpétua de Cristo que morreu por estes mesmos homens, (b) Uma recordação, tão firme quanto se pode tê-la, de toda a nossa própria crueldade que poderia ter desabrochado, sob diferentes condições, em algo terrível. Você e eu não somos, no fundo, tão diferentes destas criaturas sinistras.

Estive lendo Lady Juliana de Norwich. O que você acha dela? Um livro claramente perigoso, e estou grato que não o tenha lido antes. (Você já percebeu como Deus muitas vezes nos manda livros precisamente na hora certa?) Uma coisa nela me agradou imensamente. *Contemptus mundi* é perigoso e pode levar ao maniqueísmo. O amor da criatura também é perigoso. Como se vence o bem de cada um e o perigo rejeitado, em sua visão de "tudo o que foi criado" como uma coisinha como a casca de uma avelã: "tão pequena que eu pensei que dificilmente perduraria". Nada mal, você vê; só muito, muito pequeno.

Estou anexando um livro de cujo último ensaio você poderá gostar. Estive ocupado nesse inverno com um livro chamado *O problema do sofrimento*, que me pediram para escrever para uma coisa chamada *The Christian Challenge Series* [Série O Desafio Cristão]. Tenho esperanças de que você possa gostar dele [...].

PARA UM(A) EX-ALUNO(A): **do Magdalen College**
18 de abril de 1940

Quanto à celebração do casamento. As três "razões" para se casar, na Inglaterra moderna, são: (a) Para se ter filhos, (b) Porque você tem muito poucas chances de ter sucesso em levar uma vida de abstinência sexual total e o casamento é a única válvula de escape inocente, (c) Para estar numa parceria. O que se poderia objetar à ordem em que eles estão sendo colocados?

A tradição moderna diz que a razão adequada para se casar seja um estado descrito como "estar apaixonado". Agora, eu não tenho nada a dizer contra "estar apaixonado": mas a ideia de que isto seja ou deveria ser a razão exclusiva ou que esta possa ser, por si mesma, uma base *adequada*, parece-me ser simplesmente desvairada. Em primeiro lugar, muitas eras, muitas culturas e muitos indivíduos não o experimentam — e o Cristianismo é para todos os homens, não simplesmente para europeus ocidentais modernos. Em segundo lugar, isso muitas vezes une pessoas das mais inapropriadas. Em terceiro lugar, isso não é usualmente transitório? Será que a moderna ênfase no "amor" leva as pessoas ou para o divórcio, ou para a miséria porque, quando aquela emoção morre, eles concluem que seu casamento é um "equívoco", embora, na verdade, eles só tivessem alcançado o ponto em que o *real* casamento começa. Em quarto lugar, seria indesejável, mesmo se fosse possível, as pessoas estarem "apaixonadas" por toda a sua vida. Que mundo seria esse em que a maioria das pessoas que encontramos estivesse perpetuamente neste transe? Por isso, o Livro de Oração Comum começa com algo universal e sólido — o aspecto biológico. Ninguém vai negar que o fim *biológico* das funções sexuais seja a posteridade.

E isso é, por qualquer visão saudável, de maior importância do que os *sentimentos* dos pais. Seus descendentes podem estar vivos por um milhão de anos posteriores e podem contar com dezenas de milhares de pessoas. Nesse sentido, os casamentos são as fontes da *História*. Seguramente colocar o mero aspecto emocional em primeiro lugar seria puro sentimentalismo.

Então, vamos à segunda razão. Perdoe-me: é simplesmente perda de tempo tentar explicar isso a uma mulher. As tentações *emocionais* podem ser piores para as mulheres do que para os homens: mas a pressão do mero *desejo* no macho elas simplesmente não entendem. Quanto a esta segunda razão, o Livro de Oração Comum diz: "Se você não pode ser casto (e a maioria de vocês não pode), a alternativa é o casamento." Isso pode ser uma percepção grotesca, mas, para um homem, trata-se da *percepção* e isso é tudo.

A terceira razão dá à coisa que importa algo muito mais do que "estar apaixonado" e vai durar e crescer, entre boas pessoas, e muito tempo depois de o "amor", no sentido popular, ser apenas uma memória de infância — a parceria, a lealdade ao "empreendimento", a criatura composta. (Lembre-se que não foi um *cínico*, mas um marido devoto e viúvo inconsolável, Dr. Johnson, que disse que um homem que foi feliz com uma mulher poderia ter sido igualmente feliz com qualquer uma de "dezenas de milhares" de outras mulheres existentes. Isto é, a atração original vai se revelar no final como sendo quase acidental: o que importa é o que é construído a partir desta ou de qualquer outra base que pode ter unido essas pessoas.)

Agora, a segunda razão envolve toda a visão cristã do sexo. Está tudo contido nas palavras de Cristo de que os dois devem se tornar "uma só carne". Ele não diz nada sobre os dois "que se casaram por amor": o mero fato do casamento *em si* — como quer que ele tenha ocorrido — constitui o "uma só carne". Há um comentário terrível sobre isso em I Cor 6:16, "aquele que se une a uma prostituta é um corpo com ela". Você vê? Aparentemente, se o Cristianismo for verdadeiro, o mero fato do relacionamento sexual estabelece entre os seres humanos uma relação que tem, por assim dizer, repercussões transcendentais — alguma relação *eterna* é estabelecida, quer queiram eles, quer não. Isso soa muito estranho. Mas será que é? Afinal de contas, se há aí um mundo eterno e se o nosso mundo é a sua manifestação, então você esperaria que porções dele "se projetassem" para dentro do nosso. Somos como crianças apertando os botões de uma vasta máquina da qual *a maioria* está oculta. Nós vemos rodas que zumbem em torno *deste* lado quando as acionamos — mas não sabemos quais processos gloriosos ou temerosos estamos iniciando *dentro delas*. Eis o porquê de ser tão importante fazer o que nos mandam. (Ver — no que implica a Santa Ceia sobre o real significado de *comer*?)

Disso todo o resto advém. (1) A seriedade do pecado sexual e a importância do casamento como "remédio contra o pecado". (Não quero dizer, é claro, que os pecados deste tipo não sejam, como outros, perdoados se houver arrependimento, nem que as "relações eternas" que eles estabeleceram não sejam redimidas. Acreditamos que Deus, no final, vai usar todo o mal do qual alguém se arrependeu como combustível para um novo bem). (2) A *permanência* do casamento, que significa que a intenção de fidelidade importa mais do que "estar apaixonado". (3) A *liderança* do Homem.

Lamento sobre isso — e sinto que a minha defesa disso seria mais convincente se eu fosse uma mulher. Você vê, é claro, que, se o casamento é uma relação permanente, que pretende produzir um tipo de novo organismo (a "uma só carne"), deve haver um cabeça. É só à medida que você o torne um arranjo temporário, dependente de "estar apaixonado" e mutável pelo divórcio frequente, que ele pode ser estritamente democrático — pois, de acordo com esta visão, quando eles são realmente diferentes, eles se separam. Mas, se não for para eles se separarem, se a coisa é como uma nação, não como um clube; como um organismo, não uma pilha de pedras; então, em longo prazo, uma parte ou outra tem que ter o voto de desempate. Sendo assim, você realmente *deseja* que o cabeça seja a mulher? Numa instância particular, você até poderia, sem dúvida.

Mas será que você realmente deseja um mundo matriarcal? Você realmente gostaria de ter mulheres com autoridade? Quando você busca autoridade por si mesmo, você naturalmente a procura em uma mulher?

Sua frase sobre a "esposa-escrava" é mera retórica, porque ela presume que a subordinação servil seja o único tipo de subordinação. Aristóteles poderia lhe ensinar coisa melhor. "O dono da casa governa os seus escravos despoticamente. Ele governa a sua esposa e seus filhos como sendo *livres* — mas ele governa os filhos como um monarca constitucional, e a mulher, politicamente" (isto é, como um magistrado democrático governa um cidadão democrático).

Meu próprio sentimento é que a liderança do marido seja necessária para proteger o mundo externo contra a família. A fêmea tem um instinto forte para lutar pelos seus filhotes. Para qual justiça no mundo externo ligam noventa por cento das mulheres, quando a saúde, a carreira, ou a felicidade de seus próprios filhos estão em jogo? Eis porque eu desejo que a "política externa" da família, por assim dizer, seja determinada pelo homem: eu espero mais misericórdia dele! Ainda assim, este feroz instinto maternal deve ser preservado, do contrário, os enormes sacrifícios envolvidos na maternidade não teriam nunca nascido. O esquema cristão, portanto, não a suprime, mas nos protege a nós, bacharéis sem defesa, dos seus estragos! Esta, entretanto, é apenas a minha opinião. A doutrina da liderança é aquela do Cristianismo. Eu suponho que seja essencialmente sobre homens *enquanto* homens e mulheres *enquanto* mulheres. E, portanto, sobre maridos e mulheres, já que é somente no casamento que eles se encontram judicialmente *como* epítomes do seu sexo. Note que em I Cor. 11, logo depois do trecho sobre o homem, como sendo o cabeça, o apóstolo Paulo continua, acrescentando a reserva surpreendente (v. 11) de que os sexos "no Senhor" não têm nenhuma existência separada. Não faço ideia do que isso significa: mas presumo que isso deva implicar que a existência do homem ou da mulher não seja exaurida pelo fato de serem macho ou fêmea, mas que eles existam de muitos outros modos.

Quero dizer que você pode ser uma cidadã, uma musicista, uma professora etc., bem como uma mulher, e você não precisa transferir para todas estas personalidades tudo o que é dito sobre você como uma esposa *qua* esposa. Penso que esta seja a resposta para a sua visão de que a doutrina da liderança impediria as mulheres de investir na educação. O Apóstolo Paulo não é um criador de *sistemas*, entende? Como judeu, ele deve, por exemplo, ter acreditado que os homens devem honrar e obedecer a sua mãe: mas ele não para por aí e aplica isso quando ele está falando sobre o homem sendo o cabeça no casamento. Quanto à Marta & Maria, ou Cristo e Paulo são inconsistentes aqui ou não são. Se eles não forem, então, quer você consiga ver como, quer não, a doutrina de Paulo não pode ter o sentido que você lhe dá. Se eles *são* inconsistentes, então a autoridade de Cristo, é claro, supera completamente aquela de Paulo. Em qualquer um dos eventos, você não precisa se preocupar.

Concordo plenamente que não adianta nada tentar criar um "sentimento". Mas qual sentimento você quer ter? Será que seu problema não é de pensamento e não de sentimento? A questão é: "Será que o Cristianismo é verdadeiro — ou mesmo, será que há alguma verdade misturada nele?" A questão, ao ler MacDonald, não é de tentar ter os sentimentos que ele tem, mas de notar se a coisa toda concorda ou não concorda com tais *percepções* (quero dizer, sobre bem & mal etc.) como as que você já tem — e, onde não concorda, se você ou elas estejam certas.

O trimestre começa no próximo sábado. Se você e seu marido puderem vir e almoçar comigo no sábado seguinte (dia 27), isso seria admiravelmente conveniente. Avise-me (envie para o College). Muito obrigado por distrair a minha mente da guerra por uma hora mais ou menos!

P.S. Não acho que a celebração de casamento seja acética, e penso que sua objeção real a ela pode ser que ela não seja suficientemente *pudica*! A celebração *não é* para celebrar a carne, mas para fazer um *acordo* solene na presença de Deus e da sociedade — um acordo que envolve uma boa quantidade de outras coisas, além da carne [...]. "Matronas sóbrias e piedosas" podem ser guardiãs, se você não tivesse lido os English Schools: mas *você* deve saber que todas as associações que você está fazendo com elas são modernas e acidentais. A frase significa "Mulheres casadas (matronas) que são religiosas (piedosas) e têm algo melhor e mais alegre para pensar do que jazz e batom (sóbrias)". Mas você deve saber disso melhor do que eu!

PARA O SEU IRMÃO: do The Kilns

21 de abril de 1940

Nunca lhe contei uma coisa curiosa — eu pretendi incluí-la em várias cartas — que providencia uma nova instância para a malignidade das Little People [Pessoas Pequenas]. Eu estava indo para a cidade certo dia e cheguei até o portão quando me dei conta de que algo estava estranho em meus sapatos: um deles estava limpo e o outro, sujo. Não havia tempo para voltar. Como era impossível limpar o sujo, eu decidi que a única forma de me fazer ficar com uma aparência menos ridícula era de *sujar* o limpo. Agora, você acreditaria se eu lhe dissesse que esta é uma operação impossível? É claro que você pode passar um pouco de musgo nele — mas ele continua obviamente um sapato limpo que teve um acidente e não se pareceria nem de perto com o sapato que você tivesse usado numa caminhada. A gente descobre novas pegadinhas e obstáculos na vida a cada dia [...].

PARA OWEN BARFIELD: do The Kilns

2 de junho de 1940

A Sra. Moore me contou ontem sobre a perda de sua mãe. Não consigo me imaginar, em circunstâncias similares, sem sentir muito fortemente *felix opportunitate mortis*,[27] mas ouso dizer, quando chega a este ponto, que esta está muito longe de ser a emoção

---

[27]Expressão latina que significa "Feliz oportunidade a morte". [N. T.]

predominante: sempre me lembro do que você me disse sobre o sonho em que você foi condenado à morte e do papel que sua mãe teve nele. Eu sinto muito de saber que você teve esta particular desolação acrescentada à geral em que nos encontramos. É como o primeiro ato de *Prometeu*: "A paz está no túmulo, o túmulo esconde todas as coisas bonitas e boas." Ele estava, entretanto, perto de sua libertação quando disse isso, e eu aceito o augúrio — de que você e eu e nossos amigos em breve teremos passado pelo pior, de uma forma ou de outra. Pois estou muito grato de poder dizer que, enquanto meu θρέπτιχή[28] muitas vezes me engana de forma a me envergonhar, eu conservo a minha fé, da mesma forma que eu não tenho dúvida de que você conserva a sua. "Tudo vai ficar bem, e tudo vai ficar bem, e toda a forma da coisa vai ficar bem" — isso é de Lady Juliana de Norwich, que estive lendo recentemente e que parece, no século XV, ter rivalizado com a reconciliação de Tomás de Aquino entre Aristóteles e o Cristianismo, quase reconciliando o Cristianismo com Kant.

A real dificuldade não é de adaptar as nossas crenças estáveis sobre a tribulação a esta tribulação *particular*; pois o particular, quando chega, sempre *parece* tão peculiarmente intolerável. Penso que seja de ajuda que ela se mantenha muito particular — parar de pensar sobre a ruína do mundo etc., pois ninguém vai experimentar *isso*, e de vê-lo como os sofrimentos pessoais de cada indivíduo, que nunca podem ser maiores do que aqueles que um homem, ou mais do que um homem, poderia ter sofrido em tempos de paz se ele fosse infeliz.

Você tem momentos repentinos de lucidez? Ilhas de profunda paz? Eu tenho: e mesmo que eles não durem, penso que se aproveita algo deles.

Gostaria que pudéssemos nos encontrar mais, mas eu dificilmente conto com qualquer noite no momento. Mas não se engane: se em qualquer momento você se sentir propenso a duvidar se (para

---

[28] Transliterado do grego *thréptikí*, quer dizer "nutritivo". [N. T.]

falar em nosso velho estilo!) a linguagem realmente *é* uma droga, não precisa. Tudo continua bem — exceto pelo nosso estômago.

E, por estranho que pareça, noto que, já que as coisas estão indo realmente mal, todo mundo que eu encontro fica menos desapontado. MacDonald observa em algum lugar que "a aproximação de qualquer sina é usualmente também a preparação para ela". Comecei a esperar que ele estivesse certo. Mesmo neste presente momento, não me sinto de perto tão mal como eu teria me sentido se alguém tivesse profetizado o que me ocorreria há dezoito meses.

Mas não estou fazendo nada mais do que dividindo o que você sabe tão bem quanto eu e é mais qualificado para dizer a mim, do que eu a você. Que Deus o abençoe por tudo na nossa vida comum, ao longo de todos estes vinte anos.

PARA O SEU IRMÃO: **do The Kilns** (em maio Warren foi transferido com a sua unidade de Dunkirk para o Campo de Wenvoe, em Cardiff)

12 de julho de 1940

Já estou em pé há alguns dias agora, ainda me sentindo bastante fraco e posso estar envolvido em encontros de examinadores pelo fim de semana todo. Antes que a doença tivesse passado, eu li a sua cópia das cartas de Southey[29] de ponta a ponta com grande prazer: — um poeta ruim, mas um homem encantador. Eu também achei coisas nele que eram bastante confortantes: como (a) O medo diário da invasão. (b) O medo assombroso de traidores na linha de frente de casa. (c) A declaração repetida de que "mesmo agora" poderíamos sobreviver se ao menos tivéssemos um governo decente. (d) A convicção assentada de que "mesmo se" derrotássemos Bonaparte, ainda teríamos que encarar a revolução em casa. Deus enviou um verdadeiro augúrio.

---

[29]Robert Southey (1774–1843) foi um poeta inglês da escola romântica que recebeu o título de Poet Laureate de 1813 até sua morte. [N. T.]

Outras impressões são (a) Que os românticos de Tory foram pessoas *mais legais*, apesar de piores escritores, do que o outro grupo — os de Shelley[30] e L. Hunts,[31] e mesmo Keats. (b) Que vida feliz ele teve no todo, e, ainda assim, que negócio sinistro, mesmo uma vida humana feliz é quando você o lê rapidamente até o fim inevitável [...].

PARA DOM BEDE GRIFFITHS, OSB: **do Magdalen College**
16 de julho de 1940

Um grande volume de trabalho e uma doença me impediram de responder à sua carta, mas eu pretendia, desde que a recebi, informá-lo de que eu acho sua crítica à minha ideia aristotélica de lazer amplamente correta. Eu não escreveria aquele ensaio agora. De fato, cheguei recentemente à conclusão de que havia um pecado notório de minha parte, por toda a minha vida, do qual eu nunca suspeitei — a preguiça — e que uma grande porção da doutrina alta do lazer não passa de uma defesa contra *isso*. O erro grego foi uma punição por possuir escravos e seu consequente preconceito contra o trabalho. Havia um bom elemento nisso — o reconhecimento, tão necessário para o comércio moderno, que as atividades econômicas não sejam o *fim* do homem: para além disso, eles estavam provavelmente errados. Se eu ainda desejasse defender minha visão antiga, eu deveria lhe perguntar por que o *trabalho* aparece no Gênesis, não como uma das coisas que Deus criou originalmente e pronunciou com sendo "muito boas", mas como uma punição pelo pecado, como a morte. Suponho que alguém pudesse destacar, em resposta, que Adão foi um jardineiro antes de ter sido um pecador, e que devemos distinguir dois graus e tipos de trabalho — o tipo completamente bom e necessário ao lado animal do *animal rationale*, e o outro, uma deterioração punitiva do primeiro, devido à Queda.

---

[30]Percy Bysshe Shelley (1792–1822) foi um dos mais destacados poetas do movimento romântico inglês. [N. T.]
[31]James Henry Leigh Hunt (1784–1859), mais conhecido como Leigh Hunt, foi um ensaísta, crítico literário e poeta inglês. [N. T.]

Minha apreciação dos Salmos cresceu muito ultimamente. Já mencionei este ponto anteriormente, mas vou mencioná-lo de novo: que coisa admirável é, na divina economia, que a literatura sagrada do mundo tenha sido confiada a pessoas cuja poesia, dependendo largamente do paralelismo, permaneça poesia em qualquer língua para a qual você a traduza [...].

PARA O SEU IRMÃO: do The Kilns (no qual ele registra a concepção de *Cartas de um Diabo a seu aprendiz*)

20 de julho de 1940

Humphrey [Havard] veio me ver na noite passada (não em sua condição de médico) e nós ouvimos o discurso de Hitler juntos. Não sei se eu sou mais fraco do que outras pessoas: mas me foi revelado de modo prático que é impossível não hesitar um pouco que seja *enquanto o discurso está em andamento*. Eu seria inútil como diretor de escola ou policial. Declarações que eu *sei* que são falsas me convencem, pelo menos por um momento, só de o homem as dizer de forma inabalável. A mesma fraqueza é o motivo por que eu sou um examinador tão lento: se um candidato com caligrafia ousada, madura, atribuísse *Paraíso perdido* a Wordsworth, eu me sentiria inclinado a ir e verificar, por medo de que, no final das contas, ele pudesse ter razão [...].

Retomo a hora do café no domingo de manhã [dia 21 de julho]. Fui à igreja pela primeira vez por muitas semanas, devido à doença, e considerei-me inválido o bastante para fazer uma comunhão do meio-dia [...]. Antes da celebração ter terminado — a gente poderia desejar que tais coisas viessem de forma mais sazonal — eu fui acometido da ideia para um livro que penso que seria útil tanto quanto divertido. Ele se chamaria *One Devil to Another* [De um Diabo para o outro] e consistiria de cartas de um Diabo idoso, aposentado, para um diabo jovem que acabou de começar o trabalho em seu primeiro "paciente". A ideia seria de fornecer toda a psicologia da tentação do ponto de vista *oposto*, por exemplo, "Sobre minar a sua confiança na oração, eu não acho que você tenha que incorrer em qualquer dificuldade com o seu intelecto, desde que você nunca diga a coisa errada na hora errada. Afinal de contas, ou o Inimigo vai responder às suas orações, ou não. Se ele *não* responder, então é simples — isso mostra que as orações não adiantam de nada. Se ele *responder* — eu sempre achei que, por mais estranho que pareça, isso possa ser usado de maneira igualmente fácil. Uma palavra sua basta para fazê-lo acreditar que precisamente o fato de sentir-se mais paciente, depois que ele orou por paciência, será uma prova de que a oração é uma espécie de auto-hipnose. Ou se a oração for respondida por algum evento externo, então, já que este evento terá causas para as quais você possa apontar, ele pode ser convencido de que isso aconteceria de qualquer jeito. Pegou a ideia? A oração pode sempre ser desacreditada, ou porque ela funciona, ou porque não." Ou então: "Ao atacar a fé, eu seria cauteloso com argumentações. Argumentos só provocam respostas. No que você deve empenhar o máximo esforço é no mero *sentimento* injustificado de que 'este tipo de coisa não pode realmente ser verdade'." […]

PARA O SEU IRMÃO: **do The Kilns** (Jack começou a colaborar com o Local Defence Volunteers [Voluntários de Defesa Local — LDV], nome que logo seria mudado para The Home Guard [A Guarda Doméstica])

11 de agosto [de 1940]

Eu comecei a minha colaboração com o LDV com a patrulha da 1h30 da madrugada no que eles chamam de sábado de manhã e os mortais chamam de sexta-feira à noite. Já que parecia não adiantar ir para a cama para ser tirado dela à 0h45, pedi para Dyson e Humphrey jantarem comigo e os outros nos encontrarem mais tarde a fim de transformar numa "vigília" no sentido original […].

Tivemos um muito bom encerramento dos Inklings aproximadamente às dez para a uma, quando os outros foram para casa e eu parti para o meu *rendez-vous* na Lake St. — comendo meus sanduíches no caminho, já que eu não achei que podia providenciar sanduíches para o grupo todo e não tinha o descaramento de comer o meu próprio na frente deles. Eu estava com dois homens bem mais jovens do que eu: um sendo um soldado e o outro, penso que um valentão — ambos muito legais e inteligentes, nem muito faladores nem muito silenciosos. Era permitido fumar, e eu fiquei satisfeito de descobrir que nosso *tour* colaborativo incluía ficar de molho por um tempo prolongado na varanda de um pavilhão de *college* — um lugar prazeroso, com vista para campos amplos de jogos numa noite amena, mas ventosa, com a luz suficiente de estrelas e algumas nuvens luminosas — com a distração de um trem ocasional passando. Infelizmente nosso relógio não estava tão bem arrumado quanto o de Dogberry[32] ("Todos sentados no pátio da igreja até às duas, e, depois, todos para a cama"); ainda assim, as três horas passaram rapidamente, e, se não tivesse sido pelo incômodo de arrastar uma espingarda quase todo o tempo, eu diria que o prazer predominou distintivamente. Eu já havia me esquecido do peso de um "*tripe*" [espingarda]. Paramos às 4h30, e, depois de uma caminhada realmente bonita de volta, através de uma Oxford vazia e no lusco-fusco, eu estava na cama perto das 5h [...].

> [A saúde de Warren estava insatisfatória desde que ele havia ido para a França e, em agosto, ele se aposentou e foi transferido para a lista reserva. Em 27 de agosto, Maureen casou-se com Leonard Blake, que foi o diretor de música do Worksop College desde 1935. O novo livro de Jack, *O problema do sofrimento*, que foi lido aos The Inklings e dedicado a eles, foi publicado em 18 de outubro.]

PARA UM(A) EX-ALUNO(A): **do The Kilns**

4 de janeiro de 1941

Parabéns [...] por sua própria decisão. Não creio que esta decisão tenha chegado muito tarde ou muito cedo. Não se pode pensar sobre isso para sempre; e se pode começar a tentar ser um discípulo

---

[32]Personagem criado por Shakespeare na peça *Muito barulho por nada*. [N. T.]

antes de se tornar um teólogo professo. De fato, eles nos dizem (não dizem?) que, nestes assuntos, agir com a luz que se tem é quase o único caminho para mais luz. Não se preocupe em se sentir vazio, ou sobre sentir qualquer coisa que seja.

Quanto ao que *fazer*, suponho que o próximo passo normal, depois do autoexame, arrependimento e restituição, é comungar: e, depois, continuar da melhor forma possível, orando o melhor que puder [...] e cumprindo os seus deveres diários da melhor forma possível. E lembre-se sempre de que *emoções* religiosas são apenas servas [...]. Este, digo eu, seria o percurso mais óbvio. Se você quiser algo mais, por exemplo, confissão e absolvição, que nossa igreja não impõe a ninguém, mas deixa livre para todos — me avise, que eu vou arrumar-lhe um *directeur*. Se você escolher este caminho, lembre-se de que não é o psicanalista desde o começo: o confessor é o representante do Nosso Senhor e declara Seu perdão — seu conselho ou "compreensão", embora seja de importância real, é de importância secundária.

Para a leitura diária, sugiro (em pequenas doses) *A imitação de Cristo* e a *Theologia Germanica* (Série Tesouro Dourado, Macmillan) de Tomás à Kempis e, é claro, os Salmos e o Novo Testamento. Não se preocupe se seu coração não responder: dê o seu melhor. Você certamente está sob a orientação do Espírito Santo ou não teria chegado onde está agora: e o amor que importa é o Dele por você — o seu por Ele pode, no momento, existir apenas na forma de obediência. Ele vai providenciar o resto.

Desnecessário dizer que estas foram boas novidades para mim. Lembro-me de você em todas as minhas orações (não que as minhas valham muito).

PARA O(A) MESMO(A): **do Magdalen College**

29 de janeiro de 1941

Muito obrigado por sua gentil carta. Meu próprio progresso é tão lento (de fato, às vezes parece que estou caminhando para trás) que o ânimo de ter, de alguma forma, ajudado alguém outro é precisamente o que eu queria. *É claro* que a ideia de não confiar nas emoções não implica em não se alegrar com elas, quando elas vêm: você deve se lembrar da *Litanie* [Litania] de Donne, "Que as nossas afeições não nos matem — nem morram". Uma das recompensas menores da conversão é se tornar apto para ver o ponto de que realmente trata toda a velha literatura que fomos criados para ler com o mesmo ponto deixado de fora! [...]

PARA A IRMÃ PENELOPE, CSMV: **do Magdalen College**
10 de abril de 1941

Sim, eu vou comparecer e falar às suas irmãs juniores na próxima Páscoa, a menos que as "obrigações domésticas" tenham tomado, até lá, a forma de encarceramento em um campo de concentração alemão, uma English Labour Company [Companhia de Trabalho Inglesa], ou (para jogar com uma ideia mais luminosa) algum tipo de Borstal Institution[33] ao pé da Montanha do Purgatório. Mas (se é que se pode falar assim *salva reverentia*)[34] que tarefas estranhas Deus institui para nós; se alguém tivesse me dito, há dez anos, que eu proferiria palestras em um convento...! Fico-lhe muito grato por sua oferta de hospitalidade no Gate House, que eu aceito agradecido, embora o protestante em mim tenha só um pouco de desconfiança de um calabouço ou um esqueleto acorrentado — as portas também abrem para fora, eu espero.

Muito obrigado pelo livro.[35] Ele me foi de real ajuda. O que eu particularmente aprecio em toda a sua obra, especialmente esta, é que a senhora evita aquela curiosa falta de cor que caracteriza tantos "livros devocionais". Em parte, isso é devido ao seu contexto hebraico, que invejo na senhora: em parte, sem dúvida, a causas

---

[33] Centro de detenção de jovens, tipo a Fundação Casa no Brasil. [N. T.]
[34] Expressão latina usada apologeticamente quando algo ofensivo é mencionado. [N. T.]
[35] Todos os livros da Irmã Penelope foram publicados durante aqueles anos com autoria de "A Religious of CSMV" [Uma religiosa da Congregação de Santa Maria, a Virgem]. O livro que ela enviou para Jack foi *Windows on Jerusalem* [Janelas para Jerusalém] (1941).

mais profundas [...]. Há, de fato, uma boa quantidade de Gifford Lectures [Leituras de Gifford] e outros tomos tão pesados dos quais eu extraí menos carne (e, de fato, menos alimento eficiente!).

A senhora nunca me disse como deu conta do WAFS.[36] Acabei de começar a fazer algo parecido com oficiais da RAF[37] e estaria interessado em comparar anotações [...].

> [Um dos resultados imediatos de *O problema do sofrimento* foi uma grande quantidade de "trabalho de guerra" para Jack. No inverno de 1941, o capelão-chefe da RAF pediu para ele aceitar uma espécie de série de palestras itinerantes, o que significava circular pelas várias bases da RAF para palestrar sobre teologia. A primeira destas palestras foi dada na base da RAF em Abingdon, em abril de 1941. Em fevereiro de 1941, ele foi solicitado a dar uma série de palestras para a BBC, e foi sobre estas palestras que ele falou à Irmã Penelope na carta que segue. A série consistiu de quatro palestras de quinze minutos, intitulada *Right and Wrong: A Clue to the Meaning of the Universe?* {Certo e errado: uma pista para o sentido do Universo?}, e elas foram dadas ao longo do mês de agosto. Embora a Irmã Penelope não tenha falado ao rádio ela mesma, ela estava escrevendo algumas palestras para outra pessoa proferir.]

PARA A IRMÃ PENELOPE, CSMV: do Magdalen College
15 de maio de 1941

De qualquer jeito, deveríamos nos encontrar sobre as palestras da BBC, já que estou dando quatro em agosto. As minhas são *praeparatio evangelica*, muito antes de *evangelium*, uma tentativa de convencer as pessoas de que haja uma lei moral, que nós a desobedecemos, e que a existência de um Legislador seja no mínimo muito provável e que também (a menos que você acrescente a

---
[36] Women's Auxiliary Ferrying Squadron [Esquadrão Feminino de Barcos Auxiliares]. [N. T.]
[37] Real Air Force [Força Aérea Real], a força aérea da Grã-Bretanha.

doutrina cristã da Expiação) transmite desespero muito antes de conforto. Você vem logo depois para curar quaisquer feridas que eu tenha tido sucesso em abrir. Assim, cada um de nós deve saber o que o outro está dizendo.

Eu já dei algumas palestras para a RAF em Abingdon e, até onde posso julgar, elas foram um fracasso total. Estou esperando instruções do capelão-chefe sobre o feriado.

Sim — trabalhos a gente não ousa nem recusar, nem realizar. O que nos conforta é lembrar que Deus usou um *burro* para converter o profeta: quem sabe, se fizermos nosso débil melhor, tenhamos a permissão de parar perto do estábulo celestial — bem assim:

> [O resto da folha está preenchido com um desenho engraçado de um burro, flanqueado por uma freira e uma figura com capelo, sentada fora do estábulo, no resplendor da cidade celestial.]

PARA A IRMÃ PENELOPE, CSMV: **do Magdalen College**

9 de outubro de 1941

Estou com vergonha de ter resmungado. E o seu ato não foi de um animal em operação, ele foi mais parecido com o de um anjo, pois (como eu disse) a senhora me introduziu a uma consciência bastante nova do que significa estar "em Cristo", e, imediatamente depois disso, "o poder que homens errantes chamam de acaso" pôs em minhas mãos os dois livros de [E.L.] Mascall[38] da série *Signposts* [Postes de luz], que continuou o processo. Assim, eu vivi por um fim de semana (em Aberystwyth) em um daqueles períodos prazerosos *vernais* quando doutrinas que, até então, não passavam de sementes enterradas, começaram a realmente florescer — como campânulas brancas ou açafrões. Não vou negar que eles encontraram um toque de geada desde então (se ao menos as coisas pudessem *durar*, ou antes, *nós* pudéssemos!), mas continuo muito

---

[38] Eric Lionel Mascall (1905–1993) foi um clérigo e teólogo destacado da tradição anglo-católica da Igreja da Inglaterra. [N. T.]

contente de estar em dívida com a senhora. A única desvantagem real de ter lido seus manuscritos quando eu estava cansado foi que dificilmente fui justo para com eles e não muito útil para a senhora.

Tive que recusar uma solicitação da Irmã Janet. A senhora poderia lhe dizer que as "obrigações domésticas" são bem reais?

Estou anexando o manuscrito de *Screwtape*.[39] Se não for pedir muito, gostaria que a senhora o mantivesse a salvo até que o livro seja publicado (caso aquele que o editor recebeu se perca) — depois disso, ele pode ser rasgado ou usado para encher bonecas ou qualquer outra coisa.

Muito obrigado pela foto do Sudário. Ele levanta toda uma questão sobre a qual eu tenho que organizar os meus pensamentos qualquer dia.

PARA A IRMÃ PENELOPE, CSMV: **do Magdalen College**
(o livro referido é *Perelandra*)

9 de novembro de 1941

Enviei Ramson para Vênus e elaborei a primeira conversa dele com a "Eva" daquele mundo: um capítulo difícil. Eu não tinha me dado conta, até que cheguei a escrevê-lo, de toda a coisa do *Ave-Eva*. Eu posso ter embarcado no impossível. Esta mulher tinha que combinar as características que a Queda pôs em polos separados — ela deveria ser, em alguns sentidos, como uma deusa pagã e, em outros, como a Virgem Maria. Mas se eu conseguir colocar uma fração disso em palavras, valerá a pena.

A senhora tem espaço para uma prece adicional? Ore por *Jane*, se puder. Ela é a senhora idosa que eu chamo de mãe e com quem eu moro (na verdade ela é a mãe de um amigo) — uma descrente, doente, idosa, assustada, cheia de caridade no sentido de esmolas, mas de falta de caridade em vários outros sentidos. E eu posso fazer muito pouco por ela.

---

[39]Nome dado por Lewis ao Diabo mais velho de *Cartas de um Diabo a seu aprendiz*. [N. T.]

PARA A IRMÃ PENELOPE, CSMV: do Magdalen College
19 de novembro de 1941

Trata-se de um fato curioso que o conselho que podemos dar a outros não conseguimos dar a nós mesmos e a verdade é mais efetiva por meio de qualquer vida, que não a nossa própria. Chas. Williams, em *Taliessin*, é bom nisso: "Ninguém pode viver em sua própria casa. Minha casa para meu vizinho, e a dele para mim."

Penso que o que realmente me preocupa seja o sentimento (muitas vezes ao acordar pela manhã) de que realmente não exista nada tão *diferente* quanto a religião — que é nadar totalmente contra a maré, e eu me pergunto se realmente aguento isso! Você já teve essa sensação? Será que a gente supera? É claro que não há dificuldade intelectual. Se a nossa fé é verdadeira, então é exatamente assim que deveria nos fazer sentir, até que o novo homem esteja completamente desenvolvido. Mas é um aborrecimento considerável. O que a senhora diz sobre estar "Decepcionada consigo mesma" é bem verdade — e uma tendência de confundir o mero desapontamento (em que há muito de orgulho ferido e da irritação do esportista para ser melhor do que todo mundo) com arrependimento verdadeiro. Eu deveria devotar uma carta de *Screwtape* a isso.

Por favor, diga à Madre Annie Louisa que eu reservei os dias 20 a 22 de abril. Não devo chegar a Wantage antes (suponho eu) do meio-dia ou da hora do chá na segunda-feira, mas depois disso farei o que me for mandado [...].

PARA A SRTA. PATRICIA THOMSON: do Magdalen College
8 de dezembro de 1941

Quando eu disse que não "adiantava" tentar se referir a Jesus como um mestre humano, eu só quis dizer que isso era inadmissível logicamente — da mesma forma que você poderia dizer que "Não adianta tentar defender que a terra seja plana". Não estava dizendo nada naquele sermão sobre o destino do "descrente virtuoso". A parábola da ovelha & dos bodes sugere que eles têm uma grata surpresa reservada a eles. Mas, em princípio, não somos informados sobre os planos de Deus para eles em detalhes.

Se a Igreja é o corpo de Cristo — a coisa através da qual Ele trabalha —, então, quanto mais preocupado se está com as pessoas do lado de fora, mais motivo se tem para *entrar* em si mesmo, onde se pode ajudar — você está dando a Ele, por assim dizer, um novo dedo. Eu presumi noite passada que estava falando àqueles que já creem. Se eu estivesse falando com pessoas que não o fazem, é claro que tudo o que eu disse seria diferente.

Medo não é arrependimento — mas é válido como um *começo* — muito melhor naquele estágio do que *não* estar com medo.

Você está mesmo interessada? Se você se der ao trabalho de vir e conversar sobre isso, eu espero poder achar um dia. Avise-me.

PARA DOM BEDE GRIFFITHS, OSB: **do The Kilns** (Jack havia pedido a Dom Bede que lesse e fizesse a crítica de uma segunda série de palestras para a BBC sobre "What Christians Believe" [Em que os cristãos creem])

21 de dezembro de 1941

(1) Estou extremamente contente de que o senhor tenha começado a tratar do meu amigo Chas. Williams, embora num de seus piores livros. Ele está vivendo em Oxford durante a guerra e arranjamos que ele desse palestras sobre Milton para a faculdade, de modo que (o senhor acreditaria nisso, lembrando das preleções de inglês de sua própria época), na verdade, ouvimos uma preleção sobre *Comus* que coloca a ênfase onde Milton a colocava. Na verdade, a preleção foi um panegírico sobre a castidade! Imagine só a incredulidade com que (a princípio) o público de graduandos ouviu a algo tão inaudito. Mas ele os venceu no final.

Ele é um homem feio, com um sotaque cockney.[40] Mas ninguém pensa sobre isso por cinco minutos depois que ele começa a falar. Seu rosto se torna quase angélico. Tanto em público, como no pri-

---
[40] Dialeto da extremidade leste de Londres. [N. T.]

vado, ele é, de todos os homens que eu conheço, aquele cujo discurso mais transborda de *amor*. É simplesmente irresistível. Aqueles jovens homens e mulheres estavam digerindo o que ele disse sobre a castidade antes do fim de uma hora. Trata-se de um grande feito. Eu vi sua impressão sobre o trabalho nos ensaios de Milton quando fiz os exames. Imagine um estudante de Oxford e uma menina, escrevendo sobre o discurso de Mammon no Livro II: "Mammon propõe um estado ordenado de pecado com tal esplendor de orgulho que, exceto pelas palavras *viver para nós mesmos*, que alarma nossa consciência, dificilmente reconheceríamos isto como pecado, de tão natural que é para o homem." (Compare isso com o tipo de bobagens que você e eu estávamos orgulhosos de escrever nos Schools!)

Williams, Dyson de Reading, & meu irmão (anglicanos) e Tolkien e meu médico, Havard (sua igreja) são os "Inklings" a quem o meu *Problema do sofrimento* foi dedicado. Nós nos encontramos nas sextas-feiras à noite em minha sala: teoricamente para falar de literatura, mas de fato quase sempre para falar de algo melhor. O que eu devo a todos eles é incalculável. Dyson e Tolkien foram as causas humanas imediatas da minha conversão. Será que algum prazer sobre a terra pode ser tão grande quanto um círculo de amigos cristãos junto a uma boa lareira? Suas histórias (me refiro a Williams) são o melhor da sua obra — *Descent into Hell* [Descida para o inferno] e *The Place of the Lion* [O lugar do leão] são os melhores. Concordo plenamente com o que o senhor chama de suas "afeições" — não que sejam afeições, mas defeitos de gosto honestos. Ele é amplamente um autodidata, trabalhando sob uma riqueza quase oriental de imaginação ("glória tola de Charles" como Dyson o chamou) que só poderia ser salvo de se tornar tolo e até vulgar, ao ser publicado, por uma disciplina severa precoce que ele nunca teve. Mas ele é uma criatura amável. Tenho orgulho de estar entre seus amigos.

(2) Agora sobre os manuscritos. (a) A alegação de perdoar pecados está em Marcos e todos os sinóticos. (b) Sim — penso que eu tenha dado a impressão de que estava indo mais longe do que pretendia, dizendo que todas as teorias da Expiação deveriam "ser

rejeitadas se não as acharmos de ajuda". O que eu quis dizer era que elas "não precisam ser usadas" — uma coisa muito diferente. Será que há, em sua visão, uma real diferença aqui: de que a divindade do Nosso Senhor *tem que ser* acreditada, não importa, se você a ache de ajuda ou um "escândalo" (do contrário, você não é nenhum cristão sequer) mas a teoria de Anselmo da Expiação *não* está nesta posição. Você admitiria que uma pessoa fosse um cristão (e poderia ser um membro da sua Igreja) que dissesse: "Eu creio que a morte de Cristo redimiu o homem do seu pecado, mas não sei o que fazer com qualquer uma das teorias que dizem *como*"?

Veja bem, o que desejava fazer nestas palestras era oferecer simplesmente o que continua comum a todos nós, e estou tentando adquirir um *nihil obstat*[41] de amigos de várias denominações. (O outro dissidente além de você é um metodista que diz que eu não disse nada sobre a justificação pela fé.) Portanto, não importa muito o que você pense sobre a minha *própria* teoria, porque ela só é desenvolvida mesmo como a minha própria. Mas eu gostaria de poder entrar em acordo contigo em outro ponto — até onde *qualquer* teoria seja *de fide*.[42] O Concílio de Trento "fez a satisfação" parecer o real entrave. Qual era o contexto? Contra que erro ele estava dirigido? Ainda assim — não se preocupe, pois temo que terei que abrir mão da minha esperança original. Penso que eu poderia adquirir algo que o senhor e seus amigos teriam deixado passar, mas não sem tornar a conversa ou mais longa ou mais curta: mas estou no leito do Procusto[43] de nem mais nem menos do que quinze minutos — você pode imaginar a dificuldade.

---

[41]Expressão latina que significa "nada impede", que é a permissão para publicar um livro, conferida por um censor oficial da Igreja católica que o analisou e verificou que ele nada continha que contradissesse a fé ou a moral cristã. [N. T.]

[42]Expressão latina que significa "defendido como um artigo obrigatório da fé". [N. T.]

[43]Na mitologia grega, Procusto foi um ladrão que fazia os viajantes deitarem na cama de ferro que ele havia confeccionado com o seu tamanho exato. Se eles eram mais altos, ele lhes cerrava as pernas; se eles eram mais baixos, esticava-os. Ele tinha uma cama reserva para que nunca as vítimas coubessem exatamente nela. Em sentido metafórico, significa estar numa "saia justa". [N. T.]

O que o senhor pensa de *In Memorian* ao relê-lo? Eu o reli (com Barfield) há alguns meses e pensei (1) que a última quarta parte é uma redução — e dificilmente pode evitar de sê-lo, já que o poema representa um sofrimento que não é nem transmutado, nem termina em tragédia, mas apenas esmorece. (2) Que a mera dificuldade de *construir* algumas estrofes é muito grande. (3) Que uma boa parte da poesia é simplesmente extraordinariamente boa.

Sobre o Filho ser subjugado ao Pai (como Deus — é claro, obviamente, como Homem, é subjugado na Encarnação) — sim, é o que eu penso: mas isso foi recentemente refutado por um teólogo. Você pode me dar respaldo? Qual é a interpretação correta de "Igual ao Pai quanto à divindade" no Credo de Atanásio?

As palestras serão realizadas às 16h40 do dia 11 de janeiro; às 16h45 dos dias 18 de janeiro e 1º de fevereiro, às 16h40 no dia 8 de fevereiro, e às 16h45 no dia 15 de fevereiro.

Você está parecendo positivamente gordo na foto — seu carola fortinho!

PARA UMA EX-ALUNA: do Magdalen College
20 de janeiro de 1942

Lamento que você esteja na sarjeta. Eu mesmo estou me recuperando de uma (pelo menos eu espero que esteja). Quanto à dificuldade de acreditar que seja uma sarjeta, é preciso ter cuidado ao usar a palavra "acreditar". Nós muito frequentemente queremos dizer com isso "ter confiança ou segurança enquanto um estado psicológico" — como temos sobre a existência de móveis. Mas isso vai e vem, e de forma alguma sempre vem acompanhado de consentimento intelectual. Por exemplo, ao aprender a nadar você acredita, e até sabe intelectualmente, que a água vai te suportar muito antes de você sentir qualquer confiança neste fato. Suponho que uma perfeição de fé tornaria esta confiança invariavelmente proporcional à concordância. Neste meio-tempo, já que se aprendeu a nadar apenas agindo com base na concordância, apesar de toda a convicção instintiva, assim também devemos proceder à fé agindo apenas como se já a tivéssemos. Adaptando um trecho da *Imitação*, poder-se-ia dizer "O que eu faria agora, se eu tivesse a garantia total de que esta é apenas uma sarjeta temporária", e tendo recebido a resposta, ir e fazê-lo. Eu sou um homem e, portanto, sou preguiçoso; você, uma mulher e, portanto, provavelmente agitada. Então, poderia ser um bom conselho para você (embora fosse ruim para mim) nem mesmo tentar fazer, quando está nas profundezas, tudo o que você pode fazer quando está nas alturas.

Sei tudo sobre o desespero de superar tentações crônicas. Não é nada sério, desde que a petulância auto-ofendida, a vontade de ser o melhor, a impaciência etc. não tomem conta. *Nenhuma quantidade* de quedas realmente nos derrubará, se persistirmos em ajuntar os nossos pedaços e dar a volta por cima em cada ocasião. É claro que seremos filhos muito enlameados e esfarrapados quando chegarmos a casa. Mas os banheiros estão todos prontos, as toalhas, a postos, e as roupas, limpas no armário arejado. A única coisa fatal é perder a nossa esportiva e desistir de tudo. É quando notamos a sujeira que Deus está mais presente em nós: este é precisamente o sinal de sua presença [...].

PARA MARTYN SKINNER: **do Magdalen College**

23 de abril [de 1942]

Espero que você tenha recebido pelo Sanders há algum tempo minha grande apreciação pelo seu *Letters to Malaya* [Cartas para Malaya].[44] Um poema realmente bom. Não minimamente um pastiche como as pessoas tolas vão dizer, mas uma prova real de que a maneira popiana[45] é uma real *língua franca*, que qualquer um que tenha algo a dizer pode usar como obra original. De fato, ele é menos "arcaico" do que a maneira de "poesia georgiana". Toda a con-

---

[44]Martyn Skinner (1906–1993) foi um poeta britânico que foi premiado duas vezes por *Letters to Malaya*, em 1943 e 1947. [N. T.]

[45]Relativo ao poeta Alexander Pope (1688–1744), considerado um dos maiores poetas ingleses de todos os tempos. [N. T.]

trovérsia sobre "originalidade" vem de pessoas que não têm nada a dizer: se tivessem, elas seriam originais sem percebê-lo [...].

PARA A IRMÃ PENELOPE, CSMV: **do Magdalen College** (depois de partir do Mother House of the Community of St. Mary the Virgin, em Wantage, no dia 22 de abril, Jack foi para Londres para fazer a preleção do ensaio intitulado "Hamlet: The Prince or the Poem?" [Hamlet: o príncipe ou o poema?] para a British Academy)

11 de maio de 1942

Acabei de terminar o livro de Vênus, exceto por eu achar agora que os dois primeiros capítulos precisassem ser reescritos. Vou lhe enviar um manuscrito digitado assim que estiver datilografado e a senhora poderá relatar dele para a reverenda madre, para Lea dar seu consentimento para a dedicatória.[46]

A British Academy [Academia Britânica] foi um público muito estúpido, comparado com as suas jovens senhoritas! Eles são do tipo de pessoa que muitas vezes a gente vê saindo de táxis e indo para alguma grande porta e a gente se pergunta quem diabos eles são — todas estas barbas e queixos duplos e colarinhos de pele e monóculos. Agora eu sei [...].

PARA A IRMÃ PENELOPE, CSMV: **do Magdalen College** (a Irmã Penelope estava dedicada à tradução de *De Incarnatione*, de Atanásio)

29 de julho de 1942

(1) O coelho [do parque de cervos do Magdalen] e eu brigamos. Não sei por que, a menos que eu lhe tenha dado algum motivo para discordar de mim. Em todos os casos, ele me ignorou várias vezes ultimamente, de forma muito franca e caprichosa! A vida é cheia de decepções. "Os *corações* fortes dos coelhos" é provavelmente a

---

[46]*Perelandra* é dedicado "A algumas senhoras em Wantage" — a Community of St. Mary the Virgin [Comunidade de Santa Maria, a Virgem].

leitura real do Salmo. (2) Fico contente de ouvir que a senhora esteja um pouco melhor, mas desejaria que estivesse ainda melhor.

(3) Depois de ter abandonado Atanásio para o exame, eu me voltei agora para *De Incarnatione* e acabei de terminar a longa seção sobre as profecias judaicas. Se é esta a porção que a senhora está omitindo, espero que esteja certa. Embora passasse pela minha cabeça que a apologética moderna tenha desistido demasiado plenamente da velha "prova da profecia". Cada passagem individual pode ser justificada como querendo dizer, na verdade, algo diferente, ou acidental: mas será que poderíamos argumentar que aplicar isso ao todo implicasse em levar a coincidência longe demais?

(4) A senhora leu *Eu e tu* de Martin Buber?[47] Diga-me o que eu devo pensar sobre ele. Do Céu ou (muito sutilmente) do Inferno? Eu não tenho nenhuma certeza. E por que ele limita todos os "encontros" reais a uma situação-de-tu. Será que não há uma situação-de--vós? O que acontece quando três amigos estão juntos ou quando um homem encontra com a sua esposa *e* filho? (5) Sobre bruxas. Eu realmente não pretendia negá-las, embora eu reconheça que tenha dado esta impressão.[48] Eu estava interessado nelas naquele momento apenas como uma ilustração. Penso que a minha visão considerada seria muito parecida com a sua. Mas se for uma verdade, não se trata de uma verdade que eu esteja ansioso por difundir.

(6) Sobre "se tornou Homem" *versus* "um homem". Há, a senhora vai admitir, um sentido bem óbvio em que ele se tornou "um homem" — um homem de uma altura e um peso particular,

---

[47] Martin Buber (1878–1965) foi um filósofo austríaco de origem judaica, defensor do Existencialismo. [N. T.]

[48] Desde que começou a falar pela BBC, Jack recebeu uma enorme quantidade de cartas de ouvintes. As duas séries "Certo e errado" e "O que os cristãos acreditam" foram publicados em julho de 1942, sob o título de *Broadcast Talks* [Conversas de rádio]. Isso levou a ainda mais cartas sobre estas palestras. Jack estava aqui respondendo a uma questão que a Irmã Penelope fez sobre o capítulo 11 de *Broadcast Talks* em que ele diz: "Pode ser um avanço grande no *conhecimento* não acreditar em bruxas: não há avanço moral em não executá-las se você não acredita que elas existam!"

o Filho de uma Mãe particular, que esteve em um lugar e tempo e *não* (neste modo) em outro lugar. Os padres, escrevendo numa linguagem sem nenhum artigo indefinido, não tiveram que escolher entre um ou outro. Será que a senhora está correta em dizer que "a Pessoa, o Ego, do Senhor encarnado é Deus"? Pensei que uma *alma* humana estivesse envolvida (quando falamos da sua humanidade não queremos dizer simplesmente o seu corpo) e que as naturezas humana e divina juntas se tornem uma Pessoa. A sua forma de colocá-lo sugere que havia simplesmente um corpo humano com Deus *substituído* pela alma humana, como seria comum de se esperar. Isso é certo? Penso que não, mas não tenho certeza [...].

PARA UM(A) EX-ALUNO(A): **do Magdalen College** (respondendo a uma questão sobre a referência a G.B. Shaw no capítulo IV de *Broadcast Talks*)

[Agosto? de 1942]

É claro que Shaw não é nenhum cientista e o ataque não é à ciência enquanto tal. Mas há um tipo de credo que pode ser chamado de "humanismo científico", embora muitos dos seus adeptos saibam bem pouco de ciência (da mesma forma que algumas pessoas vão à igreja, conhecendo muito pouco de teologia), e que *é* compartilhado por pessoas tão diferentes quanto Haldane, Shaw, Wells e Olaf Stapleton [...].[49] Ver o "Além" da Lilith de Shaw com Haldane, p. 309: "É possível que sob as condições da vida nos planetas longínquos o cérebro humano possa se alterar de tal forma a abrir possibilidades inconcebíveis para nossas próprias mentes." (Na p. 303, uma dessas alterações, a eliminação da piedade, já ocorreu.).[50] De fato, tudo farinha do mesmo saco [...].

---

[49] William Olaf Stapledon (1886–1950), conhecido como Olaf Stapledon, foi um filósofo e escritor britânico de ficção científica. [N.T.]
[50] Ele está se referindo ao ensaio intitulado "The Last Judgement" [O último julgamento] do *Possible Worlds and Other Essays* [Mundos possíveis e outros ensaios], edição da Phoenix Library (1930), de J.B.S. Haldane.

PARA DOM BEDE GRIFFITHS, OSB: **do Magdalen College**
(em resposta a questões sobre partes do *Broadcast Talks*)
13 de outubro de 1942

Eu não teria escrito do jeito que escrevi, se eu tivesse pensado que houvesse consenso entre os teólogos em favor da teoria ansélmica. Eu acreditava que isso não podia ser encontrado nem no N.T., nem na maioria dos padres. Se eu estiver errado quanto a isso, trata-se de uma questão de ignorância histórica pura e simples.

Guerra & Paz é, em minha opinião, *o* melhor romance — o único que faz um romance tornar-se realmente comparável a um épico. Eu o li aproximadamente três vezes. O que nós perdemos (conforme me disseram) nas nossas traduções é o *humor*, que é um mérito importante do livro real.

Você não ficaria surpreso com o espaço que eu dou ao dualismo, se você se desse conta de como ele é atraente para algumas mentes simples. Quanto a retirar-se para a "vida privada", enquanto se sente *muito* fortemente os males da publicidade, eu não vejo como alguém poderia. Deus é minha testemunha de que eu não *procuro* a ribalta [...].

PARA A IRMÃ PENELOPE, CSMV: **do The Kilns**
22 de dezembro de 1942

Perelandra vai chegar às suas mãos, espero que no início de janeiro: eu impedi o artista de colocar a ideia dele de Tinidril (como a senhora pode imaginar) na capa. Estive muito ocupado com uma coisa e outra: não se tem mais o tempo que se tinha antigamente, não acha? O ponteiro dos minutos costumava avançar como o ponteiro das horas avança agora!

Como sentir gratidão? Pensando em termos do aprimoramento das notícias de guerra, eu não quero dizer (retoricamente) "Como sentir gratidão o bastante?", mas apenas o que eu estou dizendo. Parece ser algo que desaparece ou se torna uma mera palavra no momento em que se reconhece que *deveríamos* estar sentindo gratidão. Eu sempre digo às pessoas que não se preocupem com "sentimentos" em suas orações e, acima de tudo, nunca *tentem* sentir, mas estou um pouco intrigado com a gratidão: pois, se ela não for um sentimento, o que é ela? É engraçado como a mera formulação de uma questão desperta a consciência! Eu não tive noção da resposta no final da última folha, mas agora eu sei exatamente o que você vai dizer: "*Aja* com gratidão e deixe os sentimentos se manifestarem a si mesmos." Obrigado. (Será que *todos* os problemas teóricos escondem fugas da vontade?) [...]

Estou com "sinusitis" (que parece dor de dente, mas não é) mas não muito grave e está, penso eu, indo embora. Eu tenho que ficar sentado por vinte min. toda tarde, com o meu rosto em um pote de bálsamo, como um cavalo com uma focinheira. A família diz todo tipo de coisas e eu não posso *responder*, embora seja "sofrimento e pena para mim"! Deus as abençoe todas para o Natal: a senhora está em minhas orações diárias, da mesma forma que eu sei que estou em suas.

PARA UM(A) EX-ALUNO(A): do The Kilns
31 de janeiro de 1943

Sou a pior pessoa do mundo para escrever para alguém que está se sentindo fraco e sem energia [...] pois eu não *abomino* este estado tanto quanto a maioria das pessoas. Ficar de cama — descobrir os seus olhos enchendo-se de lágrimas superficiais no último toque de *pathos* em seu livro — deixar o livro cair de suas mãos na medida em que se cai cada vez mais profundamente no sono — esquecer o que você estava pensando há um instante e *não ligar* — e depois ser acordado pela descoberta inesperada de que já é hora do chá — tudo isso eu *não* acho nada desagradável.

Sim, é engraçado que jovens horríveis se encontram em Dickens e Thackeray. É claro que a *decadência* de David Copperfield é em parte devida ao fato de que nenhum capítulo posterior poderia ser tão bom quanto os primeiros. Você notou que quase todos os escritores descrevem a infância (quando ela é descrita na primeira pessoa) bem? *Jane Eyre* também é melhor no começo: e em quase toda biografia.

Mas também não é devido à convenção pela qual romancistas vitorianos não têm a permissão de atribuir delitos aos seus heróis com respeito à castidade? Assim, as "dificuldades" todas da juventude devem ser representadas por outros pecados menos prováveis e (para mim) mais repulsivos. Você nota que Tom Jones não perde similarmente nossa consideração, na medida em que ele cresce [...].

Não. Ursos parecem ser muito modestos. Ninguém parece saber qualquer coisa sobre os seus trechos a respeito do amor. Talvez eles nem se casem ou sejam dados ao casamento, mas juntem os seus jovens das flores, como Virgílio pensou que as abelhas faziam. Isso explicaria por que o filhote de urso precisa ser "lambido até a sua forma".

Reli com grande entusiasmo *The Ring and the Book* [O anel e o livro] enquanto andava de trem recentemente: mas não o recomendo a você no seu estado atual [...]. Jane Austen, Scott e Trollope são os meus autores favoritos quando estou doente [...].

PARA A IRMÃ PENELOPE, CSMV: **do The Kilns**

20 de fevereiro [de 1943]

Estou adiando a minha resposta à sua primeira carta dia a dia, na esperança de que eu pudesse estar em condições de enviar *Perelandra* junto: mas, embora os editores tenham dito que sairia em janeiro, ainda não há nem sinal dele. Sem dúvida há algum contratempo com os criadores da capa, pois o livro já foi impresso há alguns meses [...].

"Criação" aplicada à autoria humana (estou falando da sua *primeira* carta agora, como a senhora vê) parece-me um termo inteiramente equivocado. Nós fazemos ἐξυποχειμενων,[51] isto é, nós rearranjamos elementos que Ele forneceu. Não há um *vestígio* de real criatividade *de novo*[52] em nós. Tente imaginar uma nova cor

---

[51]Transliterado do grego como *ézýpocheimenon* ou *ezsysymen*, vem de ἐξύποχει, que significa "ele está se divertindo". [N. T.]
[52]Expressão latina que indica novidade. [N. T.]

primária, um terceiro sexo, uma quarta dimensão ou mesmo um monstro, que não consista de porções de animais existentes combinadas. Nada acontece. E é este o motivo certamente por que nossas obras (como a senhora disse) nunca significam para os outros bem o que nós intencionamos: porque estamos recombinando elementos feitos por Deus e já contendo os seus sentidos. Por causa destes sentidos divinos em nossos materiais é impossível que conheçamos o sentido completo das nossas próprias obras, e o sentido que nunca intencionamos pode ser o melhor e mais verdadeiro.

Escrever um livro é muito menos parecido com criação, do que é parecido com plantar um jardim ou conceber uma criança: em todos os três casos estamos apenas entrando como *uma* causa em uma corrente causal que trabalha, por assim dizer, de seu próprio jeito. Eu não desejaria que fosse diferente. Se *realmente* pudéssemos criar no sentido estrito, não acharíamos que tivéssemos criado uma espécie de Inferno? [...]

Como são chatos todos os nossos livros, exceto por aquele pelo qual você está esperando no momento! — o que, novamente, tem um sustento analógico na parábola da ovelha perdida. Tenho mais alegria com *Perelandra* no momento, do que com 99 livros que não representassem nenhuma dificuldade [...].

PARA A IRMÃ PENELOPE, CSMV: do Magdalen College
10 de agosto de 1943

Eu *gostaria* de ter alguns dias no Wantage, mas as coisas estão tão ruins em casa que eu estou cancelando vários dos meus compromissos com a RAF. Ore por mim, irmã, e pela pobre Jane (que está *muito* mal com a sua úlcera de varizes) e por "Muriel" (uma espécie de jardineira & "ajudante" que está postergando uma cirurgia a que ela tem que se submeter, por puro medo, e ficando histérica, e enfurecendo-se, e perdendo sua fé) e pela pobre querida Margaret (criada atestada como "mentalmente deficiente", que por vezes é a pessoa mais humilde, afetiva, singular que você possa imaginar, mas sujeita a convulsões de raiva e tristeza inexplicáveis).

Nunca chega o momento em que *todas* estas três mulheres estejam com bom humor. Quando A está por cima, B está por baixo: e quando C acabou de superar o ressentimento pelo último ataque de fúria de B, e está pronta para perdoar, B está madura para o próximo, e assim por diante!

Mas do mal vem o bem. De tanto orar ansiosamente por um pouco de paz de Deus para comunicar a *elas*, eu recebi mais dela para mim mesmo do que eu penso que jamais tive antes. O que é interessante. Você não a obtém quando pede para si mesmo: se a quiser por conta dos outros, você a obtém [...].

PARA A SOCIEDADE PARA PREVENÇÃO AO PROGRESSO, DE WALNUT CREEK, CALIFÓRNIA: do Magdalen College (em resposta a uma oferta de membresia)

[Maio de 1944]

Apesar de eu sentir que já *nasci* membro de sua Sociedade, eu, entretanto, sinto-me honrado de receber o selo externo de associação. Espero que, por ortodoxia continuada e a prática persistente de reação, obstrução e estagnação, eu não lhes dê motivo para se arrependerem de seu favor.

Eu humildemente sugiro que em minhas Riddell Lectures [Palestras Riddell], intituladas *A abolição do homem*, os senhores encontrem outra obra não totalmente sem valor para ser considerada para admissão ao cânone.

Solicitamente [...].

> [Desde que Jack começou a ganhar algum dinheiro com seus escritos religiosos, a começar pela transformação em série do *Cartas de um Diabo a seu aprendiz* no agora extinto jornal *The Guardian*, ele o enviava para viúvas despossuídas e outras pessoas com necessidades. Ele orientou a BBC a enviar os honorários pagos por suas palestras de rádio para uma lista de viúvas que ele providenciou. Jack não tinha ideia de que ele teria que pagar impostos sobre toda esta renda, até que a Receita Federal o demandou. Nesta época,

Owen Barfield estava gerenciando a sua própria firma legal em Londres e Jack o procurou por ajuda. O Sr. Barfield constituiu um Fundação de Caridade, a "Fundação Ágape" ou "Agapany", na qual Jack passou a investir dois terços de sua renda de *royalties* para ajudar os pobres.

Ao longo do verão de 1944, Jack teve seu estilhaço de bomba contraído na última guerra removido de seu peito. Ele achou que seria muito oportuno se a Receita Federal pudesse pagar pela operação.]

PARA OWEN BARFIELD: do The Kilns

20 de agosto [de 1944]

(1) Você leu *Esmond* recentemente? Que mulher detestável é a Lady Castlewood: e ainda assim, creio que Thackeray quer que gostemos dela pelo fato de que todas as suas ações se originam no "amor". Este amor é, em sua linguagem, "puro", isto é, não é promíscuo ou sensual. Não obstante, é uma paixão natural completamente incorrigível, idólatra e insaciável. Será que foi esta a grande heresia do século XIX — de que paixões "puras" ou "nobres" não precisavam ser crucificadas & renascidas, mas que por si mesmas levariam à felicidade? Ainda assim, a gente vê que isso torna a Lady C. desastrosa, tanto como esposa quanto como mãe, e é uma fonte de miséria para si mesma e para todos ao seu redor. Isso tudo é irrelevante, mas eu estive lendo *Esmond* o dia todo e foi isso que veio para a superfície.

(2) Com certeza: que você e Harwood venham no dia 1º de setembro. Quando acharmos que o *college* teve o suficiente dos dois, podemos jantar no Eastgate: menos bem, mas talvez mais à vontade. (3) Obrigado por tratar da Sra. Boshell e da Sra. Askins [viúvas]. (4) Parabéns por recuperar £237 para o Agapany. Isto é estupendo [...]. (5) Enquanto o governo está pegando pesado, será que vale a pena fazê-los pagar por minha cirurgia pelo motivo de que foi devido a um ferimento de guerra?

(6) Quando você me pede para lembrar-me de você em minhas orações é como a piada do *ponche* em que o médico diz ao paciente

(um coronel): "Penso que devo recomendar uma taça de bom e nutritivo vinho uma vez por dia." *Paciente*: "Ó bem — eu estou tomando uma garrafa de vinho do porto toda noite há vinte anos, mas não me importo de administrar uma taça extra se o senhor assim o desejar."

Lamento muito saber que você está deprimido até dizer chega por dentro. Eu sinto o que as pessoas sentem quando dizem: "Eu faria tudo para consertar esta situação": o que significa, analisando mais de perto, ai de mim, "ouso esperar que, se isso acontecer comigo, nem mesmo a minha covardia e egoísmo me impeçam de fazer alguma coisa". Muitas bênçãos para você.

PARA CHARLES A. BRADY: **do Magdalen College**
(O professor Brady do Canisius College, Buffalo, Nova York, enviou para Jack dois artigos intitulados "Introduction to Lewis" [Introdução a Lewis] e "C.S. Lewis: II" publicados em *America*, v. 71, em 27 de maio e 10 de junho de 1944.)

29 de outubro de 1944

Obviamente nunca se deve agradecer a um crítico pelo louvor: mas quem sabe se possa dar os parabéns a um colega estudioso pela profundidade de seu trabalho, mesmo quando o objeto de seu trabalho é a gente. Você é o primeiro dos meus críticos até aqui que realmente leu e entendeu *todos* os meus livros e "compôs" o assunto de tal forma a torná-lo uma autoridade. Os resultados me interessam, é claro, porque eles lisonjeiam minha vaidade como autor. Mas há também um interesse de outro tipo. Aqui está um homem tentando fazer o que toda a nossa profissão faz, e por alguns métodos, naquele único caso em que eu já sei as respostas à maioria das questões: sem dúvida uma oportunidade ideal para aprender algo sobre a eficiência dos próprios métodos! O resultado é encorajador. Eu sempre fui perseguido pelo temor de que todos os nossos estudos de autores mortos (que não podem se levantar e protestar quando estamos errados) possam estar bem incorretos, apesar da documentação cuidadosa etc.:

de uma maneira geral, você resolveu isso. A *Quellenforschung*[53] está boa.

Morris e MacDonald lhe foram mais ou menos dados (Morris é mais importante do que você sugere, penso eu), eu admito, mas você é o primeiro a destacá-los adequadamente. Quanto ao elemento Tír na nÓg,[54] você acertou na mosca e pode até ter deduzido muita leitura do primeiro Yates (que vale por vinte do modelo de 1920, recondicionado) e de James Stephens.[55]

Ficção de espaço e tempo, sim: mas, por mais estranho que pareça, não de Rice-Borroughs.[56] Mas esta é provavelmente uma mera probabilidade e o chute foi consistente. O pai real do meu livro planetário é o *Voyage to Arcturus* [Viagem para Arcturus] de David Lindsay,[57] que você também vai amar, caso ainda não o conheça. Eu fui criado ouvindo histórias de Wells desse tipo: foi Lindsay o primeiro a me dar a ideia de que o apelo da "ficção-científica" poderia ser combinado com o apelo "sobrenatural" — ele sugeriu a "cruz" (no sentido biológico). Sua própria perspectiva espiritual é detestável, quase diabólica, penso eu, e seu estilo é grosseiro: mas ele me mostrou que coisa extraordinária você pode obter misturando estes dois elementos.

R.H. Benson[58] está errado: ao menos eu acho que *Dawn of All* [Aurora de tudo] (o único que eu me lembro de ter lido) nunca significou muito para mim. Chesterton, é claro: mas mais, eu penso, no pensamento do que na imaginação. Rackham, sim: mas tendo-o mencionado você perdeu a oportunidade de explorar todo o meu

---

[53] Termo técnico do alemão, que quer dizer "pesquisa junto às fontes". [N. T.]
[54] Tír na nÓg (terra dos jovens) ou Tír na hÓige (terra da juventude) é, na mitologia irlandesa, um dos nomes do outro mundo celta. [N. T.]
[55] James Stephens (1880–1950) foi um romancista e poeta irlandês. [N. T.]
[56] Edgar Rice Burroughs (1875–1950) foi um escritor de ficção mais conhecido por sua ficção científica especulativa e gênero de fantasia. [N. T.]
[57] David Lindsay (1876–1945) foi um autor britânico mais conhecido pela ficção científica filosófica *A viagem de Arcturus* (1920). [N. T.]
[58] Robert Hugh Benson (1871–1914) foi um sacerdote anglicano, ordenado padre católico em 1904 e que escreveu uma série de obras de ficção. [N. T.]

complexo nórdico — Islandês antigo, o *Anel* de Wagner e (mais uma vez) Morris. O Wagner é importante: você também verá, se olhar direito, o quão *lírica* toda a construção do clímax é em *Perelandra*. Milton eu penso que você possivelmente esteja superestimando: é difícil distingui-lo de Dante & Agostinho. (Tinidril em sua segunda aparição deve algo a Matilda no final do *Purgatório*.)

Quando você fala de encontros de raças humanas em conexão com Ramson e os Hrossa, você diz algo que não estava em absoluto em minha mente. Tanto melhor: um livro não vale a pena ser escrito a menos que ele sugira mais do que o autor intencionou.

O único lugar em que, como parece para mim, a sua obra contenha uma *advertência* a nós todos é a porção baseada no retrato. A coisa toda depende de o retrato ser um bom retrato. De fato ele foi retirado de uma foto tirada por um homem que nunca me viu e, como me foi dito, mal se reconhece. Lembrete: vamos ambos lembrar disso da próxima vez que estivermos escrevendo sobre o século XVII ou um autor elisabetano e nos sentirmos inclinados a basear qualquer coisa em seu retrato! Ele pode não ter sido nada parecido com aquilo. (Por que continuamos presumindo que todos os pintores de retratos do passado eram fiéis, embora a experiência no presente nos diga que seja a coisa mais rara, até para um bom pintor, produzir uma semelhança real?)

Tolkien (e Charles Williams, que eu desejaria que você tivesse mencionado, especialmente os seus romances) é o mais importante. *O Hobbit* é meramente a adaptação para crianças de parte de uma mitologia enorme de um tipo mais sério: toda a luta cósmica como ele a vê, mas mediada por um mundo imaginativo. O sucessor de *O Hobbit*, que em breve estará terminado, vai revelar isso mais claramente. Os mundos privados foram até agora a obra principalmente de [autores] decadentes ou, pelo menos, meros estetas. Este é o mundo privado de um cristão. Ele é um homem realmente grande. Suas obras publicadas (tanto imaginárias como eruditas) devem preencher uma prateleira a estas alturas: mas ele é uma daquelas pessoas que nunca está satisfeita com um manuscrito.

A mera sugestão de publicação provoca a resposta: "Sim, eu o estou revisando e dando alguns retoques finais" — o que significa, na verdade, que ele começou a coisa toda do começo.

Eu agora acabei de ter uma orgia de falar sobre mim mesmo. Mas deixe-me parabenizá-lo novamente por seu trabalho muito minucioso e perceptivo. Talvez eu não tenha que acrescentar que, se algum dia você vier aqui, nosso pequeno círculo de amigos fará de tudo para transformá-lo num dia memorável. (A propósito, o vinho do porto é usualmente bebido na sala comunal, enquanto as outras bebidas são ostentadas em nossas salas privadas! Mas vamos arranjar vinho do porto por trás das portas fechadas se você quiser — embora, de fato, nossa bebida usual seja cerveja e/ou chá.) Fale-me a respeito de você, se for responder: eu sou bem ignorante de cartas americanas modernas.

PARA OWEN BARFIELD: **do Magdalen College** (sobre a morte de Charles Williams em 15 de maio de 1945)

18 de maio de 1945

Obrigado por escrever. Esta foi uma experiência muito *estranha*. Esta, a primeira perda realmente severa que eu sofri, (a) Forneceu uma corroboração à minha crença na imortalidade tal como nunca sonhei em ter. É quase tangível agora. (b) Varreu para longe todos os meus velhos sentimentos de mero horror e aversão a funerais, caixões, sepulcros etc. Se necessário fosse, penso que eu poderia ter manipulado *aquele* corpo quase sem quaisquer sensações desagradáveis. (c) Reduziu enormemente os meus sentimentos quanto a fantasmas. Penso (mas quem sabe?) que eu ficaria com medo, sim, mas mais satisfeito do que com medo, se o dele aparecesse. De fato, tudo muito curioso. Grande dor, mas não mera depressão.

Dyson me disse ontem que o que ele achava que fosse verdade para Cristo era, num grau inferior, verdade para todos os cristãos — isto é, eles vão embora para retornar em uma forma mais próxima e é conveniente para nós que eles se vão a fim de que eles possam fazer isso. Que tolo que é imaginar que se possa prever imaginativamente como qualquer evento se dará! "Alfinetada local única" muito bem, é claro, pois eu o amo (puro e simples assim) tanto quanto você: e ainda assim — uma espécie de sensação de luminosidade e dormência [...].

Para dizê-lo em poucas palavras — o que a ideia de morte fez a ele não é nada em comparação com o que ele fez com a ideia de morte. Fui nocauteado. Bem que ele costumava ser um bom pugilista.

A UM(A) EX-ALUNO(A): do The Kilns

20 de maio de 1945

Eu também fiquei muito familiarizado com a dor agora, através da morte do meu grande amigo Charles Williams, meu amigo dos amigos; o consolador de todo o nosso pequeno grupo; o mais angelical de todos os homens. A coisa estranha é que sua morte tornou minha fé mais forte do que ela era há uma semana. E penso que aquela conversa sobre "sentir que ele está mais próximo de nós do que antes" não seja apenas conversa. É bem isso que se sente — não consigo expressá-lo em palavras. Parece por vezes que estamos vivendo num novo mundo. Muito, muito sofrimento, mas sem uma partícula de depressão ou ressentimento [...].

PARA A IRMÃ PENELOPE, CSMV: do The Kilns

28 de maio de 1945

Estive intensamente interessado na sua história da cura do cachorrinho. Não vejo por que não se deveria. Talvez, de fato, aquelas pessoas às quais Deus dá um dom deste tipo devam confirmar a sua própria fé nisso, praticando em animais, pois, de certa forma, eles podem ser mais fáceis de curar do que o homem. Embora eles não possam ter fé nele (suponho eu) eles certamente têm fé em nós, que é fé nele isolada: e não há pecado neles para impedi-lo ou para resistir. Fico feliz com isso.

A senhora deve ter ouvido falar da morte do meu queridíssimo amigo, Charles Williams, e, sem dúvida, orou por ele. Para mim isso também representa uma grande perda. Mas de forma alguma desalentadora [...].

O título *Who Goes Home?* [Quem vai para casa?] deve ser rejeitado, porque alguém já o usou. O pequeno livro vai se chamar *The Great Divorce* [O grande abismo] e vai aparecer em torno de agosto. *Uma força medonha* está prometido para julho. O livro sobre milagres está terminado, mas não sairá antes do ano que vem.

Jane melhora e piora: muito suscetível, temo eu, a ataques de ciúmes realmente graves — ela não consegue suportar ver outras pessoas fazendo o trabalho. Ore por ela, querida irmã [...].

PARA CECIL E DAPHNE HARWOOD: do The Kilns
(Cecil e sua esposa escreveram individualmente para ele sobre *That Hideous Strength*.)

11 de setembro de 1945

Sobre Merlim, não penso que teria feito qualquer diferença se eu tivesse defendido as visões de vocês sobre o mundo após a morte. Eu quero dizer, é claro, que ele não seria *ingênuo* se voltasse do *meu* mundo, mais do que ele seria se voltasse do seu. Qualquer que seja o *status animarum post mortem*,[59] é artificial acreditar que este homem em particular fora isento disso e voltara da forma que era. (Sei que não se retorna de verdade: eu estava escrevendo só uma história.)

Quanto à Jane, não pretendia fazer dela o exemplo do problema da mulher casada e sua própria carreira em geral: antes o problema de todo o mundo que segue uma vocação *imaginária* às custas da real. Talvez eu devesse ter enfatizado mais o fato de que a sua dissertação sobre Donne foi toda composta de bobagens recorrentes. Se eu estivesse enfrentando o problema que Cecil pensa que eu tinha em mente, é claro que teria descrito uma mulher capaz de dar uma real contribuição à literatura.

Temo, de forma desconfortável, que Cecil esteja certo (com MacPhee) sobre St. Anne's ser antes como uma Casa de Lordes

---

[59]Expressão latina que significa "Estado anímico após a morte". [N. T.]

em *Yolanda*. Todos os resenhistas até aqui (exceto *Punch*) condenaram o livro: o que me consola é que foi por diferentes motivos — quero dizer, dificilmente eu posso ser ruim de tantas formas diferentes assim [...].

PARA I.O. EVANS: do Magdalen College (sobre *That Hideous Strength*)

26 de setembro de 1945

Fico contente de saber que você não tenha reconhecido o I.N.E.C.[60] como o absurdo fantástico que alguns leitores acham. Eu, por mim, não imaginei que as pessoas dos pandemônios contemporâneos estivessem explorando a magia de fato: eu supunha que este tivesse sido um acréscimo romântico da minha parte. Mas aí está você. O problema ao escrever sátira é que o mundo real sempre antecipa você e o que você colocou como exagero acaba se revelando como nada disso.

Sobre Merlim: não sei muito mais coisas do que você. À parte de Malory (a edição de Everyman e os Temple Classics [Clássicos do templo] estão ambos completos), você vai obter algo mais em Geoffrey de Monmouth[61] (Temple Classics), e Layamon[62] (a ser encontrado no volume da Everyman, intitulado "Arthurian Chronicles from Wace to Layamon" [Crônicas arthurianas de Wace até Layamon). Quanto a Arthur em geral, veja "Arthur of Britain" [Arthur da Grã-Bretanha], por E.K. Chambers,[63] Collingwood, no volume 1 de *Oxford History of England* [História Oxford da Inglaterra], e "Malory", de Vinaver. Mas a bênção sobre Merlim

---

[60] Instituto Nacional de Experimentos Coordenados. Em inglês, National Institute for Co-ordinated Experiments (N.I.C.E.). Trata-se de uma agência fictícia criada por Lewis no livro *Aquela fortaleza medonha*, terceiro volume da trilogia cósmica.
[61] Geoffrey de Monmouth (c. 1095–c. 1155) foi um clérigo britânico e escritor que contribuiu muito para a historiografia e para a popularidade dos contos do Rei Arthur. [N. T.]
[62] Layamon ou Laghamon foi um poeta inglês do início do século XIII. [N. T.]
[63] Sir Edmund Kerchever Chambers (1866–1954), foi um crítico literário mais especializados na obra de Shakespeare. [N. T.]

(para você e para mim) é que "muito pouco é conhecido" — de modo que temos uma mão livre!

PARA A SRTA. DOROTHY L. SAYERS: **do Magdalen College**
10 de dezembro de 1945

Embora você tenha tão pouco tempo para escrever cartas, você é uma das grandes escritoras de cartas inglesas. (Terrível visão para você — "Esquece-se, por vezes, que a Srta. Sayers era conhecida em seus próprios tempos como uma autora. Nós que estivemos familiarizados com cartas desde a infância dificilmente nos damos conta! [...]) Mas eu não sou.

Não, Hopkins não está contribuindo para o volume [*Essays Presented to Charles Williams* {Ensaios apresentados a Charles Williams}]. Ainda assim, uma criatura querida.

Sou todo favorável a livretos sobre outros assuntos, com o cristianismo latente. Eu propus isso no SCR[64] no Campion Hall e me disseram que ele era "jesuítico". O Porteiro do Hall no "Bull", Fairford, gosta de "The Man Born to be King" [O homem nascido para ser rei] (e de tal é o reino). Devo ter uma conversa longa contigo sobre o Socratic Club[65] em breve.[66] Com grande pressa.

PARA UM AMIGO (que estava aflito com a devoção indesejada de uma jovem): **do Magdalen College**

[1945?]

"Não faça cara feia!" [...] Fazemos cara feia quando vemos uma criança perto de uma poça: será que fazemos *cara feia* quando a vemos na beirada de um precipício (esqueletos brancos nas rochas, trezentos metros mais abaixo)? [...]

---

[64] Provavelmente a Senior Common Room [Sala Comunal Sênior]. [N. T.]
[65] Clube presidido por Lewis, que se destinava a jovens estudantes e que visava discutir "Deus e o mundo", com preletores cristãos ou não, que teve Dorothy Sayers como uma de suas palestrantes convidadas. [N. T.]
[66] A Srta. Sayers estava impressionada com o Oxford University Socratic Club [Clube Socrático da Universidade de Oxford], do qual Jack foi presidente, e ela esperava começar um em Londres.

Suponho que *esteja* tudo em ordem, não está? Queria que Charles Williams estivesse vivo: este era bem o tipo de problema para ele. Sua solução era, de uma forma peculiar, de ensinar-lhes os *ars amandi*[67] e depois remetê-los a outros homens (mais novos). *Sic vos non vobis*.[68] Ele mesmo não era apenas um amante, mas a causa por que o amor estava em outros homens.

Mas é um jogo delicado. Talvez eu esteja levando tudo demasiado a sério — mas o mundo está se tornando frio e eu simplesmente não suportaria qualquer aborto mais sério em sua vida. ("Salve-se por mim, Pickwick!", disse o Sr. Tupman.) Eu ardo por explicar a esta jovem que uma boa quantidade de pessoas se importa com sua felicidade e, puxa! é melhor ela cuidar com o que está prestes a fazer [...].

PARA A IRMÃ PENELOPE, CSMV: do Magdalen College
31 de janeiro de 1946

Eu pretendia lhe escrever antes, mas a vida está muito tumultuada. A corrente de alunos voltando das forças armadas faz do trimestre algo diferente do que eles eram nos tempos de guerra. A propósito, os homens que retornaram são *legais*: muito mais legais do que a minha geração foi quando saímos do exército — e um percentual muito maior de cristãos [...].

That Hideous Strength foi unanimemente condenada por todos os resenhistas.

Sobre o *Planets*[69] [Planetas] de Holst, eu ouvi Marte e Júpiter há muito tempo e os admirei muito, mas ouvi a obra completa apenas nas últimas seis semanas. Mas seus capítulos são bastante diferentes dos meus, penso eu. Sua Marte não era brutal e feroz? — na minha,

---

[67]A arte de amar. [N.T.]
[68]Palavras de Virgílio que significam "Assim como vós [trabalhais] não para vós". Ele o diz no contexto da queixa de que outros são recompensados pelo trabalho realizável apenas pelo poeta. [N.T.]
[69]Composição musical de Gustav Theodore Holst (1874–1934), que foi um compositor, arranjador e professor inglês. [N.T.]

eu tentei extrair o *bom* elemento no espírito marciano, [que se caracteriza] pela disciplina e liberdade tiradas da ansiedade. Em Júpiter, estou mais perto dele: mas eu penso que o dele é mais "jovial" no sentido *moderno* da palavra. O tom folclórico no qual ele o baseia não é majestoso o suficiente para o meu gosto. Mas é claro que há uma similaridade geral, porque nós dois estamos seguindo os astrólogos medievais. A dele, em todos os casos, é uma obra rica e maravilhosa.

PARA A SRTA. DOROTHY L. SAYERS: **do The Kilns**

2 de agosto de 1946

Não acho que a diferença entre nós chega até onde você pensa. É claro que não se deve fazer um serviço *desonesto*. Mas você parece tomar como critério de trabalho honesto o *desejo* sensível de escrever, o "comichão". Isso me parece tão importante quanto tornar o "estar apaixonado" como o único motivo para ir adiante com o casamento. Em minha experiência, o *desejo* não tem relação constante com o valor do trabalho realizado. Minha própria inquietação frequente vem de outra fonte — o fato de que o trabalho apologético seja tão perigoso para a nossa própria fé. Uma doutrina nunca me parece mais fraca do que quando eu acabei de ter sucesso em defendê-la. De qualquer forma, obrigado por uma carta intensamente interessante.

PARA A IRMÃ PENELOPE, CSMV: **do Magdalen College**

(com referência a rumores recentes sobre viagem espacial de verdade)

21 de outubro de 1946

Sim, é bem verdade. Começo a temer que os vilões realmente corromperão a lua.

PARA A SRA. FRANK L. JONES: **do Magdalen College**

23 de fevereiro de 1947

(1) A doutrina de que o Nosso Senhor era Deus e homem *não* quer dizer que ele era um corpo humano que tinha Deus, em

vez de uma alma humana normal. Isto significa que um homem real (corpo humano *e* alma humana) estava nele tão unido com a Segunda Pessoa da Trindade que se tornava uma só Pessoa: da mesma forma que na senhora e em mim, um completo antropoide animal (corpo animal *e* "alma" animal, isto é, instintos, sensações etc.) está tão unido com uma alma racional imortal, que se torna uma só pessoa. Em outras palavras, se o Filho Divino tivesse sido removido de Jesus, o que teria restado não teria sido um corpo, mas um homem vivo.

(2) Esta alma humana nele estava firmemente unida ao Deus nele, naquilo que torna uma personalidade una, qual seja, a Vontade. Mas ele tinha os *sentimentos* de qualquer homem normal: portanto podia ser tentado, podia ter medo etc. Por causa destes sentimentos ele podia orar "Meu Pai, se for possível, afasta de mim este cálice":[70] Por causa de sua união perfeita com a sua Natureza Divina ele inabalavelmente respondeu "contudo, não seja como eu quero, mas sim como Tu queres".[71] As passagens de Mateus deixam clara esta unidade de vontade. A segunda fornece, em acréscimo, os sentimentos humanos.

(3) Deus poderia, se assim o desejasse, ter se encarnado num homem de nervos de aço, o tipo estoico que não deixa nenhum suspiro escapar-lhe. Por sua grande humildade, ele escolheu ser encarnado em um homem de sensibilidades delicadas, que chorou na sepultura de Lázaro e transpirou sangue no Getsêmani. Do contrário, nós teríamos deixado de aprender a lição de que é através de sua *vontade*, e somente dela, que um homem é bom ou ruim, e que os *sentimentos* não sejam, por si mesmos, de qualquer importância. Também teríamos deixado escapar a ajuda da maior importância de saber que ele encarou tudo o que os mais fracos entre nós encaram, que ele compartilhou não apenas da força de nossa natureza, mas também de cada

---

[70]Mateus 26.39a. [N. T.]
[71]Mateus 26:39b. [N. T.]

fraqueza, exceto o pecado. Se ele tivesse encarnado em um homem de imensa coragem natural, isso teria sido, para muitos de nós, quase a mesma coisa como se ele não tivesse se encarnado de forma alguma.

(4) A oração registrada em Mateus é curta demais para ser suficientemente longa para os discípulos irem dormir! Eles registram a porção que eles ouviram antes de caírem no sono.

(5) É possível que todos os Evangelhos estejam baseados em atos e ditos que os discípulos deliberadamente aprenderam de cor: um método muito mais seguro, mesmo agora, do que a transmissão por escrito: quanto mais entre pessoas cuja memória não esteja infectada por demasiados livros e cujos livros só eram manuscritos. Mas isso são apenas conjecturas. Desejando o melhor.

[P.S.] Mantenha distância dos psiquiatras, a menos que saiba que eles também sejam cristãos. Do contrário, eles começarão com o pressuposto de que a sua religião seja uma ilusão e vão tentar "curá-lo": e tal pressuposto eles assumem não como psicólogos profissionais, mas como filósofos amadores. Muitas vezes eles nunca pensaram seriamente sobre a questão.

PARA MARTYN SKINNER: do Magdalen College

15 de outubro de 1947

Eu acabei de ler o seu admirável *Letters [to Malaya]* [Cartas para Malaya], que você me enviou há mais meses do que eu consigo me lembrar. Penso que seja o melhor até agora e cheio de coisas desejáveis [...]. As punhaladas de prazer menores são numerosas demais para se mencionar e, em algumas páginas, quase contínuas. Eu destaco como especialmente belo o "barco aberto, o sepulcro à deriva" e "cada templo como uma onda". Um livro belo e terrível também para quem compartilha (como eu faço) de suas preocupações.

Seria menos aterrador se fosse possível realmente atribuir o assassinato da beleza a qualquer grupo particular de homens maus; o problema é que, da primeira e completamente legítima tentativa de ganhar segurança e tranquilidade da Natureza, parece que isso leva, passo a passo, bastante logicamente a subúrbios universais [...].

PARA OWEN BARFIELD: do Magdalen College
16 de dezembro de 1947

Sim, eu li sua carta. Peço seu apoio. As coisas nunca foram piores no The Kilns. W[arren] está fora, de modo que a correspondência nunca foi mais pesada no College. "O sono me abandonou e abriu mão de mim."[72] Nunca pensei que o processo de aposentadoria na nossa idade era como um noivado: ou quão concreta a proposta era. Ela necessita reflexão. Em todos os casos o emprego profissional é, até certo ponto, uma defesa compulsória contra o trabalho doméstico e um alívio do mesmo. Cuide-se. Onde não há ofício, não pode haver lazer, qualquer que seja [...].

Seu ensaio é magnífico e não sei por que você está decepcionado com ele.[73] Tolkien pensa o mesmo & o leu duas vezes. O dele é muito bom também. O meu, *fino*. O de D. Sayers talvez trivialmente vulgar em alguns lugares [...].

Com pressa — desperdicei a maior parte da manhã (logo não vai haver manhãs) embrulhando um volumoso manuscrito que me foi enviado sem solicitação por um estranho grosseiro com um nome parecido com Van Tripe. Bem, tudo está conectado [...].

P.S. É claro que o problema real está por dentro. Todas as coisas seriam suportáveis se eu fosse liberto desta tempestade interna (*buffera infernal*)[74] de autocomiseração, furor, inveja, terror, horror e absurdos gerais!

---

[72]Palavras de Milton no poema "Sansão Agonista". A segunda estrofe diz: "O ópio entorpecente para a morte é a minha única cura". [N. T.]
[73]O ensaio de Owen Barfield "Poetic Diction and Legal Fiction" [Fluência poética e ficção legal] em *Essays Presented to Charles Williams*, ed. C.S. Lewis (1947).
[74]Expressão latina que significa "redemoinho infernal" e que foi retirado do Inferno de Dante. [N. T.]

PARA OWEN BARFIELD: do The Kilns

22 de dezembro de 1947

(Este papel de carta absurdo é o presente de um americano.)

Eu já me arrependo de minha última carta, exceto na medida em que produziu uma tão valiosa da sua parte. Ela era dois terços de mau humor e melodrama. Assim, "O sono me abandonou e abriu mão de mim" quis dizer "Eu tive uma ou duas noites ruins ultimamente" e *mais* "O *Sansão Agonista* não é legal?"

Não há problema com a vocação. Obviamente não se pode deixar uma senhora semiparalítica em uma casa sozinha por dias ou mesmo horas: e o dever de cuidar de sua família está sobre todos nós e é forma comum.

A fúria vem da *impatientia*, no sentido teológico estrito: porque a gente trata como uma interrupção de nossa (autoimpingida) vocação a vocação realmente imposta a nós — referente ao trabalho de exame, na verdade disposto como uma distração daquela que você gostaria de estar cumprindo. Em todos os casos, Maureen está chegando para o Natal e W. e eu iremos para Malvern [...].

Não imagine que não ataquei C[harles] W[illiams] por tudo o que eu valia.

PARA EDWARD A. ALLEN, DE WESTFIELD, MASSACHUSETTS: do Magdalen College (o Sr. Allen e sua mãe eram dois dos numerosos americanos que enviavam alimentos e outros presentes para Jack depois da guerra)

29 de janeiro de 1948

Nem sei o que dizer em resposta à sua carta de 23 de janeiro. É possível agradecer de forma inadequada, mas não inteiramente inapropriadamente por um, dois ou até três pacotes, mas o que dizer quando se é bombardeado por uma torrente de gentilezas ininterruptas? Em meu tempo de vida, nada marcou de forma tão profunda este país como a incrível explosão de generosidade individual americana, que seguiu à divulgação de nossa situação econômica. (Não falo nada da ação *governamental*, porque naturalmente isso atinge o "homem da rua" de forma muito menos evidente.) A quantidade de tempo que leva para um pacote cruzar o Atlântico é uma indicação significativa do volume de comida que deve estar sendo despejado na Inglaterra.

Quanto ao "Tuxedo" [*smoking*] — que é conhecido com "dinner jacket" ["casaco de jantar"] aqui, "Le smoking" em Paris — se ele não couber em mim, certamente vai servir em um de meus amigos e economizará a alguns homens gratos um ano de vales de roupas: e pelo menos £25 em dinheiro.[75]

Quanto a coisas para enviar — ficaria grato se *não* enviasse qualquer uma das sessenta e seis milhões de toneladas de neve! Estremecemos só de lembrar do último inverno. Um pacote ou dois de envelopes sempre são bem-vindos, uma coisa pequena, mas o constante racionamento destes se torna muito irritante para homens ocupados, depois de um tempo. Com agradecimentos calorosos por toda sua grande gentileza e desejos de tudo de bom.

PARA A SRTA. VERA MATHEWS: do Magdalen College
(outra benfeitora americana)

7 de fevereiro de 1948

Que adorável! Bacon, chá, toucinho e tudo mais — e mais uma vez, mil vezes obrigado. O especialista em datilografia está fora e, como você vê, eu mal tenho condição de escrever legivelmente. Mas (se você *conseguir* discerni-lo) acredite em mim, nossos corações estão bem aquecidos e nós apreciamos a gentileza e amizade, bem como os seus resultados tangíveis (e mastigáveis). Eu realmente não sei como expressar o que sinto: obrigado e mais obrigado.

PARA EDWARD A. ALLEN: do Magdalen College

29 de maio de 1948

Mais uma vez, tenho que lhe enviar meus agradecimentos inadequados, mas muito sinceros, não apenas pelo "tuxedo" [*smoking*],

---

[75] O *smoking* serviu como uma luva para o filho do professor Tolkien, Christopher.

mas pelo pacote de comida iminente [...]. A extensão até onde o seu povo veio em nosso resgate é incrível e comovente; eu sabia, de uma maneira geral, é claro, que quantidades muito grandes de comida, roupas etc. doadas estavam entrando na Grã-Bretanha, mas nem por isso deixei de ficar surpreso de ler em um debate recente na *House of Lords* [Casa de Lordes] que cada casa do Reino Unido se beneficia da ajuda americana na proporção de £1–0–0 por semana, e isso nos últimos *dois anos*. Vocês podem muito bem se orgulhar [...].

"O que um *don* faz?" Como uma mulher, o seu trabalho nunca está terminado. A "tutoria" ocupa a maior parte do seu dia, isto é, alunos chegam em pares, leem ensaios para ele, depois vem a crítica, discussão etc.: então ele faz preleções públicas sobre seu próprio tema; participa da administração do College; prepara as suas preleções e escreve livros; e, nas horas vagas, fica na fila.

Tenho certeza de que o nosso encontro não será postergado até muito no futuro; por que não fazer uma viagem para cá e distribuir alguns dólares entre os hospedeiros que trabalham duro e são merecedores? [...]

PARA JOHN WAIN: do Magdalen College

6 de novembro de 1948

Estou me perguntando, se você pensou em se candidatar para a bolsa de tutoria de inglês no New College? Eu compreendo (isso é claro que é estritamente confidencial) que eles têm um candidato forte que é prata da casa, mas eles não estão *decididos* a elegê-lo, isto é, se um candidato definitivamente mais forte aparecer, eles vão elegê-lo. Sei que você foi bem instruído por D.C.,[76] portanto, é possível que você possa ser o candidato mais

---

[76] Lord David Cecil (1902–86) foi educado em Eton e Christ Church. Ele foi um membro e preletor de história moderna no Wadham College em 1924–30, e membro do New College desde 1939 até ser eleito Professor Goldsmith de inglês em Oxford, em 1948. Lord David também foi membro dos The Inklings.

forte, se vier a se candidatar. Se você estiver à procura de emprego, é claro que seria óbvio que você tentasse este. Como as coisas estão, não sei se você vai querer ou não. Nunca estarei satisfeito comigo mesmo, enquanto não o vir em Oxford: e este emprego certamente pagará mais do que o que você ganha no momento. Por outro lado, isso provavelmente significaria mais trabalho e, é claro, a caça a uma casa. Não sei se posso acrescentar alguma coisa, escrevendo mais diligentemente. Pense sobre isso por vinte e quatro horas e me avise.[77]

PARA OWEN BARFIELD: do Magdalen College

10 de novembro de 1948

Será que o que você diz sobre depressões, na verdade, não está representando um avanço em autocrítica e objetividade? — isto é, que as mesmas experiências que certa vez o teriam levado a dizer "Que horríveis que todos (ou o tempo, ou a situação política) estão sendo comigo no momento" agora o levam a dizer "Estou deprimido" — uma revolução copernicana revelando como atividade de si mesmo, o que em um período de maior ingenuidade foi confundido com uma atividade do Cosmo. (Verdade, sua última carta mostra algum declínio em seus poderes críticos: mas todos nós fomos advertidos de que com a idade vem uma falta de capacidade de apreciar poesia nova!) Mas estou falando sério quanto à outra sugestão.

Eu também vou completar cinquenta em breve. Só mais vinte anos de vida agora. Um feliz aniversário a você. Quem sabe possa contribuir saber que, por vinte e cinco anos, você sempre foi alimento (e muitas vezes até físico) para a minha mente e coração. E isso é bem verdade.

---

[77]John Wain é um dos alunos de Jack que se tornou membro dos The Inklings. Ele é um escritor tão bom que a forma mais prazerosa de conhecer mais sobre ele e sua relação com os The Inklings é através de seu *Sprightly Running: Part of an Autobiography* [Correndo alegremente: parte de uma autobiografia] (1962).

PARA O DR. WARFIELD M. FIROR, DE BALTIMORE, MARYLAND: do Magdalen College (O Dr. Firor foi particularmente generoso em enviar presuntos para Jack).

22 de janeiro de 1949

Sua generosidade (ver *Antônio e Cleópatra*) "como um outono é, que cresce mais na colheita".[78] Foi ontem que eu disse para mim mesmo o quanto eu gostaria de ver os Estados Unidos, se ao menos se pudesse ver as partes calmas deles e não as cidades — coisas que em todo país me interessam apenas se eu for ouvir uma ópera ou comprar um livro! E você se antecipou a mim.[79]

Mas é totalmente impossível. Uma velha inválida me amarra em casa. A ausência à tarde, até mesmo por um dia, deve ser cuidadosamente planejada com antecedência. Então, uma visita a outro continente é tão impossível para mim, quanto uma visita à lua. Ó que pena! Em pensar que, como seu convidado, eu poderia ver ursos, castores, índios e montanhas! Como você sabia do que eu gosto?

Neste meio-tempo, a única chance de nós nos encontrarmos é que você mesmo visite esta prisão insular. Para todo o meu grupo, você é, a estas alturas, uma pessoa quase mítica — Firor-dos-presuntos, uma espécie de deus da fertilidade.

PARA I.O. EVANS: do Magdalen College

28 de fevereiro de 1949

Concordo com você quanto ao tema central — de que a arte pode ensinar (e muita arte grandiosa deliberadamente se propõe a fazer isso) sem, de forma alguma, deixar de ser arte. No caso particular de Wells eu concordaria com Burke, porque em Wells parece-me

---

[78] A citação correta é "For his bounty, There was no winter in 't, an autumn 'twas That grew the more by reaping" [Para a sua generosidade. Não havia inverno nisso, um outono era, que crescia mais com a colheita] (*Antônio e Cleópatra*, Ato 5, Cena 2). [N. T.]

[79] Dr. Firor exerceu sua profissão de médico em Baltimore, mas tinha um rancho em Cody, Wyoming. Ele sabia que Jack precisava de um descanso, mas era improvável que ele gostasse das cidades americanas e, portanto, ele o convidou para o rancho.

que se tem pura fantasia de *primeira* classe (*Máquina do tempo*, *Os primeiros homens na lua*) e didatismo de *terceira*: isto é, eu critico seus romances de propósito, não porque eles tenham um propósito, mas porque eu os acho ruins. Da mesma forma que eu critico os trechos de pregação de Thackeray, não porque eu não goste de sermões, mas porque eu não gosto de sermões ruins. Para mim, portanto, Wells & Thackeray são casos que obscurecem o assunto. Deve-se travar a batalha por livros em que a doutrina é tão boa por seus próprios méritos quanto a arte — por exemplo, Bunyan, Chesterton (como você concorda), Tolstói,[80] Charles Williams, Virgílio.

PARA SARAH (uma afilhada): **do The Kilns**

3 de abril de 1949

Lamento ter que lhe dizer que não acho que estarei em condições de estar na sua crisma no sábado. Para a maioria dos homens, sábado à tarde representa um tempo livre, mas eu tenho uma senhora inválida para cuidar, e o fim de semana é a hora em que não tenho qualquer liberdade, e eu tenho que tentar ser enfermeiro, cuidador do cachorro, rachar a lenha, ser o mordomo, criado e secretário todos em um. Eu havia esperado que, se a velha senhora estivesse um pouco melhor do que o usual e se todas as outras pessoas da casa estivessem de bom humor, eu pudesse estar em condições de sair no próximo sábado. Mas a velha senhora está bastante pior do que o usual e a maioria do pessoal em casa está de mau humor. Então eu preciso "ficar no barco".

Se eu *tivesse* vindo e nós tivéssemos nos encontrado, temo que você teria me achado muito tímido e chato. (A propósito, lembre-se sempre de que pessoas idosas podem ser tão tímidas com pessoas mais jovens quanto as jovens podem ser com as idosas. Isso explica

---

[80]Lev Nikoláyevich Tolstói (1828–1910), mais conhecido em português como Tolstói, foi um escritor russo que é reconhecido com um dos maiores escritores de todos os tempos, ganhador de vários prêmios Nobel. [N. T.]

o que deve parecer a você a forma idiota com que muitos adultos falam contigo.) Mas eu vou tentar fazer o que posso por carta.

Penso que eu tenha que ser dois tipos de pessoas para você. (1) O real, sério, padrinho cristão (2) O padrinho feérico. Com relação a (2) estou anexando uma porção da minha única mágica (uma muito chata) com a qual eu sei lidar. Sua mãe deve saber como tratar do feitiço. Penso que isto significará um ou dois ou até cinco libras para você *agora*, para adquirir as coisas que você deseja, e o resto deve ir para o banco para uso futuro. Como eu digo, trata-se de um tipo de magia chata, e um padrinho realmente bom (do tipo 2) faria algo muito mais interessante: mas é o melhor que um velho bacharel pode inventar e é com amor.

Quanto ao número 1, o padrinho cristão sério, eu me sinto muito inadequado para o trabalho — da mesma forma que você, ouso dizer, possa se sentir muito inadequada para ser crismada e para receber a Santa Ceia. Mas nem um anjo seria realmente apto e todos devemos dar o melhor de nós. Então, suponho que eu deva lhe dar conselhos. E o pouco de conselho que vem à minha cabeça é este: não espere (quero dizer, não *conte com*, não *demande*) que quando estiver crismada, ou, quando comungar pela primeira vez, você tenha todos os *sentimentos* que gostaria de ter. É claro que você pode: mas também pode ser que não. Mas não se preocupe se você não os tiver. Eles não são o que importa. As coisas que estão acontecendo contigo são coisas bem reais, não importa se você estiver se sentindo como gostaria ou não, da mesma forma que uma refeição vai fazer bem a uma pessoa esfomeada, mesmo se ela estiver com um resfriado que estrague todo o gosto. Nosso Senhor vai nos dar os sentimentos corretos, se ele assim o desejar — e então temos que dizer obrigado. Se ele não o fizer, temos que dizer a nós mesmos (e a ele) que ele sabe o que é o melhor. Este, a propósito, é um dos bem poucos assuntos dos quais eu sinto que sei alguma coisa. Por anos, depois que me tornei um comunicador regular, perdi a conta de quão chatos foram os meus sentimentos e como a minha atenção caminhou nos momentos mais importantes.

Foi só nos últimos um ou dois anos que as coisas começaram a ficar bem — o que prova como é importante continuar fazendo o que lhe é dito para fazer.

Ó — eu quase esqueci — tenho mais *um* pequeno conselho. Lembre-se de que há só três tipos de coisas que qualquer pessoa tenha que fazer. (1) Coisas que *devemos* fazer (2) Coisas que *temos* que fazer (3) Coisas que *gostamos* de fazer. Eu digo isso porque algumas pessoas parecem gastar tanto do seu tempo fazendo coisas por nenhuma das três razões, coisas como ler livros de que não gostam, porque outras pessoas os leem. Coisas que você deve fazer são coisas como fazer o dever de casa ou ser legal com as pessoas. Coisas que temos que fazer são coisas como vestir-se e despir-se, ou ir às compras domésticas. Coisas que gostamos de fazer... mas é claro que não sei o que *você* gosta de fazer. Talvez você venha a me escrever e dizer algum dia.

É claro que eu sempre a menciono em minhas orações e vou fazê-lo em especial no sábado. Faça o mesmo por mim.

PARA OWEN BARFIELD: do The Kilns (com alusão a alguns personagens muito desagradáveis em sua trilogia de ficção científica)

4 de abril de 1949

Será que eu mencionei que Weston, Devine, Frost, Wither, Curry e Srta. Hardcastle eram todos retratos de você? (Se não, isso deve ser porque não é verdade. Por Deus, entretanto, espere até eu escrever outra história.)

Plus aux bois?[81] Nós vamos, Oscar, nós vamos.

Henrique VII enforcou alguns cães por brigarem com um leão: disse que eles estiveram se rebelando contra o seu soberano natural. Eis a coisa. Também teve o seu próprio falcão decapitado por brigar com uma águia.

---

[81]Na verdade é "Plus au bois" [Mais para dentro da floresta] e faz parte de uma canção infantil francesa. [N. T.]

Falando de animais e pássaros, você já notou este contraste: de que quando você lê um relato científico da vida de qualquer animal você obtém a impressão de uma atividade econômica laboriosa, incessante, quase racional (como se todos os animais fossem alemães), mas, quando você analisa qualquer animal que você conheça, sabe que o que o impressiona de imediato é seu caráter brincalhão, a inutilidade de quase tudo o que ele faz. Diga o que quiser, Barfield, mas o mundo é mais bobo e mais engraçado do que eles escrevem.

PARA A SRTA. BRECKENRIDGE: do Magdalen College
1º de agosto de 1949

Não se preocupe com a ideia de que Deus "sabia por milhões de anos exatamente pelo que você iria orar". Não é assim que as coisas funcionam. Deus a está ouvindo *agora*, de maneira tão simples quanto uma mãe ouve um filho. A diferença que faz sua atemporalidade é que este *agora* (que escapa de você só de dizer a palavra *agora*) é para ele infinito. Se for para você pensar sequer sobre sua atemporalidade, não pense nele como *tendo* esperado este momento por milhões de anos: pense que, para ele, você está sempre fazendo esta oração. Mas realmente não há necessidade de trazer isso à tona. Você já foi ao templo ("Melhor é um dia nos teus átrios do que mil noutro lugar")[82] e o encontrou ali, como sempre. Isso é tudo com o que você tem que se preocupar.

Não há relação de qualquer importância entre a Queda e a Evolução. A doutrina da Evolução é que os organismos mudaram, algumas vezes para o que nós chamamos de (biologicamente) melhor [...] bastante frequentemente para o que chamamos de (biologicamente) pior [...]. A doutrina da Queda diz que em um ponto particular, uma espécie, o homem, caiu num abismo moral. Não há nem oposição, nem retroalimentação entre as duas doutrinas [...]. A Evolução não só não é uma doutrina de melhorias

---
[82] Ver Salmos 84:10a. [N. T.]

morais, mas também de mudanças biológicas, algumas para melhor, e algumas deteriorações [...].

PARA A SRA. EDWARD A. ALLEN: **do Magdalen College**
16 de agosto de 1949

Penso que eu *goste* de água salgada em todas as suas formas; de um passeio na praia no inverno, quando não há uma só alma à vista, ou quando é derramada (lavando as partes de cobre) do convés de um navio, ou nos fazendo dar cambalhotas em grandes verdes ondas espumantes, feito cerveja. Eu cresci perto delas, mas não há chance de tê-las agora. Por outro lado, descobri as alegrias de tomar banho em rios pouco profundos [...] é como tomar banho na luz em vez de na água; e, tendo caminhado por quilômetros, podemos bebê-la ao mesmo tempo [...]. Também temos uma estiagem e onda de calor [...].

P.S. C. está para CLIVE — sem nenhuma relação com o anglo-indiano iníquo de mesmo nome.

PARA "SRA. LOCKLEY": **do Magdalen College** (o marido da "SRA. LOCKLEY arrumou uma amante)
2 de setembro de 1949

Aparentemente eu estava errado em pensar que tolerar a infidelidade e submeter-se ao arranjo que seu marido sugere seria *errado*. Meu conselheiro, é claro, diz que é impossível para ele "fazer um julgamento justo sem conhecer melhor as partes". Mas com esta reserva, ele sugere: (1) A Sra. A. deve recusar-se de ter relações sexuais com o seu marido, ou continuar em frente, ignorando completamente a amante. (2) O Sr. A. nunca deve mencionar a amante em sua casa, nem quando ele a tenha visto, nem deve ele deixar a Sra. A. ou qualquer um ter qualquer suspeita de quando ou onde ele encontra a amante. Não consigo ver o ponto nº 2 e presumo que, de qualquer forma, seja impraticável [...].

Quanto às reais providências práticas, não sinto que eu — um bacharel mais velho e um dos mais amadores dos teólogos — possa ser de qualquer utilidade. Onde eu *poderia* ajudar, quanto aos problemas internos e espirituais por si mesmos, a senhora obviamente não necessita de minha ajuda. Todas as coisas que eu teria dito para a maioria das mulheres em sua posição (sobre caridade, submissão à vontade de Deus e a natureza venenosa de ciúme alimentado, por mais justo que seja o caso) a senhora claramente já sabe, eu não acho que possa prejudicá-la saber que a senhora recebeu estas graças, desde que saiba que são graças, dons do Espírito Santo, e não seus próprios méritos. Deus, que previu a sua tribulação, a equipou especialmente para passar por ela, não sem dor, mas sem mácula; não como um caso de "moderar o vento para o cordeiro tosqueado", mas de dar ao cordeiro um casaco proporcional ao vento. Considerando todo *este* lado, a senhora deve apenas ir em frente do jeito que está indo. E certamente não precisa se preocupar sobre ter qualquer material para psicoterapia na senhora [...].

Um ponto em sua história paira em minha mente — as consequências fatais da falta de confiança do seu marido na senhora, quando ele não conseguiu adquirir aquelas cartas. Pois esta é precisamente a forma como *nós* também podemos abandonar Deus. Se nada, ou nada que possamos reconhecer, se apresenta, nós imaginamos que ele tenha nos abandonado e o rejeitamos, talvez precisamente no momento em que a ajuda estava a caminho. Sem dúvida seu marido pode ter estado mais pronto a abandoná-la, porque uma tentação bem diferente já havia começado. Mas então isto também se aplica à relação Deus-homem [...].

PARA A SRA. LOCKLEY: **do Magdalen College**

6 de setembro de 1949

Contar isso para uma pessoa que você consulta não é mais desleal do que revelar o seu corpo para um médico seja exposição indecente. Isso vale muito mais para um confessor treinado ao lidar com esta, por assim dizer, situação antisséptica.

Não acho que o acordo que o velho homem sugere seja "desonesto". Penso que seu conselho aciona uma distinção fina, mas importante, entre *tolerar* uma situação que é a culpa de alguém e *sancioná-la*, de uma forma que torna a gente um cúmplice. Afinal de contas seu marido não tem o direito às duas maneiras, e a senhora não tem o dever (ou direito) de fazê-lo sentir-se como se tivesse. Não faria mal a ele de se dar conta de que este caso é tão de adultério quanto se ele tivesse feito "visitas furtivas a uma prostituta" [...].

PARA A "SRA. LOCKLEY": **do Magdalen College**

12? de setembro de 1949

Não acho que sua objeção a "estabelecer-se como juíza" seja covardia. Isso vem do fato de que você é a parte ofendida e tem uma convicção muito apropriada de que a parte queixosa não pode estar também no banco dos réus. Eu também me dou conta de que ele não sente o pecado como um cristão sentiria: mas ele deve, como homem, sentir a desonra de quebrar uma promessa. Afinal de contas a constância no amor jorra por cima dele de toda canção de amor do mundo, bem à parte de nossa concepção mística do casamento [...].

Como você diz, o negócio é confiar *apenas* em Deus. A hora virá quando a senhora vai se referir a toda esta miséria como um preço pequeno a pagar por ter sido trazida para a dependência. Neste meio-tempo (como sei bem), a questão é que confiar em Deus tem que começar do começo todos os dias, como se nada tivesse ainda acontecido [...].

A razão pela qual estou sobrecarregado com os problemas de muitas pessoas é, penso eu, que eu não tenho curiosidade natural pelas vidas privadas e, portanto, sou um bom ouvido. Para quem gosta destas coisas (*neste* sentido), seria um veneno perigoso.

PARA A "SRA. LOCKLEY": **do Magdalen College**

22 de setembro de 1949

O problema intelectual (por que alguns filhos perdem um ou dois pais desta e de outras formas) não é mais duro do que o problema por que algumas mulheres perdem seus maridos. Em todos os casos, sem dúvida, o que referimos como uma mera interrupção medonha e cerceamento da vida é realmente o *dado*, a situação concreta sobre a qual a vida deve ser construída [...]. Quando os *dados* são do tipo de que gostamos naturalmente (riqueza, saúde, bons pais ou maridos), é claro que tendemos a não notar que eles sejam sequer dados ou limitações. Mas nos dizem que eles são: e o que nos parecem as condições mais fáceis, podem, na verdade, ser as mais duras ("Dificilmente um rico"[83] etc.) [...].

PARA A "SRA. LOOCKLEY": do Magdalen College
27 de setembro de 1949

Sim, sim, eu sei. No momento em que a gente se pergunta "Será que eu creio?", toda a fé parece desvanecer. Penso que isso seja porque a gente está tentando dar a volta por cima e olhar *para* algo que está aí para ser usado e trabalhado *a partir de* — tentando tirar os nossos olhos de algo, em vez de mantê-los no lugar certo e ver *com* eles. Acho que isso acontece com outras coisas além da fé. Em minha experiência, apenas prazeres muito robustos vão resistir à questão. "Será que eu estou realmente apreciando isso?"

Ou quanto à atenção — no momento em que eu começo a pensar sobre minha concentração (em um livro ou uma palestra) eu *ipso facto*[84] parei de prestar atenção. O apóstolo Paulo fala de "fé realizada no amor".[85] E "o coração é enganoso":[86] a senhora sabe melhor do que eu quão enganosa é a introspecção. Eu ficaria muito mais alarmado sobre seu progresso se a senhora tivesse escrito que estava transbordando de fé, esperança e caridade.

---

[83]Ver Mateus 19:23: "Então Jesus disse aos discípulos: Digo-lhes a verdade — dificilmente um rico entrará no Reino dos céus." [N. T.]

[84]Expressão latina que significa "pelo próprio fato", querendo dizer como consequência obrigatória do fato ou como resultado da evidência do fato, ou por isso mesmo. [N. T.]

[85]Ver I Coríntios 13.

[86]Ver "O coração é mais enganoso que qualquer outra coisa, e sua doença é incurável. Quem é capaz de compreendê-lo?", Jeremias 17:9. [N. T.]

PARA O DR. WARFIELD M. FIROR: do Magdalen College
(O Dr. Firor veio visitar Jack no verão de 1949.)

15 de outubro de 1949

Hoje o lado menos prazeroso do outono se mostrou pela primeira vez. Até agora foi paradisíaco, o tipo de tempo que, por alguma razão, me empolga mais do que a primavera: manhãs frescas, cheias de teias de aranha, desenvolvendo-se para a luz do sol mais ameno e cores primorosas nas florestas. Isso sempre me dá *Wanderlust*[87] & "descontentamento divino" e tudo isso. Hoje tivemos um céu baixo, sujo, colorido com fumaça, correndo acima de nossas cabeças e um aguaceiro constante. Isso, entretanto, não tem conexão causal (a cronologia o prova) com o assunto que está prioritariamente em minha cabeça e esteve por alguns dias: o avanço da idade.

Você está um pouco mais adiante na estrada do que eu e provavelmente vai rir de um homem, cujos cinquenta e um estão ainda algumas semanas adiante, que está começando a sua meditação no *De senectute*.[88] Não obstante, por quê? A tomada de consciência deve *começar* alguma hora. De uma certa forma, é claro (não, de duas), isso começou muito antes: (1) Com a consciência crescente de que havia muitas coisas que nunca se teria tempo de fazer. Aqueles tempos dourados, em que se poderia ainda achar possível que se tivesse tempo de começar um novo estudo, por exemplo, sobre a Pérsia ou sobre geologia, estão agora definitivamente acabados. (2) O que é mais difícil de expressar. O fim daquele período em que cada objetivo, além de valer por si mesmo, era uma coisa séria ou uma promessa de muito mais por vir. Como uma menina bonita em sua primeira dança: valorizando-a não tanto por si mesma, mas como prelúdio para todo um novo mundo. Você se lembra do tempo em que todo prazer (por exemplo, o cheiro de um prado ou um passeio no campo, ou um banho) era grande em futuridade e trazia na face a nota "Tem mais de onde eu vim"?

---

[87] Vontade de caminhar, em alemão. [N. T.]
[88] Obra de Cícero que significa "Sobre a velhice". [N. T.]

Bem, há uma mudança desta para a hora em que todos começam a dizer "Aproveite o máximo de mim: meus predecessores estão em número maior do que os sucessores".

Ambos estes sentimentos — o de fim da linha e o da perda da promessa, eu já tenho há um bom tempo. O que me assaltou recentemente é muito mais duro — o vento ártico do futuro encurralando a gente, por assim dizer, num canto. O canto particular foi a conscientização incisiva de que eu deverei me aposentar compulsoriamente em 1959, e o *fardo* infernal (para não dizer algo pior) de recomeçar um novo tipo de vida em algum lugar. Você não deve supor que eu esteja colocando estas coisas como lamentações; isso, para um homem mais velho do que eu, seria muito estranho. Estes são meramente os *dados*. (Acrescente, é claro, entre eles a provável perda de amigos, especialmente se, como eu, nós tivermos o hábito imprudente de fazer mais amigos entre os seniores do que entre os juniores). E, como de costume, o resultado de tudo isso (você concordaria?) é quase inteiramente bom.

Você já pensou em como seria (todas as outras coisas permanecendo como estão) se a idade avançada e a morte fossem opcionais? *Todas as outras coisas permanecendo*, isto é, continuaria sendo verdade que nosso destino real está em outro lugar, de que não temos cidade eterna e nenhuma felicidade verdadeira aqui, *mas* o desligamento desta vida deixou-se para ser realizado pela minha própria vontade, como um ato de obediência & fé. Suponho que a porcentagem de *moribundos* seria aproximadamente a mesma que a porcentagem de trapistas[89] é agora.

Estou, por isso mesmo (com alguma ajuda do tempo e do reumatismo!), tentando tirar vantagem desta nova consciência de minha mortalidade. Começar a morrer, afrouxar alguns dos tentáculos que o mundo dos *octopus* apertou em nós. Mas é claro que são continuidades, e não começos, que são o ponto. Uma boa noite de sono, uma manhã ensolarada, um sucesso com o meu próximo

---

[89]Ordem religiosa católica que segue a Regra de São Bento. [N. T.]

livro — qualquer uma destas coisas, eu sei muito bem, vai alterar a coisa toda. Alteração essa, a propósito, que é, na realidade, um relapso do despertar para o estupor velho, que não obstante, será referido pela maioria das pessoas como sair de um ânimo "mórbido" e voltar à saúde!

Bem, certamente não é isso. Mas é um despertar *muito* parcial. Não precisamos dos momentos sepulcrais da vida para começar o desprendimento, nem estar re-enredados completamente pelos brilhantes. Deve-se estar em condições de apreciar completamente os luminosos e, naquele mesmo instante, estar perfeitamente prontos para abandoná-los, na certeza de que o que está nos chamando para deixá-los para trás é melhor [...].

1950–1959

PARA SARAH (uma afilhada): **do Magdalen College**
[9 de janeiro de 1950]

Acabei de voltar de um fim de semana no Malvern e encontrei uma horrível pilha de cartas esperando por mim, então estou fazendo meus garranchos com pressa. Mas preciso lhe contar o que eu vi no campo — um porco mais jovem atravessou o terreno com um maço grande de feno na boca e deliberadamente o deitou aos pés de um porco mais velho. Eu quase não pude acreditar em meus olhos. Lamento dizer que o porco velho não deu a mínima. Quem sabe *ele* também não tivesse podido acreditar em *seus* olhos [...].

PARA A IRMÃ PENELOPE, CSMV: **do Magdalen College**
12 de janeiro de 1950

Tudo de bom para o dia de São Bernardo. Meu livro com o Professor Tolkien — qualquer livro em colaboração com este grande, mas moroso e assistemático homem — está previsto, temo eu, para aparecer só no Kalends[1] grego![2] [...]

O trimestre começa no sábado e há uma quantidade de cartas cruel hoje, de modo que eu tenho que parar. E ore por mim: estou sofrendo tentações incessantes de ter pensamentos pouco caridosos no momento: um daqueles estados de espírito tenebrosos em que quase todos os nossos amigos parecem egoístas ou até falsos. E é horrível constatar que possa haver até uma espécie de prazer em pensar maldades. Um "prazer misturado", como diria Platão, como o de se coçar!

PARA A IRMÃ MARY ROSE: do Magdalen College
[Janeiro de 1950]

Sinto muito se entendi mal a sua carta: e penso que a senhora entendeu mal a minha. O que eu quis dizer é que, se eu respondesse à sua questão original (por que eu não sou um membro da Igreja Católica Romana), eu teria que escrever uma carta muito longa. Isso seria, é claro, irrespondível: e sua resposta, por sua vez, seria irrespondível para mim [...] e assim por diante. A correspondência resultante certamente não seria excessiva para a importância do tema: mas será que a senhora e eu não temos compromissos mais urgentes? Pois uma correspondência real sobre tal assunto equivaleria quase a um emprego de tempo integral. Penso que possamos ambos discutir o assunto de forma mais útil com pessoas mais próximas disponíveis. Só as duas cartas que nós trocamos já revelaram as armadilhas da argumentação por carta. Com as melhores recomendações.

---

[1] Primeiro dia do mês do calendário romano antigo. [N. T.]
[2] Em 1944, o Professor Tolkien e Jack começaram a falar sobre escreverem um livro juntos sobre a linguagem. Em 1948 se chegou ao título "Language and Human Nature" ["Linguagem e natureza humana"] e a SPCK [Society for Promoting Christian Knowledge — Sociedade para Promoção do Conhecimento Cristão] anunciou que ele estava previsto para sair em 1949. Ele nunca foi escrito.

PARA ARTHUR GREEVES: do Magdalen College
2 de maio de 1950

Mais uma vez estou com a corda no pescoço. Minto foi removida para uma Casa de Repouso no último sábado e seu médico acha que esta providência provavelmente terá que ser permanente. Em certo sentido, isso será uma libertação enorme para mim. O outro lado da questão é o custo esmagador — dez guinéus por semana, o que significa mais de £500 por ano. (O que, pelo amor de Deus, eu devo fazer se a pobre Minto sobreviver por mais nove anos, portanto, quando eu me aposentar, não consigo imaginar.) A ordem do dia se torna, assim, para mim, economia rigorosa, e coisas como umas férias na Irlanda estão fantasticamente fora de questão. Então, cancele tudo. Eu nem sei mais o que *sentir* — alívio, pena, esperança, terror & perplexidade, tudo em um turbilhão. Estou ansioso! Deus o abençoe. Ore por mim.

[Os problemas de Jack estavam se acumulando há um bom tempo. A Sra. Moore se tornou, com o tempo, velha e doente. Em 29 de abril, ela foi transferida para "Restholme" na Woodstock Road 230, Oxford. Infelizmente, Jack nem sempre esteve em condições de contar que Warren estivesse por perto para ajudar com a Sra. Moore e sua vasta correspondência. Por algum tempo agora, Warren estava envolvido com bebedeiras, e às vezes ele precisava de um cuidado mais vigilante do que a Sra. Moore. A última vez que Jack pôde ver Arthur foi em 1947, quando ele teve que ir à Irlanda para ver Warren, que estava doente de coma alcoólico. Sobrecarregado e cansado, Jack ficou tão doente que, no verão de 1949, teve que passar uma semana no hospital. O Dr. Havard receitou um mês de descanso e Jack planejou passá-lo com Arthur na Irlanda. Antes de ele poder escapar, Warren estava bebendo de novo e Jack não pôde viajar. E assim foi indo.

É inacreditável, entretanto — e ainda assim é verdade — que Jack escreveu seus livros mais duradouros em 1949 e nos três anos seguintes. Encorajado por seu amigo Roger Lancelyn Green, ele escreveu a maior parte de *O leão, a feiticeira e o guarda-roupa* (1950) em março–abril de 1949. O *Príncipe Caspian* (1951) e *A viagem do Peregrino da Alvorada* (1952) foram completados no final de fevereiro de 1950. Antes de o ano terminar, ele escreveu *A cadeira de prata* (1953), *O cavalo e seu menino* (1954) e começou *O sobrinho do mago* (1955). *A última batalha* foi escrito em 1953.]

PARA A SRA. HALMBACHER: **do Magdalen College**

28 de novembro de 1950

Evitei a palavra "Graça" porque pensei que ela não tinha um sentido muito claro para os leitores não instruídos que eu tinha em vista. Penso que a *coisa* é tratada de uma forma básica e pronta em *The Case for Christianity* [O caso para o Cristianismo][3] e *Além da personalidade*. Qualquer teologia avançada ou técnica da Graça estava bem além do meu escopo. Naturalmente isso não significa que eu não tenha dado importância ao assunto.

A outra questão, sobre os limites da fé e da superstição, também é importante. Mas estou bem longe de ter clareza sobre ela por mim mesmo. Penso que a senhora deva buscar conselho (se for um problema prático para a senhora) de um teólogo de verdade, não de um amador como eu. Sinto decepcioná-la: mas é melhor recusar do que induzir ao caminho errado.

PARA A "SRA. ARNOLD": **do Magdalen College**

7 de dezembro de 1950

(1) Segundo meus conhecimentos, a Igreja Episcopal nos Estados Unidos é precisamente a mesma que a Igreja Anglicana.

(2) O único rito que sabemos ter sido instituído pelo Nosso Senhor em pessoa é a Santa Comunhão ("Façam isto em memória

---

[3] É uma reunião das seguintes partes do *Cristianismo puro e simples*: "O certo e o errado como indícios para a compreensão do sentido do universo" e "No que acreditam os cristãos". [N. T.]

de mim."⁴ "Se vocês não comerem a carne do Filho do homem e não beberem o seu sangue, não terão vida em si mesmos."⁵). Esta é uma ordem e precisa ser obedecida. Os outros cerimoniais, são, suponho eu, tradicionais e podem ser alterados legalmente. Mas o Novo Testamento não prevê religião solitária: as Epístolas todas atribuem algum tipo de reunião para adoração e instrução. Então, temos que ser membros praticantes regulares da Igreja.

É claro que nos diferenciamos no temperamento. Alguns (como a senhora — e eu) acham mais natural aproximar-se de Deus em solitude: mas temos que ir à igreja também. Pois a Igreja não é uma sociedade humana de pessoas unidas pelas suas afinidades naturais, mas o corpo de Cristo, em que todos os membros, por mais diferentes que sejam (e ele se alegra com as suas diferenças e não deseja corrigi-las de alguma forma), devem compartilhar da vida comum, complementando e ajudando uns aos outros precisamente por suas diferenças. (Releia I Coríntios cap. 12 e medite sobre isso. A palavra traduzida como *membros* talvez fosse mais bem traduzida como órgãos.) Se pessoas como a senhora e eu encontramos muita coisa de que não gostamos por natureza do lado público e corporativo do cristianismo, melhor para nós: isso vai nos ensinar humildade e caridade em relação a pessoas simples e incultas, que podem ser melhores cristãos do que nós. Eu, por natureza, abomino quase todos os hinos de igreja: a faxineira do banco ao lado que se esbalda neles me ensina que o bom gosto em poesia ou música *não* é necessário para a salvação.

(3) Não tenho clareza sobre *qual* é a questão que a senhora está me propondo sobre a cura espiritual. Que este dom foi prometido para a Igreja é certo a partir das Escrituras. Se algum exemplo disso pode ser considerado um exemplo real, ou um acaso, ou até mesmo fraude (o que pode acontecer neste mundo perverso), é uma questão a ser decidida pela evidência naquele caso particular.

---

[4] Ver 1 Coríntios 11:24 b. [N. T.]
[5] Ver João 6:53b. [N. T.]

E, a menos que se seja médico, não é provável que se esteja em condições de julgar as evidências. Na maioria dos casos, eu espero, não somos chamados para fazer isso. Qualquer coisa parecida com um *alarido* repentino sobre isso em um distrito, especialmente se acompanhado por uma campanha publicitária em linhas comerciais modernas, seria para mim suspeito: mas, mesmo neste caso, posso estar enganado. De uma maneira geral, minha atitude seria que qualquer alegação *pode* ser verdadeira e que não é o meu dever decidir se é ou não.

(4) "Regular, mas moderado" em relação à frequência à Igreja não é um sintoma ruim. A obediência é a chave para todas as portas: os *sentimentos* vêm (ou não vêm) e vão, como bem aprouver a Deus. Não podemos produzi-los à vontade e não devemos tentar [fazê-lo].

PARA A SRA. EDWARDS A. ALLEN: do Magdalen College
28 de dezembro de 1950

Ao longo do trimestre, eu tenho as minhas refeições no College, incluindo um jantar de graça, que, desde tempos imemoriais, faz parte da bolsa de um tutor. Meu irmão faz seu lanche na cidade no meio do dia — usualmente algo que ele comprou no caminho — e tem o restante de suas refeições na casa; ele fica de olho nos meus, ou talvez eu deva dizer *seus*, pacotes e retira deles qualquer coisa que poderia ser útil para os seus lanches, justificando seus peculatos citando que "o trabalhador merece o seu salário".[6] [...]

Toda a questão sobre a bomba atômica é bem difícil; no domingo, depois que as notícias do lançamento da primeira foram divulgadas, nosso ministro pediu que todos nos uníssemos em orações por perdão pelo grande crime de usá-la. Mas, *se* o que nós ouvimos desde então for verdade, isto é, de que o primeiro item no programa japonês anti-invasão era a matança de todo europeu no Japão, a resposta não me parece tão simples assim [...].

---
[6] Ver 1 Timóteo 5:18b. [N. T.]

PARA A IRMÃ PENELOPE, CSMV: do Magdalen College
30 de dezembro de 1950

Nossa situação é a seguinte: minha "mãe" teve que recolher-se para uma casa de repouso. Ela não está sofrendo, mas sua mente está deteriorada. Os traços que permanecem parecem mais gentis e mais plácidos do que os que eu conheci por muitos anos. O seu *apetite*, por estranho que pareça, é enorme. Eu a visito normalmente todos os dias e estou dividido entre um sentimento (racional?) de que esse processo de gradual suspensão [das funções mentais] é benigno e até belo, e um sentimento bem diferente (que aflora nos meus sonhos) de horror.

Não há como negar — e não sei por que deveria negá-lo para a senhora — que a nossa vida doméstica é mais confortável fisicamente, além de mais harmoniosa psicologicamente, devido à sua ausência. A despesa, é claro, é muito severa e isso me preocupa. Mas seria muito perigoso não ter preocupações — ou antes, nenhuma *ocasião* para preocupação. Senti isso muito ultimamente: aquela *alegre insegurança* é o que o Nosso Senhor pede de nós. Assim, chega-se, tarde & surpreso, às lições cristãs mais simples & antigas! [...]

PARA A "SRA. ARNOLD": do Magdalen College
5 de janeiro de 1951

Se qualquer cristão individual que tenta a cura por fé está sendo motivado por fé e caridade genuína ou orgulho espiritual é, presumo eu, uma questão sobre a qual não podemos decidir. Isso é entre Deus e ele. Se a cura ocorre em qualquer caso dado é claramente uma questão para os médicos. Estou falando agora da cura por algum *ato*, tal como a unção ou a imposição de mãos. *Orar pelos doentes*, isto é, orar simplesmente, sem qualquer ato explícito, é inquestionavelmente certo e, na verdade, somos ordenados a orar por todos os homens. E é claro que as suas orações podem ocasionar um bem real. Desnecessário dizer que elas não o fazem nem como a medicina o faz, ou a magia supostamente o faria, isto é, automaticamente. A oração é uma solicitação [...]. Não se pode estabelecer a eficácia da oração por estatísticas [...]. Isso permanece uma questão de fé e da ação pessoal de Deus; e se tornaria uma questão de demonstração, só se fosse impessoal ou mecânica. Quando eu digo "pessoal", não quero dizer privado ou individual. Todas as nossas orações são unidas com a oração perpétua de Cristo e são parte da oração da Igreja. (Ao orar por pessoas de que a gente não gosta, eu acho que ajuda lembrar-se de que a gente está se unindo à oração *de Cristo* por eles.)

PARA A SRTA. RUTH PITTER: **do Magdalen College**
6 de janeiro de 1951

Qual é o sentido de manter-se inserido no cenário contemporâneo? Por que se deveria ler autores de que não se gosta só porque eles estão tão vivos quanto você? Seria o mesmo que ler todo mundo que tenha o mesmo emprego, a mesma coloração de cabelo, o mesmo salário ou as mesmas medidas de tórax que você, até onde eu posso ver. Ingresso, assoviando com entusiasmo, no túnel do trimestre.

[A Sra. Moore morreu no "Restholme" no dia 12 de janeiro.]

PARA A "SRA. ARNOLD": **do Magdalen College**
7 de fevereiro de 1951

Se "planejar" for tomado no seu sentido literal, de pensar antes de agir e agir com base no que a gente pensou como sendo o melhor que podemos fazer, então, é claro que o planejamento é simplesmente a virtude tradicional da Prudência e não é apenas compatível com, mas também demandado pela ética cristã. Mas, se a palavra for usada (como eu penso que você a esteja usando) para significar algum programa político-social particular, então a gente só pode dizer depois de examinar aquele programa em detalhe [...]. O planejamento benevolente, armado com poder político e econômico, se torna pernicioso quando ele pisa nos *direitos* das pessoas em prol do seu *bem* [...].

Cartas de C.S. Lewis

PARA A "SRA. LOCKLEY": do **Magdalen College**
5 de março de 1951

A senhora está coberta de razão: a grande coisa é parar de pensar sobre a felicidade. De fato, a melhor coisa quanto à própria felicidade é que ela a libera de pensar sobre a felicidade — da mesma forma como o maior prazer que o dinheiro pode nos trazer é de tornar desnecessário pensar sobre dinheiro. E é fácil de ver por que temos que aprender o "não pensar" tanto na falta quanto na abundância. E tenho certeza, como a senhora diz, de que a senhora vai "acabar passando por isso de alguma forma". Eis um dos frutos da felicidade: que ela nos força a pensar a vida como algo pelo qual *passar*. E sair do outro lado. Se ao menos soubéssemos fazer isso firmemente enquanto estamos felizes, suponho que não precisaríamos de infortúnios. Isso tem um efeito duro para Deus realmente. Para quão poucos de nós ele *ousa* enviar a felicidade, porque sabe muito bem que vamos esquecê-lo se ele nos der qualquer tipo de coisas agradáveis por um só instante [...].

Eu realmente *tenho* este sentimento súbito de que a coisa toda é um estratagema e agora isso praticamente não me aflige mais. Certamente o mecanismo é bem simples? *Traços* céticos, incrédulos, materialistas foram inculcados profundamente em nosso pensamento, talvez até em nosso cérebro físico, por toda a nossa vida anterior. Ao menor empurrão, nossos pensamentos fluirão por aqueles velhos traços. E note quando os empurrões chegam. Usualmente no preciso momento quando poderíamos receber Graça. E se você fosse um demônio, você não daria o empurrão precisamente naqueles momentos? Penso que todos os cristãos têm a impressão de que ele é muito ativo perto do altar ou nas vésperas da conversão: preocupações mundanas, desconfortos físicos, fantasias lascivas, dúvidas são muitas vezes despejadas em tais encruzilhadas [...] Mas a Graça não é frustrada. A gente consegue *mais* passando persistente e continuamente por estas interrupções do que em ocasiões em que tudo está calmo [...]

Fico contente de vocês todos terem gostado de *O leão* [a feiticeira e o guarda-roupa]. Algumas mães e, ainda mais, algumas professoras, decidiram que seja provável que ele assuste as crianças, então, não está vendendo muito bem. Mas as crianças de verdade gostam dele, e estou admirado como algumas *muito* novinhas parecem entendê-lo. Penso que ele assusta muitos adultos, mas bem poucas crianças [...].

PARA A SRA. HALMBACHER: **do Magdalen College**
[Março de 1951]

A questão para mim (naturalmente) não é "Por que é que eu não sou um católico romano?", mas "Por que é que eu deveria ser?". Mas eu não gosto de discutir assuntos como esse, porque enfatizam diferenças e põem a caridade em risco. Na hora em que eu realmente fosse explicar a minha objeção a certas doutrinas que diferenciam vocês de nós (e também, em minha opinião, da Igreja Apostólica e mesmo da medieval), a senhora iria gostar menos de mim.

PARA A SRTA. VERA MATHEWS: **do Magdalen College**
27 de março de 1951

Acabei de receber sua carta do dia 22 com a triste notícia da morte de seu pai. Mas, querida moça, eu espero que você e sua mãe não estejam realmente tentando fazer de conta que nada aconteceu. Isso aconteceu, acontece a todos nós e não tenho paciência com as pessoas piedosas que presumem que "isso não importa". Isso importa e muito, e muito solenemente também. E para aqueles que ficaram, a dor não é tudo. Eu sinto muito fortemente (e não sou o único) que algo bem grande vem dos mortos para os vivos nos meses ou semanas após a sua morte: como se o Nosso Senhor desse as boas-vindas aos recém-mortos, presenteando-os com algum poder de abençoar aqueles que eles deixaram para trás [...]. Bem naquela hora certamente eles parecem muito próximos de nós [...].

PARA SHELDON VANAUKEN: do Magdalen College (depois de se tornar um cristão)

17 de abril de 1951

Minhas orações foram respondidas. Não: um lampejo não é uma visão. Mas para um homem em uma estrada montanhosa à noite, o vislumbre do próximo metro de estrada pode importar mais do que uma visão do horizonte. E quem sabe a livre escolha só seja possível precisamente se sempre houver incerteza demonstrativa suficiente; pois, se a fé fosse como a tabuada, o que nos restaria fazer se não aceitá-la?

Certamente você vai sofrer um contra-ataque, não sabe? Então, não fique muito alarmado quando ele vier. O inimigo não vai vê-lo escapar para a companhia de Deus sem um esforço de reclamá-lo. Ocupe-se de aprender a orar e (quando você tiver se decidido sobre a questão denominacional) faça sua confirmação. Que Deus o abençoe e milhares de boas-vindas. Use e abuse de mim: e vamos orar um pelo outro sempre.

PARA A SRTA. BRECKENRIDGE: do Magdalen College

19 de abril de 1951

Penso que, se Deus nos perdoa, precisamos perdoar a nós mesmos. Do contrário é quase como se nos colocássemos num tribunal superior ao dele.

Muitas pessoas religiosas, conforme me disseram, têm sintomas físicos como as "fisgadas" nos ombros. Mas os melhores místicos não dão valor a este tipo de coisa e não apostam muito em visões também. O que eles buscam e alcançam é, creio eu, uma espécie de experiência direta de Deus, imediata como o gosto ou a cor. Não há *raciocínio* nisso, mas muitos diriam que é uma experiência do intelecto — sendo que a razão repousa em seu regozijo com seu objeto [...].

1950–1959

PARA DOM BEDE GRIFFITHS, OSB: do Magdalen College
23 de abril de 1951

Uma sucessão de doenças e umas férias na Irlanda me impediram de enfrentar Lubac[7] até agora. O *Prelúdio* me acompanhou por todos os estágios de minha peregrinação: ele e o *Aeneid* (que eu nunca tenho a impressão de que o senhor valorize suficientemente) são os dois poemas longos para os quais eu tenho que voltar frequentemente.

A tensão da qual o senhor fala (caso *seja* uma tensão) entre fazer completa & generosa justiça ao Natural, ao mesmo tempo em que se presta obediência incondicional & humilde ao Sobrenatural, é para mim uma absoluta posição chave. Não tenho utilidade para pessoas que sejam meramente ou oito ou oitenta (exceto, é claro, naquele último recurso, quando a escolha de arrancar o olho direito está lançada: como ela está, de certa forma, todos os dias. Mas, mesmo neste caso, um homem não precisa abusar & achincalhar seu olho direito. Ele foi uma boa criatura: foi minha culpa, não dele, que eu me transportei para um estado em que preciso me livrar dele).

A razão por que eu duvido que seja, em princípio, sequer uma tensão, é que, como parece a mim, a subordinação da Natureza é demandada, pelo menos nos interesses da própria Natureza. Toda a beleza da natureza definha quando tentamos torná-la um absoluto. Ponha as coisas de primeira ordem em primeiro lugar e teremos as coisas secundárias a reboque: ponha as coisas de segunda ordem em primeiro lugar & perdemos *ambas* as coisas: de primeira e de segunda ordem. Nós nunca obtemos nem mesmo o prazer sensual da comida, no que ela tem de melhor, quando estamos sendo gulosos.

Quanto ao homem estar em "evolução", eu concordo, embora eu dissesse antes que ele está "em processo de ser criado". Não estou

---

[7]Henri-Marie Joseph Sonier de Lubac (1896–1991) foi um padre jesuíta francês, que se tornou cardeal da Igreja católica e é considerado um dos teólogos mais influentes do século XX. [N. T.]

mais próximo de sua Igreja do que estava, mas não se sinta muito inclinado a reabrir a discussão. Penso que isso apenas alarga & aprofunda as diferenças. Fora que eu tive o suficiente disso no flanco oposto recentemente, tendo caído no meio de *quakers* fanáticos e proselitistas — um novo tipo para mim! Penso que, na verdade, em nossos dias são as pessoas "não dogmáticas" & "liberais" que se chamam de cristãos que são as mais arrogantes & intolerantes. Eu espero justiça & mesmo cortesia de muitos ateus e muito mais ainda de seu povo: dos modernistas eu tomei amargura e rancor por via de regra [...].

PARA A "SRA. ARNOLD": do Magdalen College
25 de maio de 1951

Sobre amar o nosso país, a senhora levanta duas questões diferentes [...]. Sobre parecer que não há (agora) motivo para amá-lo, não fico nem um pouco preocupado. Como MacDonald diz: "Ninguém ama porque vê motivo, mas porque ama." Certamente, onde nós amamos, os próprios defeitos e máculas do objeto são estímulos para amar mais? Ou, por assim dizer, há dois tipos de amor: amamos pessoas sábias e gentis e belas, porque nós precisamos delas, mas nós amamos (ou tentamos amar) pessoas estúpidas e desagradáveis porque elas necessitam de nós. Este segundo tipo é o mais divino porque é assim que Deus nos ama: não porque somos amáveis, mas porque ele é amor, não porque ele necessita receber, mas porque ele se agrada em dar.

Mas a outra questão (o *que* se está amando quando se ama um país) eu acho muito difícil. Do que eu tenho certeza é que as personificações usadas por jornalistas e políticos têm muito pouco realismo. Um tratado entre os governos de dois países não é como a amizade entre duas pessoas: [mas é] mais como a transação entre os advogados de duas pessoas.

Penso que o amor por seu país significa essencialmente amor por pessoas que tenham muito em comum conosco (língua, roupas, instituições) e nisso, é muito parecido com o amor por sua família ou escola: ou como o amor (em um lugar estranho) por alguém que certa vez viveu na nossa cidade natal. O aspecto familiar é, por si mesmo, um motivo para a afeição. E isso é bom, pois qualquer ajuda *natural* em relação ao nosso dever espiritual de amar é boa e Deus parece construir os nossos amores superiores em torno dos nossos impulsos meramente naturais — sexo, maternidade, parentesco, velhos conhecidos etc. E em um grau inferior, há motivos similares para amar outras nações — relações históricas e dívidas pela literatura etc. [...]. Mas eu distinguiria isso da conversa nos trabalhos acadêmicos [...].

PARA A IRMÃ PENELOPE, CSMV: **do Magdalen College**
5 de junho de 1951

Meu amor por G. MacDonald não se estendeu para a maioria da sua poesia, embora eu tivesse empreendido naturalmente várias tentativas de gostar dela. Exceto por *Diary of an Old Soul* [Diário de uma velha alma], o resto não tem condição (até onde eu posso julgar) [...].

Quanto a mim, eu necessito especialmente de suas orações porque estou (como o peregrino de Bunyan) viajando por uma "planície chamada Zona de Conforto". Tudo do lado de fora e muitas coisas do lado de dentro estão maravilhosamente bem no momento. Na verdade (não sei se devo ficar com vergonha ou alegre de confessá-lo) eu me dou conta de que, até mais ou menos um mês atrás eu nunca acreditei realmente (embora eu achasse que acreditava) no perdão de Deus. Que asno que eu fui, tanto por não saber como por achar que eu sabia. Agora eu sinto que não se deve nunca dizer que se acredita ou compreende qualquer coisa que seja: a qualquer momento, certa doutrina, que eu achei que já possuía, pode evoluir para esta nova realidade. Selá! Mas ore por mim sempre, como eu faço pela senhora [...].

PARA A "SRA. SONIA GRAHAM" (filha da "Sra. Catherine Arnold"): **do Magdalen College**

13 de junho de 1951

(1) Acho que você está confundindo a Imaculada Concepção com o Nascimento Virginal. A primeira é a doutrina peculiar aos católicos romanos e afirma que a mãe de Jesus nasceu livre do pecado original. Isso não nos diz respeito em absoluto.

(2) O Nascimento Virginal é uma doutrina, declarada plenamente no Credo dos Apóstolos, de que Jesus não teve pai físico, e não foi concebido por relação sexual. Não é uma doutrina sobre a qual exista qualquer disputa entre presbiterianos propriamente ditos e episcopais propriamente ditos. Alguns modernistas individuais em ambas estas igrejas a abandonaram. Os detalhes precisos de um milagre como esse — um ponto exato em que o sobrenatural entra neste mundo (seja pela criação de um novo espermatozoide, ou a fertilização de um óvulo sem um espermatozoide ou o desenvolvimento de um feto sem um óvulo) não são parte da doutrina. Esses são assuntos nos quais ninguém é obrigado a acreditar e todo o mundo é livre para especular. O *seu* ponto de partida sobre esta doutrina não será, penso eu, o de coletar as opiniões de clérigos individuais, mas de ler Mateus e Lucas 1 e 2.

(3) Similarmente, sua questão sobre a ressurreição é respondida em Lucas 24. Isso deixa claro, além de qualquer dúvida, que o que está sendo alegado é a ressurreição física. (Todos os judeus, exceto os saduceus, já acreditavam no retorno à vida espiritual — não haveria nenhuma novidade ou coisa para se entusiasmar quanto a isso).

(4) Assim, as questões que você levanta não são, de forma alguma, questões em disputa entre reais P.[resbiterianos] e reais Ep.[iscopais] pois ambos alegam concordar com as Escrituras. Nenhuma das igrejas, a propósito, parece estar muito inteligentemente representada pelas pessoas junto às quais você buscou conselho, o que é má sorte. Eu acho muito difícil aconselhá-la na sua escolha. Em todos os casos, o programa, *até que* você tenha se decidido, é de ler o seu Novo Testamento (preferencialmente

numa tradução moderna) de forma inteligente. Ore por condução, obedeça à sua consciência em questões pequenas, bem como nas grandes, da forma mais estrita.

(5) Não se preocupe muito com os seus sentimentos. Quando eles são humildes, amáveis, corajosos, dê graças por eles: quando eles são de vanglória, egoístas, covardes, peça para que eles sejam alterados. Em nenhum dos casos eles são *você*, mas apenas algo que acontece com você. O que importa são as suas intenções e seu comportamento. (Eu espero que tudo isso não seja muito enfadonho e decepcionante. Tenha a liberdade de escrever de novo, se eu puder ser de qualquer utilidade para você.)

P.S. É claro que Deus não a considera um caso perdido. Se Ele o fizesse, não a estaria movendo a buscá-Lo (e Ele obviamente está). O que está acontecendo dentro de você no momento é simplesmente o começo do *tratamento*. Continue buscando Deus com seriedade. Você não O estaria desejando, se Ele não desejasse você.

PARA A "SRA. ARNOLD": do Magdalen College

12 de setembro de 1951

Não tenho nada a objetar contra a doutrina de que o Nosso Senhor sofre em todos os sofrimentos do seu povo (ver Atos 9:6) ou que, quando aceitamos livre e espontaneamente o que sofremos para os outros e oferecemos isso a Deus da parte deles, então isso poderá ser unido com os seus sofrimentos e, nele, pode ajudar na sua redenção ou mesmo naquela de outros com os quais nem sonhamos. De modo que não seja em vão: embora, é claro, não devamos contar que isso funcione exatamente como nós, em nossa ignorância presente, poderíamos achar melhor. O texto chave para esta visão é Colossenses 1:24. Não é, afinal de contas, mais uma aplicação da verdade de que todos nós somos "membros de um mesmo corpo"?[8] Gostaria de ter sabido mais quando escrevi *O problema do sofrimento* [...].

---

[8]Ver Efésios 4:25. [N. T.]

PARA A SRTA. VERA MATHEWS: **do Magdalen College**
12 de setembro de 1951

Desde então, eu estive em lugares realmente sossegados e sobrenaturais na Irlanda.[9] Eu fiquei por quinze dias em um bangalô do qual nenhum dos camponeses se aproximaria à noite, porque a costa desolada em que ele se encontra é assombrada por "gente boa". Há também um fantasma, mas (e isso é interessante) eles não parecem se preocupar com *ele*: as fadas são um perigo mais sério [...].

PARA O DR. WENDELL W. WATTERS: **do Magdalen College**
25 de outubro de 1951

Sim, eu não fico surpreso de que um homem que concordou comigo em *Cartas de um diabo a seu aprendiz* (ética servida com um tempero imaginativo) possa discordar de mim quando escrevi sobre religião. Dificilmente poderíamos discutir a questão toda por carta, não é mesmo? Vou apenas dar uma palhinha. Quando as pessoas objetam, como o senhor faz, que, se Jesus foi Deus, bem como Homem, então ele tinha uma vantagem injusta que o priva para eles de todo valor, me parece a mim como se alguém, que estivesse lutando para não afundar na água pudesse recusar uma corda jogada para ele por outro alguém que estivesse com um pé em terra firme, dizendo: "Ó, mas você tem uma vantagem injusta". É por causa dessa vantagem que ele pode ajudar.

Mas tudo de bom para você: temos que simplesmente divergir: de forma caridosa, eu espero. O senhor não deve ficar *bravo* comigo por crer, entende: eu não estou bravo com o senhor [...].

---

[9]Jack e Warren estiveram na parte sul da Irlanda para férias em 14–28 de agosto, depois do que Jack passou uma quinzena com Arthur Greeves em Crawfordsburn, Co. Down.

1950-1959

PARA UM LEITOR CARIDOSO: do Magdalen College
Outubro de 1951

Tenho certeza de que você não se sentirá ofendido, se eu lhe contar que enviei — com grande relutância — os seus presentes direto para alguém outro, cuja necessidade é muito maior do que a minha [...] uma senhora idosa que está lutando para ganhar dinheiro suficiente para não cair em dívidas e que [...] está à beira da falência [...]. Entre os mais velhos que vivem de investimentos de retorno minguante, em um mundo de preços subindo, já existe desconforto, privação e temo que em muitos casos, real sofrimento [...]

PARA O SECRETÁRIO DO PRIMEIRO MINISTRO: do Magdalen College (em resposta a uma oferta de um CBE)[10]
3 de dezembro de 1951

Eu me sinto muito obrigado ao Primeiro Ministro, e, no que tange aos meus sentimentos pessoais, esta honra seria altamente agradável. Entretanto, há sempre patifes que dizem e tolos que acreditam, que os meus escritos religiosos sejam todos propaganda antiesquerdista camuflada e, se eu aparecer na Lista de Honrarias, isso é claro que reforçará as suas suspeitas. Portanto, é melhor que eu não apareça ali. Tenho certeza de que o Primeiro Ministro vai entender meus motivos e que minha gratidão não é e nem será menos cordial.

> [Nos idos de 1935, Jack prometeu aos delegados da Oxford University Press que escreveria um volume sobre a literatura inglesa no século XVI para o seu "Oxford History of English Literature" [História da literatura inglesa de Oxford]. Ele alcançou o seu "estágio embrionário" como as Clark Lectures [Preleções Clark] que ele proferiu em Cambridge, em 1944. Entretanto, ele precisava de muito mais tempo do que ele tinha previamente, se quisesse algum dia completá-lo. Devido à importância do empreendimento,

---

[10]Commander of de British Empire [Comandante do Império Britânico]. [N. T.]

o Magdalen College lhe deu um ano sabático, começando no primeiro trimestre do ano acadêmico de 1951, para terminar o livro. Ele foi, afinal, completado em junho de 1952. Lembrando-se do grande volume de trabalho que ele demandou, Jack sempre se referia a *English Literature in the Sixteenth Century, excluding Drama* {Literatura inglesa no século XVI: excluindo o drama} (1954) — v. III nas séries "OHEL" — como "o O Hell!" {o ó inferno}.]

AO DR. WARFIELD M. FIROR: **do Magdalen College**
20 de dezembro de 1951

Como os anos passam rápido nas nossas alturas da vida, não é mesmo: como postes telegráficos, vistos de um trem expresso: e como eles se arrastavam outrora, quando o abismo entre um Natal e outro era tão largo que o olho de uma criança não podia enxergar o outro lado. Se algum dia eu escrever a história de um longevo, como *She* [Ela] de Haggard ou o *Wandering Jew* [Judeu andarilho] (e eu posso) eu devo tocar neste ponto. O primeiro século de sua vida parecerá para ele, até o final, mais longo do que tudo o que se seguiu: a Conquista Normanda, a descoberta das Américas e a Revolução Francesa, tudo se amontoa em sua mente como eventos recentes.

Meu ano "sabático" foi, como pretendia ser mesmo até então, um ano de trabalho muito duro, mas em sua maioria agradável. O livro realmente começa a parecer que possa estar terminado em 1952 e eu, cá entre nós, me agrado da forma dele — mas fico com medo de erros ocultos. Neste sentido eu o invejo bastante por estar engajado em pesquisa empírica na qual, suponho eu, os erros aparecem no laboratório e se proclamam a si mesmos. Mas um erro em uma história da literatura anda silencioso até o dia em que aparece irrevogável em um livro impresso e o livro vai para revisão do único homem da Inglaterra que o reconheceria como um erro.

Isso, eu suponho, é bom para a nossa alma: e é o tipo de bem que eu tenho que aprender a digerir. Eu serei (se eu viver o suficiente) um daqueles homens que *foi* um escritor famoso na casa dos quarenta e morreu desconhecido — como um cristão descendo para o verde vale da humilhação. Qual é a coisa mais bonita em Bunyan e pode ser a coisa mais bonita na vida se alguém o toma da forma *mais* correta — um assunto sobre o qual eu penso e oro bastante. Uma coisa é certa: muito melhor é começar (enfim) a aprender a humildade deste lado do túmulo do que tê-la toda como um novo problema no outro. De qualquer forma, o desejo que deve ser mortificado é tão vulgar e estúpido [...].

PARA A "SRA. ARNOLD": **do Magdalen College**
26 de dezembro de 1951

Estou muito contente que a senhora tenha descoberto Francisco de Sales.[11] Eu me referiria a sua prosa e ao verso de Geo. Herbert[12] como os mais *doces* dos escritos religiosos. E quão impressionante é que a mera declaração de tal homem de que a ansiedade seja um grande mal ajuda a escapar deste mal. Essa, de fato, parece ser uma das Leis mágicas desta mesma criação em que nós vivemos: que a coisa que já conhecemos, a coisa que dissemos a nós mesmos uma centena de vezes, quando dita por *outra pessoa* de repente se torna operacional. Isso é parte da doutrina de C. Williams, não é mesmo? — que ninguém pode remar a sua própria canoa, mas todo mundo pode remar a canoa de outro [...].

PARA A "SRA. LOCKLEY": **do Magdalen College**
8 de janeiro de 1952

Quanto a "Se adianta de qualquer coisa orar por coisas reais" — a primeira questão é o que se quer dizer com "adiantar". Será essa uma boa coisa de se fazer? Sim: por mais que o expliquemos, *dizem-nos* que devemos pedir por coisas particulares, como o nosso pão

---

[11] Francisco de Sales (1567–1622) foi um bispo francês de Gênova e é venerado como santo na Igreja católica. [N. T.]
[12] George Herbert (1593–1633) foi um poeta e sacerdote da Igreja da Inglaterra, nascido no País de Gales. [N. T.]

diário. Será que isso "funciona"? Certamente não, como uma operação mecânica ou um passe de mágica. Trata-se de uma *solicitação*, que, é claro, a Outra Parte pode ou não atender, por Seus próprios bons motivos. Mas como isso muda a vontade de Deus. Bem — mas que intensamente estranho seria se Deus, em Suas ações em relação a mim, fosse obrigado a ignorar o que eu faço (inclusive as minhas orações). É claro que Ele não me perdoou por pecados que eu não cometi ou me curou de erros nos quais eu nunca caí? Em outras palavras, Sua vontade (por mais imutável em algum sentido metafísico derradeiro) precisa necessariamente estar relacionada ao que eu sou e faço? E uma vez garantido isso, por que é que minha solicitação ou não solicitação não seria *uma* das coisas que ele leva em conta? Em todos os casos, Ele *disse* que iria — e Ele deve saber. (Nós muitas vezes falamos como se Ele não fosse muito bom em Teologia!)

Eu certamente acredito (agora, *realmente*, muito antes de ter um consentimento meramente intelectual) que um pecado, uma vez que se arrependeu dele e foi perdoado, desaparece, é aniquilado, queimado no fogo do Amor Divino, branco como a neve. Não há mal em continuar "lamentando-o", isto é, em expressar nosso lamento, mas não se deve pedir perdão por coisas pelas quais você já tenha sido perdoado — nosso lamento por ser aquele tipo de gente. Sua consciência não precisa carregar este "fardo" de sentir que você tem uma conta em aberto, mas você pode, ainda assim, em certo sentido, ser humilhado de forma *paciente* e ficar (em certo sentido) *contente* por isso [...].

PARA A IRMÃ PENELOPE, CSMV: **do Magdalen College**
10 de janeiro de 1952

Se eu não pensei sobre, eu pelo menos imaginei, por um bom tempo, os outros tipos de Homens. A minha própria ideia foi baseada no velho problema: "Quem era a esposa de Caim?" Se seguirmos as Escrituras, parece que ela não deveria ter sido uma filha de Adão. Eu imaginei os descendentes dos Verdadeiros Homens (em Gênesis 6:1-4, onde eu concordo contigo), reproduzindo-se e assim produzindo os antediluvianos perversos.

Por estranho que pareça, eu, como a senhora, imaginei Adão como sendo fisicamente o filho de dois antropoides em que, após o seu nascimento, Deus operou o milagre que o tornou Homem e disse: "Saia — e esqueça o seu próprio povo e a casa do seu pai." O Chamado de Abraão seria um exemplo bem menor do mesmo tipo de coisa e a regeneração em cada um de nós seria um exemplo também, apesar de não ser menor. Isso tudo me parece encaixar-se histórica e espiritualmente.

Eu não sinto que nós devemos ganhar qualquer coisa pela doutrina de que Adão foi um hermafrodita. Quanto à presença (rudimentar) em cada sexo de órgãos próprios do outro, isso não ocorre em outros mamíferos da mesma forma que nos humanos? Certamente, pseudo-órgãos de lactação não são externamente visíveis no cachorro macho? Se esse for o caso, não haveria *mais* motivo para fazer o homem (quero dizer, os humanos) hermafrodita do que qualquer outro mamífero. (A propósito, que inconveniente que é ter a mesma palavra na língua inglesa para *Homo*[13] e *Vir*[14]). Sem dúvida, estes órgãos rudimentares têm significância espiritual: deve haver espiritualmente um homem em cada mulher e uma mulher em cada homem. E quão horríveis são os que não têm: não consigo suportar um "homem muito macho" ou uma "mulher muito fêmea".

Estarei encomendando *They Shall Be My People* [Eles devem ser meu povo] e vou aguardá-lo ansiosamente. Parabéns. Da minha parte, eu recebi um ano sabático de todos os deveres de lecionar a fim de me liberar para terminar o meu livro sobre a literatura do século XVI, de modo que estou persistindo nisto o mais duramente que posso. Minha esperança é de matar a mitologia popular sobre

---

[13] Homem no sentido de ser humano. [N. T.]
[14] Homem no sentido de macho da espécie humana. O mesmo acontece na língua portuguesa. [N. T.]

este monstro fabuloso chamado de "a Renascença". Há cinco contos de fada já escritos, dos quais o segundo já foi publicado.

"Jane" morreu há quase um ano, depois de uma longa, mas, graças a Deus, não dolorosa doença. Peço que ore frequentemente por ela. Ela era incrédula e, nos anos finais, muito ciumenta, exigente, irascível, mas sempre terna com os pobres e os animais [...].

PARA A "SRA. ARNOLD": do Magdalen College
31 de janeiro de 1952

O fato de que o sofrimento não é *sempre* enviado como punição é claramente estabelecido para os cristãos pelo livro de Jó e por João 9:1–4. Que ele às vezes é, encontra-se sugerido no Antigo Testamento e em Apocalipse. Seria certamente muito perigoso presumir que qualquer dor dada era penal. Creio que todo o sofrimento é contrário à vontade de Deus, de forma absoluta, mas não relativa. Quando eu tiro um espinho do meu dedo (ou do dedo de uma criança) a dor é "absolutamente" contrária à minha vontade: isto é, se eu pudesse ter escolhido uma situação sem dor, eu o teria feito. Mas eu quero o que causou a dor relativamente à dada situação: isto é, dado o espinho, eu prefiro a dor, a deixar o espinho onde ele estava. Uma mãe que dá uma surra no filho estaria na mesma posição: ela prefere causar a ele esta dor, do que deixar que ele continue puxando o rabo do gato, mas ela teria preferido que nenhuma situação que demandasse uma palmada tivesse aparecido.

Quanto aos pagãos, ver I Tm 4:10. Também em Mt 25:31–46 as pessoas não parecem que são crentes. Além disso, há a doutrina de Cristo descendo ao Inferno (isto é, ao Hades, a terra dos mortos: não Gehenna, a terra dos perdidos) e pregando para os mortos: e isso se daria fora do tempo e incluiria aqueles que morreram muito tempo depois dele, bem como aqueles que morreram antes de ele ter nascido como Homem. Eu não acho que conheçamos os detalhes: temos que apenas aderir à visão de que (a) toda justiça e misericórdia serão feitas, (b) mas que, ainda assim, é nosso dever fazer tudo o que pudermos para converter os incrédulos.

PARA A "SRA. SONIA GRAHAM": do Magdalen College
29 de fevereiro de 1952

Eu fiquei sabendo da "Sra. Arnold" que você vai se batizar. Como eu já estou orando por tanto tempo por você, espero que não pareça uma intromissão eu lhe enviar meus parabéns. Pois o que quer que as pessoas que nunca passaram por uma conversão na idade adulta possam dizer, o fato é que este é um processo que não é livre de dificuldades. Na verdade, elas são o sinal de que se trata de uma iniciação verdadeira. É como aprender a nadar ou andar de skate, ou se casar, ou assumir uma profissão. Há duchas de água fria em todos estes processos. Quando a gente se vê aprendendo a voar *sem* problemas, logo descobre (usualmente — *há* exceções abençoadas em que somos permitidos a dar um passo real sem esta dificuldade), ao acordar, que tudo não passava de um sonho. Deus a abençoe e tudo de bom.

PARA A "SRA. SONIA GRAHAM": do Magdalen College
18 de março de 1952

Não se preocupe de forma alguma com a questão se o batismo "torna uma pessoa um cristão". Só o que acontece é o problema usual sobre palavras que são usadas em mais de um sentido. Assim, podemos dizer que um homem "se tornou um soldado" no momento em que ele ingressou no exército. Mas seus instrutores podem dizer, seis meses mais tarde, "Penso que nós fizemos dele um soldado". Ambos os usos são bastante definíveis, apenas se quer saber qual está sendo usado em dada sentença. A Bíblia mesmo nos dá uma oração curta, que é adequada para todos aqueles que estão lutando com as crenças e doutrinas. Trata-se de: "Creio, ajuda-me a vencer a minha incredulidade."[15]

Será que algo desse tipo lhe faria bem? Onipotente Deus, que és o pai das luzes e que prometestes pelo vosso querido Filho que todos que fazem a vossa vontade vão conhecer a vossa doutrina:

---
[15] Ver Marcos 9:24. [N. T.]

dê-me a graça de viver isso por obediência diária. Eu cresço diariamente na fé e na compreensão da vossa Santa Palavra, por meio de Jesus Cristo, nosso Senhor. Amém.

PARA A "SRA. ARNOLD": **do Magdalen College**

1º de abril de 1952

A vantagem de uma forma fixa de celebração é que sabemos o que vem pela frente. A oração pública *ex tempore*[16] tem esta dificuldade: não sabemos se podemos aderir mentalmente a ela até que a tenhamos ouvido — poderia ser falsa ou herética. Nós somos, assim, chamados a desenvolver ao mesmo tempo uma atividade *crítica* e *devocional*: duas coisas dificilmente compatíveis. Numa forma fixa, devemos ter "passado pelas propostas" antes em nossas orações privadas: a forma rígida realmente *liberta* as nossas devoções. Eu também acho que quanto mais rígida ela é mais fácil evitar que os nossos pensamentos vagueiem. Isso também evita que sejamos tragados por quaisquer preocupações do momento (isto é, a guerra, a eleição, ou o que quer que seja). Transparece o caráter *permanente* do cristianismo. Não vejo como o método extemporâneo pode ajudar a nos tornar provinciais e penso que ele tem a grande tendência de dirigir a atenção para o ministro, em vez de para Deus.

Quakers — bem, eu fui infeliz com os meus. Os que eu conheço são fanáticos atrozes, cuja religião parece consistir quase que inteiramente de atacar as religiões das outras pessoas. Mas tenho certeza de que também haja bons.

PARA A "SRA. LOCKLEY": **do Magdalen College**

13 de maio de 1952

No "Sermão da montanha" do Bispo Gore [...] eu encontro a visão de que Cristo proibiu o "divórcio no sentido de que permita o

---

[16] O latim *ex tempore* é "extemporâneo", que significa "fora ou além do tempo". Oração extemporânea é espontânea, que não seja lida de nenhum Livro de Oração ou guia litúrgico. [N. T.]

novo casamento". A questão é se ele fez uma exceção permitindo o divórcio em tal sentido que permita o novo casamento, quando o divórcio foi por adultério. Na Igreja Ortodoxa o novo casamento da parte inocente é permitido: não na Romana. Os bispos anglicanos em Lambeth no ano de 1888 negaram o novo casamento para a parte culpada e acrescentaram que "sempre houve uma diferença de opinião na Igreja quanto a se Nosso Senhor intencionava proibir o novo casamento da parte inocente em um divórcio".

Parece então que a única questão é se a senhora pode divorciar-se do seu marido em tal sentido que a torne livre para um novo casamento. Eu imagino que nada esteja mais distante dos seus pensamentos. Eu acredito que a senhora esteja livre, como uma mulher cristã, para divorciar-se dele, já que a recusa de fazê-lo prejudica os filhos inocentes de sua amante: mas que você deve (ou deveria) se considerar como não mais livre para casar-se com outro homem, do que se não tivesse se divorciado. Mas lembre-se, não sou autoridade em casos como esse e espero que a senhora peça o conselho de um ou dois clérigos sensíveis da sua própria igreja.

Nosso próprio vigário, para quem eu acabei de ligar, diz que *há* teólogos anglicanos que dizem que a senhora não deve se divorciar. A sua própria visão foi que, em casos duvidosos a Lei da Caridade deve sempre ser a consideração dominante, e em um caso como o seu, a caridade a direciona a divorciar-se dele [...].

PARA A "SRA. SONIA GRAHAM": **do Magdalen College**

15 de maio de 1952

Obrigado por sua carta do dia 9. Todas as nossas orações estão sendo respondidas e eu agradeço a Deus por isso. O único sintoma desfavorável (possível, não necessariamente) é que você esteja apenas um pouquinho entusiasmada demais. É bem certo que você deva sentir que "algo fantástico" tenha acontecido a você [...]. Aceite essas sensações com gratidão como cartões de aniversário de Deus, mas lembre-se de que elas são apenas saudações, não o presente real. Quero dizer que não são as sensações que são o mais importante. O importante é o dom do Espírito Santo, que usualmente não pode ser experimentado — quem sabe nunca — como uma sensação ou emoção. As sensações são meramente a resposta do seu sistema nervoso. Não dependa delas. Do contrário, quando elas se forem e você estiver mais uma vez emocionalmente estável (como você deverá certamente ficar logo, logo), você poderá achar que a coisa que importa tenha ido embora também. Mas ela não vai. Ela estará aí, mesmo que você não consiga sentir. Pode até ser operante quando não a sentir minimamente.

Não imagine que tudo "será uma aventura empolgante de agora em diante". Não será. A empolgação, não importa de que tipo, nunca dura. Este é o empurrão para fazê-la andar de bicicleta pela primeira vez: você terá a oportunidade de [dar] muitas pedaladas persistentes mais tarde. E também não há necessidade de se sentir deprimida sobre isso. Isso será bom para os seus músculos da perna espirituais. Então, curta o empurrão enquanto ele dura, mas curta-o como um presente, não algo normal.

É claro que nenhum de nós tem "qualquer direito" no altar. Você poderia falar do mesmo jeito de uma pessoa não existente "tendo o direito" de ser criada. Não é o *nosso* direito, mas a generosidade livre de Deus. Um colega inglês disse: "Eu gosto do Order of the Garter[17] porque não tem a maldita asneira sobre mérito." Nem a Graça. E devemos continuar nos lembrando disso como a cura para o Orgulho. Sim, o orgulho é uma tentação perpetuamente insistente. Persista em lutar contra ele, mas não se preocupe demais com ele. Enquanto se sabe que se é arrogante, se está a salvo da pior forma do orgulho.

Se S. responder a sua carta, deixe por isso mesmo. Ele não é um grande filósofo (e nenhum dos meus colegas cientistas pensam muito bem dele enquanto cientista), mas ele é forte o suficiente para causar prejuízos. Você não é Davi e ninguém lhe disse para lutar contra Golias. Você acabou de ser recrutada. Não saia por

---

[17]É uma ordem de cavalaria, criada pelo Rei Eduardo III da Inglaterra. [N. T.]

aí desafiando os campeões do inimigo. Participe do seu treinamento. Espero que isto não soe como uma ducha de água fria. Não consigo expressar o quanto fiquei satisfeito com a sua carta. Deus a abençoe.

PARA DOM BEDE GRIFFITHS, OSB: **do Magdalen College**
28 de maio de 1952

Não é com *homens* que eu mantenho contato pela minha volumosa correspondência: é com *mulheres*. A fêmea, feliz ou infeliz, agradável ou desagradável é, por natureza, um animal muito mais epistolar do que o macho.

Sim, Pascal contradiz diretamente várias passagens das Escrituras e deve estar errado. O que eu devo ter dito foi que o argumento cosmológico não é efetivo quando defendido por algumas pessoas e em alguns momentos. Ele sempre foi para mim. (A propósito, leia K.Z. Lorenz[18] em *King Solomon's Ring* [O anel do Rei Salomão] sobre o comportamento animal — especialmente das aves. Há instintos que eu nunca havia imaginado: grandes com a promessa de real moralidade. O lobo é uma criatura muito diferente do que nós imaginamos.)

As histórias que o senhor conta sobre dois pervertidos pertencem a um padrão terrivelmente familiar: o homem de boa vontade, sobrecarregado com um desejo anormal que ele nunca escolheu, lutando duro e sendo derrotado a toda hora. Mas eu me questiono se, em tal vida, uma operação da Graça coroada de sucesso seja tão ínfima quanto pensamos. Este contínuo evitar tanto da presunção quanto do desespero, esta luta sempre renovada, não é em si mesma um grande triunfo da Graça? Talvez isso valha mais do que (aos olhos humanos) a virtude equiparável de alguns que estão psicologicamente equilibrados.

---

[18] Konrad Zacharias Lorenz (1903–1989) foi um zoologista, etologista e ornitologista austríaco, escritor de vários livros, que dividiu o Prêmio Nobel de Medicina com dois outros cientistas. [N. T.]

Fico contente em saber que você considere J. Austen uma moralista equilibrada. Eu concordo. E não de forma vulgar, mas sutil, bem como firme.

PARA "SRTA. HELEN HADOW": do Magdalen College
20 de junho de 1952

Preferiria combater o sentimento do "eu sou especial", não pelo pensamento "Eu sou mais especial do que qualquer outra pessoa", mas pelo sentimento "Todo o mundo é tão especial quanto eu". De certa forma, não há diferença, eu o concedo, pois ambos removem o caráter de especial. Mas há uma diferença em outro sentido. A primeira pode levá-la a pensar "Eu não passo de mais um na multidão, como todo o resto do mundo". Mas a segunda leva à verdade de que não há nenhuma multidão. Ninguém é como todo o mundo. Todos são "membros" (órgãos) no Corpo de Cristo. Todos diferentes e todos necessários para o todo e um para o outro: cada um amado por Deus individualmente, como se fosse a única criatura existente. Do contrário, você poderia ter a ideia de que Deus é como os governantes que só sabem lidar com o povo como uma massa.

Sobre a confissão, eu presumo que a visão de nossa Igreja seja que todo o mundo possa usá-la, mas ninguém é obrigado a isso. Eu não duvido que o Espírito Santo guie as suas decisões a partir de dentro, quando você as toma com a intenção de agradar a Deus. O erro seria pensar que ele fala *apenas* a partir de dentro, enquanto, na verdade, ele também fala através das Escrituras, da Igreja, amigos cristãos, livros etc. [...]

PARA A "SRA. ARNOLD": do Magdalen College
20 de junho de 1952

O incenso e as Ave-Marias estão em categorias bem diferentes. O primeiro é meramente uma questão de ritual: alguns acham que ajuda, outros não, e todos têm que tolerar a ausência ou presença do mesmo na igreja que estão frequentando com humildade alegre e caridosa.

Mas as Ave-Marias levantam uma questão doutrinal: se é legal devotar-se a qualquer *criatura*, por mais santa que seja. Minha própria visão seria que uma *saudação* a qualquer santo (ou anjo) não pode ser errada por si mesma, mais do que tirar o chapéu para um amigo: mas que há sempre algum perigo antes que tais práticas nos iniciem em uma estrada para um estado (às vezes achado nas Comunidades Católicas-Romanas), onde a Virgem Maria é tratada realmente como uma divindade e até se torna o centro da religião. Eu, portanto, penso que seja melhor evitar tais saudações. E se a Virgem Maria é tão boa quanto as melhores mães que eu conheço, ela não *deseja* que nenhuma da atenção que deveria ir para o seu Filho seja desviada para si mesma [...].

PARA ROGER LANCELYN GREEN: **do Magdalen College** (Jack precisava do conselho do seu amigo para achar um nome adequado para a história de Nárnia que acabou recebendo o título de *A cadeira de prata*. Ele acabara de conhecer a Sra. Joy Davidman Gresham de Nova York.)

26 de setembro de 1952

Nós também tivemos visitantes. Pelo amor de Deus não deixe June [Lancelyn Green] aumentar os seus trabalhos preocupando-se em escrever para mim. Mas deixe-me ter o seu conselho e o dela quanto ao meu problema imediato, que é o título da minha nova história. Bles pensa, como você, que *The Wild Waste Lands* [Os campos áridos desertos] seja ruim, mas ele diz que *Night under Narnia* [Noite sob Nárnia] é "tenebroso". George Sayer & meu irmão dizem que *Gnomes Under N.* [Gnomos sob Nárnia] seja igualmente tenebroso, mas *News Under Narnia* [Novidades sob Nárnia] daria certo. Por outro lado, meu irmão & a escritora americana Joy Davidman (que esteve conosco & é uma grande leitora de livros de fantasia & infantis) ambos dizem que *The Wild Waste Lands* [Os campos áridos desertos] seja uma título esplêndido. O que você recomendaria a um amigo fazer?

PARA CHARLES MOORMAN: do Magdalen College
2 de outubro de 1952

Tenho certeza de que o seu pressentimento é falso. Certamente a maioria, talvez todos os poemas no *Taliessin* [de Charles Williams], foram escritos antes do último romance, *All Hallows Eve* [Noite santificada] tinha acabado de ser concebida e, muito antes, havia os poemas arthurianos (de não muito valor) em seu estilo anterior. Não posso lhe dizer quando ele se tornou interessado pela história de Arthur pela primeira vez, mas a probabilidade esmagadora é que, como tantos meninos ingleses, ele tenha se embrenhado de Malory via Tennyson na adolescência. Toda a forma como ele falava dele implicava uma familiaridade de vida toda. Muito mais tarde (mas ainda assim, antes de eu o conhecer) veio a conexão entre o seu interesse de longa data na Arthuriana e o novo interesse em Bizâncio.

Tudo o que ele jamais disse implicava que sua ficção de prosa, seus "*pot boilers*"[19] e sua poesia todas se desenvolveram simultaneamente: não houve uma "guinada" de um para o outro. Ele nunca disse nada sugerindo que ele sentia os seus temas "não se encaixando com facilidade em contos da vida moderna". O que teria expressado a relação cronológica real entre os romances teriam sido as palavras (embora eu não ache que ele de fato as tenha pronunciado) "Eu não avancei com os meus poemas arthurianos esta semana porque eu estive temporariamente ocupado com a ideia para uma nova história".

A questão de quando foi que ele cruzou pela primeira vez com a doutrina da "Caritas" me intrigou. Que doutrina você quer dizer? Se você quer dizer a doutrina comum de que haja três virtudes teologais e "a maior delas é a caridade", é claro que ele sempre a conheceu. Se você está falando da doutrina da Coinerência e Substituição,

---

[19] Um "aquecedor de panela" é uma peça teatral, um romance, um filme, uma ópera ou qualquer outro trabalho criativo de mérito literário ou artístico duvidoso, cujo principal objetivo era pagar pelas despesas cotidianas do criador — daí a expressão que significa "prover meios de subsistência". [N.T.]

então eu não sei quando ele encontrou as mesmas pela primeira vez. Nem sei também quando ele começou a *Figure of A*. [Figura de Arthur].[20] Seu conhecimento dos documentos arthurianos mais antigos não era o de um real estudioso: ele não conhecia nenhuma das línguas relevantes, exceto por (um pouco de) latim.

Os Sete Ursos e o Círculo Atlântico [em *Essa força medonha*] são puras invenções de minha parte, preenchendo o mesmo propósito na narrativa que "ruídos" faria em uma peça de teatro. Numinor é uma corruptela de Numenor, que, como o "verdadeiro Oeste", é um fragmento da mitologia vasta privada inventada pelo Professor J.R.R. Tolkien. Na época, nós todos esperávamos que uma boa parte daquela mitologia logo se tornasse pública através de um romance que o Professor estava então contemplando. Desde então a esperança retrocedeu.

PARA A "SRA. ARNOLD": **do Magdalen College**
20 de outubro de 1952

Penso que a senhora esteja completamente certa em mudar a sua forma de orar de tempos em tempos e eu suponho que todos os que oram com seriedade a mudam desta forma. Nossas necessidades e capacidades mudam e, além disso, para criaturas como nós, excelentes orações podem "morrer" se as usamos por demasiado tempo. A questão, se a gente deve usar orações escritas compostas por outras pessoas, ou nossas próprias palavras, ou a oração sem palavras, ou, então, em que proporção devemos misturar todas as três me parece ser inteiramente para cada indivíduo responder, de acordo com a sua própria experiência. Eu particularmente acho que as orações sem palavras sejam as melhores *quando* eu consigo administrá-las, mas posso fazê-lo apenas quando estou menos distraído

---

[20]Isso apareceu em *Arthurian Torso; Containing the Posthumous Fragment of 'The Figure of Arthur' by Charles Williams and A Commentary on the Arthurian Poems of Charles Williams by C.S. Lewis* [O torso de Arthur: contendo um fragmento póstumo de "A figura de Arthur", de Charles Williams, e um comentário sobre os poemas arthurianos de Charles Williams, de C.S. Lewis] (1948).

e na melhor saúde espiritual e corporal (ou o que eu penso ser a melhor). Mas outra pessoa pode achar isso de outra forma.

Sua questão sobre amizade antiga em que não há mais comunhão espiritual é difícil. Obviamente isso depende muito do que a outra parte deseja. A grande coisa na amizade e em todas as outras formas de amor é, como você sabe, de se voltar da demanda de *ser* amado (ou ajudado ou divertido) para desejar amar (ou ajudar ou divertir). Talvez à medida que se faz isso também se descobre quanto tempo se tem que gastar com o tipo de amigos que você menciona. Eu não acho que uma queda em nosso desejo por mera "companhia" ou "conhecimento" ou a "multidão" seja um mau sinal. (Não a devemos tomar como um sinal de nossa espiritualidade crescente, é claro: esse não é meramente um desenvolvimento natural neutro, na medida em que ficamos mais velhos?)

Toda aquela questão calvinista — Livre Arbítrio e Predestinação — é, de acordo com a minha concepção, indiscutível, insolúvel. É claro (nós dizemos) que, se um homem se arrepende, Deus vai aceitá-lo. Ah, sim (eles dizem), mas o fato de seu arrependimento mostra que Deus já o tinha movido para fazer isso. Isso, de qualquer forma, nos deixa com o fato de que *em qualquer caso concreto* a questão nunca se levanta como uma questão prática. Mas suspeito de que seja, na realidade, uma questão *sem sentido*. A diferença entre a Liberdade e a Necessidade é francamente clara ao nível corporal: sabemos a diferença entre fazer os nossos dentes baterem e descobri-los batendo com o frio. Isso começa a ficar menos claro quando falamos sobre o amor humano (deixando de lado o tipo *erótico*). Será que eu gosto dele porque eu o escolhi ou porque eu sou obrigado? Há casos em que isso tem uma resposta, mas outros em que parece que não quer dizer nada. Quando o transportamos para as relações entre Deus e o Homem, será que a distinção se tornou sem sentido? Afinal de contas, quando estamos mais livres, é apenas com a liberdade que Deus nos deu: e quando a nossa vontade está maximamente influenciada pela Graça, ainda é a *nossa vontade*. E se o que a nossa vontade faz não é voluntário, e se "voluntário" não significa "livre", do que é que estamos falando? Eu deixaria isso quieto.

PARA ROGER LANCELYN GREEN: do Magdalen College
21 de outubro de 1952

Sua carta foi mais bem-vinda do que usualmente: pois, embora a razão me tenha assegurado que um homem tão ocupado pode ter mil motivos para não escrever, eu também tenho um temor oculto de que você poderia ter ficado ofendido. Desculpe-me pela suspeita. Ela não surgiu, de forma alguma, porque eu o julgasse uma espécie de asno, ou qualquer outra espécie de animal, mas porque nós somos de "um só sangue" e a sua perda seria um corte brutal na minha vida [...].

Acabei de terminar o v. I das cartas de Henry James. Um homem interessante, embora um tremendo pedante: mas ele aprecia Stevenson.[21] Um homem *fantasmagórico*, que nunca conheceu a Deus, ou a terra, ou a guerra, nunca passou um dia de trabalho compulsório, nunca teve que ganhar o seu sustento, não tinha lar & e nenhuns deveres [...].

PARA A "SRA. ASHTON": do Magdalen College
8 de novembro de 1952

Estou respondendo à sua carta com as questões numeradas, de modo que a senhora saiba a qual eu estou me referindo:

(1) Alguns me chamam de *Sr.* e outros de *Dr.* e eu não apenas não ligo, mas usualmente não sei qual dos dois [seja melhor usar].

(2) Distinga (A) Uma segunda chance no sentido estrito, isto é, uma nova vida terrenal, em que você tentaria novamente todos os problemas nos quais você fracassou no presente (como nas religiões da reencarnação). (B) Purgatório: um processo pelo qual a

---

[21]Possivelmente Robert Louis Stevenson (1850–1894), tendo nascido Robert Lewis Balfour Stevenson, foi um eminente e influente poeta, escritor de roteiros de viagem e romancista britânico, nascido na Escócia. Entre os seus clássicos estão *A ilha do tesouro* e *O médico e o monstro*. [N. T.]

obra de redenção continua e talvez primeiro comece a se tornar notório após a morte. Penso que Charles Williams retrata (B) e não (A).

(3) Nós nunca alcançamos qualquer conhecimento de "O que teria acontecido se [...]".

(4) Penso que toda a oração que é feita com sinceridade, mesmo para um deus falso ou para um Deus verdadeiro, concebido de forma muito imperfeita; é aceita pelo verdadeiro Deus e que Cristo salva muitos que não pensam que o conheçam. Pois ele está (vagamente) presente do lado *bom* dos mestres inferiores que eles seguem. Na parábola das ovelhas e dos bodes (Mat. 25:31 e seguintes) aqueles que são salvos não parecem saber que estavam servindo a Cristo. Mas é claro que a nossa preocupação com os descrentes é empregada de forma mais útil quando nos leva, não para a especulação, mas para a oração honesta por eles e a tentativa de sermos, em nossas próprias vidas, uma propaganda tão boa para o cristianismo que o torne atrativo.

(5) É Cristo mesmo, não a Bíblia, que é a verdadeira palavra de Deus. A Bíblia, se for lida no espírito correto e com a condução de bons mestres, vai nos levar a ele. Quando se torna realmente necessário (isto é, para a nossa vida espiritual, não para controvérsia ou curiosidade) saber se uma passagem particular está corretamente traduzida ou é um mito (mas é claro que um mito especialmente escolhido por Deus, em meio a incontáveis mitos para traduzir verdade espiritual) ou história, nós devemos, sem dúvida, ser guiados para a resposta certa. Mas não devemos usar a Bíblia (nossos pais a usaram assim com frequência) como uma espécie de Enciclopédia da qual os textos (isolados do seu contexto e não lidos com atenção para a natureza completa e propósito dos livros em que ocorrem) possam ser usados como armas.

(6) *Matar* significa *assassinar*. Eu não sei hebraico: mas quando o Nosso Senhor cita este mandamento, ele usa o grego φονεύειν[22] [...].

---

[22]Palavra grega que quer dizer "matar" ou "assassinar". [N. T.]

(7) A questão sobre o que a senhora "desejaria" está mal colocada. A punição capital pode ser errada, embora os parentes da pessoa assassinada o desejassem morto: isso pode ser correto mesmo que eles não desejassem isso. A questão é, se uma nação cristã deve ou não atribuir a pena de morte aos assassinos: não que paixões as pessoas interessadas possam sentir.

(8) Não há dúvida nenhuma de que o cristão deve combater o impulso natural de "bater de volta", sempre que ele surgir. Se alguém que eu amo é torturado ou assassinado, não devo dar lugar ao meu desejo de vingá-lo. Enquanto nada além desta questão de retaliação estiver em jogo, "dar a outra face" é a lei cristã. Mas é uma questão bem diferente quando a autoridade pública neutra (*não* a pessoa lesada) possa ordenar a morte de assassinos privados ou inimigos públicos em massa. É bem claro que o apóstolo Paulo [...] aprovava a pena capital — ele diz "o magistrado empunha e espada e deve empunhar a espada".[23] Foi relatado que os soldados que procuraram João Batista, perguntando "O que devemos fazer?" *não* receberam a ordem de deixarem o exército. Quando o Nosso Senhor em pessoa louvou o centurião, ele nunca deu a entender que a profissão militar fosse, em si mesma, pecaminosa. Esta tem sido a visão genérica do cristianismo. O pacifismo é uma variação muito recente e local. É claro que devemos respeitar e tolerar os pacifistas, mas eu acho a visão deles equivocada.

(9) Os símbolos sob os quais os Céus são apresentados a nós são (a) uma festa noturna (b) um casamento, (c) uma cidade e (d) um concerto. Seria grotesco supor que os convidados ou cidadãos ou membros do coro não se conheciam uns aos outros. E como o amor uns aos outros pode ser ordenado nesta vida, se ele for interrompido pela morte?

(10) Quando eu aprendo a amar a Deus mais do que meus entes queridos terrenais, eu devo amar os meus entes queridos mais do que eu faço agora. Na medida em que eu aprendo a amar os

---

[23]Parafraseado de Romanos 13:3–4. [N. T.]

meus entes queridos à custa de Deus e *no lugar* de Deus, eu estarei me desenvolvendo em direção a um estado em que eu já não ame os meus entes queridos de forma alguma. Quando as coisas de primeira ordem são postas em primeiro lugar, as de segunda ordem não são suprimidas, mas aumentadas. Se a senhora e eu chegarmos algum dia a amar Deus perfeitamente, a resposta a esta questão atormentadora então se tornará clara e será muito mais bonita do que jamais poderíamos imaginar. Não podemos tê-la agora.

PARA A SRA. EDWARD A. ALLEN: do Magdalen College

19 de janeiro de 1953

Não me admira que a senhora tenha ficado confusa com *O regresso do Peregrino*. Este foi o meu primeiro livro religioso e então eu não sabia como fazer as coisas se tornarem fáceis. Eu nem mesmo estava tentando muito, porque naquele tempo eu nunca sonhava em me tornar um autor "popular" e não esperava ter leitores fora de um pequeno círculo intelectual. Não perca mais tempo com ele. A *poesia* é minha [...].

PARA A "SRA. ARNOLD": do Magdalen College

6–7 de abril de 1953

Não acho que a gratidão seja um motivo relevante para ingressar numa Ordem. A gratidão pode criar um estado mental em que a gente se torna consciente de uma vocação: mas a vocação seria a razão apropriada para ingressar. Eles mesmos certamente não desejam que a senhora ingresse *sem* ela? A senhora pode mostrar a sua gratidão de muitas outras maneiras. Será que não há, nesta Ordem, mesmo para membros leigos, como a senhora seria, algo como um noviciado ou período experimental? Neste caso, isso seria uma boa alternativa, não seria? Se não, penso que só posso repetir minha sugestão anterior de a senhora se submeter a um tipo de noviciado não oficial, vivendo de acordo com a Regra por seis meses mais ou menos e ver como a senhora se dá. A maioria das coisas a senhora provavelmente faz de qualquer jeito e são coisas que devemos mesmo fazer. (A única coisa sobre a qual tenho minhas dúvidas é a cláusula da "intenção especial". Não tenho bem certeza sobre as implicações teológicas disso) [...]. Os votos são irrevogáveis ou é possível cancelar o contrato?

Sobre colocar o nosso ponto de vista cristão para doutores e outros assuntos nada promissores, eu mesmo estou em grande dúvida. Tudo sobre o que eu tenho clareza é que a gente peca, se o motivo real para o silêncio seja simplesmente o medo de parecer tolo. Suponho que esteja certo, se a motivação for que o outro seja repelido ainda mais e só confirmado em sua convicção de que os cristãos sejam gente problemática e embaraçosa, a serem evitados sempre que possível. Mas eu acho que é um problema terrivelmente preocupante. (Tenho certeza de que uma evangelização inoportuna de um estranho comparável não me teria feito nenhum bem quando eu era um incrédulo.)

Penso que a nossa visão oficial da Confissão pode ser vista na forma de Visita aos Doentes, onde diz: "Então a pessoa doente deve ser movida (isto é, avisada, alertada) a fazer uma [...] Confissão [...] se ela sentir a sua consciência afligida com quaisquer assuntos pesados." Isto é, onde Roma torna a Confissão compulsória para todos, nós a tornamos permitida para qualquer um: não "genericamente necessária", mas profícua. Não duvidamos que possa haver perdão sem ela. Mas como mostra a sua própria experiência, muitas pessoas não *sentem* o perdão, isto é, não acreditam efetivamente no "perdão de pecados" sem ela. A vantagem bastante gigantesca de se chegar a *realmente* crer no perdão compensa muito bem os horrores (eu concordo que *sejam* realmente horrores) de uma primeira Confissão. Além disso, há o ganho do autoconhecimento: a maioria de nós nunca encarou realmente os fatos sobre si mesmo, até que o tenha proclamado em alto e bom som em palavras audíveis, dando nome aos bois. Eu certamente sinto que me beneficiei enormemente desta prática. Ao mesmo tempo penso que estamos bem certos em não torná-la genericamente obrigatória, o que poderia impô-la a alguns que não estejam prontos para isso, o que, por sua vez, poderia prejudicá-los [...].

PARA A "SRA. ASHTON": **do Magdalen College**
17 de julho de 1953

Estou muito contente de que a senhora tenha reconhecido que o Cristianismo é duro feito pedra:[24] isto é, duro *e* mole ao mesmo tempo. É a *mistura* que gera o efeito: nenhuma das qualidades seria boa sem a outra. A senhora não precisa ficar aflita por não se sentir corajosa. Nosso Senhor não se sentiu — veja a cena no Gestêmani. Quão grato eu sou pelo fato de que, quando Deus se tornou Homem, ele não tenha escolhido se tornar um homem de nervos de aço: isso não seria nem de perto de tamanha ajuda para fracotes como a senhora e eu. Especialmente não se *preocupe* (é claro que você pode orar) em ser corajosa em relação a males meramente possíveis no futuro. Nas velhas batalhas, eram usualmente os que estavam na reserva e tinham a vigilância sobre o massacre, não as tropas que estavam envolvidas nele, cujos nervos se rompiam antes. Similarmente, penso que, nos Estados Unidos, vocês sentem mais ansiedade sobre bombas atômicas do que nós: porque estão mais longe do perigo. Se e quando um horror surgir, então a senhora receberá Graça por auxílio. Eu não acho que usualmente ela seja dada com antecedência. "O pão nosso de cada dia nos dai hoje" (não uma anuidade para a vida) se aplica a dons espirituais também: o pequeno apoio *diário* para a provação *diária*. A vida deve ser enfrentada dia a dia e hora a hora.

O escritor que você citou *era* muito bom no estágio em que a senhora o encontrou: agora, como está claro, a senhora foi além dele. Pobre palerma — ele achou que era dono dos seus pensamentos. Eles nunca serão os seus próprios enquanto não se tornem os de Cristo: até então eles eram meramente o resultado de

---

[24] Afirmação feita por Jack em *Cristianismo puro e simples*. [N. T.]

hereditariedade, do ambiente e do estado de sua digestão. Eu me tornei eu mesmo apenas quando eu me doei a outrem.

"Será que Deus parece real para mim?" Isso varia: da mesma forma que muitas outras coisas, nas quais eu creio firmemente (na minha própria morte, no sistema solar) *sentem-se* mais ou menos reais em momentos diferentes. Eu sonhei sonhos, mas não tive visões: mas não pense que eu dê a mínima para tudo isso. E os santos dizem que as visões não são importantes. Se o Nosso Senhor *parece* aparecer para a senhora em sua oração (corporalmente), o que mais afinal a senhora pode fazer, se não continuar com suas orações? Como a senhora vai saber que não era uma alucinação? [...]

Não, não. Eu não creio em Aslam realmente. Tudo isso vem em uma *história*. Não tenho a mínima ideia, se havia um Santo Graal de verdade ou não. É claro que eu acredito que as pessoas continuam sendo curadas pela fé: se isso aconteceu em um caso particular não se pode, é claro, dizer sem consultar um médico real que também seja um cristão real para retomar todo o histórico do caso [...].

PARA A SRA. EMILY McLAY: **do Magdalen College**

3 de agosto de 1953

Eu tomo como um primeiro princípio que não devemos interpretar qualquer parte das Escrituras de modo que contradiga outras partes, e, especialmente, não devemos usar o ensinamento de um apóstolo para contradizer aquele do Nosso Senhor. O que quer que o apóstolo Paulo quisesse dizer, não devemos rejeitar a parábola das ovelhas e dos bodes. (Mat. 25:30–46). Aí você vê, não há nada sobre Predestinação ou mesmo sobre a Fé — tudo depende de obras. Mas como reconciliar isso com o ensinamento do apóstolo Paulo, ou com outros ditos do Nosso Senhor, eu confesso francamente que não sei. Até mesmo o apóstolo Pedro, você sabe, admite que ele ficou perplexo com as epístolas paulinas (II Pedro 3:16–17).

O que eu *penso* é o seguinte. Todo o mundo que olha para trás para a sua *própria* conversão deve sentir: — e tenho certeza de que o sentimento seja, em algum sentido, verdadeiro — "Não fui eu que fiz isso. Eu não escolhi a Cristo: foi Ele que me escolheu. É tudo graça livre, que eu não fiz nada para conquistar". Esta é a versão paulina: e tenho certeza de que seja a única versão verdadeira de toda conversão, vista a partir de *dentro*. Muito bem. Então nos parece lógico e natural de tornar esta experiência pessoal em uma regra geral: "Todas as conversões dependem da escolha de Deus."

Mas isso, creio eu, é precisamente o que não devemos fazer: pois as generalizações só são legítimas quando estamos lidando com assuntos para os quais nossas faculdades sejam adequadas. Aqui, elas não são. *Como* as nossas experiências individuais são *realmente* consistentes com (a) Nossa ideia de justiça Divina, (b) A parábola que eu acabei de citar, e várias outras passagens, não sabemos e não podemos saber: o que está claro é que *nós* não conseguimos achar uma fórmula consistente. Penso que temos que consultar os cientistas nesse caso. Eles são bem familiarizados com o fato de que, por exemplo, a luz tem que ser referida como uma onda no éter e ao mesmo tempo, como um feixe de partículas. Ninguém consegue tornar estas duas visões consistentes. É claro que a realidade deve ser autoconsistente: mas até que (se é que) possamos *ver* a consistência, é melhor sustentar duas visões inconsistentes, do que ignorar um lado da evidência.

A real inter-relação entre a onipotência de Deus e a liberdade do Homem é algo que não conseguimos desvendar. Olhando para as Ovelhas & os bodes, todo mundo pode estar bem certo de que toda boa ação que ele pratique será aceita por Cristo. Entretanto, igualmente, todos nós temos certeza de que todo o bem em nós vem da Graça. Temos que deixar isso como está. Acho que o melhor plano é aplicar a visão calvinista para minhas próprias virtudes e os vícios de outras pessoas: e a outra visão, para meus próprios vícios e as virtudes das outras pessoas. Mas, embora haja muitas coisas com as quais se pode ficar *intrigado*, não há nada com que ficar *preocupado*. Fica claro a partir das Escrituras que, qualquer que seja o sentido da verdade contida na doutrina paulina, ela não é verdadeira em nenhum sentido que *exclua* o seu (aparente) oposto.

A senhora sabe bem o que Lutero disse: "Você tem dúvidas sobre se foi eleito? Então faça as suas orações e poderá concluir que foi."

PARA A SRA. EMILY McLAY: **do Magdalen College**
8 de agosto de 1953

Sua experiência em dar ouvidos àqueles filósofos dá-lhe a técnica de que precisa para lidar com as partes obscuras da Bíblia. Quando um dos filósofos, um que você saiba por outros motivos que é um homem sadio e decente, diz algo que a senhora não entende, você não conclui imediatamente que ele ficou louco. Você supõe que não entendeu o ponto.

O mesmo vale aqui. As duas coisas que *não* se deve fazer são (a) Acreditar, com base na força das Escrituras ou qualquer outra evidência, que Deus possa, de alguma forma, ser mau. (Nele não há qualquer tipo de *escuridão*.) (b) Remover da Bíblia qualquer passagem que parece indicar que ele o seja. Por trás desta passagem aparentemente chocante, tenha certeza de que se esconde alguma grande verdade que você não está entendendo. Se a gente *vem* a entendê-la, a gente vai ver que [isso] é bom e justo e gracioso de formas que nós nunca sonharíamos. Enquanto isso, ela tem que ser simplesmente deixada de lado.

Mas por que é que estas passagens desconcertantes sequer existem? Ó, porque Deus não fala apenas a nós pequeninos, mas também a grandes sábios e místicos que *experimentam* coisas a respeito das quais nós outros só *lemos* e para quem todas as palavras têm, por isso mesmo, conteúdos diferentes e mais ricos. Uma revelação que não contivesse nada que a senhora e eu não entendemos não seria, por este mesmo motivo, suspeita? Para uma criança poderia parecer uma contradição dizer que seus pais a geraram tanto quanto Deus a gerou, entretanto, podemos ver que ambas as coisas são verdadeiras.

PARA A SRA. EDWARD A. ALLEN: **do Magdalen College**

9 de janeiro de 1954

Obrigado pela sua carta substanciosa e pé no chão (quase como Thoreau[25] ou Dorothy Wordsworth)[26] do dia 6. Penso que estou contigo na preferência por árvores a flores no sentido de que, se eu tivesse que viver num mundo sem umas ou outras, eu escolheria ficar com as árvores. Eu certamente prefiro pessoas parecidas com árvores a pessoas parecidas com flores — a força e nodosidade e resistência às tempestades, aos babados e fragrâncias e facilidade de murchar [...].

Penso que o que faz até uma terra bonita (em longo prazo) tão insatisfatória quando vista de um trem ou carro é que ele faz com que cada árvore, riacho ou palheiro voe para o primeiro plano, *solicitando* atenção individual, mas desaparecendo antes que você a possa dar [...]. Alguém já não deu uma explicação similar da fadiga que sentimos em uma multidão em que é impossível ver rostos individuais, mas não se pode evitar vê-los de modo que (disse ele) "é como ser forçado a ler a primeira página, mas não mais, de uma centena de livros sucessivamente"? [...]

PARA DOM BEDE GRIFFITHS, OSB: **do Magdalen College**
(Dom Bede estava se ocupando dos problemas de uma obra missionária cristã na Índia.)

16 de janeiro de 1954

Suspeito que um grande ir-ao-encontro-deles é necessário não apenas em nível de pensamento, mas de método. Um homem que viveu toda a sua vida na Índia disse: "Este país poderia ser cristão agora, se não houvesse *nenhuma* Missão em nosso sentido, mas vários missionários isolados andando pelas ruas como pedintes. Pois é nesse tipo de Homem Santo que a Índia acredita e ela não

---

[25]Henry David Thoreau (1817–1862) foi um filósofo, ensaísta e poeta americano. [N. T.]
[26]Dorothy Mae Ann Wordsworth (1771–1855) foi irmã do poeta romântico William Wordsworth e, ela mesma, uma autora, cronista e poetisa. [N. T.]

vai acreditar em nenhum outro". É claro que temos que nos precaver de pensar no "Oriente" como se ele fosse homogêneo. Suponho que os *ethos* indiano e chinês sejam tão estranhos um ao outro quanto qualquer um deles é em relação ao nosso.

O artigo sobre a Tolerância nesta mesma publicação me fez arrepiar. O que eles querem dizer com "O erro não tem direitos"? É claro que o erro não tem direitos porque ele não é uma pessoa: no mesmo sentido a Verdade não tem direitos. Mas se eles querem dizer que "Pessoas errôneas não têm direitos" certamente esta proposição é absolutamente contrária aos ditames claros da Lei Natural como qualquer proposição deveria ser?

Mudando de assunto. Será que alguém já compôs orações para crianças, NÃO no sentido de orações especiais supostamente adequadas para a sua idade (o que facilmente leva a sentimentalismos excessivos), MAS simplesmente no sentido de *tradução* de orações comuns para uma linguagem mais fácil? E será que valeria a pena escrever?

PARA A SRTA. PAULINE BAYNES: **do Magdalen College**
(A Srta. Baynes foi escolhida para ilustrar *As crônicas de Nárnia*.)

21 de janeiro de 1954

Eu almocei com a Bles ontem para ver os desenhos para *O cavalo [e seu menino]* e senti que deveria escrever para lhe dizer o quanto ambos gostamos deles. É prazeroso de achar (e não apenas por motivos egoístas) que você torna cada livro que passa um pouco melhor do que o anterior — é muito formidável ver um artista crescendo. (Se ao menos você pudesse tirar seis meses para devotar-se à anatomia, não haveria limite para as suas possibilidades.)

Ambas as ilustrações de Lasaraleen na liteira foram um banquete rico de linhas & imaginação satírica-fantástica: meu único lamento foi que nós não podíamos ter ambos. Shasta entre os túmulos (na nova técnica, que é adorável) era exatamente o que eu queria. As imagens de Rabadash pendurado no gancho e se transformando em um asno foram a melhor comédia que você já fez. O Tisroc é magnífico: muito além de qualquer coisa que você esteve fazendo nos últimos cinco anos. Eu pensei que os seus rostos humanos — os meninos, Rei Luna etc. — ficaram realmente bons desta vez. As multidões são composições sinuosas belas, realistas, ainda que também adoráveis: mas as suas multidões sempre foram. Como você fez Tashbaan? Só conseguimos ver a sua riqueza completa com uma lente de aumento! O resultado é exatamente o que eu queria. Obrigadíssimo por todo o trabalho intenso que você investiu neles todos. Sucesso: parabéns [...].

PARA DOM BEDE GRIFFITHS, OSB: **do Magdalen College**
23 de janeiro de 1954

Eu *tenho* gosto por Dickens, mas não acho que seja inferior. Ele é um grande autor que trata da mera *afeição* (στοργη):[27] apenas ele & Tolstoi (outro grande favorito meu) realmente lidam com isso. É claro que o seu erro se encontra em achar que ela poderia substituir Ágape. Scott, como D. Cecil[28] disse, não tem a *mente* civilizada, mas o *coração* civilizado. Nobreza, generosidade e liberalidade não forçadas fluem dele. Mas de Thackeray eu positivamente não gosto. Ele é "a voz do Mundo". E suas mulheres supostamente "boas" são revoltantes: *fariseias* invejosas. Os publicanos e pecadores vão [para o céu] antes da Sra. Pendennis e Lady Castlewood [...].

PARA DOM BEDE GRIFFITHS, OSB: **do Magdalen College**
30 de janeiro de 1954

Sim, eu certamente rejeito a pequena Emily e pequena Nell e todos os "pequenos". A marquesa é o que há.

O problema em Thackeray é que ele dificilmente consegue vislumbrar bondade exceto como um tipo de εὐήθεια:[29] todos os seus

---

[27]Palavra em grego transliterada como *storge*, afeição. [N. T.]
[28]Possivelmente Lord Edward Christian David Gascoyne-Cecil (1902–1986), acadêmico, biógrafo e historiador britânico. [N. T.]
[29]Termo grego que significa "bem-fazer". [N. T.]

personagens "bons" não são apenas simples, mas simplórios. Este é um veneno sutil que surge com o Renascimento: o vilão maquiavélico (inteligente) presentemente produzindo o herói idiota. A Idade Média não tornou Herodes inteligente e sabia que o demônio era um asno. Há realmente uma incredulidade com relação à ética de Thackeray: como se a bondade fosse de alguma forma charmosa & […] infantil. Nenhuma concepção de que a purificação da vontade (*ceteris paribus*) levasse à iluminação da inteligência.

PARA A "SRA. ASHTON": **do Magdalen College**
18 de fevereiro de 1954

É claro que receber uma pobre criança ilegítima é "caridade". *Caridade* significa amor. Ela é chamada de Ágape no Novo Testamento para distingui-la de *Eros* (amor sexual), *Storge* (afeição familiar) e *Philia* (amizade). Então, há quatro tipos de amor, todos bons em seu próprio lugar, mas Ágape é o melhor porque é o tipo que Deus tem por nós e é bom em todas as circunstâncias. Há pessoas pelas quais eu não devo sentir *Eros*, e pessoas pelas quais eu não posso sentir *Storge* ou *Philia*: mas eu posso praticar Ágape para com Deus, anjos, Homem e Animal, os bons e os maus, os velhos e os novos, os distantes e os próximos.

A senhora vê, Ágape é todo doação, não tomada. Veja o que Paulo diz sobre isso em Primeira Coríntios cap. 13. E então, veja uma imagem do Ágape em ação em Lucas, cap. 10, vs. 30–35. E em seguida, melhor ainda, dê uma olhada em Mateus cap. 25 vs. 31–46: do qual a senhora pode inferir que Cristo conta tudo o que a senhora faz a *este* bebê exatamente como se o fizesse para ele, quando ele era um bebê na manjedoura em Belém: a senhora está, de certa forma compartilhando das coisas que a sua mãe fez por ele. Dar dinheiro é apenas *uma* forma de demonstrar caridade: dar tempo e trabalho é bem melhor e (para a maioria de nós) mais duro. E note, embora tudo seja doação — você não precisa esperar qualquer recompensa — como você *se torna* recompensado quase que imediatamente.

Sim. Eu sei que a gente nem sequer *deseja* ser curado do nosso orgulho porque ele dá prazer. Mas o prazer do orgulho é como o prazer de se coçar. Se há uma picada, a gente quer coçar: mas seria muito melhor não ter *nem* a picada, nem a coceira. Enquanto temos a picada da autoestima, desejamos ter o prazer da autoaprovação: mas os momentos mais felizes são aqueles em que esquecemos o precioso "nós mesmos" e não temos nenhuma das duas coisas, mas temos todo o resto (Deus, nossos companheiros humanos, animais, o jardim e o céu) no lugar disso [...].

[Depois de um bom esforço, a Universidade de Cambridge convenceu Jack a aceitar a cadeira recentemente criada de literatura inglesa medieval e renascentista — que foi criada com ele em mente. Embora ele tivesse que ensinar no Magdalen durante o primeiro trimestre do calendário acadêmico de 1954 (ele terminou o seu último tutorial às 12h50 de 3 de dezembro), ele deu a sua palestra inaugural em Cambridge em 29 de novembro de 1954. Ela foi publicada sob o título de *De Descriptione Temporum*. Ele só se mudou para o Magdalene College, Cambridge, em 7 de janeiro de 1955.]

PARA A IRMÃ PENELOPE, CSMV: **do Magdalen College**

30 de julho de 1954

Sim, eu fui instituído professor de "inglês medieval e renascentista" em Cambridge: o escopo da cadeira (uma nova) se encaixa perfeitamente em meu perfil. Mas não será uma mudança tão grande quanto a senhora possa imaginar. Devo ainda passar as férias e os vários fins de semana do trimestre em Oxford. Meu endereço será Magdalene, de modo que eu vou ficar debaixo da mesma padroeira. Isso é bom, porque evita reajustes "administrativos" nos Céus: também não consigo evitar sentir que aquela querida senhora entende a minha constituição agora mais do que uma estranha faria [...].

PARA A SRA. URSULA ROBERTS: **do Magdalen College**
31 de julho de 1954

Eu certamente sou inapto para aconselhar qualquer outra pessoa sobre a vida devocional. Minhas próprias regras são (1) Ter certeza de que, não importa em que outro lugar elas sejam encaixadas, as orações principais *não* devem ser a "última coisa para se fazer à noite". (2) Evitar introspecção na oração — não quero dizer, ficar vigiando a nossa própria mente para ver se está no estado de espírito correto, mas sempre de voltar a atenção para fora, para Deus. (3) Nunca, jamais tentar produzir uma emoção por vontade própria. (4) Orar sem palavras quando estou apto para isso, mas voltar às palavras quando cansado ou pior do que o normal. Com agradecimentos renovados. Quem sabe *a senhora* algumas vezes possa orar por *mim*?

PARA A SRA. EDWARD A. ALLEN: **do Magdalen College**
1º de novembro de 1954

Penso que seria perigoso supor que Satanás tenha criado todas as criaturas que sejam desagradáveis ou perigosas para nós, pois (a) estas criaturas, se elas pudessem pensar, teriam a mesma razão para pensar que *nós* é que fomos criados por Satanás. (b) Não acho que o mal possa *criar*, no sentido estrito. Ele pode estragar algo que outro tenha criado. Satanás pode ter corrompido outras criaturas da mesma forma que a nós. Parte de corrupção em nós pode ser o horror irracional e desgosto que sentimos por algumas criaturas, bem à parte de qualquer prejuízo que elas possam nos causar. (Eu não suporto aranhas.) Temos base bíblica para supor que Satanás cause doenças — ver Lucas 13:16.

Sabe, o sofrimento dos inocentes é, muito frequentemente, um problema *menor* para mim do que aquele dos perversos. Isso soa absurdo: mas eu já topei com sofredores inocentes que pareciam estar oferecendo o seu sofrimento alegremente a Deus em Cristo, como parte da Expiação, tão pacientes, tão mansos e mesmo tão em paz e tão altruístas que dificilmente podemos duvidar que eles estão sendo, como diz o apóstolo Paulo, "aperfeiçoados na fraqueza"[30]. Por outro lado, topei com egoístas egocêntricos nos quais o sofrimento parece só produzir ressentimento, ódio, blasfêmia e mais egoísmo. Eles são o real problema.

Os cientistas cristãos me parecem todos simplistas demais. Partindo do pressuposto de que todos os males são ilusões, ainda assim, a existência desta ilusão continuaria sendo um mal real e presumivelmente um mal real permitido por Deus. Isso nos traz de volta exatamente para o mesmo ponto do qual partimos. Não ganhamos nada com a teoria. Continuamos nos deparando com o grande mistério, não explicado, mas colorido, transmutado, tudo através da Cruz. É a fé, não simplificações exacerbadas, que vai ajudar, a senhora não acha? É tão difícil acreditar que o trabalho de toda a criação que Deus mesmo descendeu para compartilhar, em seu estado mais intenso, pode ser necessário no processo de tornar criaturas finitas (com livre-arbítrio) — bem, em Deuses [...].

PARA DOM BEDE GRIFFITHS, OSB: **do Magdalen College**
1º de novembro de 1954

Seu livro veio em um momento de baixa disposição, preocupação externa e dor física (amena). Eu havia orado muito intensamente algumas noites antes, que a minha fé pudesse ser fortalecida. A resposta foi imediata e o seu livro deu o toque final. Ele me fez muito bem: além, é claro, de seus benefícios menores em direção ao interesse e apreciação. Isso tornou um julgamento literário objetivo muito difícil, mas eu penso que provavelmente esteja muito bom. Deve ter dado trabalho de mantê-lo tão curto, sem se tornar superficial, e tão subjetivo sem ser (e não é nem um pouco) enjoativo e sufocante. Muito do que o senhor disse sobre os sacramentos foi muito iluminador. Percebe-se como o paganismo não meramente

---

[30]Ver: parafraseado de 2 Coríntios 12:9a. [N. T.]

sobrevive, mas se torna realmente como é, em primeiro lugar, no coração mesmo do cristianismo. A propósito, o senhor concordaria que a descristianização da Europa (grande parte dela) é uma mudança até maior do que a sua cristianização? De modo que o lapso entre o Professor [Gilbert] Ryle[31] e, vamos supor, Dante, é mais *largo* do que aquele entre Dante e Virgílio?

PARA DOM BEDE GRIFFITHS, OSB: **do Magdalen College**
5 de novembro de 1954

O melhor Dickens parece para mim ser aquele que eu li por último! Mas em um momento de cabeça fria, pus o *Bleak House* [Casa sombria] no topo por sua pura prodigalidade de invenção.

Sobre a morte, eu passo por diferentes estados de espírito, mas as oportunidades em que eu posso *desejá-la* nunca são, penso eu, aquelas em que o mundo me parece mais duro. Pelo contrário, é bem quando parece haver a maior parte do Céu já aqui que eu chego mais perto do desejo pela *pátria*. É o frontispício luminoso [que] nos aguça para ler a história em si. Toda a alegria (distinta do mero prazer e muito mais ainda da diversão) enfatiza nosso status de peregrinos: sempre nos lembra, acena, desperta o desejo. Nossas melhores posses são desejos.

PARA A SRA. VERA GEBBERT (NOME DE SOLTEIRA MATHEWS): **do Magdalen College**
17 de dezembro de 1954

A senhora acredita: uma colegial americana foi expulsa da sua escola por ter em sua posse uma cópia do meu *Cartas de um diabo a seu aprendiz*. Eu perguntei ao meu informante, se era uma escola comunista, ou uma escola fundamentalista, ou uma escola católica romana, e tive a resposta devastadora: "Não, era uma escola *de elite*." Isso põe um sujeito em seu lugar, não é mesmo? [...]

---

[31] Gilbert Ryle (1900–1976) foi um filósofo britânico que fez a crítica ao dualismo de Descartes. [N. T.]

PARA JOCELYN GIBB: **do Magdalen College** (o Sr. Gibb, que foi o parceiro da Geoffrey Bles por alguns anos, assumiu a editora de Geoffrey Bles Ltd quando o Sr. Bles se aposentou em 1954; ele enviou a Jack cópias belamente encadernadas de *Surpreendido pela alegria* e *Cristianismo puro e simples*)

22 de dezembro de 1954

Nunca recebi um presente mais belo (tanto no sentido de um bibliófilo, como do Sr. Woodhouse[32] da palavra *belo*). Quem sabe estes dois volumes charmosos vão me ensinar finalmente a ter pelos corpos de meus próprios livros a mesma reverência que eu tenho pelos corpos de todos os outros livros. Pois é um fato curioso que eu nunca consigo remeter-me a eles como sendo realmente *livros*; os conselhos e impressão, por mais que estejam imaculados, permanecem uma mera pretensão por trás da qual se vê o velho manuscrito rabiscado, sujo de tinta. Você deveria fazer uma pequena pesquisa para descobrir, se é assim com todos os autores. Muito obrigado. Quem os fez?

Fico sempre contente de ouvir que alguém retomou esta Cinderela, *O grande abismo*.

Com agradecimentos renovados e tudo de bom para o Natal e o Ano Novo.

PARA I.O. EVANS: **do Magdalen College**

22 de dezembro de 1954

Sobre a palavra "caminhada" minha própria objeção se encontraria apenas contra o seu abuso para significar algo tão simples quanto fazer um "passeio" ordinário: isto é, a mania de fazer façanhas especializadas & autoconscientes a partir de atividades que até agora foram tão ordinárias quanto se barbear ou brincar com o gato. O *Janeites* de Kipling, no qual ele transforma a leitura (a menos esperada de todas as coisas!) de Jane Austen em uma espécie de

---

[32]Mr. Henry Woodhouse é um personagem central do romance *Emma* de 1815, de Jane Austen, e o pai da protagonista, Emma Woodhouse. [N. T.]

ritual-de-sociedade-secreta, é um espécime. Ou profissionais na BBC jogando com a audiência os mesmos jogos que costumávamos jogar sozinhos em festas de crianças. Espero qualquer dia encontrar um livro escrito sobre como mover a sua bengala quando você anda ou um clube (com crachás) formado para cantores de banheiro.

Havia um pingo de seriedade na minha investida contra o Serviço Público.[33]

Não acho que você tenha gosto pior ou coração pior do que outros homens. Mas eu penso que o Estado é cada vez mais tirânico e você está inevitavelmente entre os instrumentos desta tirania [...]. Isso não importa para você, que cumpriu a maioria do seu serviço quando o sujeito ainda era um cidadão honorário. Para as gerações futuras isto se tornará um problema real, que chegou ao ponto de que as políticas que você é ordenado a cumprir se tornaram tão iníquas que um homem decente precisa procurar outra profissão. Espero que você sinta esta questão realmente com tanta intensidade quanto eu. Tudo de bom.

> [Em 28 de dezembro de 1954, a Sociedade organizou "A Milton Evening in honour of Douglas Bush and C.S. Lewis" {Uma noite de Milton em homenagem a Douglas Bush e C.S. Lewis"}. Eles publicaram para a ocasião um panfleto contendo tributos a ambos os homens e uma cópia da seguinte carta não datada. William B. Hunter Jr. era secretário da Sociedade.]

PARA A SOCIEDADE MILTON DOS ESTADOS UNIDOS:
do Magdalen College

O Sr. Hunter me informa que a vossa sociedade me fez uma homenagem acima dos meus méritos. Estou profundamente grato por ter sido escolhido para isso e também encantado com a existência

---

[33]Isso apareceu em *Torso de Arthur; Contendo o fragmento póstumo de "A figura de Arthur", por Charles Williams; e Um comentário sobre os poemas de Charles Williams*, de C.S. Lewis (1948).

de uma sociedade assim como a vossa. Que tenha uma longa e distinta história!

A lista dos meus livros que eu envio em resposta à solicitação do Sr. Hunter vai, temo eu, impressioná-lo pela diversidade. Já que ele me convida a "dar um depoimento" sobre eles, eu posso destacar que há uma linha condutora. O homem imaginativo em mim é o mais velho, mais continuamente operacional e, neste sentido, mais básico do que, seja o escritor religioso, seja o crítico. Foi ele que me fez empreender as primeiras tentativas (com pouco sucesso) de ser um poeta. Foi ele que, em resposta à poesia de outros, me tornou um crítico e, em defesa desta resposta, às vezes um polemicista crítico. Foi ele que, depois da minha conversão, me levou a incorporar a minha fé religiosa em formas simbólicas e mitopoéticas, indo de *Cartas de um diabo a seu aprendiz*, até uma espécie de ficção científica teologizada. E foi, é claro, ele que me levou, nos últimos poucos anos, a escrever a série de histórias de Nárnia para crianças; não perguntando o que as crianças querem, para depois empenhar-me em adaptar-me a isso (isso não foi necessário), mas porque o conto de fadas era o *gênero* mais adequado para o que eu tinha a dizer. Mas, como você pode ver, é perigoso pedir a um autor que fale sobre a sua própria obra. A dificuldade é fazê-lo parar: e eu mal conseguirei retribuir a sua gentileza se não puxar a rédea firmemente.

PARA A "SRA. ASHTON": **do Magdalene College, Cambridge**
1º de janeiro de 1955

Poucos presentes poderiam jamais ter chegado de forma tão oportuna quanto este papel de carta da senhora [...].

Esta será a minha primeira noite em meu novo lar e há muito trabalho a fazer antes de eu me recolher. Os livros estão todos nas estantes, mas precisam ser postos na ordem certa. Não suporto olhar para eles enquanto não o fizer [...].

PARA A SRA. EDWARD A. ALLEN: do The Kilns
17 de janeiro de 1955

Não, minha mudança de endereço não implica em aposentadoria — ou ao menos, aposentadoria da vida acadêmica; o que aconteceu é que Cambridge me deu um Professorado. Em muitos sentidos, eu lamentei deixar Magdalen, mas, depois de quase trinta anos de desgaste com tutoria, eu devo apreciar a vida menos extenuante de uma "Cadeira" em Cambridge. Neste momento, estou me instalando e penso que devo ser muito feliz ali: muitos dos meus colegas são cristãos, mais do que era o caso em meu antigo College: meus aposentos são confortáveis e Cambridge, ao contrário de Oxford, continua sendo uma cidade interiorana, com toda uma atmosfera rural. Planejo voltar para aqui em intervalos durante o trimestre e, é claro, passar aqui todas as férias. Meu irmão vai viver aqui, de modo que o rompimento com a velha vida não seja tão violento quanto a senhora imaginava [...].

PARA A "SRA. ASHTON": do Magdalene College
2 de fevereiro de 1955

Obrigado por sua carta. Ontem eu recebi uma carta de outra pessoa, perguntando-me se o "Longe do Planeta Silencioso" era uma história verdadeira. Não é a primeira que eu recebo. Então, estou começando a achar que algumas pessoas (e se a senhora não se cuidar, terei que incluí-la!) simplesmente não entendem o que é ficção. Quando você diz o que é natural com a intenção de fazer as pessoas acreditarem naquilo, isso é mentira. Se você o diz sem tal intenção, isso é ficção. Mas pode ser perfeitamente sério no sentido de que as pessoas muitas vezes expressam os seus pensamentos mais profundos, especulações, desejos etc. em uma história. É claro que teria sido errado para R.[ansom] falar do mundo do Pf. [ifltriggi] se ele não tivesse estado realmente lá, como se ele tivesse: porque *dentro do livro* R. supunha (ou pretendia) estar contando sua história como verdade. Certamente podemos ter um personagem na história que conte uma mentira e distingui-lo do que ele deveria ter dito, embora as mesmas coisas sobre as quais ele esteja mentindo sejam, em si mesmas (do *nosso* ponto de vista, de quem vive fora da história), imaginárias?

Quanto a "escrever histórias sobre Deus", seria difícil criar uma história estritamente sobre Deus (começando "Um dia Deus decidiu" [...]). Mas imaginar o que se supõe que Deus pudesse fazer em outros mundos não parece errado: e uma história não passa de imaginar em voz alta.

É correto e inevitável que fiquemos interessados na salvação daqueles que amamos. Mas temos que ter cuidado para não esperar ou demandar que sua salvação se conforme a algum padrão pronto que nós criamos. Algumas seitas protestantes se equivocaram muito com relação a isso. Elas têm todo um programa de conversão etc., delineado, o mesmo para todo o mundo, e não acreditam que qualquer pessoa possa ser salva que não passasse por ele "simplesmente assim". Mas (veja o último capítulo de *O problema do sofrimento*) Deus tem o seu próprio método com cada alma. Não há nenhuma evidência de que o evangelista João tenha passado pelo mesmo tipo de "conversão" que o apóstolo Paulo.

Não é essencial acreditar no Diabo: e eu tenho certeza de que um homem pode ir para o Céu sem ter certeza sobre a idade exata de Matusalém. Ademais, como MacDonald diz: "o tempo para *dizer* coisas vem raras vezes, o tempo de *ser* está sempre presente." O que nós praticamos, não o que nós pregamos (salvo em raros intervalos), é usualmente a nossa grande contribuição para a conversão de outras pessoas [...].

PARA A SRTA. RUTHER PITTER: **do Magdalene College**
5 de março de 1955

Eu aguardo a marmelada com uma doce antecipação apropriada para ela. Poderia ser hesperiano, antes de hiperboreano? A palavra vem do português *Meli-mela* "maçãs de mel" que era o que os gregos incultos chamavam de laranjas, e as laranjas poderiam ser as maçãs douradas do Jardim Ocidental. Aquele que faz vinho de sabugueiro é G. Sayer, Hamewith, Alexandra Rd., Malvern, um católico romano, um mestre em Malvern, um ex-aluno meu e o mais altruísta dos homens dos quais eu já cuidei. Como o Long John Silver,[34] ele tem "uma face exageradamente larga".

É adorável aqui (apesar de eu ter estragado cachimbos quatro vezes neste semestre): diferente de Oxford, a cidade rural se mostra muito próxima da superfície acadêmica. Eu estou tendo um "impacto", quer seja "gratificante" ou não. Se você viu o "Cambridge Number" ["Número de Cambridge"], do *The XXth Century* [O século XX], verá que os ateus ortodoxos estão muito alarmados com este influxo de cristãos (Butterfield, Knowles e C.S.L.). Não obstante, eles não se chamam ateus, mas "humanistas", embora eu duvide que eles consigam escrever latim muito bem e tenha certeza de que E.M. Forster[35] (que é o mais ridículo do grupo: decepcionante, pois eu gostei dos seus romances) não apreciaria se encontrar de verdade com Poggio ou Scaliger.

Obrigado por todas as coisas amáveis que você diz sobre o meu Grande Livro Gordo (sempre rabisque, rabisque, rabisque, Sr. Gibbon!).[36] É glorioso *não estar fazendo* isso mais [...].

PARA A "SRA. ASHTON": **do Magdalene College**

16 março de 1955

Temo que não serei de grande ajuda quanto a todas as obras religiosas que a senhora mencionou em sua carta de 2 de março. Em meus livros, eu sempre estive preocupado em promover o Cristianismo "puro e simples" e não sou nenhuma referência naquelas questões "interdenominacionais". Mas eu objeto fortemente à insolência antibíblica e tirânica de qualquer coisa que se chame Igreja, que torne

---

[34]Long John Silver é um personagem do livro *A ilha do tesouro*, do escritor escocês Robert L. Stevenson. [N. T.]
[35]Edward Morgan Foster (1879—1970) foi um romancista britânico que estudou em Cambridge e foi membro do Grupo de Bloomsbury, círculo de artistas e intelectuais que tinham posturas modernas em relação a temas como política, sexualidade, feminismo etc. [N. T.]
[36]*English Literature in the Sixteenth Century* [Literatura inglesa no *século* XVI].

a abstinência ao álcool uma condição para a associação. À parte da objeção mais séria (de que o Nosso Senhor mesmo transformou água em vinho e fez do vinho um meio do único rito que ele impôs a todos os seus seguidores), isso é tão provinciano (o que eu acredito que o seu povo chama de [coisa de] "cidade pequena"). Será que eles não se dão conta de que o Cristianismo surgiu no mundo Mediterrâneo, onde, naquela época e agora, o vinho era parte da dieta normal, da mesma forma que o pão? Foram os Puritanos do século XVII que primeiro tornaram o universal um luxo de homem rico [...].

Penso que posso entender aquele sentimento sobre o trabalho de uma dona de casa ser como o de Sísifo[37] (que foi o cavalheiro que rolou a pedra). Mas é certamente o trabalho mais importante no mundo. Para que existem navios, estradas de ferro, minas, carros, governos etc., exceto para que as pessoas possam ser alimentadas, aquecidas e protegidas em seus próprios lares: como disse o Dr. Johnson, "Ser feliz em casa é o fim de todo empreendimento humano". (Primeiro ter a felicidade de se preparar para ser feliz em seu próprio lar real do além: Segundo, nesse meio-tempo, de ser feliz em nossas casas). Nós travamos guerras a fim de ter paz, trabalhamos para ter lazer, produzimos comida a fim de comê-la. Assim, o seu trabalho é aquele para o qual todos os outros existem [...].

PARA A "SRA. ASHTON": **do The Kilns**

14 de maio de 1955

A minha própria visão de Eliseu e os ursos[38] (não que eu não tenha conhecido menininhos que seriam muito aperfeiçoados pelo mesmo tratamento!), e outros episódios como este, é a seguinte. Se você toma a Bíblia como um todo, você vê um processo em que algo que, em seus níveis excêntricos (estes não são necessariamente

---

[37]Da mitologia grega, Sísifo, filho do rei Éolo e Enarete, era considerado o mais astuto de todos os mortais. Como castigo de uma vingança, ele foi condenado a rolar uma pedra monte acima, que sempre rolava de volta para o pé da montanha. [N. T.]
[38]II Reis 2:23.

aqueles que vêm em primeiro lugar no Livro, como está organizado agora), era dificilmente de qualquer forma moral, e não era, de certa forma, muito diferente das religiões pagãs, é gradualmente purgado e iluminado até que se torne a religião dos grandes profetas e do Nosso Senhor em Pessoa. Todo esse processo é a maior revelação da verdadeira natureza de Deus. A princípio dificilmente algo transparece além do mero poder. Em seguida (muito imperfeitamente), a verdade de que ele seja o Único Deus e não haja nenhum outro. Depois a justiça, depois a misericórdia e, por último, a sabedoria.

É claro que o Nosso Senhor nunca bebeu *drinques* (eles não tinham bebidas destiladas), mas é claro que o vinho da Bíblia era vinho realmente fermentado e alcoólico. As repetidas referências ao pecado da embriaguez na Bíblia, desde a primeira descoberta do vinho por Noé, até as advertências das epístolas de Paulo, deixam isso perfeitamente claro. A outra teoria poderia ser defendida (honestamente) apenas por uma pessoa muito ignorante. É possível entender a amargura de alguns fanáticos por temperança, se já tivermos vivido com um alcoólatra: o que a gente acha mais difícil de perdoar é de qualquer pessoa com formação contando tais mentiras sobre história.

Penso, cá para mim, que a resposta chocante para a mulher siro-fenícia[39] (ficou tudo bem no final) serve para nos lembrar a todos de que somos cristãos gentios — que nos esquecemos fácil demais disso e até namoramos com o antissemitismo — de que os judeus são *seniores* espirituais em relação a nós; de que Deus *confiou* aos descendentes de Abraão a primeira revelação de si mesmo [...].

PARA A SRA. VERA GEBBERT: **do The Kilns**

25 de junho de 1955

Sou todo favorável a um planeta sem dores ou sofrimentos ou preocupações financeiras, mas eu duvido que me interessaria em ter um de pura inteligência. Nenhum dos sentidos (nenhum desfrute de cheiros e gostos), nenhuma afeição, nenhuma tolice. Eu preciso de

---

[39] Marcos 7:24–30.

um pouco de brincadeira. Eu gosto de fazer cócegas nas orelhas de um gato e às vezes brincar indolentemente com um esquilo impertinente [...].

Minha palestra se provou sendo um *best-seller* e não tenho mais cópias sobrando.[40] [...] A senhora quase entendeu tudo corretamente: o único erro sendo que, ao invés de dizer que a Grande Divisão tenha acontecido entre a Idade Média e o Renascimento, eu disse de forma longa e enfática que *não foi* assim. Mas é claro que "não" é uma palavra pequena e não se pode acertar sempre nas nuances mais finas!

PARA O PADRE PETER MILWARD: do The Kilns

22 de setembro de 1955

O que Malory quis dizer, eu não tenho ideia. Duvido que ele tenha tido qualquer intenção clara. Para usar uma imagem que eu usei antes, acho que sua obra é como uma de nossas antigas catedrais inglesas para as quais muitas gerações contribuíram em muitos estilos diferentes, de modo que o efeito total não foi previsto por ninguém e precisa ser referido como algo no meio caminho entre uma obra de arte e uma obra da natureza. Por isso eu desisti de perguntar o que M. quis dizer: só o que podemos fazer é perguntar o que o seu livro, de fato, *quer dizer*. E, para mim, ele não significava nem a história do Graal, nem a história de Lancelot, mas precisamente a tensão e interligação entre as duas.

Eu sei muito pouco sobre os albigenses (exceto que as palestras de Rougemont manifestam bobagens!). Se eu empreendesse um estudo sobre o Graal, eu deveria começar reconstituindo (você talvez já a conheça) a história da doutrina da transubstanciação e de controvérsias e reações contemporâneas — com uma cronologia bem exata. Eu suspeito que a história está conectada de perto com elas.

É certamente um fato impressionante (eu não o havia observado antes) que o interesse pós-medieval em Arthur foi quase

---

[40] *De Descriptione Temporum* (1955).

exclusivamente protestante. Mas é preciso evitar procurar as causas muito profundamente. Será que não pode ser simplesmente que a única nação que pudesse referir-se a Arthur como um herói *nacional* foi uma nação protestante.

Não, eu nunca li Inácio.[41] Tenho que fazer isso algum dia.

Esta é uma carta curta, seca, mas não por falta de interesse: tenho quase três semanas de correspondência para dar conta, tendo voltado da Irlanda hoje [...].

PARA JOAN LANCASTER (uma criança nos Estados Unidos): **do Magdalene College**

16 de outubro de 1955

Neste país, dificilmente temos qualquer neve que valesse a pena mencionar até janeiro ou mais tarde. Uma vez a tivemos na Páscoa, depois que as árvores já estavam com as suas folhas de primavera. Assim, a neve podia se depositar muito mais pesadamente nas árvores do que se elas estivessem sem folhas e houve grande destruição no sentido de ramos quebrados. Tivemos a nossa primeira geada na noite passada — esta manhã todas as relvas estavam cinzas, com uma luz do sol pálida, luminosa brilhando sobre elas: maravilhosamente lindo. E, de alguma forma, *empolgante*. O despertar do inverno sempre me empolga: ele me faz desejar aventuras. Eu suponho que o nosso outono tenha cores mais gentis do que o seu e que avance bem mais devagar. As árvores, especialmente as faias, mantém suas folhas por semanas & mais semanas depois que elas começaram a mudar de cor, mudando de amarelo para dourado & de dourado para cor das chamas.

Eu nunca soube de nenhum porquinho-da-índia que ligasse para os seres humanos (eles ligam muito uns para os outros). Destes animais pequenos, penso que os hamsters sejam os mais

---

[41]Um dos pais da igreja, Inácio foi bispo de Antioquia da Síria entre 68 e 100 ou 107, discípulo do apóstolo João, também conheceu o apóstolo Paulo e foi sucessor do apóstolo Pedro na igreja em Antioquia. [N. T.]

divertidos — e, para lhe dizer a verdade, também gosto dos ratos. Mas os porquinhos-da-índia combinam bem com seu aprendizado do alemão. Se eles falassem, tenho certeza de que seria esta a língua que eles falariam.

PARA EDWARD A. ALLEN: do The Kilns

5 de dezembro de 1955

Posso agora declarar a mudança para Cambridge um grande sucesso. Seja como for que será com a minha nova universidade, meu novo *college* é um lugar menor, mais suave e mais gracioso do que o antigo. A atmosfera mental e social é como o lado que bate o sol de uma parede em um jardim antigo. O único perigo é que eu me sinta confortável demais e preguiçoso. A cidade, depois de Nuffield-arruinada e industrializada em Oxford, é prazerosamente pequena e eu posso ter uma caminhada real no campo sempre que eu queira. Todos os meus amigos dizem que eu estou com uma aparência mais jovem.

Por estranho que pareça, as viagens de fim de semana não causam nenhum problema. Eu me encontro perfeitamente satisfeito em um trem lento, que rasteja sobre os campos verdes, parando em cada estação. Só porque o serviço é tão lento e, portanto, aos olhos da maioria das pessoas, *ruim*, estes trens ficam quase vazios e tenho o compartimento (você sabe, aquelas baias pequenas em que um trem inglês é dividido?) só para mim, onde eu consigo dar conta de muita leitura e às vezes faço minhas orações. Uma viagem de trem solitária é, penso eu, algo bem excelente para este propósito [...].

PARA O PADRE PETER MILWARD: do The Kilns

17 de dezembro de 1955

Obrigado por sua carta de 17 de nov. O cartão anexado foi um dos pouquíssimos que eu tive o prazer de receber. Cartões de natal em geral e toda a movimentação comercial vasta chamada de "Natal" é uma das minhas abominações de estimação: eu quero mais é que morra e deixe a festa cristã em paz. Não, é claro, que todas as festividades seculares sejam, em seu próprio nível, um mal: mas a alegria elaborada e organizada disso — a infantilidade espúria — as tentativas irresolutas e às vezes bem profanas de manter alguma conexão superficial com a Natividade — são repugnantes. Mas o seu cartão é muito interessante, como uma aplicação do estilo japonês a um tema cristão: e, *me judice*,[42] de forma extremamente bem-sucedida.

O albigensianismo[43] e paganismo celta antigo são ambos "fontes" crescentemente populares da história medieval: mas temo que eles sejam um *asylum ignorantiae*,[44] escolhido porque sabemos tão pouco sobre qualquer um dos dois. Os fatos aos quais eu tento me agarrar são (1) O nome Galahad (Gilead). (2) A semelhança entre o Graal e o Manna (veja, penso eu, *Sabedoria*: a referência está em Cambridge). (3) A *origem* (penso que comprovada) cisterciense.

Enthusiasm [Entusiasmo] é o pior livro de Ronny Knox.[45] E é claro que você não seria ludibriado pela tolice de Rougement[46] em *L'Amour et l'Occident* [A amor e o ocidente]. (Não que a ética do último capítulo — *l'amour cesse d'etre un demon quand il cesse d'etre un dieu* [o amor deixa de ser um demônio quando deixa de ser um deus] — não seja excelente; mas as partes históricas são ligeiramente especulativas.)

A gente vê a ideia cavaleiresca em Inácio, mas é claro que o cavalarismo de *Amadis* (um romance excelente, a propósito) é bem diferente daquele da arthuriana em geral, sem falar da sangrealiana em particular.

---

[42]Expressão latina que significa "eu julgo". [N. T.]
[43]O albigensianismo faz referência a uma cidade do sul da França que aderiu ao catarismo, o qual foi uma heresia medieval que se desenvolveu principalmente no sul da França e em partes da Itália, a partir do século XII. [N. T.]
[44]Do latim "asilo da ignorância", no sentido de conceito que é usado provisoriamente por ignorância de um melhor. [N. T.]
[45]O inglês Ronald Arbuthnott Knox (1888–1957) foi um teólogo, padre católico, locutor de rádio e autor de romances policiais. [N. T.]
[46]Denis de Rougemont (1906–1985) foi um escritor e teórico cultural suíço, que escrevia em francês. [N. T.]

Oremus pro invicem:[47] Agradeça por mim, pois uma grande preocupação familiar foi suspensa e talvez removida para sempre. Sem dúvida o senhor, como eu, descobriu que, se a gente regularmente transfere pessoas de nossa lista-de-petições-urgentes para a nossa lista de agradecimentos, a mera estatística das duas listas são alguma corroboração à fé. (Não, é claro, que a eficácia da oração pudesse ser estritamente, comprovada ou não, pela evidência empírica.)

[Dom Bede, que estava agora na Índia, publicou sua autobiografia, *The Golden String* {O cordão dourado}, em 1954. A autobiografia de Jack, *Surpreendido pela alegria*, foi publicada em setembro de 1955. Ela foi dedicada a Dom Bede e foi este livro que Jack estava enviando a ele.]

PARA DOM BEDE GRIFFITHS, OSB: **do Magdalene College**
8 de fevereiro de 1956

Acabei de receber a sua carta de 1º de jan. que despertou meu interesse. Estou enviando uma cópia do livro e teria feito isso há muito tempo, mas eu havia perdido seu endereço.

Sim, eu sinto que os anos antigos de Magdalen foram um período muito importante em ambas as nossas vidas. Mais genericamente, sinto que toda a nossa juventude seja imensamente importante e até mesmo muito longa de comprimento imenso. A *leitura* gradual da nossa própria vida, vendo o padrão emergir, é uma grande iluminação na nossa idade. E, em parte, eu espero *ser liberto* do passado como passado, apreendendo-o como uma estrutura. Se eu jamais for escrever uma história sobre alguém como *She* [Ela] ou o Judeu Andarilho que viveu por milênios, eu devo fazer um grande ponto disso: ele sentiria ainda, após 10.000 anos, como se os primeiros 50 anos fossem a maior parte de sua vida. Fico contente em saber que o senhor tenha encontrado uma qualidade chestertoniana no

---
[47]"Vamos orar uns pelos outros."

livro. Na verdade, me parece a mim que se pode dificilmente dizer qualquer coisa ruim o suficiente ou boa o suficiente sobre a vida.

O retrato dela que é derradeiramente falso é a ficção supostamente realista do século XIX em que todos os reais horrores & céus são excluídos. A realidade é uma mistura estranha de idílio, tragédia, farsa, hino, melodrama: e os personagens (até os mesmos personagens) muito melhores *e* piores do que jamais poderíamos imaginar.

Eu teria preferido que o seu livro sobre misticismo fosse um Penguin,[48] pois acho que eles alcançam um público maior do que qualquer outra [editora]. Estou aguardando com ansiedade. Penso que seja a coisa certa para o senhor fazer.

O senhor está (como bem sabe) em terreno perigoso sobre o Hinduísmo, mas alguém tem que ir a lugares perigosos. A gente muitas vezes se pergunta quão diferente o conteúdo de nossa fé ficaria, visto no contexto total. Será que poderia ser como se nós vivêssemos em uma terra infinita? Mais conhecimento deixaria o nosso mapa, digamos, do Atlântico, bem *correto*, mas se ele se revelar como sendo a foz de um grande rio — e o continente pelo qual aquele rio flui se revelar como sendo, em si mesmo, uma ilha — na encosta de um continente ainda maior — e assim por diante! O senhor vê o que eu quero dizer? Nenhum registro de Revelação se provará falso: mas tantas novas verdades podem ser acrescentadas.

A propósito, o negócio de ter que conferir a mesma palavra dez vezes em uma noite não é prova de que os seus poderes estejam falhando. O senhor simplesmente esqueceu que foi exatamente assim quando começamos latim ou mesmo francês.

Os seus hindus certamente soam muito bem. Mas o que eles *negam*? Esta sempre foi a minha dificuldade com os indianos — de achar qualquer proposição que eles pronunciariam como falsa. Mas a verdade certamente deve envolver exclusões?

---
[48]Famosa editora de clássicos. [N. T.]

Estou lendo a *Hist. of Crusades* [História das Cruzadas] de Runciman:[49] uma revelação terrível — a velha civilização do Mediterrâneo oriental destruída pelos bárbaros turcos do leste & bárbaros francos do oeste. *Oremus pro invicem.*

PARA A "SRA. ASHTON": do Magdalene College

13 de março de 1956

Você vai achar as minhas visões sobre a bebida em "Comportamento cristão" [...]. O fumo é mais difícil de justificar. Eu gostaria de desistir, mas eu acho isso muito difícil, isto é, eu posso me abster, mas não consigo me concentrar em mais nada quando me abstenho — não fumar é um trabalho de período completo.

Sobre o controle da natalidade, eu não ofereceria uma visão: eu certamente não estou preparado para dizer que seja sempre errado. As doutrinas que a senhora menciona sobre a Virgem Maria são doutrinas católicas romanas, não são? E como eu não sou um católico romano, não acho que eu deva me preocupar com elas. Mas o hábito (de várias seitas protestantes) de engessar o cenário com slogans religiosos sobre o Sangue do Cordeiro etc. é outra coisa. Não há uma questão aqui de diferença doutrinal: nós concordamos com as doutrinas que eles estão promovendo. Com o que nós discordamos é com o seu gosto. Bem, vamos continuar discordando, mas não vamos *julgar*. O que não serve para nós pode servir para possíveis conversos de um tipo diferente.

Meu modelo aqui é o comportamento da congregação em uma celebração "Ortodoxa Russa", em que alguns ficam sentados; outros, deitados de bruços; outros ainda, parados; outros, ajoelhados; outros, ainda, ficam andando, e *ninguém* dá a mínima para o que o outro *está fazendo*. Isso é bom senso, boas maneiras e bom cristianismo. "Cuide da sua própria vida" é uma boa regra na religião, que vale para outras coisas [...].

---

[49] Sir James Cochran Stevenson Runciman (1903–2000), conhecido como Steven Runciman, foi um historiador inglês da Idade Média. [N. T.]

1950-1959

PARA A SRA. R.E. HALVORSON: do Magdalene College
[Março de 1956]

Temos que distinguir primeiro o efeito que a música tem sobre pessoas como eu, que são musicalmente iletradas e só têm o efeito emocional, e aquele que ela tem sobre estudiosos de música reais, que percebem a estrutura e também têm uma satisfação intelectual.

Qualquer um destes efeitos é, penso eu, ambivalente do ponto de vista religioso: Isto é, *cada um* pode ser um preparo para, ou mesmo um meio de, encontrar Deus, mas também pode ser uma distração ou impedimento. Nesse sentido, a música não é diferente de outras coisas, relações humanas, paisagens, poesia, filosofia. O mais relevante é o vinho, que pode ser usado sacramentalmente ou para ficar bêbado ou neutro.

Penso que tudo que é *natural*, e que não seja pecaminoso em si mesmo, pode se tornar servo da vida espiritual, mas nada se torna assim automaticamente. Quando isso não acontece, isso se torna ou simplesmente trivial (como a música é para milhões de pessoas) ou um ídolo perigoso. O efeito emocional da música pode não ser apenas uma distração (para algumas pessoas em alguns momentos), mas uma ilusão: isto é, sentindo certas emoções na igreja elas as confundem com emoções religiosas quando elas poderiam ser completamente naturais. Isso significa que até mesmo a emoção genuinamente religiosa é apenas uma serva. Nenhuma alma está salva por tê-la ou condenada por não tê-la. O amor que somos ordenados a ter por Deus e nosso próximo é um estado da *vontade*, não das afeições (embora, se elas também assumirem o seu papel, tanto melhor). De modo que o teste de música ou religião, ou mesmo de visões, se alguém as tem, é sempre o mesmo — será que elas a tornam mais obediente, mais centrada em Deus, e mais centrada no próximo, e *menos centrada em si mesmo*? "Ainda que eu fale a língua de Bach e Palestrina[50] e não tiver caridade etc.!"

---

[50]Giovanni Pierluigi da Palestrina (1525–1594), italiano, foi o primeiro compositor da Renascença que viveu da música sacra. [N. T.]

PARA A "SRA. ARNOLD": do The Kilns

2 de abril de 1956

Estou um pouco surpreso, apesar de não ter achado divertido, que o *Surpreendido pela alegria* tenha lhe causado inveja. Duvido que a senhora realmente teria gostado mais de viver a minha vida do que a sua. E todo o mundo moderno sobrevaloriza absurdamente os livros e o estudo e o que chamam de "cultura" (abomino esta palavra). E é claro que a cultura mesma é a que mais sofre com este equívoco: pois coisas de segunda ordem são sempre corrompidas quando são colocadas em primeiro lugar [...].

PARA O PADRE PETER MILWARD: do Magdalene College

9 de maio de 1956

O senhor não precisa ter medo de me contar "somente o que eu já sei" sobre a lenda do Graal, pois, na verdade, eu sei muito pouco. Se o senhor pensa diferente, talvez o senhor esteja confundindo meu interesse em C.[harles] W.[illiams] com o interesse de C.W. pela lenda.

Da minha própria parte, fico muito intrigado com o que exatamente estamos fazendo quando estudamos — não esta ou aquela obra de arte — mas um mito em abstrato. Supondo (*pontionis causa*)[51] que o que as pessoas querem dizer quando dizem "O Graal é o caldeirão dos mortos" seja verdade, *o que* elas querem dizer? Mais sucintamente, o que o é quer dizer em tal sentença? Não se trata do é da igualdade (2x6 é 3x4), nem da classificação (um cavalo é um mamífero), nem da alegoria (esta rocha é Cristo). Como pode um objeto imaginado em uma história "ser" um objeto imaginado em outra história?

Sobre a minha Aula Inaugural — o senhor não está esquecendo que eu estava tentando fixar meramente uma mudança *cultural*? Do meu ponto de vista, mesmo a conversão da Europa, o senhor se

---

[51]Causa primeira, que não pode ser adiada. [N. T.]

lembra, teve que ser classificada como uma mudança menor. Depois disso, você dificilmente poderia esperar a Reforma ser muito proeminente. Com certeza, se meu ponto de vista tivesse sido diferente, tornar-se-ia fundamental e o senhor e eu, é claro, que divergiríamos muito amplamente sobre o seu caráter.

PARA JOAN LANCASTER: do The Kilns

26 de junho de 1956

Você descreve sua noite maravilhosa muito bem. Isto é, você descreve o lugar & as pessoas e a noite e os sentimentos envolvidos em tudo isso muito bem — mas não a *coisa* em si — o esqueleto, mas não a carne. E não me admira! Wordsworth muitas vezes faz o mesmo. Seu *Prelude* [Prelúdio] (você está obrigada a lê-lo daqui a dez anos; não tente agora, que só o que vai fazer é estragar a leitura posterior) está cheio de momentos em que tudo, exceto a *coisa* em si é descrita. Se você quiser ser uma escritora terá que tentar descrever a *coisa* a vida toda: e terá sorte, se, de dezenas de livros, uma ou duas sentenças só por um momento cheguem perto de alcançá-lo.

Sobre *amn't I* [não sou eu], *aren't I* [não são eu], e *am I not* [sou eu não], é claro que não há respostas corretas ou incorretas sobre a linguagem no sentido de que há respostas certas e erradas na aritmética. "Bom inglês" é tudo o que pessoas educadas falam: de modo que o que é bom em um lugar ou tempo pode não ser em outro.

Amn't era bom há cinquenta anos, no norte da Irlanda, em que eu fui criado, mas ruim no sul da Inglaterra. *Aren't I* seria terrivelmente ruim na Irlanda, mas era bom na Inglaterra. É claro que eu não sei o que (se é que algum deles) é bom para a Flórida moderna. Não ligue para professores e manuais em tais questões. Nem para a lógica. É bom dizer "Mais de um passageiro foi ferido", embora *mais de um* seja igual a pelo menos dois e, portanto, logicamente o verbo deveria estar no plural *foram* não o singular *foi*! O que realmente importa é:

(1) Sempre tente usar a linguagem de modo a deixar bem claro o que você quer dizer e tenha certeza de que a sua sentença não poderia significar qualquer outra coisa.

(2) Sempre prefira a palavra clara e direta à longa e vaga. Não *implemente* promessas, mas *mantenha-as*.

(3) Nunca use substantivos abstratos, quando os concretos dão conta. Se você quer dizer "mais pessoas morreram", não diga "a mortalidade aumentou".

(4) Ao escrever. Não use adjetivos que nos dizem meramente o que você quer que nós *sintamos* sobre a coisa que você está descrevendo. Quero dizer, em vez de você dizer-nos que uma coisa foi "terrível", descreva-a de modo que nós fiquemos aterrorizados. Não diga que isto ou aquilo foi "prazeroso": faça-nos dizer "prazeroso" quando lemos a descrição. Você vê, todas aquelas palavras (horrendo, maravilhoso, medonho, requintado) só o que dizem aos leitores é: "Por favor, faça o meu serviço por mim".

(5) Não use palavras muito grandes para o assunto. Não diga "infinitamente" quando você quer dizer "muito": do contrário, você não terá nenhuma palavra sobrando para falar de algo *realmente* infinito [...]

PARA CHRISTOPHER DERRICK: do The Kilns

2 de agosto de 1956

(Eu preferiria que você me chamasse de Lewis *tout court*,[52] seja porque nos conhecemos há tanto tempo, seja porque, como Brightman — ele era de antes do seu tempo? — costumava dizer, "Quando eu era jovem ninguém era *chamado* de professor, exceto os conjurados".)[53]

Todas as universidades são agora NICEs[54] quando se fala de construções: embora eu tenha encontrado um *don* americano, certa

---

[52]Do francês "só isto". [N. T.]
[53]Frank Edward Brightman (1856–1932) morreu alguns anos antes de Christopher Derrick ter aulas de inglês com Jack no Magdalen. Brightman se formou em 1879 e se tornou padre em 1885. Depois de servir como bibliotecário do Pusey House em 1884–1903, ele foi membro do Magdalen College em 1902-32.
[54]Sociedade secreta científica, denominada National Institute of Coordinated Experiments [Instituto Nacional de Experiências Coordenadas] que aparece no último volume da trilogia espacial, *Essa força medonha*. [N. T.]

vez, que alegava que sua própria universidade (eu esqueci qual era) havia superado aquela doença e, olhando para seus parques e seus novos laboratórios [...], observou, "Vejo que você ainda está na Idade da Pedra".

Você deve estar despendendo (se é que já não o fez) nos 3 volumes do *Senhor dos Anéis* de Tolkien o tempo que gastou com OHEL. O *Senhor* é o livro que todos nós estávamos esperando.[55] E isso mostra também, com brindes, que há milhares que ficaram para trás em Israel, os quais não dobraram seus joelhos para Leavis.[56] [...]

PARA O PADRE PETER MILWARD: do The Kilns
22 de setembro de 1956

O livro de Tolkien não é uma alegoria — um modelo de que ele não gosta. Você chegará mais perto da sua mente em tais assuntos estudando os seus ensaios sobre Contos de Fada nos *Essays presented to Charles Williams* [Ensaios apresentados a Charles Williams]. Sua ideia central da arte narrativa é a "subcriação" — a criação de um mundo secundário. O que você chamaria de uma "história agradável para as crianças" seria para ele *mais sério* do que uma alegoria. Mas, para as visões *dele*, leia o ensaio, que é indispensável.

Minha visão seria que um bom mito (isto é, uma história, da qual sentidos variados sempre surgirão para leitores diferentes e em idades diversas) é uma coisa superior à alegoria (na qual *um* só sentido foi colocado). Em uma alegoria, só se pode colocar o que já se sabe: em um mito, é possível colocar o que ainda não se sabe e não se poderia vir a saber de outra forma.

[Joy Davidman Gresham se divorciou do seu marido, William Lindsay Gresham, em 1953 e naquele ano ela estabeleceu residência

---

[55]Depois do que parecia uma muito longa gestação para Jack, *O Senhor dos Anéis* do Professor Tolkien foi publicado em três volumes durante os anos de 1954 e 1955.
[56]Frank Raymond "F.R." Leavis (1895–1978) foi um crítico literário britânico eminente. [N. T.]

na Inglaterra com seus filhos David e Douglas. Eles viveram em Londres até agosto de 1955, quando eles se mudaram para Old High Street 10, Headington. Quando se tornou claro que as autoridades não renovariam a permissão de Joy de ficar na Grã-Bretanha, Jack casou-se no civil com ela, a fim de que ela pudesse permanecer na Inglaterra. Isso se deu no Oxford Registry Office {Cartório de Registros de Oxford} no dia 23 de abril de 1956. Joy estava a algum tempo sofrendo do que parecia ser reumatismo. Entretanto, depois que ela foi levada para o Wingfield-Morris Orthopaedic Hospital, Oxford, em 19 de outubro de 1956, diagnosticaram-na com câncer.]

PARA UM(A) EX-ALUNO(A): do Magdalene College
14 de novembro de 1956

Eu gostaria que você orasse muito intensamente por uma senhora chamada Joy Gresham e por mim. Estou prestes a me tornar muito em breve um noivo e, ao mesmo tempo, um viúvo, pois ela está com câncer. Você não precisa mencioná-lo até que o casamento (que será realizado na cama do hospital) seja anunciado. Vou lhe contar a história toda algum dia [...].

PARA ARTHUR GREEVES: do The Kilns
25 de novembro de 1956

Joy está no hospital, sofrendo de câncer. As perspectivas são 1. Uma chance minúscula de cura. 2. Uma probabilidade razoável de alguns anos mais de vida (tolerável). 3. Um perigo real de que ela possa morrer em poucos meses.

Será uma grande tragédia para mim perdê-la. Nesse meio-tempo, se ela superar esta batalha e sair do hospital, ela não estará mais apta para viver sozinha, de modo que ela tenha que vir e morar aqui. Isso significa (a fim de evitar escândalo) que nosso casamento será em breve publicizado. W. escreveu para Janie e Ewarts para contar-lhes que estou me casando e eu não quero que as notícias o tomem de surpresa. Eu sei que você vai orar por ela e por mim: e por W., para quem a perda, se nós a perdermos, também será grande.

PARA O SR. LUCAS: **do Magdalene College**
          6 de dezembro de 1956

(1) Penso que possa haver *algum* humor [no Novo Testamento]. Mateus 9:12 (pessoas que estão bem não precisam de médico) poderia muito bem ter sido dito de uma forma que seria muito engraçada para todos os presentes, exceto para os fariseus. O mesmo vale para Mateus 17:25. E em Marcos 10:30 — rapidamente arrastados para "perseguição" em meio a todos os bens — isso também poderia ser engraçado. E, é claro, a parábola do administrador injusto (seu elemento cômico é bem trabalhado no excelente *Man Born to Be King* [O homem nascido para ser rei] de Dorothy Sayers).

(2) Se houvesse mais humor, será que nós (ocidentais modernos) *enxergaríamos* isso? Eu fiquei bastante impressionado em conversas com uma judia pela extensão segundo a qual os judeus veem humor no Antigo Testamento onde nós não vemos. O humor varia tanto de cultura para cultura.

(3) Quanto seria registrado? Sabemos (João 21:25) que nós temos apenas uma pequena parcela do que o Nosso Senhor disse. Será que os evangelistas, ansiosos por fazer as pessoas entenderem o que era vitalmente necessário, incluiriam isso? Eles não nos disseram nada sobre a sua aparência, roupas, hábitos físicos — nada do que um moderno biógrafo iria mencionar.

PARA O PADRE PETER MILWARD: **do The Kilns**
          10 de dezembro de 1956

Primeiro, um ponto *histórico*. Não poderia haver uma alegoria sobre a bomba atômica quando Tolkien começou o seu romance, pois ele o fez antes de ela ter sido inventada. Isso, entretanto, tem pouco a ver com a questão teórica: embora tenha muito a ver com o perigo extremo, em casos individuais, de aplicar interpretações alegóricas.

Nós provavelmente acharíamos que muitas leituras de críticos particulares de alegorias em Langland ou Spenser são impossíveis por precisamente este tipo de motivo, se conhecêssemos todos os fatos. Também estou convencido de que a inteligência de um homem *não pode* conceber uma história em que a inteligência de algum outro homem não possa encontrar uma alegoria.

Quanto ao resto, eu concordaria que a palavra pode ser usada em sentidos mais amplos e mais estreitos. De fato, à medida que as coisas invisíveis são manifestas pelas coisas visíveis, poderíamos, de acordo com certo ponto de vista, chamar todo o universo material de uma alegoria. A verdade é que ela é uma daquelas palavras que necessita definição em cada contexto em que é usada. Seria desastroso se alguém pegasse a sua declaração de que a Natividade seja a maior de todas as alegorias para significar que o evento físico tenha sido meramente *falso*!

Quem é o homem no seu selo? Parece-me um criminoso. Obrigado pelo cartão agradável e tudo de bom.

[O seguinte anúncio apareceu em *The Times* no dia 24 de dezembro de 1956, p. 8: "Um casamento foi realizado entre o professor C.S. Lewis, do Magdalene College, Cambridge, e a Sra. Joy Gresham, agora uma paciente do Churchill Hospital, Oxford. Pede-se que nenhuma carta seja enviada."]

PARA A SRTA. DOROTHY L. SAYERS: do The Kilns

24 de dezembro de 1956

Obrigado por seu cartão gentil. Você poderá ver no *The Times*, uma notícia do meu casamento com Joy Gresham. Ela está no hospital (câncer) e provavelmente não vai viver; mas se ela conseguir superar esta fase, ela deve vir fazer parte do nosso lar. Você não vai pensar que qualquer coisa errada vai acontecer. Certos problemas não surgem entre uma mulher moribunda e um homem idoso. O que estou principalmente adquirindo são dois enteados (legais). Ore por nós todos e Deus a abençoe.

PARA O PROFESSOR CLYDE S. KILBY: do **Magdalene College** (sobre o seu romance *Até que tenhamos rostos* [ATR], que foi publicado em setembro de 1956)

10 de fevereiro de 1957

Um autor não entende necessariamente o sentido de sua própria história melhor do que todo o mundo, então eu vou lhe dar a *minha* versão do ATR simplesmente pelo que ele vale. Os "níveis" dos quais estou consciente são estes:

1. Uma obra de (suposta) imaginação *histórica*. Eu fico imaginando como teria sido em um estado bárbaro pequeno nos limites do mundo helenístico, com a cultura grega só começando a afetá-lo. Consequentemente, a mudança do velho sacerdote (de uma deusa-mãe da fertilidade muito normal) para Arnom: alegorizações estoicas dos mitos estando para o culto original antes como o Modernismo está para o Cristianismo (mas este é um paralelo, não é uma alegoria). Muito do que você tomou como alegoria teve a única intenção de ser um detalhe realístico. Os homens das carroças são nômades das estepes. As crianças fizeram bolinhos de lama, não com propósitos simbólicos, mas porque crianças fazem isso. O Salão do Pilar é simplesmente um salão. Fox é um escravo grego tão educado que você poderia achá-lo numa corte bárbara — e assim por diante.

2. Psiquê é um exemplo da *anima naturaliter Christiana*, dando o melhor da religião pagã na qual foi educada e assim sendo guiada (mas sempre "debaixo da nuvem", sempre em termos da sua própria imaginação ou daquela de seu povo) em relação ao verdadeiro Deus. Ela é, de certas formas, como Cristo, não porque ela seja um símbolo dele, mas porque todo bom homem ou boa mulher se parece com Cristo. Com quem mais eles poderiam parecer? Mas é claro que meu interesse é primariamente em Orual.

3. Orual é (não um símbolo, mas) um exemplo, um "caso", de afeição humana em sua condição natural: verdadeira, sensível, sofredora, mas, em longo prazo, tiranicamente possessiva e pronta para transformar-se em ódio quando a pessoa amada deixa de estar

em sua posse. O que um amor assim particularmente não pode suportar é de ver o amado passando para uma esfera para a qual ele não pode segui-lo. Tudo isso, eu esperava, estaria incluso numa mera história com direito próprio. Mas...

4. É claro que eu sempre tive em mente o seu paralelo próximo ao que provavelmente está acontecendo em pelo menos cinco famílias em sua própria cidade neste momento. Alguém se torna cristão ou, em uma família já nominalmente cristã, faz algo como se tornar um missionário ou entrar numa ordem religiosa. Os outros sofrem um senso de indignação. Aquele que eles amam está sendo tirado deles! O menino deve estar louco! E que presunção a dele! Ou será que há algo de bom nisso afinal? Vamos esperar que seja apenas uma fase! Se ao menos ele tivesse dado ouvidos aos seus conselheiros naturais! Ó, volte, volte, seja sensível, seja o filho querido que conhecíamos. Agora eu, como um cristão, tenho uma grande simpatia por este povo invejoso, intrigado e sofredor (pois eles sofrem, e a partir do seu sofrimento surge muita amargura contra a religião). Penso que a coisa é comum. Há quase um toque disso em Lucas 2:48, "Filho, por que você nos fez isto?". E será que a resposta é fácil de engolir para um coração que ama?

PARA A IRMÃ PENELOPE, CSMV: **do Magdalene College**
Quarta-feira de cinzas [6 de março de 1957]

Sim, é verdade. Eu me casei com uma mulher muito doente (sabendo disso), salvo por um milagre, uma moribunda. Ela é a Joy Davidmann cujo *Smoke on the Mountain* [Fumaça nas montanhas] penso que a senhora tenha lido. Ela está no Wingfield-Morris Hospital em Headington. Quando eu a vejo todo final de semana ela está, aos olhos de um leigo (mas não para o conhecimento de um médico), em plena convalescência, melhor a cada semana. A doença é claro que é câncer: pelo qual eu perdi minha mãe, meu pai e minha tia favorita. É claro que ela sabe de seu próprio estado:

eu não permitiria que mentiras fossem contadas a uma adulta e uma cristã. A senhora ficaria surpresa (ou quem sabe não ficaria?) de saber quanto de um tipo estranho de felicidade e até alegria há entre nós [...].

Não duvido que Joy e eu (e David & Douglas, os dois meninos) estaremos em suas orações. Douglas é absolutamente encantador (11 ½). David, à primeira vista, menos sedutor, mas é, em todos os casos, um enteado comicamente apropriado para mim (13), sendo quase exatamente como eu era — rato de biblioteca, presunçoso e um pouco pedante.

PARA A SRA. EDWARD A. ALLEN: do The Kilns
16 de março de 1957

Penso que eu não tenha lhe contado minhas novidades. Eu me casei recentemente e com uma senhora que está muito doente e provavelmente moribunda: eu devo ficar com dois enteados. Assim, como a senhora deve imaginar, grande beleza e grande tragédia entraram na minha vida. Necessitamos de suas orações mais do que nunca [...].

No meu tipo de trabalho, dificilmente se trabalha de acordo com um cronograma de horas, entende: tirando as preleções e os comitês, é difícil traçar qualquer linha clara e rápida entre o que seja e o que não seja "trabalho". Eu seria incapaz de lhe dizer quais dos livros que eu leio são uma leitura profissional e quais são por prazer. Quanto à *escrita* eu me refiro a todas as obras não acadêmicas como ocupações de lazer. Elas foram realizadas em momentos estranhos: nada de incomum quanto a isso, pois autores melhores teriam dito o mesmo — Cesar,[57] Chaucer, Sidney, Fielding, Lamb, Jane Austen e Trollope (o último incrivelmente profícuo: ele escreveu a maioria de seus romances em viagens de trem).

---

[57]Gaius Julius Cesar (100–44 a.C.) foi um general e estadista romano, que teve um papel proeminente no estabelecimento do Império Romano. Ele escreveu memórias. [N. T.]

[Até então, Jack esteve usando a palavra "casamento" para se referir ao casamento civil de 23 de abril de 1956, bem como um casamento real (veja a carta para Arthur Greeves de 25 de novembro de 1956) que poderia acontecer. O que ele e Joy consideraram o casamento real — o sacramento cristão — foi realizado pelo Padre Peter Bide no Wingfield-Morris Hospital às 11h da manhã do dia 21 de março de 1957.]

PARA A IRMÃ MADALEVA, CSC: **do Magdalene College**

8 de maio de 1957

É sempre agradável ouvir da senhora de novo. Mas, infelizmente, eu nunca estive tão longe de ir para os Estados Unidos quanto agora. Estou recentemente casado e com uma mulher moribunda. Eu aproveito cada momento para passar ao lado da cama dela. Tenho certeza de que nós dois podemos contar com suas orações: e eu, com suas orações por ajuda e orientação na responsabilidade difícil de criar dois enteados órfãos. Eu só tenho uma qualificação, se é que ela é alguma: estes dois garotos estão agora encarando precisamente a mesma calamidade de que fomos, eu e meu irmão, acometidos praticamente na mesma idade deles.

PARA A IRMÃ PENELOPE, CSMV: **do The Kilns**

12 de maio de 1957

Que ideia de alguém procurar uma "opinião sóbria, masculina" de um homem de negócios tão deplorável quanto eu! Eu lhe recomendaria fazer como eu fiz no final: colocar-se nas mãos de um bom agente literário (Curtis Brown, Henrietta St., Covent Garden, é provavelmente o melhor) e nunca lidar diretamente com os editores de novo. Um agente, é claro, terá a sua percentagem dos seus *royalties*, mas, para isso, ele vai provavelmente conseguir melhores termos para você.

Um de meus editores, ao ouvir que eu estava em contato com Brown, veio pessoal e imediatamente para Cambridge e ofereceu elevar os termos de todos os livros anteriores, se eu prometesse não fazer isso! Isso certamente é significativo. Além disso, o que pode não ser menos importante, isso vai poupá-la de muito trabalho e pensamento e frustração do tipo em que pessoas como você e eu não somos bons. ("Estude e fique quieto..."!)

Joy está aqui em casa agora, completamente de cama. Embora os médicos não tivessem oferecido nenhuma esperança derradeira, o progresso da doença parece estar temporariamente detido, a um nível que eles nunca esperavam. Há pouca dor, muitas vezes nenhuma, sua força aumenta e ela come e dorme bem. Isso tem o efeito paradoxal (mas, se pensarmos direito, é natural) de lhe dar menos ânimo e menos paz. Quanto mais *geral* estiver a saúde, é claro que mais forte é a vontade instintiva de viver. Esperanças proibidas e torturantes *vão* se intrometer (para nós dois). Em suma, uma masmorra nunca é mais difícil de suportar do que quando a porta se abre e a luz do sol & canto dos pássaros invade o local. É a condenação de Tântalo.[58] Ore intensamente por nós dois, querida irmã.

PARA A SRTA. DOROTHY L. SAYERS: do The Kilns
25 de junho de 1957

Eu devo lhe contar as minhas próprias novidades. Depois de exames, descobriu-se que o casamento prévio de Joy, que ela contraiu nos dias pré-cristãos, não era um casamento de verdade: o homem tinha uma esposa ainda viva. O Bispo de Oxford disse que não era a política atual aprovar o recasamento em casos como esse, mas que a sua visão não obriga a consciência de nenhum sacerdote individual. Então, o querido Padre Bide (você o conhece) que veio impor as mãos sobre Joy — pois ele tem em seus relatórios o que parece que foi um milagre — sem ser perguntado, e meramente ao ficar sabendo da situação, imediatamente disse que ele nos casaria. Então, tivemos um casamento na cama com Missa Nupcial.

Quando eu escrevi da última vez para você, eu nem desejava isso: você vai deduzir (e posso dizer, "imaginar o suficiente") que

---
[58] Figura mitológica, mais conhecida por sua punição eterna no Tártaro. [N. T.]

os meus sentimentos mudaram. Dizem que um rival muitas vezes transforma um amigo em um amante. Tânato, certamente (dizem eles) ao se aproximar, ainda que numa velocidade incerta, é o mais eficiente rival para este propósito. Nós rapidamente aprendemos a amar o que sabemos que vamos perder. Espero que você nos dê a sua bênção: eu sei que você nos dará as suas orações.

Ela está em casa agora, não porque esteja melhor (embora, na verdade, *pareça* incrivelmente melhor), mas porque eles não podem fazer mais nada por ela no Wingfield: ela está totalmente de cama, mas — você ficaria surpresa — tivemos muita alegria e até alguma felicidade. De fato, a situação não é fácil de descrever. Meu coração está se quebrando e eu nunca estive tão feliz antes: em todo o caso, há mais na vida do que eu conhecia. Minhas próprias dores físicas ultimamente (que estavam entre as mais severas que eu já experimentei) tinham um estranho elemento de alívio [...].

PARA JOAN LANCASTER: do The Kilns

18 de julho de 1957

Dizem que nunca se deve tentar aprender espanhol e italiano ao mesmo tempo. O fato de eles serem tão parecidos, é claro, ajuda um pouco com o sentido das palavras (mas o latim a ajudaria quase igualmente em ambos), mas isso faz uma confusão em nossa mente quanto à gramática e idiomas — no final se faz uma horrível salada de ambos. Eu não domino o espanhol, mas sei que há coisas adoráveis para se ler em italiano. Você gostaria de Boiardo, Ariosto[59] e Tasso.[60] A propósito, uma boa leitura de latim fácil para manter o nosso latim afiado é o Novo Testamento em latim. Qualquer livraria católica romana terá um: diga que quer uma cópia do "Novo Testamento na Vulgata (VULGATE)". O livro dos *Atos* é especialmente bom em latim.

---

[59]Ludovico Ariosto (1474–1533) foi um poeta italiano, mais conhecido pela obra *Orlando Furioso*. [N. T.]
[60]Torquato Tasso (1544–1595) foi um poeta italiano do século XVI. [N. T.]

Não acho que ser bom sempre combinasse com se divertir: um mártir sendo torturado por Nero, ou um homem do movimento de resistência que se recusasse a dedurar os seus amigos ao ser torturado pelos alemães, seria bom, mas não estaria se divertindo. E, mesmo na vida comum, há coisas que seriam divertidas para mim, mas eu não devo fazê-las, porque elas estragariam a diversão de outras pessoas.

Mas é claro que você está bastante certa se quer dizer que abrir mão da diversão por nenhum outro motivo, se não porque acha que seja "bom" abrir mão dela, é bobagem. As velhas regras corriqueiras sobre contar a verdade e fazer aos outros o que eles fazem a você já não nos dizem muito bem que tipos de diversão se pode ter e quais não? Mas partindo do pressuposto de que a coisa seja em si mesma correta, quanto mais a gente gosta dela e quanto menos a gente tem que "tentar ser bom", melhor. Um homem *perfeito* nunca agiria por senso de responsabilidade; ele sempre *desejaria* a coisa certa mais do que a coisa errada. O dever não passa de um substituto do amor (para com Deus e com outras pessoas) como a muleta é um substituto para uma perna. A maioria de nós necessita da muleta às vezes: mas é claro que é idiota usar a muleta quando nossas próprias pernas (nossos amores, gostos, hábitos etc.) podem realizar a jornada por si mesmas!

PARA A SRTA. JANE GASKELL: **do The Kilns** (seu primeiro romance, *Strange Evil* [Mal estranho] acabara de ser publicado)
2 de setembro de 1957

Minha esposa e eu acabamos de ler seu livro e gostaria de lhe dizer que eu o considero uma proeza bastante incrível — incomparavelmente além de qualquer coisa que eu pudesse ter realizado em sua idade. A história se desenvolve, tomada como um todo, muito bem, e há alguma real imaginação nela. A ideia de um moleque enormemente mimado (você já teve um irmão bebê terrível?) é realmente excelente: talvez até profundo. Ao contrário da maioria das fantasias modernas, seu livro também tem um núcleo firme de ética civilizada. Por todos esses motivos, parabéns de coração.

Por outro lado, não há qualquer motivo para que seu próximo livro não seja pelo menos duas vezes melhor. Espero que você não pense que seja impertinente se eu mencionar (esta não passa da opinião de alguém, é claro) alguns erros que você pode evitar no futuro.

1. Em todas as histórias que nos levam a outro mundo, a dificuldade (como você e eu sabemos) é de fazer algo acontecer quando chegamos lá. Na verdade, precisamos de "preenchimento". O seu é bastante suficiente em *quantidade* (quase demais), mas não é bem, penso eu, do tipo certo. Todos estes problemas econômicos e divergências religiosas não são muito semelhantes à política do nosso próprio mundo? Por que ir às fadas para o que nós já temos? Certamente as guerras das fadas devem ser guerras altas, desenfreadas, heroicas, românticas — preocupadas com a posse de uma rainha bela ou um tesouro encantado? Certamente a fase diplomática delas não deve ser representada por conferências (que, por sua própria descrição, são tão chatas quanto as nossas), mas por palavras ressoantes de insulto alegre, provocação austera ou generosidade quixotesca, intercambiadas com grandes guerreiros com espada na mão, antes de entrarem para a batalha?

2. Isso está relacionado de perto com o precedente. Em uma fantasia, todas as precauções devem ser tomadas para nunca quebrar o encanto, de não fazer nada que desperte o leitor e o traga de volta com um solavanco para o mundo ordinário. Mas isso você faz algumas vezes. A van móvel em que eles viajam é uma invenção sem graça, na melhor das hipóteses, porque não conseguimos deixar de concebê-la como mecânica. Mas quando você acrescenta assentos estofados, lavatórios e restaurantes, eu não posso continuar acreditando em fadas por nenhum momento. Isso tudo se tornou em luxos tecnológicos de lugar-comum! Similarmente, *nem* mesmo uma meia-fada *deve* escalar uma montanha feérica, carregando uma mala cheia de novas roupas de gala. Toda a mágica morre a

esse toque do lugar-comum. (Note, ainda, a implicação desencantadora de que as fadas não podem fazer para si mesmas *lingeries* tão bem quanto as que se pode arrumar — nem mesmo em Paris, o que seria ruim o bastante —, mas, de todos os lugares [que você poderia ter escolhido], em Londres.)

3. Nunca use adjetivos ou advérbios que sejam meros apelos ao leitor de se sentir como você quer que ele se sinta. Ele não vai fazer isso, só porque você está pedindo: você tem que *fazê-lo*. Não adianta *dizer-nos* que a batalha foi "empolgante". Se *você* tiver sucesso em nos empolgar, o adjetivo será desnecessário: se você não o conseguir, ele será inútil. Não nos conte que as joias tinham um brilho "emocional"; faça-nos sentir a emoção. Eu mal posso lhe dizer o quanto isso é importante.

4. Você gosta demasiado de advérbios longos como "dignificadamente", que não são bons de se pronunciar. Eu espero, a propósito, que você sempre escreva de ouvido e não de olho. Cada sentença deve ser testada pela fala, para se garantir que o som dela tenha a dureza ou suavidade, a celeridade ou morosidade que o sentido da mesma demanda.

5. Bem menos sobre roupas, por favor! Quero dizer, roupas comuns. Se você deu a suas fadas roupas estranhas e bonitas e *as* descreveu, pode-se aproveitar alguma coisa. Mas sua heroína tem uma saia cor de laranja! Para quem você escreve? Nenhum *homem* quer saber como ela está vestida, e o tipo de mulher que quer, raras vezes lê fantasia: se é que ela lê, é mais provável que leia revistas para mulheres. A propósito essas são uma influência nefasta para a sua mente e imaginação. Cuidado! Elas podem matar seu talento. Se você não consegue ficar longe delas, depois de cada deboche, faça uma boa higiene mental lendo (ou seria uma releitura) a *Odisseia*, *O Senhor dos Anéis* de Tolkien, *The Worm Ouroboros* [O verme Ouroboros], os romances de Stephens[61] e

---

[61] Possivelmente James Stephens (1880–1950), romancista e poeta irlandês. [N. T.]

todas as primeiras peças míticas de W.B. Yeats. Talvez ainda um toque de Lord Dunsany.[62]

6. Os nomes não são os melhores. Eles devem ser bonitos e sugestivos da mesma forma que estranhos: não meramente bizarros como *Enaj* (que soa como se viesse do *Erewhon* de Butler).[63]

Espero que tudo isso não a enfureça. Você vai receber tanto conselho ruim que eu senti que tinha que lhe dar algum que ache bom.

PARA DOM BEDE GRIFFITHS, OSB: do The Kilns
24 de setembro de 1957

A condição de minha esposa, ao contrário das expectativas dos médicos, melhorou se não milagrosamente (mas quem sabe?), de qualquer forma maravilhosamente. (Como se diria isso em latim?) Ninguém, menos ainda ela mesma, me encoraja a sonhar com uma recuperação permanente, mas isso é um adiamento maravilhoso. Embora ela ainda esteja aleijada, sua saúde *geral* está melhor do que eu jamais a vi, e ela diz que nunca esteve tão feliz.

É ótimo ter chegado a tudo isso por algo que começou com Ágape, prosseguiu para Philia, depois se tornou Compaixão e, apenas depois disso, em Eros. Como se o mais alto destes, Ágape, tivesse passado com êxito pela doce humilhação de uma encarnação.

Meu próprio problema, depois de duas semanas terríveis, deu uma guinada para melhor. Ninguém sugere que a doença seja *ou* curável *ou* fatal. Ela normalmente acompanha aquela doença fatal que chamamos de Senilidade!, mas ninguém sabe por que eu a obtive tão cedo (comparativamente) na vida [...].

---

[62]Edward John Moreton Drax Plunkett, 18º Barão de Dunsany, conhecido pelo pseudônimo de Lord Dunsany (1878–1957), foi um poeta, ensaísta, dramaturgo e escritor anglo-irlandês. [N. T.]

[63]Samuel Butler (1835–1902) foi um escritor britânico. [N. T.]

1950-1959

PARA A IRMÃ PENELOPE, CSMV: **do Magdalene College**
6 de novembro de 1957

Qualquer que seja nosso estado, uma carta da senhora sempre traz alegria e conforto. Na realidade está além de tudo o que ousávamos esperar. Quando eles enviaram Joy para casa do hospital no último mês de abril, eles a mandaram para casa para morrer. As enfermeiras experientes tinham a expectativa de que sua vida seria uma questão de semanas. Ela não podia nem ser movida na cama sem um pelotão de levantamento de três de nós, e, apesar de todo o cuidado que temos, nós quase sempre a machucamos.

Então começou a parecer que o câncer havia sido detido: os pontos doentes nos ossos não estavam mais se espalhando ou se multiplicando. Então a maré começou a mudar — eles estavam desaparecendo. Novos ossos estavam sendo criados. E assim foi, pouco a pouco, até que a mulher, que dificilmente podia ser movida na cama, pudesse agora andar pela casa e até o jardim — mancando e com uma bengala, mas andando. Ela até se viu levantando *inconscientemente* para atender ao telefone outro dia. É a inconsciência que é o triunfo real — o corpo que não podia obedecer à volição mais planejada agora começa a agir por conta própria. Saúde geral e humor excelentes. É claro que a espada de Dâmocles ainda está pendurada sobre nossas cabeças: ou, devo dizer melhor, *nós* somos forçados a nos conscientizarmos da espada que, na verdade, está pendurada sobre todos os mortais.

Eu lhe contei que também tenho uma doença dos ossos? Não é nem mortal nem curável: perda de cálcio senil prematura. Estive inválido e tive muita dor por todo o verão, mas estou em boas condições agora. Estava perdendo cálcio quase tão rapidamente quanto Joy o estava ganhando. Trata-se de uma barganha (se é que foi isso mesmo) pela qual eu estou muito grato. Então, continue suas orações, mas agora com agradecimentos fervorosos. Eu estou quase com medo das misericórdias de Deus: como jamais ser bons o suficiente?

Eu estive lendo alguns dos livros que a senhora menciona. Estava ocupado com Macróbio, Calcídio, Boécio, &

Pseudo-Dionísio[64] para um livro que provavelmente vai se chamar *Prolegomena to Medieval Poetry* [Prolegômenos para a poesia medieval].[65] Aquele período tardio antigo, quando um tipo de alto Paganismo sintetizado (essencialmente neoplatônico) e a teologia cristã estavam ambos competindo e influenciando um ao outro, é fascinante [...].

PARA ROGER LANCELYN GREEN: do The Kilns (Green havia enviado a Jack uma cópia de seu livro, *Into Other Worlds: Space-Flight in Fiction, from Lucian to Lewis* [Para outros mundos: Viagem espacial na ficção, de Lucian a Lewis])

17 de novembro de 1957

A coisa mais aprazível de todas foi receber seu novo livro, que eu estaria lendo ainda, se Joy, à maneira das esposas (como eu "definhei à condição de marido"!) não o tivesse tirado das minhas mãos.

Quanta coisa está contida nele e quantas eu não sabia! A Farsa Lunar me interessou em especial, não primariamente como farsa, embora isso seja bom divertimento também, mas porque algumas partes dele são realmente a melhor invenção e descrição da *paisagem* extraterrestre (os animais são menos bons) antes de *First Men in the Moon* [Primeiros Homens na Lua].

Penso que você esteja pegando pesado com Wells. Obviamente ele fez despertar algo desagradável em você que ele não despertou em mim. Eu ainda acho um livro deveras muito bom e não abomino os Selenitos, em si, tanto quanto você. Bedford é claro que é um mulherengo. Estou contigo quanto à tenacidade "terrivelmente materialista" dos humanos de Stapledon.[66] E é claro que eu apreciei

---

[64] Poetas e escritores medievais. [N. T.]
[65] Este é o livro que acabou se tornando *A imagem descartada: uma introdução à literatura medieval e renascentista* (1964).
[66] William Olaf Stapledon (1886–1950) foi um filósofo britânico, autor de obras de ficção científica. [N. T.]

as coisas gentis que você diz sobre mim mesmo: bem como a dedicatória comovente em minha cópia.

A propósito, Douglas, quando esteve em casa por meio trimestre,[67] bastante não solicitado, prestou um depoimento sobre Scirard que ele descreveu como "muito popular", além de (ó a superioridade deliciosa de um peixe pequeno sobre um menor ainda) "um dos mais promissores New-Boys [Garotos Novos] que ele já conheceu". Então, entre para o rol da fama com sua cabeça erguida, pois isso "está além de toda fama grega, além de toda fama romana" não é mesmo? Ambos enviamos nosso carinho para June e para você.

PARA JOCELYN GIBB: **do The Kilns** (seu editor, que lhe enviou algum mel)

Dia de Natal de 1957

Seu pacote, conforme aconteceu, foi aberto antes de sua carta, assim você teve uma boa piada *in absentia*.[68] Nós nos perguntamos se havia algum núcleo duro ou se estávamos descascando uma cebola. Mas os tesouros dourados ultrapassaram os embrulhos em valor mais do que os ultrapassaram em tamanho: eu tive o prazer de ter uma estrofe deste poema comestível para o café da manhã de hoje. Muito obrigado.

Feliz ascensão! O hino, que você chamou equivocadamente de um salmo, na verdade tem, neste lugar, que "pagar o preço do pecado", sendo que o pagamento do preço do pecado eu suponho que seja o mesmo que redenção.[69] Vá lá. Você está à espreita, vizinho. Nem é inadequado que eu aconselhe gráficas sobre impressão e publicitários sobre publicação, o que, se agora eu devesse tratar

---

[67]David e Douglas Gresham já estavam na escola de Dane Court em Pryford, Surrey, quando o filho mais velho de Roger Lancelyn Green, Scirard, chegou lá.
[68]Sem presença [do réu]. Usado em tribunais. [N.T.]
[69]Ele está falando de um trecho no capítulo IV de *Reflexões sobre os Salmos* que foi publicado em setembro de 1958.

disso, poderia ter a chance de lembrar daquela velha visão do *ex sutore medicus*[70] e rabiscar mais crepitações de sapateiros. Com que estômago você acha que Tullie teria suportado o Salii começando a corrigir os seus períodos?

Ter um jantar no meio do dia com um generoso Borgonha talvez seja um erro [...]. *Vinum locutum est.*[71] Eu lhe desejo um Feliz Natal retrospectivamente.

PARA A SRA. EDWARD A. ALLEN: do The Kilns

1º de fevereiro de 1958

Eu concordo plenamente com o arcebispo de que nenhum *pecado*, simplesmente como tal, deve ser transformado num *crime*. Quem diabos são os governantes para reforçar suas opiniões sobre o pecado em nós? — uma porção de políticos profissionais, muitas vezes servidores de tempo venal, a cuja opinião sobre um problema moral em nossa vida devemos dar muito pouco valor. É claro que muitos atos que são pecados contra Deus também são injúrias aos nossos companheiros cidadãos e devem, por conta disso, mas unicamente por conta disso, ser considerados crimes. Mas, de todos os pecados do mundo, devo pensar que a homossexualidade seja aquele que menos interessa ao Estado. Ouvimos demais sobre o Estado. O governo, em sua melhor forma, é um mal necessário. Vamos mantê-lo em seu lugar.

PARA A SRTA. MURIEL BRADBROOK: do Magdalene College

18 de abril de 1958

Fico contente que você tenha levantado esta questão. Eu estava defendendo ontem mesmo que, quando uma diferença de opinião é suficientemente antiga e larga, os sentidos resultantes muitas vezes entram na consciência linguística de cada nova geração como

---

[70]Do latim, "o doutor do sapateiro". [N. T.]
[71]O vinho foi falado. [N. T.]

meros homófonos, e sua reunião tem a explosão de um trocadilho. Mas, por outro lado, quando a diferença é menos larga, pode haver um período em que os falantes realmente não saibam em que sentido eles estejam usando a palavra. Quando nós falamos de uma "refeição simples" será que sempre sabemos, se ela significa: (a) não complicada, (b) modesta, não "sofisticada", ou (c) fácil de preparar? (É claro que estes [sentidos] não precisam coincidir. A carne de veado é mais "sofisticada" do que uma torta de um pastor de ovelhas, mas menos complicada, e porções de caviar de um pote são mais fáceis de preparar do que qualquer um dos dois). No trecho que você citou, quase todos os sentidos de "triste" (incluindo aquele que renderia uma tautologia) me parecem possíveis, e eu sugiro que Webster[72] pode não ter decidido entre eles. Ver a passagem em Boswell, em que Goldsmith deixa Johnson lhe dizer o que ele quis dizer com "lento" na primeira linha de *Traveller* [Viajante].

PARA A SRA. JOHN WATT: **do The Kilns** (depois de férias que ele e Joy tiveram na Irlanda com Arthur Greeves)

28 de agosto de 1958

Tudo está indo maravilhosamente bem conosco. Minha esposa sobe a montanha cheia de árvores atrás de nossa casa e atira — ou mais estritamente atira *em* — pombos, colhe ervilhas e feijões e só Deus sabe o que mais.

Tivemos umas férias — a senhora pode chamá-la de lua-de-mel atrasada — na Irlanda e tivemos a sorte de pegar aquela quinzena perfeita no início de julho. Visitamos Louth, Down e Donegal e voltamos embebidos de montanhas azuis, praias amarelas, arbustos escuros, ondas se quebrando, burros zurrando, cheiro de turfa e a urze começando a florescer.

Nós fomos para a Irlanda de avião, pois, embora ambos preferíssemos o navio do que avião, seus ossos e até mesmo os meus,

---

[72] O dicionário de Webster foi editado por Noah Webster no início do século XIX e muitos dicionários, relacionados ou não, adotaram seu nome. [N. T.]

não poderiam arriscar movimentos repentinos. Foi o primeiro voo de qualquer um de nós e nós o consideramos, depois de um primeiro momento de terror, encantador. A camada de nuvens vista de cima é um novo mundo de beleza — e depois as brechas nas nuvens através das quais se vê (como o Títono de Tennyson) "um vislumbre daquele mundo escuro em que eu nasci". Tivemos tempo bom por cima do mar da Irlanda, e as primeiras cabeceiras irlandesas, fortemente iluminadas pelo sol, se destacaram do mar escuro (é muito escuro quando você olha diretamente para *baixo* para ele) como um pouco de esmalte.

Quanto à foto no *The Observer* até os mais irreverentes dos nossos amigos não fazem de conta que ela tenha qualquer semelhança com qualquer um de nós.[73] Como uma foto espiritualista de ectoplasmas de um orangotango dispéptico e um Sorn[74] imaturo, ela pode ter seus méritos, mas não como retrato de nós [...].

PARA A SRA. JOHN WATT: do The Kilns

30 de outubro de 1958

Estive muito interessado para ouvir o programa "Eye on research" [De olho na pesquisa] na TV: eu mesmo, estou contente de dizer, não vejo televisão com frequência, mas meu irmão, que às vezes vai visitar um amigo, diz que ele pode muito bem entender seus sentimentos de "horror e terror". Ele acrescenta que, para ele, a parte mais terrível do negócio é a premissa implícita de que o progresso seja um processo inevitável como a decadência, e que a única coisa importante na vida é aumentar o conforto do *homo sapiens*,

---

[73]O ensaio de Jack "Willing Slaves of the Welfare State" ["Escravos voluntários do Welfare State"] apareceu no *The Observer* (29 de julho de 1958), p. 6. O texto veio acompanhado de uma foto de Jack e Joy, por Michael Peto.* Falando desta foto horripilante, Jack me disse que achava que ela fazia com que ele parecesse ter "pelo menos 120 anos de idade".

*Michael Peto foi um fotojornalista húngaro-britânico reconhecido internacionalmente no século XX. Ele emigrou para Londres antes da Segunda Guerra Mundial. [N. T.]

[74]Criatura de Malacandra [Marte] em *Longe do Planeta Silencioso*. [N. T.]

não importa o custo para a posteridade e para os demais habitantes do planeta. Posso imaginar muito bem como um programa "científico" nos chocaria depois de assistir a uma cerimônia tão majestosa como a abertura do Parlamento.

PARA A SRA. HOOK: do The Kilns

29 de dezembro de 1958

Por uma alegoria eu quero dizer uma composição (seja pictórica ou literária) em que as realidades imateriais são representadas por objetos físicos simulados, por exemplo, um Cupido retratado representa alegoricamente o amor erótico (que na realidade é uma experiência, não um objeto ocupando uma dada área de espaço) ou, em Bunyan, um gigante representa o Desespero.

Se Aslam representasse a Deidade imaterial da mesma forma que o Gigante Desespero representa o Desespero, ele seria uma figura alegórica. Na realidade, entretanto, ele é uma invenção que dá uma resposta imaginária à questão: "Com o que Cristo se pareceria se realmente existisse um mundo como Nárnia e ele tivesse escolhido se encarnar e morrer e ressuscitar de novo *naquele* mundo como ele fez de verdade no nosso?" Isso não é nem um pouco de alegoria. O mesmo acontece em *Perelandra*. Isso também funciona como uma *suposição*. ("Suponha, agora, que em algum outro planeta houvesse um primeiro casal passando pela mesma coisa que Adão e Eva passaram aqui, mas com sucesso").

A alegoria e tais suposições diferem porque elas misturam o real e o irreal de formas diferentes. O retrato que Bunyan faz do Gigante Desespero não parte de nenhuma suposição. Não é suposição, mas um *fato* que o desespero pode capturar e aprisionar a alma humana. O que é irreal (ficcional) é o gigante, o castelo e o calabouço. A Encarnação de Cristo em outro mundo é mera suposição: mas, uma vez garantida a suposição, ele teria sido realmente um objeto físico naquele mundo como ele foi na Palestina, e sua morte na Mesa de Pedra teria sido um evento físico não menos do que sua morte no Calvário. Similarmente, *se* os anjos (que eu acredito que sejam seres reais no universo verdadeiro) têm aquela relação com os deuses pagãos que eles assumiram ter em Perelandra, eles podem *realmente* manifestar-se na forma real como eles fizeram para Ransom. Mais uma vez, Ransom (até certo ponto) faz o papel de Cristo, não porque ele o representa alegoricamente (como Cupido representa o apaixonar-se), mas porque, na realidade, cada Cristão real é chamado realmente para, até certo ponto, representar Cristo. É claro que Ransom o faz de forma mais espetacular do que a maioria. Mas isso não significa que ele o faça alegoricamente. Isso apenas significa que a ficção (pelo menos o meu tipo de ficção) escolhe casos extremos.

Não há conexão consciente entre qualquer um dos elementos fonéticos nas palavras do meu "Solar antigo" e aqueles de qualquer língua real. Estou sempre brincando com sílabas e encaixando-as (puramente de ouvido) para ver se eu posso incubar novas palavras que me agradam. Eu quero que elas tenham uma sugestividade emocional, não intelectual: o peso de *glund* para um planeta tão enorme quanto Júpiter, a qualidade vibrante, excitante, de *viritrilbia* para a sutileza de Mercúrio, o caráter líquido [...] de Maleldil. A única exceção da qual eu tenho consciência é de *hnau*, que *pode* (mas não sei ao certo) ter sido influenciado pelo grego *nous*.[75]

PARA O PROFESSOR CLYDE S. KILBY: do Magdalene College

20 de janeiro de 1959

Quanto ao ponto do Professor Van Til, é certamente bíblico dizer que "aos que creram em seu nome, deu-lhes o direito de se tornarem filhos de Deus",[76] e a afirmativa de que "Deus se tornou Homem para que os homens possam se tornar deuses" é patrística. É claro que as palavras de Van Til "que o homem deve *buscar ascender* na

---

[75] Princípio cósmico inteligente, em grego. [N. T.]
[76] Ver João 1:12. [N. T.]

escalada da vida", com suas sugestões (a) De que possamos fazer isso pelos nossos próprios esforços, (b) De que a diferença entre Deus e o Homem seja a diferença de posição na "escalada da vida" como a diferença entre uma criatura "superior" (biológica) e uma "inferior", são totalmente estranhas ao meu pensamento.

Penso que uma antologia de excertos de um escritor vivo faria ele e o autor da coletânea parecerem bastante ridículos, e tenho certeza de que os editores não concordariam com o plano. Sinto muito responder de forma tão cruel a uma proposta que me traz tanta honra. Mas estou convencido de que não daria certo.

PARA O PADRE PETER BIDE: **do Magdalene College**
(Padre Bide é o sacerdote que casou Jack e Joy, e agora sua esposa estava morrendo de câncer.)

29 de abril de 1959

É claro, é claro que ambos vamos. Não vejo como qualquer grau de fé poderia excluir o desespero, já que a fé de Cristo não o salvou do desespero no Getsêmani. Não estamos necessariamente duvidando de que Deus fará o melhor por nós: estamos nos perguntando quanto sofrimento o melhor representará. Em um caso como aquele ao qual o senhor se refere, em que o crescimento é detectado em seu estado primário e na parte mais operacional, é claro que há motivos sólidos para uma visão inteiramente otimista. Mas então este é *um* dos seus medos, e os dela, de todos os medos que você terá que enfrentar antes de estar fora de perigo. A monotonia da ansiedade — o movimento circular da mente — é horrível. Penso que seja melhor tratar a nossa própria ansiedade, o máximo possível, como sendo também uma doença. Gostaria de poder ajudar. Será que posso? O senhor fez tanto por mim.

Quanto à "monotonia amedrontadora" penso que esta doença agora se classifica como *praga* e vivemos numa população atingida pela praga.

Deus os abençoe a ambos. Não tenho necessidade de me "lembrar" de lembrar de ti. Vamos obter notícias assim que elas surgirem.

Se o senhor acha (alguns acham) que a angústia mental produz uma tendência de comer mais — paradoxalmente, mas pode — eu vou fazê-lo alegremente.

PARA DOM BEDE GRIFFITHS, OSB: **do Magdalene College**
30 de abril de 1959

Primeiro, em resposta à sua questão. Minha esposa evoluiu continuamente de força em força. Exceto pelo fato de uma perna ser sempre mais curta do que a outra, de modo que ela andasse de bengala e uma manqueira, ela agora leva uma vida normal e ativa. Meu próprio problema de ossos, embora não completamente curado, está tão melhor que agora não passa de uma inconveniência trivial.

Obrigado pro *Christ and India* [Cristo e a Índia]. Ele confirma o que eu já pensava, ainda que menos claramente — de que a dificuldade de pregar a Cristo na Índia é que não haja dificuldade. A gente está lutando contra o verdadeiro Paganismo — o melhor tipo dele, bem como o pior — hospitalidade para com todos os deuses, naturalmente "religiosos", prontos para assumir qualquer forma, mas sem capacidade de reter nenhuma. δεισιδαιμονία [medo dos deuses, supertição] é mais difícil de converter do que o materialismo, como um nevoeiro é mais difícil de remover do que uma árvore.

Quanto ao gênio semítico, minha esposa, que é judia de sangue, defende duas visões que o interessariam.

1. Que o único judaísmo vivo seja o cristianismo. Onde o seu próprio povo ainda tem qualquer religião ela é arcaica, pedante e — por assim dizer — sectária, de modo que ser um judeu devoto é, antes, como ser um Irmão de Plymouth.[77]

2. Que nós, Goim,[78] interpretamos mal o Antigo Testamento porque partimos do pressuposto de que seu caráter sagrado exclua o *humor*. Que ninguém que conhecesse o *ethos* judaico de dentro

---

[77]Comunidade de fé parecida com os *quakers*. [N. T.]
[78]Não judeus ou gentios, em hebraico. [N. T.]

poderia deixar de ver o completamente aceito elemento cômico no diálogo de Abraão com Deus (Gênesis 18) ou em *Jonas*.

Já que estamos na exegese, estou correto em pensar que a chave para a parábola do Administrador Infiel seja de compreender que o Mestre nela seja *O Mundo*? (= este Aion.[79]) A dispensa é a notícia — aparentemente agora sendo servida ao senhor e desde então há tempos sendo servida a mim — de que nosso presente tabernáculo será desmantelado muito em breve. A moral é "trapaceie seu mestre". Se ele nos der riquezas, talento, beleza, poder etc., use-os para seus próprios propósitos (eternos) — arruíne o egípcio! Se você não conseguir fazer isso com seu tipo de propriedade, quem vai confiar-lhe o tipo verdadeiro? É claro que quem elogiou o administrador não é o Mestre *na* parábola, mas o Nosso Senhor, o Mestre que está contando a história. E contando-a não sem um humor paradoxal.

Seria muito agradável encontrá-lo quando o senhor estiver na Europa, se isso for possível.

O homem (Peter Bide) que impôs as mãos sobre minha esposa e ela se recuperou, escreveu-me que sua própria esposa está agora acometida da mesma doença. O senhor o mencionaria em suas orações?

PARA O PROFESSOR CLYDE S. KILBY: **do Magdalene College** (Professor Kilby diz da carta a seguir: "Escrita depois que eu lhe enviei uma cópia da declaração do Wheaton College relativa à inspiração da Bíblia e solicitei sua opinião")

7 de maio de 1959

Incluo aqui, em poucas palavras, o que eu me sinto capacitado a dizer quanto a esta questão. Se de qualquer forma isso poderia entristecer alguém, jogue na lata de lixo. Lembre-se ainda que é apenas uma tentativa, menos de estabelecer uma visão, do que uma afirmação sobre o assunto que cheguei a trabalhar, quer seja com acerto ou erro. Para mim, a coisa curiosa é que, nem em minha

---

[79]Deidade helenística associada ao tempo. [N. T.]

própria leitura da Bíblia, nem em minha vida religiosa como um todo, a questão jamais assume *de fato* aquela importância que ela sempre recebe nas controvérsias teológicas. A diferença entre ler a história de Rute e aquela de Antígona — ambos de primeira classe enquanto literatura — é para mim inequívoca e impressionante. Mas a questão "É Rute histórica?" (não tenho motivo para supor que *não* seja) não parece realmente surgir se não posteriormente. Ela pode, até onde posso enxergar, continuar agindo em mim como a Palavra de Deus, mesmo se não for. Todas as Escrituras Sagradas são escritas para nosso aprendizado. Mas aprendizado *de quê*? Penso que o valor de algumas coisas (por exemplo, a Ressurreição) dependem de se elas realmente aconteceram, mas o valor de outras (por exemplo, o destino da esposa de Ló) dificilmente o fariam. E aquelas cuja historicidade importa são como a vontade de Deus, que deixa isso claro [...].

Qualquer que seja a visão que sustentemos sobre a autoridade divina das Escrituras, ela tem que dar lugar aos seguintes fatos:

1. A distinção que o apóstolo Paulo faz em I Coríntios 7, entre ουχι εγω αλλ' ο Κυριος (10) e εγω λεγω, ουχι ο Κυριος (12).[80]

2. As aparentes inconsistências entre as genealogias em Mateus 1 e Lucas 3: com os relatos da morte de Judas em Mateus 27:5 e Atos 1:18–19.

3. O relato do próprio Lucas de como ele obteve sua matéria (1:1–4).

4. A a-historicidade admitida universalmente (eu não estou dizendo, é claro, que é falsidade) de ao menos algumas narrativas nas Escrituras (as parábolas), que podem ser estendidas muito bem também para Jonas e Jó.

5. Se todo dom bom e perfeito vem do Pai das Luzes, então todos os escritos verdadeiros e edificantes devem, *em algum sentido*, ser inspirados.

---

[80] "Não eu, mas o Senhor" (versículo 10); "digo isto, e não o Senhor" (versículo 12).

6. João 11:49–52. A inspiração pode operar num homem perverso sem que ele o soubesse, e ele pode então proferir a mentira que ele pretende (propriedade de tornar um homem inocente em um bode expiatório) *bem como* a verdade que ele não pretendia (o sacrifício divino).

Parece-me que 2 e 4 descartam a visão de que toda a declaração nas Escrituras devesse ser verdade *histórica*. E 1, 3, 5 e 6 descartam a visão de que a inspiração seja uma coisa única no sentido de que, se é que está presente, é sempre da mesma forma e no mesmo grau. Daí que, penso eu, isso descarte a visão de que qualquer passagem, tomada isoladamente, possa ser presumida de ser inerrante exatamente no mesmo sentido que qualquer outra: por exemplo, que os números dos exércitos do AT (que em vista do tamanho do país, se verdadeiros, envolvem milagres contínuos) estejam estatisticamente corretos, só porque a história da ressurreição seja historicamente correta. Eu acredito piamente que a operação global das Escrituras é de veicular a Palavra de Deus para o leitor (ele também necessita de sua inspiração) que o lê com o espírito correto. Mas que ela *também* dê respostas verdadeiras para todas as questões (muitas vezes religiosamente irrelevantes) que ele possa perguntar, eu não creio. O próprio *tipo* de verdade que estamos muitas vezes demandando não era, em minha opinião, nem vislumbrada pelos antigos.

PARA CHARLES MOORMAN: **do Magdalene College** (que estava escrevendo *Arthurian Triptych: Mythic Materials in Charles Williams, C.S. Lewis, and T.S. Eliot* [Tríptico arthuriano: materiais míticos em Charles Williams, C.S. Lewis e T.S. Eliot] [1960])

15 de maio de 1959

Eu não acho o seu projeto "presunçoso" de forma alguma, mas eu penso que você possa estar caçando uma raposa que não esteja ali. Charles Williams certamente me influenciou e eu, quem sabe, o tenha influenciado também. Mas, em seguida, penso que você falha em obter seu resultado. Ninguém nunca influenciou

Tolkien — você poderia da mesma forma tentar influenciar *bandersnatch*.[81] Nós ouvimos sua obra, mas não pudemos afetá-la a não ser pela motivação. Ele só tem duas reações à crítica: ou ele começa todo o trabalho do começo ou, então, não dá a mínima. Dorothy Sayers não estava vivendo em Oxford na época e não acho que ela jamais se encontrou com Tolkien na vida. Ela conheceu Charles Williams bem, e a mim, muito mais tarde. Tenho certeza de que ela nem exerceu nem passou por qualquer tipo de influência literária. É claro que pode ser que só porque eu estava envolvido demais, eu não veja (objetivamente) o que estava realmente acontecendo. Mas eu dou a minha impressão honesta para o que o valha.

Com certeza tínhamos um ponto de vista comum, mas nós o tínhamos antes de nos encontrarmos. Esta foi a causa, muito mais do que o resultado de nossa amizade.

Espero que eu não pareça estar o "desencorajando". Minha real preocupação é que você não perca seu tempo no que pode se provar um campo estéril.

PARA KATHLEEN RAINE (Sra. Madge): **do The Kilns**
19 de junho de 1959

Deve-se (e vai-se) escrever poesia quando isso é possível. Mas é uma proposição bem diferente achar que só por isso se tem que voltar ao lugar onde a Musa certa vez apareceu, como se ela fosse obrigada a reaparecer por lá. Os deuses não marcam hora para se encontrar conosco. Eles nunca nos dão seus endereços. E, embora a Faculdade não tivesse estado em condições de dar-lhe o que você desejava racionalmente, isso não implica em que eles não a queiram. Em todos os casos *postergue*. Nunca vai haver uma ocasião em que você não possa deixar Cambridge: mas pode muito facilmente haver uma em que você não possa voltar para lá.

---

[81]Um *bandersnatch* é uma criatura ficcional que aparece em várias obras de Lewis Carroll. [N. T.]

PARA A "SRA. ARNOLD": do The Kilns
8 de setembro de 1959

Ninguém, suponho eu, pode imaginar a vida no corpo glorificado. Sobre isso e sobre a distinção (geral) entre a fé e a imaginação eu disse tudo o que posso dizer em *Milagres*. O Senhor nos abençoe, mas eu posso imaginar muito poucas coisas nas quais eu acredito. Não posso imaginar a vontade, o pensamento, o tempo, átomos, distâncias astronômicas, Nova York, nem mesmo (neste momento) o rosto da minha mãe.

Toda a sua preocupação com a palavra *Cristão* vem de ignorar o fato de que as palavras tenham diferentes sentidos em contextos diversos. O melhor paralelo é a palavra *poeta*. Podemos argumentar até dizer "chega" se "Pope é um poeta". Por outro lado, um bibliotecário que coloque "poetas" em uma estante e prosa em outra, depois de uma única olhada em uma página de Pope, o classificaria como um "poeta".

Em outras palavras, o termo tem um sentido profundo, ambíguo, controverso e (para muitos propósitos) inútil: e também um sentido mais raso, claro e útil. No segundo sentido, parece mais útil não classificar os *quakers* como cristãos. Mas esta é uma questão linguística, não religiosa [...].

PARA ROGER LANCELYN GREEN: do Magdalene College
25 de novembro de 1959

Em certo sentido, poder-se-ia dizer que Joy não "está" doente no presente. Mas o último raio-X revelou que o câncer nos ossos está desperto de novo. Esta última checagem foi a única que nós encaramos sem pavor — sua saúde parecia tão completa. É como ser recapturado por um gigante quando se tinha acabado de passar por todos os portões e esteve quase fora de vista do castelo. Se um segundo milagre vai nos ser concedido, ou se não, quando a sentença será infligida, permanece incerto. É bem possível que ela esteja em condições de fazer uma viagem à Grécia na próxima primavera. Ore por nós [...].

PARA SIR HENRY WILLINK: do Magdalene College
(Sir Henry, o Mestre do Magdalene College, tinha acabado de perder sua esposa.)

3 de dezembro de 1959

Aprendi agora que, enquanto aqueles que falam sobre nossas misérias usualmente nos ferem, aqueles que guardam silêncio ferem mais. Eles ajudam a aumentar a sensação de isolamento *genérico* que provoca uma espécie de orla ao próprio sofrimento. O senhor sabe que motivo convincente eu tenho de sentir *com* o senhor: mas eu também posso sentir *pelo* senhor. Eu sei que o que o senhor está enfrentando deve ser pior do que o que eu terei que encarar em breve por mim mesmo, porque sua felicidade durou tanto tempo mais, e está, portanto, muito mais entrelaçada com sua vida toda. Como Scott disse em situação parecida: "O que devo fazer com aquela porção diária de meus pensamentos que foram, por tantos anos, dela?"

As pessoas falam, como se o luto fosse apenas um sentimento — como se não fosse o choque continuamente renovado de sair sempre de novo para estradas familiares e ser bloqueado por um poste de fronteira implacável. Eu, com certeza, acredito que haja alguma coisa além dele: mas, no momento em que se tenta usar isso como consolo (essa não é a sua função), a fé desmorona. Não adianta nada bater à porta dos Céus pedindo por conforto terreno: não é o tipo de conforto que eles fornecem ali.

É provável que o senhor esteja muito exausto fisicamente. Abrace isso e todas as pequenas indulgências para as quais o luto o autoriza. Penso que são coisas minúsculas que (próximas das coisas muito maiores) ajudam mais nestas horas.

Eu mesmo experimentei duas vezes, depois de uma perda, uma sensação estranha e excitante (mas completamente não fantasmagórica) da presença da pessoa a meu redor. Pode ser pura alucinação. Mas o fato de que isso sempre desaparece depois de algumas semanas não prova nada de nada.

Desejaria ter conhecido sua esposa melhor. Mas ela tem um lugar brilhante em minha memória. Foi tão tranquilizador para o desertor de Oxford encontrar alguém do L.[ady] M.[argaret] H.[all] e estar em condições de falar sobre "a Hippo".[82] Sentiremos muita falta dela — por sua própria conta, bem à parte de qualquer simpatia pelo senhor — da parte de todo membro do College.

E pobre Horácio[83] também — "o talento único bem empregado". Eu não estarei no enterro. O senhor pode entender e perdoar meu desejo de agora gastar cada momento possível em casa. Perdoe-me se eu disse alguma coisa imprópria nesta carta. Estou demasiadamente envolvido para praticar qualquer tipo de habilidade.

PARA O DR. ALASTAIR FOWLER: do Magdalene College
10 de dezembro de 1959

Agradeço imensamente. O artigo sobre Spenser confirma a impressão crescente em mim, enquanto escrevia as palestras sobre FQ[84] no último trimestre: aquela de sua tessitura impressionantemente apertada.[85] Que droga, você não consegue pegar uma linha sequer, de qualquer lugar, sem começar outra linha, conseguindo se esquivar apenas dez cantos mais adiante [...].

Lamento que o meu OHEL tenha causado tamanho aborrecimento.[86] Só uma vez eu detectei um aluno me oferecendo as palavras de outrem (Elton) como suas próprias palavras. Eu lhe disse que eu não era um detetive nem mesmo um diretor, nem uma enfermeira, e que eu absolutamente me recusava a tomar qualquer precaução contra esse truque pueril: que eu muito bem poderia achar que fosse da minha conta ver se ele limpava atrás das orelhas ou limpava o traseiro [...]. Ele foi punido volunta-

---

[82]Srta. Lynda Greer.
[83]Um porteiro de cozinha no Magdalene.
[84]Fairy Queen [Rainha das Fadas]. [N. T.]
[85]O Dr. Fowler, que foi um membro de inglês do Brasenose College, Oxford, nesta época, editou as notas de palestra de Jack sobre o livro *Rainha das fadas*, sob o título *Spenser's Images of Life* [Imagens da vida de Spenser] (1967).
[86]O seu *English Literature in the Sixteenth Century* [Literatura inglesa no *século XVI*] se tornou uma das obras de crítica, junto com as de Edward Dowden e Churton Collins, as quais alguns dos alunos do Dr. Fowler estavam plagiando.

riamente na semana seguinte e eu nunca mais o vi. Penso que o senhor deve fazer algum anúncio genérico desse tipo. O senhor não deve perder seu tempo constantemente me lendo ou lendo Dowden[87] e Churton Collins[88] como um tipo de medida de polícia. É ruim para eles pensarem que "isso é sua responsabilidade". Esfole-os vivos se *acontecer* de o senhor detectá-los: mas não os deixe achar que o senhor seja uma garantia contra os efeitos de sua própria ociosidade.

O que me desconcerta é como alguém pode preferir o trabalho de escravo de transcrição ao trabalho do homem livre de tentar um ensaio por si mesmo [...].

PARA UMA COLEGIAL DOS ESTADOS UNIDOS: do The Kilns (ela escreveu, como foi sugerido por sua professora, para solicitar conselhos sobre a escrita)

14 de dezembro de 1959

(1) Desligue o rádio.

(2) Leia todos os bons livros que puder e evite quase todas as revistas.

(3) Sempre escreva (e leia) com o ouvido e não com o olho. Você deve ouvir cada sentença que escreve como se estivesse sendo lida alto ou declamada. Se isso não soar bem, tente de novo.

(4) Escreva sobre o que realmente lhe interessa, sejam coisas reais ou imaginárias, e nada mais. (Note que isso significa que, se você estiver interessada *apenas* na escrita, você nunca será uma escritora, porque não terá nada sobre o que escrever [...].)

(5) Faça de tudo para ser *clara*. Lembre-se de que, embora você comece sabendo o que você quer dizer, o leitor não sabe, e uma só palavra mal escolhida pode levá-la a uma total má interpretação. Em uma história é terrivelmente fácil apenas se esquecer de que você não tenha dito algo ao leitor que ele precise saber — toda a

---

[87]Edward Dowden (1843–1913) foi um poeta e crítico literário irlandês. [N.T.]
[88]John Churton Collins (1848–1908) foi um crítico literário britânico. [N.T.]

estrutura está tão clara em sua mente que você se esquece de que ela não está, da mesma forma, na dele.

(6) Quando você desistir de uma parte do trabalho, não jogue tudo fora (a não ser que seja desesperadamente ruim). Mas enfie-a na gaveta. Ela pode se provar útil mais tarde. Muito de meu melhor trabalho, ou o que eu penso ser o melhor, é a reescrita de coisas que comecei e abandonei anos antes.

(7) Não use uma máquina de escrever. O barulho vai destruir seu senso de ritmo, que ainda necessita anos de treinamento.

(8) Tenha certeza de que conhece o sentido (ou os sentidos) de toda palavra que você estiver usando.

PARA SOPHIA STORR (uma colegial): **do The Kilns**
24 de dezembro de 1959

Não, é claro que não foi inconsciente. Até onde eu posso me lembrar, também não era intencional no primeiro momento. Isto é, quando comecei *O leão, a feiticeira e o guarda-roupa* não acho que previ o que Aslam iria fazer e sofrer. Penso que ele simplesmente insistiu em comportar-se de sua própria maneira. Isso é claro que eu entendi, e a série inteira se tornou cristã.

Mas não se trata, como algumas pessoas pensam, de uma *alegoria*. Isto é, eu não disse "Vamos representar Cristo como Aslam". O que eu disse foi: "Supondo que haja um mundo como Nárnia e supondo que ele, como o nosso, necessitasse de redenção, vamos imaginar que tipo de Encarnação e Paixão e Ressurreição Cristo teria ali." Entende?

Penso que isso se torna bem óbvio quando você toma todos os livros narnianos como um todo. Em *O sobrinho do mago*, Aslam cria Nárnia. Em *Príncipe Caspian*, as velhas histórias sobre ele estão começando a ser desacreditadas. Ao final do *Peregrino da Alvorada*, ele aparece como o Cordeiro. Suas três respostas a Shasta sugerem a Trindade. Em *A cadeira de prata*, o velho rei é ressuscitado dos mortos por uma gota de sangue de Aslam. Finalmente, em *A última batalha*, temos o reinado do anticristo (o macaco), o fim do mundo e o Juízo Final.

PARA O PADRE PETER MILWARD: do The Kilns
Dia de Natal de 1959

Espero que minha última carta ao senhor não tenha soado desencorajadora, muito menos (Deus nos livre!) como se eu tivesse ficado ofendido com a crítica. Penso que o motivo principal por que eu estou menos disposto do que o senhor para discussões de larga escala por carta é a diferença de nossa idade. Quando se é jovem, se conduz (pelo menos eu conduzia) disputas longas e profundas por carta. Trata-se de fato de uma das partes mais valiosas de nossa educação. Nós investimos nela quase tanto pensamento e trabalho quanto exigiria escrever um livro. Mas, mais tarde, quando a gente se torna um escritor de livros, é difícil de mantê-lo. Não se pode preencher o nosso lazer com a mesma atividade que é o nosso trabalho principal. E, em meu caso, não só a mente, mas também a *mão* precisa de descanso. A escrita à mão é crescentemente laboriosa e os resultados (como o senhor vê) são cada vez mais ilegíveis!

Se o senhor às vezes lê em meus livros o que eu não sabia que tinha colocado ali, nenhum de nós precisa ficar surpreso, pois leitores maiores sem dúvida fizeram o mesmo para com autores bem maiores. Shakespeare, suspeito eu, leria com surpresa o que Goethe,[89] Coleridge, Bradley[90] e Wilson Knight[91] encontraram nele! Quem sabe um livro *deveria ter* mais sentidos do que o escritor intenciona? Mas então, o escritor não necessariamente será a melhor pessoa com quem discuti-los.

O senhor está em minhas orações diárias. O senhor oraria muito por mim no presente momento? O câncer do qual minha esposa foi liberta (conforme eu acredito, milagrosamente) há dois anos

---

[89] Johann Wolfgang von Goethe (1749–1832) foi um dos mais eminentes escritores, poetas e estadistas alemães. [N. T.]
[90] Arthur Granville Bradley (1850–1943) foi um historiador e escritor britânico, autor de vários livros. [N. T.]
[91] George Richard Wilson Knight (1897–1985) foi um acadêmico, palestrante, ator e diretor teatral, além de crítico literário inglês, conhecido por seus ensaios sobre o conteúdo mítico da literatura e a obra de Shakespeare. [N. T.]

e meio, quando a morte estava prevista para chegar em algumas semanas, está retornando. Será que alguém jamais poderá pedir por um *segundo* milagre sem presunção? O profeta afastou a sombra para Ezequias uma vez: não duas. Lázaro ressuscitou dos mortos, mas morreu de novo.

1960–1963

PARA A SRA. VERA GEBBERT: do The Kilns

17 de janeiro de 1960

As tarefas diárias abomináveis de responder cartas inevitáveis me deixam com a mão muito mal disposta para correspondência mais prazerosa e amigável. Agora são 9h50 da manhã e eu já estou escrevendo cartas o mais intensamente que posso há uma hora e meia: e quando eu devo ter a chance de começar meu próprio trabalho, só Deus sabe [...]. Eu me dou conta que seria difícil seguir o exemplo de H.B. Stowe,[1] escrevendo na cozinha. Mas — nós sabemos como eram os livros — será que sabemos como ficou a comida? [...] Estou muito bem, ainda que sempre muito cansado.

[Por toda sua vida, Joy tinha o sonho de conhecer a Grécia. Antes do retorno de seu velho inimigo, o câncer, Roger e June Lancelyn Green — que estiveram por lá em um tour de "bastidores" em abril de 1959 — ofereceram fazer os preparativos para uma visita similar

---

[1] Harriet Elisabeth Beecher Stowe (1811–1896) foi uma escritora e abolicionista americana. [N. T.]

em abril de 1960. O casal Lewis ficou encantado com a ideia e, em setembro de 1959, Jack disse a seus amigos quais dias em abril seriam melhores para eles. Nem mesmo as dores e as várias complicações na doença de Joy os detiveram. Jack e Joy estiveram na Grécia com o casal Lancelyn Green de 2 a 14 de abril de 1960. Roger Lancelyn Green escreveu um diário de seus passeios pela Grécia, e ele pode ser encontrado em seu e meu *C.S. Lewis: A Biography* {C.S. Lewis: uma biografia} (1974).]

PARA CHAD WALSH (que conhecia Jack e Joy desde o final dos anos 1940): **do The Kilns**

23 de maio de 1960

Parecia muito duvidoso, se Joy e eu estaríamos em condições de fazer nossa viagem para a Grécia, mas nós a fizemos. De certa forma, era loucura, mas nenhum de nós se arrepende. Ela realizou proezas de força, mancando até o topo da Acrópole e para cima, pela Porta do Leão de Micenas e por toda a cidade medieval de Rodes. (Rodes é simplesmente um paraíso terrestre.) Foi como se ela fosse divinamente apoiada. Ela voltou em um estado de espírito *nunc dimittis*,[2] tendo realizado, para além da esperança, seu maior e mais duradouro desejo deste mundo.

Havia um alto preço a pagar em manqueira e dores nas pernas: não que seus esforços tivessem ou pudessem ter qualquer efeito sobre o desenvolvimento do câncer, mas que os músculos etc. foram sobrecarregados. Desde então, houve um recrudescimento do crescimento do seio direito, o que deu início a todo o problema. Ele foi removido na sexta-feira — ou, como ela tipicamente colocou, ela foi "transformada numa Amazona". Esta operação se deu, graças a Deus, com mais facilidade do que nós ousávamos esperar. Na noite do mesmo dia, ela estava livre de toda a dor mais severa e

---

[2]Agora despedes. Primeiras palavras do Canto de Simeão que está em Lucas 2:29–32. [N. T.]

da náusea, e alegremente tagarela. Ontem ela teve condições de se sentar numa cadeira por quinze minutos aproximadamente.

Com carinho e lembranças para todos vocês, que Warnie (que está bem) compartilha comigo. Obrigado por suas orações.

Tive algum trabalho para evitar que Joy (e eu mesmo) recaíssemos no Paganismo na Ática! Diante da Dafne,[3] foi difícil não orar para Apolo, o curandeiro. Mas, de alguma forma, não sentíamos que teria sido muito errado — era só remeter-nos a Cristo *sub specie Apollinis*. Nós testemunhamos uma bonita cerimônia cristã de vilarejo em Rodes e não sentimos praticamente nenhuma discrepância. Os sacerdotes gregos impressionam a gente muito favoravelmente à vista — muito mais do que a maioria dos clérigos protestantes ou católicos romanos. E os camponeses todos *recusam* gorjetas.

PARA DELMAR BANNER: do Magdalene College

27 de maio de 1960

Obrigado. Fico contente em saber que você tenha gostado do livro [*Os quatro amores*].

Eu concordo plenamente contigo sobre os homossexuais: fazer a coisa virar crime não cura nada e apenas cria um paraíso para chantagistas. De qualquer forma, o que o Estado tem a ver com isso? Mas eu não poderia muito bem fazer uma digressão sobre isso.[4] A gente está lutando em duas frentes a. *Pelos* homossexuais perseguidos, contra os bisbilhoteiros e intrometidos. b. Pelas pessoas comuns *contra* a maçonaria difundida entre os homossexuais intelectuais que dominam o mundo da crítica, e que não são simpáticos contigo, se você não entrar no jogo deles [...].

> [Samuel Pepys foi um membro do Magdalene College e seu diário é de propriedade do Magdalene. Nesta época o College estava

---

[3]Na mitologia grega, era uma ninfa, filha do rei Peneu. [N. T.]
[4]Ele quer dizer que não poderia ter uma digressão sobre a interferência do Estado em *Os quatro amores* (1960).

tentando tomar a decisão se deveria ou não publicar o diário em sua inteireza inexpurgada.]

PARA SIR HENRY WILLINK: do The Kilns
17 de junho de 1960

Francis[5] me lisonjeia com a ideia de que, se há uma divisão sobre editar aqueles trechos "curiosos" no nosso novo Pepys, eu deveria ser consultado. Já que eu não posso ter certeza se vou à próxima reunião do Corpo Dirigente, eu decidi enviar minha opinião a você por escrito.

[Nesta questão] estão envolvidos um problema prudencial e um moral.

O prudencial diz respeito (a) às chances de um processo, e (b) às chances de descrédito e ridículo. Sobre (a) seria ridículo para mim expressar uma opinião em sua presença e na de Mickey.[6] Quanto a (b), um jornalista maldoso ou meramente jocoso certamente nos faria ficar mal na opinião pública por uma semana ou duas. Mas poucas semanas ou anos não são nada na vida de um College. Penso que seria covardia e nada acadêmico deletar uma sílaba por conta disso.

O problema moral se resume à questão: "Será provável que a inclusão destes trechos levará alguém a cometer um ato imoral que não teria cometido, se nós os tivéssemos suprimido?" Agora, é claro que esta questão é estritamente irrespondível. Ninguém pode prever os efeitos estranhos que quaisquer palavras possam ter sobre este ou aquele indivíduo. Nós mesmos, quando jovens, fomos corrompidos e edificados por livros em que nossos mais velhos não poderiam prever nem edificação nem corrupção. Mas sugerir que, em uma sociedade em que os afrodisíacos mais poderosos são diariamente promovidos pelos anunciantes, os jornais e os filmes, qualquer

---
[5]Francis McD. C. Turner foi um membro do Magdalene à época.
[6]R.W.M. Dias, outro membro do Magdalene, foi um palestrante universitário em direito.

incremento perceptível de lubricidade seja causado pela impressão de alguns trechos obscuros e largamente separados em um muito longo e caro livro parece-me ridículo e até mesmo hipócrita.

Um moralista muito severo poderia argumentar que não é suficiente ser incapaz de prever o dano: que nós devemos, antes de agir, estar em condições de prever com certeza que a ação não vá causar dano. Mas isso, como você vê, se provaria um excesso. Na verdade, esse argumento se voltaria contra empreender, ou não empreender, qualquer ação que fosse. Pois todas elas continuam tendo consequências, a maioria imprevisíveis, até o fim do mundo.

Portanto, eu sou a favor da publicação de todo Pepys inexpurgado.

PARA A SRA. VERA GEBBERT: do The Kilns
15 de julho de 1960

Ai de mim, a senhora nunca mais vai enviar algo "para nós três" novamente, pois a minha querida Joy está morta. Até dez dias antes do fim, nós esperávamos, apesar de notar sua fraqueza crescente, que ela fosse aguentar, mas não era para ser.

Na semana passada, ela esteve se queixando de dores musculares em seus ombros, mas, na segunda, dia 11, parecia bem melhor, e na terça, embora se mantendo na cama, ela disse que sentia uma melhora grande: naquele dia, ela estava de bom humor, fez suas "palavras cruzadas" comigo e, à noite, jogou um jogo. Às seis e quinze da quarta-feira [13 de julho] de manhã, meu irmão, que dormia no andar de cima dela, foi acordado por seus gritos e correu para baixo para socorrê-la. Eu chamei o médico, que, por sorte, estava em casa, e ele chegou antes das sete e deu-lhe uma injeção pesada. À uma e meia, eu a levei ao hospital em uma ambulância. Ela estava consciente para uma breve recordação de sua vida, e com pouquíssimas dores, graças às drogas: e morreu em paz em minha companhia às aproximadamente 22h15 da mesma noite [...].

A senhora vai compreender que eu não tenho condições emocionais de escrever mais, mas espero que, da próxima vez que eu envie uma carta, ela seja menos deprimente.

PARA A SRA. VERA GEBBERT: do The Kilns
5 de agosto de 1960

Eu acredito na ressurreição [...] mas o estado dos mortos *até* a ressurreição é inimaginável. Será que eles sequer estão no mesmo *tempo* em que nós vivemos? E, se não, tem algum sentido de perguntar onde eles estão "agora"? [...]

Talvez estar loucamente ocupado seja o melhor para mim. De qualquer forma, eu estou. Esta é uma das coisas que tornam as tragédias na vida real *tão* pouco parecidas com aquelas do palco.

PARA HERR KUNZ (na Alemanha): do The Kilns
16 de agosto de 1960

Meu *Longe do planeta silencioso* não tem nenhuma base fatual e é uma crítica da nossa própria época, apenas no mesmo sentido que qualquer obra cristã é implicitamente uma crítica a qualquer época. Só o que eu estava tentando fazer é resgatar, para propósitos genuinamente imaginativos, a forma popularmente conhecida neste país como "ficção-científica". Eu penso que vocês o chamam de "future-romanz"; da mesma forma que, *si parva licet componere magnis*,[7] *Hamlet* resgatou a peça popular de vingança.

PARA A SRA. ANNE SCOTT: do The Kilns
26 de agosto de 1960

Muito obrigado por sua carta extremamente gentil e encorajadora. A senhora me proporcionou grande alegria pelo que disse do *Até que tenhamos rostos*, porque aquele livro, que eu considero de longe o melhor que escrevi, tem sido o meu grande fracasso com os críticos e com o público.

Meu pequeno enteado concorda plenamente com os seus filhos sobre o atual desvio maligno dos meus talentos e pergunta:

---

[7] "Comparar coisas pequenas com [coisas] grandes."

"Quando você vai parar de escrever todo este lixo e escrever livros interessantes de novo?"

Livros de receitas não são uma leitura de todo ruim. A senhora tem a Sra. Beeton com o prefácio original? É delicioso.

PARA ARTHUR GREEVES: do The Kilns

30 de agosto de 1960

É muito bom ouvir notícias suas. Poderia ter sido pior. Joy partiu de forma mais descomplicada do que muitos que morrem de câncer. Houve um par de horas de dores atrozes em sua última manhã, mas o resto do dia ela passou na maior parte dormindo, embora lúcida sempre que estava consciente. Duas de suas últimas observações foram: "Você me fez feliz" e "Estou em paz com Deus". Ela morreu às 22h naquela noite. Eu já vi mortes violentas, mas nunca tinha visto uma morte natural. Não há dificuldade envolvida nisso, há? Uma coisa com a qual estou muito contente é que no feriado da Páscoa ela realizou o sonho, que teve a vida toda, de conhecer a Grécia. Tivemos um tempo maravilhoso lá. E muitos momentos felizes até depois disso. Na noite anterior à sua morte, tivemos uma conversa longa, calma, rica e tranquila.

W. está fora em suas férias na Irlanda e bebeu, como de costume, até ir parar no hospital. Douglas — o garoto mais novo — é, como sempre, absolutamente gentil e confiável, e ele é uma marca muito luminosa em minha vida. Eu mesmo estou muito bem. De fato, estou fazendo uma dieta rigorosa e exercícios, reduzindo em muito meu peso de 82,5 para menos de 70.

PARA ROGER LANCELYN GREEN: do The Kilns (os Lancelyn Greens convidaram Jack para seu lar, "Poulton Hall", em Cheshire, para as férias)

15 de setembro de 1960

Ó inferno! Que provação eu sou para vocês dois! Se Warnie realmente chegar no dia 23 — e se ele não chegar a casa tão bêbado a ponto de ter que ir direto para a casa de repouso — eu poderia e viria mesmo com prazer visitá-los no dia 24. Mas nenhuma das duas coisas é realmente provável. E, é claro, eu não posso deixar esta casa sem nenhum adulto no comando. Isso significa que você não pode contar comigo. Lamento *muito*. *Não* dispense mais esforços para acomodar um homem tão preso quanto eu — isso só acrescentaria à perda de grande prazer o constrangimento de saber que eu fui um aborrecimento.

Você viu o *The Weirdstone of Brisingamen* [A pedra estranha de Brisingamen] de Allan Garner?[8] Nada mal, embora devesse muito a Tolkien. Ele parece ser um vizinho bem próximo de você — Aldersley, Cheshire.

Com minha gratidão infinita e todo o carinho.

PARA O PADRE PETER MILWARD: do The Kilns
26 de setembro de 1960

Primeiro, a respeito de Graal. Penso que seja importante continuar lembrando que uma questão pode ser muito interessante, sem ser respondível, e um dos meus principais esforços como professor tem sido de treinar as pessoas a dizerem aquelas palavras (aparentemente difíceis): "Eu não sei."

Nós nem temos qualquer coisa que podemos chamar com grande precisão "*a* lenda do Graal". Temos certa quantidade de romances que introduzem o Graal e não são comparativamente consistentes. Nenhuma teoria quanto à origem derradeira é mais do que especulativa. O desejo de tornar esta origem, ou pagã, ou (menos comumente) herética, é claramente generalizado, mas eu penso que ele procede de causas psicológicas, não de qualquer evidência.

Eu mesmo não duvido que isso represente de uma forma genérica uma resposta imaginária e literária à doutrina da Transubstanciação e o ato visível da elevação. Mas temos que ficar alertas contra abstrações. Uma história não se desenvolve como uma árvore nem

---

[8] Alan Garner (1934) é um romancista inglês, mais conhecido pelos seus romances de fantasia infantil e recontagem de histórias do folclore tradicional britânico. [N. T.]

gera outras histórias como um rato concebe outros ratinhos. Cada história é contada por um indivíduo, voluntariamente, com um único propósito artístico. Consequentemente, a real geminação se dá onde os estudos históricos, teológicos ou antropológicos nunca podem alcançá-la — na mente de algum homem de gênio, como Chretien[9] ou Wolfram.[10] Aqueles que escreveram histórias por conta própria chegarão mais perto de entendê-la do que aqueles que "estudaram a lenda do Graal" por todas as suas vidas.

Todo o esforço (inconsciente) dos estudiosos ortodoxos é de remover o autor individual e o romance individual e substituir a imagem de algo se difundindo como uma doença contagiosa ou uma moda de vestuário. Daí a questão (na realidade sem sentido): "O que é o Graal?" O Graal é em cada romance apenas o que aquele romance exibe que seja. Não há nenhum "Graal" sobre e acima destes "Graais". Daí, mais uma vez, a suposição de que o mistério em cada romance poderia ser esclarecido, se soubéssemos mais sobre o Celtic Caldron of Plenty [Caldeirão Céltico da Abundância][11] ou o Cathari[12] ou o que o senhor quiser. Nunca ocorreu aos estudiosos que este mistério pode ser uma técnica literária calculada e inteiramente efetiva.

Estou plenamente ao lado de sua Sociedade [de Jesus] por prender o Chardin.[13] Os enormes estímulos que ele está recebendo dos cientistas que são muito hostis ao senhor me parecem muito com a imensa popularidade de Pasternak[14] entre os anticomunistas.

---

[9]Chrétien de Troyes (1135?–1185?) foi um poeta e trovador francês, conhecido por seus escritos sobre Arthur e por ter possivelmente criado a figura de Lancelot. [N. T.]
[10]Possivelmente Wolfram von Eschenbach, que foi um cavaleiro e poeta medieval de poemas épicos alemão. [N. T.]
[11]Um dos quatro tesouros lendários da Irlanda, um objeto mágico que providenciava uma quantidade infinita de comida e bebida muito gostosa para os bons. [N. T.]
[12]Tesouro da ordem dos Cathars, um movimento dualista e gnóstico cristão dos séculos XII a XIV, que incluía, segundo a lenda, o Santo Graal. [N. T.]
[13]Pierre Teilhard de Chardin (1881–1955), jesuíta, filósofo e paleontologista francês. [N. T.]
[14]Possivelmente Boris Leonidovich Pasternak (1890–1960), que foi um romancista, tradutor literário e poeta russo. [N. T.]

Não consigo, por toda a minha vida, ver o mérito. A causa do Homem contra os homens nunca necessitou de *menos* apoio do que agora. Parece-me haver uma tendência perigosa (mas também trivial) ao Monismo ou mesmo ao Panteísmo em seus pensamentos. E qual, em nome de Deus, é o sentido de dizer que antes de haver vida, houve uma "pré-vida". Se você escolher dizer que antes de você ter acendido a luz no porão havia uma "pré-luz", é claro que pode. Mas a palavra comum para "pré-luz" é escuridão. O que é que se ganha com estes apelidos?

PARA A SRA. VERA GEBBERT: do The Kilns
16 de outubro de 1960

Eu não estava de jeito nenhum questionando a vida após a morte, entende: apenas dizendo que seu caráter é para nós inimaginável. As coisas que a senhora me diz sobre isso estão todas fora do meu poder de concepção. Dizer "Eles estão agora como eles estavam então" e acrescentar no momento seguinte "é claro que sem os impedimentos do corpo" é para mim como dizer: "Eles são exatamente os mesmos, mas é claro que inimaginavelmente diferentes." Mas não vamos nos afligir um ao outro quanto a isso. Nós mesmos vamos saber muito bem quando estivermos mortos. A Bíblia parece evitar escrupulosamente qualquer *descrição* do outro mundo, ou mundos, exceto em termos de parábola ou alegoria [...].

PARA A "SRA. ARNOLD": do Magdalene College
Fevereiro de 1961

Há, como a senhora sabe, duas escolas de Existencialismo, uma antirreligiosa, e outra religiosa. Eu só conheço a antirreligiosa por uma obra — *L'Existentialisme est un Humanisme* [O Existencialismo é um Humanismo] de Sartre.[15] Aprendi com ele uma coisa importante — que Sartre é um artista na prosa francesa, tem um tipo de

---

[15]Jean-Paul Charles Aymard Sartre (1905–1980) foi um crítico, filósofo e escritor francês, mais conhecido por ser representante do Existencialismo. [N. T.]

grandiosidade invernal, o que explica em parte sua imensa influência. Eu não pude reconhecê-lo como um real filósofo: mas ele é um grande retórico.

A escola religiosa eu conheço somente de ouvir uma palestra de Gabriel Marcel[16] e de ler (em inglês) o *Eu e Tu* de Martin Buber. Ambos dizem exatamente a mesma coisa, embora eu acredite que eles alcançaram a sua posição comum bastante independentemente. Como homem, Marcel era um idoso extremamente querido. E o que eles dizem é impressionante — como uma disposição, um *aperçu*,[17] um assunto para um poema. Mas eu não sinto que isso daria certo como uma filosofia.

Eu classificaria Tillich[18] mais como um interpretador da Bíblia, do que como um filósofo. Ouso dizer que a senhora está certa em pensar que para algumas pessoas, em alguns momentos, o que eu chamo de Semicristianismo pode ser útil. Afinal de contas, a estrada para dentro da cidade e a estrada para fora são usualmente a mesma: depende em que sentido se está viajando.

No fundo do Existencialismo religioso encontra-se Kierkegaard.[19] Todos eles o reverenciam como o seu pioneiro. A senhora o leu. Eu não, ou muito pouco.

PARA O DR. ALASTAIR FOWLER: do Magdalene College
4 de maio de 1961

O senhor fala da Evolução como se ela fosse uma substância (como os organismos individuais) e até mesmo uma substância racional ou uma pessoa. Eu pensei que fosse um substantivo abstrato. Até onde eu sei, não é impossível que em acréscimo a Deus e organismos

---

[16]Gabriel Honoré Marcel (1889–1973) foi um dramaturgo, crítico de música, filósofo e existencialista cristão. [N. T.]
[17]Em francês, *aperçu* significa uma percepção, compreensão ou ideia geral de algo. [N. T.]
[18]Ernst Tillich (1910–1985) foi um teólogo alemão. [N. T.]
[19]Søren Aabye Kierkegaard (1813–1855) foi um teólogo, filósofo, poeta, autor de livros religiosos e crítico social dinamarquês, considerado o fundador do Existencialismo.

individuais possa haver uma espécie de *daemon*, um espírito criado, no processo evolucionário. Mas esta visão deve certamente ser argumentada de acordo com os seus próprios méritos? Quero dizer que nós não devemos inconscientemente e sem evidência resvalar para o hábito de hipostasiar um substantivo [...].

PARA A SRA. MARGARET GRAY: **do Magdalene College**
9 de maio de 1961

A senhora está completamente correta quando diz que "O Cristianismo é uma coisa terrível para um ateu de vida toda ter que encarar"! Em pessoas como nós — que nos convertemos enquanto adultos no século XX — eu tomo este sentimento como sendo um bom sintoma. A propósito, a senhora teve, na maioria dos aspectos, uma vida mais dura do que eu, mas há uma coisa que eu invejo na senhora. Eu perdi a minha esposa no verão passado, depois de uma vida de casado muito temporã, muito curta e intensamente feliz, mas não me foi concedida (e por que, por Deus, eu deveria?) uma visita como a sua — ou certamente não exceto por um segundinho. Agora sobre leitura.

Para uma boa ("popular") defesa de nosso posicionamento contra a tagarelice moderna, para se recorrer quando em dificuldades, nada melhor do que *O homem eterno* de G.K. Chesterton. Uma leitura mais dura, mas muito protetora é *Symbolism & Belief* [Simbolismo e fé] de Edwyn Bevan.[20] O *He Came Down from Heaven* [Ele desceu dos Céus] de Charles Williams não agrada a todos, mas tente.

Para leitura devocional e meditativa (um pouco de cada vez, é como chupar uma pastilha mais do que comer uma fatia de pão) eu sugiro *A imitação de Cristo* (adstringente) e o *Centuries of Meditations* [Séculos de meditações] (alegre) de Traherne. Também [recomendo] minha seleção de MacDonald, *Geo MacDonald: An Anthology* [George

---

[20]Edwyn Robert Bevan (1870–1943) foi um historiador do helenismo e filósofo londrino. [N. T.]

MacDonald: uma antologia]. Eu não consigo ler Kierkegaard por conta própria, mas algumas pessoas o acham útil.

Quanto à moral Cristã eu sugiro o livro de minha esposa (Joy Davidman) *Smoke on the Mountain* [Fumaça nas montanhas]: *The Sermon on the Mount* [O Sermão da Montanha] de Gore[21] e (quem sabe) o seu *Philosophy of the Good Life* [Filosofia da boa vida]. E possivelmente (mas com uma pitada de sal, pois ele é muito puritano) *Serious Call to a Devout and Holy Life* [Chamado sério para uma vida devota e santa] de William Law.[22] Eu sei que só o título nos faz arrepiar, mas nós dois temos muitos arrepios para passar antes de estarmos prontos!

Você deve desejar algo para a imaginação. Foi-me dito que os romances de Mauriac[23] (todos excelentemente traduzidos, se seu francês estiver enferrujado) são bons, ainda que muito severos. *Man Born to be King* [Homem nascido para ser rei] de Dorothy Sayers (aquelas peças de rádio) certamente é. Da mesma forma para mim, mas não para todo mundo, são os romances fantásticos de Charles Williams. *O regresso do peregrino*, se a senhora ignorar alguns diálogos insípidos sobre a teologia calvinista e concentrar-se na história, é de primeira classe.

As *Confissões* de Agostinho lhe darão o registro de um converso adulto mais antigo, com muitos trechos grandes devocionais misturados.

A senhora lê poesia? George Herbert, na sua melhor forma, é extremamente salutar.

Eu não menciono a Bíblia porque eu a tomo como pressuposto. Uma tradução moderna é, para a maioria dos propósitos, muito mais útil do que [a] Versão Autorizada.

---

[21]Charles Gore (1853–1932) foi bispo de Oxford, um dos teólogos anglicanos mais influentes do século XIX. [N. T.]
[22]William Law (1686–1761) foi um sacerdote da Igreja da Inglaterra. [N. T.]
[23]François Charles Mauriac (1885–1970) foi um escritor católico de dramas, romances e poemas, crítico e jornalista, que conquistou o Prêmio Nobel de Literatura em 1952. [N. T.]

Quanto aos meus próprios livros, a senhora pode (ou não pode) gostar de *Transposição, O grande abismo,* ou *Os quatro amores.*
Sim — "estou sendo objeto do bem" — grrr! Eu nunca nem pedi para *ser.*

PARA O PADRE PETER MILWARD: **do Magdalene College**
23 de maio de 1961

Eu não vi nada de rude em suas maneiras, embora eu ache que o senhor tenha me entendido mal. Veja bem, eu cheguei ao tema da briga em outra frente, contra os ateus que dizem (eu o vi impresso): "Os cristãos acreditam num Deus que cometeu adultério com a esposa de um carpinteiro." O senhor usou uma linguagem que poderia ser interpretada como um acordo com *eles.* Naturalmente não há desacordo entre nós sobre este ponto. E eu concordaria que a concepção sobrenatural de Nosso Senhor é o arquétipo e o casamento humano, étipo: não a *perversão* (o que se me pareceria maniqueísta). Todos estes acordos são perfeitamente consistentes com um desacordo entre nós sobre a Imaculada Concepção de Maria e a sua teologia mariana geral.

É claro que, uma vez que se tenha decidido que A é o Arquétipo e B, o étipo, o que se diz não é que A = B: isto é, para qualquer lado que se olhe, continua verdade que Maria não foi a noiva do Espírito Santo *no mesmo sentido* em que as palavras são usadas em casamentos comuns: ao passo que ela foi a Mãe de Jesus exatamente no mesmo sentido em que minha mãe foi a minha mãe — como Gervase Mathew disse.[24]

---

[24] O padre Gervase Mathew (1905–1976), que foi educado no Balliol College, se filiou à ordem dos Dominicanos em 1928 e foi ordenado em 1934. A maior parte de sua vida ele passou no Blackfriars em Oxford, onde lecionou para as Faculdades de História Moderna, Teologia e Inglês. Ele foi um membro dos The Inklings e um homem tão adorável que é impossível acreditar que alguém jamais pudesse não gostar dele.

PARA ROGER LANCELYN GREEN: do The Kilns
6 de setembro de 1961

É um pouco delicado. Estou esperando uma operação na minha próstata: mas como este problema afeta os meus rins e meu coração, estes têm que ser bem dispostos antes que o cirurgião possa ir ao trabalho. Nesse meio-tempo, estou vivendo de uma dieta sem proteínas, uso um cateter, durmo numa cadeira e tenho que ficar no andar de baixo. Estou em condições de receber visitas, mas o problema é que a data da operação continua em aberto — depende dos resultados dos exames de sangue semanais. Isso significa que, por minha experiência, ela pode vir precisamente quando você desejar estar aqui, assim eu pensei que seria melhor que você tome providências alternativas, que poderiam ser abandonadas em favor de vir até o The Kilns se, quando o tempo vier, eu esteja aqui e não no Acland. Eu odiaria perder a oportunidade de uma visita sua se ela se mostrar viável. Isso tudo é incômodo demais?

Você não precisa ficar com muita pena de mim. Estou sem dores e aprecio as horas de leitura ininterrupta que eu tenho agora.

[Jack negligenciou sua própria saúde por um bom tempo e agora estava seriamente doente. Ele foi incapaz de ir a Cambridge durante o primeiro trimestre do calendário acadêmico de 1961 e o segundo trimestre do calendário acadêmico de 1962. Entretanto, antes que ele voltasse a assumir seus compromissos em Cambridge em abril de 1962, ele leu bastante e escreveu *A imagem descartada*.]

PARA A "SRA. ARNOLD": do The Kilns
28 de outubro de 1961

Eu não estou bem o suficiente para responder à sua carta apropriadamente [...]. O mais próximo que eu posso chegar de uma garantia bíblica para as orações pelos mortos é o lugar, em uma das epístolas, sobre as pessoas "que se batizam pelos mortos".[25] Se podemos

---
[25] Ver 1 Coríntios 15:29. [N. T.]

ser batizadas por eles, então, certamente podemos orar por eles? Eu gostaria de lhe dar a referência, mas minha concordância está no andar de cima e — considerando que meu coração seja uma das coisas que estão erradas comigo — não tenho permissão de subir.

PARA DOM BEDE GRIFFITHS, OSB: **do The Kilns**
3 de dezembro de 1961

Obrigado pela sua carta de 27 de novembro. Sua mão, ainda que não de perto tão ruim quanto a minha, está se deteriorando: mas os trechos que eu consegui ler eram muito interessantes. A dificuldade quanto ao Hinduísmo, e, de fato, quanto a todos os Paganismos superiores, me parece ser a nossa tarefa dupla de reconciliar e converter. As atividades são quase opostas, mas têm que andar de mãos dadas. Temos que derrubar deuses falsos e também extrair a verdade peculiar preservada no culto a cada um. Eu acabei de ouvir de Vinota: mas o que é um *ashram*[26] ou *astram*? Como o homem em *A caça ao Snark*[27], você "se esquece completamente de que o inglês é a língua que falamos"!

Tente programar sua próxima carta, de modo que ela não chegue perto do Natal. A cada ano que passa a série implacável de correspondências torna esta época a mais cheia de pestilência e menos festiva para mim.

Eu esqueci se você sabe que a minha esposa morreu em julho. Ore por nós dois. Estou aprendendo um bocado. O luto não é, como eu pensava, um estado, mas um processo: como um passeio em um vale arejado que lhe oferece uma nova paisagem a cada quilômetro.

Muitas bênçãos! Estou cansado e um pouco doente no momento, do contrário eu teria respondido à sua carta mais como ela merece.

---

[26] É a prática indiana do monastério ou do eremitério. [N. T.]
[27] Animal imaginário perigoso do poema de Lewis Carroll. [N. T.]

PARA DOM BEDE GRIFFITHS, OSB: do The Kilns
20 de dezembro de 1961

Perder sua mulher, depois de um período muito breve de vida, deve, eu suspeito, ser menos miserável do que depois de um longo tempo. Veja, eu não havia me *acostumado* à felicidade. Tudo foi um "tratamento". Eu era como uma criança numa festa. Mas talvez, conforme eu suspeito, a felicidade terrena, mesmo a do tipo mais inocente, seja viciante. O ser humano todo se volta para isso. A abstinência deve ser mais como sentir falta de pão do que sentir falta de bolo [...].

Sobre a Natureza — o senhor está aparentemente encontrando, em uma hora inabitualmente tardia, a dificuldade que eu encontrei na adolescência e que foi, por anos, meu argumento principal contra o Teísmo. O Panteísmo Romântico nos conduziu nesta questão para cima do caminho do jardim. Ele nos ensinou a nos referirmos à Natureza como divina. Mas ela é uma criatura e certamente uma criatura inferior a nós. E uma criatura decaída — não uma criatura má, mas uma criatura boa corrompida, retendo muitas belezas, mas todas distorcidas [...]. O Diabo não podia *fazer* nada, mas *infectou* tudo. Eu sempre me aproximei do Dualismo tanto quanto o Cristianismo permitia — e o NT nos permite nos aproximarmos bastante dele. O Diabo é o senhor usurpador desta era. Foi ele, não Deus, que "escravizou esta filha de Abraão".

Muito mais inquietante, como o senhor diz, é o relato terrível da perseguição cristã. Ela começou nos tempos do Nosso Senhor — "Vocês não sabem de que espécie de espírito são"[28] (João de todas as pessoas!). Acho que temos que encarar plenamente o fato de que, quando o Cristianismo não torna um homem muito melhor, ele o torna muito pior. É, paradoxalmente, perigoso de se achegar mais perto de Deus. Será que não achamos, pela nossa experiência, que cada avanço (se é que jamais se avançou) na vida espiritual abre

---
[28]Lucas 9:55a. [N. T.]

para nós a possibilidade de pecados mais obscuros, da mesma forma quanto virtudes mais brilhantes? A conversão pode fazer de uma pessoa que foi, se não melhor, também não pior do que um animal, algo parecido com um demônio. Satanás foi um *anjo*. Eu me pergunto se algum de nós levou suficientemente a sério a proibição de jogar pérolas aos porcos. Este é o ponto das observações do Nosso Senhor depois da parábola do administrador infiel. Muitas graças pelas quais pedimos nos são negadas porque elas seriam a nossa ruína. Se não é possível confiar a riqueza perecível deste mundo a nós, quem vai confiar-nos a riqueza real? (O "Senhor" nesta parábola é claro que não é Deus, mas o mundo) [...].

Estou seriamente doente. Os problemas com a próstata, quando foram diagnosticados, já haviam danificado os meus rins, sangue e coração, de modo que agora estou num ciclo vicioso. Eles não podem operar até que a minha bioquímica se acerte, e parece que ela não pode se acertar enquanto eles não operarem. Estou correndo algum perigo — não condenado, mas lutando pela minha vida. Sei que devo solicitar suas orações. Minha tentação não é de ser impaciente. Antes, estou demasiadamente propenso a aninhar-me na ociosidade reforçada e outros privilégios de um inválido.

O senhor já leu alguma coisa de um Trapista Americano chamado Thomas Merton?[29] Estou lendo atualmente o seu *No Man Is an Island* [Ninguém é uma ilha]. É a melhor leitura espiritual que eu encontrei há um bom tempo.

PARA A "SRA. ARNOLD" (complementando a carta de 28 de outubro): **do The Kilns**

28 de dezembro de 1961

Eu achei a passagem — I Coríntios 15:29. Também I Pedro 3:19–21 trata indiretamente do assunto. Isso implica que algo pode ser feito pelos mortos. Neste caso, por que não deveríamos orar por eles?

---

[29] Thomas Merton (1915–1968) foi um monge trapista americano, um teólogo, místico, escritor, poeta, estudioso de religião comparada e ativista social. [N. T.]

Atente para o argumento: "A Igreja nos deu a Bíblia e por isso a Bíblia nunca nos pode dar motivos para criticar a Igreja." É perfeitamente possível aceitar B com a autoridade de A e, ainda assim, referir-se a B como uma autoridade superior a A. Acontece quando eu recomendo um livro a um aluno. Eu primeiro lhe envio o livro, mas tendo o consultado ele sabe (pois *eu* lhe disse) que o autor sabe mais sobre o assunto do que eu.

PARA O REV. DR. AUSTIN FARRER: do The Kilns
29 de dezembro de 1961

Eu li seu livro [*Love Almighty and Ills Unlimited*] [Todo poderoso amor e males ilimitados] com grande prazer. O senhor disse um dia que escrevia com dificuldade, mas ninguém poderia desconfiar disso: ele é cheio de felicidades que soam como se não fossem procuradas, como flores silvestres.

É claro que a admiração não é sempre um acordo. Eu me agarro ao diagnóstico: "Reação emocional antes de convicção racional." [...] Como as pessoas separam o que é um juízo emocional e o que é um juízo de valor? Não presumivelmente apenas pela introspecção, que pressiona duramente para achar um juízo de valor quimicamente intocado pela emoção [...]. Eu acho, entretanto, que o problema do sofrimento dos animais seja tão duro quando eu o concentro em criaturas das quais eu não gosto quanto naquelas que eu poderia tomar como animais de estimação. Em contrapartida, se eu remover toda a emoção, por exemplo, de minha visão do tratamento que Hitler deu aos judeus, não sei quanto juízo de valor restaria. Eu detesto galinhas. Mas a minha consciência diria as mesmas coisas se eu esquecesse de alimentá-las do que se eu esquecesse de alimentar o gato [...].

PARA WAYNE SCHUMAKER: do The Kilns
21 de março de 1962

Obrigado pelo artigo sobre *Paradise Lost* [Paraíso perdido]. Penso que eu concorde com tudo o que você diz, especialmente sua distinção entre o que é comum a todos os mitos e o que é peculiar a *Paradise Lost*. Possivelmente este tipo de distinção devesse ser levado ainda mais adiante. Assim, a criança não é como o selvagem *simpliciter*, mas como um selvagem em contato próximo com, e sujeito a, a civilização: controlado, protegido, corrupto e elevado por isso a cada movimento. Repito, um mito construído para dentro de uma teologia sistemática e plenamente crida não difere, por este mesmo fato, de um mito contado pelo homem primitivo (usualmente em explicação de um ritual)? Pois eu duvido que os primitivos defendam os seus mitos em uma relação de plena afirmação credal como a que se encontra no Cristianismo e no Islã. Tudo isso aconteceu à história da Queda muito antes de Milton. De fato, o grande sucesso de Milton se encontra em praticar a afirmação credal sem perder a *qualidade* do mito. Temo que Milton *perca* isso (para mim) nos Livros XI e XII.

> [Jack e T.S. Eliot se tornaram bons amigos depois que eles começaram a se encontrar em 1959 como membros da "Comission to Revise the Psalter" {Comissão para revisão do Saltério}. A primeira parte do Saltério foi publicada em 1961 e a obra completa, *The Revised Psalter* {O Saltério revisado} foi publicado em 1963. Jack também foi consultado sobre pontos de tradução da parte do Novo Testamento do *The New English Bible* {A nova Bíblia inglesa}.]

PARA T.S. ELIOT: **do Magdalene College**

25 de maio de 1962

Você não precisa simpatizar demasiadamente: se a minha condição me impede de fazer certas coisas de que eu gosto, ela também me perdoa de não fazer muitas coisas de que eu não gosto. Há dois lados em todas as questões!

Temos que ter uma conversa — eu desejo que você escreva um ensaio sobre isso — sobre a Punição. A visão moderna, ao excluir o elemento retributivo e concentrando-se apenas em dissuasão e cura, é tremendamente imoral. É vil tirania submeter um homem à "cura" compulsória ou sacrificá-lo à dissuasão de outros, a menos que ele o *mereça*. Por outro lado, o que pode prevenir qualquer um de nós de sermos entregues aos "Straighteners"[30] de Butler a qualquer momento?

Eu teria que saber mais do grego daquele período para fazer uma crítica real da Nova Bíblia inglesa (o Novo Testamento, que é a única parte que eu vi). É estranho constatar que quanto menos a Bíblia é lida, mais ela é traduzida.

PARA JAMES E. HIGGINS: do The Kilns

31 de julho de 1962

Ficaria contente de ajudar, se pudesse. Entretanto, trata-se de um SE maiúsculo, pois o meu conhecimento de literatura infantil é realmente limitado. O verdadeiro especialista é Roger L. Green, Poulton-Lancelyn, Bebington, Wirral, Cheshire. Meu próprio escopo fica quase exaurido com MacDonald, Tolkien, E. Nesbit e Kenneth Grahame.[31] Os livros de *Alice* estão em uma categoria totalmente diferente, não estão, sendo que o efeito é exclusivamente cômico-absurdo: não, em minha experiência, completamente apreciado por crianças. Ó, a propósito, não perca a influência totalmente inesperada de Rabelais[32] sobre o *Water Babies* [Bebês aquáticos] de Kingsley.[33]

PARA DOM BEDE GRIFFITHS, OSB: do The Kilns

4 de agosto de 1962

Com ser um inválido eu quis dizer que mesmo se a operação tiver sucesso e me livre do cateter e da dieta de baixa proteína, devo ter cuidado com o meu coração — nada mais de nadar ou fazer

---

[30]Era uma classe de pessoas, na utopia de Butler, *Erewhon* especialmente treinadas para dar nome às indisposições mentais que poderiam acometer as pessoas e encaminhá-las. [N. T.]

[31]Todos autores de literatura infantil. [N. T.]

[32]François Rabelais (entre 1483 e 1494–1553) foi um médico, humanista, monge, escritor e estudioso de grego renascentista francês. [N. T.]

[33]Charles Kingsley (1819–1875) foi um padre da Igreja da Inglaterra, acadêmico, historiador, romancista, poeta e reformador social. [N. T.]

caminhadas de verdade, e evitar subir escadas. Um destino muito ameno: especialmente já que a natureza parece remover o desejo de exercício quando as forças se esvaem.

Siríaco[34] também? Eu invejo as conquistas linguísticas amplas que o senhor fez, embora eu dificilmente compartilhe um dos propósitos para os quais o senhor as usa. Não consigo ter interesse pelo estudo da liturgia. Vejo muito bem que alguns devem senti-lo. Se a religião inclui o culto e se o culto requer ordem, alguém tem que se preocupar com isso. Mas não é, conforme sinto, o meu negócio! De fato, para os leigos, eu me pergunto, às vezes, se o interesse no estudo da liturgia não é antes uma armadilha. Algumas pessoas falam como se fosse, por si só, a fé cristã.

Eu estou profundamente interessado no que emergiu do debate hindu-cristão, mas não surpreso. Sempre pensei que a real diferença eram as concepções rivais de Deus. Uma questão delicada. Pois eu suponho que nós, ao afirmarmos três Pessoas, implicitamente dizemos que Deus seja *uma* Pessoa.

Fico encantado em saber que haja alguma chance de ver o senhor na Inglaterra de novo.

PARA CHRISTOPHER DERRICK: do The Kilns

10 de agosto de 1962

Sim, eu li Gombrich[35] com muita alegria e dou a ele nota 10, com tantos pontos positivos quantos você desejar. Os escritores sobre arte superaram irremediavelmente os escritores sobre literatura no nosso tempo. Seznec,[36] Wind[37] e Gombrich são um grupo muito

---

[34]Antiga língua semítica, usada ainda na liturgia de certas igrejas sírias. [N.T.]
[35]Provavelmente Sir Ernst Hans Josef Gombrich (1909–2001), um historiador de arte austríaco, que se naturalizou como cidadão britânico e trabalhou a maior parte da vida no Reino Unido. [N.T.]
[36]Jean Seznec (1905–1983) foi um historiador da arte e estudioso de mitologia francês. [N.T.]
[37]Provavelmente Edgar Wind (1900–1971), um historiador da arte interdisciplinar britânico, nascido na Alemanha, que se especializou na iconografia do Renascimento. [N.T.]

grandioso de fato. Estou bem melhor: ainda na base da dieta e, bem, com o catéter, mas, de resto, quase normal.

PARA HENRY NOEL: do Magdalene College (com referência a um tema central ao *Grande Abismo*)

14 de novembro de 1962

Tudo o que sei sobre o *"Refrigerium"* é derivado do sermão de Jeremy Taylor "Christ's advent to judgement" ["O advento de Cristo para o julgamento"] e as citações dadas ali de um missal romano, publicado em Paris em 1626, e de Prudêncio.[38] Ver *Whole Works* [Obras completas] de Taylor, editadas por R. Heber, Londres, 1822, v. V, p. 45.

Prudêncio diz: "Muitas vezes, abaixo, as férias de Estige[39] de suas punições são mantidas, mesmo pelos espíritos culpados [...]. O Inferno míngua com tormentos mitigados e a nação sombria, livre dos fogos, exulta no lazer de sua prisão; os rios deixam de queimar com seu enxofre usual."

PARA A "SRA. ARNOLD": do Magdalene College

21 de novembro de 1962

Penso que eu compartilhe demasiadamente dos seus sentimentos sobre a tal mudança. Por natureza eu exijo das disposições deste mundo apenas aquela permanência que Deus expressamente recusou a lhes dar. Não é meramente o incômodo e o custo de qualquer grande mudança em nossa forma de vida que é pavoroso, é também o desarraigamento psicológico e o sentimento — para mim ou para a senhora intensamente indesejado — de ter terminado um capítulo. Mais uma porção de si mesmo escapando para o passado. Eu gostaria que todas as coisas fossem imemoriais — de ter os mesmos

---

[38] Aurelio Prudente Clemencio foi um poeta católico-romano nascido numa província romana no norte da atual Espanha em 348. [N.T.]
[39] Na mitologia grega, Estige é um rio infernal no Hades e uma ninfa a que o rio se dedica. [N.T.]

velhos horizontes, o mesmo jardim, os mesmos cheiros e sons, sempre disponíveis, imutáveis. O vinho mais antigo é para mim sempre o melhor. Isto é, eu desejo a "cidade duradoura" onde eu bem sei que ela não pode e não deve ser encontrada. Suponho que todas estas mudanças devam nos preparar para a maior mudança que se aproxima cada vez mais, até mesmo desde que comecei esta carta. Devemos "romper" não apenas com a própria vida, mas com todas as suas fases. É inútil pedir "bis".

PARA JAMES E. HIGGINS: **do The Kilns**

2 de dezembro de 1962

[...] (5) Voltei-me para os contos de fadas porque eles me pareciam ser a forma que certas ideias e imagens em minha mente pareciam demandar: como uma pessoa pode se voltar para fugas[40] porque as frases musicais em sua mente lhe pareciam "bons temas de fuga".

(6) Quando eu escrevi *O leão*, não tinha noção de escrever os outros.

(7) Escrever "literatura infantojuvenil" certamente modificou meus hábitos de composição.

Assim: (a) Isso impôs um limite estrito de vocabulário; (b) Excluiu o amor erótico; (c) Cortou trechos reflexivos e analíticos; (d) Me levou a produzir capítulos de comprimento quase igual para a conveniência de ler alto.

Todas estas restrições me fizeram um grande bem — como escrever em uma métrica estrita.

PARA ARTHUR GREEVES: **do The Kilns**

3 de março de 1963

No dia 28 de julho, W. Douglas e eu estaremos no Glenmachan Towers Hotel [Belfast], e no dia 29 W. irá para Eire. Será que

---

[40] O termo "fuga", em música, significa um estilo de composição imitativo, contrapontista e polifônico, e de um tema principal. Ela tem origem na música barroca. [N. T.]

podemos nós três, Doug você e eu, ir para algum lugar por uma semana ou duas começando nesta data? Se você não se sentir em condições de ir dirigindo para onde quer que formos, eu alugo um carro & motorista para a viagem. Será que Castlerock ou Glens of Antrim seriam bons destinos? Portrush apenas como última alternativa. Mas desejamos ser muito rápidos em alugar três quartos (*tem* que ser três) e beliches para Doug & para mim em nossa viagem de retorno para a Inglaterra.

Eu vi flocos de neve pela primeira vez na semana passada.

> [Desde os idos de 1952, Jack tinha começado a escrever um livro sobre a oração. Não muito foi escrito, porque não estava indo bem. Foi provavelmente ao longo deste tempo, enquanto planejava umas férias na Irlanda, que a ideia de uma correspondência imaginária sobre a oração lhe ocorreu. Apesar da dificuldade de escrita à mão, ele desfrutou plenamente de escrever *Oração: cartas a Malcolm*, que foi completado em maio daquele ano. Depois de ter enviado uma cópia datilografada para seu editor, Jocelyn Gibb, ele foi solicitado a escrever uma sinopse do livro. Enquanto os livros de verdade eram escritos com facilidade por Jack, ele não gostava de compor o que ele chamava de "blurbology".][41]

PARA JOCELYN GIBB: **do The Kilns**

28 de junho de 1963

Eu pensei e pensei sobre a sinopse, mas acho que simplesmente não consigo escrevê-la — aparentemente eu mal consigo escrever a palavra! Eu gostaria que você destacasse o ponto de que o leitor está sendo meramente admitido a ouvir dois leigos muito comuns discutindo os problemas práticos & especulativos da oração, como estes lhes parecem: isto é, o autor *não* está reivindicando ensinar.

Será que seria bom dizer: "Alguns trechos são polêmicos, mas isso é quase um acaso. O cristão viajante não pode bem ignorar a

---

[41] A arte de escrever sinopses. [N. T.]

teologia anglicana recente, quando ela foi construída como uma barricada atravessando a autoestrada."

Eu não enfatizaria seu ponto de que eu não tenha escrito recentemente. Eu não posso *sentir-me* assim para o público. Eles devem ter a impressão de que eu escrevo um livro a cada duas semanas. E sua negação, por mais que seja verdadeira, de fato, só o que vai fazer, como a folha de figueira do escultor, é chamar a atenção para o que de bom grado está sendo ocultado.

Eu estou incluindo um novo trecho para a última carta. Isso fará aquela carta ficar extremamente longa, mas isso é legítimo como um final. De qualquer forma eu gosto da porção nova.

> [A "porção nova" no capítulo final de Oração: cartas a Malcolm, vem diretamente depois do parágrafo que termina "Aí está a nossa liberdade, nossa chance de um pouco de generosidade, um pouco de espírito esportivo" e é uma passagem assombrosamente bela sobre a ressurreição do corpo. É uma coisa muito boa de ter consciência quando a morte está se tornando inevitavelmente clara. Quando Jack foi para a Casa de Repouso Acland Nursing Home, em 15 de julho, para transfusão de sangue, ele teve um ataque de coração e entrou em coma. Ele surpreendeu todo mundo, acordando do coma no dia seguinte — solicitando seu chá. No dia 9 de agosto, ele estava bem o suficiente para ir para casa, e, alguns dias depois, renunciou à sua cadeira e filiação a Cambridge.]

PARA A IRMÃ PENELOPE, CSMV: do The Kilns
17 de setembro de 1963

Que mudança prazerosa de receber uma carta que *não* diz as coisas convencionais! Eu fui reavivado inesperadamente de um longo coma — e quem sabe as orações quase contínuas de meus amigos o tenham causado — mas teria sido uma passagem luxuosamente fácil e a gente quase lamenta (mas *nella sua voluntade e nostra pace*)[42]

---

[42]"Em sua vontade está nossa paz."

ter a porta batida em nossa cara. Será que devemos honrar Lázaro, em vez de Estêvão como protomártir? Ser trazido de volta e ter que experimentar toda a morte *de novo* foi bem difícil.

Se você morrer primeiro e se a "visita à prisão" for permitida, venha me ver no Purgatório.

Isso tudo *é* bem divertido — diversão solene — não é mesmo?

PARA O MESTRE E COLEGAS DO MAGDALENE COLLEGE (que elegeram Jack como membro honorário do College): **do The Kilns**

25 de outubro de 1963

Os fantasmas da velha senhora em Pope "assombram os lugares onde a sua honra morreu". Eu sou mais afortunado, pois eu devo assombrar o lugar do qual vieram minhas mais valorizadas honras.

Eu estou constantemente com os senhores em minha imaginação. Se em qualquer hora de penumbra alguém vir um espectro calvo e corpulento no Combination Room[43] ou no jardim, não chamem Simon para exorcizá-lo, pois é um espectro inofensivo e que só quer o bem.

Se eu os amasse menos, eu deveria me importar mais por ser assim posto lado a lado com Kipling e Eliot ("assim eu fui igualado a eles em renome"). Mas o laço mais próximo e mais doméstico com Magdalene faz com que tudo isso pareça pouco importante.

PARA A SRTA. JANE DOUGLASS: do The Kilns

31 de setembro de 1963

Muito obrigado por sua gentil notícia. Sim, o outono é realmente a melhor das estações: e tenho quase certeza de que a idade avançada seja a melhor parte da vida. Mas é claro, como o outono, ela não *dura*.

---

[43] Salão de convívio na parte antiga do Old Schools da matriz da Universidade de Cambridge. [N. T.]

O outono do meu irmão durou, como o de todo ano, algumas semanas a mais; e com esta nota muito característica de seus últimos dias — aceitação pacífica, combinada com uma dor duradoura pela "mutabilidade" — finalizo assim minha seleção da sua correspondência — W.H.L.

ÍNDICE

Abraão, 505
Adão, 230, 431, 504, 505, 573
Addison, Joseph, 345 nota 119
Administrador infiel, 577
Ágape, 528-529, 566
Agostinho de Hipo, Santo, 457; *Confissões*, 600
Albigensianismo, 542, 545
Allen, Edward A., cartas para, 468-69
Allen, Edward A., Sra., cartas para, 477, 489, 520, 526, 531, 537, 559-60, 570
Amigo, carta para um, 462
Annie Louisa, CSMV, Madre, 440
Anselmo, Santo, 443, 449
Apolo, 370, 590
Aquino, Tomás de, São, 429
Ariosto, Ludovico, 562
Aristóteles, 217, 377, 426, 429
Arnold, Matthew, 267, 421; *Gipsy, o estudioso*. 167; *Tirse*, 167
"Arnold", "Sra.", cartas para, 487-89, 490-91, 496-497, 499, 503, 506, 508, 512-513, 515-17, 520-522, 550, 581, 597-98, 602-03, 605-06, 610-11
Ascham, Roger, 314
"Ashton", "Sra.", cartas para, 517-20, 522-23, 529-30, 536, 537-38, 539-41, 548
Askins, Jane King, 79 nota 35
Askins, John Hawkins, 145, 145 nota 31, 190
Askins, Mary Goldsworthy, 145, 145 nota 31, 190
Askins, William James, 79 nota 35
Asquith, Margot, 247; *A autobiografia de Margot Asquith*, 247 nota 133
Astor, Nancy W.L., 286
Atanásio, Santo, *De Incarnatione*, 446, 447
Austen, Jane, 60, 60 nota 6, 167, 260, 380 nota 77, 451, 512, 534, 534 nota 32, 559; *Abadia de Northanger*, 380

Bach, Johann Sebastian, 421, 549
Bacon, Francis, 314, 314 nota 209
Bagehot, Walter, 355, 355 nota 33

Bain, James, 101
Baker, Leo Kingsley, 155, 155 nota 46, 163, 192, 192 nota 87, 196, 196 nota 89, 202, 214
Balzac, Honoré de: 399 nota 115; *O cura de Tours*, 399; *Pere Goriot*, 399
Banner, Delmar, carta para, 590–91
Barberton, John, 91 nota 53; *Os filhos dos outros*, 91
Barfield, Arthur Owen, 19, 20, 192, 192 nota 87, 195–96, 196 nota 89, 199, 214–16, 222, 274 nota 167, 277, 306, 306 nota 198, 403, 410, 412, 415, 444, 454; cartas para, 306–07, 328–31, 342, 343, 367–70, 377–78, 381–386, 428–30, 454–55, 458–59, 467–68, 471, 475; "Fluência poética e ficção legal", 467 nota 73; *Orfeu, O*, 386 nota 97
Barth, Karl, 413
Batiffol, Pierre, 162 nota 57
Bayley, Peter Charles, "Os Martlets", 122 nota 95
Baynes, Pauline, carta para, 527–28
Beardsley, Aubrey Vincent, 101, 101 nota 68
Beerbohm, Max, 147, 147 nota 35
Belial, 103, 269
Beneke, Paul Victor Mendelssohn, 139–40, 140 nota 18

Bennett, Joan, 381; cartas para, 378–80, 386
Benson, Robert Hugh, 456, 456 nota 58; *Aurora de tudo*, 456
Beowulf, 47, 66, 66 nota 9, 352
Bergson, Henri–Louis, 149, 149 nota 37
Berkeley, George, 76, 76 nota 27, 76–77 nota 30
Betjeman, John, 43, 261, 261 nota 146
Bevan, Edwyn, 599 nota 20; *Simbolismo e fé*, 420, 599
Bide, Peter, 560, 561; cartas para, 575–76
Blake, William, 78, 78 nota 34, 146, 216, 386, 836 nota 98
Blamires, H.M., 45–48
Bleiben, Thomas E., 394, 394 nota 109, 414
Bles, Geoffrey, 534
Blunt, Herbert William, 196, 196 nota 90, 197
Boécio, 360, 360 nota 46, 567
Boiardo, Matteo Maria, 260, 562
Bomba atômica, 489, 555
Borrow, George, 131 nota 1; *Lavengro*, 131
Boswell, James, 67 nota 10, 76, 76 nota 29–30, 93, 187, 189 nota 82, 259, 287, 361, 571; *A vida de Samuel Johnson*, 67 nota 10, 76 nota 30, 241 nota 130, 333 nota 223

Bradbrook, Muriel, carta para, 570–71
Bradley, Andrew C., 586
Bradley, Francis Herbert, 241
Brady, Charles A., carta para, 455–58
Breckenridge, Srta., cartas para, 476–77, 494
Brett–Smith, Herbert Francis, 223, 223 nota 116
Bridges, Robert, 72, 72 nota 22
Brightman, Frank Edward, 552
Brontë, Charlotte, 32, 78, 78 nota 34, 73; *Jane Eyre*, 476
Brontë, Emily, 32
Brown, Curtis, 560
Browne, Thomas, 350, 350 nota 24, 354, 372; *Religio Medici*, 420
Browning, Robert, 96; *O anel e o livro*, 311, 311 nota 201, 451
Bryson, John Norman, 250
Buber, Martin, *Eu e tu*, 447, 447 nota 47, 598
Buchman, Frank, 304
Buda, 367
Bunyan, John, 108 nota 80, 136, 473, 497, 503; *O peregrino*, 108, 136 nota 9, 573
Burke, Edmund, 33, 308, 472
Burnet, Gilbert, 259
Burney, Fanny, 287, 287 nota 178; *Evelina*, 287, 287 nota 179.
Burns, Robert, "Auld Lang Syne", 317

Burroughs, Edgar Rice, 456, 456 nota56
Burton, Richard, 90 nota 52; *Anatomia da melancolia*, 90, 100, 102 nota 71
Bush, Douglas, 535
Butler, Samuel, 566 nota 63; *Erewhon*, 566, 608, 608 nota 30
Butler, Theobald Richard Fitzwalter, 75, 75 nota 26
Butterfield, Herbert, 539

Calcídio, 567
Calvino, João, 314, 413
Campbell, Roy, 41
Capron, John Wynyard, 235
Capron, Robert "Oldie", 134, 134 nota 5
Carew, Richard, *A pesquisa de Cornwall*, 143 nota 26
Carlos I, Rei da Inglaterra, Irlanda e Escócia, 303
Carlyle, Alexander James, 140 nota 21, 156, 156 nota 47 267–68
Carlyle, Alexander James, Sra., 156, 156 nota 47
Carlyle, Thomas, 301, 354 nota 31, 380 *Passado e presente*, 354
Carpenter, Humphrey: *Os Inklings*, 345 nota 13; *J.R.R. Tolkien: uma biografia*, 345 nota 13
Carritt, Edgar Frederick, 134 nota 8, 217, 227, 229, 231, 301
Carroll, Lewis, *A caça ao Snark*, 603

Cecil, David, 41, 528
Casamento (cerimônia de), 423-28
Cesar, Gálio Júlio, 559
Chamberlain, Neville, 392
Chambers, E.K., 381; *Sir Thomas Wyatt e outros estudos*, 381
Chambers, R.W., 401; *A mente inconquistável do Homem*, 408
Chaucer, Geoffrey, 32, 62, 101, 208, 343-44, 374-75, 559; *Troilo e Créssida*, 65
Chesterton, Gilbert Keith, 269, 419, 456, 473; *Eugenia e outras desgraças*, 265; *O homem eterno*, 599
Childs, William Macbride, 198, 198 nota 62
Chopin, Frederic, 61
Chrétien de Troyes, 596
Christie, John Traill, 352, 352 nota 27
Cícero, 272
Clemenceau, Georges, 161, 162
Clube Mermaid, 299
Coghill, Neville, 53, 215-16, 233, 249, 397
Colegial dos Estados Unidos, carta para uma, 584-85
Coleridge, Samuel Taylor, 32, 134 nota 7, 147-48, 223, 586
Collingwood, Robin G., 461
Collins, Churton, 583 nota 86, 584
Collins, W. Wilkie: *A pedra da lua*, 380; *A mulher de branco*, 293

Condlin, J.W.A., 324, 416
Confissão, 512
Coronel. *Ver* Lewis, Warren Hamilton ("Warnie") (irmão)
Cowley, Abraham, *Davideis*, 46
Cowper, William, 257-58, 302, 355
Craig, E.S., *Rol de serviços da Universidade de Oxford*, 72
Credo de Atanásio, 386, 444
Credo dos Apóstolos, 498
Cristianismo, 48, 64-5, 208, 211, 299, 346-50, 367, 390, 404, 409, 415-20, 423, 426-29, 462, 487, 508, 518, 522, 539-40, 548, 557, 576, 599, 604, 607
Croce, Benedetto, 421
Cromwell, Oliver, 66, 316
Cura por fé, 490

"D". *Ver* Moore, Jane ("Janie") King
Dante, 188, 308, 353, 421, 457, 533; *Divina comédia*, 372, 376
Darwin, Charles, 254, 271
Davey, Thomas Kerrison, 75, 75 nota 26, 110 nota 82
Davidman, Helen Joy. *Ver* Gresham, Joy Davidman (posteriormente Sra. C.S. Lewis)
Davies, B.E.C., 403
de Burgh, William George, 198, 198 nota 92

de Forest, Florence, 294
de la Mare, Walter, 215
de Pass, Denis Howard, 75, 75 nota 26, 110 nota 82
de Quincey, Thomas, 32
Derrick, Christopher, 19–23, 56; cartas para, 552–53, 609–10
Descartes, René, *Discurso do método*, 360
Devoteau, Daisy, 286
Dias, R.W.M., 591, 591 nota 6
Dickens, Charles, 295, 316, 450, 528, 533; *David Copperfield*, 238, 450; *Martin Chuzzlewit*, 105 nota 75, 294–95; *Nosso amigo em comum*, 380
Dodds, Eric Robertson, 198, 198 nota 92, 201, 203
Donne, John, 214, 379, 436, 460
Dostoiévski, Fiódor, *Os irmãos Karamázov*, 15, 357
Douglass, Jane, carta para, 614–15
Doutrina da "Caritas", 514
Dowden, Edward, 583 nota 86, 584
Dowding, C.S., 94
Dryden, John, 224, 228, 309, 379
Dunbar, Maureen "Daisy" Helen, Lady Dunbar de Hempriggs, 17, 79 nota 35, 119, 192, 203–06, 217, 222, 269, 294, 241–42, 352, 395
Dunsany, Edward, 566

Dyson, Henry Victor ("Hugo"), 345 nota 13, 348, 353, 395, 398, 415, 433, 442, 458

Eddison, E.R., *O verme ouroboros*, 565
Edwards, John Robert, 72, 72 nota 21, 119, 121
Eliot, George, 408; *Adam Bede*, 87; *Meados de março*, 93, 388; *O moinho à beira do rio*, 87; *Romola*, 387
Eliot, T.S., 145 nota 30, 376, 650; carta para, 607
Elyot, Thomas, 314
Emerson, Ralph Waldo, 96
Erasmo, 302, 307
Escrituras, 488, 498, 504, 512, 523–525, 578–579
Ésquilo: *Agamenon*, 306; *Prometeu*, 323, 429
Estêvão, Santo 614
Evans, Charles Sheldon, 112, 126
Evans, I.O., cartas para, 461, 472, 534
Evelyn, John, 258–9
evolução, 476
Ewart, William Quartus, 130, 130 nota 109
Ex-aluno(a), cartas para, 330–81, 417–20, 423–28, 434–35, 444–7045, 448, 450–51, 459, 544
Existencialismo, 597–8

Expiação, 438, 442–3, 531
Ezequias, 587

Farquharson, Arthur Spenser Loat, 204–5, 207, 231–2, 247, 268
Farrer, Austin, carta para, *Todo poderoso amor e males ilimitados*, 606
Field, Walter Ogilvie "Wof", 274 nota 167, 278
Fielding, Henry, 559; *Tom Jones*, 273
Firdausi, 184
Firor, Warfield M., cartas para, 22, 472, 481, 502
Fitzgerald, Edward, 51
Flecker, James Elroy, *Hassan*, 226
Foord–Kelcey, Edward, 356, 356 nota 36, 410,
Forster, E.M., 539
Fowler, Alastair, 583 nota 85; cartas para, 583, 598
Fox, Adam, 352, 352 nota 26, 410, 415
France, Anatole, *Revolta dos anjos*, 235
Francisco de Assis, São, 231
Francisco de Sales, São, 503

Galsworthy, John, 113, 115
Galt, John, *A implicação*, 409
Garner, Allan, *A pedra estranha de Brisingamen*, 595
Garrick, David, 162 nota 58

Gaskell, Elizabeth, *Cranford*, 65
Gaskell, Jane, *Mal estranho*, 564–566
Geoffrey de Monmouth, 184, 461
Gibb, Jocelyn ("Jock"), 15, 17–20, 21, 23; cartas para, 534, 569, 612–613; *Luz sobre C.S. Lewis*, 385 nota 94
Gibbon, Edward, 218, 259, 539
Gibson, W.M., *Rol de serviços da Universidade de Oxford*, 72
Gilfillan, George, *As obras poéticas de Armstrong, Dyer e Green*, 296 nota 187
Gilson, Étienne, 376
Gladstone, William, 150, 154
Goethe, Johann Wolfgang, 586
Goldsmith, Oliver, 60, 162, 162 nota 58
Goodwin, Gordon, *Memórias do Conde Grammont*, 124, 124 nota 104
Gordon, E.V., *Sir Gawain e o cavaleiro verde*, 344
Gordon, George Stuart, 249, 249 nota 135, 312 nota 203
Gore, Charles, 508; *Filosofia da boa vida*, 420, 600; *O sermão da montanha*, 508, 600
Gounod, Charles, *Fausto*, 101
Gower, John, 268–69; *Confessio Amantis*, 344
"Graham", "Sra. Sonia", cartas para, 498–99, 507, 509

Grahame, Kenneth, 608
Gray, Margaret, carta para, 599–601
Gray, Thomas, *Elegy Written in a Country Churchyard [Elegia escrita em um pátio de igreja no campo]*, 226
Green, June L., 513, 569, 588–589
Green, Roger L., 486, 569 nota 67, 588–89, 608; cartas para, 513, 517, 568, 581, 594, 602; *C.S. Lewis: uma biografia*, 589; *Para outros mundos*, 568
Greer, Lynda, 583 nota 82
Greeves, John, 301
Greeves, Joseph Arthur, cartas para, 59–66, 345–349, 486, 554, 560, 594, 611
Gresham, David L., 554, 559, 569 nota 67
Gresham, Douglas H., 554, 559, 569 nota 67, 594, 611
Gresham, Joy Davidman (posteriormente Sra. C.S. Lewis), 52–55, 513, 553, 554, 556, 558–561, 567, 568, 581, 588–589, 590, 592, 594; *Fumaça nas montanhas*, 558, 600
Gresham, William L., 52, 553
Grierson, Herbert, *Correntes cruzadas da literatura do século XVII*, 381; *Milton e Wordsworth*, 380
Griffiths, Alan Richard (posteriormente Dom Bede Griffiths), 349, 349 nota 21; cartas para, 387–389, 407–409, 421–423, 431–32, 441–44, 449, 495–96, 511–12, 526–27, 528–29, 532, 533, 546, 566, 576, 603, 604, 608–09; *Cristo e a Índia*, 576; *O cordão dourado*, 349 nota 21, 546
Groves, Sidney John Selby, 158, 158 nota 52
Gunkel, Hermann, *O que resta do Antigo Testamento e outros ensaios*, 306 nota 198

Hadfield, Alice M., *Charles Williams: um estudo de sua vida e obras*, 393 nota 111
Hadow, Srta. Helen, carta para, 512
Haggard, Henry R., *O povo da bruma*, 358; *Ela*, 502
Haldane, John B.S., 448; *Mundos possíveis e outros ensaios*, 448 nota 50
Halmbacher, Sra., cartas para, 487, 493
Halvorson, R.E., 549
Hamber, Aldyth Werge, 144 nota 29
Hamilton, Anne Sargent Harley, 137, 137 nota 11, 169
Hamilton, Augustus Warren, 137 nota 12, 171–89, 213, 244, 262, 301

Hardie, William Francis Ross, 264, 264 nota 149, 268
Harris, Percy Gerald Kelsal ("Pogo"), 89, 89-90 nota 51,
Harwood, Alfred Cecil, 33, 196, 196 nota 89, 199, 214, 222, 274, 350, 400, 406, 454
Havard, Robert E., 403, 403 nota 122, 410, 486
Heinemann, William, 106, 109, 111-12, 114-15, 129, 159
Herbert, George, 420, 503
Heródoto, 135
Hichens, Robert, 107; *Um espírito na prisão*, 108
Higgins, James E., cartas para, 608, 611
Hill, J.R., 94
Hilton, Walter, *Escalada da perfeição*, 408
"Hino de McAndrew", 402
Hitler, Adolph, 415, 422, 432, 606
Holst, Gustav T., *Planetas*, 463
Homero, 120, 226; *Ilíada*, 167; *Odisseia*, 565
Honório III, Papa, 231
Hook, Sra., carta para, 573-74
Hooker, Richard, 314
Hope, Edward, 363
Hopkins, Gerald W.S., 401, 401 nota 117, 462
Horwood, Frederick Chesney, 352-353, 352 nota 28
Hughes, Thomas, *Tempos de escola de Tom Brown*, 125 nota 106

Hume, David, 98, 316
Hunter, William B., Jr., 535, 536
Hunts, Leigh, 431
Huxley, Thomas Henry, 271

Ibsen, Henrik, 309
Imaculada Concepção, 498, 601
Inácio, Santo, 543, 545

James, Henry, 313, 517
Janet, CSMV, Irmã, 439
Jeffrey, John, Sra., 132 nota 2
Jenkin, Alfred Kenneth Hamilton, 142, 142 nota 24, 143, 157, 158, 198, 208
Jesus Cristo, 65, 263, 367-70, 367, 419-22, 440, 443, 458, 465, 480, 488, 490, 498, 500, 506-08, 518, 524, 529, 550, 557, 573-76, 585, 590, 601
Joana d'Arc, Santa, 216
João, de acordo com o Evangelho de, 367, 488, 506, 538, 555, 579, 604
João Batista, Santo, 519
Johnson, Laurence Bertrand, 94, 103 nota 72
Johnson, R., 89-90 nota 51
Johnson, Samuel, 67 nota 11, 76-7 nota 30, 103, 126, 149, 287, 310, 333, 379, 382, 402, 424, 540; *Vidas dos poetas, 308*; *Vagabundo*, 309
Jones, Frank L., 464-66

Joseph, 320
Jowett, Benjamin, 78 nota 33, 121, 247; "A interpretação das Escrituras", 78 nota 33
Judeu andarilho, 502, 543
Juliana de Norwich, Lady, 422, 429

Kant, Immanuel, 241, 429
Keats, John, 32, 157, 232, 431; *A queda de Hipério*, 157 nota 49
Ker, William Patton, 164, 164 nota 60
Keyes, Roger, 161-62
Kierkegaard, Søren Aaby, 598, 600
Kilby, Clyde S., 12, 16; *Até que tenhamos rostos*, 557-58; cartas para, 557-58, 574-75, 577-79; *Irmãos e Amigos: Diários do Major Warren Hamilton Lewis*, 16
King, Paul, 23
Kinglake, Alexander William, *Eóthen*, 238-39
Kingsley, Charles, *Bebês aquáticos*, 608
Kipling, Rudyard, 199, 233, 245 614; *Baladas da caserna*, 402; *Puck do Monte Pook*, 233
Kirkpatrick, Louie, 153 nota 43
Kirkpatrick, Louise Ashmole (Sra. W.T. Kirkpatrick), 60, 92, 150 nota 39
Kirkpatrick, William T. ("Knock"), 14, 15, 29-31, 37, 92, 99, 150 nota 39, 153

Knox, Ronny, *Entusiasmo*, 545
Kunz, Herr, carta para, 593

Lamb, Charles, 141, 282, 350, 363, 559
Lancaster, Joan, cartas para, 543-44, 551-52, 562-63
Lang, Andrew, 76, 148
Langland, William, 216, 344, 375, 556
Law, William: *Apelo a todos os que duvidam*, 349 nota 22; *Chamado sério*, 349; *Chamado sério para uma vida devota e santa*, 600
Lawlor, John, 385 nota 94
Layamon, 184, 461
Lázaro, 465, 587, 614
Leitor caridoso, carta para, 501
Lenda do Graal, 595-96
Leslie, Richard Whytock (Squeaky, "Dick Barulhento"), 116, 116 nota 92, 270, 322, 328
Lewis, Albert James (pai): aluno do Sr. Kirkpatrick, 150 nota 39; briga com Jack, 128-29; carta para Warren, 109; cartas para, 67, 68-124, 125-26, 129-41, 150-52, 153-55, 159-63, 188-89, 192-94, 197, 200-01, 202-03, 209-11, 218-19, 220-21, 225-26, 227-28, 230-33, 238-61, 261-64, 270-73, 283-85, 292-94, 298-99, 300-04,

307–08, 311–15, 318–20, 321; doença, 320–23; funeral do Sr. Kirkpatrick, 150, 150 nota 39, 151; morte, 332–35; visita de Natal de Warnie e Jack, 300

Lewis, Clive Staples ("Jack"):
amor pelo próprio país, 496–97; apelidos, 141 nota 22; barreiras entre o pai, 35; bolsa em Oxford, 37; "Boxen", 25, 27, 44, 164 nota 59; briga com o pai, 128–29; caminhada em Berkshire Downs, 278–80; caminhadas anuais, 44; candidatura para bolsa do Trinity, 229–33; casamento com Joy, 52, 553–54, 554; Cherbourg House ("Chartres"), 28, 89; começa a carreira acadêmica, 29; comida, 44; compra o The Kilns, 344; conversão ao cristianismo, 347–49; desdém pela política e políticos, 31; doença e morte de mãe, 28; doença de Joy, 558–59, 561, 566–68; eleito membro do Magdalen, 248, 252; em Eastbourne, 117–19; encontro com W.B. Yeats, 145–49; entra para a Infantaria Leve de Somerset, 34, 81 nota 38, 82–83; entra para o batalhão de cadetes no Keble College, 34, 72–73; enviado à França, 35, 83–84; envolvimento com a Sra. Moore, 35–36, 39, 51, 102, 117, 126, 132 nota 2, 203–04, 342, 344; escolhendo pseudônimos, 49, 108, 111; férias anuais na praia, 26; ferido na Batalha de Arras, 94; funeral do Sr. Kirkpatrick, 153–54; graus honorários, 49; instalado em Cambridge, 52; irmão edita as suas cartas, 11–23; morte de Joy, 53–54, 592–94; na Casa de Repouso Acland, 19; nascimento, 25; no "Little Lea", 27, 31, 36, 51, 119, 130 nota 109, 206, 212–14, 266, 272, 314, 322–31, 342; no Campbell College, 28–29; no campo em Oxfordshire, 166; no Endsleigh Palace Hospital, 96–102; no Great Bookham, 29–30, 32; no hospital Ashton Court em Bristol, 102–110; no hospital com pirexia, 88; no hospital em Etaples, 94–96; no Perham Down, 110–15; os Inklings, 40–42, 397–99, 410, 415, 433; Palestras de "Prolegômenos" 374–81; palestras Riddell, 453; participa de palestras de Gilbert Murray, 120; Preleções Clark, 501; preocupações com a doença do pai, 322–28; reconversão ao cristianismo, 48; sendo padrinho, 473–75;

sentidos de "matéria", 408; sobre arte/literatura, 421; sobre forças espirituais, 222–23; sobre poesia vorticista, 135–36; temor que Oxford se degenerasse para uma universidade de mulheres, 286; tomada de conhecimento da literatura infantil, 608; tributos e reminiscências, 45–470; "truques" da secretaria de guerra, 113–14; viagem à Grécia, 588–89; viagem com os Hamiltons, 169, 171–87; viagem de volta de Belfast com o seu irmão, 258–59; viagem para Belfast com o irmão, 212–14, 242; viagem para Oxford com o irmão, 233–37; visita a Cambridge, 137–39; visita a Cornwall, 183–86, 294–95; visita a Dunster, 176–80; visita a Lichfield, 187; visita à Salisbury Cathedral, 244–46; visita a St. Albans, 235; visita a Wells, 174–76; visita com o irmão a Colchester, 233, 239; visões religiosas, 48–49

Lewis, Clive Staples ("Jack"), Diário, 190–92, 195–96, 197–200, 202, 203–09, 211–17, 219–20, 222–27, 229–4930, 233–37, 261, 264–69

Lewis, Clive Staples ("Jack"), Ensaios: "A heresia pessoal na crítica" 379 nota 76; "De Descriptione Temporum", 52, 530, 542 nota 40; "Donne e poesia do amor do século XVII", 379 nota 72; "Escravos voluntários do Welfare State", 572 nota 73; "Hamlet: o príncipe ou o poema?", 446; "Otimismo", 140, 151, 155, 159, 161, 164, 165 nota 62, 189 nota 83, 193

Lewis, Clive Staples ("Jack"), Livros: *A abolição do homem*, 453; *A alegoria do amor*, 49, 307, 374, 376; *A cadeira de prata*, 487, 513, 585; *A heresia pessoal*, 379 nota 76; *A imagem descartada*, 374, 568 nota 65, 602; *A última batalha*, 487, 585; *A viagem do Peregrino da Alvorada*, 487; *Além da personalidade*, 487; *Anatomia de uma dor*, 54; *Até que tenhamos rostos*, 50, 557, 593 ; *Boxen*, 164 nota 59; *Cartas de um diabo a seu aprendiz*, 22, 50, 432, 453, 500, 533, 536; *Comportamento cristão*, 548; *Conversas de rádio* (título dos EUA *Case for Christianity* [O caso para o Cristianismo]), 447 nota 48, 487; *Cristianismo puro e simples*, 534; *Crônicas de Nárnia*, 527–28, 585; *Dymer*, 49, 190, 191, 196, 206, 211, 229,

266, 348; *Ensaios apresentados a Charles Williams*, 42, 394 nota 111, 462, 553; *Espíritos em escravidão*, 49, 109, 111; *George MacDonald: uma antologia*, 599–600; *Imagens da vida de Spenser*, 583 nota 85; *Literatura inglesa no século XVI*, 583 nota 86, 501, 502, 539 nota 36; *Longe do Planeta Silencioso*, 382, 382 nota 88, 390, 537, 593; *Milagres*, 581; *O cavalo e seu menino*, 487; *O grande abismo*, 460, 534, 601, 610; *O leão, a feiticeira e o guarda-roupa*, 487, 585; *O problema do sofrimento*, 398, 401, 423, 434, 437, 499, 538; *O regresso do peregrino*, 49, 50, 386, 397, 520, 600; *O sobrinho do mago*, 487, 585; *Oração: cartas a Malcolm*, 612, 613; *Os quatro amores*, 590, 590 nota 4, 601; *Perelandra*, 439, 446 nta 46, 449, 451–52, 457, 573; *Príncipe Caspian*, 487, 585; *Reflexões sobre os Salmos*, 569 nota 69; *Surpreendido pela alegria*, 17, 28, 29, 30, 34, 40, 48, 89 nota 50, 103 nota 72, 122 nota 96, 130 nota 109, 134 nota 5, 192 nota 87, 196 nota 99, 345 nota 13, 345 nota 14, 349 nota 20, 534, 546, 550; *Uma força medonha*, 460

Lewis, Joseph "Joey", 320–22, 327–28, 332, 336
Lewis, Richard, 320, 334 nota 225
Lewis, Warren Hamilton ("Warnie") (irmão): aposentadoria do serviço militar, 374; carta para pai sobre Jack estando em casa em segurança, 98 nota 60; cartas para, 68, 124–24, 126–28, 141–50, 152–53, 155–58, 163–87, 373–83, 294–98, 299–300, 305–06, 308–11, 315–17, 322–28, 349–67, 370–74, 397–407, 409–17, 428, 430–31, 432–34; casa em 51 Ringwood Road, 16–8; chamado de volta para serviço ativo, 392; de licença da França, 31; de licença do Oeste da África, 204–06; edição das cartas do irmão, 11–23; ensaio "Otimismo", 189 nota 33; enviado para Cardiff, 430; inadequação da Sra. Moore como companhia, 39–40, 126; licença de Serra Leoa, 139 nota 17; luta contra o alcoolismo, 16, 486; "Memorial" do irmão, 25–56; navegando para Xangai, 272–73; viagem de volta de Belfast com o irmão, 258–59; viagem para Belfast com o irmão, 212–14, 242; viagem para Oxford com o irmão, 233–37;

visita com o pai, 119, 212, 272–73; visita Jack no hospital do exército, 94; última visita a "Little Lea" antes de ter sido vendida, 337
Lewis, William, 334 nota 225
Limbo, 386
Lindsay, David, *Viagem para Arcturus*, 456
Livre-arbítrio, 532
"Lockley, Sra.", cartas para, 477–80, 492–93, 503–04, 508–09
Longfellow, Henry Wadsworth, 267
Lorenz, K.Z., *O anel do Rei Salomão*, 511
Lorris, Guilherme de, *Romance da rosa*, 377
Lubac, Henri de, 495
Lucas, de acordo com o Evangelho de, 357, 378, 498, 529, 531, 558, 578
Lucas, F.L., 381 nota 84; *Declínio e queda do ideal romântico*, 380–81
Lucas, São, 578
Lucas, Sr., carta para, 555
Lutero, Martinho, 525

Macan, R.W. ("Larápio"), 116, 189, 282
Macaulay, Thomas Babington, 32, 237, 259, 316, 326, 344
MacDonald, George, 59391, 420; *Diário de uma velha alma*, 377, 497; *Lilith*, *391*; *Phantastes*, 59, 214, 391; *Sermões não pronunciados*, 420; *Sir Gibbie*, 391
Madeleva, CSC, Irmã, cartas para, 374–77
Mais, S.P.B., *Diário de um diretor*, 283
Majendie, Vivian Henry Bruce, *História do 1º Batalhão da Infantaria Leve de Somerset*, 86 nota 46
Malory, Thomas, 32, 46, 66, 184, 461, 514, 542
Marcel, Gabriel, 598
Marco Aurélio, 359
Marcos, de acordo com o Evangelho de, 442, 507 nota 15, 541 nota 49, 555
Martindale, Cyril Charles, 147 nota 32, 148–49
Martlets (Cambridge), 137
Martlets (Oxford), 121, 138 nota 13, 140
Marx, Karl, 413
Mary Rose, Irmã, carta para, 485
Mascall, E.L., 438
Masefield, John, 121–22
Mateus, de acordo com o Evangelho de, 368 nota 54, 396 nota 113, 465, 466, 450, 498, 529, 555, 578

Mathew, Gervase, 601, 601 nota 24
Mathews, Vera (posteriormente Sra. Gebbert), cartas para, 469, 493, 500, 533, 541-42, 588-89, 592, 593, 597
McFarlane, Kenneth Bruce, 345, 345 nota 15
McLay, Emily, cartas para, 523-25
Mead, Marjorie Lamp, 16; *Irmãos e Amigos: Diários do Major Warren Hamilton Lewis*, 16
Mendelssohn, Felix, 139, 139 nota 18
Meredith, George, *O Egoísta*, 380
Merritt, Percival, *História real das assim chamadas cartas de amor da Sra. Piozzi*, 274 nota 166
Merton, Thomas, *Ninguém é uma ilha*, 605
Mestre e colegas do Magdalene College, carta para, 614
Meynell, Alice, 300
Milford, Theodore R., 420
Mill, John Stuart, 286; *A sujeição de mulheres*, 96 nota 56
Milton, John, 46, 153, 163, 168, 441; *Comus*, 243, 411, 441; *Il Penseroso*, 158 *L'Allegro*, 158; *Paraíso perdido*, 108, 187, 226, 311, 372, 432, 606-07; *Paraíso reconquistado*, 168, 187; *Sansão Agonista*, 468
Milward, Peter, cartas para, 542-43, 544-46, 550-51, 553-54, 555-56, 586-87, 595-97, 601
Mitford, Mary Russell, *Nosso vilarejo*, 65
Molière, 185
Moore, Courtenay Edward, 79 nota 35
Moore, E.F.C. ("Paddy"), 34, 39, 72, 75, 75 nota 26, 79 nota 35, 82, 96 nota 58, 110 nota 82
Moore, George, 359
Moore, Jane ("Janie") King: acessos de ciúme, 486, 490; envolvimento com Jack, 35-6, 39, 51, 79, 102, 119, 126, 342, 344; "episódio ridículo", 403-04; filho desaparecido/dado como morto, 36, 96, 96 nota 58, 102, 109; história da família, 79 nota 35; morte, 505; orações por ela, 439, 452, 460; preocupações com a Madame Studer, 287-91; transferida para casa de repouso, 486, 490
Moore, Maureen*ota Ver* Dunbar, Maureen "Daisy" Helen, Lady Dunbar de Hempriggs
Moorman, Charles: cartas para, 514-15, 579-80; *Tríptico arthuriano*, 579
More, Tomás, Santo, 429
Morrah, Dermot Macgreggor, 233
Morris, William, 32, 123, 167, 207, 216, 259, 268, 295, 346, 351,

358, 382, 456–56; *A floresta além do mundo*, 358; *O poço no fim do mundo*, 265, 382; *Casa dos Wolfings*, 382; *O pequeno Christopher*, 358; *Paraíso terrenal*, 347, 382; *Raízes das montanhas*, 382;
Mozart, Wolfgang Amadeus, 215
Murray, Gilbert, 120, 123
Mussolini, Benito, 272, 415

Nesbitt, E., 272
Newman, John Henry, *Perdas e ganhos*, 160–61
Nightingale, Florence, 247
Noel, Henry, carta para, 610

Obra missionária cristã, 526–27
Odin, 65
Ogden, Samuel, 361
Oman, Charles W.C., *Idade das Trevas*, 299
Onions, Charles Talbut, 214, 214 nota 105
Oração, 361, 432–33, 490–91, 507–08
Osbourne, Dorothy, *Cartas de Dorothy Osbourne para Sir. William Temple*, 66
Otway, Thomas, *Veneza preservada*, 220

Paganismo, 382, 487, 391, 532, 545, 568, 576, 590, 603

Pasley, Rodney Marshall Sabine, 144–45, 144 nota 29, 152, 155, 169
Pasternak, Boris L., 596
Pater, Walter H., 359; *Mário, o Epicurista*, 359
Patmore, Coventry, 388; *Anjo na casa*, 343; *Caule, raiz & flor*, 388
Paulo, São, 208, 346–47, 397, 408, 426–27, 480, 519, 523, 529, 532, 538, 541, 578
Pedro, Segunda Epístola de, 523
Penelope, CSMV, Irmã: cartas para, 390–92, 397, 436–40, 446–47, 449–50, 451–53, 459, 463–66, 484–85, 490, 497, 504–06, 530, 558–59, 560–61, 567–68, 613–14
Pepys, Samuel, 259, 590–91
Perrett, Frank Winter, 102, 102 nota 70
Pitter, Ruth, cartas para, 591, 538–39
Platão, 197, 211, 385, 408, 421, 485; *Fedro*, 385
Plotino, 211
Polo, Marco, 135
Poole, Thomas, 223
Pope, Alexander, 167, 277, 614; *Ilíada*, 123, 167
Poynton, A.B., 120–21, 123, 134, 156, 196, 205, 225, 242, 247, 301
Predestinação, 516, 523

Pritchard, Harold Arthur, 242
Pseudo-Dionísio, 568
Psicanálise, 417-18

Queda, a, 479
Quick, O.C., 420

Rabelais, François, 101, 325, 328, 608
Rackham, Arthur, 212, 267, 395, 456
Raine, Kathleen (Sra. Madge), 616-580
Raleigh, Walter, 214, 214, 263, 283; *As cartas de Sir Walter Raleigh*, 263 nota 148
Rasputin, 267
Rawlence, A.G., 94
Renan, Joseph Ernest, *La Vie de Jesus*, 72, 72 nota 18
Ressurreição, 349, 498, 578, 579, 585, 593, 613,
Reveille, 115, 123, 123 nota 99
Rice-Oxley, Leonard, *Oxford armada: com um relato do Keble College*, 73,
Richards, I.A., 378
Ridley, Maurice R., 402, 402 nota 119
Ritson, Joseph, *Romance métrico*, 344
Ritual, 41, 42, 512, 535, 607,
Robbins, Charlotte Rose Rachael ("Cherry"), 73

Roberts, Frederick Sleigh, 153-150
Roberts, Ursula, carta para, 531
Robertson, William, 316
Robson-Scott, William Douglas, 282, 282 nota 173
Rougemont, Denis de, 542, 545; *L'Amour et l'Occident*, 545
Rouvroy, Louis de, Duc de Saint-Simon, 124, 124 nota 103; *Memórias*, 124
Ruddy-Wilbraham, Sra., 288-291
Runciman, Stephen, *História das Cruzadas*, 548
Ruskin, John, 354, 259, 380; *Pintores modernos*, 259
Rute, livro de, 578
Ryle, Gilbert, 533

Sackville West, Vita, 415
Salmos, 432, 435
Sandford, Margaret E. Poole, *Thomas Poole e seus amigos*, 223
Sarah (afilhada), cartas para, 473-75, 484
Sartre, Jean Paul, *O Existencialismo é um Humanismo*, 597
Satanás, 187, 367, 390, 531, 597
Savage, Richard, 309
Sayer, George, 13, 14, 15, 22, 23, 513, 538; *Jack*, 13
Sayers, Dorothy L., 467, 555, 580, 600; cartas para, 462, 464, 556 561-62; *O homem nascido para ser rei*, 462, 555

Schopenhauer, Arthur, 211
Schumaker, Wayne, carta para, 606–07
Scott, Anne, carta para, 593–94
Scott, Walter, 32, 316–18, 451, 528; *O Antiquário*, 317; *Quentin Durward*, 260
Secretário do Primeiro Ministro, carta para, 501–02
Selwyn, E.G., *Ensaios católicos e críticos*, 420
Seymour, William W., *A história da Brigada Rifle na Guerra de 1914–1918*, 109 nota 81
Shakespeare, William, 252, 343, 392, 408, 586; *Antônio e Cleópatra*, 472; *Décima segunda noite*, 250 nota 137; *Hamlet*, 252 nota 139, 301; *Júlio César*, 301 nota 193; *Rei Lear*, 269
Shaw, George B., 448
Shelley, Mary Wollstonecraft, 431; *Frankenstein*, 62
Shelley, Percy B., 431
Sherburn, George, *Primeiros anos de Pope*, 381
Sidney, Philip, 559; *Arcadia*, 63
Simpson, Percy, 197, 208, 224
Sísifo, 540
Skeat, Walter W., 344, 375
Skinner, Martyn, *Cartas para Malaya*, 445, 466
Smith, Frederick Edwin (Lord Birkenhead), 298

Smith, Harry Wakelyn ("Smugy"/"Smewgy"), 122, 122 nota 96, 123
Smith, John Alexander, 264 nota 150, 265
Smith, Logan Pearsall, 215, 215 nota 108; *Trivia*, 215 nota 108
Smith, Nicholl, 301, 381
Smollett, Tobias G., *Roderick Random*, 287
Sociedade Islandesa, 299
Sociedade Milton dos Estados Unidos, carta para, 535
Sociedade para Prevenção ao Progresso, 453–54
Sociedades Browning, 366
Sócrates, 268
Sófocles, 207, 225; *Antígona*, 198
Somerville, Martin Ashworth, 75, 75 nota 26, 110 nota 82
Sonhos de Christina, 195, 199
Southey, Robert, 430; *A visão do julgamento*, 380
Spencer, Herbert, 254
Spenser, Edmund, 32, 46, 366, 403, 583; *A rainha das fadas*, 60, 60 nota 3
Stalin, Joseph, 422
Stapleton, Olaf, 448
Stead, William Force, 145–50, 190
Steiner, Rudolf, 222–23
Stephens, James, 456, 565
Sterne, Laurence, *Tristram Shandy*, 66

Stevenson, Arthur, 191
Stevenson, George Hope, 134 nota 8, 196, 217, 301
Stevenson, Robert Louis, 539
Storr, Sophia, carta para, 585
Strachey, Giles Lytton, *Vitorianos eminentes*, 248
Suffern, Lily Hamilton, 96, 99, 211, 230, 266
Sutton, Alexander Gordon, 75, 75 nota 26, 110 nota 82
Swinburne, Algernon C., 32, 402; *Nota sobre Charlotte Bronte*, 78 nota 34; *William Blake*, 78 nota 34
Sykes, Ben, 23

Tácito, 154
Tasso, Torquato, 562
Taylor, Jeremy, 221, 349, 354, 360, 410; *Obras completas*, 610
Teilhard de Chardin, Pierre, 596
Tennyson, Alfred, 150, 514; *In Memoriam*, 108
Thackeray, William M., 259, 316, 371–72, 450, 454, 473, 528–29; *Esmond*, 454; *Pendennis*, 371
The Times Literary Supplement, 12, 125 nota 105
Theologia Germanica, 435
Thomas, Wilfrid Savage, 356 nota 35
Thomas à Kempis: *A Imitação de Cristo*, 435, 599; *Theologia Germanica*, 435

Thomson, James, 257–58
Thomson, Patricia, carta para, 440–41
Thoreau, Henry David, 526
Thorndike, Sybil, 286
Tillich, Paul, 598
Tillyard, E.M.W., 379 nota 75, 381, 385 nota 94
Tixier, Eliane, 23
Tolkien, John, 14, 23
Tolkien, John Ronald Reuel, 41, 344–45, 345 nota 13, 348, 396–98, 410, 415–16, 442, 515, 553, 565, 579–80; *O Hobbit*, 398, 401, 457; *O Senhor dos Anéis*, 41, 553, 565
Tolstói, Liev, 473, 528
Tourneur, Cyril, *Tragédia do vingador*, 269
Traherne, Thomas, 420; *Séculos de meditações*, 599
Trevelyan, George M., 52; *Inglaterra na era de Wycliffe*, 268
Trollope, Anthony, 60, 259, 371–72, 451, 559; *A pequena casa em Allington*, 119; *Doutor Thorne*, 98; *O guarda*, 98
Turner, Francis McD.C., 591, 591 nota 5

Valentin, Deric William, 261, 261 nota 146
Van Til, Cornelius, 574–75
Vanauken, Sheldon, carta para, 494

Vaughan, Henry, 360
Vinaver, Eugene, *Malory*, 461
Vincent de Beauvais, 375
Virgílio, 93, 101, 451, 473, 533
Voltaire, *Memoires pour servir a l'histoire de M. de Voltaire*, 17

Wagner, Richard, 215; *O anel de Nibelungo*, 267, 457
Wain, John, 41; carta para, 470-71
Walpole, Horace, 287
Walsh, Chad, carta para, 589-90
Wardale, Edith Elizabeth, 210, 210 nota. 103, 215
Warren, Thomas Herbert, 250 nota 138, 250-52
Watters, Wendell W., carta para, 500
Watt, John, Sra., carta para, 571-72
Watts, Samuel, 150 nota 39
Weldon, Thomas Dewar, 268, 268 nota 154, 312
Wells, H.G., 131, 233, 448, 456, 472; *Deus, o rei invisível*, 72 nota 19, 78; *Máquina do tempo*, 473; *Primeiros homens na lua*, 473, 568
Wilde, Oscar, 359
Williams, Charles W.S., 47, 196, 391, 394 nota 111, 396-98, 401, 409, 415, 440-42, 457-59, 462-63, 473, 503, 514, 518, 579-80, 599-600; *Comus*, 411, 441; *Descida para o inferno*, 442; *Ele desceu dos Céus*, 599; *Julgamento em Chelmsford*, 385 nota 95; *Noite santificada*, 514; *O lugar do leão*, 442
Williams, Vaughan, 202
Willink, Henry, cartas para, 582-83, 591-92
Wilson, Frank Percy, 207, 207 nota 99, 248-49, 257-58
Wodehouse, P.G., 298; *Esse asno Psmith*, 298; *Jornalista Psmith*, 298; *Right-Ho Jeeves*, 393
Wolfram von Eschenbach, 596
Wordsworth, Dorothy, 526
Wordsworth, William, 134, 432; *O prelúdio*, 311, 495, 551
Wrenn, Charles, 396, 396 nota 112, 397
Wrong, Edward Murray, 252, 252 nota 140
Wyld, Henry Cecil Kennedy, 208; *Brevíssima história do inglês*, 208 nota 101
Wyrall, Everard: *História da Infantaria Leve de Somerset (do Príncipe Alberto) 1914-1919*, 89-90 nota 51; *História do 1º Batalhão da Infantaria Leve de Somerset*, 86 nota 3246

Yeats, William Butler, 100-01, 121, 145-46, 148-50, 566
Yeats, William Butler, Sra., 147

Zoega, Geir T., *Dicionário conciso de islandês antigo*, 267

Cartas de C.S. Lewis

Outros livros de C. S. Lewis pela THOMAS NELSON BRASIL

A abolição do homem
A última noite do mundo
Cartas a Malcolm
Cartas de um diabo a seu aprendiz
Cristianismo puro e simples
Deus no banco dos réus
George MacDonald
Milagres
O assunto do Céu
O grande divórcio
Os quatro amores
O peso da glória
Reflexões cristãs
Sobre histórias
Todo meu caminho diante de mim
Um experimento em crítica literária

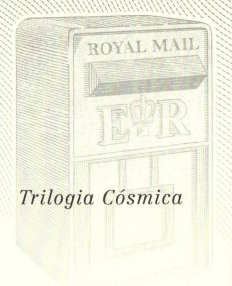

Trilogia Cósmica

Além do planeta silencioso
Perelandra
Aquela fortaleza medonha

Coleção fundamentos

Como cultivar uma vida de leitura
Como orar
Como ser cristão

Este livro foi impresso pela Ipsis para a Thomas Nelson Brasil.
A fonte usada no miolo é Adobe Caslon Pro 10,5 pt.
O papel do miolo é pólen soft 70 g/m².